SANS MÊME UN ADIEU

Robert Goddard est un écrivain britannique né en 1954 à Fareham. Il étudie l'histoire à l'université de Cambridge avant de se lancer dans une carrière de journaliste puis d'enseignant. Il dirige également un établissement scolaire durant quelques années avant de se consacrer pleinement à l'écriture. Plusieurs de ses titres seront nominés pour le prix Edgar Allan Poe et le prix Anthony de la meilleure parution poche. Ses romans à intrigues se démarquent par une construction précise et un style impeccable. Ils se passent majoritairement en Angleterre, mettant en scène des personnages ballottés par l'histoire mouvementée du XXe siècle et la confusion de leurs sentiments. Robert Goddard vit actuellement à Truro dans les Cornouailles avec sa femme Vaunda.

Paru au Livre de Poche :

ROBERT GODDARD

Sans même un adieu

TRADUIT DE L'ANGLAIS PAR CLAUDE ET JEAN DEMANUELLI

SONATINE ÉDITIONS

Titre original :

TAKE NO FAREWELL
Paru chez Bantam Press.

Note liminaire

Depuis l'époque où se situe l'action de ce livre, toutes les lois en Angleterre et au pays de Galles relatives à la peine capitale, aux pourvois en appel, aux successions de personnes mortes *ab intestat* et à la révocation des testaments ont été révisées. Des réformes notables ont suivi *the Administration of Estates Act* [loi sur les successions], 1925, *the Law of Property Act* [loi sur la propriété], 1925, *the Inheritance Act* [loi sur la transmission du patrimoine], 1938, *the Murder Act* (abolition de la peine de mort) [loi sur la criminalité], 1965.

Prologue

Il a neigé dans la nuit. J'étais assis là où à présent je suis debout à regarder le vent disperser les flocons dans le halo des lampadaires, à l'écouter gémir en se forçant un passage dans les conduits de cheminée. Toute la nuit, et depuis les premières ombres du crépuscule hier soir, je suis resté assis là où à présent je suis debout. À attendre.

Cette attente touche à son terme à présent. Le soleil est levé, encore bas dans un ciel clair et froid, et, réverbérée par le trottoir couvert de neige, une étrange lumière pâle gagne peu à peu le plafond de la pièce. Elle me dit qu'il n'y a plus qu'une heure avant le moment que – je le sais depuis longtemps – cette journée me réserve. Une heure – peut-être moins – avant le sinistre épilogue de ma trahison.

À quoi pense-t-elle en ce moment, seule au milieu de son univers de brique surpeuplé, à l'autre bout de la ville ? Quel adieu fait-elle, quel congé prend-elle de cette maigre portion de ce monde ? Quand l'heure aura sonné, quand le moment sera venu, comment lui apparaîtrai-je ? Comment m'apparaîtrai-je à moi-même ?

Un taxi vient de tourner au coin de la ruelle. Pour me chercher, en réponse à un appel que je pensais jadis pouvoir ignorer à jamais. Jadis, mais plus maintenant. Plus depuis ce jour de l'automne dernier où j'ai à nouveau entendu son nom, après douze ans de silence, comprenant sur-le-champ – malgré mes efforts pour tenter de rejeter pareille prise de conscience – qu'un mensonge passé allait exiger réparation. Plus depuis ce jour que je revis en souvenir, alors que le taxi s'arrête doucement, noir et lustré sur la blancheur nue du tapis de neige. Ce jour-là, comme tous ceux qui ont suivi.

1

« Les Caswell de Hereford… N'étaient-ce pas des clients à toi, Geoffrey ? »

Il se peut que j'aie légèrement rougi à ces mots d'Angela, ou que j'aie sursauté. Plus vraisemblablement, mes traits exercés n'ont pas trahi la moindre réaction, même si ma femme en guettait une avec impatience. Entre elle et moi existait alors, comme c'était le cas depuis déjà plusieurs années, une hostilité curieusement gratuite, une méfiance constamment en quête de petits affronts susceptibles de l'élever au rang de grief majeur. Supposant donc que, comme à l'ordinaire, elle cherchait à me prendre en défaut, je me contentai de lever les sourcils, comme si je n'avais pas saisi ses paroles.

« Les Caswell de Hereford, Geoffrey. Plus précisément, Victor Caswell et sa femme, Consuela. Ce n'est pas toi qui as dessiné les plans de leur maison ? »

Cette fois, je plissai carrément le front, et je reposai soigneusement ma tasse sur sa soucoupe, avec un tintement à peine audible. Je fis mine de brosser ma manche pour en ôter une miette de toast et, fuyant le regard d'Angela, je portai les yeux vers la fenêtre. Mardi 25 septembre 1923, annonçait le journal ouvert sur une page intérieure devant elle. Huit heures et quart, disait la pendule peu fiable, cadeau d'une de ses tantes, sur la tablette de la cheminée. Météo du jour : pluie et passages ensoleillés, dont un à cet instant précis, qui se manifestait par un flot de lumière faisant étinceler la marmelade et entourant la tête à peine inclinée de ma femme d'un halo éblouissant. Le phénomène rendait leur or à ses cheveux, sans pour autant éliminer l'acidité de sa voix.

« Clouds Frome, près de Hereford. Je suis bien sûre de t'avoir entendu en parler. Ce n'était pas là ta première grosse commande ? »

Clouds Frome… Oui, bien sûr, elle avait raison. La première, et par conséquent la plus chère à mon cœur, mais aussi la plus désastreuse, non pas à cause d'un quelconque défaut de conception ou de construction, mais pour une autre raison, bien différente. Je n'avais pas revu les murs de cette maison – dont à une époque je connaissais chaque pierre, chaque fissure mieux que ma poche – depuis douze ans. Je n'en avais même jamais regardé la photo figurant dans ce vieux numéro du *Builder* dont je savais parfaitement où il se trouvait dans mon bureau. J'avais toujours refusé ne serait-ce que d'y jeter un coup d'œil. Je n'avais pas osé. À cause du nom que ma femme venait d'exhumer d'un passé enterré mais encore bien vivant. Les Caswell de Hereford. Victor et Consuela. Surtout Consuela.

Je m'éclaircis la voix et regardai Angela, pour trouver, comme je m'y attendais, ses yeux bleu-vert braqués sur moi, ses sourcils épilés levés, l'un plus haut que l'autre en signe de doute, sa bouche pincée, de profondes rides

12

se creusant – phénomène récent – à la jonction du menton et des joues.

« Si, effectivement, dis-je. J'ai construit Clouds Frome pour les Caswell. Il y a longtemps de cela. Avant notre rencontre. Pourquoi ces questions ?

— J'en conclus que tu n'as pas lu cet article. » Elle donna un petit coup sur le journal de l'ongle verni de son index, tandis que le soleil disparaissait de la pièce, laissant un froid soudain l'envahir.

« En effet. J'ai à peine jeté un œil au journal ce matin. »

J'aurais presque pu soupçonner Angela d'être sur le point de sourire. Un léger tremblement à la commissure des lèvres, une lueur au fond des yeux ; puis ce visage faussement ouvert, vide et énigmatique, dont elle me gratifiait désormais le plus souvent.

« Alors, c'est une bonne chose que je sois tombée là-dessus, dit-elle. Sinon, tu ne l'aurais jamais su.

— Quoi donc, ma chérie ?

— Ce qui aurait pu se révéler embarrassant, poursuivit-elle sans répondre à ma question, au cas où quelqu'un t'aurait demandé si tu la croyais capable d'une chose pareille.

— Capable de quoi ? »

Angela baissa les yeux sur le journal, bien décidée, semblait-il, à me faire enrager, et se livra pendant plusieurs secondes, front plissé, à un simulacre de relecture. Puis elle reprit sa cigarette sur le cendrier en porcelaine à côté de son assiette, aspira une profonde bouffée et annonça d'un ton douceureux : « Capable de meurtre. » Une volute de fumée monta vers la rosace du plafond. « La chose ne laisse guère de doute. »

J'ai du mal aujourd'hui à me rappeler les émotions qui ont accompagné ma lecture de ce paragraphe concis et impitoyable, plus de mal encore à retrouver les mots qui m'ont permis d'écarter le sujet avant de prétendre que j'avais oublié l'heure, qu'un rendez-vous capital m'attendait au bureau et que je devais partir sur-le-champ. Je ne suppose pas un seul instant qu'Angela s'y soit laissé prendre. Elle avait dû voir – comme elle l'espérait – que je n'étais pas simplement surpris par ce que je lisais, mais remué jusqu'au tréfonds. Elle avait dû comprendre que le fait pour moi d'abandonner le journal sur la table ne signifiait rien, que, à peine sorti de la maison, je pourrais m'en procurer un autre au premier kiosque venu et, comme cela s'est effectivement produit, m'adosser à une grille pour relire ce texte bref mais si chargé d'émotion, qui résonnait à mon oreille tel un glas.

DU NOUVEAU DANS L'AFFAIRE
D'EMPOISONNEMENT DE HEREFORD

L'enquête de police sur le meurtre de Rosemary Caswell, la nièce du riche homme d'affaires du Herefordshire, Victor Caswell, a connu hier un spectaculaire rebondissement. Consuela Caswell, l'épouse d'origine brésilienne de Mr Caswell, a comparu devant une juridiction de Hereford qui l'a inculpée du meurtre de miss Caswell et d'une tentative de meurtre sur la personne de Mr Caswell, l'un et l'autre par empoisonnement. Le poison aurait été administré aux victimes le dimanche 9 septembre dans la résidence familiale de Clouds Frome, située près de Hereford. Mrs Caswell a été arrêtée vendredi dernier, à la suite d'une perquisition effectuée par la police à Clouds Frome, au cours de laquelle ont été saisies une certaine quantité d'arsenic et plusieurs lettres compromettantes. Elle a nié toute culpabilité dans l'affaire et a été placée en détention provisoire pour une semaine.

Le métro ce matin-là était encore plus bondé qu'à l'ordinaire, mais j'étais reconnaissant à cette foule accrochée aux poignées autour de mon siège du petit coin d'intimité qu'elle me ménageait à son insu et où je pouvais relire pour la énième fois afin d'en saisir pleinement le sens un unique et obscur paragraphe. DU NOUVEAU DANS L'AFFAIRE D'EMPOISONNEMENT DE HEREFORD, glissé sans cérémonie au milieu des chiens écrasés d'une dizaine de salles d'audience. Querelles d'ivrognes, scènes de ménage, effractions, cambriolages. Et un meurtre, à Hereford. Dans une famille que je connaissais et une maison que j'avais construite. Perpétré par une femme que je... Comment pareille chose était-elle possible ?

« Je vous demande pardon ? » L'homme assis à ma gauche me dévisageait en clignant les yeux à travers des verres en cul de bouteille. Il fronçait des sourcils irrités. De toute évidence, j'avais pensé tout haut, et, de manière tout aussi évidente, il craignait de voir sa réflexion sur les mots croisés du *Daily Telegraph* perturbée par un compagnon de voyage à la santé mentale déficiente. Je l'entendais déjà se plaindre avec véhémence à une épouse résignée, quelque part à Ruislip, de la fréquence déplorable avec laquelle se produisaient de nos jours les incidents de ce genre.

« Ce n'est rien, dis-je en essayant de sourire. Rien du tout. Je suis désolé.

— Très bien. » Sur quoi, il plaqua le journal sur son genou et se mit en devoir de remplir les cases correspondant à une définition.

Très bien ? Non, pas du tout. Très mal, à la vérité. Tout allait très mal.

J'avais jadis aimé Consuela Caswell. Oui, jadis je l'avais aimée, et elle m'avait aimé. Il y avait eu une brève période pendant laquelle rien ne me semblait compter davantage que ce que nous ressentions l'un pour l'autre. Mais cela remontait à douze ans, tout était oublié, sinon pardonné, et il n'y avait donc pas de raison – du moins conforme à la logique ou au bon sens – pour qu'un tel événement me bouleverse à ce point. Et pourtant… La vie gagne en tristesse à mesure que nous gagnons en âge, criblés de revers et de regrets, accablés par la conscience insidieuse de notre propre insuffisance. Quand l'ambition est contrariée, l'espoir éteint, que faire d'autre sinon pleurer sur nos erreurs ? Et, concernant Consuela, bien plus que d'une erreur, il s'agissait d'une trahison.

Mon départ précipité de Suffolk Terrace m'avait laissé avec du temps devant moi, un temps dont j'avais grand besoin. C'est pourquoi je descendis du métro à Charing Cross et terminai à pied, le long de l'Embankment jusqu'au Blackfriars Bridge, puis dans un dédale de ruelles qui me conduisirent à Saint-Paul, où je fis une pause afin de contempler, émerveillé, comme je le faisais si souvent, le dôme majestueux de Christopher Wren. La construction avait demandé trente-quatre années de labeur, avec un Wren plus âgé quand il avait commencé que je ne l'étais moi-même aujourd'hui. Où avait-il trouvé l'énergie, l'inspiration, le courage de s'embarquer dans un projet d'une telle ampleur ? Il y a douze ans, c'était un réconfort pour moi de savoir que de telles réalisations étaient possibles, car à l'époque, je m'imaginais encore capable d'accomplir ce genre d'exploit. Mais ce temps est désormais révolu. L'audace s'était tarie par manque d'originalité. Une maison de campagne où je n'allais plus. Les cendres d'un hôtel qui avait brûlé. Un bric-à-brac de villas dites Tudor et d'immeubles de bureaux sans caractère. Un mariage raté et une profession dénigrée. Voilà tout ce que j'avais à mon actif au terme d'une décennie passée à louvoyer pour éviter les écueils.

Cheapside était noire de monde ; les gens se bousculaient au passage, criaient pour couvrir les bruits de la circulation. Klaxons et crissements de freins, cris des marchands de journaux, et la pluie qui commençait à tomber. Je marchais comme dans un rêve, imaginant ce qu'aurait pu être ma vie si j'avais eu davantage de courage, de détermination, si mon amour pour Consuela avait été à l'abri des pièges de l'intérêt personnel. Pourquoi l'avais-je trahie ? L'explication était simple : au nom de ma carrière, de la réussite sociale et de la respectabilité. Des illusions qui n'avaient guère plus de consistance, me semblait-il ce matin-là, que le voile grisâtre et larmoyant que j'avais au-dessus de la tête.

5A Frederick's Place est le centre de ma vie professionnelle depuis le jour où, en 1907, je m'y suis installé avec Imry. Chaque fois que je gravis son escalier branlant, que je respire à nouveau son parfum de vieux papier et de vieux bois, je repense à nous deux tels que nous étions à l'époque : à court de commandes, tout juste capables de payer le loyer du local, mais jeunes, pleins d'énergie, plus riches qu'aujourd'hui, sauf dans un domaine précis, et bien décidés à étonner le monde et à en obtenir la reconnaissance grâce à nos fabuleuses réalisations. Telles sont les douloureuses illusions de la jeunesse : fini le temps où Imry gravissait ces marches quatre à quatre, et où j'esquissais des projets grandioses au dos de vieilles enveloppes. Notre vie est ce que nous en faisons, et la cinquantaine le moment où nous ne pouvons plus ignorer ce que nous en avons fait. Ce matin de septembre dernier, en voyant la plaque de cuivre – Renshaw & Staddon, ARIBA [Diplômés du Royal Institute of British Architects] –, j'eus une curieuse sensation de dégoût, et je montai l'escalier en mettant au point des stratagèmes qui me permettraient de négocier au mieux les heures qui m'attendaient.

« Bonjour, Mr Staddon, dit Reg Vimpany en me voyant entrer.

— Bonjour, Reg. Où sont-ils tous ?

— Doris sera en retard. Ses dents… vous vous souvenez ?

— Ah oui, mentis-je.

— Kevin est sorti pour acheter du lait.

— Ah.

— Et Mr Newsom, ajouta-t-il avec une lourde insistance, n'est pas encore arrivé.

« — Peu importe. Dites-moi, quel est le programme pour aujourd'hui ?

— Eh bien, je dois examiner avec vous les appels d'offres relatifs au projet Mannerdown. Vous rencontrez Pargeter cet après-midi. Et vous aviez dit à Mr Harrison que vous prendriez un moment pour aller voir où en était le chantier d'Amberglade.

— Ah oui. Mr Harrison va devoir attendre. Quant aux appels d'offres, disons, onze heures ?

— Très bien, monsieur.

— Merci, Reg. »

Je me retirai dans mon bureau, tout en me doutant de la désapprobation du pauvre Reg devant tant de paresse. Plus âgé que moi de quinze ans, c'était le seul premier assistant que nous ayons jamais eu, un homme sérieux, qui ne se démontait jamais, heureux, semblait-il, d'assurer à nos affaires un certain niveau d'efficacité en dépit du peu de gratitude que nous lui exprimions.

Une fois ma porte refermée, je me sentis enfin à l'abri. J'avais le temps de réfléchir en paix et donc la possibilité d'examiner à loisir le peu que je savais. Consuela avait été mise en examen pour le meurtre de Rosemary Caswell. Rosemary était la nièce de son mari. Je n'avais aucun souvenir de la petite. Il y avait un neveu, j'en étais sûr, un garçon désagréable de huit ou neuf ans qui devait en avoir vingt et quelques aujourd'hui. Mais une nièce ? La sœur du garçon, vraisemblablement. Que pouvait-elle bien être pour Consuela ? Et pourquoi cette autre inculpation pour tentative de meurtre ? Jetant chapeau et manteau sur leurs patères avant de regarder par la fenêtre le mur aux briques rouges de Dauntsey House, je me rendis compte à quel point une histoire à demi révélée pouvait par ses implications se révéler bien pire que la découverte d'une terrible vérité.

« Gare à vous, Mr Staddon ! » Après avoir secoué la poignée de la porte de façon toute théâtrale, Kevin Loader, notre garçon de bureau à l'irrespect quasi constitutif, était entré dans la pièce. Il m'arrivait parfois de trouver vivifiante la note d'impertinence enjouée qu'il apportait en ces lieux, mais ce n'était pas le cas ce jour-là. Il s'approcha de mon bureau d'un pas élastique, déposa un paquet de lettres dans la corbeille « arrivée » et me gratifia d'un sourire en coin avant de dire : « Y a une de vos maisons dans l'journal, on dirait, Mr Staddon.

— Pardon ?

— Clouds Frome. Le *Sketch* de ce matin dans l'bus. Un meurtre épouvantable, à ce qu'on dirait. Z'êtes pas au courant ?

— Ah oui. Il me semble avoir… lu quelque chose là-dessus.

— Alors, qu'est-ce qui s'est passé, à votre avis ?

— Je n'en ai pas la moindre idée, Kevin.

— À d'autres. Sûr que vous devez bien connaître la famille.

— C'était il y a longtemps. Avant la guerre. Je ne me souviens pas de grand-chose. »

Il s'approcha un peu plus, le sourire toujours plaqué sur son visage avide de ragots. « Dites, cette Consuela, sacrée nana, non ? » Je secouai la tête, espérant le voir abandonner le sujet. « Mais elles le sont toujours, pas vrai ?

20

— Qui ça, elles ?

— Les meurtrières, m'informa-t-il avec une joie malicieuse. Surtout celles qui font dans l'poison. »

Après avoir mis Kevin dehors, je m'assis et me forçai, pour me calmer, à allumer une cigarette. En tout état de cause, rien ne m'obligeait à intervenir dans cette affaire. Je veux dire, rien aux yeux du monde. Sans compter que je n'avais aucun droit de me mêler aujourd'hui de ce qui était arrivé aux Caswell. Les droits que j'aurais pu avoir, je les avais perdus, depuis bien longtemps. Et pourtant il fallait que j'en sache davantage, c'était là une certitude. Prétendre qu'il ne s'était rien passé, surveiller dans la presse les comptes rendus des séances des tribunaux tout en affichant par ailleurs une superbe indifférence, j'en aurais été incapable. C'est pourquoi, gardant de mes nombreuses visites à Hereford le souvenir lointain du nom du journal local, je téléphonai à leur siège et les persuadai de m'envoyer un exemplaire de leurs deux dernières éditions hebdomadaires. Je tus les raisons de ma requête, et l'on ne me les demanda pas. Seule ma mauvaise conscience me dit qu'ils auraient pu les deviner.

Où commencent-elles à s'esquisser, ces lignes qui conduisent deux personnes à se rencontrer ? Jusqu'où remonter pour trouver l'origine de leurs destins croisés ? Entre le moment où je m'occupai des appels d'offres pour le projet Mannerdown et celui où je subis aux mains de l'infatigable Pargeter une longue dissertation sur une nouvelle gamme de peintures émulsions, j'exhumai mes plus anciens carnets de rendez-vous et calculai la date de ma première rencontre avec Consuela Caswell. Elle remontait à ma deuxième visite à Hereford, en novembre 1908, après l'officialisation de la commande et le choix du site pour Clouds Frome. Le mardi 17 novembre, comme je le découvrais à présent, vers quatre heures de l'après-midi. C'est là du moins la date et l'heure que j'avais notées pour une invitation à prendre le thé avec Mr et Mrs Caswell, un riche client et son épouse. Mais je ne fus pas dupe une seconde d'une telle précision. Notre rencontre n'était pas le résultat hâtif d'une entrée impromptue dans un agenda, mais le fruit inévitable des innombrables convergences et coïncidences qui gouvernent nos vies.

La responsabilité pourrait en être attribuée, par exemple, à Ernest Gillow, l'homme charmant et tolérant dont le cabinet d'architecte se spécialisait dans les music-halls et les tavernes et chez qui je fis mon apprentissage à ma sortie d'Oxford en 1903. Gillow était, lui, un cambridgien, et il me prit pour rendre service à mon père, dont il avait souvent mis à profit l'expérience en courtage financier. Il se révéla par la suite que l'un de ses condisciples à King's College, Cambridge, n'était autre que Mortimer Caswell, fils aîné du fondateur de G. P. Caswell & Co., la grande cidrerie de Hereford. Quand le frère de Mortimer Caswell, Victor, rentra d'Amérique du Sud, où il avait passé dix ans ou plus, avec une fortune acquise dans le caoutchouc et une épouse brésilienne au bras, personne ne s'étonna qu'il tînt à signifier sa réussite par la construction d'une superbe résidence de campagne. Mortimer suggéra qu'aucun n'aurait été plus à même que Gillow de recommander efficacement un jeune architecte plein d'enthousiasme, et, comme il ne s'était écoulé qu'un an depuis que j'avais quitté son cabinet, nul doute que, en proposant mon nom, Gillow pensait me rendre un service considérable. Et tel était bien le cas, du moins dans les limites de la compréhension qu'il pouvait avoir de la chose.

C'est le 21 octobre 1908 – à en croire mes registres – que je me rendis à Hereford pour découvrir le site de Clouds Frome en compagnie de mon client potentiel. Londres était pris dans le brouillard, mais l'ouest baignait dans un soleil radieux. Tandis que le train approchait de Hereford en début d'après-midi, je me perdis, de plus en plus ensorcelé par le spectacle, dans la contemplation des bois aux reflets d'or, des vergers débordants d'activité, des pâturages au vert profond et des collines moutonnantes d'un paysage que je connaissais à peine. Mes espoirs montèrent en flèche, jusqu'à ce ciel bleu et limpide, car c'était là, à n'en pas douter, l'aubaine dont rêve tout jeune architecte à ses débuts, la chance de pouvoir marier style et environnement dans une forme à laquelle son nom restera à jamais attaché.

À ce moment-là, j'avais déjà échangé plusieurs lettres avec Victor Caswell, auxquelles s'ajoutait une conversation téléphonique. Il ne faisait donc aucun doute qu'il était un des deux hommes grands, élancés et bien mis qui attendaient au contrôle à la gare de Hereford, mais lequel, difficile à dire. De visage, il n'y avait rien pour les distinguer. Traits minces et moustache pour les deux, l'un arborant queue-de-pie et haut-de-forme, l'autre costume de tweed vert moucheté et casquette de prolétaire portée avec désinvolture. C'est ce dernier qui se révéla être Victor.

« Mon frère, Mortimer, précisa-t-il durant l'échange de poignées de main. Il m'a accompagné pour nous faire profiter de son opinion. »

À son ton enjoué, on sentait Victor bien disposé envers son frère, alors que l'inverse, du moins à voir Mortimer, n'était pas forcément vrai. Leur étonnante ressemblance physique semblait destinée à contrebalancer des personnalités fortement contrastées. Victor était impatient de partir, et il s'irrita du détour, même très bref, que nous fîmes par mon hôtel. Il conduisait lui-même une berline Mercedes vert et or rutilante, sans conteste la plus splendide automobile dans laquelle il m'eût jamais été donné de monter jusqu'ici, et il s'attira nombre de regards admiratifs en traversant Hereford, un endroit où les voitures hippomobiles étaient encore la norme. Une fois sur les petites routes à l'ouest de la ville, il se mit à rouler à une allure qui me parut excessive, tout en me bombardant de questions par-dessus son épaule : les architectes que j'admirais, les styles que j'aimais, les matériaux qui avaient ma préférence. Son visage et sa voix étaient animés d'un sentiment mêlé d'orgueil et de satisfaction, le désir impatient, dévorant, de célébrer sa réussite.

Quant à Mortimer, assis avec moi à l'arrière, tassé au milieu de tout ce cuir luisant et agrippant le bord de son chapeau, il était la vivante antithèse de son frère : morose, silencieux et terriblement sombre. Quand je risquai une question d'une grande platitude sur l'industrie cidricole, il me gratifia de ce constat désabusé :

24

« C'est juste un métier, jeune homme, comme n'importe quel autre. »

Nous franchîmes une rivière que je pris pour la Wye (et dont je découvris par la suite que c'était la Lugg), puis nous commençâmes à monter à travers un paysage de collines boisées, laissant peu à peu derrière nous des hectares et des hectares d'un Herefordshire qui somnolait sous le soleil. Victor ne tarda pas à s'arrêter près de l'entrée d'un champ où nous laissâmes la voiture, continuant à pied à travers des pâturages vallonnés et bordés de forêt jusqu'à ce que nous atteignions un échalier et fassions une halte pour admirer la pente douce menant vers l'ouest au lit majeur de la Lugg et au-delà à Hereford.

« Le site est là, en dessous de nous, annonça Victor dès que Mortimer et moi l'eûmes rattrapé. Ces trois champs, le verger un peu plus bas et, entre les deux, la ferme. Regardez, on en aperçoit le toit là-bas. » Il avait tendu le bras en direction d'un coin de chaume qui disparaissait presque dans un repli de terrain. C'était la première fois que j'entendais parler d'un bâtiment déjà existant, et, anticipant les questions que je risquais de lui poser, il précisa : « L'occupant a reçu son préavis, Staddon, et doit partir au début du prochain terme ; vous n'avez donc pas de souci à vous faire à ce propos. Dès le lendemain, une équipe de démolition sera sur les lieux.

— Les Doak, dit Mortimer d'une voix neutre, exploitent Clouds Frome depuis six générations.

— Justement, c'est le moment de changer, dit Victor avec un large sourire. Mais pas le nom de l'endroit. Clouds Frome, décidément, j'adore. Qu'en pensez-vous, Staddon ?

« — C'est parfait, à mon humble avis.

— Et le site, la vue, la configuration du terrain…
vous en dites quoi ?

— Tout est idéal. » Et je ne mentais pas. Je n'exa-
gérais rien. Ce que je voyais devant moi, prenant déjà
forme au milieu de la campagne aux couleurs de l'automne, était une demeure qui allait couronner la réussite de Victor et donner son coup d'envoi à la mienne.
« Je saurai vous construire ici une superbe demeure,
Mr Caswell.

— Mais pas une de ces constructions sans grâce qui
ne valent que par leurs dimensions, Staddon. Je n'ai pas
besoin d'un mausolée. » Il ponctua sa remarque d'un
coup de gant sur l'échalier. « Non, je veux une maison
où l'on puisse respirer, une maison dont on puisse
s'enorgueillir. Bref, je veux ce qu'il y a de mieux.

— Vous l'aurez, Mr Caswell. » Soudain, son avidité était devenue la mienne, il m'avait communiqué
son ambition sans bornes.

« Tu paies ce terrain à Paston beaucoup plus cher
qu'il ne vaut, n'est-ce pas ? intervint Mortimer, mais
je sentais déjà que rien ne pourrait refroidir l'enthousiasme de son frère.

— Et alors ? rétorqua Victor avec un nouveau sourire. Je peux me le permettre.

— Ce n'est pas une façon de faire des affaires.

— Sans doute, mais ce n'est pas d'affaires qu'il
s'agit ici, c'est une question de vision. »

Ce qui parut régler la question. Mortimer ne répliqua
pas, Victor alluma un cigare, et je montai sur l'échalier pour jouir d'une meilleure vue. La ferme de Clouds
Frome se trouvait dans un creux, ouvert au sud et à

l'ouest mais fermé au nord et à l'est par le coteau que nous venions de gravir. Un ruisseau qui descendait vers la ferme faisait entendre son murmure dans le bouquet d'arbres sur notre droite, tandis que, au-delà, s'étendait un majestueux panorama de collines ondulantes avec, dans le lointain, les Montagnes Noires comme toile de fond à l'ouest. Une belle demeure au bout d'une allée sinueuse partant de la grand-route, avec de l'eau dans le voisinage immédiat et un environnement à la fois protégé et ouvert : pouvait-on rêver mieux ? Je brûlais déjà de me mettre au travail.

« Alors, Staddon ? me demanda Victor quand je fus redescendu.

— Je serais fier de vous bâtir une maison ici, monsieur. » C'était la stricte vérité, et tout ce que sur le moment je trouvai à lui dire.

« Et serait-ce une maison dont je pourrais être fier moi aussi ?

— Oh, oui, j'en suis certain, dis-je après m'être retourné pour admirer à nouveau la vue.

— Alors, au travail ! Et ne ménagez pas votre peine. » Sur quoi, il scella notre accord d'une solide poignée de main.

J'étais sincère ce jour-là en m'adressant à Victor alors que je me trouvais en compagnie des frères Caswell sous le tiède soleil d'octobre sur les hauteurs de Clouds Frome. Cette maison devint ce qu'elle est encore aujourd'hui : la plus belle œuvre dont je puisse m'enorgueillir, et la meilleure de toutes celles qu'un architecte, quels qu'aient été ses honoraires, aurait pu réaliser dans les mêmes circonstances. Je rentrai à Londres le lendemain, les grandes lignes du projet déjà en tête et la moitié des plans esquissés sur plusieurs feuilles de papier à lettres de l'hôtel où j'étais descendu. Quelque chose d'élégant et de campagnard à la fois, de sobre et de totalement original. C'était là mon intention de départ et, à mesure que les plans prenaient forme, elle me parut tout à fait réalisable. L'heureuse alliance du grandiose et de l'intime, harmonieusement intégrée au paysage et construite à l'aide de matériaux locaux, destinée à répondre aux besoins pratiques de ses occupants tout en affichant, par de subtiles touches, la nouveauté de sa conception.

Victor Caswell, je le savais déjà, n'était pas homme à chicaner sur les prix. Une fois approuvés les plans de la demeure qui deviendrait la sienne, il se déclara prêt à payer tout ce qu'il faudrait pour les mettre en œuvre. Dans la mesure où nous disposions de cinq mois avant que l'occupant actuel quitte la ferme de Clouds Frome, nous avions tout le temps de peaufiner les détails selon ses désirs. C'est dans ce but qu'il m'invita à Hereford quelques semaines plus tard, en précisant qu'il désirait me voir rencontrer son épouse afin de lui exposer mes idées et de prendre note de ses éventuelles préférences en matière de décoration intérieure. C'est ainsi que, le 17 novembre, je fis à nouveau le voyage de Hereford, débordant d'impatience et d'enthousiasme, sans me douter que j'allais y vivre un événement sans commune mesure avec tout ce que j'aurais pu imaginer. Je devais y rencontrer Consuela.

J'avais demandé que les vieux numéros du *Hereford Times* me fussent envoyés à Frederick's Place plutôt qu'à Suffolk Terrace, car je ne tenais pas à ce qu'Angela se remémore un sujet qu'elle semblait avoir oublié le soir même. Ils arrivèrent le jeudi, dans un colis anonyme, et je trouvai immédiatement une excuse pour m'enfermer dans mon bureau et les consulter à loisir.

L'histoire qu'ils racontaient était décousue et peu convaincante. Les noms des personnes et des lieux que je connaissais semblaient me revenir comme d'un pays irréel, sans aucun point d'ancrage dans la réalité pour guider ma réflexion. Le numéro du 13 septembre rapportait, sans emphase ni fioritures, la mort, trois jours auparavant, à la suite d'une soudaine maladie, de miss Rosemary Caswell, dix-huit ans, fille de Mortimer Caswell, le respecté propriétaire de la cidrerie locale. Une enquête pour établir les causes de la mort avait été ouverte, avant d'être suspendue dans l'attente d'une autopsie. Dès le 20 septembre, cependant, intervenait un spectaculaire rebondissement. Après avoir pratiqué l'autopsie, sir Bernard Spilsbury, le célèbre médecin légiste du ministère de l'Intérieur, avait conclu à une mort par empoisonnement à l'arsenic, et, à la reprise de l'enquête, on apprenait que la mère de miss Caswell aussi bien que son oncle, Victor, avaient souffert de symptômes semblables, mais moins aigus, à ceux de Rosemary après avoir pris le thé tous les trois à Clouds Frome le dimanche 9 septembre. Les magistrats avaient rendu un verdict d'homicide volontaire, et une enquête de police avait été diligentée. Des inspecteurs de Scotland Yard, disait-on, avaient apporté leur soutien à la police locale, et on s'attendait à une arrestation dans les prochains jours.

Comme je le savais déjà, une personne avait effectivement été arrêtée depuis. Mais pourquoi Consuela ? Quelle était la nature de ces lettres compromettantes auxquelles faisait allusion le procès-verbal de sa comparution ? Et quelles pouvaient être, en admettant qu'il y en eût, les preuves retenues contre elle ? Je n'en avais toujours aucune idée. J'avais toutefois détecté dans l'affaire au moins une incohérence, sur laquelle je ne cessais de revenir : si Victor et sa belle-sœur avaient tous deux été malades en même temps que Rosemary, pourquoi l'accusation de tentative de meurtre ne concernait-elle que le seul Victor ? Je me reportai en pensée au jour de ma première rencontre avec Consuela, passant au crible le moindre souvenir de ce moment dans le mince espoir d'y trouver des signes prémonitoires de sa culpabilité ou au contraire de son innocence.

Après leur retour d'Amérique du Sud et en attendant que Clouds Frome fût terminée, Victor et Consuela avaient habité avec Mortimer et sa famille dans une maison victorienne plutôt sinistre, Fern Lodge, un énorme édifice décoré de stuc, sans grands mérites architecturaux, sis au milieu d'une surabondance de sapins sur une hauteur ventée à la limite nord de la ville. C'est là que, par une journée de froide grisaille en net contraste avec ma première visite à Hereford, je me rendis à l'heure fixée pour prendre le thé, chargé d'une mallette remplie de vues en perspective et de plans pour la nouvelle maison. J'étais pitoyablement impatient de plaire, excessivement fier de mes propositions et horriblement nerveux à l'idée que l'une quelconque d'entre elles puisse ne pas être favorablement accueillie.

Les mœurs et les conventions sociales ont tellement évolué depuis 1908 que ma rencontre avec la famille Caswell me paraît appartenir à une période bien antérieure à quinze ans. « Cinquante » donneraient une plus juste idée du phénomène, tant semble aujourd'hui lointain le milieu où je me trouvai plongé en entrant dans le salon de Fern Lodge ce mardi après-midi. Victor était la seule personne présente que j'eusse déjà rencontrée ; Mortimer, jugea-t-on bon de m'expliquer, était retenu au-dehors par son travail. M'attendait donc, disposé en un demi-cercle de fauteuils recouverts de brocart et dans une lumière tamisée par d'épais rideaux et des plantes en pot aux larges feuilles, un quatuor de la gent féminine Caswell : Mrs Susan Caswell, mère de Mortimer et Victor et veuve du fondateur de Caswell & Co. – frêle et maniérée, vêtue de gris de la tête aux pieds ; Mrs Marjorie Caswell, femme de Mortimer – visage aigu, à l'évidence maîtresse des lieux, dans un violet sévère mais coûteux ; miss Hermione Caswell, sœur aînée de Mortimer et Victor – encline à moins de rigidité que les autres à en juger par son expression malicieuse et sa jupe à volants négligée ; Mrs Peto, femme du frère de Marjorie, qui subsiste dans mon souvenir comme une vague entité en turquoise délavé.

Victor, dont les yeux aux paupières lourdes suggéraient que le thé de cinq heures en compagnie des femmes de la famille n'était pas au nombre de ses passe-temps favoris, expliqua que son épouse ne tarderait pas à nous rejoindre. Puis il se percha, l'air morose, sur une chaise à haut dossier et m'abandonna à mon sort, qui consistait à déplier plus de plans qu'il n'était prudent au milieu des tasses et des plats à gâteaux et à réussir l'exploit de répondre avec précision et politesse à toutes les questions de ces dames. La vieille Mrs Caswell eut la décence de sourire plus qu'elle ne parlait, mais Marjorie et Hermione s'entêtèrent à rivaliser de curiosité et me cassèrent les pieds avec ce qu'elles savaient, ou croyaient savoir, de l'orientation et de la perspective. Je commis l'erreur élémentaire de traiter leurs observations avec sérieux, sans me rendre compte qu'elles cherchaient davantage à se rabaisser l'une l'autre qu'à véritablement m'interroger. Si l'on ajoute à cela la tranche de gâteau aux graines de cumin dans laquelle je m'étais inconsidérément embarqué, je me trouvais dans un état de confusion totale quand la porte s'ouvrit pour livrer passage à Consuela.

J'entendis le froufrou de sa robe derrière moi et vis Victor se lever. Je l'imitai et me retournai vers la porte, qui se referma au même moment. Puis elle fut devant moi. Consuela Evelina Manchaca de Pombalho, puisque tel était son nom, était d'une naissance beaucoup plus noble que celle dont pouvait se targuer un simple Caswell. Moulée dans une robe d'après-midi chatoyante en satin or et bordeaux, garnie de dentelle et de gaze, elle portait le plus exquis des chapeaux à fleurs très en arrière sur la tête, un long sautoir de perles, une broche en forme de losange près du sein gauche et une alliance en or toute simple. Point d'autre parure, rien qui pût détourner l'attention de sa silhouette parfaite, de son cou élancé et de son visage aux traits délicats. Tout cela aurait pu faire d'elle une Anglaise d'une remarquable beauté, mais son teint était plus foncé que celui de n'importe quelle Anglaise, sa chevelure plus abondante, ses lèvres plus pleines, son regard plus intense.

« Mon épouse, Staddon », dit Victor, s'écartant d'un pas à l'approche de celle-ci. Il me sembla qu'il avait indûment accentué le « mon », et, tandis que je m'inclinais pour lui baiser la main et me redressais pour la regarder à nouveau, j'en compris la raison. Il avait trouvé cette créature sauvage et troublante, l'avait domptée et épousée, avant de la ramener chez lui pour l'exhiber au bout d'une chaîne en satin.

J'avais marmonné quelque hommage cérémonieux. Elle me regarda pour la première fois droit dans les yeux avant de dire : « Mon mari me dit que vous allez nous construire une maison, Mr Staddon. » Il y avait une pointe d'accent à peine perceptible dans sa voix. Son anglais parfait, bien que le débit en fût plus lent que celui d'un anglophone de naissance, témoignait d'une réserve et d'un registre en contraste saisissant avec les bavardages incessants des femmes de sa belle-famille.

« En effet, Mrs Caswell. Et ce sera pour moi un grand honneur.

— Un honneur pour nous aussi, j'en suis certaine.

— Quant à cela, je…

— Venez voir les plans de Mr Staddon, Consuela, suggéra Marjorie qui se tenait dans mon dos.

— Oui, venez donc, renchérit Hermione. Ils sont vraiment très prometteurs, n'est-ce pas, Victor ?

— Les choses s'annoncent bien, il n'y a pas de doute. » Autant de mots énoncés pourtant avec la plus grande indifférence. Et qui représentaient un changement déconcertant par rapport à l'enthousiasme qu'il avait manifesté lors de notre visite au site envisagé pour la construction ; mais ce n'était là que la première des brusques sautes d'humeur auxquelles j'allais devoir m'habituer tout au long de notre association. Il voulait une splendide demeure, une femme d'une beauté sans pareille, la considération de tout son entourage, mais j'en vins très vite à soupçonner que ce n'étaient là pour lui que des accessoires, des symboles un peu vides d'une réussite dont la réalité restait difficile à cerner.

Consuela s'assit, accepta une tasse de thé et se révéla très attentive à mes explications. Les interventions de Marjorie et d'Hermione continuèrent à fuser à la même fréquence, sans rien perdre de leur banalité, mais je trouvais maintenant la présence de Consuela étrangement apaisante. Elle semblait comprendre d'instinct mes propositions, et ses quelques questions, fort pertinentes, révélèrent une perspicacité que l'on aurait cherchée en vain dans les demandes de renseignements de toutes les autres réunies.

Hermione, quand elle ne cherchait pas à rivaliser avec Marjorie pour accaparer la conversation, en montra assez pour donner à penser qu'un esprit bel et bien perspicace était chez elle soigneusement voilé. Au cours d'un de ces intervalles où elle leva le voile, elle s'adressa à moi par-dessus la table recouverte de plans et d'esquisses : « Comme vous pouvez le constater, Mr Staddon, Consuela est meilleure juge que nous des talents artistiques. »

Marjorie prit un air offusqué, Mrs Peto eut un petit rire nerveux, la vieille Mrs Caswell, un petit rire gêné, et Consuela baissa les yeux. Mais la remarque était pleine d'à-propos. D'une façon plus palpable que si j'avais dû l'exprimer par des mots, je décelai de la sympathie à mon égard chez cette jeune femme intuitive et réservée. Sur le moment, j'attribuai simplement la chose à une sensibilité artistique hautement développée, sans chercher à voir plus loin.

« Il reste évidemment, dis-je d'une voix mal assurée, que tout ceci ne peut vraiment s'apprécier que lorsque l'on se rend sur les lieux.

— Victor ne m'a pas encore emmenée à Clouds Frome, dit Consuela.

— Attendons, dit son mari, d'en avoir la libre jouissance.

— Le moment venu, repris-je, je serai heureux de vous servir de guide, Mrs Caswell.

— C'est très aimable à vous, Mr Staddon. J'espère que vous n'y manquerez pas.

— Vous pouvez compter sur moi. »

C'est alors que, pour la première fois depuis qu'elle nous avait rejoints, Consuela sourit. Un sourire qui donna des ailes à mon cœur.

C'est vers la fin de la semaine qui suivit l'arrestation de Consuela que Giles Newsom, notre assistant et peut-être futur associé, donna la preuve que Kevin n'était pas le seul membre du personnel à avoir remarqué le nom de Clouds Frome dans les journaux. Jeune, beau garçon, connu pour son élégance et ses succès auprès des femmes, Newsom était également

un architecte dont le talent ne demandait qu'à s'épanouir. Imry avait insisté pour qu'on l'engage quand
il s'était rendu compte qu'il ne serait plus à même de
travailler à plein temps pour le cabinet, et, bien que le
jeune homme se fût toujours montré un peu trop sûr
de lui à mon goût, il avait justifié la confiance d'Imry
tout au long des quatre années qui s'étaient écoulées
depuis.

Le grand défaut de Newsom n'était pas l'incompé-
tence mais la paresse, comme j'en eus la confirmation
quand, à mon retour au cabinet tard dans l'après-midi
du vendredi, je l'y trouvai seul, pieds sur le bureau,
cigarette au bec, un exemplaire de l'*Architect's Journal*
ouvert devant lui. À un autre moment je lui aurais
peut-être fait une remarque, mais je me sentais en l'occurrence trop abattu pour me donner cette peine.

« Encore au bureau, Giles ?

— Des lectures en retard, Mr Staddon. » Il sourit et
enleva ses pieds de là où ils étaient, sans paraître le
moins du monde décontenancé. « Il est toujours bon
de se tenir au courant des dernières nouveautés, vous
ne trouvez pas ? Nouveaux styles, nouvelles techniques, idées nouvelles.

— Vous avez certainement raison.

— Ce qui ne signifie pas qu'on ne puisse pas parfois en apprendre tout autant en reprenant de vieilles
idées.

— Vraiment ? » Je commençais à soupçonner qu'il
y avait dans ces remarques quelque chose qui risquait
de me faire regretter cette conversation.

« Mais oui. En fait, pas plus tard que l'autre jour,
j'admirais une de vos réalisations les plus anciennes.

— Ah oui ? Laquelle ? » Comme si j'avais eu besoin de demander.

« Clouds Frome. Reg m'a montré l'article de ce vieux numéro du *Builder*. C'était la première fois que je le voyais ; j'ignorais même qu'on l'avait archivé.

— Et alors ?

— Et alors ? répéta-t-il avec un étonnement amusé. Mais c'est tout simplement épatant. Si simple, et en même temps si efficace. L'esthétique et le fonctionnel pour une fois en parfaite harmonie. Je ne pensais pas…

— Que j'en étais capable, c'est ça ?

— Mais non, pas du tout, dit-il en riant. Je suis en train d'essayer de vous faire un compliment, bon sang. Cette vaste pièce, mélange de salle baronniale et de salon bourgeois, est vraiment une réussite. Cette fenêtre en saillie pentagonale qui met en valeur les quatre pignons de l'arrière. Et cette chaussée dallée qui s'en va traverser le verger. Comment l'ont-ils appelée ? "Une jetée dans une mer de fleurs" ? C'est remarquable. Positivement remarquable.

— Bien aimable à vous de le dire.

— Mais c'est la pure vérité. C'est simplement dommage…

— Oui ?

— Dommage que des commandes de ce genre ne se trouvent pas sous le sabot d'un cheval de nos jours. Je suppose qu'avant la guerre il y avait davantage de clients huppés.

— C'est possible, oui. » Je repensai à Victor Caswell en me disant que des clients comme lui n'avaient jamais été très nombreux, ce qui n'était probablement pas plus mal. « Mais il n'est besoin que d'en trouver un.

— Est-ce que je peux vous poser une question à propos de Clouds Frome, Mr Staddon ?

— Je vous en prie.

— Je ne voudrais pas dénigrer vos autres réalisations, mais diriez-vous que cela a été votre plus grande réussite ?

— Oui, Giles, dis-je après un grand soupir. Je suis enclin à le penser. »

Le lendemain de mon invitation à prendre le thé avec les Caswell à Fern Lodge, je décidai de retarder mon retour à Londres jusqu'au soir de façon à pouvoir inspecter le site sans avoir mon client sur le dos. En conséquence, mon petit déjeuner terminé, j'engageai les services d'un fiacre et me fis conduire jusqu'à la ferme, côté grand-route, avec l'intention au retour de faire à pied les quelques kilomètres qui me séparaient de Hereford, après avoir satisfait ma curiosité sur un certain nombre de points.

Le temps était beaucoup plus clair que la veille, et la petite morsure du vent me parut plutôt vivifiante, tandis que je commençais à gravir la pente d'un champ en direction du verger que Victor m'avait désigné de la main depuis la hauteur. J'avais déjà commencé à peaufiner mes idées pour les adapter à la sensibilité de Consuela, à imaginer comment je pourrais, à chaque étape de l'entreprise, contribuer à son confort et à son bien-être futurs. Et déjà, je suppose, son approbation, s'agissant de la femme d'un client, en était venue à compter pour moi davantage qu'il n'était séant.

Un portillon aménagé dans la haie donnait accès au verger, lequel avait l'air désert à présent que la récolte était passée. Au-delà, je le savais, se trouvait la ferme, mais pour l'heure les arbres me dissimulaient les bâtiments.

À peine étais-je entré, après avoir dénoué la ficelle qui maintenait le portillon en place, que je sursautai à la vue, à quelques mètres seulement devant moi, d'un homme qui semblait émaner du milieu des arbres. Un petit homme sec et musclé – la cinquantaine, vêtements de tweed élimés et casquette, fusil de chasse cassé sur le bras gauche – dissimulé, j'imagine, par un des troncs jusqu'au moment où nous nous étions retrouvés pratiquement face à face.

Je fus d'abord trop surpris pour dire un mot. Il n'était pas rasé, et ses petits yeux soupçonneux étaient profondément enfoncés dans son visage émacié et anguleux. Il était en train de mâcher quelque chose, qu'il cracha devant moi sans cérémonie avant de dire, « Et v'zêtes qui des fois ? » Le ton laissait entendre que, quelle que soit ma réponse, je ne serais pas le bienvenu.

« Je m'appelle… Staddon. Je suis architecte.

— Un architec' ? » Il me dévisagea en silence, comme s'il pesait ce que pouvait valoir cette engeance. « Et pour qui vous feriez l'architec' des fois, Mr Staddon ?

— Mr Victor Caswell, répondis-je hardiment, tout faux-fuyant m'apparaissant inutile.

— Arr ! J'l'aurais parié.

— Je jetais simplement un coup d'œil. J'espère que cela ne vous dérange pas.

— En supposant qu'ça me dérange, des fois, ça change quoi ?

— Eh bien, cela change la donne. À strictement parler, j'ai bel et bien besoin de votre permission, Mr… ah, comment… Mr… Doak, c'est bien ça ?

— Alors comme ça, y v'z'a dit comment que j'm'appelais ?

— Oui, Mr Caswell m'a donné votre nom.

— J'peux pas croire qu'y s'en est rappelé.

— Voyez-vous une objection à ce que je… fasse un petit tour des lieux ?

— Une objection ? dit-il avant de cracher à nouveau. Allez, v'nez donc par ici, mon gars. »

Je traversai le verger à sa suite et aperçus la ferme pour la première fois. Une maison de torchis et de chaume, un toit bas, une cour fermée par des murs avec des dépendances délabrées sur un côté. Les bâtiments tout autant que le verger avaient un air d'abandon, qui évoquait un combat prolongé auquel on avait récemment renoncé.

« Vous vivez seul ici, Mr Doak ?

— Oui, d'puis qu'la femme est morte, y a deux ans.

— Pas d'enfants ?

— On avait un fils, qu'est mort avant sa mère, alors seul, oui, c'est bien c'que je suis. P'têt' que comme ça c't'affaire vous pèsera moins sur la conscience. Ou c'est-y que vous z'en avez pas de conscience ? Vot'employeur il en pas, lui, alors pourquoi vous en auriez ?

— Eh bien, je…

— Vous allez garder quéqu'chose ?

— Quelque chose de quoi ?

— D'la ferme, mon gars, d'la ferme. » Il désigna la maison de la main à travers les arbres. Le chaume des granges avait besoin d'être refait, la grille de la cour remise d'aplomb. Une fenêtre était cassée au premier étage, et, un peu plus loin, une autre pendait à ses gonds.

« Non, je ne pense pas. Excepté…

— 'Cepté quoi ? m'interrompit-il en me lançant un regard noir.

— Le nom. Mr Caswell l'aime beaucoup. Clouds Frome.

— Tiens, tiens. »

Nous étions arrivés au fond du verger. Doak s'arrêta et s'appuya contre la barrière de bois. Il sortit une flasque de sa poche, en but une lampée et me la tendit. Je déclinai son offre.

« Caswell s'est arrangé pour qu'son frère me prenne à la distillerie d'Hereford à la fin du terme. Y'vous l'a pas dit ?

— Non.

— Si ça avait pas été d'ça, j'vous aurais sorti d'ici comme qui dirait embroché au bout d'une perche. Ouais, tout ça pour aller travailler pour une famille qui dans l'temps aurait pu êt' à not' service. Si ça avait pas été d'ça… » Il cracha par-dessus la barrière. « Y a eu un jour où, les miens, elle leur appartenait cet' terre. Dans sa totalité.

— Que s'est-il passé ?

— Les temps difficiles, mon gars, ouais, difficiles. Mais pas pour les Caswell de c'monde, ajouta-t-il après un grognement de dégoût.

— Ce sera un crève-cœur de partir, j'imagine. »

Il me regarda d'un air méprisant, comme si je ne pouvais pas me faire la moindre idée de ce que quitter Clouds Frome signifiait pour lui. « Les Doak possédaient et cultivaient c'te terre quand les Caswell ramassaient encore des pommes à cochon. Alors, à votre avis, m'sieur l'architec', comment que j'pourrais bien réagir quand y en a un qui m'met dehors parce qu'y veut l'acheter ? »

Je ne trouvai rien à lui répondre, rien qui ne fût soit banal soit impertinent. Gêné, je détournai les yeux.

« J'peux pas empêcher Caswell d'ach'ter Clouds Frome, reprit Doak. Il a l'argent, et y pense qu'il a l'droit. Mais j'vais t'dire une chose, mon gars, et pour rien, comme qui dirait. Le Caswell, y peut posséder l'endroit, mais y s'ra jamais heureux ici. Y va p'têt' y vivre, mais il y vivra pas bien. Le jour viendra, foi d'Ivor Doak, où Victor Caswell y regrettera de s'êt' jamais construit une maison ici… à Clouds Frome. »

Sur le moment, je n'accordai guère d'importance à ses remarques. Je les jugeai motivées par l'envie et la frustration. Ce qu'elles étaient en toute probabilité, même si, étrangement, personne n'aurait pu nier par la suite qu'Ivor Doak avait alors raison. Cent fois raison.

2

Me doutant que la curiosité d'Angela serait ravivée dès l'instant où la presse ferait état de la prochaine comparution de Consuela, je fis en sorte d'avoir à quitter la maison exceptionnellement tôt le mardi suivant. J'avais obtenu un rendez-vous à dix heures à Whitstable avec le secrétaire d'un club de golf en quête de locaux plus reluisants, ce qui m'obligea à partir pour la gare de Victoria alors qu'Angela était encore couchée.

Je dormais mal depuis que j'avais appris dans quelle situation se trouvait Consuela, incapable que j'étais de cesser de penser au contraste entre tout ce que je me rappelais d'elle et les privations d'une cellule d'un commissariat de Hereford. Une plus grande connaissance des charges pesant contre elle serait de nature, semblait-il, à m'apporter une sorte de soulagement, et c'est avec une hâte impatiente que j'achetai le *Times* dans Kensington High Street avant de m'asseoir sur un banc pour consulter la chronique judiciaire.

J'appris ainsi qu'une audience avait été ouverte au tribunal de première instance de Hereford. Le journal en faisait un compte rendu détaillé qui suggérait l'intérêt grandissant du public pour l'affaire. Dans une longue adresse à la cour, le procureur avait exposé les faits motivant l'accusation. Il serait démontré, avait-il dit, sur la foi de certaines lettres trouvées en sa possession, que l'accusée avait des raisons d'en vouloir à son mari. Serait également démontré qu'elle détenait, en même temps que les lettres, une certaine quantité d'oxyde d'arsenic. Le dimanche 9 septembre, l'accusée devait comme à l'ordinaire prendre le thé avec son mari et leur fille…

Force me fut d'interrompre ma lecture. Ils avaient un enfant ! Je ne m'étais jamais imaginé, n'avais jamais soupçonné que ce fût possible. La découverte n'avait rien d'étonnant en soi, mais n'en était pas moins bouleversante et faisait apparaître les choses sous un jour plus pénible encore. Consuela et Victor avaient un enfant, alors qu'Angela et moi… Je m'obligeai à revenir à mon journal.

Consuela, Victor et leur fille (laissée anonyme dans le compte rendu) s'apprêtaient à prendre le thé dans le salon de Clouds Frome quand des visiteuses s'étaient présentées à l'improviste : Marjorie et sa fille Rosemary avaient soudain eu l'idée d'une visite au retour d'une invitation à déjeuner chez le frère de Marjorie à Ross-on-Wye. Le thé avait duré environ une heure ; Marjorie et Rosemary étaient ensuite reparties pour Hereford. Quelques heures plus tard, elles avaient toutes les deux manifesté à Fern Lodge les symptômes d'une sévère intoxication alimentaire, symptômes également présentés par Victor à Clouds Frome. Le cas de Rosemary était toutefois de loin le plus grave : la paralysie avait suivi les vomissements et la diarrhée, puis elle était tombée dans le coma avant d'être emportée tard dans la soirée du lendemain.

Le procureur affirmait que l'accusée avait mis suffisamment d'arsenic dans le sucrier pour tuer son mari, lequel, contrairement à sa femme et à sa fille, prenait régulièrement du sucre dans son thé, mais que Marjorie et Rosemary, qui prenaient du sucre elles aussi, avaient accidentellement partagé la dose et que la seconde en avait absorbé la plus grande partie.

Le premier témoin appelé par l'accusation fut le docteur Stringfellow, qui avait vu les trois malades. D'après lui, l'absorption d'aliments avariés, solides ou liquides, ne pouvait en aucun cas expliquer la sévérité de l'indisposition de Rosemary Caswell. C'est pourquoi il avait jugé bon de ne pas délivrer de certificat de décès avant qu'un spécialiste dans la détection de poisons pût pratiquer une autopsie. Il avait aussi recueilli des échantillons de l'urine des deux autres malades pour analyse par ledit spécialiste. La découverte de la présence d'arsenic dans ces prélèvements et dans le corps de la morte ne l'avait pas surpris ; c'était là ce qu'il craignait depuis le début.

La déposition du docteur Stringfellow était venue clore le premier jour de l'audience.

***

Le poison a toujours représenté pour moi la plus sinistre des menaces, substance indétectable dissimulée dans un aliment ou une boisson, masquée par d'autres goûts, et agissant à plusieurs heures d'intervalle, à un moment où le repas est déjà pratiquement oublié. Peut-être est-ce là ce dont avait voulu parler Doak à propos de l'acquisition de Clouds Frome par Victor : la présence dans les lieux d'un élément destiné à lui résister et, pour finir, déterminé à le détruire.

Mais était-il concevable que Consuela ait pu être l'agent de cette destruction ? Certainement pas. Elle n'avait rien d'une empoisonneuse. L'intelligence froide et calculatrice nécessaire à ce genre de crime était totalement étrangère à sa nature. Il était clair, cependant, que la police avait une tout autre opinion et ne manquait pas de preuves pour l'étayer. Et qu'avais-je, moi ? Rien, en dehors de lointains souvenirs de Consuela que je poursuivais en vain.

C'est quelques jours après la fête de Pâques de l'année 1909 que j'accueillis Consuela pour sa première visite à Clouds Frome. Les ouvriers n'étaient sur le chantier que depuis quinze jours si bien qu'il n'y avait pas grand-chose à voir en dehors de la boue et des travaux de terrassement. Le dernier tas des décombres provenant de la démolition de la ferme avait toutefois été déblayé et je pouvais au moins commencer à me représenter la splendeur de la maison une fois que celle-ci serait terminée. La question était de savoir si je parviendrais à persuader les autres d'en faire de même, ce qui pour autant ne suffisait pas à expliquer l'anxiété qui était la mienne quant à la réaction de Consuela.

Elle arriva en milieu d'après-midi, accompagnée de sa belle-sœur Hermione, dans l'automobile avec chauffeur de Mortimer Caswell, une limousine à toit très haut et compartiment fermé pour les passagers, la *joie de vivre**[1] de la Mercedes de Victor en moins. Je discutais avec le chef de chantier, George Smith, quand j'entendis la voiture approcher sur le chemin défoncé venant de la route, et je pris soudain conscience, en me hâtant à leur rencontre, de la piètre apparence que je devais présenter dans mes vêtements couverts de boue.

C'était une très belle journée de printemps, et, quand elle descendit avec grâce de la voiture, Consuela me parut en être l'illustration parfaite. La simplicité de sa mise était remarquable pour une époque d'une telle opulence : tailleur crème à rayures discrètes, corsage jaune pâle fermé par une broche, chapeau de paille délicatement orné de plumes, gants blancs et ombrelle à franges ; mais ni boa ni voilette, aucun bijou ostentatoire ni ornement superflu. Elle me sourit comme si elle avait vraiment plaisir à me voir, et je ne pus m'empêcher d'espérer que c'était le cas.

« Bonjour, Mr Staddon.

— Bonjour, Mrs Caswell. » Je retins sa main brièvement dans la mienne. « Je ne saurais vous dire à quel point je suis enchanté que vous ayez pu venir. »

Elle me regarda attentivement l'espace d'un instant, puis me dit d'une voix douce : « Je vous l'avais promis. »

À ce moment-là, Hermione achevait de descendre de la voiture. Vêtue de tweed des pieds à la tête, un foulard autour de la tête et du cou, elle refusait manifestement de prendre le moindre risque avec la tiédeur trompeuse d'avril. Elle subit mes politesses avec une

---

1. Tous les mots en italique suivis d'un astérisque sont en français dans le texte. *(N.d.T.)*

impatience bon enfant, puis voulut savoir quand commencerait la visite.

Une visite qui consistait essentiellement pour ma part à tenter d'expliquer la disposition des différentes pièces de la maison et les raisons d'un tel agencement, ainsi que le dessin des futurs jardins. Dans mes plans, la maison était orientée au nord, et l'on atteignait le devant par une allée en pente douce longeant le verger. À l'arrière, il y aurait des pièces d'eau et des jardins d'agrément, avec une pergola de glycines ou de clématites à la chaussée dallée menant au verger, qui descendrait légèrement en suivant l'inclinaison du terrain. Au nord de la maison, une étendue boisée, plus sauvage, et sur le côté est plus abrité, un potager ceint de murs, des serres et le cottage du jardinier. La maison elle-même aurait la forme d'un H comprimé, avec deux pignons en façade et quatre sur l'arrière, ces derniers mis en valeur par une fenêtre en saillie pentagonale sur toute la hauteur de la façade, les cuisines, écuries et garage étant rassemblés sur un côté. En concentrant les lieux de passage sur le devant, je faisais en sorte que les pièces principales et la plupart des chambres aient une belle vue au sud. La fenêtre en saillie donnerait par ailleurs lumière et grandeur au salon comme à la chambre principale. Les matériaux seraient le grès et l'ardoise de la région, l'ensemble devant produire une impression générale de solidité et de grâce.

Je n'aurais su dire ce qu'Hermione retenait de mes explications. De toute évidence, c'était une personne qui s'intéressait davantage à la réalisation concrète des choses qu'à leur finalité. À ma grande surprise, elle trouva une oreille compréhensive chez George Smith et le bombarda de questions, pendant que de mon côté j'emmenais Consuela jusqu'à l'orée du bois au nord de la maison, l'endroit d'où l'on avait la meilleure vue d'ensemble. Nous fîmes halte sous les larges branches d'un marronnier et regardâmes un moment en dessous de nous l'entrelacs de traces de roues de charrette et de passages en planches qui quadrillait le sol, les terrassements boueux et, plus loin, l'océan des pommiers en fleur – la dernière récolte de Doak, qu'il ne ramasserait jamais.

« Je pensais, hasardai-je timidement, qu'un pavillon d'été à cet endroit pourrait…

— Ce serait parfait », m'interrompit-elle en se retournant pour me regarder. Ombre et soleil jouaient sur son visage, estompant son expression. Mais rien n'aurait pu venir estomper sa beauté.

« Je suis heureux de vous voir partager mon idée.

— Il semblerait, Mr Staddon, que je partage *toutes* vos idées. Victor a eu beaucoup de chance de trouver un architecte aussi talentueux.

— Vous êtes trop aimable. Je fais de mon mieux, c'est tout.

— J'aimerais des roses dans les jardins », dit-elle, paraissant soudain changer d'humeur. Et tout aussi soudainement, je sentis que rien ne saurait faire obstacle à toute demande éventuelle de sa part.

« Une tonnelle peut-être, suggérai-je, réfléchissant rapidement. Ou un banc niché dans les rosiers.

— Cela me rappellerait ma maison natale, dit-elle, pensive et pleine de nostalgie. La chaleur et la douceur du soleil brésilien.

— Et cette maison, c'était où ?

« — *A Casa das Rosas*, répondit-elle en souriant. La Maison des Roses. Rua São Clemente, Rio de Janeiro. C'est là que je suis née. Dans la maison construite par mon père, une fois fortune faite.

— Est-ce aussi enchanteur que cela en a l'air ? »

Elle ne répondit rien et je sentis que sa demeure lointaine constituait un sujet délicat sur lequel il était préférable de ne pas s'attarder. Je ne pouvais pourtant pas laisser échapper l'occasion d'en apprendre davantage sur elle, et je fus pris de l'envie soudaine de m'immiscer dans ses pensées secrètes.

« Elle vous manque beaucoup, cette maison ? »

Elle détourna le regard et ses doigts gantés se serrèrent sur le manche de l'ombrelle.

« Combien de temps vous faudra-t-il pour construire celle-ci, Mr Staddon ? demanda-t-elle dans un murmure.

— Deux ans, et vous et Mr Caswell serez dans les lieux.

— Deux ans ?

— Cela peut vous paraître long, mais je peux vous assurer que…

— Non, ce n'est pas le cas », dit-elle après avoir levé la main pour m'interdire d'en dire plus. Son regard alla se perdre dans le bois qui était derrière nous. « D'une certaine façon… » reprit-elle avant de s'arrêter aussitôt, et je vis qu'elle n'en dirait pas davantage. En cet instant précis, il semblait y avoir enfouis en elle plus de regrets et de désirs frustrés que quiconque n'en pourrait humainement supporter, à plus forte raison une femme aussi belle que Consuela.

« Regardez, Mrs Caswell. Votre belle-sœur nous fait signe de la main. Peut-être devrions-nous descendre la rejoindre. »

Consuela me lança un regard qui paraissait trahir une grande impatience devant les convenances qu'elle était censée observer. La seconde d'après, il avait disparu, remplacé par des yeux baissés et le plus léger des sourires. « Oui, bien sûr », fit-elle. Sur ces mots, elle s'engagea sur le chemin en pente.

Un des traits les plus exaspérants d'Angela est la facilité et la rapidité avec lesquelles elle change d'humeur et d'approche. Elle est capable, d'une minute à l'autre, de passer de la colère au plus grand calme, et d'accomplir le trajet inverse tout aussi subitement. Là où, par exemple, on attendrait d'elle une insistance acharnée sur un sujet dérangeant, elle manifestera une totale indifférence. Il en alla ainsi de ses réactions aux comptes rendus dans la presse des auditions de Consuela. À en juger par ce qu'elle en dit, on aurait pu penser qu'elle ne les avait même pas remarqués. Mais j'étais persuadé du contraire.

Le deuxième jour de l'audience avait été consacré à la déposition des deux personnes qui avaient survécu à l'empoisonnement présumé : Marjorie et Victor. La première expliqua que, lors de son retour de Ross-on-Wye avec sa fille cet après-midi-là, elles avaient décidé de s'arrêter à Clouds Frome en chemin et que Victor – et pas Consuela, insista-t-elle – les avait invitées à rester pour le thé. Elle n'avait rien remarqué d'inhabituel dans le comportement des personnes présentes. Consuela s'était montrée réservée, mais ni plus ni moins qu'à l'accoutumée. Marjorie avait consommé deux tasses de thé avec lait et sucre et une tranche de cake aux fruits. Rosemary avait fait de même. Le thé était déjà prêt quand elles étaient arrivées, et c'est Consuela qui l'avait servi. Elle avait rempli les tasses et coupé le cake, laissant les invitées se servir de lait, de citron ou de sucre. Rosemary, autant que Marjorie pouvait s'en souvenir, avait été la première à plonger sa cuiller dans le sucrier. Elles étaient reparties au bout d'une heure environ. Dans la soirée, elles avaient ressenti les premiers symptômes de malaise et n'avaient rien pu avaler, ni l'une ni l'autre. À dix heures, Rosemary était en proie à des vomissements violents et répétés, l'état de Marjorie étant un peu moins alarmant. On avait envoyé chercher le docteur Stringfellow, lequel s'était montré très préoccupé par l'état de Rosemary en particulier et avait alors parlé d'intoxication alimentaire. Une communication téléphonique avec Clouds Frome avait révélé que Victor était lui aussi malade, mais ni Consuela ni Jacinta…

C'était donc ainsi que s'appelait leur fille, Jacinta. Un prénom aussi beau à l'oreille que ce à quoi j'aurais pu m'attendre. Nettement plus portugais qu'anglais, ce qui ne laissa pas de me surprendre : je n'aurais jamais pensé que Victor pût accepter un nom autre qu'anglais pour un de ses enfants.

Consuela et Jacinta n'avaient été malades ni l'une ni l'autre. C'était le point que le procureur s'était acharné à souligner. Il avait rappelé par ailleurs que Consuela n'avait rien fait pour porter assistance à son mari avant que le docteur Stringfellow prenne l'initiative de se rendre à Clouds Frome en repartant de Fern Lodge.

La déposition de Marjorie s'était terminée par le récit déchirant des dernières heures de Rosemary et un hommage à « la meilleure et la plus loyale des filles dont une mère pût rêver », ce qui, évidemment, avait fort ému la cour. Aurais-je été ému moi aussi, je n'aurais su le dire. Je trouvais doublement étrange de lire les déclarations de personnes que je connaissais tout en ignorant les conditions dans lesquelles elles les avaient faites, avec quelles expressions sur le visage, quels trémolos dans la voix. Marjorie m'était toujours apparue comme une femme intraitable, inflexible, mais ce n'était pas une raison pour la juger incapable des sentiments propres à une mère éplorée. Pas une raison non plus, même si je me refusais à croire Consuela capable de meurtre, pour penser que ses accusateurs mentaient.

Il reste que la déposition de Victor aurait sonné faux à mes oreilles, que j'aie eu ou non un intérêt personnel dans l'affaire. Encouragé par le procureur, il avait insisté sur le fait qu'il aurait préféré ne pas avoir à témoigner contre sa femme. (Apparemment, le droit des conjoints à ne pas témoigner l'un contre l'autre ne s'appliquait pas dans les cas où l'un des deux était accusé de violence. C'était là, comme je commençais à le soupçonner, ce qui motivait l'accusation supplémentaire de tentative de meurtre. Sans cette disposition, Victor aurait été dans l'incapacité de faire étalage de ses doutes.)

Victor avait confirmé l'essentiel des déclarations de Marjorie.

Au sujet des événements antérieurs à l'arrivée de sa belle-sœur à Clouds Frome, il déclara que tout était déjà prêt pour le thé quand il avait retrouvé sa femme dans le salon, où, quelques minutes plus tard, Jacinta avait pénétré, accompagnée de sa gouvernante. Aussitôt après, Marjorie et Rosemary s'étaient présentées à la porte. Il ne voyait rien de significatif dans le fait que c'était lui plutôt que Consuela qui les avait invitées à rester, mais il reconnut bel et bien que, si elles n'étaient pas venues, lui seul se serait servi de sucre, dans la mesure où son épouse et sa fille ne prenaient habituellement que du citron avec leur thé.

En toute fin de séance, le procureur avait abordé un point crucial.

« Une déposition ultérieure fera état du fait que la police a découvert certaines lettres en possession de votre épouse, des lettres anonymes du genre le plus venimeux, qui auraient pu l'inciter à vous soupçonner d'infidélité conjugale. Y a-t-il quoi que ce soit susceptible de justifier de telles insinuations ?

— Non, absolument rien.

— Vous êtes et avez toujours été un mari fidèle ?

— Oui.

— Et vous avez toujours considéré votre union comme un mariage heureux ?

— Oui, absolument. »

Ses protestations d'innocence avaient dû impressionner favorablement la cour, et tel était leur but. Sans compter qu'il n'y avait personne pour le contredire… en dehors de Consuela, silencieuse sur le banc des accusés, et de moi-même. Car je savais qu'il mentait. Pas au sujet des lettres, du moins pas pour l'instant. Mais à propos de son mariage. Fidèle, lui ? Non. Heureux en mariage ? Cent fois non. Des récents événements qui s'étaient produits à Clouds Frome j'étais aussi ignorant que n'importe quel autre lecteur de journaux. Mais sur le mariage de Victor et Consuela Caswell j'en savais autant qu'eux-mêmes.

Au cours des mois qui suivirent la première visite de Consuela à Clouds Frome, je consacrai mon esprit, du moins la partie consciente, à la résolution de problèmes d'ordre pratique. Les conceptions les plus ambitieuses, les plans les plus élaborés sont toujours à la merci des circonstances, des intempéries et de l'erreur humaine. Réussir dans le métier d'architecte, je l'appris alors et ne l'ai jamais oublié depuis, implique que l'on passe son temps à naviguer entre carrières et scieries, à escalader des échafaudages, à patauger dans la boue, à des heures le plus souvent peu chrétiennes, à la poursuite d'une perfection inaccessible. Je n'ai jamais été aussi méticuleux, aussi infatigable que lorsque Clouds Frome, porteuse de tous mes rêves, commença à émerger de son incomparable site entre bois et rivière sur les hauteurs de Hereford.

Il me fallut un an et même davantage pour que je prenne conscience de ce que les ambitions que je nourrissais pour la maison étaient intimement liées aux émotions qui m'animaient à l'égard de ses futurs occupants. Pour tout dire, je voyais Consuela plus souvent que Victor. Elle venait sur le chantier toutes les deux ou trois semaines, en compagnie d'Hermione, de Marjorie ou de Victor, plus rarement de Mortimer. C'était chaque fois avec Consuela plutôt qu'avec son époux que je me retrouvais à parler de l'avancement des travaux, et, tout aussi invariablement, notre conversation déviait sur d'autres sujets : pourquoi j'avais choisi d'être architecte, ce qu'elle pensait de l'Angleterre et des Anglais. Elle me dit un jour qu'elle prenait plus de plaisir à bavarder avec moi qu'avec n'importe quel membre de la famille de Victor, qu'il était rafraîchissant de pouvoir passer un peu de temps avec quelqu'un dont les horizons ne se limitaient pas à Hereford et aux aspects financiers de la fabrication du cidre.

J'avais d'abord pensé que Victor était homme à partager cette largeur de vues – après tout, il s'était fait un nom sur un autre continent, avait vu et connu davantage du monde que quiconque dans sa famille. Bizarrement, pourtant, Consuela laissait entendre que ce n'était pas le cas, et je remarquai moi aussi le côté secret de sa nature et son manque d'ouverture. Si, à bien des égards, c'était le client rêvé – prompt à régler les factures et peu enclin à intervenir dans la conduite du chantier –, il était aussi en tant qu'homme extrêmement antipathique : imprévisible et peu sociable, dénué de toute chaleur et incapable d'empathie. Plus je le fréquentais, moins je le comprenais. Plus je passais de temps avec lui, moins j'avais envie d'en passer. Vu de loin, ou superficiellement, il pouvait donner l'impression du plus beau et du plus accommodant des hommes. Mais sous le vernis se révélait, quand on y regardait de près, une personnalité dans laquelle le mépris et la méchanceté travaillaient à quelque dessein secret. À entendre Hermione, la commère de la famille, il avait été envoyé en Amérique du Sud par son père, qui voulait le voir faire ses preuves après une tentative ratée dans le commerce du cidre, pour, au départ, travailler dans la succursale brésilienne d'une banque londonienne. Comment il s'était débrouillé pour passer avec autant de facilité de la banque au commerce du caoutchouc, elle semblait l'ignorer, mais toujours est-il qu'il était rentré en Angleterre avec l'air, et l'argent, d'un homme qui a réussi dans la vie et n'est pas prêt à laisser les autres l'oublier, réussite qui incluait sa capacité à se procurer et à garder une épouse telle que Consuela.

Mes sentiments à l'égard de cette dernière connurent différentes phases. Une indéniable attirance au début. Puis, quand elle m'eut révélé davantage de détails sur elle-même, de la pitié devant l'existence morne et vide que Victor l'obligeait à mener. Jusqu'au jour où ma désapprobation face au traitement qu'il lui infligeait se changea en violent ressentiment. S'y mêlaient aussi, cela va sans dire, la jalousie et le désir frustré, mais c'était l'empire qu'il exerçait sur sa personnalité plutôt que sur son corps qui m'écœurait le plus. Au printemps 1910, j'avais déjà commencé à soupçonner que la maison que je construisais était destinée avant tout à devenir une belle prison où il pourrait l'enfermer à loisir et la contrôler plus efficacement que jamais.

Je me souviens d'un épisode datant de cette époque, qui illustre à merveille l'aversion que j'éprouvais pour Victor Caswell. Les couvreurs avaient commencé leur travail depuis peu, et Victor m'avait prévenu qu'il amènerait un ami pour voir où ils en étaient. C'était le genre d'interruption auquel j'étais habitué, mais que je ne supportais que si Consuela en était la cause. En l'occurrence, quand la Mercedes se fit entendre sur le chemin et que j'allai à sa rencontre, j'étais plein d'une immense réticence à me montrer aussi agréable et coopératif que je savais devoir l'être.

L'ami de Victor me fut présenté sous le nom de major Royston Turnbull, mais bien malin qui aurait pu dire à quand remontait la dernière fois qu'il avait vu un terrain d'exercice. Il était grand – plus d'un mètre quatre-vingts –, avec une tendance à l'embonpoint, et vêtu d'un costume beige rosé plutôt ample au-dessus d'un gilet impression cachemire et d'un feutre à large bord. Il fumait un cigare, et ce détail joint à la quantité d'or qui brillait sur sa personne sous la forme de chaîne de montre, épingle à cravate et chevalière me donnait l'impression d'avoir devant moi un homme d'affaires aux pratiques douteuses et originaire d'Amérique latine plutôt qu'un militaire, fût-il officier dans un régiment à la discipline particulièrement relâchée. Non que ses traits eussent quoi que ce soit de latin. Cheveux blonds, visage ferme et rougeaud, yeux gris-bleu pétillants. Victor expliqua qu'ils s'étaient connus en Amérique du Sud ; le major résidait désormais dans le sud de la France et avait tenu à venir visiter Clouds Frome à l'occasion d'un bref séjour en Angleterre. Je peux dire sans hésitation que jamais je n'ai ressenti une aversion aussi instinctive que celle que j'éprouvai sur-le-champ à l'égard du major Royston Turnbull.

Ils avaient avec eux le fils de Mortimer Caswell, Spencer, pensionnaire d'une école privée, alors en vacances. C'était un garçon de neuf ou dix ans, plutôt frêle, qui avait hérité du caractère taciturne de son père, agrémenté chez lui d'un air sombre et calculateur qui donnait à penser qu'il était en train de préparer quelque mauvais coup, alors même qu'il ne faisait probablement que bouder.

Ma description aura montré qu'aucun groupe de visiteurs n'aurait été moins fait pour remonter chez moi un moral qui était déjà au plus bas. Victor, peut-être en l'honneur de son ami, était dans une de ses humeurs loquaces et cordiales ; il arpentait le chantier en bavardant avec une chaleur qui devait donner aux ouvriers l'impression de rêver. Il se mit même en tête de pousser le jeune Spencer à sortir de sa morosité, en insistant pour qu'il l'accompagne en haut de l'échafaudage des couvreurs.

Je restai donc seul avec le major Turnbull, et nous nous assîmes au soleil sur des chaises pliantes à l'abri du bureau du chantier, pour parler non pas d'architecture, mais, à ma grande surprise, des Caswell. Alors que nous venions tout juste de faire connaissance, le major paraissait prêt à me faire part spontanément d'observations sur la vie intime de la famille de son ami, disposition que je trouvai pour le moins déconcertante.

« Vous savez que l'on pense beaucoup de bien de vous à Fern Lodge, Staddon ?

— Je suis heureux de l'apprendre.

— Non que je vous envie. Ça ne doit pas être rose tous les jours de travailler pour Victor.

— Je n'ai pas à me plaindre.

— Eh non, hein ? fit-il avant de se tourner vers moi. Dites-moi franchement, que pensez-vous de lui ?

— Ce serait plutôt à vous de me le dire. C'est votre ami, pas le mien.

— Joliment esquivé », dit Turnbull en riant. Puis il leva les yeux vers l'échafaudage, et la plate-forme en planches le long de laquelle Victor déambulait, Spencer à son côté. « Je crois que Victor a fait une erreur en venant s'installer ici. Une erreur certes compréhensible, mais néanmoins grossière.

— Qu'est-ce qui vous fait dire cela ?

— Je le connais, allez, mieux qu'il ne se connaît lui-même. Je l'ai rencontré pour la première fois il y a plus de dix ans, à Santiago. Nous nous sommes à plusieurs reprises retrouvés dans de sales draps, je l'admets volontiers, mais c'était le genre de situation qui vous force à montrer ce dont vous êtes capable, et c'est ce qui me permet d'affirmer que je connais l'étoffe dont il est fait. Les voyages, les risques, la variété. Voilà ce dont il a besoin, et qu'il ne trouvera pas ici. Il aurait dû s'arracher de ses racines, au lieu d'y revenir.

— Vous le pensez vraiment ?

— Mais oui. Et surtout, il n'aurait jamais dû amener Consuela ici, pour l'enterrer dans son passé à lui. (Nouveau regard dans ma direction.) Elle tient vos talents en haute estime, m'a-t-on dit. »

Je pris soin de ne pas croiser son regard. « Et qui est ce "on" ?

— Pas la dame elle-même. Elle est bien trop prudente pour ça. Mais Victor. Il vit mal le fait qu'elle soit à l'aise en votre compagnie. Et vous réussissez, semblerait-il, à éveiller en elle des réponses là où lui-même n'y est jamais arrivé.

— Je ne vois pas ce que vous...

— Des réponses de nature intellectuelle, j'entends. Consuela est dotée d'un joli cerveau aussi bien que d'un joli corps. Non pas que j'aie besoin de...

— Pensez-vous qu'il soit bien séant de notre part de nous entretenir ainsi de Mrs Caswell ? » Je faisais semblant d'être fâché pour éviter d'avoir à admettre quoi que ce soit.

« Non, sans doute pas, dit Turnbull sans se démonter, mais j'estime qu'il ne devrait pas y avoir de sujet tabou entre deux hommes d'expérience. Victor ne demande ni n'attend de l'imagination de la part d'une femme, uniquement de la soumission. S'il a épousé Consuela, c'est pour deux raisons : la posséder et être vu en sa possession. La rendre heureuse n'a jamais été à l'ordre du jour.

— Ce qui est peut-être regrettable. » Immédiatement, je m'en voulus de cette remarque.

« Entre nous, ce ne serait pas bien difficile, n'est-ce pas ? » Sa voix s'était soudain faite plus douce, plus confidentielle, comme si maintenant il me chuchotait à l'oreille, alors qu'en fait il n'avait pas bougé.

« Qu'est-ce qui ne serait pas difficile ?

— La rendre heureuse, Staddon. Quoi d'autre ? N'avez-vous pas rêvé de le faire ? Moi si, je ne m'en cache pas. Pas simplement pour l'exquis plaisir d'approfondir sa connaissance de l'art d'aimer, mais...

— Je refuse d'en entendre davantage ! » m'exclamai-je. Je bondis sur mes pieds et le regardai d'un œil furieux, ce qui ne l'empêcha pas de tirer une bouffée de son cigare tout en me souriant d'un air affable. « Comment osez-vous parler de Mrs Caswell de cette façon ?

— Ne soyez pas aussi susceptible, Staddon. J'ai simplement exprimé tout haut ce que, j'en suis sûr, vous avez souvent pensé tout bas.

— Croyez-moi, vous êtes...

— Et puis, si seul le désir charnel était en jeu, il n'y aurait pas de problème, n'est-ce pas ?

— Que diable voulez-vous dire ? »

Il se leva lentement, me dominant de toute sa hauteur, autrement dit d'une bonne quinzaine de centimètres. Levant la tête pour le fixer dans les yeux, je m'aperçus alors que tous ses mots avaient été soigneusement pesés, chaque insinuation finement calculée, ainsi que ma réaction à ses propos.

« Ce que je veux dire, me répondit-il d'une voix douce, c'est qu'il vous est peut-être venu à l'esprit – si ce n'est déjà fait, cela peut encore arriver – que vous seriez plus digne de partager la vie de Consuela que Victor ne pourra jamais l'être. Et vous auriez raison, bien sûr, mais ce serait aussi extrêmement imprudent. Dans votre quête d'une grande beauté, vous iriez au-devant d'un grand danger, voyez-vous, et je n'aimerais pas apprendre qu'il en serait ainsi simplement parce que je ne vous aurais pas prévenu à temps. »

« Tu aurais dû venir avec nous, Royston ! » C'était la voix de Victor, à présent toute proche. Je pivotai sur mes talons et le vis franchir à grands pas les quelques mètres qui nous séparaient de lui, avec un Spencer abattu dans son sillage.

« Le vertige, répondit Turnbull.

— Bon, je suppose que Staddon t'a agréablement diverti ?

— Mais bien sûr. Nous avons eu, Mr Staddon et moi, la plus divertissante des discussions, n'est-ce pas ?

— Heu… oui, marmonnai-je.

— Il se trouve que nous avons beaucoup en commun.

— Du diable si je vois ce que ça peut être, dit Victor en fronçant le sourcil.

— C'est une question de philosophie, mon vieux.

— Je ne vois pas de quoi tu parles, Royston. J'espère simplement que ce n'est pas le cas de Staddon. »

À ce moment-là, comme lors d'une occasion ultérieure, je ne fus pas dupe des dénégations de Victor. Il était devenu jaloux de l'estime que me portait sa femme et avait enrôlé Turnbull pour me mettre en garde. L'avertissement était d'autant plus offensant qu'il était prématuré, mais je savais au fond de moi qu'il n'était pas non plus totalement immérité. Et je savais aussi que, pour une foule de raisons qui tombaient sous le sens, j'aurais eu tout intérêt à le prendre en compte.

« Oh, là, ça se corse, cette affaire, Mr Staddon. » C'était le jeudi matin, jour de la comparution de Consuela en première instance, et, à Londres, Kevin Loader tenait à me faire bénéficier de la perspective adoptée par le *Daily Sketch* sur l'événement. « Y a une photo de l'intéressée dans l'journal d'aujourd'hui, vous savez. On dirait bien que j'avais raison.

— À quel propos, Kevin ?

— De son allure, tiens donc. Regardez-moi ça. »

Il me fourra le journal sous le nez et là, flou mais immédiatement reconnaissable, m'apparut le visage de Consuela. Deux femmes agents de police la faisaient entrer précipitamment dans la salle d'audience, et elle ne paraissait pas consciente de l'appareil braqué sur elle, les yeux rêveusement fixés devant elle comme si ses pensées étaient à cent lieues des débats qui allaient suivre. Elle portait un long manteau agrémenté de fourrure et un chapeau à large bord avec une plume passée dans le ruban. Elle me parut plus maigre que dans mon souvenir, mais par ailleurs peu marquée par le passage du temps.

« Ça barde drôlement à 'Ereford, d'après c' qu'on raconte, reprit Kevin. Y a plein de gens qui réclament sa tête. Scandaleux, non ? »

Qu'une foule ait un comportement pervers ne me surprenait guère. À Hereford ou sur la place de la Concorde, on pouvait toujours dans ce genre de situation compter sur les gens pour faire honte à l'humanité. Et, d'après le *Sketch* de Kevin, ceux qu'avait attirés l'audience de Consuela ne dérogeaient pas à la règle.

Les quelques-uns à avoir été admis dans le prétoire le mercredi avaient assisté à une séance consacrée aux dépositions de la police et des experts médicaux. Sir Bernard Spilsbury, le célèbre médecin légiste du ministère de l'Intérieur, avait exposé ses conclusions suite à l'autopsie de Rosemary Caswell. L'analyse des prélèvements pratiqués sur les organes vitaux avait montré la présence d'une dose d'arsenic assez puissante pour tuer tous les participants au thé du 9 septembre à Clouds Frome. Il ne faisait absolument aucun doute que la victime avait succombé à un sévère empoisonnement. Quant aux échantillons d'urine provenant des deux autres malades, ils s'étaient révélés contenir également de l'arsenic, mais dans des proportions sans commune mesure avec la quantité trouvée chez la victime. Le docteur Stringfellow avait informé de ses conclusions Scotland Yard et la police du comté le 17 septembre, soit quatre jours après avoir pratiqué l'autopsie.

Le commissaire Wright de Scotland Yard avait immédiatement pris la direction de l'enquête et était arrivé à Hereford le 18. Il était clair depuis le début que ce thé dans le salon de Clouds Frome était la seule occasion lors de laquelle le poison avait pu être administré aux trois personnes affectées. C'est en conséquence sur la maison elle-même que le commissaire avait centré ses recherches. En procédant par élimination, il avait établi que le sucre était la seule substance, solide ou liquide, à avoir pu être absorbée par Rosemary, Marjorie et Victor, mais pas par Consuela ni Jacinta. Dans la mesure où il se présentait sous la forme d'une poudre blanche, c'était un milieu idéal pour cacher l'arsenic. Et dans la mesure où Rosemary et Marjorie étaient arrivées à l'improviste *après* la dissimulation présumée du poison, il s'ensuivait que Victor – le seul autre participant habitué à sucrer son thé – était en fait la personne visée. Rosemary avait été la première à se servir dans le sucrier. D'après sa mère, elle prenait trois cuillerées par tasse. On pouvait donc en déduire que, jouant de malchance, elle avait avalé l'essentiel de l'arsenic, n'en laissant qu'une infime quantité à sa mère et à son oncle.

Étant donné que Wright pensait que Victor avait fait l'objet d'une tentative de meurtre, il avait donné la priorité à la découverte du meurtrier, lequel en théorie pouvait frapper à nouveau à tout moment. Il avait interrogé la bonne qui avait préparé le plateau ainsi que le valet qui avait porté celui-ci au salon. Aucun des deux n'avait éveillé ses soupçons. Ce qui l'avait alerté, en revanche, était le fait que Consuela se trouvait seule au salon quand le thé était arrivé. En conséquence de quoi, il avait sollicité la délivrance d'un mandat de perquisition dans l'espoir que la découverte d'une cache d'arsenic le conduirait au meurtrier.

La perquisition avait eu lieu le 21 septembre. Dans une des remises, on avait découvert une boîte entamée d'un désherbant en poudre du nom de Weed Out, que le jardinier, Banyard, confirma être à base d'arsenic. Il n'avait pas été en mesure de dire si la boîte contenait moins de produit qu'il n'aurait pu s'y attendre, mais avait volontiers reconnu que n'importe qui avait pu y avoir accès, les remises n'étant jamais fermées à clé. Plus tard, au fond d'un tiroir dans la chambre de Consuela, une fonctionnaire de police avait trouvé un tortillon de papier bleu contenant une poudre blanche qui se révéla à l'analyse être de l'oxyde d'arsenic, ainsi que trois lettres encore dans leurs enveloppes, entourées d'un élastique. Les lettres, adressées à Consuela, avaient été postées à Hereford les 20 et 27 août et le 3 septembre, soit avec un intervalle d'une semaine exactement. Anonymes, et rédigées, selon un graphologue, dans une écriture déguisée, elles faisaient toutes état de la même allégation : Victor Caswell entretenait une liaison avec une autre femme. Interrogée à leur propos, Consuela avait nié les avoir jamais vues auparavant, affirmant qu'elle n'en avait reçu aucune. Wright lui avait fait observer que, l'adresse étant correctement rédigée et les lettres dûment timbrées, elle ne pouvait persister dans ses dénégations, mais elle avait continué à affirmer qu'aucune lettre de ce genre ne lui était jamais parvenue. Au vu de ce comportement et de la découverte de l'oxyde d'arsenic, Wright avait ordonné son arrestation pour ensuite l'inculper sur deux chefs d'accusation : meurtre et tentative de meurtre.

« Ça sent pas bon, hein, Mr Staddon ?

— Pas bon pour qui, Kevin ?

— La Consuela Caswell, pardi. Les lettres, l'arsenic. Le mobile et la façon de faire, quoi. Comment elle va pouvoir se sortir d'ce pétrin ? »

Comment, en effet ? Kevin avait raison, ça ne sentait pas bon. Pas bon du tout.

« Si vous voulez mon avis, Mr Staddon, elle est bonne pour la corde. »

C'est alors, me semble-t-il, que je pris conscience pour la première fois de ce qui était en jeu dans l'affaire. La vie de Consuela. Ou sa mort.

Je ne pris pas en compte la mise en garde du major Turnbull. Plus exactement, je la gardai présente à l'esprit, mais sans que cela influe sur mon comportement. Il arrive souvent que ce qui est sage et raisonnable nous paraisse négligeable au regard des autres impératifs qui gouvernent nos vies. C'est ainsi que je continuai à voir Consuela et à m'enticher d'elle toujours davantage, à mesure que le printemps 1910 cédait la place à l'été. Un très bel été, par ailleurs, avec peu d'interruptions dans les travaux, et encore moins dans la poursuite de ma relation avec ma future maîtresse, poursuite que je savais me mener au bord de l'amour.

Il y avait des occasions – inévitables – où nous nous rencontrions par hasard lors de mes visites à Hereford. Il arrivait par exemple qu'elle sorte de la boutique de la modiste alors que je traversais la rue devant mon hôtel. Ou que je me trouve sur Castle Green au moment de sa promenade de l'après-midi. De telles coïncidences faisaient partie de notre conspiration silencieuse : nous rencontrer aussi souvent que possible parce que nous avions grand désir de nous voir, mais sans nous avouer la source de ce désir.

Nous la connaissions pourtant bien, et je soupçonne que, si nous ne mettions jamais de mots sur ce qui était en train de nous arriver, c'était parce que nous craignions – et pour d'excellentes raisons – de ne pas voir notre relation se poursuivre ainsi bien longtemps. Sa religion et son éducation avaient appris à Consuela que rien en dehors de la mort du conjoint n'était en mesure de dissoudre les liens du mariage. Elle serait ostracisée par sa famille et son Église si elle ne respectait pas ce principe. De mon côté, j'imaginais sans peine les difficultés que pourrait avoir à trouver d'autres commandes un architecte qui aurait volé la femme de son client.

Victor lui-même me donnait de bonnes raisons d'excuser ma conduite. À l'égard de Consuela, il n'avait au mieux que de l'indifférence. Le plus souvent, il faisait preuve d'une arrogance frisant le mépris. Ce qui était sans doute pour lui le comportement normal et convenable d'un mari vis-à-vis de sa femme, mais ne l'était pas pour moi. Et les diverses allusions d'Hermione laissant entendre qu'il était déçu de voir que Consuela ne lui donnait pas de fils ne me paraissaient pas non plus justifier pareille conduite de sa part. J'avais appris de la bouche de Consuela que leur mariage avait été arrangé derrière la porte fermée du bureau de son père longtemps avant que l'on songe à lui demander, à elle, son avis sur la question. Les prix du café sur le marché international chutaient depuis déjà plusieurs années et avaient sérieusement contribué à détériorer la situation de la famille Manchaca de Pombalho. Ce que Victor Caswell avait offert au vieil homme en échange de la main de sa fille était le salut financier : une part dans l'empire qu'il avait bâti dans le caoutchouc. On avait en conséquence fait comprendre à Consuela qu'il n'était pas question pour elle de refuser ce mariage. Était-ce étonnant que, abandonnée par sa famille à une union sans amour dans un pays qu'elle ne connaissait pas, elle ait été attirée par le seul homme à lui manifester autre chose qu'indifférence et dédain ?

Consuela avait tout de même une autre personne à qui se confier : sa femme de chambre, Lizzie Thaxter. Cette fille du Herefordshire à l'esprit vif et à l'allure engageante aurait probablement deviné ce que nous fabriquions si sa maîtresse ne le lui avait pas dit ; de fait, elles n'avaient aucun secret l'une pour l'autre. Pour tout dire, je soupçonnais qu'un sentiment partagé d'assujettissement faisait d'elles des alliées naturelles. Il fallut peu de temps pour que Lizzie devînt notre messagère, me glissant dans la main au moment où je quittais Fern Lodge un billet précisant un lieu et une heure, ou apportant un message à mon hôtel et attendant la réponse. Il était clair qu'elle n'aimait guère les Caswell, et tout aussi clair qu'elle appréciait le rôle qu'elle jouait en secret dans notre rébellion contre eux. Son père et deux de ses frères travaillaient à la manufacture de papier de Ross-on-Wye, propriété du frère de Marjorie, Grenville Peto, un homme connu pour sa dureté en tant qu'employeur ; peut-être était-ce là l'origine de son ressentiment. Quelle qu'en ait pu être la raison, il était certain que, sans l'aide de Lizzie, Consuela et moi n'aurions pas été en mesure de nous voir aussi souvent que nous le faisions.

Plusieurs mois passèrent ainsi. Ces moments volés que nous nous arrangions pour passer ensemble finirent par occuper une part grandissante dans notre vie. Et la fin des travaux à Clouds Frome, en se rapprochant de plus en plus, finit par nous apparaître de moins en moins souhaitable. Une fois la maison terminée, je n'aurais en effet plus aucune raison de venir à Hereford ou de rendre visite aux occupants de Fern Lodge, plus aucun prétexte pour rencontrer la femme de mon client et bavarder avec elle. Ce que nous ferions alors – comment nous résoudrions la crise vers laquelle nous entraînaient inéluctablement nos sentiments –, je n'en avais aucune idée.

Vers la fin du mois de novembre 1910, une lettre de Rio de Janeiro apprit à Consuela que son père était mourant. Avec l'accord de Victor, elle décida de rentrer chez elle sur-le-champ, dans l'espoir d'arriver avant l'issue fatale. Le voyage fut préparé dans la hâte, et je n'en eus connaissance que la veille de son départ. Un message apporté par Lizzie m'avait supplié de me trouver dans l'heure sur le chemin longeant la rivière dans Bishop's Meadow. Loin d'être en retard, j'étais en avance, mais Consuela était là avant moi, faisant les cent pas devant un banc et contemplant pensivement la cathédrale qui se dressait sur l'autre rive. Quand elle me fit part de la nouvelle qu'elle avait reçue de Rio, je pensai immédiatement que c'était là l'explication de son air bouleversé et m'efforçai de la consoler. Mais il y avait davantage que cela, comme je ne tardai pas à l'apprendre.

« La nouvelle de ce qui arrive à mon père m'a tirée d'un rêve, me dit-elle en détournant le regard.

— Un rêve ?

— Oui, un rêve où nous sommes réunis. Celui de notre avenir ensemble.

— Faut-il appeler cela un rêve ?

— Oh oui, Geoffrey. Vous le savez aussi bien que moi.

— Consuela…

— Non, écoutez-moi ! Ce que j'ai à vous dire est très important. Je suis mariée à Victor, pas à vous, aussi amèrement que je le regrette. Et l'architecte que vous êtes doit penser à sa carrière, aussi enclin que vous soyez à l'oublier. Nous ne pouvons ignorer qui nous sommes. Nous ne pouvons nous le permettre.

— Je dirais moi que nous ne pouvons ignorer ce que nous sommes l'un pour l'autre.

— Nous aurons peut-être à nous y résoudre.

— Ce que vous dites là est terrible, Consuela. C'est vraiment le fond de votre pensée ? »

Elle avait à présent des larmes dans les yeux. Elle avait mis une voilette, sans doute dans l'espoir de les cacher, mais c'était peine perdue. Je me pris à espérer, très égoïstement, qu'elle pleurait sur notre sort plutôt que sur celui de son père.

« Je pars demain, dit-elle en soupirant. C'est uniquement pour cela que j'ai trouvé le courage de mettre un terme à notre relation, avant qu'il soit trop tard.

— Quand serez-vous de retour ?

— Je ne sais pas. Six semaines, deux mois. Difficile à dire.

— Pourquoi alors vouloir tout arrêter ? Je serai toujours là.

— Mais vous ne comprenez donc pas ? » Ses lèvres tremblaient. Je ne comprenais que trop bien et, face à sa détermination, je ne pouvais que me sentir coupable de simuler ainsi l'incompréhension.

« Si nous sommes condamnés à ne pas faire connaître notre amour au monde, je préfère le voir mort. Si nous ne pouvons devenir mari et femme, il nous faut n'être rien l'un pour l'autre.

— Pas même amis ?

— L'amitié entre nous ne pourrait aller sans amour, dit-elle en souriant. Et l'amour nous est interdit.

— Et donc ?

— Donc, je rentre à Rio, je pleure mon père et réconforte ma mère. De votre côté, vous terminez la construction de Clouds Frome et passez à la commande suivante.

— Mais tout de même… »

Dans un geste qui me prit au dépourvu, elle leva sa main gantée et la pressa sur mes lèvres. « Ne dites plus rien, Geoffrey, sinon le courage risquerait de me manquer. Croyez-moi, c'est le mieux que nous ayons à faire. »

Je secouai la tête sans un mot. Sa main retomba. Puis elle passa devant moi, ses yeux s'arrêtant une dernière fois sur les miens. J'entendis le bruissement de sa robe s'estomper à mesure qu'elle s'éloignait et compris que je risquais de ne jamais plus la revoir. J'eus envie de me retourner pour la rappeler, la ramener à moi avec des déclarations d'amour et des promesses pour l'avenir. Mais je ne bougeai pas, ne parlai pas. Quelles promesses pouvais-je faire que je fusse sûr de tenir ? Quels serments que je fusse sûr d'honorer ? Nous connaissions tous les deux les réponses et cela suffit à nous tenir éloignés l'un de l'autre. Pour le moment.

Le quatrième jour de l'audience avait été consacré à la déposition de divers domestiques employés à Clouds Frome. Une fille de cuisine du nom de Mabel Glynn expliqua comment elle avait préparé le plateau et rempli la fontaine à thé en cet après-midi du 9 septembre. Gâteau tout juste sorti du four, tranches de pain beurrées, confiture de framboise, thé, lait… et sucre. Tels étaient les ingrédients de la tragédie qui avait suivi. Le sucre avait été versé d'un bocal directement dans le sucrier et il y avait eu d'autres prélèvements du même genre avant et après ce jour-là. La fille avait été horrifiée d'apprendre qu'il avait probablement servi à administrer le poison, mais du sucre provenant du même bocal avait été consommé depuis, lors de plusieurs repas, et elle avait été soulagée de savoir que la faute ne pouvait être imputée à la cuisine.

Un valet de pied du nom de Frederick Noyce déclara avoir porté le plateau dans le salon, où il avait trouvé Consuela seule. Après l'avoir remercié, celle-ci lui avait demandé d'aller prévenir son mari que le thé était prêt ; elle se chargerait elle-même d'appeler miss Roebuck, la gouvernante, par le téléphone intérieur pour lui faire savoir que Jacinta devait les rejoindre au salon. Interrogé à ce sujet, Noyce dit ne rien avoir décelé d'inhabituel dans le comportement de Consuela. Ayant transmis le message à son maître, qui était alors dans son bureau, il repartait pour la cuisine quand avait résonné la sonnette de l'entrée, annonçant l'arrivée de Marjorie et de sa fille. Il les avait fait entrer avant qu'on l'envoie chercher de la vaisselle et des couverts supplémentaires. En les apportant, il n'avait eu devant les yeux qu'une agréable et conviviale réunion de famille. Tout comme Mabel Glynn, il avait été horrifié en entendant parler de l'empoisonnement, mais il avait catégoriquement affirmé que le sucrier n'avait pas été une seconde hors de sa vue entre le moment où il l'avait pris dans la cuisine et celui où il l'avait apporté au salon.

Puis ce fut le tour d'un domestique dont je reconnus le nom : John Gleasure. Ce valet de pied de Fern Lodge était parti à Clouds Frome avec Victor, qui depuis en avait fait son valet de chambre. S'inquiétant pour son maître après avoir appris de Danby, le majordome, que celui-ci ne se sentait pas suffisamment bien pour descendre dîner, il était monté voir si Victor avait besoin de quelque chose. L'ayant trouvé souffrant et en proie à de violentes douleurs, il avait fait part de son inquiétude à Consuela, laquelle, vu l'heure tardive, n'avait pas jugé bon d'appeler un médecin. Mais, grâce au coup de téléphone de Marjorie, le docteur Stringfellow était arrivé peu après. À une question posée à titre d'hypothèse par l'accusation, Gleasure avait formellement rejeté l'idée que Victor ait pu avoir une liaison. « Impensable, monsieur. J'aurais à coup sûr été au courant. Et je ne l'étais pas. »

Voilà pour le loyal valet de chambre. Banyard, le jardinier, était lui un personnage nettement moins respectueux de ses maîtres. Réagissant à une suggestion de la cour selon laquelle garder de l'arsenic dans un lieu non fermé à clé constituait une grave négligence, il avait protesté que c'était à son employeur d'en décider, ce qu'il n'avait jamais jugé bon de faire. Quant à la question de savoir qui pouvait être au courant du fait qu'il utilisait le désherbant Weed Out, il avait convenu que Consuela s'intéressait davantage au jardin que Victor. Il était même possible qu'il lui ait parlé de ce produit au cours d'une de leurs discussions.

Le dernier témoin de la journée avait été la femme de chambre de Consuela, Cathel Simpson. (Qu'était-il advenu, me demandai-je, de Lizzie ?) Elle était la personne la mieux placée pour juger de la réaction de Consuela aux lettres anonymes, mais elle avait résolument refusé d'admettre en avoir jamais eu connaissance, affirmant que ces lettres et le cône de papier contenant l'arsenic ne se trouvaient pas – elle en aurait juré – dans le tiroir où on les avait trouvés, quand elle l'avait ouvert pour la dernière fois, autrement dit la veille, dans le but de prendre ou de ranger des pièces de lingerie. Quant à l'état d'esprit de Consuela, il était resté inchangé et parfaitement normal avant, pendant et après le thé du 9 septembre.

Il n'y avait pas là matière à réconfort pour Consuela. Certes, aucun des domestiques n'avait dit du mal d'elle ; et l'on avait même l'impression, à lire le compte rendu dans la presse, que tous l'appréciaient. Mais leur avis n'avait guère d'importance. Ce qui comptait, c'était le poids des preuves accumulées contre elle : seule au moment où le thé avait été servi ; destinataire de lettres mettant en cause la fidélité de son mari ; consciente de la présence d'une substance toxique dans le Weed Out en même temps que de la facilité avec laquelle on pouvait accéder au désherbant ; et trouvée en possession des lettres et d'une certaine quantité d'arsenic. Je ne croyais pas qu'elle eût tenté de tuer Victor, mais à l'évidence la majeure partie des habitants de Hereford ne partageait pas mon opinion. Une épouse d'origine brésilienne cherchant à empoisonner un mari natif du Herefordshire et tuant par erreur sa nièce innocente, il y avait là de quoi exalter leurs pires préjugés. Et, à en croire le *Times*, de tels préjugés se manifestaient maintenant au grand jour dans les scènes de désordre auxquelles on assistait quotidiennement devant le tribunal. Les chances de Consuela s'étaient considérablement amenuisées. Où qu'elle tourne ses pensées dans la sombre solitude de sa cellule, elle ne devait trouver aucune raison d'espérer.

Dans les jours qui suivirent le départ de Consuela pour le Brésil, je m'apitoyai beaucoup sur mon sort. J'étais encore trop jeune alors pour comprendre que le chemin du bonheur peut être semé d'embûches, trop centré sur moi-même pour me rendre compte que les autres pouvaient souffrir davantage que moi. Dans mes moments de lucidité, je reconnaissais le bien-fondé de la décision de Consuela, sans pour autant renoncer aux souvenirs que je chérissais d'elle : la vision de sa personne approchant le long d'un sentier, le son de sa voix à mon oreille, les familiarités prudemment échangées, les espoirs timidement conçus.

Je lui adressai une longue lettre dans laquelle j'épanchais une partie de ces sentiments. Je me demandai comment elle serait, dans quelle humeur, dans quelles circonstances, en la recevant à la Maison des Roses, là-bas à Rio. Je ne m'attendais pas à une réponse, car, selon toute vraisemblance, elle serait rentrée avant qu'une quelconque lettre de sa part me parvienne ; il n'empêche que je fouillais tous les matins dans mon courrier à la recherche de son écriture en dessous d'un timbre brésilien.

Je ne pouvais décemment pas demander à Victor la date de son retour, et ce fut en fait Hermione qui m'apprit qu'ils avaient reçu un télégramme leur annonçant la mort de son père le 22 janvier ; apparemment, elle devait encore passer une semaine là-bas après l'enterrement, avant de rentrer en Angleterre. À ce moment-là, j'en étais arrivé à ne plus savoir quelle attitude adopter quand elle serait à nouveau à proximité : devrais-je suivre les instructions qu'elle m'avait données en partant, ou au contraire chercher à retrouver le plaisir que nous avions partagé ?

Ce fut peut-être une bonne chose, dans ces conditions, que d'avoir d'autres affaires pour accaparer mon esprit. Début février 1911, un des charpentiers travaillant à Clouds Frome, Tom Malahide, fut arrêté pour complicité de vol à la fabrique de papier de Peto. À ma plus grande stupéfaction, j'appris que son complice n'était autre qu'un des frères de Lizzie Thaxter, Peter. Travaillant à l'entretien de la machine à fabriquer les plaques, il volait celles qui servaient à imprimer les billets et les faisait passer à Malahide, lequel les acheminait ensuite jusqu'à un graveur peu scrupuleux de Birmingham, tous trois se livrant à un trafic de faux billets potentiellement très lucratif. Un contrôle fortuit à la fabrique avait révélé le pot aux roses, et la police n'avait pas tardé à identifier Thaxter comme étant l'auteur des vols. Il avait été arrêté en même temps que Malahide lors d'une remise de plaques, et le graveur les avait suivis de peu.

Lizzie avait accompagné Consuela au Brésil, ce qui n'était pas plus mal dans la mesure où, si elle avait été à Hereford à ce moment-là, Victor l'aurait probablement renvoyée au seul motif qu'elle était parente d'un des membres du gang. En la circonstance, il soulagea son irritation en s'en prenant à moi et au maître d'œuvre pour avoir employé des individus suspects et ainsi porté atteinte à son nom et à celui de sa nouvelle maison. Peu importe que Malahide nous soit arrivé nanti d'une moralité exemplaire, ou qu'il eût incombé à la fabrique de s'entourer de davantage de précautions, je fus condamné à faire pénitence au cours d'un déjeuner atroce à Fern Lodge en présence du frère de Marjorie, Grenville Peto, le directeur scandalisé de l'entreprise. Je me rappelle avec une douloureuse clarté avoir balbutié une excuse qui n'avait pas lieu d'être à l'adresse de cette espèce d'horrible crapaud boursouflé, sous les regards sévères de Marjorie et de Mortimer, et en présence d'un Victor en proie à un embarras qu'il ne manquerait pas de me faire payer plus tard.

À la suite de cet épisode, je commençai à envisager avec plaisir le moment, assez proche maintenant, où la maison serait terminée. Rien ne s'opposait, en fait, à ce qu'elle fût prête à recevoir ses occupants dès les fêtes de Pâques, et je pouvais à juste titre me féliciter du travail accompli. La vision qu'offrait la demeure était véritablement à la hauteur de ses promesses, ses pignons solides et ses élégantes cheminées parfaitement intégrés au paysage entre verger et éminence boisée. J'avais satisfait en tous points aux critères les plus exigeants, et même Victor dut admettre, fût-ce à contrecœur, que c'était là de la belle ouvrage.

Le premier week-end de mars me trouva dans mon appartement de Pimlico, songeant à l'existence solitaire que je menais à Londres depuis que mes investissements à Hereford – tant professionnels que sentimentaux – étaient passés au premier plan de mes préoccupations. C'était un samedi soir, et Imry avait voulu que je l'accompagne lui et sa très ornementale cousine Mona à une représentation de la dernière pièce de Somerset Maugham donnée au Duke of York. Mais j'avais décliné l'invitation, préférant vérifier et revérifier les plans et le calendrier des derniers travaux. À la demande de Victor, j'avais commandé des photos, et, en examinant à présent les tirages, je cherchais à m'assurer que la maison était vraiment telle que je l'avais voulue le jour où, deux ans et demi plus tôt, j'avais aperçu le site pour la première fois. Elle l'était, et même au-delà ; il n'y avait aucun doute à cet égard. J'aurais dû me sentir fier et plein d'exaltation. J'aurais dû être dehors à fêter mon succès. Au lieu de quoi, j'étais penché sur des cotes et des calculs de proportions, plongé dans des mesures et des listes de matériaux, examinant chaque photo dans la lumière la plus vive, à la recherche de la faille que, au fond de moi, je savais être au cœur de l'ouvrage. Tout en étant persuadé que je ne la trouverais pas. Car la faille était en moi, et non dans Clouds Frome.

J'ai encore présent à l'esprit chaque détail de cette soirée, chaque nuance de sa couleur : le corps violet du stylo que j'avais à la main, les reflets ambrés du whisky dans mon verre, les volutes grises de la fumée de cigarette montant au plafond… et le noir de la nuit londonienne qui se pressait contre les vitres.

Je me souviens d'avoir constaté à ma montre, un peu après onze heures, combien il était tard, et, après avoir écrasé une cigarette et m'être massé le front, m'être levé du divan pour aller jusqu'à la fenêtre. Les carreaux étaient embués, il commençait à faire froid dehors. Mais le froid était en cet instant ce qu'il me fallait. Je relevai le châssis et me penchai dans l'obscurité, respirai profondément et regardai en bas dans la rue.

Silhouette frêle et immobile que je connaissais bien, toute de noir vêtue, elle était debout sous un réverbère sur le trottoir d'en face, les yeux fixés sur moi, comme ils devaient l'être sans doute sur la fenêtre, longtemps avant que je l'atteigne. La raison de sa présence ici, je ne pouvais que la deviner ; quant à ses pensées en cet instant, je n'osais les imaginer. Dans son regard, le doute se mêlait à l'insistance, et aussi, semblait-il, l'espoir. Nous nous dévisageâmes en silence pendant quelques secondes qui me parurent concentrer en elles toutes les semaines qu'avait duré son absence. Puis je lui fis signe que je descendais et me ruai hors de l'appartement.

Quand j'arrivai sur le perron de la porte d'entrée, je la trouvai sur le trottoir devant l'immeuble. À la voir de plus près, son inquiétude était patente. Ses yeux noirs fouillaient mon visage, ses lèvres tremblaient. Quand je commençai à descendre les marches, elle recula d'un pas. Son attitude indiquait qu'il devait y avoir un espace entre nous, une frontière à tracer avant que les premiers gages puissent être échangés.

« J'ignorais que vous étiez en Angleterre, dis-je après un moment de silence.

— Personne ne le sait, répondit-elle d'une voix forcée. À l'exception de Lizzie.

— Lizzie a-t-elle appris…

— Pour son frère ? Oh, oui. Nous avons reçu un télégramme de Victor juste avant notre départ. J'ai envoyé Lizzie voir sa famille à Ross.

— Alors vous êtes seule ?

— Oui. Nous sommes arrivées à quai dans l'après-midi. Cinq jours avant la date que j'ai donnée à Victor.

— Vous avez… je veux dire, la traversée a pris moins longtemps que prévu ?

— Non, Geoffrey. J'avais très bien jugé du temps qu'elle prendrait. »

Quel était le sens de cette remarque ? Qu'était-il arrivé ? Où voulait-elle en venir ?

« Vous ne voulez pas entrer ?

— Je ne sais pas trop. Pour être tout à fait honnête, je crois que j'espérais ne pas vous trouver chez vous.

— Pourquoi ?

— Parce qu'alors j'aurais dû rentrer de suite à Hereford.

— Et vous n'en avez pas envie ? »

Je lus la réponse dans ses yeux. Elle me rejoignit sur les marches. Quand elle se remit à parler, ce fut sans me regarder et d'une voix qui n'allait guère au-delà du murmure.

« J'ai dit à ma mère, et à mon père avant qu'il meure, que ma vie avec Victor était un supplice, que jamais je ne pourrais l'aimer, qu'il ne pourrait jamais me rendre heureuse. Je les ai suppliés de m'aider, de me conseiller, au moins de m'accorder un refuge.

— Et comment ont-ils réagi ?

— En me parlant de devoir. En mettant en avant leur honneur et mes obligations.

— Comme vous l'avez fait vous-même, lors de notre dernière rencontre.

— Oui, c'est vrai. » Cette fois elle m'avait regardé, un rai de lumière accrochant ses yeux sous le bord de son chapeau. « Mais c'était avant la mort de mon père, avant de savoir à quoi me condamnaient ses principes : une mort dans le devoir et une tombe honorable. Cela ne saurait suffire, Geoffrey, je ne saurais m'en contenter.

— Consuela…

— Dites-moi de partir tout de suite, si vous voulez. Dites-moi de rentrer à mon hôtel et de prendre demain le premier train pour Hereford. Vous ne feriez en cela que suivre le conseil que je vous avais donné. Et c'était un bon conseil, le meilleur qui soit.

— Vraiment ? Je n'en suis pas si sûr. Et vous non plus.

— Mais il faut que nous soyons sûrs, non ? Dans un sens ou dans l'autre. »

La vérité était que nous n'avions pas les moyens d'une quelconque certitude. Mais nous ne voulions l'admettre ni l'un ni l'autre, préférant croire en des avenirs imprévisibles, plus nombreux que les étoiles dans le ciel au-dessus de nos têtes.

« Entrons, Consuela, la pressai-je. Nous pouvons… »

Comme la dernière fois, trois mois plus tôt à Hereford, elle m'interdit d'aller plus loin en me posant doucement une main sur la bouche. Mais ce jour-là, elle ne dit rien, et ce jour-là elle avait ôté son gant. Je sentis le contact de ses doigts nus sur mes lèvres plus intensément que ne l'eût été celui de sa bouche. Puis je pris sa main dans la mienne et l'entraînai en haut des dernières marches jusqu'à la porte.

HEREFORD : MISE EN ACCUSATION POUR EMPOISONNEMENT

Mrs Consuela Caswell a été hier mise en accusation pour meurtre et tentative de meurtre au terme d'une audience de cinq jours au tribunal de première instance de Hereford. Mr Hebthorpe, représentant du ministère public, a résumé les arguments de l'accusation dans un discours de deux heures qui lui a permis d'exposer toutes les preuves en sa possession avant de conclure qu'elles constituaient *a priori* des arguments irréfutables en faveur de la culpabilité de Mrs Caswell. La jalousie de l'accusée avait été éveillée, a-t-il déclaré, par de malveillantes insinuations selon lesquelles son mari lui aurait été infidèle. Elle avait alors entrepris de l'empoisonner d'une manière diabolique, pour finalement voir la jeune et totalement innocente nièce de son époux absorber le poison à sa place. Elle n'avait fait aucune tentative pour intervenir, condamnant ainsi miss Caswell à une mort atroce. Elle avait par la suite continué à faire provision d'arsenic en prévision du jour où elle pourrait à nouveau attenter à la vie de son mari.

Après une brève délibération, la cour a annoncé qu'elle était disposée à prononcer la mise en accusation de Mrs Caswell et à la renvoyer devant la cour d'assises lors de sa prochaine session. Mr Windrush, son avocat, a fait savoir qu'elle souhaitait réserver sa défense.

De regrettables scènes de désordre se sont produites à l'extérieur du palais de justice au moment où Mrs Caswell était emmenée vers un fourgon de police pour être conduite à la prison de Gloucester. Au milieu des cris et de la bousculade, différents objets ont volé dans l'air, et un œuf s'est écrasé sur le bras de la prisonnière. Il a été procédé à trois arrestations. Les origines étrangères de Mrs Caswell aussi bien que le respect unanime dont jouit la famille de son mari à Hereford, joints aux circonstances dramatiques de l'affaire, expliquent sans doute l'animosité dont elle est l'objet.

« Tu penses aller au bureau, aujourd'hui, Geoffrey ? » Samedi matin à Suffolk Terrace, petite bruine grise et triste derrière les fenêtres. Angela, qui n'avait toujours pas dit un mot à propos de la comparution de Consuela, me regarda d'un œil bien à elle : moqueur, supérieur… enjoué, aurait-on pu penser, comme je l'avais moi-même jugé à une époque.

« Non, répliquai-je, en tournant la page du journal.

— J'ai dit à Maudie Davenport que j'irais avec elle chez Harrods. Les collections d'automne sont arrivées, tu sais.

— Ah bon ?

— Et Maudie tient absolument à être dans les premières. Alors, il faut que je me sauve.

— Oui, bien sûr.

— Et toi, que vas-tu faire ? » Elle avait déjà traversé la moitié de la pièce, nullement préoccupée de la réponse que je pourrais lui donner.

« Bof ! Une chose et une autre.

— Surtout ne te fatigue pas trop !

— Rassure-toi, j'y veillerai. »

Mes yeux, et avec eux mes pensées, retournèrent au journal que j'avais dans les mains. Je revins à la page que je lisais avant la question d'Angela. *Mrs Consuela Caswell a été hier mise en accusation pour meurtre et tentative de meurtre.* C'était inévitable, bien sûr. Toutes ces preuves, si accablantes, si irréfutables… Il n'y avait pas d'autre issue possible. Mais la réalité de la chose était bien plus terrible que sa simple anticipation. Une foule hostile réclamant « la tête de cette garce d'étrangère ». Des éclaboussures âcres d'œuf pourri sur sa manche, comme un symbole de honte. Puis, la compagnie silencieuse de deux austères gardiennes dans le fourgon la ramenant à la prison. À sa cellule. Le sordide et l'horreur de ces scènes peuplaient d'images mon imagination. Et au milieu, gravées de façon indélébile par le souvenir, d'autres images qui rendaient les premières par contraste si difficiles à supporter.

« *Querido Geoffrey.* » Telle était l'expression que Consuela avait utilisée en cette soirée de mars treize ans auparavant, quand elle s'était donnée à moi pour la première fois ; un mot tendre doucement murmuré, avec le seul terme portugais qu'elle se soit permis. « *Querido Geoffrey.* »

J'avais couvert le feu, et, en réponse, il déploya un voile de lumière dorée à travers la pièce, qui retomba sur les ondulations des draps froissés, les éminences des oreillers, les colonnes du lit. Et sur Consuela. Elle

85

était tout entière à moi, pour une nuit seulement, pour le temps infini et l'éternité de désir que cette nuit semblait contenir.

« Tu es belle, Consuela. Si belle que j'ai peine à croire à tant de beauté.

— Belle pour toi, Geoffrey. Rien que pour toi. »

Ses yeux sombres, inquiets et fiévreux. Sa chevelure plus sombre encore, dénouée, glissant entre mes doigts. Ses lèvres à mon oreille, murmurant les mots que je voulais entendre. Ses mains, pressantes et caressantes. Et sa peau aux reflets d'or, brûlante sous mes doigts. Nos membres s'enlacèrent. Nos corps se joignirent. Excès de passion. Extase inouïe. Confiance trop grande pour résister au passage du temps.

« Je t'aime, Consuela.

— Moi aussi, je t'aime. Ne m'abandonne pas, à présent, Geoffrey. Pas après ce que nous venons de vivre.

— Jamais, dis-je avant de l'embrasser. Jamais je ne t'abandonnerai.

— Je ne le supporterais pas.

— Cela n'arrivera jamais.

— Tu en fais le serment ?

— Que Dieu m'en soit témoin. » Je l'embrassai encore une fois et lui souris. « Je suis à toi à jamais. »

3

Quand les médecins firent savoir à Imry que, aussi longtemps qu'il infligerait le smog de Londres à ses poumons, il ne pourrait espérer aucune amélioration de son état, il s'acheta un cottage à Wendover, sur l'escarpement des Chiltern Hills, où il mena une existence paisible au grand air, travaillant un peu pour le cabinet, tout en s'efforçant de recouvrer la santé. Nous nous téléphonions tous les trois ou quatre jours et nous voyions au moins une fois par mois, si bien qu'il n'avait en aucune façon perdu le contact. Et puis, quand bien même il aurait cessé de participer aux affaires du cabinet, je n'en aurais pas moins sollicité son avis sur d'autres sujets.

Car Imry Renshaw est le meilleur et le plus fidèle des amis, cette pierre rare enfouie dans les strates de l'humanité : un homme d'une vraie bonté. Jamais d'abattement, jamais de reproches, il est toujours tel que ceux qui le connaissent souhaitent le trouver. Il sait très bien qu'il ne se débarrassera jamais des séquelles du gaz moutarde respiré en 1916 et que, selon toute vraisemblance, son état ne fera que s'aggraver peu à peu, mais il se refuse à l'admettre, que ce soit à part lui ou devant les autres. C'est avec un entrain courageux qu'il fait face aux attaques de la vie.

Il y avait deux raisons qui me poussaient à rechercher la compagnie d'Imry en ce samedi d'octobre dernier, tandis que mon épouse et Maudie Davenport partaient en quête de robes à quinze guinées pièce chez Harrods. Il me fallait absolument parler à quelqu'un de la situation de Consuela. Me convaincre moi-même – ou me laisser convaincre par un autre – qu'il n'y avait rien que je puisse faire pour lui venir en aide. Imry était la seule personne vers laquelle je pouvais me tourner, la seule de ma connaissance à maintenir le statut d'observateur impartial. Mais il comptait un autre avantage : il était le seul à savoir combien j'avais trahi Consuela par le passé.

J'arrivai à Wendover peu après midi et suivis le trajet familier qui, par une petite route sinueuse, menait de la gare au cottage à colombages d'Imry, Sunnylea. Sa gouvernante m'invita à partager le repas qu'elle était en train de préparer. Quant à mon ami, je le trouvai dans une remise, occupé à planter des bulbes dans des godets, avec à la bouche la pipe à laquelle on lui avait fortement conseillé de renoncer. Il avait découvert les joies du jardinage depuis qu'il avait quitté Londres et, à la moindre occasion, se mettait à disserter sur les qualités miraculeuses des légumes du jardin. Mais je ne fus pas abusé une seconde par ces allures de campagnard heureux de vivre. Il était plus maigre et plus voûté qu'il n'était bon pour lui, constamment à bout de souffle, et l'on sentait que, s'il devait bêcher ou soulever quelque chose de lourd, il lui faudrait abandonner ces tâches à un autre.

« Bonjour, Geoff. Content de te voir. » La chaleur de sa voix et de son sourire témoignait de la sincérité de ses paroles.

« Bonjour, Imry. Comment va ?

— Pas mal du tout. Mrs Lewis t'a-t-elle proposé de rester à déjeuner ?

— Oui.

— Parfait. » Il enfouit le dernier bulbe avec son plantoir et se retourna pour me faire face. « À quoi dois-je le plaisir de ta visite, Geoff ? Elle n'était pas programmée, celle-là.

— L'inspiration du moment, dis-je avec un grand sourire.

— Vraiment ? Rien d'autre ?

— Comme quoi ? » demandai-je en haussant les épaules.

Il alla au fond de la remise tirer un exemplaire d'une pile de vieux journaux coincée sous un tamis défoncé. Puis il l'ouvrit avant de le replier sur une page en particulier et de me le tendre. C'était le *Daily Telegraph* du mercredi, où l'on trouvait en bonne place un compte rendu de la deuxième journée de comparution de Consuela.

« Ah, je vois, dis-je piteusement.

— Tu veux en parler ?

— Je crois que j'aimerais bien, oui. »

C'est après le déjeuner, devant un feu de cheminée pétillant et des chopes d'une bière locale qu'il appréciait particulièrement, qu'Imry aborda le sujet. Au début, le seul fait de pouvoir en parler suffit à me soulager, mais une fois cette barrière franchie, il en subsistait une autre : Consuela était-elle coupable ou non ?

« Ce n'était qu'une audition, fit remarquer Imry. Aucun témoin de la défense n'a été entendu.

— Mais s'il y avait eu une réponse convaincante aux accusations avancées, son avocat n'aurait pas manqué de la donner.

— Manifestement, il n'a pas cru pouvoir empêcher la mise en accusation et, en conséquence, a jugé préférable de ne pas dévoiler son jeu.

— C'est se raccrocher à pas grand-chose, tu ne trouves pas ?

— Tu la crois donc coupable ?

— Que croire d'autre ? Tu as lu les témoignages aussi bien que moi. Elle ne saurait qu'apparaître telle aux yeux de qui ne la connaîtrait pas.

— Tu as raison, bien sûr. Les habitués du White Swan l'ont déjà déclarée coupable. Même Mrs Lewis y est allée de sa petite condamnation.

— Tu vois bien.

— Le verdict des mal informés ne nous concerne pas, si ? Je ne voudrais pas t'obliger à remuer de mauvais souvenirs, Geoff, mais, toi, tu la connais bien, je me trompe ? Son mari aussi. Alors, quelle est ton opinion, sincèrement ? »

Je réfléchis un moment avant de répondre : « Il n'est pas inconcevable que Consuela ait tué Victor. Si un homme a jamais pu pousser sa femme à l'assassiner, c'est bien Victor Caswell. Mais pas en l'empoisonnant. Elle n'est ni assez cruelle ni assez calculatrice pour cela. Et puis, il y a autre chose qui ne colle pas : les lettres anonymes qu'a trouvées la police, suggérant qu'il avait une liaison.

— Où est le problème ?

— En admettant qu'elles aient dit la vérité, elle s'en serait moquée de ces lettres. Comme de l'an quarante, Imry.

90

— Pas de jalousie ? Pas de rancune ?

— Aucune. On ne saurait être jaloux de quelqu'un que l'on abhorre.

— Mais cela fait plus de dix ans que tu ne les as pas revus, ni l'un ni l'autre. N'est-il pas possible…

— Qu'ils aient changé ? Non. Pour tout dire, je ne le crois pas une seconde.

— En ce cas, comment expliques-tu les circonstances du drame ?

— Je ne me les explique pas. J'en suis incapable. C'est bien là le problème. Je n'en sais pas suffisamment pour expliquer quoi que ce soit.

— Mais tu te demandes si tu devrais essayer d'en savoir davantage, c'est ça ?

— Oui.

— En faisant quoi ?

— En parlant à quelques-uns des témoins, je suppose.

— Ou à Consuela elle-même ?

— J'y ai pensé, effectivement. »

Imry se pencha pour alimenter le feu. « Crois-tu qu'elle accepterait de te voir ?

— Après ce que je lui ai fait, tu veux dire ? Non, j'en doute fort. Sans doute ma conscience s'en trouverait-elle apaisée, mais son angoisse à elle n'en serait qu'aggravée. Et puis, son avocat est certainement fort compétent. Il n'a pas besoin de moi pour préparer sa défense.

— Sans compter que si Angela apprenait que tu tentes de l'aider…

— Je serais dans de sales draps.

— Tout concourt donc à ce que tu laisses les choses en l'état ?

— Oui, en effet. C'est la solution la plus sage. La plus facile aussi. Mais est-ce la bonne ?

— Je ne sais pas, Geoff. Vraiment pas. Sinon, je te le dirais.

— J'imagine que j'espérais…

— Que j'aurais une réponse à te donner dans l'instant ? Désolé, mon vieux. C'est un dilemme que tu es le seul à pouvoir résoudre.

— Peut-être que j'aurais dû le résoudre il y a longtemps, dis-je avec un sourire contrit.

— Peut-être bien, en effet », confirma Imry avec un hochement de tête.

Que savais-je de Consuela ? Que savais-je de la femme à laquelle j'avais un jour juré amour et loyauté ? Uniquement ce qu'elle m'avait dit elle-même, bien sûr. Uniquement ce qu'elle avait laissé transparaître.

Née à Rio de Janeiro le 3 août 1888, elle était la cadette des sept enfants de Luís Antônio Manchaca de Pombalho, riche armateur et négociant en café. Elle avait trois sœurs, mais aucune d'entre elles apparemment n'égalait en beauté la jeune Consuela Evelina. À huit ans, elle avait été envoyée au pensionnat de Sion à Petrópolis, afin d'être éduquée et policée par les bonnes sœurs françaises. Piété, bienséance, application, raffinement et courtoisie. Telles furent les valeurs qu'on lui inculqua, en même temps qu'on lui enseignait les langues et les littératures française et anglaise, considérées comme infiniment supérieures à celles de son pays natal. C'était là un régime visant à la préparer à un mariage précoce et à une condition de mère et d'épouse obéissante.

En 1905, quand Consuela eut dix-sept ans, sa mère et l'un de ses frères l'emmenèrent à Paris pour un séjour de six mois, histoire de parfaire son éducation au contact d'une société policée. À son retour, elle découvrit qu'un nouveau personnage avait fait son apparition dans les affaires de son père, un Anglais du nom de Victor Caswell, connu pour avoir fait fortune dans les plantations de caoutchouc de l'Acre, un État du nord du Brésil, où il possédait de vastes domaines. À partir de ce moment, l'implication de Victor dans les affaires financières de la famille Pombalho et la cour assidue qu'il fit à Consuela procédèrent de concert. Et cette dernière, quand on lui offrit une union aussi convenable et satisfaisante pour tous, sentit qu'elle pouvait difficilement faire valoir sa seule antipathie comme motif de refus. En octobre 1907, ils se mariaient à Rio.

En l'espace de quelques semaines, Consuela fit trois terribles découvertes. D'abord, qu'elle était incapable de satisfaire aux appétits de son mari. Ensuite, que celui-ci était prêt à recourir aux services des nombreuses prostituées de luxe de Rio afin d'obtenir ce genre de satisfaction. Et pour finir, qu'il envisageait de rentrer le plus tôt possible en Angleterre, l'emmenant avec lui et la coupant ainsi des amis et de la famille qui constituaient son unique source de réconfort.

Je ne peux qu'imaginer le désespoir auquel avait dû céder Consuela en arrivant à Hereford à la fin de l'hiver 1908, et en entrant pour la première fois à Fern Lodge afin d'être présentée à la famille dont elle était devenue membre à part entière bien malgré elle. Hereford et les Caswell durent lui apparaître terriblement gris et léthargiques, après la couleur et la vitalité de Rio. Quoi d'étonnant à ce qu'elle se soit abandonnée à une secrète mélancolie et qu'elle n'ait réagi qu'avec l'indifférence la plus totale quand, quelques mois plus tard, Victor lui avait annoncé qu'il allait faire construire une maison à la campagne.

Et c'est ainsi que, par un après-midi de novembre, j'entrai dans sa vie, moi, le jeune et modeste architecte londonien engagé par son mari. Ce qui s'ensuivit était inévitable, une fois allumée l'étincelle d'une attirance mutuelle, car, sans être un parangon de vertu, je possédais suffisamment de décence et de sensibilité pour que son mariage avec Victor lui apparaisse par comparaison comme un tourment pire encore que celui qu'elle avait connu jusque-là. Pour ma part, la beauté de Consuela – sa fragile noblesse, son appétit d'amour et de liberté – constituait un attrait irrésistible. Et c'est ainsi que, pendant deux longues années, nous combattîmes – et finîmes par vaincre – la prudence, la timidité, le doute, les convenances, et même la conscience de commettre une erreur, pour finalement nous retrouver amants.

C'est comme tels que nous nous réveillâmes, Consuela et moi, dans la chambre de mon appartement de Pimlico en ce dimanche matin du 5 mars 1911. La tenir dans mes bras me parut alors encore plus miraculeux que la veille au soir. Je la laissai somnoler et m'approchai de la fenêtre pour tirer les rideaux et regarder la ville se découper contre le ciel.

Comme j'étais heureux, fier et follement amoureux. J'aurais pu ouvrir la fenêtre toute grande et lancer des cris de triomphe à la face des toits sagement alignés devant moi. J'aurais pu proclamer au monde entier que Consuela était mienne et ne serait jamais à un autre. Mais je n'en fis rien. Il suffit à mon bonheur de contempler derrière moi le lit où elle reposait, ses cheveux sombres étalés sur la blancheur de l'oreiller, la perfection de son épaule et de son flanc laissés à découvert là où j'avais rejeté le drap.

Elle remua, tendit le bras de mon côté du lit, puis, ne me trouvant pas, ouvrit les yeux, se souleva sur un coude et sourit en m'apercevant debout à la fenêtre.

« Ah, tu es là.

— Bien sûr.

— J'ai cru... un instant... que tu étais peut-être...

— Parti ? » Je revins vers le lit et m'assis à côté d'elle. « Que tu es sotte. C'est une idée stupide.

— Pas si stupide que cela. Il faudra bien que l'un de nous deux parte, à un moment ou à un autre. Si ce n'est toi, ce sera moi.

— Partir... pour aller où ?

— Hereford. Tu sais très bien que je dois retourner là-bas.

— Le faut-il vraiment ? » Je me penchai sur elle et l'embrassai.

« Si je dois lui échapper, il faudra que ce soit planifié de longue date. Il faudra faire en sorte qu'il ne puisse pas m'en empêcher.

— Je ferai tout ce que tu me demanderas. Tout... pour que tu sois mienne. » Ma main glissa jusqu'à son sein.

95

« Ah, Geoffrey, si seulement nous pouvions toujours être ainsi.

— Nous le serons, crois-moi. »

Et c'est bien sous ce jour que m'apparut l'avenir à cet instant. En cette aurore qui nous vit nous enlacer et nous étreindre une nouvelle fois sur les draps froissés, nos corps baignés de la pâleur du soleil matinal, il semblait n'exister aucun plaisir que nous ne soyons en mesure de nous donner l'un à l'autre, aucun bonheur que nous ne puissions partager, aucun espoir que nous ne puissions réaliser.

« Qu'allons-nous faire, Geoffrey ? »

Sa tête était posée sur mon épaule, ses cheveux caressaient ma joue. La lumière du matin avait gagné en clarté sur le plafond au-dessus de nos têtes et, derrière la fenêtre, on entendait des cloches résonner dans l'air paisible du dimanche. Quand je me retournai pour l'embrasser, je surpris une lueur pensive dans ses yeux, une ombre de préoccupation qui en était absente quelques instants plus tôt.

« Tout ce que j'ai dit lors de notre dernière rencontre, reprit-elle, reste vrai, tu sais.

— Mais nous sommes désormais liés l'un à l'autre, Consuela. Corps et âme.

— Oui. C'est bien pour cette raison que je viens de te demander : qu'allons-nous faire ?

— Il faut que tu le quittes. Que tu divorces. Je prendrai tous les torts sur moi.

— Tu ne pourras pas. Je suis une femme mariée. Ma religion ne reconnaît pas le divorce. Tous les torts seront donc pour moi, Geoffrey.

— Crois-tu que tu pourras supporter cette épreuve ?

— Avec ton aide, je pense en être capable. Mais ce ne sera pas facile. Inutile de se voiler la face, ma famille me reniera, et je n'aurai pas un sou.

— Nous vivrons de mon travail.

— Est-ce que ce sera possible ? Quel travail te restera-t-il encore, une fois que Victor aura traîné ta réputation et ta moralité devant les tribunaux ?

— Suffisamment, ne t'inquiète pas.

— Tu le crois vraiment ?

— Nous pourrions partir à l'étranger. Il y a des ouvertures pour un architecte dans tout l'Empire. Canada. Australie. Afrique du Sud. Inde. Des endroits où personne ne se soucierait de notre passé ni ne nous tiendrait rigueur d'un divorce.

— Oui, dit-elle, les yeux pleins de rêve. C'est ce que nous devrions faire, évidemment.

— C'est ce que nous ferons, Consuela. »

Son regard revint croiser le mien. « Quand ?

— Dès que possible.

— Mais quand ? Une seule minute de plus passée avec lui sera un calvaire. Ses yeux sur moi, ses mains... »

Je pressai mes doigts sur ses lèvres. « Tais-toi. C'est trop horrible.

— C'est pourtant ce qu'il va me falloir endurer. »

Je respirai profondément et levai les yeux au plafond, essayant d'analyser lucidement notre situation. « Nous devons partir à l'étranger. Il n'y a pas d'autre solution. Quand bien même il se déchaînerait, nous serons hors de portée. Mais ce ne sera pas chose facile pour moi que de m'installer dans un autre pays. J'ai quelques contacts, pas beaucoup, et un peu d'argent, pas suffisamment. Victor me doit l'essentiel de deux ans d'honoraires. Mais je ne peux rien réclamer tant que Clouds Frome n'est pas terminée.

— Tu veux dire qu'il va nous falloir attendre que Victor te paie ?

— Eh oui, je suis désolé, vraiment. L'idée que tu passes une nuit de plus avec lui me fait horreur. Mais c'est tout notre avenir qui est en jeu. Il nous faut suivre ce que la raison nous conseille aussi bien que ce que nous dicte notre cœur.

— Combien de temps ?

— Je pense pouvoir pousser le maître d'œuvre à livrer la maison dans un mois. Mais il y aura tout un tas de problèmes mineurs, c'est inévitable, sans parler des discussions sur les comptes que présentera l'entrepreneur. Ce serait pour le moins suspect si je réclamais mes honoraires avant que tout soit réglé. Disons, un mois de plus. Et il se peut que Victor ne soit pas prêt à payer tout de suite. Mais fin mai, s'il plaît à Dieu…

— Fin mai ? Une éternité !

— Non, Consuela. L'éternité, c'est ce dont nous disposerons après. Trois mois, est-ce un prix trop lourd à payer pour passer le reste de notre vie ensemble ? »

Elle m'embrassa. « *Querido* Geoffrey. Je saurai me montrer courageuse pour trois mois – plus longtemps, s'il le faut. Mais quand nous en aurons fini d'attendre, tu viendras me chercher ?

— Oui, mon amour. N'en doute pas un instant. »

Quand nous nous séparâmes cet après-midi-là à la gare de Paddington, nos plans étaient arrêtés, notre avenir esquissé dans ses grandes lignes. Seule l'idée qu'elle faisait partie intégrante de notre projet rendait la séparation supportable… et encore ! Tant que Clouds Frome ne serait pas terminée et mes honoraires réglés, Consuela ferait de son mieux pour jouer le rôle de l'épouse dévouée, tandis que, de mon côté, je resterais dans celui de l'architecte consciencieux. Des mois de torture et d'attente se profilaient à l'horizon, mais nous étions confiants : nous y survivrions ne serait-ce que pour le bien de ce que nous réservait l'avenir.

Nous n'étions pas pour autant destinés à ne jamais nous voir pendant cette période. Je me rendis fréquemment à Hereford au cours des semaines qui suivirent, demandant à rencontrer mon client pour le tenir informé de l'avancement des travaux et essayant d'amadouer les peintres et les électriciens pour qu'ils terminent avant l'heure. D'une certaine manière, j'aurais presque préféré ne pas voir Consuela du tout. La retrouver dans le salon de Fern Lodge et devoir échanger avec elle des banalités sur le temps qu'il faisait, alors que le souvenir de ce que nous venions de vivre était encore si vif et si présent à ma mémoire, me mettait au supplice. Si, de mon côté, j'avais Clouds Frome pour m'occuper l'esprit, Consuela, en revanche, vivait en permanence la persécution d'une attente qui semblait ne jamais devoir finir.

Nous continuions à communiquer par l'intermédiaire de Lizzie Thaxter, dont le frère attendait désormais son procès en prison. Elle ne me parlait jamais de lui, mais il était évident que l'affaire la soumettait à rude épreuve. Victor, me dit-on, avait été catégorique : Lizzie ne resterait à leur service qu'à condition de renier son frère et de cesser tout contact avec lui. Conditions très dures, qu'elle s'était pourtant vue contrainte d'accepter, dans la mesure où Grenville Peto avait licencié son père et son autre frère à la suite de l'arrestation de Peter Thaxter, et où le salaire de Lizzie était devenu vital pour la survie de la famille. Elle se chargeait de poster les lettres que Consuela m'écrivait et de lui remettre mes réponses. C'est ainsi que nous pouvions nous retrouver de temps à autre en dehors de la présence de Victor ou d'un membre quelconque de la famille Caswell, afin de nous assurer mutuellement de notre amour et de parler de nos espoirs d'avenir.

Victor et Consuela prirent possession de Clouds Frome le 12 avril. Les soins que j'avais pris en même temps que les dépenses que j'avais persuadé Victor d'engager dans la construction se révélèrent bénéfiques dans la mesure où il y eut moins de problèmes que j'aurais pu le craindre. Mais il restait tout de même un garage à terminer, les dalles d'une allée à poser et le mur d'un potager à monter. Si bien que Victor ne montra guère d'empressement à nous régler, l'entrepreneur et moi, et je ne voulais pas risquer d'éveiller ses soupçons en réclamant mon dû. Il y avait des moments où il me semblait déceler, dans le ton de sa voix ou les regards qu'il me lançait, qu'il se doutait de quelque chose. Or je savais que notre seul espoir résidait dans la maîtrise de notre impatience.

En fixant aux derniers jours de mai la fin de notre attente j'avais été trop optimiste. L'apparition de taches d'humidité sur le manteau de la cheminée de la salle à manger occasionna un délai supplémentaire de plusieurs semaines. En apprenant la nouvelle, Consuela sembla d'abord devoir basculer dans la folie, et épancha sa déception auprès de moi dans une longue lettre débordante d'émotion. Mais, le temps que je réussisse à nous ménager une rencontre, elle s'était fait une raison, allant puiser dans ses réserves de force intérieure une maîtrise de soi tout à fait extraordinaire au vu des circonstances. Notre seule consolation était que les travaux nécessités par l'incident signifiaient un certain nombre de visites supplémentaires à Clouds Frome de ma part. Visites au cours desquelles je trouvai toujours le moyen de voler quelques minutes en sa seule compagnie.

Des minutes dérobées qui ne nous offraient cependant que des aperçus trop tentants de l'intimité à laquelle nous aspirions. À la mi-juin, je fus enfin en mesure de soumettre un état final des dépenses. Je ne voyais pas quelle raison Victor pourrait avoir de chicaner, et il m'était difficile d'imaginer qu'il refusât de me régler dans les quelques semaines à venir. Soudain, la fin de nos épreuves était en vue, une fin qui serait aussi le début de mon avenir avec Consuela.

Le monde, bien sûr, poursuit son chemin sans se soucier des malheurs et des vicissitudes que connaissent les individus. Juin 1911 trouva les Londoniens saisis par la fièvre du couronnement, et, à l'approche du grand jour, l'événement était devenu le sujet de conversation universel et le centre de toutes les attentions. Je me sentais quant à moi incapable à un tel moment d'un quelconque intérêt pour la pompe et le faste des grandes cérémonies, et je fus donc surpris de recevoir, quelques jours avant la date des festivités, une lettre de Consucla m'annonçant qu'elle avait l'intention de venir à Londres pour l'occasion en compagnie de Marjorie, d'Hermione et des Peto. Un client de Caswell & Co. les avait apparemment invités à assister au cortège depuis son appartement au dernier étage d'un immeuble de Regent Street. En poursuivant ma lecture, je ne tardai pas à m'expliquer son enthousiasme pour cette visite. Elle comptait se perdre dans la foule au moment où ils gagneraient Regent Street, pour passer la journée avec moi à Pimlico et réapparaître plus tard à leur hôtel. Une telle perspective était extrêmement alléchante, étant donné que nous n'avions pas connu un seul moment de véritable intimité depuis début mars. Quant à mon travail, j'avais d'ores et déjà compris qu'il serait impossible de faire quoi que ce soit en un jour pareil. De son côté, Imry serait dans la foule quelque part le long du Mall, à agiter un petit Union Jack. Peut-être n'aurions-nous pas dû prendre un tel risque alors même que nous étions si près du but et que la plus grande prudence s'imposait, mais nous avions été privés pendant trop longtemps de l'intimité que nous désirions tant. Nous n'eûmes ni l'un ni l'autre le courage de laisser échapper une telle occasion.

« *Querido Geoffrey*. Serre-moi fort dans tes bras. Fort au point que j'en oublie le désespoir de ces trois derniers mois.

— Je suis désolé que cela ait pris aussi longtemps. Vraiment désolé.

— Dis-moi que cette attente est sur le point de prendre fin.

— Je te le jure.

— Quand nous retrouverons-nous enfin tous les deux, sans plus avoir à comploter et à nous cacher constamment ?

102

— Dans quelques semaines. Pas davantage. Dès qu'il m'aura payé. Nous irons en France jusqu'à ce que les choses se soient tassées. Nous passerons notre lune de miel à Paris.

— Et après ?

— Après, mon amour, nous irons là où l'envie nous conduira.

— Tu avais parlé de contacts, non ?

— Ne t'inquiète pas. Nous ne mourrons pas de faim. » (Ce que je ne dis pas alors à Consuela, c'est que les quelques relations auxquelles j'avais fait part de mon intention d'aller m'installer à l'étranger m'avaient vivement déconseillé de le faire. Pourquoi partir, de l'avis général, alors que ma carrière s'annonçait si prometteuse en Angleterre ? Quant à Imry, je ne lui avais encore rien révélé de mes projets.)

« Peu m'importe que nous mourions de faim. Ce serait toujours mieux que ce mensonge sur lequel repose aujourd'hui mon existence. Et que je vis chaque jour, chaque minute que je passe avec lui. Toujours à dissimuler, à faire semblant, à tromper. Ce n'est pas un homme bien, c'est certain, mais il m'arrive parfois de me dire qu'il n'est pas mauvais au point de mériter un tel traitement. Si seulement…

— Si seulement quoi ?

— … nous n'avions pas besoin de son argent.

— C'est de l'argent que j'ai gagné, Consuela. De l'argent qu'il me doit.

— Oui, je sais. Et pourtant… Il va essayer de nous retrouver. Je sais qu'il le fera. Et qu'arrivera-t-il s'il y parvient ?

— Il ne nous retrouvera pas.

« — Mais imagine qu'il y parvienne malgré tout ?

— Il n'y a rien qu'il puisse faire pour nous arrêter, Consuela. Il peut certes nous poursuivre en justice, mais les choses s'arrêtent là. La loi est son seul recours. Et ce recours ne doit pas nous effrayer.

— Tu as raison, je le sais, mais il m'arrive de penser…

— Essaie d'oublier tout cela. Et tiens bon. »

Elle était différente ce jour-là : nerveuse, comme habitée du pressentiment que nous risquions, si proches du but, de voir nos espoirs s'écrouler. Elle était fébrile sous mes caresses, et je ne parvenais pas à calmer ses tremblements. Je ne voyais aucun moyen de l'apaiser, aucun moyen d'atteindre la racine du mal dont elle souffrait. Elle s'était donnée à moi sans compter précédemment, mais à présent quelque chose semblait la retenir, qui gâtait nos ébats amoureux. Elle finit par pleurer, sans vouloir m'en avouer la raison. Puis, plus tôt qu'il n'était nécessaire, elle se rhabilla et partit pour son hôtel.

Au cours de la première semaine de juillet, je reçus de Victor un chèque réglant mes honoraires dans leur totalité, accompagné d'un mot m'invitant à assister à la pendaison de crémaillère de Clouds Frome, prévue pour le vendredi quatorze, et à rester pour le week-end. Par le courrier suivant arriva une lettre de Consuela me disant qu'elle était au courant de l'invitation de Victor et me pressant de l'accepter. Au cours du week-end en question, suggérait-elle, nous aurions toute latitude pour mettre notre plan au point. Par la même occasion, elle me suppliait de lui pardonner ce que son attitude avait pu avoir d'embarrassant lors de notre dernière rencontre, et dont la cause était la grande fatigue nerveuse consécutive à de longs mois de dissimulation.

Mais qui était le vrai dissimulateur dans l'affaire, Consuela ou moi ? En vérité, je n'avais pas regardé au-delà de la perspective enchanteresse de l'emmener à Paris pour le reste de l'été. Mes projets de nouvelle vie sur un autre continent n'étaient pas plus avancés ce jour-là que lorsque je les avais claironnés pour la première fois.

Je n'avais pas non plus dit à Imry, comme il me faudrait le faire sous peu, qu'il était en passe de perdre son associé. Plus je tarderais, moins il aurait de marge de manœuvre et plus déraisonnables apparaîtraient mes choix. Mais je ne me sentais pas le courage de faire autre chose que tergiverser. Quand je pensais à Consuela – à sa beauté, sa simplicité, sa foi en moi – le chemin à prendre me semblait on ne peut plus clair. Mais dès que j'imaginais tout ce à quoi nous allions nous exposer – honte, dénuement, exil et réprobation –, ma résolution vacillait.

C'est le mercredi 12 juillet, soit deux jours seulement avant la fameuse pendaison de crémaillère, que j'allai au rendez-vous que m'avait fixé Ashley Thornton, le grand propriétaire d'hôtels, dans ses bureaux de Piccadilly. Je supposais qu'il voulait me parler simplement d'une extension ou d'une remise à neuf de l'un de ses établissements, même si, préoccupé comme je l'étais à ce moment-là, je n'avais guère réfléchi à la question. Étant donné mes projets, j'aurais dû passer l'affaire à Imry, mais une telle démarche m'aurait mis dans l'obligation de lui révéler lesdits projets. C'est la raison pour laquelle, par un matin d'une chaleur étouffante, avec Green Park à mes pieds, je me retrouvai, distrait et en mal de concentration, dans le bureau de Thornton.

C'était un petit homme tiré à quatre épingles, aux cheveux prématurément blanchis, apparemment insensible à la température, un pli ironique et entendu à la bouche, une patiente vigilance dans les yeux. J'en viendrais par la suite à reconnaître ces caractéristiques pour ce qu'elles étaient réellement, mais, sur le moment, je ne détectai rien d'autre de sa part qu'un examen poli et mesuré de ma personne. C'était l'époque où il n'avait pas encore été anobli – où, pour tout dire, il n'était pas véritablement célèbre –, mais il n'en restait pas moins un client que j'aurais dû avoir à cœur de cultiver. Et cela aurait été le cas, n'eussent été les incertitudes qui m'assaillaient.

« On me dit que vous êtes l'étoile montante au firmament de l'architecture, jeune homme, m'annonça Thornton tout à trac sitôt que nous fûmes seuls.

— Je ne dirais pas cela, monsieur.

— Pas de fausse modestie, je vous prie. Ça ne paie pas dans mon domaine, pas plus que dans le vôtre, je suppose. On a soumis à mon attention l'article vous concernant dans le dernier numéro du *Builder*.

— Vous voulez dire, celui qui parle de Clouds Frome ?

— Tout à fait. La maison est bien votre œuvre ?

— Eh bien… oui.

— Elle me plaît. D'une remarquable originalité. Mes félicitations.

— Merci, monsieur.

— Mais je ne vous ai pas demandé de venir uniquement pour vous présenter mes félicitations.

— Non, j'imagine bien que non. » À ce moment-là, j'avais commencé à me douter de ce qui allait suivre. Thornton voulait un Clouds Frome pour lui-même, une résidence dans les *Home Counties*[1] digne d'un riche propriétaire d'hôtels. L'éternelle bête noire de l'architecte, c'est le client qui veut simplement le voir reproduire une de ses précédentes réalisations, et le pire, c'est que ces clients-là ont en général suffisamment d'argent pour venir à bout de ses réticences.

« Jusqu'ici, j'ai dû ma réussite au rachat et à la modernisation de vieux hôtels. Mais j'en suis venu à penser – et mon conseil d'administration est du même avis – qu'un hôtel construit spécifiquement pour nous, ici même à Londres, serait l'occasion pour notre entreprise d'une extension profitable autant qu'opportune de son domaine d'activités.

— À n'en pas douter, monsieur. » Pas une maison, donc, pas non plus une copie d'une construction plus ancienne. Mais un hôtel, et un grand, en plus. Mon nom associé à un des bâtiments les plus remarquables de Londres. Presque trop beau pour être vrai.

« Je suis d'avis, voyez-vous, que nous avons besoin de quelque chose de particulier, marqué du sceau de notre identité. Je ne veux pas d'un autre Carlton ni d'un autre Waldorf. Je ne veux pas de staff sur des kilomètres, ni de salons où l'on aurait transplanté la

---

1. Comtés limitrophes du Grand Londres, à la population aisée et conservatrice. (*N.d.T.*)

moitié de la jungle africaine. » Il avait à présent quitté son bureau et contemplait Green Park, debout devant les fenêtres ouvertes. « Le luxe, bien entendu, au plus haut degré. Les commodités les plus modernes. En fait, tout ce qu'est en droit d'attendre le voyageur le plus averti. L'élégance, plutôt que l'ostentation. Le confort, plutôt que l'opulence. Vous voyez ce que je veux dire ?

— Tout à fait, monsieur. C'est exactement l'objectif que je me fixerais moi-même.

— Très bien, dit Thornton en souriant. Nous avons une option sur un terrain dans Russell Square. Que diriez-vous de nous bâtir quelque chose à cet endroit ?

— J'aimerais énormément, cela va sans dire. J'en serais très honoré.

— Je me dois toutefois de vous signaler que vous n'êtes pas le seul architecte en lice. Nous avons également demandé à Mewès & Davis de nous soumettre un projet. »

Avec le Ritz à leur actif, Mewès & Davis était le choix qui s'imposait. Il était inconcevable que je puisse être considéré comme une option possible. « Une excellente firme, bafouillai-je, dotée des meilleures références.

— Et qui a la faveur de certains des membres les plus conservateurs du conseil d'administration, dit Thornton. Mais, comme je vous l'ai dit, jeune homme, je privilégie pour ma part le facteur nouveauté. C'est précisément ce qui a retenu mon attention dans Clouds Frome. Une réalisation qui porte votre marque. Et qui sort de l'ordinaire. »

Il arrive parfois que le style d'un architecte, et lui seul à l'exclusion de tout autre, suffise à satisfaire un

108

client. La question de la réputation cesse alors d'être pertinente. Que je puisse être, moi, cet architecte et Thornton le client relevait du hasard le plus stupéfiant. Peu importait ce que pouvait penser son conseil, suggérait son expression, ce serait lui qui déciderait en dernier ressort. Il m'offrait là une chance que j'aurais été complètement stupide de ne pas saisir.

« Je pense être à la hauteur de la tâche, monsieur. C'est un défi que je serais fier de relever », déclarai-je, avant de me retrouver debout, en train de lui serrer la main.

« J'aimerais avoir des croquis préliminaires d'ici à la fin du mois. Croyez-vous que ce soit possible ?

— Mais certainement.

— Splendide. Notre responsable des programmes vous fournira tous les détails nécessaires. Je vais vous ménager sur-le-champ une entrevue avec lui. »

Nous nous dirigeâmes vers la porte, moi, la tête pleine de perspectives toutes plus alléchantes les unes que les autres. Un grand hôtel en plein Bloomsbury. Un client qui, non content de ne vouloir que le meilleur, admirait mes œuvres. Un espace dans lequel m'exprimer, et tout l'argent nécessaire. L'hôtel Thornton : son entrée, sa façade, ses proportions se dessinaient déjà dans mon esprit. Pour son architecte, célébrité, richesse et même gloire. Le potentiel était infini, l'attrait irrésistible.

Une demi-heure plus tard, je marchais à grandes enjambées le long de Piccadilly, savourant à l'avance le moment où j'annoncerais à Imry l'aubaine qui nous tombait du ciel. Soudain, je m'arrêtai net, et si brusquement que quelqu'un derrière moi me heurta. J'aurais dû offrir une excuse, mais tout ce dont je fus capable fut d'écarquiller les yeux sans un mot, tandis que la personne me dépassait en bougonnant et en me lançant un regard furieux. J'étais, à cet instant, incapable de la moindre parole. J'avais l'impression qu'un gros nuage avait tout à coup effacé le soleil. La conscience venait de s'imposer à moi avec une force brutale, d'autant plus brutale qu'elle était tardive, de tout ce que j'aurais à sacrifier si la proposition de Thornton devait se matérialiser.

Je cherchai refuge dans une des galeries menant à Jermyn Street et là, appuyé contre la devanture d'un magasin d'antiquités, j'essayai de rassembler mes idées. En admettant que Thornton fût l'homme le plus large d'esprit qui soit, il était peu probable que ses associés le fussent aussi. Et puis, comment dessiner les plans d'un hôtel londonien depuis un refuge secret à Paris, à plus forte raison depuis l'autre bout du monde ? La chose était tout bonnement impensable. J'étais à quelques jours d'une transformation radicale de ma vie, et de celle de Consuela. Je n'avais pas à accepter la proposition de Thornton, pas à rêver de la gloire et de la fortune qu'elle risquait de me valoir, car elles ne pouvaient être miennes si je voulais honorer les promesses faites à Consuela. Je n'avais plus qu'une chose à faire : retourner dans le bureau de Thornton et me désengager de l'affaire aussi vite et aussi élégamment que possible.

J'arrivai lentement au bout de la galerie. À droite, la direction que j'aurais dû prendre… mais je tournai à gauche, et accélérai l'allure. Jermyn Street était déserte dans la fournaise, et je marchais vite maintenant, pas suffisamment toutefois pour ma tranquillité d'esprit. Je ne transpirais pas. Je n'avais même pas chaud. Était née en moi une résolution dure, froide, implacable, que je me trouvais incapable d'admettre ou de contester. M'abandonnant à son emprise, je poursuivis ma route.

Imry ouvrit une bouteille de champagne en apprenant la nouvelle. Il savait comme moi que la construction d'un hôtel comme celui qu'envisageait Thornton ferait le succès de notre association. Nous prîmes un taxi jusqu'à Russell Square et nous assîmes sur un banc dans le grand jardin public au centre, célébrant l'événement d'un bon cigare et contemplant les bâtiments qu'avait acquis notre client.

« Comment as-tu réussi à décrocher ce contrat, Geoff ? me demanda Imry avec un grand sourire. C'est une chance que l'on n'a qu'une fois dans sa vie.

— Il avait vu l'article sur Clouds Frome dans le *Builder*.

— Mais un hôtel ? J'aurais pensé qu'il ne chercherait pas plus loin que Mewès & Davis. Ou Fitzroy Doll.

— Il veut quelque chose de différent. D'original.

— Alors donnons-lui ce qu'il veut. Une idée de ce que tu vas lui proposer ? »

Le soleil de l'après-midi était aveuglant, les pigeons, sur l'herbe autour de nous, étourdis par la chaleur. Des rayons d'une lumière intense semblaient envahir le jardin de toutes parts et c'est peut-être la pureté abrasive de cet éclat impitoyable qui me fournit le concept dont j'avais besoin.

« La simplicité, Imry, c'est là le fin mot. Une armature en acier, me semble-t-il, pour augmenter au maximum la lumière. Pour le reste, de la pierre, qui donnera poids et autorité à l'ensemble, et une façade classique, harmonieusement intégrée à l'environnement. À l'intérieur, tout le luxe de détails qu'attendent les clients, mais pas de pénombre baroque ni de palmeraie tamisée. Lumière et espace. Le summum de l'opulence… avec toute la place pour respirer. » Je tournai la tête pour le regarder. « Qu'en penses-tu ?

— Ça m'a l'air génial, dit-il sans se départir de son sourire.

— Je vais avoir besoin de ton aide, cela va sans dire. Élévations, projections, agencement de l'espace intérieur. Il nous faut présenter à Thornton un ensemble complet de propositions d'ici la fin du mois.

— Alors je suggère qu'on s'y attelle tout de suite. Il va nous falloir y passer les nuits. Tu vas devoir annuler ton week-end à Clouds Frome, j'imagine ? Nous pourrons travailler tout…

— Non, l'interrompis-je. Je dois absolument me rendre à Clouds Frome.

— Mais tout de même tu…

— N'essaie pas de m'en dissuader, Imry. Tu perdrais ton temps et ta salive. Il faut que j'y aille, crois-moi.

— Un problème dont tu ne m'as pas parlé ?

— On peut dire les choses comme ça.

— Si tu as besoin d'un conseil… d'une aide quelconque…

112

— Merci, mais personne ne peut m'aider dans cette affaire. C'est un problème que je dois régler seul. À mon retour, je serai en mesure d'accorder mon attention pleine et entière au projet Thornton. D'ici là…

— Oui ?

— D'ici là, Imry, souhaite-moi bonne chance. »

Ma honte ne fait que grandir à mesure que progresse mon récit. Comment ai-je jamais pu faire une chose pareille ? Comment ai-je pu bafouer les espoirs et les rêves que j'avais partagés avec Consuela ? Elle avait offert de tout sacrifier pour moi, et voilà comment je la récompensais. Rejetée. Abandonnée. Trahie. Et pour quoi ? Non pas au nom du devoir ou par scrupule moral, mais par cupidité, désir égoïste d'être reconnu et acclamé comme un architecte célèbre. Pour un tas de pierres dans un jardin public londonien. Un cairn en hommage à une immortalité douteuse. Rien de plus. Quelque chose à quoi l'homme plus jeune que j'étais alors, et dans lequel j'ai peine à me reconnaître aujourd'hui, aspirait davantage qu'à l'amour et à la loyauté d'une femme. Et ce à quoi il aspirait, il allait l'obtenir, sous forme de gravats, de poussière de brique et d'acclamations creuses. Il ne prit pas le temps d'évaluer le coût de l'opération. Il n'envisagea pas une seconde les répercussions qu'aurait sa trahison. Il était jeune, vaniteux, cruel et stupide. Un homme pour lequel je n'ai que mépris. Il était ce que j'étais à une époque, ce à quoi je ne pourrais jamais échapper. Et les dettes que je paie, aujourd'hui encore, sont les siennes. Du dégoût de soi naît la franchise : je ne m'épargnerai pas ; je n'essaierai pas d'édulcorer la description de la conduite honteuse qui fut la mienne à partir de ce moment. Je m'efforçai de me convaincre du bien-fondé et de la sagesse de ma décision, au prétexte qu'elle mettait un terme à un flirt impossible tout en épargnant à Consuela un avenir absolument insoutenable. Mais c'était là un mensonge, et je le savais. La vérité, c'est que j'avais décidé de sacrifier aux miens ses désirs, ses ambitions et ses espoirs. La vérité, c'est que j'avais résolu de la trahir.

« Et tu ne connais pas le pire, Imry, dis-je alors que nous étions sur le seuil de Sunnylea, en ce samedi après-midi d'octobre dernier.

— Tu penses qu'elle est peut-être coupable, après tout, c'est ça ?

— Oui.

— Et tu penses que du même coup tu es coupable, toi aussi.

— Mais c'est bien le cas, non ? Si je ne l'avais pas traitée de manière aussi méprisable. Si je ne l'avais pas rejetée pour profiter d'une commande juteuse. Si je n'avais pas gâché toute sa vie dans le seul but de favoriser ma minable carrière…

— Elle n'aurait peut-être pas tenté douze ans plus tard d'assassiner son mari ?

— Exactement. C'est bien là tout le problème. Et c'est ce que je n'arrive pas à me sortir de la tête, dis-je en le regardant droit dans les yeux. Tu te souviens de ce jour d'été où nous sommes restés un bon moment dans le jardin de Russell Square, à fumer nos cigares, et à contempler d'un œil avide l'endroit où devait s'élever le Thornton ?

— Bien sûr.

— Si je t'avais dit alors pourquoi j'allais à Clouds Frome le week-end suivant – et avec quelle intention –, que m'aurais-tu dit ?

— Il est facile aujourd'hui de répondre à la question, mon vieux. Maintenant que nous savons ce qu'il est advenu du Thornton et de la dame que tu as abandonnée pour pouvoir le construire.

— Et de mon mariage, ajoutai-je. Et de ta santé.

— Eh oui. De toutes ces choses qui guettaient deux jeunes gens pleins de suffisance. Mais nous ne savions rien alors de tout cela, n'est-ce pas ? Nous ne pouvions pas savoir ce que nous réservait l'avenir.

— Donc, sur le moment, sans bénéficier d'aucun recul, que m'aurais-tu dit ? »

Imry contempla le vide devant lui. « Je n'en sais rien, Geoff. » Puis son regard revint sur moi, et il me sourit. « Et nous ne le saurons jamais, tu ne crois pas ? Il est trop tard pour le découvrir. »

4

Le vendredi 14 juillet 1911 fut, comme tant d'autres jours de cet été-là, marqué par une chaleur implacable. Londres était une véritable fournaise, et quitter la ville pour le week-end représentait d'une certaine manière un soulagement. Mais les quatre heures et demie du voyage en train jusqu'à Hereford me laissèrent tout le loisir de penser à ce qui m'attendait là-bas, et dont je me serais bien passé. J'avais dans ma poche l'invitation à la pendaison de crémaillère de Victor, un carton bordé d'un fil d'or, aux lettres sépia gravées sur fond crème, orné en en-tête d'une étude à la plume de la façade de Clouds Frome. *Mr et Mrs Caswell seraient heureux de...* Il s'en fallut de peu que je déchire le carton en petits morceaux et que je les jette par la fenêtre. Clouds Frome était mon œuvre, et c'était la première fois que j'étais invité à passer une nuit sous son toit. Ce serait aussi vraisemblablement la dernière. Quel que pût être le résultat de ma visite, il m'était difficile d'imaginer pouvoir un jour la renouveler.

C'est aux environs de quatorze heures que j'arrivai à Stoke Edith, la petite gare située quelques kilomètres avant Hereford et l'arrêt le plus proche de Clouds Frome, et que je me mis en route pour terminer le trajet à pied le long des petits chemins de campagne. La localité semblait suffoquée, paralysée, les vergers et les champs vidés de leurs couleurs. Je me surpris à regretter qu'il ne fît pas sombre, froid ou humide, n'importe quoi plutôt que ce ciel d'un azur parfait qui ne faisait qu'augmenter la honte que je ressentais à l'idée de ce qui m'amenait en ces lieux.

Trente minutes de marche me conduisirent dans les collines boisées et les champs au-dessus du lit majeur de la Lugg. J'avais beau avoir gagné un peu de hauteur, la chaleur restait tout aussi accablante. Hereford et l'horizon au loin ondulaient comme un champ de blé sous un voile de brume. Puis, au moment où je contournai Backbury Hill et commençai à descendre en direction du village de Mordiford, Clouds Frome m'apparut.

Voir une maison élégante, en harmonie avec son environnement, est toujours un plaisir. La voir tout en sachant qu'elle vous appartient ajoute à ce plaisir la fierté. Mais la voir en sachant que c'est vous qui l'avez construite – conçue, créée, façonnée dans ses moindres détails – est un bonheur rare, une source de satisfaction profonde et inépuisable. C'est ce que j'éprouvai ce jour-là quand j'aperçus Clouds Frome, tout juste terminée, pas encore patinée par le temps et les intempéries, mais déjà pleine de confiance en elle et en son cadre, et témoignant de toutes les qualités dont je m'étais efforcé de la doter.

Je posai mon sac au pied de la haie, m'appuyai contre la barrière d'un champ et allumai une cigarette. Tandis que je m'attardais là, fumant jusqu'à la dernière bouffée, je laissai la forme de la maison

– l'image de ses toits et de ses pignons découpés contre le ciel – s'imprimer dans mon esprit. La courbe de l'allée, le verger croulant sous les fleurs, la colline boisée à l'arrière, tel était le cadre, le contexte de la maison à la création de laquelle j'avais présidé. Et les murs, les fenêtres, les hautes cheminées, l'éclat du soleil sur les hautes vitres de la fenêtre en saillie de la façade, tout cela était mien, le produit de mes mains et de mon cerveau.

Au bout d'une cinquantaine de mètres sur la route, j'arrivai devant l'entrée et pénétrai dans la propriété. Les piliers qui flanquaient le portail étaient d'un blanc cru, la peinture, sur le panneau portant le nom de la propriété, si fraîche qu'on aurait pu croire qu'elle venait tout juste de sécher, le macadam de l'allée noir et intact. Mais tout cela changerait, bien sûr. Le lichen marbrerait les piliers, la peinture se ternirait et s'écaillerait, ornières et mauvaises herbes envahiraient l'allée. Et je ne pus m'empêcher de me demander où je serais, moi, et ce que je ferais, quand le temps et l'usure auraient commencé à mettre à mal cette insolente immaturité.

Je remontai lentement la grande allée, savourant chaque instant de cette paisible approche. Les hêtres qui, un jour, feraient d'elle un parcours ombragé n'étaient encore que de jeunes arbres tuteurés ne me cachant pas la vue de la maison, et les piliers et les traverses de la pergola qui s'étendait le long de sa chaussée dallée au-dessus du verger n'étaient pas encore noyés dans la glycine qui un jour les enveloppperait. Mais des ouvriers s'activaient dans la pergola, accrochant aux traverses des paniers remplis de

118

fleurs et des lumières colorées. Les préparatifs de la pendaison de crémaillère étaient manifestement bien avancés.

En sortant de la courbe de l'allée, j'eus ma première vision de la façade. Qu'il était étrange de ne pas avoir de tâche prosaïque à accomplir en ces lieux, comme, par exemple, résoudre un problème de plomberie ou d'étanchéité. Si seulement cela avait été le cas, ne pus-je m'empêcher de penser. Si seulement j'avais eu à affronter une troupe de tailleurs de pierre récalcitrants à la place de l'unique personne que j'allais maintenant devoir trahir.

On avait dû me voir arriver depuis la maison, car, au moment où je traversai la cour en direction du porche cintré de l'entrée, la porte en chêne s'ouvrit, et Danby, le majordome, m'accueillit, un sourire aux lèvres.

« Bonjour, Mr Staddon. C'est un plaisir que de vous revoir.

— Bonjour, Danby. Comment allez-vous ?

— Très bien, monsieur, je vous remercie. Permettez que je prenne votre bagage. Gleasure le portera dans votre chambre. » Un valet apparut derrière lui : grand et bien bâti, des cheveux noirs plaqués sur le crâne, une mâchoire carrée et des yeux teintés d'une étrange mélancolie. Quand il prit mon sac des mains de Danby, j'eus la nette impression qu'il lui parut bien plus léger qu'il ne l'avait été pour nous. « Nous vous avons mis dans la suite du verger, monsieur, reprit Danby. J'espère que cela vous conviendra.

— Je n'aurais pu rêver mieux. Avez-vous beaucoup d'invités qui resteront pour le week-end ?

— En dehors de la famille de Mr Caswell, il n'y aura que vous et le major Turnbull, monsieur. »

Un pincement au cœur : je n'avais pas la moindre envie de revoir l'odieux mais très perspicace major.

« Mrs Caswell est présentement au salon, monsieur. Je suis sûr qu'elle serait ravie de vous voir. Une tasse de thé, peut-être ?

— Heu… non, merci ». Tout à coup, je fus assailli de soupçons sans fondement. Même le très attentionné Danby pouvait paraître coupable de sarcasme, si l'on se mettait à analyser ses paroles. « Je pense que je vais d'abord monter à ma chambre, repris-je, en m'éventant avec mon chapeau. Il fait chaud, n'est-ce pas ?

— Oh oui, monsieur. Singulièrement. »

***

Consuela devait savoir que j'étais arrivé et trouver curieux que je ne l'aie pas rejointe au salon, mais elle aurait difficilement pu deviner la raison de mon peu d'empressement à le faire. J'avais besoin de temps pour rassembler mes esprits et préparer ce que je lui dirais. Je me rinçai le visage après mon long voyage en train, défis mes bagages et enfilai un blazer et un pantalon de flanelle. Dans la glace, tandis que je cherchais à nouer correctement mon foulard avec des doigts soudain malhabiles, je surpris sur ma figure une expression fuyante que je n'y avais jamais vue auparavant. Consuela la détecterait-elle également ? Je ne pouvais que prier le ciel qu'elle n'en fît rien.

Je quittai la suite du verger avec un curieux sentiment de détachement, suivant l'écho de mes pas sur le palier comme si c'étaient ceux d'un autre. Sur ma gauche, des fenêtres me permettaient d'apercevoir le vestibule en dessous, son parquet ciré et ses tapis ornés de dragons inondés de soleil. Tout ce que j'avais projeté pour cette maison avait effectivement vu le jour – solidité, confort, nouveauté, lumière dorée jouant sur des pierres soigneusement jointoyées –, et pourtant nombre d'imprévus faisaient que j'étais incapable de tirer le moindre plaisir de ma réussite.

Je descendis l'escalier, le contact lisse de la rampe cirée sous ma paume, remarquant combien la vue du vestibule s'élargissait à chaque palier intermédiaire, puis je me dirigeai vers le salon. Les doubles portes étaient ouvertes. Pour plus de fraîcheur, ou pour prévenir d'une arrivée ?

Elle était assise sur un divan près des fenêtres ouvertes qui donnaient sur le jardin d'agrément. Pas un souffle d'air. Seuls pénétraient dans la pièce le bourdonnement d'une abeille dans une liane de chèvrefeuille et un pan de soleil où dansaient les grains de poussière et qui semblait dresser une barrière entre nous, brouillant et déformant l'image que j'avais de Consuela. Sa robe, crème et or, était légère mais élégante. Ses cheveux étaient tirés à l'arrière, et aucun rang de perles ne venait altérer la perfection de son cou élancé, mais la broche en losange était à sa place habituelle ; je la vis scintiller dans la lumière quand elle se pencha pour glisser sous un coussin le livre qu'elle était en train de lire.

« Tout va bien, Geoffrey ?

— Mais oui. Pourquoi me demandes-tu ça ?

« — À cause de la façon dont tu restes planté là. L'air sévère, et silencieux. »

Je m'empressai de traverser le salon et lui pris la main. C'est le moment que j'aurais dû choisir. Le moment ou jamais de lui annoncer ma décision, avant que faiblisse ma résolution ou que le retard vienne aggraver l'offense. Mais ses doigts délicats tremblaient dans ma main, elle scrutait mon visage de ses yeux sombres, impatiente d'être rassurée. Et elle était si belle, tellement belle. Je m'assis au bord du divan et l'embrassai, conscient dans le même temps du fait que, une fois que j'aurais parlé, je ne sentirais jamais plus ses lèvres pleines céder sous la pression des miennes, jamais plus je ne jouirais des plaisirs qui étaient encore à portée de ma main.

« *Querido Geoffrey*. Voici venu le commencement de la fin.

— Comment ? dis-je en rougissant, avant de constater à son visage ouvert et confiant que je m'étais mépris sur le sens de l'expression.

— Nous pouvons nous échapper, maintenant, dit-elle avec un sourire. Nul besoin d'attendre plus longtemps.

— Non, en effet.

— Alors, quand partons-nous ?

— Dès que... Eh bien...

— Je sais comment nous y prendre.

— Ah bon ?

— Il faut choisir un moment où Victor sera occupé, incapable d'intervenir, et n'aura aucun moyen de savoir où je suis ni ce que je fais.

— Oui, bien sûr.

122

— Une telle occasion se présentera mardi prochain. Victor doit… » Elle s'interrompit et s'écarta de moi. « Nous en reparlerons plus tard. » Puis elle eut un mouvement de tête en direction de la porte.

Je n'avais rien entendu, mais, quand je me retournai, il y eut en provenance du vestibule un rire qui me parut terriblement familier, et, deux secondes plus tard, Victor pénétrait dans le salon aux côtés du major Royston Turnbull. Je tressaillis en les voyant. Victor, en costume de tweed, son large sourire et sa moustache hérissée lui barrant le visage comme une blessure ; et Turnbull, dans un ample costume de lin, un cigare lui tordant la bouche en un rictus déplaisant.

« Staddon ! s'exclama Victor. Vous êtes donc arrivé.

— C'était très aimable à vous de m'inviter, dis-je en me levant pour lui serrer la main.

— Pas du tout, vous êtes le bienvenu. »

Turnbull me salua d'un signe de tête. « Ravi de vous revoir, Staddon.

— Moi de même, major.

— Déjà en train d'accaparer l'exquise Consuela, à ce que je vois.

— Non, je ne dirais pas ça.

— Ne faites pas attention à Royston, dit Victor. Son genre d'humour n'est pas du goût de tout le monde. » Il rit, mais personne ne se joignit à lui. Il semblait d'une singulière bonne humeur ; peut-être la perspective d'une fête le faisait-elle apparaître sous son meilleur jour, mais je ne pouvais m'empêcher d'en douter. « Il faut absolument que vous voyiez le jardin d'agrément, Staddon. C'est une merveille, n'est-ce pas, Royston ?

— Absolument. On pourrait dire que les charmes extérieurs de Clouds Frome sont presque dignes de rivaliser avec ceux de l'intérieur. » Brillant d'un éclat sans joie, les yeux de Turnbull croisèrent les miens.

« Je ne pensais pas que ce jardin serait aussi beau dès la première année, dit Victor, mais il faut dire que Banyard s'est surpassé. Venez donc admirer son savoir-faire, Staddon.

— Heu… j'en serais ravi.

— Consuela voudra bien nous excuser. N'est-ce pas, ma chère ?

— Oui, bien sûr. » Sa voix donnait l'impression de venir de beaucoup plus loin que les limites de la pièce.

« Je suis très content de la maison, Staddon, vraiment. Elle a tout ce que vous m'aviez promis. Personnalité. Élégance. Confort. Et quelque chose en plus. Du panache, pourrait-on dire. Oui, c'est le mot. Si une maison peut passer pour avoir du panache, alors c'est indéniablement le cas de Clouds Frome. Mes voisins l'admirent. Mes amis me l'envient. Vous avez fait du beau travail, un sacré beau travail. »

Nous marchions le long de la pergola, en jetant de temps à autre un coup d'œil derrière nous au jardin d'agrément et à la maison. Victor était d'humeur expansive et déclamatoire ; il agitait son canotier à bout de bras sans arrêter de parler, me tapotait l'épaule à l'occasion en me souriant. De l'autre côté, j'étais flanqué de Turnbull, les pouces enfoncés dans les poches de son veston, la tête rejetée en arrière, respirant à grands coups, comme s'il voulait avoir un échantillon du peu d'air frais susceptible de pénétrer le nuage de fumée que dégageait son cigare.

« Et mon épouse l'adore. C'est probablement là votre réussite la plus remarquable, Staddon. Consuela peut se montrer sacrément insensible à tout un tas de choses, je suis bien obligé de l'admettre. Probable qu'elle a trouvé Hereford guindé et ennuyeux après Rio, je veux bien le croire. Mais dès qu'il s'agit de Clouds Frome, c'est une autre affaire. Elle... eh bien, elle s'anime considérablement. Je n'ai pas raison, Royston ?

— Si, tout à fait. »

Était-ce la maison qui stimulait Consuela... ou son architecte ? Victor me décernait-il un compliment... ou me laissait-il entendre qu'il savait à quoi s'en tenir à mon sujet ? Je l'ignorais, et j'en étais réduit, tandis que nous poursuivions notre chemin, à acquiescer en silence et à sourire d'un air béat.

« Je vais être heureux ici, Staddon, je n'en doute pas un seul instant. Plus exactement, *nous* serons heureux – Consuela et moi. Être la maîtresse de Clouds Frome va la faire sortir de sa coquille. Vous verrez ce que je vous dis. Et ne croyez pas que vous n'aurez pas l'occasion d'en être témoin, parce que j'ose espérer que vous serez toujours disposé à venir nous rendre visite. Vous serez toujours le bienvenu ici : votre qualité de créateur des lieux vous le garantit. »

Nous arrivâmes au bout de la pergola et fîmes lentement le tour d'une nymphe des bois juchée sur la plate-forme dallée qui surplombait le verger. Rien ne semblait pouvoir arrêter ce flot ininterrompu de paroles ni me défaire de la conviction que les yeux de

Turnbull, abrités par le bord de son panama, étaient rivés sur moi.

« La soirée s'annonce magnifique. Elle devrait l'être sacrément, si l'on songe à ce qu'elle m'a coûté, dit Victor en riant. Mais qu'importe l'argent à un moment pareil ? Une superbe maison et une superbe femme. Je vais les voir ce soir l'une et l'autre dans toute leur gloire. »

Le crépuscule commençait à tomber sur Clouds Frome quand je vis depuis la fenêtre de ma chambre les automobiles des premiers invités remonter l'allée. La soirée promettait d'être splendide, à en juger par le ciel teinté de rose. Dans le jardin d'ornement, des nuées de moucherons dansaient au-dessus du bassin de nénuphars, et la pluie apaisante de l'eau ruisselait sur les angelots de la fontaine. L'air était doux, un peu lourd, chargé des parfums mêlés de dizaines de fleurs et de buissons ornementaux. L'heure aurait pu être – et l'était peut-être pour certains – paradisiaque. Sans une ombre. La rose, pour une fois, sans épines. Je ne pouvais quant à moi me laisser aller au plaisir de cette nuit d'été. Il y aurait là trop d'hypocrisie, trop de fausseté. Au milieu de tous ces raffinements, de toute cette gaieté, de la perfection des moments qui s'annonçaient, j'étais condamné à porter en moi un secret de nuit d'hiver.

J'allai jusqu'à la glace vérifier mon nœud de cravate, puis pris l'œillet dans son vase et le glissai dans ma boutonnière. Il était temps de répondre à l'appel de la musique qui me parvenait depuis le vestibule, temps de plaquer un sourire sur mon visage et d'aller me mêler à la foule joyeuse des invités.

126

Le vestibule foisonnait de fleurs, roses rouges et blanches, chrysanthèmes, dahlias, lis et magnolias, toutes dans des vases en cristal, enrobées de feuilles de fougère. Les portes-fenêtres s'ouvraient sur les parfums de la terrasse et, dans l'angle de la pièce, un quatuor à cordes distillait une douce musique d'ambiance. Les cinquante invités attendus étaient arrivés pour moitié environ et se répartissaient en petits groupes engagés dans des conversations animées et dispersés près des fenêtres et des dessertes. Je remarquai Gleasure parmi les employés qui passaient de l'un à l'autre, chargés de plateaux de coupes de champagne et de canapés ; la plupart des autres serveurs me semblaient avoir été engagés pour l'occasion. Danby se tenait à la porte, annonçant les nouveaux arrivants, tandis que, près de la cheminée, Victor recevait ses hôtes, Consuela à son côté.

Aucun des présents n'aurait pu manquer d'être impressionné par la beauté de l'hôtesse. Sa robe en soie bleue chatoyante était ornée d'un minimum de dentelles et de tulle. Elle portait un diadème de perles au front et un collier de diamants autour du cou. Son origine étrangère semblait soulignée à l'excès, et son exotisme accentué par sa tenue et le décor dans lequel celle-ci s'inscrivait. Elle était nerveuse. Je le voyais à la respiration saccadée qui soulevait sa poitrine, à la manière dont ses doigts gantés serraient fébrilement le manche de son éventail, aux coups d'œil furtifs de ses yeux noirs autour de la salle. Quand ses yeux croisaient les miens, elle esquissait un sourire, avait un bref regard attendri, avant de se retourner docilement vers les invités de son mari.

La famille Caswell était venue en force. La vieille Mrs Caswell était installée sur un canapé dont la forme épousait le renfoncement de la haute fenêtre, un sourire béat aux lèvres. Mortimer était à son côté, affichant la mine revêche de celui qui n'a manifestement aucun goût pour ce genre de festivité, ni pour aucun autre d'ailleurs. Hermione, de son côté, riait aux éclats au centre d'un groupe particulièrement bruyant rassemblé près des portes de la salle à manger. Marjorie était en compagnie des Peto, multipliant les sourires et les petits hochements de tête diplomatiques ; autant que je pouvais en juger, la rancune de Grenville Peto à l'égard de Victor s'était évaporée en même temps que les bulles du champagne. Aucun signe du major Turnbull, ce qui, bizarrement, me troubla davantage que ne l'aurait fait sa présence au centre de la scène.

C'est pendant que je cherchais le major des yeux qu'un petit homme rondouillard au crâne dégarni, au nez chaussé de lunettes cerclées de métal, au visage un peu bouffi et à l'affabilité à toute épreuve, vint me toucher le coude. « Vous devez être le jeune Mr Staddon, dit-il en se fendant d'un large sourire.

— Mais oui. Je ne crois pas avoir…

— Quarton. Arthur Quarton. Le notaire de Mr Caswell.

— Ah oui ! » Nous avions correspondu à plusieurs reprises au sujet de Clouds Frome et nous étions parlé au moins une fois au téléphone. « Ravi de vous rencontrer, Mr Quarton. » Nous échangeâmes une poignée de main.

« Splendide soirée, vous ne trouvez pas ?

— Heu… oui, ma foi.

128

— Un véritable plaisir que de voir Victor jouir enfin de son héritage, si l'on peut dire.

— Je ne suis pas sûr de…

— Excusez-moi. Ce que je voulais dire c'est que, en qualité de conseiller du défunt Mr George Caswell, je sais à quel point ce dernier aurait été heureux de voir son fils installé en ces lieux au milieu des symboles de sa réussite.

— Je n'en doute pas, Mr Quarton. N'est-ce pas lui pourtant qui avait envoyé Victor en Amérique du Sud ?

— Si, en effet.

— Et pour quelle raison, au juste ? »

Le notaire ne se départit pas de son sourire, mais un froncement de sourcil circonspect vint lui plisser le front. « Il faut bien que jeunesse se passe, dit-il. L'important c'est de pouvoir se dire que les choses ont remarquablement tourné. Cette maison, par exemple, vous devez être fier de ce que vous avez accompli là.

— Je le suis, en effet.

— Sans compter Mrs Caswell, bien sûr. Sans doute la plus belle acquisition de Victor au cours de ses voyages. » Mon esprit se révolta devant une telle formulation. Il aurait tout aussi bien pu parler de la pièce maîtresse d'une collection d'art primitif. Ce qui d'ailleurs était peut-être le cas. « Une créature on ne peut plus séduisante, vous ne trouvez pas ? »

Quarton eut un hochement de tête en direction de Consuela, et je me surpris à suivre son regard. Elle était toujours à côté de son mari, les yeux baissés, les rayons du soleil couchant faisant étinceler son collier de diamants et chatoyer les plis de sa robe. Séduisante ? Elle l'était en vérité, et beaucoup trop pour son bien comme pour le mien.

***

Le vestibule se remplit, le major Turnbull faisant partie des derniers arrivants. Le champagne coulait à flots. La gaieté était générale. Les visages prenaient des couleurs et les voix se faisaient rauques. On alluma les chandelles. Victor fit un bref discours. Mr Tuder Hereford de Sufton, son voisin le plus distingué, lui répondit au nom des invités. On servit le souper : terrine de pigeon, langue de bœuf, saumon poché et homard. Heureux de me retrouver à une table où je ne connaissais personne, je ne pus que m'émerveiller de l'appétit de mes voisins – pour les ragots comme pour la nourriture. Il y avait dans la conversation une envie sous-jacente que j'aurais pu prévoir mais qui ne manqua pas de me surprendre. À certains tons de voix, à certaines insinuations, je devinais que l'on pardonnait difficilement à la brebis galeuse de la famille Caswell d'être rentrée d'exil aussi riche, aussi sûr de lui, aussi accommodant… et aussi bien marié.

C'est de l'une de ces sources bien informées que j'appris la tenue imminente d'une manifestation mondaine à Hereford : la visite de l'Automobile Club allemand, un groupe qui aurait à sa tête le prince Henri de Prusse en personne, le frère du Kaiser. Ils devaient déjeuner au Mitre Hotel, et Victor serait au nombre des convives. La date de leur visite était fixée au mardi 18 juillet. C'était certainement là l'occasion de nous échapper à laquelle Consuela avait fait allusion, encore que j'eusse du mal à imaginer ce qu'elle avait en tête.

Et il était peu probable que je parvienne à le découvrir ce soir-là. En dépit de mes efforts, il m'avait été impossible d'échanger avec elle autre chose que quelques banalités insipides. Pour finir, je m'échappai pour aller prendre l'air sur la terrasse et fumer une cigarette dans l'espoir qu'elle me calmerait les nerfs.

La nuit était aussi parfaite que l'avait été la journée : étoiles éparpillées dans le ciel comme une poussière argentée ; parfum entêtant du jasmin montant du jardin ; hibou hululant quelque part au-delà du verger. Je m'approchai des fenêtres brillamment illuminées et regardai le banquet qui se déroulait à l'intérieur. La table de Consuela était plus proche de moi maintenant que lorsque j'étais dans la pièce. Victor était assis à côté d'elle, engagé dans une conversation animée avec Mr Tuder Hereford. Consuela, pour sa part, échangeait des plaisanteries avec une dame que j'estimai être Mrs Tuder Hereford. À en juger par son expression tendue et absente, il était clair qu'elle aurait donné n'importe quoi pour se trouver ailleurs, et qu'elle ne pourrait pas remplir encore longtemps le rôle d'épouse docile et courtoise qu'elle tenait auprès de Victor. Elle était d'une beauté presque insupportable, d'une attraction irrésistible. Et elle comptait sur moi. Me faisait totalement confiance. À cet instant précis – mais seulement pour un instant –, je décidai que cette confiance ne serait pas vaine.

« Qu'allez-vous faire, Staddon ? »

C'était la voix de Turnbull, presque un murmure. Quand je fis volte-face, ce fut pour le découvrir étonnamment proche de moi, souriant de cet air suffisant

qui vous mettait au défi de l'accuser de ricanement.
« P... pardon ? fis-je.

— Il faisait bigrement chaud là-dedans, pas vrai ?
Je comprends qu'on vienne ici respirer un peu. Désolé
si je vous ai fait sursauter.

— Non, non, tout va bien.

— Je me demandais simplement ce que vous alliez
faire maintenant que Clouds Frome est terminée.

— Accepter une autre commande, major. On me
fait de temps à autre des propositions, voyez-vous.

— Je n'en doute pas. Il n'empêche que c'est une
profession risquée que la vôtre, je me trompe ?

— Pas plus que beaucoup d'autres.

— Fondée sur la notion de réputation, tout de même.
L'importance du bouche-à-oreille. De ce qui circule à
votre sujet. Ce genre de chose, non ?

— Vous avez probablement raison.

— C'est vrai qu'avec tout ce que vous avez réalisé
ici, je suppose que vous ne manquerez pas de travail.
Un raisin ? me demanda-t-il en tendant vers moi une
main d'où pendait une petite grappe de raisin noir.

— Non merci. »

Il en prit un qu'il goba, avec un mouvement de tête en
direction de la fenêtre. « Vous avez apprécié la soirée ?

— Comment pourrait-il en être autrement, avec une
hospitalité aussi somptueuse ?

— C'est vrai que Victor n'a pas lésiné. Même
Consuela semble être d'humeur généreuse. » Il cracha
quelques pépins dans les arbustes et accentua son sourire. « Du moins pour ce qui est du *décolletage*[1]. »

---

1. Employé aussi bien que *décolleté* en anglais. *(N.d.T.)*

Turnbull essayait de me provoquer. C'était clair. Mais pour le compte de qui ? Le sien… ou celui de Victor ? Tant que je ne le saurais pas, il était primordial que je garde mon sang-froid. « Votre remarque me paraît d'un goût douteux, major.

— Vraiment ? Vous êtes trop corseté, Staddon. Vous devriez vous délacer un peu. À moins que vous préfériez délacer le corset de quelqu'un d'autre. »

Je pris une profonde inspiration. « Pour l'instant, je crois que j'aimerais simplement retourner à l'intérieur.

— Peau sombre. Chair tendre. » Ses yeux ne m'avaient pas lâché une seconde. Rien en eux susceptible de faire écho à la chaleur de sa voix, à la largeur de son sourire. « Sacrément bons ces raisins. Vous êtes bien sûr de ne pas vouloir les goûter ? »

Il tendit la main, me barrant délibérément l'accès aux portes-fenêtres. Il me défiait de passer devant lui, voulait me pousser à céder à la colère et prouver ainsi que ses flèches avaient atteint leur cible. « Tout à fait, dis-je d'un ton aussi posé que possible. Gardez-les pour vous. Mais, faites attention, ne vous étranglez pas avec les pépins. »

Le sourire s'effaça. Le bras se retira. Il ne dit pas un mot, mais ne me lâcha pas des yeux tout le temps que je mis pour rentrer dans la maison.

Le samedi, m'avait-on dit, devait avoir lieu un match de cricket à Mordiford entre les gens du village et une équipe formée des employés de Caswell & Co. La rencontre avait été organisée par Victor et faisait partie des festivités en l'honneur de Clouds Frome. Dans la mesure où il était le seul sportif de la famille, il jouerait le rôle de capitaine de l'équipe Caswell. Mortimer et les dames regarderaient tranquillement le match depuis la touche. Victor avait également fourni le trophée destiné aux vainqueurs, une flasque à cidre en argent, dont il espérait qu'il serait remis en jeu lors d'une rencontre annuelle. L'un dans l'autre, il semblait faire tout son possible pour se mettre dans la peau du squire le plus traditionnel et le plus généreux qui soit.

La chaleur était toujours aussi impitoyable, et le match devait débuter à onze heures. Je pris un petit déjeuner tardif, en compagnie de Turnbull, Hermione et Marjorie. Victor était déjà sur les lieux, tandis que Consuela, apprit-on, restait au lit avec une migraine. La situation étant ce qu'elle était, je pouvais difficilement trouver une excuse plausible pour ne pas les accompagner tous au village sitôt après. Au moment où nous quittions la maison, Lizzie s'arrangea pour me glisser un mot de sa maîtresse, que j'enfouis dans une poche en attendant une occasion de pouvoir le lire sans être dérangé.

L'occasion ne se présenta pas avant que le match eût commencé. Les joueurs évoluaient sur un terrain agréablement situé et bordé d'ormes, une grande tente rose et blanc louée par Victor servant de vestiaires. Victor gagna au tirage au sort et choisit de commencer à battre. L'équipe de Mordiford avait l'air aussi musclée et inexpérimentée que l'on aurait pu s'y attendre, ce qui n'empêcha manifestement pas les supporters des Caswell de trouver la rencontre excitante au possible, Hermione, entre autres, s'époumonant en conseils et encouragements aux batteurs. Avachi dans une chaise longue, son chapeau ramené sur les

134

yeux, Turnbull sombra dans une torpeur dont je lui fus reconnaissant. Elle me laissait en effet libre de trouver un siège du côté le moins peuplé du terrain afin de consulter le mot de Consuela.

Querido Geoffrey, j'ai prétexté une migraine afin de ne pas avoir à assister au match de cricket. Tous les autres y seront, ainsi que l'essentiel du personnel. Victor les a presque tous recrutés soit pour jouer, soit pour encourager leur camp ou servir le déjeuner. Je suis sûre que personne ne remarquerait ton absence. Il faut absolument que nous parlions et que nous mettions au point notre plan. Je compte sur toi. Ta Consuela qui t'aime.

Elle avait raison, bien sûr. Il nous fallait parler, et le match nous offrait une occasion qui ne se représenterait pas. Bizarrement, pourtant, je rechignais à suivre sa suggestion. Non pas que j'eusse peur de lui annoncer que ses espoirs d'évasion allaient être réduits à néant. Mais bien plutôt parce que je soupçonnais que, le moment venu, j'en serais incapable. C'est là ce qui me faisait repousser l'échéance, comme un homme qui se noie s'accroche à un fétu de paille.

Caswell & Co. eut un joueur éliminé, ce qui amena Victor sur la ligne du batteur. Pour un homme qui n'avait prétendument pas tenu une batte depuis des années, il fit un début remarquable d'aisance, accomplissant une série de coups droits extrêmement déliés. Tenue blanche immaculée et casquette à rayures, il avait belle allure, et cela m'indisposait au point que je lui en voulais des applaudissements qu'il recueillait. Je commençais à espérer que le plus rapide des lanceurs de Mordiford lui expédie enfin une balle imparable quand j'aperçus le jeune Spencer Caswell qui venait dans ma direction d'un pas traînant le long de la touche. Avec ses knickers et son canotier de paille, il ne manquait pas d'élégance, mais arborait une expression blasée très étudiée.

En me voyant il s'arrêta et me dévisagea un instant, avant de dire : « Oh, bonjour, d'une voix qui semblait également partagée entre soupçon et indifférence.

— Bonjour, jeune homme. Vous prenez plaisir au spectacle ? »

Il embrassa le terrain des yeux, regarda Victor demander à son partenaire de s'élancer pour un point avant de lâcher d'un ton catégorique : « Non.

— Mais pourquoi ? Votre oncle joue admirablement bien.

— Bof, ils font tout pour lui faciliter la tâche. Et de toute façon, le cricket est sans intérêt. » Tout en notant le caractère bien peu juvénile de ces remarques, je songeai que je n'avais jamais vu Spencer rire ou faire le fou, ni se comporter comme sont censés le faire les garçons de son âge. Il témoignait d'une maturité, voire d'un cynisme dérangeants. Ce trait de caractère, joint à un visage figé et vide d'expression, doté en plus d'une paire de petits yeux perçants qui semblaient ne jamais cligner, produisait une impression de détachement froid et hautain.

« On me dit que vous allez à Harrow, l'an prochain.

— Effectivement.

— Je suppose qu'on voudra vous y voir pratiquer le cricket. Et Dieu sait quels autres sports.

— Ça m'est bien égal.

— On en reparlera quand vous serez sur le terrain de rugby, écrasé sous une mêlée, par un après-midi d'hiver glacial. »

Mais mon ton enjoué ne fit rien pour le dérider. Pas l'ombre d'un sourire sur sa petite bouche pincée. « Je me moque de ce qu'on pourra bien me faire. Mais si quelqu'un s'avise de me brutaliser, je le lui ferai payer.

— Ah, vraiment ?

— Oh, oui. Quand je serai un homme, je me vengerai de tous ceux qui m'auront jamais ennuyé. »

Sur ces mots, il passa derrière ma chaise et poursuivit son chemin en longeant la touche. Je n'éprouvai aucune envie de le rappeler, heureux, pour tout dire, de ne plus avoir à l'entretenir. Tandis que je jetais un coup d'œil au match derrière moi, de violentes protestations s'élevèrent à l'encontre de Victor pour jambe devant guichet. Mais la faute ne fut pas reconnue par l'arbitre. Lequel, je m'en rendis compte seulement maintenant, n'était autre que Banyard, le jardinier de Clouds Frome. Peut-être, somme toute, Spencer avait-il raison.

Je fis une brève apparition sous la grande tente au moment du déjeuner – poulet froid, accompagné encore une fois de champagne, Victor fêtant son record de cinquante points à la batte –, puis je m'éclipsai, espérant rassembler sur le court trajet qui me ramènerait à Clouds Frome assez de courage pour faire preuve avec Consuela de l'honnêteté qui était bien le moins que je lui devais.

La maison baignait dans un silence que la chaleur semblait encore amplifier. Tout le monde ou presque était pris par le match, dans un rôle ou dans un autre, et j'étais sûr de trouver Consuela seule. Il ne se présenterait jamais une meilleure occasion de lui communiquer ma décision.

Elle ne se trouvait dans aucune des pièces de réception et il n'y avait aucun signe d'elle dans le jardin. Impossible par ailleurs de trouver quelqu'un qui pût me renseigner. Danby, Gleasure et les bonnes étaient là-bas, à servir le repas des joueurs. Seule la cuisinière était sans doute sur place, mais je ne tenais pas à la déranger. Quant à Lizzie, elle semblait avoir disparu.

Quand je frappai discrètement à la porte de la chambre principale, il me vint à l'esprit que je n'y avais jamais pénétré depuis qu'elle avait été meublée. De toutes les pièces de la maison c'était celle qui jouissait de la meilleure vue, grâce à sa large fenêtre en saillie qui ouvrait sur le jardin et le verger. Très haute de plafond, elle disposait d'une vaste cheminée. Mon intention avait été d'allier le privé et une certaine ostentation, l'intimité de la chambre à coucher et la fierté du propriétaire des lieux. J'avais eu plus d'une fois l'occasion depuis de regretter cette intention, et plus amèrement encore ce qu'elle sous-entendait quant à la possession par Victor de sa femme aussi bien que de sa maison.

« Qui est là ? demanda doucement Consuela, dont la voix me parvint comme si elle venait de très loin.

— C'est moi.

— Entre. »

La chambre elle-même était vide, vaste espace baigné d'une lumière granuleuse. Par la porte ouverte de son dressing-room, je vis Consuela, assise devant une glace et brossant ses longs cheveux noirs. Elle venait juste de les sécher, me sembla-t-il, car ils avaient un éclat humide sous les coups de la brosse. Elle portait un *peignoir** en soie hésitant entre le rose et le pêche. Qui s'anima de reflets quand elle se retourna vers moi.

« J'espérais que tu viendrais plus tôt.

— Ce n'était pas facile de partir sans me faire remarquer. » J'avançai jusqu'au centre de la pièce, sentant une brise à peine perceptible entrer par les fenêtres ouvertes sur ma droite, et laissant mes yeux se pénétrer des détails de la décoration : la photographie de mariage sur la tablette de la cheminée, la peau de tigre sur le sol devant l'âtre, le grand lit à baldaquin. « Sommes-nous seuls ? demandai-je.

— Tout à fait. » Elle posa sa brosse, se leva et entra dans la chambre. « J'ai envoyé Lizzie voir sa famille. Ils ont ample matière à discussion.

— Je m'en doute, oui.

— Tout comme nous. »

C'est alors qu'elle s'est avancée vers moi d'un air décidé, et que nous nous sommes étreints. Il m'a paru si naturel, si conforme à l'ordre des choses, de la tenir dans mes bras, ses lèvres effleurant les miennes, son corps souple si fascinant sous le *peignoir**. « Tu as appris que Victor doit déjeuner avec le frère du Kaiser ce mardi ?

— Oui.

— C'est l'occasion dont je parlais pour m'échapper d'ici. » Elle m'a embrassé et s'est serrée plus fort contre moi. J'ai senti la chaleur du soleil sur mon dos. La fraîcheur de sa peau sous mes doigts. La promesse de liberté avait nourri en elle une passion imprudente.

S'est alors éveillé en moi, tel un démon tentateur, un appétit dont j'aimerais pouvoir dire que ce n'était pas un simple désir charnel. « Nous serons libres, Geoffrey, libres de vivre comme il nous plaira. »

Je n'aurais pas dû céder, je n'aurais pas dû me laisser aller à ce terrible mensonge, là, dans la chambre que j'avais conçue pour son mari. Mais rien n'y a fait. C'était trop facile, trop tentant, trop délicieux. Souples comme des lianes, ses membres se sont enroulés autour de moi. Son étreinte est devenue fébrile. Le secret de son être s'est ouvert à moi. Et la promesse du simple plaisir charnel de la profanation. Celle de son corps, de sa confiance, de son mariage. Tous violés, tous honteusement abusés par cet accouplement furieux sur le lit à baldaquin de Clouds Frome, dans la chaleur étouffante de cet après-midi, il y a treize longues années de cela.

« Plus que trois jours, murmura Consuela, tandis que nous restions allongés, alanguis par la satisfaction de notre désir, et nous n'aurons plus à voler des moments comme celui-ci. Nous serons ensemble... et en paix. »

Il était trop tard désormais pour lui dire la vérité, beaucoup trop tard pour faire autre chose que continuer à faire semblant. « Comment te proposes-tu de partir d'ici ? demandai-je.

— Par le train. Tu devrais rentrer à Londres lundi, comme le pense Victor. Mardi, il a donc son déjeuner avec le prince Henry au Mitre Hotel. J'attendrai qu'il soit parti pour Hereford avec la voiture, et je demanderai à Danby d'appeler un taxi, prétextant m'être

140

brutalement souvenue d'un rendez-vous à Hereford. Mais je demanderai au chauffeur de m'emmener directement à la gare, où je prendrai le train de une heure pour Londres. Il arrive à Paddington juste avant six heures. Tu viendras m'attendre ?

— Oui. » J'inclinai la tête, lui souris et l'embrassai sur le bout du nez. « J'y serai. » La brûlure du mensonge m'envahit tout entier, mais sans altérer ma capacité à la dissimulation. Dans les yeux de Consuela quand elle me regarda, je ne décelai pas la moindre trace de doute.

Quelques minutes passèrent. Il se peut que nous nous soyons assoupis. En tout cas, je fermai les yeux et, quand je les rouvris, Consuela traversait la pièce en direction des fenêtres aux rideaux à demi ouverts. Plus belle encore nue que parée des atours les plus flatteurs, elle m'apparut alors suprêmement désirable. Il était encore temps, je le savais, d'honorer ma promesse, de rester à ses côtés quoi qu'il arrive. Et tant que j'étais près d'elle, tant que je pouvais me délecter de sa vue, je pouvais encore me bercer d'illusions et m'imaginer que je le ferais.

Elle secoua la tête, et ses tresses noires glissèrent sur ses épaules. Un rayon de soleil tomba sur le renflement de son sein et sur son ventre, cristallisant en lui tous les plaisirs qu'elle m'avait donnés.

Elle se retourna pour me regarder et, voyant que j'avais les yeux sur elle, me sourit. « Les Anglais sont connus pour leur sens de l'ironie. *Ironia*. C'est aujourd'hui seulement que je comprends ce que le mot veut dire.

— Comment cela ?

— Cette maison, Geoffrey. Clouds Frome. Tu l'as construite. Et j'y vis. Mais à partir de mardi, nous ne pourrons jamais y revenir ni l'un ni l'autre.

— Elle te manquera ?

— Je ne crois pas. Et à toi ?

— Je peux construire d'autres maisons, Consuela. Des dizaines d'autres.

— Tu en construiras une pour nous ?

— Bien sûr, si tu le désires.

— Oh, oui. De toutes mes forces. »

La passion dans sa voix sembla m'appeler à elle. Je me levai, allai la rejoindre et l'enlaçai. Quand je l'embrassai, elle ferma les yeux et laissa sa tête retomber sur mon épaule. Ses cheveux étaient doux et parfumés contre ma joue, son corps lisse et doré là où l'éclairait le soleil. La conscience de sa beauté m'assaillit soudain, apportant avec elle une renaissance du désir, un désir si puissant qu'il oblitéra l'avenir et réduisit mes intentions à néant. Dans ma tête, dans mon imagination, plus rien ne restait que le besoin de la posséder encore une fois.

Consuela leva la tête et chuchota : « Tu me veux encore une fois ?

— Je te veux toujours.

— Alors, tu m'auras. Toujours. »

Désir et duplicité me submergèrent. Je riais tandis que je la portais jusqu'au lit et que, quelques instants plus tard, je la pénétrais triomphalement, oui, je riais, avec des accents qui résonnent aujourd'hui dans ma mémoire comme les lamentations de ma conscience.

Nous étions dix ce soir-là au dîner : Victor et Consuela, Mortimer et Marjorie, Hermione et la vieille Mrs Caswell, Mr et Mrs Peto, le major Turnbull et moi-même. On y parla bien sûr beaucoup du succès de la pendaison de crémaillère et de la victoire de l'équipe Caswell & Co. dans le match de cricket. Ces deux événements avaient rempli Victor du sentiment exaltant d'avoir enfin trouvé sa place, d'avoir recouvré ses droits légitimes, et ses invités ne firent que le conforter dans son enthousiasme.

J'étais assis entre Hermione et Mrs Peto. Victor était à un bout de la table, de notre côté, et Consuela à l'autre. Ils étaient tous tellement bavards que je n'avais nul besoin de participer à la conversation, ce qui me convenait à la perfection. Les événements de la journée m'avaient laissé complètement désorienté, à bout de nerfs, et ma résolution avait fondu. Si je m'avisais de jeter ne serait-ce qu'un coup d'œil à Consuela au bout de la table, j'avais aussitôt présentes à l'esprit des images de ce que nous avions fait l'après-midi même dans le lit conjugal de Victor. Et j'en mesurais, contrairement à Consuela, toute l'iniquité. Il ne me restait plus rien à faire qu'à essayer de noyer ma honte dans le bordeaux de Victor et de prier pour que la soirée s'achève rapidement.

Mais il n'en fut rien. Pendant le dessert, je me retrouvai entraîné dans une dispute avec les frères Caswell, alors que j'aurais dû me taire. Hermione, qui dévorait ses fraises avec un appétit en rien diminué, prit Mortimer à partie pour avoir renvoyé un de ses employés. Quand je saisis le nom de l'homme – Ivor Doak –, je manifestai un certain intérêt, car j'étais

143

marri d'apprendre que Doak, justement lui, connaissait des temps difficiles.

« Oui, confirma sèchement Mortimer. J'ai dû me débarrasser de lui. Il s'entendait davantage à vider les bouteilles de cidre qu'à les remplir.

— C'est épouvantable, dit Hermione. Assurer un emploi à cet homme est le moins que nous puissions faire pour lui.

— J'estime, quant à moi, ne rien lui devoir, dit Mortimer.

— Les Doak sont une vieille famille du Herefordshire. Si Ivor boit, c'est pour oublier ce à quoi les siens ont été réduits.

— Ma sœur, dit Mortimer en me lançant un sourire acide, est une grande adepte de la charité – d'ordinaire à mes frais.

— Je ne peux m'empêcher en l'occurrence de partager son avis, dis-je. Cela ne ferait pas grand mal que de montrer un peu d'indulgence à l'égard de ce pauvre vieux Doak. En tant qu'ancien propriétaire de cette terre...

— Non, ancien métayer, m'interrompit Victor. Et, entre nous, on ne peut plus négligent. Tu as bien fait de t'en débarrasser, Mortimer. Nous t'en sommes tous reconnaissants.

— Mais où trouvera-t-il du travail, maintenant ? protestai-je.

— Qu'il crève de faim ou qu'il aille se faire pendre, aboya Victor. Qui peut bien se soucier de ce que devient un type comme Ivor Doak ? » Sa véhémence semblait déplacée, son mépris hors de toute proportion. Je ne comprenais pas pourquoi il se montrait aussi vindicatif à l'égard de quelqu'un qui, à ma connaissance, ne lui avait jamais fait aucun mal.

« Il faut qu'il quitte Hereford, dit Hermione, et laisse derrière lui tous les souvenirs qui s'attachent à cet endroit.

— Pour aller où ? demanda Victor, un rictus sardonique aux lèvres.

— En Australie. Il a là-bas un cousin qui élève des moutons.

— Ce que veut dire ma sœur, Staddon, dit Mortimer, c'est que l'oncle de Doak a été condamné à la transportation en Australie de l'Ouest il y a cinquante ans de cela pour avoir abattu un garde-chasse, et que ses descendants seraient apparemment prêts à accueillir leur parent et à subvenir à ses besoins.

— C'est la vérité, dit Hermione. Et s'il y en a un, Victor, qui devrait apprécier l'importance d'un nouveau départ dans la vie, c'est bien toi. »

Victor s'empourpra. Sa voix se transforma en un grondement sourd. « Si tu imagines qu'un rapprochement aussi inepte que celui-là va me persuader de fournir l'argent nécessaire au voyage de Doak jusqu'à Perth…

— Je n'imagine rien de la sorte ! Je vous connais trop bien, toi et Mortimer, pour attendre de vous le moindre geste de décence à l'égard d'un homme qui a eu la poisse.

— La poisse, allons donc ! C'est avoir la poisse que de laisser péricliter une ferme ? Que de ne pas laisser d'autre choix à son employeur que de le renvoyer ? Non, ma chère sœur, ce n'est pas la poisse qui a conduit Doak là où il est aujourd'hui. Ce type, c'est de la sale engeance.

— Je n'ai jamais rien entendu d'aussi ridicule ! Tout ce dont il a besoin…

— Excusez-moi, dis-je en me penchant par-dessus la table, le chagrin et les remords liés à mes récentes actions se greffant sur le souvenir de mon unique rencontre avec le métayer expulsé de la ferme de Clouds Frome. Quel serait le prix à payer pour la traversée de Doak ?

— Plus que même un type comme lui pourrait dépenser à boire, dit Victor.

— Une quarantaine de livres, dit Hermione, faisant comme si elle n'avait rien entendu. Davantage que ce qu'il est en mesure de trouver par lui-même. Et davantage, je suis au regret de le dire, que je ne suis moi-même capable de lui prêter.

— Quarante livres ! grommela Victor. Je vous demande un peu !

— Trois mois de salaire pour Ivor Doak, Mr Staddon, insista Hermione. Pour mes frères, de la menue monnaie. Et pourtant, ils rechignent à faire l'avance.

— La prudence dans les investissements est la clé de la réussite en affaires, dit Mortimer. Investir dans le futur d'Ivor Doak serait la dernière des folies. »

Hermione ne se laissa pas décourager. « Je suis sûre qu'il nous rembourserait dès qu'il aurait sorti la tête de l'eau. »

Victor émit un grognement dédaigneux, Mortimer secoua la tête et revint à son ananas. Mais Hermione jeta un regard de défi tout autour de la table, où les autres conversations avaient cessé depuis un moment. Maladroite, peu diplomate, d'une énergie mal contrôlée, elle était depuis longtemps la seule des Caswell pour laquelle j'éprouvais quelque respect, mais ce n'était pas là la raison de mon ralliement à sa proposition. Écœuré par ma propre conduite, j'avais besoin de prouver que je n'étais pas aussi mesquin et égoïste que les frères d'Hermione, de me le prouver à moi-même et aussi de le montrer aux autres. Et c'est ainsi que, les yeux admiratifs de Consuela posés sur moi, je finis par dire : « Je suis prêt à avancer les quarante livres à Doak. »

Victor en laissa tomber sa cuiller, mais je refusai de le regarder, me contentant de sourire à sa sœur, assise en face de moi.

« Voilà qui est extrêmement généreux de votre part, Mr Staddon, dit-elle. Il se trouve que je peux contribuer à cette somme pour moitié.

— En ce cas, je fournirai l'autre moitié.

— Vraiment ?

— Avec joie.

— Splendide ! C'est donc ensemble, vous et moi, que nous ferons de notre mieux pour organiser le sauvetage de ce pauvre Ivor. » Elle fit un grand sourire à ses frères. « C'est un plaisir si rare d'avoir affaire à un véritable gentleman.

— Vous seriez vraiment idiot de suivre l'exemple de ma sœur dans cette affaire, Staddon. » La véhémence du ton m'obligea à regarder Victor. À ma grande surprise, je vis que ma proposition l'avait jeté dans une réelle colère.

« Je suppose que, si j'en ai envie, j'ai le droit de faire ce que bon me semble avec mon propre argent.

— Celui que je viens de vous verser.

— J'ai d'autres ressources, figurez-vous, que les honoraires que j'ai touchés pour cette maison.

— Ah bon ? Vraiment ? me dit-il en me dévisageant d'un œil malveillant. Vous regretterez d'avoir un jour prêté de l'argent à Ivor Doak, Staddon. Je vous en donne ma parole, vous le regretterez. » Visiblement, il croyait ce qu'il disait. La colère qu'exprimait son visage en témoignait amplement. Ce qui était moins clair, en revanche, c'était la façon d'interpréter ses paroles : simple prédiction ou menace à peine déguisée ?

Tandis que la dispute s'apaisait et que les conversations s'orientaient vers d'autres sujets, les doutes que les remarques de Victor avaient semés dans mon esprit vinrent hanter mes pensées. Pourquoi m'en vouloir à ce point de tendre une main secourable à Doak ? Pourquoi avoir tant de mal à l'accepter ? Et pourquoi être aussi sûr, aussi fermement convaincu, qu'un jour j'en viendrais à regretter mon geste ?

Le dimanche fut pour moi un supplice d'inaction forcée. Petit déjeuner tardif. Présence plus ou moins requise à l'office à Mordiford. Déjeuner. Après-midi poussif de croquet et de tennis. Thé sur la terrasse. Avec un soleil toujours aussi brûlant dans un ciel toujours sans nuages. Un observateur extérieur à la scène en aurait sans doute conclu que la famille Caswell et ses invités coulaient le jour du Seigneur dans une béate tranquillité.

Je passai ces longues heures à ruminer de sombres pensées. J'étais condamné à choisir entre deux situations qui me paraissaient l'une et l'autre impossibles à affronter : perdre Consuela ou sacrifier ma carrière. Les deux coupes étaient également empoisonnées, les deux choix également désastreux. Je la regardais servir le thé, sourire aux traits d'esprit de Turnbull, jouer à l'épouse docile, flâner sous la pergola. Je l'observais et elle, j'en étais sûr, en faisait autant de son côté. Et je restais dans la même incertitude.

L'après-midi céda la place à la soirée. Le dîner approchait. Notre groupe était maintenant réduit à huit, et l'heure était à la lassitude et à la circonspection. Plus d'allusions à Ivor Doak, plus d'évocations enthousiastes du match de cricket ou de la pendaison de crémaillère. Sans doute en avions-nous un peu assez d'être en compagnie les uns des autres. Mais ce n'était pas l'ennui, contrairement à l'impression que je pouvais donner, qui expliquait mon air absent. Chaque fois que je surprenais le regard de Consuela entre les surtouts et les chandeliers, chaque fois que j'entendais sa voix dans le murmure des conversations, je savais qu'approchait inexorablement le moment de la décision, tout en étant conscient d'être toujours incapable de l'affronter.

Le dîner prit fin, et les dames se retirèrent. C'est à cet instant, alors que s'échangeaient les souhaits de bonne nuit, que je la vis et lui parlai pour la dernière fois. Comme nos remarques convenues me paraissent étranges avec le recul, et banals les sourires réservés et les regards prudents avec lesquels nous prîmes congé l'un de l'autre ce soir-là.

« Je prends un train de bonne heure demain matin, Mrs Caswell. Je peux donc d'ores et déjà vous remercier de votre hospitalité pour ce week-end.

— Merci d'être venu, Mr Staddon, dit-elle, abandonnant un bref instant sa main dans la mienne. J'espère que nous nous reverrons bientôt.

— Un espoir qui est aussi le mien.

— Bonsoir, donc.

149

— Bonsoir, Mrs Caswell. » Elle se dirigeait vers la porte. « Et au revoir. »

Un dernier regard en arrière – avec dans les yeux un léger miroitement qui semblait transmettre toute la confiance qu'elle plaçait en moi –, et elle avait disparu.

Les messieurs ne s'attardèrent guère à leur porto. Un verre, et Mortimer partit se coucher ; sur quoi Victor proposa une partie de billard, que Turnbull accepta. Je ne fus que trop heureux de les laisser à leur jeu et de sortir dans la nuit étouffante.

Clouds Frome avait répondu à toutes mes attentes. C'est ce que je pus constater à loisir tandis que j'en faisais le tour, son élégant extérieur découpé contre le ciel semé d'étoiles. Et, avec la commande de Thornton qui me tendait les bras, Clouds Frome n'était peut-être qu'un début. Mais une lumière brillait à la fenêtre de la chambre principale, qui me rappelait l'amour de Consuela. Pour elle, j'aurais dû être prêt à tout endurer et à tout sacrifier. Je ne pouvais pourtant pas me forcer à éprouver des sentiments plus profonds que ceux qui m'habitaient. Et je ne pouvais pas m'empêcher de vouloir profiter des chances dont je me priverais en restant loyal à son égard. La vérité était très simple, ce qui la rendait d'autant moins acceptable : je ne l'aimais pas suffisamment.

Je rentrai dans la maison. Tout était silencieux ; on n'entendait que le choc des boules provenant de la salle de billard. Je me versai un plein verre de scotch que j'emportai dans ma chambre. Là, je m'emparai d'une feuille du papier à lettres à en-tête de Victor, m'assis au bureau et me mis à écrire.

Ma très chère Consuela...

Je recommençai. Comment osais-je la qualifier de très chère… ou même la dire mienne ?

16 juillet 1911

Consuela,

Il m'est aussi douloureux d'écrire ces quelques mots qu'il te sera douloureux de les lire. Nous ne pouvons pas – ne devons pas – mettre ton plan à exécution. Ce ne serait pas honnête de ma part de te laisser sacrifier ta réputation...

À nouveau, je renonçai. C'était indigne, et lâche. Le moins que je devais à Consuela désormais était l'honnêteté dont j'aurais dû faire preuve à son égard bien plus tôt. J'avalai une nouvelle gorgée de whisky et m'armai de courage pour lui dire la vérité. Mais comment expliquer que je faisais passer ma carrière avant son amour ? Tout compte fait, cette vérité-là était pire que n'importe quel mensonge. Et c'est ainsi que, toute sincérité ravalée, je finis par coucher ces paroles équivoques sur le papier :

16 juillet 1911

Consuela,

Nous ne pouvons mettre notre plan à exécution. J'y ai mûrement réfléchi et j'en suis venu à la conclusion que tu avais raison en novembre dernier quand tu as dit que les sacrifices auxquels nous

151

devrions consentir pour pouvoir être ensemble étaient trop grands. Nous avons été stupides et trop impulsifs. Je ne peux pas te laisser détruire ta réputation pour moi. Je ne peux pas te laisser abandonner Victor pour moi.

Ne quitte pas Clouds Frome mardi, et ne viens pas à Londres. Je sais qu'il te sera difficile au début de continuer à mener la vie que tu as ici, mais je suis sûr que, avec le temps, tu finiras par convenir que c'était la meilleure solution pour l'un comme pour l'autre. Je suis désolé, vraiment désolé, de la déception que cela risque de te causer, mais je suis persuadé que je prends la bonne décision.

Geoffrey

Voilà qui était fait. Je cachetai la lettre, terminai le whisky et m'allongeai pour tenter de trouver le repos que je ne méritais pas.

Réveillé à l'aube, je me lavai et m'habillai à la hâte, dévoré d'impatience à l'idée de quitter les lieux au plus vite. L'express pour Oxford et Londres ne s'arrêtait pas à Stoke Edith avant sept heures et demie, mais j'avais l'intention d'être sorti de la maison le plus tôt possible. Une heure ou davantage de jeûne solitaire à la gare était encore préférable à une seule minute de plus à Clouds Frome, une fois que mon message aurait été délivré.

Il était cinq heures quand je quittai la suite du verger pour monter au deuxième étage et me diriger vers l'aile réservée aux domestiques et, plus précisément, la chambre que Consuela m'avait signalée comme étant celle de Lizzie. En sa qualité de femme de chambre, celle-ci bénéficiait d'une chambre pour elle toute seule, et je pensais donc pouvoir glisser sans crainte la lettre sous sa porte, accompagnée d'un mot où je demandais à Lizzie de la remettre à Consuela dès que possible.

Au moment où j'atteignais presque ma destination, le profond silence qui m'enveloppait fut rompu par le bruit, certes faible mais très reconnaissable, de quelqu'un qui pleurait. Je m'arrêtai pour écouter et n'eus plus aucun doute : Lizzie Thaxter – ou une autre personne derrière la porte – était en train de pleurer. Laisser ma lettre comme j'avais prévu de le faire me parut dès lors peu adapté à la situation. Je frappai aussi doucement que possible. Les pleurs cessèrent aussitôt. Je frappai à nouveau.

« Qui est là ? » C'était la voix de Lizzie, hésitante et étouffée. « Staddon », murmurai-je.

Il y eut un bruissement à l'intérieur. La porte s'entrouvrit à peine, révélant Lizzie en chemise de nuit, les cheveux emmêlés, les yeux rougis et cernés. Elle avait eu le temps de sécher ses larmes, mais aurait eu du mal à croire que je ne l'avais pas entendue sangloter.

« Que se passe-t-il ? demandai-je.

— Rien.

— J'ai cru que…

— Que voulez-vous, Mr Staddon ?

— Cette lettre… dis-je en tendant l'enveloppe. Elle est pour Consuela. »

Elle la regarda avec de grands yeux, pleins de ce que l'on aurait presque pu prendre pour de l'horreur. « Pour Consuela ?

— Oui. C'est très important. Et urgent.

— Je veillerai à ce qu'elle l'ait, dit-elle en tendant mollement la main pour recevoir l'enveloppe.

— Lizzie, vous êtes sûre que ça va ?

— Oui, Mr Staddon. Tout à fait sûre. » Et sur ces mots, elle referma la porte.

Je restai une minute ou deux dans le couloir silencieux, à m'interroger sur ce qui avait bien pu se passer. Lizzie était d'ordinaire d'humeur enjouée et extravertie. Même l'emprisonnement de son frère n'avait pas semblé l'affecter outre mesure. Pourquoi fallait-il qu'elle pleure toutes les larmes de son corps en secret, voilà qui me laissait perplexe. Manifestement, toutefois, elle ne souhaitait pas que j'en connaisse la raison. Et je n'avais plus rien à attendre d'elle. Elle remettrait la lettre à Consuela. Je savais pouvoir compter sur elle. Je n'entendais plus rien en provenance de la chambre. M'attarder là plus longtemps ne tarderait pas à me faire découvrir. Je fis donc demi-tour et m'éloignai furtivement.

Qui donc était-il, ce jeune homme égoïste et vaniteux qui, il y a treize ans de cela, s'éloignait à grands pas dans l'allée de Clouds Frome pour gagner la route de Stoke Edith en ce lumineux matin de juillet ? De quel droit croyait-il pouvoir piétiner ainsi les rêves des autres, tout entier à la poursuite des siens ? Aujourd'hui encore, les réponses à ces questions hantent ma conscience. Si seulement je pouvais l'arrêter dans sa progression, ce jeune homme, et le secouer jusqu'à ce que lui apparaissent les conséquences – toutes les

154

conséquences, grandes et moins grandes – de ce qu'il venait de faire.

Mais je ne peux pas. Je ne peux rien changer au passé que je me suis légué à moi-même. Il n'appartient à personne qu'à moi. Tout comme la culpabilité dont il est chargé.

Le soleil était déjà chaud pendant que, assis sur le quai désert de la gare de Stoke Edith, j'attendais le train qui me ramènerait à Londres. Une autre journée brûlante s'annonçait. J'étais impatient de partir, même si mes récentes inquiétudes s'étaient en grande partie dissipées. Mon parcours était désormais tracé ; plus question de changer de cap. J'avais laissé un message pour Consuela. J'avais posté un chèque à Hermione. C'était un adieu définitif. Et à partir de maintenant, même si cela me demandait des efforts, j'allais mettre à l'écart tout ce que Clouds Frome avait jamais signifié pour moi. Et puis, l'esprit occupé par la commande de Thornton, je finirais par l'oublier. Le nom de Consuela ne franchirait jamais plus mes lèvres, son visage ne viendrait plus jamais flotter dans ma mémoire. Rien de tel qu'une conscience coupable pour vous frapper d'amnésie, vous mettre à l'abri de toute forme de souvenir. À l'exception de celle que m'avait réservée le destin.

5

Quand ils traiteront des grands monuments de Londres, les historiens de l'architecture des années précédant immédiatement la Grande Guerre s'attarderont en priorité sur la façade est de Buckingham Palace, œuvre de Webb, ou sur les galeries Édouard VII conçues par Burnet pour le British Museum ; ils parleront peut-être aussi du grand magasin Selfridges ou du réaménagement par Bloomfield du côté ouest de Piccadilly Circus. Autant de réalisations qui s'élèvent docilement au-dessus des rues de la capitale, attendant l'admiration qu'elles méritent. Quelque part, dans une obscure note de bas de page, on signalera peut-être que Ashley Thornton, le propriétaire d'hôtels, avait engagé le relativement peu connu Geoffrey Staddon pour lui construire dans Russell Square un grand hôtel qui, dans sa conception comme dans sa réalisation, fut salué par un concert d'éloges. D'un autre côté, il se peut fort bien qu'on ne trouve aucune mention de ce genre. Pour la bonne raison que l'hôtel Thornton souffre de l'énorme inconvénient de ne plus exister.

Comme il est étrange – et dans le même temps tout à fait approprié – que les deux bâtiments dont j'étais le plus fier aient eu pour destin de m'être enlevés :

Clouds Frome, parce que je n'osais pas y retourner, et l'hôtel Thornton, quand bien même je l'aurais voulu, parce qu'il n'y avait plus rien à voir. L'exil et le néant me semblent aujourd'hui avoir conspiré pour mettre en lambeaux les espoirs et les réussites de ma jeunesse. Et je n'ai aucun droit de me plaindre.

Tout était tellement différent quand, à l'automne 1911, je commençai à travailler sur le projet Thornton, en m'imaginant que la richesse et le renom qu'il pourrait m'apporter seraient sans limites. Consuela se retrouva reléguée, avec ce que je lui avais fait, dans un cachot au fond de ma mémoire. Je n'entendis plus jamais parler d'elle après mon départ de Clouds Frome. Aucune lettre de reproches, aucun appel téléphonique angoissé, aucune visite de femme outragée. Je n'eus aucune nouvelle non plus de Victor ou de n'importe quel membre de sa famille. Plus d'invitations pour le week-end, ou pour fêter de grandes occasions. On ne m'envoya même pas une carte de Noël. Et de tout cela, je ne manquai pas d'être fort reconnaissant.

L'hôtel Thornton absorbait toutes mes pensées et toute mon énergie. Il devint pour moi le laboratoire d'une ambition effrénée, une manifestation outrecuidante, coulée dans la pierre et l'acier, de mes talents. Avec pour conséquence qu'il opéra en moi une transformation radicale. La traîtrise dont j'avais fait preuve à l'égard de Consuela ne fut que le premier signe d'une dureté honteuse et implacable. Rien ni personne, j'en étais secrètement persuadé, ne devait se mettre en travers de mon chemin ni partager le mérite que pourrait me valoir mon travail. C'est ainsi que les contributions d'Imry à mes plans allaient devoir être passées sous silence et les améliorations suggérées par le maître d'œuvre ignorées. Il fallait que le projet fût exclusivement mien. La construction achevée, c'est à moi et à personne d'autre que devraient aller les éloges.

J'avais trouvé en Ashley Thornton un client qui servait idéalement mes intentions. Bien que trop occupé par la gestion de ses hôtels déjà existants pour intervenir davantage dans la construction d'un nouveau, il ne s'en faisait pas moins l'avocat enthousiaste de mes idées devant son comité directeur. Au début, je me méfiai un peu de lui. J'en vins plus tard à l'admirer et à l'apprécier. Ce n'est que plus tard encore que je le compris. Mais, comme il est fréquent, la compréhension fut longue à venir.

C'est au cours d'une réception dans un des autres hôtels londoniens de Thornton – le Palatine – que je fis la connaissance de sa fille, Angela, laquelle devait par la suite devenir ma femme. Nous nous disputâmes, je m'en souviens fort bien, à propos de la grève des mineurs qui était alors en cours, ce qui situe notre rencontre en mars 1912. Elle m'apparut à cette occasion comme une femme aux opinions quasi moyenâgeuses bien ancrées, jolie plus que belle, mais indéniablement attirante grâce à l'heureux mariage en elle d'une rationalité tout anglaise et d'une sensualité toute féline. Elle avait vingt-sept ans, était vive, pleine de confiance en elle et, somme toute, elle représentait un défi stimulant. Je commençai à cultiver sa compagnie, sans me cacher à quel point une telle relation pouvait se révéler utile. Je ne tardai pourtant pas à découvrir qu'un attachement sincère avait commencé à nous lier l'un à l'autre. Fut-ce jamais de l'amour ? Je ne saurais le dire. Nous habillons trop souvent de simples flirts et d'unions de ce mot. Peut-être serait-il plus juste de dire qu'elle vit en moi une compagnie plus intéressante que celle des jeunes écervelés qu'on lui présentait d'ordinaire, et que, de mon côté, je vis en elle l'épouse intelligente et socialement accomplie dont je pensais avoir besoin. À l'automne 1912, nous étions fiancés, à la satisfaction déclarée de Thornton. Nous nous mariâmes à l'église du village proche de sa maison du Surrey le 21 juin 1913, en présence d'Imry, mon témoin, et d'une grande assemblée composée d'amis, de parents et d'associés de Thornton.

Je garde de ce jour le souvenir d'un événement que je me contentai d'observer sans y prendre une part active. Le soleil nous honorait de sa présence. Angela était d'une beauté à ravir que je ne lui connaissais pas, ni ne devais jamais plus lui connaître. Thornton transforma la réception en une célébration luxueuse et tape-à-l'œil de sa propre réussite. Et moi, dans cette affaire ? Je souriais et jouais mon rôle, me conformant à l'image qu'avaient de moi la plupart des invités : celle de l'architecte talentueux dont les manières bohèmes ne tarderaient pas à s'infléchir sous la direction de son épouse et l'influence bienveillante de son beau-père.

Après une lune de miel dans les lacs italiens, nous nous installâmes 27 Suffolk Terrace, dans la maison que Thornton nous avait offerte en cadeau de mariage. Angela se consacra alors à l'existence d'une épouse richement entretenue dans une grande capitale : collectionnant beaux meubles et vêtements à la mode ;

fréquentant un nombre étourdissant d'autres épouses de même statut résidant à Kensington, Knightsbridge ou Bayswater ; les recevant à dîner elles et leurs maris au moins une fois par semaine ; organisant des soirées de bridge au même rythme ; montant à cheval tous les deux ou trois jours à Hyde Park. Il ne me fallut pas longtemps pour comprendre que, dans la nouvelle vie qu'elle s'était construite, je n'étais qu'un ingrédient parmi d'autres, important sans doute mais nullement indispensable.

J'aurais été stupide d'espérer autre chose, car l'attitude d'Angela n'était, somme toute, qu'une copie conforme de la mienne. Nous avions l'un et l'autre obtenu ce que nous voulions : le genre de conjoint que le monde semblait attendre de nous, celui qui apporte statut social, compagnie, respectabilité et une parcimonieuse allocation de passion conjugale. Comme si cela faisait partie d'un calendrier préétabli, Angela se retrouva enceinte dans les trois mois qui suivirent notre mariage et donna naissance au petit-fils tant attendu par son père quelques jours avant notre anniversaire de mariage, en juin 1914.

À cette date, l'hôtel Thornton venait d'être terminé. Le moment ne pouvant être mieux choisi, mon beau-père fut en mesure d'annoncer la naissance lors de la cérémonie d'ouverture. La princesse royale coupa un ruban, et tous les présents fêtèrent hôtel et enfant d'une même voix. La presse spécialisée ayant fait une critique favorable de mon travail, je pouvais désormais compter sur d'autres commandes prestigieuses. Avec un fils à faire sauter sur mes genoux et une réputation professionnelle qui frisait la célébrité, je n'avais rien à regretter et tout à espérer. Tout allait donc pour le mieux dans le meilleur des mondes.

Mais, comme nous le savons aujourd'hui, tout était loin d'aller pour le mieux en cet été 1914. La guerre, quand elle éclata en août, n'eut rien de la brève et glorieuse aventure qu'on nous avait laissé entendre. Et la vie de chacun, y compris de ceux qui étaient loin de la boue des Flandres, se trouva enlisée dans le conflit meurtrier qui s'ensuivit.

Imry tint à s'engager comme volontaire et à partir au front dans les meilleurs délais. Il insista également pour que, en ma qualité d'époux et de père, je reste à l'arrière et m'occupe du cabinet. Et c'est ce que je fis, croyant au mythe de la fin des hostilités pour Noël. Rien de tel, bien sûr, ne se produisit, et le début de l'année 1915 vit les premiers raids des zeppelins sur la côte sud. Je n'y accordai guère d'attention. Ils ne représentaient que de simples broutilles en comparaison des terribles épreuves que nos soldats, et parmi eux Imry, subissaient en France. À Pâques, Londres était dans leur rayon d'action, mais je ne me rendais toujours pas compte de ce qu'ils laissaient présager.

La nuit du 23 octobre 1915, une bombe allemande frappa de plein fouet l'hôtel Thornton. Les dommages causés à la structure auraient probablement été réparables n'eût été le feu qui se déclara immédiatement après l'explosion. Il ne restait pratiquement que les quatre murs de l'immeuble, et ce fut un miracle si seules dix-sept personnes perdirent la vie dans l'incendie. Quand je me rendis à Russell Square le lendemain matin, ce fut pour me retrouver devant la coquille effritée et fumante de ce que j'avais passé presque trois années à créer. Je ne souhaite pareille expérience à aucun architecte. Les mois de labeur ; les brouillons et les croquis sans cesse modifiés ; les mesures et les projections ; les essais et les révisions ; les discussions et les difficultés imprévues ; la distance de la conception à la réalisation : tout cela réduit en cendres par le feu, la fumée et l'eau. Impossible de jamais plus se débarrasser du sentiment de la vanité des choses qu'engendre un pareil désastre. La peur que le même incident se reproduise corrode l'instinct créateur et mine le désir de réussir. Pourquoi viser la perfection quand tout peut vous être aussi facilement enlevé ? Pourquoi penser que ce que vous construisez perdurera ou restera dans les mémoires ?

Mais il y eut pire dans mon cas que le traumatisme résultant de la destruction. Lors de l'enquête sur la mort des dix-sept victimes, le coroner laissa échapper quelques remarques sans fondement selon lesquelles le plan des lieux aurait favorisé la propagation de l'incendie, remarques dont la presse s'empara aussitôt pour les amplifier. Soudain, mon nom se retrouva associé non plus à un bel hôtel mais à un piège en cas d'incendie. La nature extrêmement floue des accusations empêchait toute réfutation. Thornton me fit la promesse audacieuse de reconstruire l'hôtel après la guerre et de faire à nouveau appel à moi, mais je sentis que ses assurances relevaient d'un calcul et manquaient de sincérité. Le bâtiment ne serait jamais reconstruit, et, en admettant qu'il le fût, je n'en serais jamais l'architecte. Thornton serait respecté pour avoir pris le parti de son gendre, mais tout le monde saurait ce qu'il pensait vraiment. La réputation des hôtels

Thornton serait sauve, mais celle de Geoffrey Staddon, ARIBA, serait irrémédiablement ternie.

Je suppose que ce furent ma colère et mon impuissance face à l'injustice des réactions de la presse à l'incendie qui me poussèrent à m'engager. Ce ne fut certainement pas un tardif élan de patriotisme, étant donné ce que m'avait confié Imry de la manière inepte dont la guerre était menée. Il fut rapatrié pour raisons médicales au début de 1916, victime des effets cumulés du gaz moutarde, ce qui me permit de lui confier les rares affaires que nous avions encore au cabinet. Affecté au service du génie, je me retrouvai, à l'automne 1916, non pas en France comme je l'avais pensé, mais en Égypte, pour consacrer mes compétences architecturales à la construction de ponts et de casernes. Et c'est là que je devais rester jusqu'à la fin des hostilités, jouant un rôle mineur et sans grand risque dans les campagnes du général Allenby contre les Turcs. Pour moi, pas de coup de feu sous l'empire de l'exaspération, pas de participation à quelque assaut suicidaire, pas de proximité avec un soldat ennemi qui ne fût déjà prisonnier.

Je finis toutefois par me retrouver en France, mais seulement après l'armistice, comme membre des forces affectées à la reconstruction des routes et des voies ferrées et à la réparation des bâtiments endommagés par les longues années de bombardement. Il s'agissait d'un travail capital, bien sûr, mais fastidieux. Tout ce à quoi nous aspirions, les uns et les autres, c'était à rentrer chez nous dès la fin de la guerre.

L'occasion m'en fut donnée plus tôt que je ne l'escomptais, et dans des circonstances autrement plus terribles que toutes celles que j'aurais pu imaginer. Les lettres d'Angela m'avaient appris qu'une grave épidémie de grippe sévissait à Londres, mais je n'y accordai guère d'attention, même quand elle m'écrivit que Nora, notre bonne, était tombée malade. Puis, début mars, arriva une nouvelle lettre m'informant que notre fils avait contracté le mal, suivie, quelques heures plus tard, d'un télégramme me rappelant de toute urgence à la maison. La grippe avait dégénéré en pneumonie, et l'on craignait pour sa vie.

Edward Matthew Staddon. 18 juin 1914 – 10 mars 1919. « Laissez venir à moi les petits enfants, et ne les empêchez point, car le royaume de Dieu est pour ceux qui leur ressemblent. »

C'est à peine si j'ai laissé s'écouler une semaine depuis sa mort sans me rendre, sur le chemin de la maison, au cimetière de Brompton, devant l'angelot de pierre à l'air affligé qui domine l'inscription. Angela, elle, cessa ses visites en moins d'un an, excluant en même temps de nos conversations toute allusion à notre fils. Elle enleva sa photographie du salon, jeta ce qu'il restait de ses jouets et décrocha le certificat de baptême encadré du mur de la chambre d'enfant. Je ne saurais le lui reprocher. Il n'y a aucune raison pour qu'elle vienne me rejoindre devant sa tombe minuscule en ces après-midi d'hiver où semblent s'éteindre autour de moi non seulement la lumière du jour, mais celle de tous les jours à venir.

Je ne lui ai jamais autant parlé que depuis qu'il est mort, adaptant au fil des ans mon ton et mon vocabulaire à l'âge qu'il aurait atteint, lui confiant des secrets que je ne peux partager avec personne d'autre, lui demandant conseil sur des problèmes qu'il est le seul à connaître. Mon petit Edward, si jeune et innocent, dont les grands yeux bleus semblent encore aujourd'hui posés sur moi. Es-tu mort pour moi ? Il m'arrive parfois de me le demander. As-tu souffert à cause de moi ?

L'expression qu'avait Angela et les trémolos de sa voix quand j'arrivai à Suffolk Terrace et qu'elle m'apprit sa mort ne se sont jamais totalement effacés de mon souvenir. Elle s'est forgé ce jour-là une carapace protectrice impossible à transpercer. Nous ne parlons jamais de lui. Ne faisons jamais allusion, même de manière indirecte, à des événements auxquels il a pris part. En conséquence, le chagrin perdure, inapaisé parce que jamais exprimé, une douleur que chacun de nous ressent profondément et dont il rejette la responsabilité sur l'autre, sans la moindre raison.

Je repris mon rôle d'associé principal dans le cabinet Renshaw & Staddon, tandis qu'Imry partait en semi-retraite. Angela, elle, reprit son existence d'avant-guerre. L'idée de reconstruire l'hôtel Thornton fut discrètement abandonnée. Et le souvenir d'Edward s'étiola lentement. Une forme fragile de retour à la normale s'installa entre nous, offrant une certaine sécurité mais peu de réconfort pour les années à venir.

Et puis, en septembre dernier, un matin de semaine ordinaire, Angela vit le nom de Consuela Caswell dans le journal et décida de me titiller à ce propos, sans prendre conscience de ce que cela signifiait pour moi. La première fissure apparut à cet instant, je suppose, la toute première fêlure dans la vie dont je m'étais jusqu'alors satisfait. Au début, insignifiante, simple égratignure de surface, facilement ignorée, très vite oubliée. Puis la fissure s'allongea, s'élargit, et étendit bientôt ses ramifications jusqu'aux confins de mes pensées. Je continuai néanmoins à n'en tenir aucun compte. Je lus les articles de journaux. Examinai ma conscience. Demandai l'avis d'Imry. Confiai pour la première fois toute la vérité à Edward, debout devant sa tombe couverte de feuilles mortes par un après-midi gris et sombre. La réponse était toujours la même : il n'y a rien que tu puisses faire. C'était ce que je voulais entendre, bien sûr, ce que j'avais besoin de croire. Mais cela ne dura pas. Et je pense aujourd'hui que pareille conviction n'aurait jamais pu me soutenir dans les épreuves qui devaient suivre. Aujourd'hui, je crois fermement que, même si je n'avais pas été poussé à agir comme je l'ai fait, quelque autre incitation aurait au bout du compte produit le même résultat.

C'était l'après-midi du vendredi 12 octobre 1923. Une semaine s'était écoulée depuis la mise en accusation de Consuela. J'étais dans mon bureau, occupé à examiner les plans et les perspectives dessinés par Newsom pour le pavillon du club sportif de Whitstable, tout en songeant à quel point notre assistant devenait expert dans ce genre d'exercice. Je ne pouvais m'empêcher de lui en vouloir de son talent, en dépit du mérite qui me revenait pour l'avoir fait entrer au cabinet. Renshaw & Staddon commençait à dépendre un peu trop à mon goût des compétences de Newsom et de la minutie scrupuleuse de Vimpany. Il était grand temps que je me charge d'une plus grande partie de la besogne, dans la mesure où la contribution d'Imry ne pouvait qu'aller en diminuant et où Newsom risquait de trouver mieux ailleurs d'ici quelques années. Et puis, me plonger dans le travail m'aiderait peut-être à me débarrasser du malaise qui m'habitait en ce moment.

Je venais de décider l'instauration d'un nouveau régime en accord avec ces résolutions quand, après avoir frappé, Reg Vimpany passa la tête par la porte.

« Il y a une jeune demoiselle qui demande à vous voir, Mr Staddon.

— Une jeune demoiselle ? Je n'ai pas de rendez-vous, Reg. Qui est-ce ?

— Une *très* jeune demoiselle, je dirais. Elle a donné le nom de miss Caswell.

— Miss Caswell ? murmurai-je, certain qu'il ne pourrait manquer de voir mon air stupéfait.

— Oui. Ce qui est bizarre, c'est qu'elle ne peut guère être plus âgée que ma Shirley, et pourtant elle se promène toute seule en plein centre de Londres. »

Shirley Vimpany avait douze ans, si bien que je ne pouvais désormais plus avoir de doute quant à l'identité de ma visiteuse. « Et vous dites qu'elle désire me voir ?

— Elle insiste, Mr Staddon. Vraiment.

— Eh bien, faites-la entrer. »

Elle était plus petite encore que ce que la description de Reg m'avait laissé attendre. Chaussures noires à lacets, bas gris, imperméable bleu marine et chapeau cloche gris, elle leva vers moi un regard plein d'un grand sérieux et d'une immense attente. Son visage était rond et pâle, ses lèvres serrées, mais je reconnus immédiatement dans ses yeux marron foncé l'éclat de ceux de sa mère.

« Miss Caswell ? »

Elle attendit que Reg ait refermé la porte derrière elle avant de dire : « Vous êtes bien Mr Geoffrey Staddon ? » Une voix douce, sans aucune hésitation, une prononciation impeccable. L'eussé-je entendue sans la voir, je ne crois pas que je l'aurais prise pour une enfant.

« Oui, je suis bien Geoffrey Staddon, dis-je en me levant de mon bureau.

— Bonjour, Mr Staddon, me salua-t-elle en ôtant son gant droit et en me tendant sa main. Je suis Jacinta Caswell.

— Ravi de vous rencontrer, miss Caswell. » Je souris et lui serrai la main. Une main qui, enfouie dans la mienne, me parut glacée et minuscule et me rappela soudain combien elle devait être jeune. « Est-ce que votre… votre père sait que vous êtes ici ?

— Non.

— Ma foi, je…

— Mais ma mère, si.

— Votre mère ?

— Oui. C'est elle qui m'envoie, Mr Staddon. »

La surprise m'obligea à prendre appui contre le bureau, et je respirai lentement à plusieurs reprises. L'expression de Jacinta n'avait pas changé, mais elle-même avait suivi le moindre de mes mouvements de son regard sévère et résolu.

« Je crois que vous devriez vous expliquer, miss Caswell.

— Puis-je m'asseoir ?

« — Mais oui, bien sûr. » Je lui avançai une chaise.

« Puis-je aussi avoir un verre de lait et un biscuit ? J'ai beaucoup marché pour venir jusqu'ici.

— Du lait... et un biscuit ?

— Oui, s'il vous plaît. Si... si ce n'est pas trop vous demander. »

Je secouai la tête, perplexe, et passai devant elle pour aller ouvrir la porte. Dans le bureau de devant, seul Reg faisait semblant d'être occupé. Doris, penchée très bas sur sa machine à écrire, murmurait quelque chose avec animation à Kevin, lequel s'était renversé sur sa chaise, étirant le cou pour écouter. Elle leva les yeux vers moi et rougit comme une pivoine.

« Un verre de lait, Doris, je vous prie, dis-je d'un ton sec. Et quelques biscuits.

— Du lait, Mr Staddon ?

— Pour ma visiteuse.

— Ah... je vois. Tout de suite, Mr Staddon.

— Merci. »

Je refermai la porte et revins vers Jacinta. Seuls ses yeux avaient bougé pour me suivre. Cette sensation d'être constamment observé me troublait.

« Comment se fait-il que vous vous trouviez à Londres ? demandai-je du ton le plus détaché dont j'étais capable.

— Je dois partir en France avec mon père chez son ami, le major Turnbull. Nous sommes arrivés à Londres hier et demain matin nous prenons le train qui nous emmène au bateau. Ma gouvernante, miss Roebuck, vient avec nous. Elle m'a emmenée faire une promenade à St James's Park cet après-midi, et je lui ai faussé compagnie pendant qu'elle avait les yeux tournés.

— Vous vous êtes enfuie ?

— Ne vous inquiétez pas, Mr Staddon. Elle ne m'a pas vue. Je dirai que je me suis perdue et que j'ai erré dans les rues jusqu'à ce que quelqu'un m'indique le chemin pour rentrer à l'hôtel. Personne ne saura jamais que je suis venue vous voir. Ce sera notre secret. »

Elle avait trompé la surveillance de sa gouvernante et s'était débrouillée pour arriver jusqu'à mon bureau à travers le labyrinthe du centre de la ville. Voilà qui constituait en soi une remarquable prouesse pour une enfant, mais, en plus, elle avait pensé à couvrir ses traces. Non contente d'être maligne, elle était aussi pleine de ressources.

« C'est votre mère qui vous a donné cette adresse ?

— Non, je l'ai trouvée hier soir dans le bottin, à l'hôtel.

— Mais vous avez dit que c'était elle qui vous avait demandé de venir ici.

— Elle m'a effectivement dit de venir vous voir, Mr Staddon, sans me préciser comment je pouvais le faire. Elle n'en a pas eu le temps.

— Et pourquoi cela ?

— Ils avaient… Ils l'emmenaient déjà. C'est la dernière chose qu'elle m'a dite. Et depuis, je ne l'ai pas revue. On ne m'y a pas autorisée.

— Et qui est ce "on" ?

— Mon père. Et miss Roebuck. » Son intonation laissait entendre que la décision était le fait de miss Roebuck au moins autant que de Victor. J'avais du mal à imaginer que ce dernier ait pu prendre l'avis

170

d'une simple gouvernante sur une telle question, mais l'extrême précision avec laquelle s'exprimait Jacinta semblait devoir m'y obliger.

« Quand avez-vous vu votre mère pour la dernière fois ?

— Il y a trois semaines. Le jour où la police a perquisitionné Clouds Frome et... l'a arrêtée. C'est vrai, Mr Staddon, que c'est vous qui avez construit Clouds Frome pour ma mère ?

— J'ai construit la maison, en effet, mais pas... » Je m'interrompis au moment où la porte s'ouvrait pour laisser entrer Doris avec le lait et les biscuits. Jacinta les prit d'un air solennel et attendit que Doris soit sortie avant de boire une gorgée de lait et de grignoter lentement un biscuit. Je l'observai sans rien dire pendant qu'elle mangeait, imaginant l'angoisse et les incertitudes qui avaient dû être les siennes durant ces trois semaines d'absence de Consuela. Rien en elle n'appelait la pitié – pas trace non plus des larmoiements que l'on aurait pu attendre de la part d'une enfant –, et pourtant je fus emporté par un élan de compassion tandis que je la regardais reposer son verre avec précaution sur le bord du bureau et essuyer les miettes de sa bouche à l'aide d'un mouchoir. Puis elle inclina la tête dans ma direction, comme pour me signifier que nous pouvions reprendre notre conversation.

« Que vous a dit votre mère à mon sujet, miss Caswell ?

— Vous pouvez m'appeler Jacinta, si vous le désirez.

— Très bien. Jacinta, c'est un joli nom.

— Cela veut dire "jacinthe" en portugais. Ma mère parle le portugais, voyez-vous. Elle est née au Brésil.

— Oui, je sais. Alors, que vous a-t-elle dit ?

— Ils ne l'ont laissée me parler que quelques minutes avant de l'emmener. Elle m'a embrassée, m'a dit d'être courageuse. Elle a ajouté qu'il fallait que je m'enfuie de Clouds Frome, si elle ne revenait pas, et que je devais aller vous trouver pour vous demander de l'aide. Mais après, nous avons dû nous dire au revoir. La police l'a emmenée dans une automobile. Et je ne l'ai plus revue depuis. Mais je tiens la promesse que je lui ai faite.

— Quelle promesse ?

— Celle d'être courageuse. Et celle de venir vous trouver. Alors maintenant, vous allez pouvoir m'aider, n'est-ce pas ? »

Je détournai les yeux. Pauvre Jacinta, si jeune et si confiante. Elle s'était montrée courageuse, c'est vrai, mais quelle aide pouvais-je bien lui apporter ? Qu'attendait de moi Consuela ? Que pouvais-je bien être en mesure de faire ? Je déglutis péniblement.

« Ils disent qu'elle a tué ma cousine Rosemary, Mr Staddon. Qu'elle a mis du poison dans son thé. Mais c'est faux. Ils se trompent.

— J'en suis certain, moi aussi.

— Bien sûr que c'est faux. Elle me l'a dit elle-même. Et ma mère ne ment jamais. Jamais. »

Je lui rendis son regard et m'efforçai de sourire pour la rassurer. « Le juge en sera convaincu, Jacinta. Votre mère sera bientôt libre. Peut-être devriez-vous simplement attendre qu'on la libère.

— Oh, non, Mr Staddon. C'est impossible.

— Pourquoi ?

— Parce qu'on ne la libérera que si nous découvrons l'identité de celui qui a mis le poison dans le thé de Rosemary. »

C'était donc ça : cette petite fille avait résolu de prouver l'innocence de sa mère. Elle avait attendu son heure, sans rien dire à personne. Elle s'était dit qu'elle aurait besoin de l'aide d'un adulte pour avancer dans son entreprise et avait guetté l'occasion de contacter le seul adulte en qui, d'après les indications de sa mère, elle pût avoir confiance. Et elle était maintenant assise devant moi, l'air grave, le visage plein d'espoir, tandis que je me disais, tout en jugeant son idée absurde, que je n'avais pas le droit de la décevoir.

« J'ai un plan, Mr Staddon. Je crois qu'il est bon. Aimeriez-vous le connaître ?

— Je ne suis pas… Entendu. Allez-y.

— Nous allons rester en France plusieurs semaines. J'ai pensé que, pendant notre absence, vous pourriez peut-être aller à Hereford pour essayer de découvrir ce qui s'est réellement passé. Mon père n'apprécierait pas une telle démarche de votre part. Il vous en empêcherait. Mais s'il n'est pas là, il ne pourra pas s'y opposer, n'est-ce pas ?

— Non, sans doute pas. Mais qu'est-ce qui vous fait penser qu'il chercherait à m'en empêcher ?

— Il ne vous aime pas, Mr Staddon. Je lui ai posé des questions à votre sujet et j'ai bien vu à ce qu'il m'a dit qu'il vous craignait. »

Jacinta ne me lâchait pas des yeux. Elle parlait avec une simplicité et une conviction qui faisaient tomber les dernières réticences que j'aurais pu avoir en estimant qu'elle n'avait pas toute sa lucidité et qu'elle se trompait. Il est tout à fait naturel pour une petite fille de croire sa mère innocente, même lorsque la culpabilité de celle-ci est manifeste. Mais était-ce là tout ce que signifiait sa détermination ? Et pourquoi, si elle avait raison sur ce point, Victor aurait-il dû me craindre ?

« J'étais sûre que vous approuveriez mon plan, Mr Staddon. Sinon, ma mère ne m'aurait jamais adressée à vous.

— Je n'ai encore rien approuvé.

— Mais vous allez le faire, non ? » Pour la première fois, l'ombre d'un doute assombrit ses traits. « Toute seule, je n'y arriverai pas.

— Je ne pourrai pas faire grand-chose non plus.

— Oh, mais si. Vous pouvez interroger Banyard au sujet du désherbant, et Cathel au sujet des lettres, et Noyce sur la façon dont le thé a été servi. Ils ne veulent rien me dire à moi. Pour eux, je ne suis qu'une enfant. Chaque fois que je leur pose une question sur cette affaire, ils me tapotent la tête et me disent d'aller m'amuser. Mais ils ne pourraient pas faire ça avec vous, n'est-ce pas ?

— Non, évidemment, dis-je en souriant.

— Ma mère n'a jamais reçu ces lettres, Mr Staddon, celles qui, à les entendre, prouvent qu'elle aurait voulu tuer mon père. Si c'était le cas, elle les aurait détruites, vous ne croyez pas ? C'était la seule chose sensée à faire.

— Ma foi, oui, je suppose…

— Ce qui veut donc dire que quelqu'un d'autre les a placées là, dans l'idée que la police les découvrirait.

174

— Peut-être, mais…

— Ce qui veut dire aussi que c'est forcément le meurtrier.

— Je n'en suis pas si sûr.

— J'y ai longuement réfléchi, Mr Staddon. C'est la seule réponse possible. Tout ce qui nous manque, ce sont les preuves. Et c'est ce que je veux que vous trouviez. Vous allez essayer, dites ? »

Je regardai par la fenêtre et observai un instant les nuages qui couraient dans le ciel. L'idée de Jacinta était on ne peut plus irréaliste. Si les preuves dont elle parlait existaient réellement, la police et les avocats de Consuela étaient beaucoup mieux équipés que moi pour les rassembler. Sans compter que je ne voyais pas comment expliquer à Angela qu'il me fallait de toute urgence me rendre à Hereford. Et que dire, une fois là-bas, à ceux qui me connaissaient ?

« Il faut que vous parliez à tante Hermione, Mr Staddon. Elle vous dira tout ce que vous avez besoin de savoir sur ma famille. Elle va souvent prendre le thé l'après-midi vers trois heures au Copper Kettle dans King Street. C'est là que vous devriez la voir plutôt qu'à Fern Lodge, parce que tante Marjorie…

— Je n'ai pas dit que j'étais prêt à m'engager dans cette affaire, Jacinta, objectai-je, tout en m'armant de courage pour résister à la prière qui se lisait dans ses grands yeux suppliants. Pour tout dire… » Je fus incapable de continuer. Comment formuler mon refus, quelle excuse trouver pour ne pas l'écouter ? Elle plaçait tous ses espoirs en moi, comme l'avait fait sa mère avant elle, sa mère qui, aujourd'hui, après douze ans de silence, me l'avait envoyée pour me demander de l'aider. Mais pourquoi, au vu de toute la duplicité dont je m'étais rendu coupable à son égard ? Pourquoi moi et personne d'autre ? Et soudain, avec un long temps de retard, la réponse me vint.

« Quel âge avez-vous, Jacinta ?

— Onze ans et demi.

— Donc vous êtes née… quand, exactement ?

— Le vingt et un avril mille neuf cent douze. »

C'était bien ça. Ce ne pouvait qu'être ça. Maintenant qu'elle l'avait dit, je comprenais que je l'avais su dès le moment où elle était entrée dans mon bureau. C'était la seule raison susceptible d'expliquer que Consuela l'ait encouragée à venir me trouver. Les conséquences de mon acte commis à Clouds Frome en juillet 1911 m'atteignaient ce jour-là de plein fouet, par-delà les années, et, instantanément, je me souvins des mots qu'avait prononcés Consuela ce jour-là. *« Ironia. C'est aujourd'hui seulement que je comprends ce que le mot veut dire. »*

« Pourquoi vouliez-vous connaître ma date de naissance, Mr Staddon ?

— Pas de raison particulière, murmurai-je.

— Vous me croyez trop jeune pour savoir ce que je dis, c'est ça ? » La colère lui fit monter le rouge aux joues. Elle se leva brusquement de sa chaise et me lança un regard furieux, la mâchoire serrée. « Tout le monde me traite comme une petite sotte. Je ne pensais pas que vous en feriez autant. Je vous croyais différent. Je croyais que c'était précisément pour cette raison que ma mère voulait que je vous demande de m'aider. Bon, ma tâche serait plus facile avec votre aide, mais je me débrouillerai toute seule s'il le faut.

176

— Asseyez-vous, Jacinta.

— Je préférerais partir tout de suite. Si vous n'avez pas l'intention de me prêter main-forte, il est inutile que…

— Mais si, j'en ai l'intention.

— Je vous demande pardon ?

— Je vais vous aider. Vous et votre mère. Autant que faire se peut. De toutes les manières envisageables. » Je n'aurais jamais imaginé éprouver un tel soulagement en entendant ma voix annoncer ma décision. Je me sentais étourdi, comme enivré.

« Vous êtes sérieux ?

— Très sérieux. »

Enfin, Jacinta sourit. Le sourire de sa mère, chaleureux, impulsif, terriblement familier. Le temps – et tout ce que je croyais avoir appris de la vie – se délitait devant moi : cette impression de me retrouver quinze ans en arrière, dans le salon de Fern Lodge, le cours des événements qui s'étaient produits depuis étrangement suspendu. Ma réaction était la même, mon assurance intacte, mes espoirs étonnamment retrouvés. Cette fois-ci, je ne l'abandonnerais pas.

« Asseyez-vous, Jacinta. Nous devons nous organiser, vous et moi. »

6

Quand je partis pour Hereford, traînant derrière moi mensonges et faux prétextes, je n'éprouvais aucun remords face aux subterfuges auxquels j'avais eu recours. J'avais dit à Angela ainsi qu'aux membres de notre personnel qu'un homme d'affaires des Midlands m'avait demandé d'aller inspecter avec lui divers sites en vue de la construction d'une maison de campagne dans la région de Malvern, et que la tâche risquait de me prendre plusieurs jours. Je ne suis pas sûr qu'ils m'aient cru. Angela, pour sa part, se montra sceptique quand je lui exposai le but de mon voyage. Mais peu m'importait. Quoi qu'elle ait pu imaginer, ce ne pouvait être qu'à des lieues de la vérité.

Et la vérité, quelle était-elle ? Il me semble aujourd'hui, avec le recul, que j'étais empli d'une joie secrète, une joie dont l'origine résidait dans l'heure passée avec Jacinta. Que Consuela l'ait poussée à entrer en contact avec moi ne pouvait s'expliquer, en toute vraisemblance, que par une éventualité que j'aurais été à une époque horrifié d'envisager mais à laquelle, en ce jour, je brûlais de croire : Jacinta était notre fille. J'en étais certain, comme j'étais certain que Consuela me le confirmerait lors d'un entretien que je me proposais d'avoir avec elle le plus tôt possible. Je ne lui reprochais pas de m'avoir caché l'existence de sa fille. Je ne lui avais donné aucune raison de penser que je serais prêt à la reconnaître. Au vu des circonstances, la meilleure chose à faire était effectivement de laisser Victor croire qu'il en était le père. N'eût été la situation périlleuse dans laquelle elle se trouvait, elle n'aurait jamais parlé de moi à Jacinta. Seule la perspective de la perdre l'avait amenée à le faire. Si l'enfant devait être privée de sa mère, il ne fallait pas qu'elle fût aussi privée de son vrai père.

Cela faisait quatre ans que je pleurais la perte d'Edward, et tout au long de cette période Angela m'avait clairement fait comprendre qu'elle n'avait pas l'intention d'avoir d'autres enfants si c'était pour connaître de telles souffrances. Et voilà que de ce désert de solitude dont me menaçaient mes prochaines années était sortie ma petite Jacinta, belle et pleine de courage, qui venait réclamer mon aide et me réchauffer de la foi qu'elle plaçait en moi. J'aurais pu argumenter et tergiverser à n'en plus finir, et je l'aurais sans doute fait si mes défenses, pourtant soigneusement érigées, n'avaient pas été mises à mal par son plaidoyer.

Le plus curieux était que j'agissais conformément à la demande de Jacinta, en suivant les directives d'une enfant de onze ans et non les miennes. Pendant qu'elle surveillerait son père en France, je devais de mon côté rassembler autant de renseignements que possible à Hereford, en mettant à profit l'autorité de l'adulte dont elle ne pouvait se prévaloir. Elle m'écrirait chez Renshaw & Staddon et je lui répondrais *poste restante* à Saint-Jean-Cap-Ferrat. Personne d'autre ne devait être au courant de nos échanges. De sa famille, y compris – et en premier lieu – de Victor, elle parlait de manière distante et indécise. Elle n'aimait que sa mère, et ne se fierait qu'à moi parce que celle-ci lui avait assuré qu'elle pouvait le faire. D'où lui venaient sa solennité et sa nature secrète, je n'aurais su le dire. Peut-être ne se sentait-elle pas davantage une Caswell que Consuela. Peut-être que, depuis le début, s'était enraciné en elle un pressentiment de la vérité sur ses origines. Tout ce dont on pouvait être sûr, c'était de son amour pour sa mère et de sa totale détermination à l'aider de toutes les manières possibles.

Je n'avais pas fait la moindre allusion devant Jacinta à la gravité de la situation de Consuela. Ni à ce qui était en jeu pour cette dernière. Mais elle en savait assez pour que je n'aie pas besoin de le lui expliquer. Ce qu'elle était dans l'incapacité de changer, elle n'en parlait pas. Préférant consacrer toute son énergie à ce qu'elle était encore en mesure de changer. Seulement trois semaines plus tôt, j'aurais peut-être pu voir en elle une petite fille insouciante et rieuse. Mais j'en doute. Je doute, pour tout dire, qu'elle ait jamais été comme les autres enfants. Et si c'est le cas, je suis le premier à en porter la responsabilité.

La farouche résolution de Jacinta s'avéra contagieuse. Elle engendra en moi un optimisme de surface et l'espoir que tout se passerait bien. Mais l'illusion fut de courte durée. Quand j'arrivai à Hereford le mardi soir qui suivit notre rencontre, elle se dissipait déjà. Je pris une chambre à l'hôtel du Green Dragon, où j'étais descendu si souvent par le passé, et, au cours d'un dîner solitaire, considérai la tâche qui m'attendait.

Questions posées à des témoins qui avaient toutes les raisons de se méfier de moi ; demandes de renseignements que la famille Caswell risquait de fort mal prendre ; intrusions dans des affaires qui ne me regardaient pas : je ne pouvais guère escompter être le bienvenu, ni espérer une réelle collaboration. N'eussent été les promesses faites à Jacinta, j'aurais probablement renoncé sur-le-champ à ma tentative.

Le matin suivant était doux et ensoleillé. Ce qui, ajouté à un moment de flânerie autour de la cathédrale après le petit déjeuner, avec autour de moi la bousculade des écoliers dans leur uniforme bien propre, me redonna confiance. En temps ordinaire, la vue de tant de jeunes visages si pleins de vie m'aurait transpercé le cœur. J'aurais pensé à Edward et me serais abandonné à la mélancolie. Mais là, non. Plus maintenant que Jacinta, en entrant dans ma vie, avait redonné corps à un rêve de paternité.

Dès que l'horloge eut sonné neuf heures, je pris le chemin des bureaux de James Windrush, l'avocat que les journaux avaient cité comme étant le défenseur de Consuela. Le local était constitué de deux pièces au premier étage d'une quincaillerie dans Bridge Street. Dans l'une d'elles, je trouvai un jeune homme assis à un bureau en désordre et écrivant avec une concentration qui laissait penser qu'il était là depuis un certain temps.

« Mr Windrush ? » hasardai-je.

Il sursauta violemment et releva la tête. « Oui. En quoi puis-je vous être utile ? » Son visage était hâve et d'un jaune maladif. Il donnait l'impression d'un homme en train de perdre peu à peu ses moyens, ce que son ton cassant achevait de souligner.

« C'est vous qui vous occupez de la défense de Mrs Caswell, si je ne m'abuse.

— Heu… oui, en effet. » Il se leva, tendit la main pour me saluer, mais la retira avant que j'aie le temps de réagir. « Que puis-je faire pour vous, Mr…

— Staddon. Geoffrey Staddon. »

Il eut un froncement de sourcil, signifiant ainsi que le nom ne lui disait rien. Il était très grand, je m'en rendais compte à présent, et d'une étonnante maigreur. L'usure avait lustré son costume noir. Tout bien considéré, la dernière chose qu'il paraissait susceptible d'inspirer était la confiance.

« Je suis un vieil ami de Mrs Caswell. Et j'aimerais lui apporter mon aide, si c'est possible.

— Vraiment ? dit-il, incrédule.

— Oui. Serait-ce donc si étrange ?

— Plus qu'étrange. Inouï. Vous habitez Hereford, Mr Staddon ?

— Non, Londres.

— Ah, je comprends mieux ! Ici, voyez-vous, ma cliente est considérée comme une sorte de croisement entre Lucrèce Borgia et la fée Morgane. Vous auriez beau fouiller la ville de fond en comble, vous ne lui trouveriez pas un seul ami. Ouvrez la fenêtre et demandez son avis au premier quidam qui passe, et il vous dira que la pendaison est encore trop bonne pour elle.

— Tout de même, ça ne peut pas être aussi terrible.

— Mais si, vous pouvez me croire.

— Vous ne semblez pas très optimiste.

— Je ne le suis pas du tout.

— Pourquoi vous être chargé de l'affaire, en ce cas ? »

182

Il se laissa retomber sur son siège et m'indiqua d'un geste de la main la seule autre chaise de la pièce. Que je débarrassai d'une pile de papiers avant de m'asseoir précautionneusement. Windrush se frotta le front avec vigueur, puis me sourit.

« Pour être honnête, Mr Staddon, je prends tout ce qui se présente, parce que j'en ai besoin, mais je risque fort de perdre le peu de clients que j'ai maintenant que j'ai accepté la défense de Mrs Caswell. D'après ma femme, c'était pure folie de ma part. Il fallait bien que quelqu'un le fasse, c'est sûr, encore que je me demande qui se serait chargé de l'affaire si je l'avais refusée. Aucun des autres avocats de Hereford, je crois pouvoir l'assurer. Et puis, ce n'est pas comme si j'avais été choisi par Mrs Caswell elle-même. C'est la police qui lui a donné mon nom, en précisant qu'il y avait peu de chance pour que je refuse. Ce qui, vous l'avouerez, n'est pas la meilleure recommandation qui soit...

— La croyez-vous innocente, Mr Windrush ? le coupai-je, las de l'entendre s'apitoyer sur son sort.

— Pour ce que vaut mon opinion, oui.

— J'aurais pensé justement qu'elle vaudrait beaucoup.

— Pas vraiment, non. L'accusation, voyez-vous, dispose de tout un arsenal de preuves et de témoignages. Les lettres, que ma cliente nie avoir reçues. L'arsenic, qu'elle nie avoir eu en sa possession. Et les domestiques, qui tous autant qu'ils sont réfutent l'hypothèse selon laquelle quelqu'un d'autre que ma cliente aurait pu empoisonner le sucre. Face à tout cela, je dois moi faire bien davantage que protester de son innocence. Il me faut prouver que quelqu'un d'autre non seulement aurait pu commettre le crime mais aussi falsifier les preuves de sa culpabilité. Des suggestions à ce sujet ?

— Ma foi, non, mais…

— Mrs Caswell n'en a pas non plus. Vous comprenez donc mon problème ? Nier le bien-fondé de l'accusation ne suffira pas. Si elle est innocente, c'est qu'elle est victime d'un complot. Mais qui sont les comploteurs ? Les domestiques sont manifestement honnêtes et, de plus, ils n'ont ni l'intelligence ni l'audace nécessaires à une telle entreprise. Et puis, autant que je puisse en juger, ils n'avaient rien à y gagner. Restent les Caswell. Une famille de la région à la réputation solide qui se trouve employer une bonne partie de la population adulte mâle de Hereford et dont trois membres ont été empoisonnés, pas uniquement la défunte. Il n'est pas pensable qu'ils se soient administré eux-mêmes le poison. Alors, qui devons-nous accuser ?

— Je ne sais pas. Mais si je puis être d'une aide quelconque…

— Je suis désolé, Mr Staddon, m'interrompit Windrush en levant une main dans un geste de conciliation. Je ne voudrais pas me montrer impoli. Cette affaire, c'est une galère incroyable, mais ce n'est pas votre faute. Cigarette ? » Après en avoir allumé une pour moi et une seconde pour lui, il reprit sur un ton plus calme : « Vous dites être un vieil ami de Mrs Caswell ?

— Oui, c'est vrai.

— Alors, vous pouvez peut-être m'aider, finalement. J'ai essayé de la convaincre de me dire tout ce qui, de près ou de loin, pourrait avoir eu une incidence sur les faits. S'il y avait quelqu'un qui avait des raisons de lui en vouloir. Ce qui s'était passé, dans le détail, durant les jours et les semaines antérieurs à ce dimanche neuf septembre. Les faits et gestes de tout le monde cet après-midi-là. Qui était entré, ressorti, qui avait quitté la pièce, ne fût-ce qu'un court instant. Qui, en bref, aurait eu l'occasion, sans même parler de mobile, de commettre le crime et de le rejeter sur elle.

— Et alors ?

— Et alors, pas grand-chose. Elle semble incapable de reconnaître la gravité de sa situation. Elle nie tout en bloc sans accuser personne. Elle a quitté le salon entre le moment où a été apporté le plateau du thé et l'arrivée de son mari et de sa fille, et elle suppose que quelqu'un aurait pu se glisser dans la pièce pendant cet intervalle pour mettre l'arsenic dans le sucrier. C'est cette même personne qui aurait caché les lettres et le poison dans sa chambre pour l'incriminer. Mais elle n'a aucune preuve de son absence temporaire du salon ni aucune suggestion à faire concernant l'identité de l'empoisonneur. Nous avons besoin de plus que cela, Mr Staddon, de beaucoup plus. »

Le moment était venu de dévoiler une partie de mon plan. « J'avais pensé interroger moi-même quelques-uns des témoins.

— La police ne voit pas ce genre de démarche d'un très bon œil, savez-vous. Elle pourrait l'interpréter comme une ingérence dans ses affaires. Il faudrait vous montrer d'une extrême prudence. Sans compter qu'il y a une autre difficulté.

— Laquelle ?

— Mr Caswell est en France en attendant l'ouverture du procès. Il a emmené sa fille, la gouvernante de celle-ci et Gleasure, son valet de chambre, qui a témoigné devant la chambre d'accusation ; il s'était auparavant débarrassé de la femme de chambre de Mrs Caswell, Cathel Simpson, qui travaille désormais à Birmingham. La police connaît son adresse, mais ne me l'a pas encore communiquée. Si bien qu'il m'est impossible, même si je le voulais, d'obtenir de l'une quelconque de ces personnes la moindre déclaration susceptible de servir la défense de ma cliente.

— Vous venez pourtant de me dire que je pouvais vous aider, non ?

— Si vous êtes vraiment un vieil ami de Mrs Caswell, je vous suggère de l'exhorter à être plus… bavarde. La réserve n'est plus de mise. Il faut qu'elle me dise absolument tout, qu'elle me révèle tous les secrets de son mariage, tous les incidents significatifs de sa vie. Si vous arrivez à l'en persuader, alors nous pourrons peut-être encore rassembler les preuves dont nous avons besoin.

— Je suis prêt à essayer. Quand puis-je la voir ?

— La détention préventive autorise des visites quotidiennes. Je dois la voir cet après-midi même.

— Alors… disons demain ?

— Très bien. Je lui ferai part de votre visite, Mr Staddon. Et j'espère que vos efforts rencontreront plus de succès que les miens. »

C'est au moment où je me préparais à quitter son étude qu'il me vint à l'esprit de demander à Windrush s'il savait quelque chose de la femme de chambre qui avait précédé Cathel Simpson. Jacinta n'avait jamais entendu parler de Lizzie Thaxter, et je commençais à me demander ce que la jeune femme était devenue. Mais Windrush ne me fut d'aucun secours. À lui non plus le nom ne disait rien. Ma messagère d'antan semblait avoir disparu.

« Vous n'avez pas revu Mrs Caswell depuis avant la guerre ? me demanda Windrush, tout en me raccompagnant à la porte.

— Non. Nous nous sommes perdus de vue.

— C'est une belle femme, et l'on dit que, dans sa jeunesse, elle était exquise. C'est là l'explication, je suppose.

— L'explication de quoi ?

— Du fait qu'elle puisse encore aujourd'hui inspirer des sentiments d'amitié aussi forts. Vouloir l'aider après tout ce temps, voilà qui est louable, Mr Staddon, vraiment digne d'éloges. »

Il y avait dans sa remarque une allusion que je trouvai déplaisante. M'abstenant de répondre, je lui souhaitai un peu sèchement une bonne journée.

Un taxi aurait sans doute été le moyen le plus rapide de me rendre à Clouds Frome, mais je préférai le train de dix heures pour Stoke Edith. De là, dans un paysage que seule changeait la saison, je remontai les chemins et les années jusqu'à un lieu et une époque que j'avais pensé ne jamais revisiter. À la barrière derrière Backbury Hill, où, douze ans plus tôt, j'avais fumé une cigarette tout en jouissant pour la première fois du spectacle de la maison enfin terminée, je m'arrêtai à nouveau et me retournai pour contempler mon œuvre. Plus accomplie encore qu'aurait pu le laisser prévoir une mémoire complaisante, Clouds Frome m'apparut pleine d'une sereine assurance. C'était précisément cet effet – ce sentiment de profond enracinement dans

187

un sol et d'intégration dans un paysage – que j'avais poursuivi avec autant d'assiduité. Et j'avais sous les yeux la récompense de mes efforts. Clouds Frome était une réalisation bien plus achevée que tout ce dont j'étais capable à présent. Elle se dressait sur un sommet d'où j'avais depuis longtemps commencé à descendre, et sa perfection se riait de moi.

Je ne m'attardai pas. Je n'aurais pu le supporter. Je me hâtai de gagner l'entrée et remontai l'allée. Je n'avais toujours pas décidé de la manière dont j'allais m'annoncer quand je vis un groupe d'hommes au travail dans le verger, occupés à mettre en sac des pommes fraîchement cueillies et à les charger sur une charrette. Certain qu'aucun d'entre eux ne me reconnaîtrait, j'appelai celui qui était le plus près de moi.

« Excusez-moi. Je cherche Albert Banyard, le jardinier en chef. Savez-vous où je pourrais le trouver ?

— Essayez le potager, m'sieur, dit-il en m'indiquant la direction. C'est là que j' l'ai vu en dernier. »

Je continuai de remonter l'allée, tout en m'obligeant à ne pas tourner la tête en direction de la maison. Le potager se trouvait derrière, dans une légère dépression, clos par un mur d'enceinte de trois mètres de haut et caché de la maison par une haie d'ifs. Le long du mur nord se dressait une rangée de bâtisses en brique peu élevées. Dans l'une d'elles je trouvai un jeune aide-jardinier qui me conseilla d'aller jeter un œil dans la fruiterie. C'était une petite construction au toit de chaume, nichée à l'abri de la haie. En m'en approchant, je vis un homme en plein travail qui ressemblait beaucoup à celui dont je me souvenais : trapu, costaud, la casquette éternellement vissée sur la tête.

Il ne leva pas les yeux quand j'entrai, mais continua à examiner et à tâter les pommes et les poires disposées sur les rayons qui garnissaient les murs. C'était bien Banyard ; en dehors de ses cheveux blanchis, il n'avait guère changé. Les rares contacts que j'avais eus avec lui m'avaient laissé l'impression d'un solitaire, plutôt mélancolique, qui accepterait mal d'être interrompu dans son travail, sans parler d'être soumis à l'interrogatoire que j'avais en tête.

« Mr Banyard ?

— Que puis-je faire pour vous, monsieur ? demanda-t-il après m'avoir jeté un coup d'œil et hoché la tête.

— Peut-être ne me reconnaissez-vous pas. Geoffrey…

— Staddon. L'architecte. Pour sûr que j'vous reconnais.

— Ah, très bien. Voilà…

— Mais qu'est-ce qui vous amène ici ? C'est c'que j'me demande.

— C'est un peu difficile à expliquer. Pourrions-nous… nous entretenir en privé quelque part ?

— À quel sujet ?

— Heu… Le procès de Mrs Caswell, concédai-je, estimant qu'il était inutile de tergiverser.

— Aah ! J'l'aurais parié, dit-il en frottant son menton mal rasé. Ces temps-ci, y a personne qui veut me parler d'aut'chose. » Il réfléchit un moment et finit par dire : « Très bien, Mr Staddon. Venez dans mon bureau. »

Ce bureau était dans l'une des constructions adossées au mur d'enceinte du potager. Il ne contenait pas grand-chose en dehors d'un comptoir jonché de petits bouts de papier, de pots de fleurs et de fragments de terre. En dessous se trouvait un tabouret que Banyard tira à lui et sur lequel il s'assit, avant d'allumer sa pipe et de m'accorder son attention. Tout au long de mes laborieuses explications, son visage ne laissa à aucun moment transparaître le fond de ses pensées.

« Les comptes rendus que j'ai lus semblent si incroyables que je me suis senti obligé de les vérifier. J'ai beaucoup de mal à croire que Mrs Caswell puisse être une empoisonneuse. Peut-être en va-t-il de même pour vous.

— Peux pas dire qu'j'ai bien réfléchi à la chose.

— Pas réfléchi, dites-vous ?

— C'est pas mes affaires.

— Mais tout de même… Vous ne pensez pas avoir une petite part de responsabilité dans ce qui est arrivé ?

— Et pourquoi j'devrais ?

— Parce que c'est votre désherbant qui est à l'origine de l'empoisonnement.

— C'est ce qu'on dit.

— Et vous ne le croyez pas.

— Pas plus que ça, non. Attention, j'ai pas dit non plus que j'le croyais pas. »

Je pris une profonde inspiration. Je n'avais rien à gagner à m'énerver. « Où remisiez-vous le désherbant, Mr Banyard ?

— Au même endroit que maintenant.

— Qui est ?

— Vaut mieux que vous v'niez voir par vous-même. »

Il me conduisit dehors et nous entrâmes dans la remise voisine, réplique exacte du bureau, mais en plus encombré, avec, empilés sur le comptoir et en dessous, de vieux sacs de jute et des pots de fleurs cassés, et, appuyés contre tous les murs, des râteaux, des houes, des pelles, des balais et des bêches. L'essentiel de l'espace au sol était occupé par une brouette où se trouvaient quatre boîtes métalliques assez grosses, dont l'une portait l'inscription Weed Out.

« Ça, c'est une boîte neuve, dit-il. La police a emporté la vieille.

— Vous l'utilisez pour quoi ?

— Ben, pour tuer les mauvaises herbes, pardi. Qu'est-ce que j'pourrais en faire d'autre ? Mr Caswell, y plaisante pas, rapport aux mauvaises herbes. Il les aime pas d'trop. Et du coup, moi non plus. Prenez les dalles de la pergola. Votre pergola, j'devrais dire. Eh ben… dit-il en donnant un petit coup à la boîte de désherbant du bout de sa botte, ce truc-là, ça vous enlève les herbes qui poussent entre vite fait bien fait, foi de Banyard.

— Je vois. À l'audience, vous avez dit que Mrs Caswell s'intéressait plus au jardin que Mr Caswell.

— C'est bien l'cas.

— Mais c'est Mr Caswell qui a suggéré d'utiliser un désherbant ?

— C'était la suggestion d'personne. C'était ma façon à moi de résoudre un problème.

— Un problème identifié d'abord par Mr Caswell.

— *Mentionné* par Mr Caswell, j'dirais.

— Et quand l'a-t-il… mentionné pour la première fois ?

— J'me souviens pas d'trop. Le printemps dernier, p't-être. À moins qu'ça soye l'hiver dernier.

— Assez récemment, quoi qu'il en soit.

— Ben… je…

— Excusez-moi ! » La voix venait de tout près derrière nous. Quand nous nous retournâmes, ce fut pour trouver Danby, le majordome, qui nous regardait avec de grands yeux. Dès qu'il me reconnut, son visage se détendit en un sourire. « Mr Staddon ! Si je m'attendais à vous voir ici !

— Qu'est-ce qui vous amène dans les parages, Mr Danby ? demanda Banyard, l'air soupçonneux. Vous voilà bien loin de votre office. Sûr que vous allez ramasser une cochonnerie sur les s'melles de vos belles chaussures si vous faites pas attention où vous fourrez vos pieds. »

Le majordome ne lui prêta aucune attention. « On vous a vu arriver, Mr Staddon, dit-il, mais personne ne vous a reconnu. Vous accepterez peut-être de venir avec moi. Je suis sûr que Mr Banyard n'y verra pas d'inconvénient. »

On ne devait jamais connaître l'opinion de Banyard en la matière, étant donné que Danby fit résolument demi-tour et que je me sentis obligé de lui emboîter le pas. Je pris aussitôt conscience de la précarité de ma position : comment expliquer ma présence à Clouds Frome sans révéler des intentions qui ne seraient certainement pas du goût du maître de Danby ? Alors que nous franchissions le passage ménagé dans la haie d'ifs pour emprunter le chemin menant à la maison, je me hasardai à lui dire, avant de le regretter aussitôt : « J'aurais peut-être dû vous faire savoir que j'étais ici.

— Peut-être, en effet, monsieur. Mr Caswell est absent pour le moment. Quant à Mrs Caswell, je suppose que vous n'ignorez pas les tristes événements qui ont récemment affecté la vie de la famille ?

— Non, bien sûr. En fait, c'est…

— J'ai pour instruction expresse de décourager les visiteurs. Nous avons été harcelés par la presse à scandale, comme vous l'imaginez aisément, et nombre de badauds poussés par une curiosité malsaine.

— Et vous m'avez pris pour l'un d'eux ?

— Que pouvais-je penser d'autre, monsieur ? Je n'ai pas pu m'empêcher d'entendre votre conversation avec Banyard. Vous sembliez l'interroger sur des questions concernant le meurtre.

— Je ne saurais le nier. » Arrivés à l'entrée de la cour, nous nous arrêtâmes avant de nous retourner l'un vers l'autre. Il ne semblait pas prêt à m'inviter à entrer. « Le fait est, Danby, que j'ai été tellement horrifié par ce que rapportaient les journaux que j'ai décidé de voir ce que je pouvais apprendre par moi-même. Les accusations portées contre Mrs Caswell sont parfaitement monstrueuses, comme vous seriez prêt, j'en suis sûr, à le reconnaître.

— Elles sont on ne peut plus dérangeantes, monsieur. Mais, comme vous seriez prêt, j'en suis sûr, à le reconnaître à votre tour, il est préférable de laisser de telles investigations aux soins des autorités compétentes. Si vous avez un message à l'intention de Mr Caswell, je serai heureux de le lui transmettre à son retour. À moins que vous ne préfériez lui écrire, auquel cas je peux vous donner son adresse en France. En dehors de cela, il n'y a vraiment rien qui…

— C'est inutile. L'adresse, je la connais. C'est la villa du major Turnbull au cap Ferrat, n'est-ce pas ?

— Dois-je comprendre, monsieur, reprit Danby en fronçant les sourcils, que vous saviez en venant ici que Mr Caswell était absent ? Si c'est le cas…

— Quand doit-il rentrer ? »

La question provoqua chez Danby une petite grimace de dignité outragée. « Je ne suis pas autorisé à divulguer l'emploi du temps de Mr Caswell, monsieur. Comment, puis-je vous demander, avez-vous su…

— Je sais qu'il a emmené Gleasure avec lui. Et je crois savoir que Cathel Simpson a été congédiée.

— Dans la mesure où Mrs Caswell ne réside plus ici, la présence d'une femme de chambre ne s'impose plus.

— Du moins pour le moment.

— Comme vous le dites, monsieur.

— Il reste que c'est pratique, non ?

— Comment cela, monsieur ?

— Oh, peu importe. » Je commençais à m'impatienter et sentais que je risquais de me trahir si la discussion se prolongeait. « Je vais prendre congé, Danby. Il n'y a aucun message. Et je n'ai pas l'intention d'écrire. » Sur ces mots, je tournai les talons et m'engageai dans l'allée pour sortir.

Avant même d'avoir atteint la grand-route, ma colère avait cédé la place à la honte. Je n'aurais pas dû aller trouver Banyard en premier. Pas dû me mettre Danby à dos. Et quelle erreur de laisser l'énervement déformer mon jugement. En l'état actuel des choses, je n'avais pratiquement plus aucune chance de m'adresser à Noyce, le valet de pied, ou à Mabel Glynn, la fille de cuisine. Tout espoir d'obtenir d'eux quelque renseignement avait été réduit à néant. Banyard serait peut-être prêt à me parler à nouveau, mais pour quel résultat ? Rien de ce qu'il semblait disposé à me révéler n'apporterait un jour nouveau à son témoignage.

Arrivé au bout de l'allée, je pris la direction de Mordiford plutôt que celle de Stoke Edith, dans l'idée qu'une longue marche pour rentrer à Hereford serait le meilleur remède à ma frustration. J'avais connu un début catastrophique dans ma campagne en faveur de Jacinta, et j'en concevais de terribles remords. Je me disais que, si c'était là tout ce dont j'étais capable, j'aurais peut-être aussi bien fait de ne jamais me lancer dans cette entreprise.

Pourquoi faire halte à l'église de Mordiford, je l'ignore, toujours est-il que, saisi d'une brusque impulsion, je franchis le porche du cimetière et commençai à déambuler entre les tombes, tout en me rappelant ce dimanche d'été où les Caswell s'étaient rassemblés en ce lieu et m'avaient fait l'honneur de m'accepter parmi eux. Près du mur du fond, au-delà duquel un champ où paissaient des moutons descendait vers la rivière, je m'arrêtai le temps d'allumer une cigarette. Au moment où je grattais l'allumette, mon attention fut attirée par une pierre tombale dressée à un ou deux mètres du mur du cimetière, mais de l'autre côté, et protégée des moutons par une clôture en barbelé. Elle occupait une minuscule parcelle de forme triangulaire, juste à l'angle du champ, presque en terre consacrée, pour ainsi dire, mais pas tout à fait. Je longeai le mur jusqu'à être à l'aplomb de la tombe et me penchai par-dessus pour lire l'inscription. C'est là que je tombai sur la réponse à une question qui m'intriguait depuis quelque temps. Mais simplement pour la remplacer par d'autres questions plus dérangeantes encore.

ELIZABETH MARIGOLD THAXTER
DÉCÉDÉE LE 20 JUILLET 1911
À L'ÂGE DE VINGT-DEUX ANS
ADIEU LIZZIE

L'adresse d'un adjoint du bedeau était inscrite sur un panneau à l'entrée de l'église. Il habitait une des petites maisons mitoyennes situées au-delà de l'auberge de la Pleine Lune. J'y trouvai un vieil homme très serviable, occupé à sarcler son potager et tout heureux de satisfaire ma curiosité.

« Elle est enterrée en terrain non consacré, monsieur. Autant que j' me souvienne, des parents à elle ont acheté c' bout de terrain au fermier Apperley, pour qu'elle soit aussi près de l'église que c'est permis par la loi.

— Pourquoi ne pouvait-on pas l'enterrer dans l'enceinte du cimetière ? demandai-je, voulant avoir confirmation d'une réponse que je devinais déjà.

— À cause qu'elle s'était suicidée, mon bon monsieur. Retrouvée pendue, dans le verger de Clouds Frome. »

C'était donc cela ! Trois jours après que je l'avais trouvée en larmes dans sa chambre et lui avais confié mon message honteux, Lizzie Thaxter s'était pendue.

« L'était la femme de chambre de Mrs Caswell, la Lizzie Thaxter, poursuivit le vieil homme. Un joli brin d'fille. C'est tout de même bizarre, la vie, pas vrai ?

— Que voulez-vous dire ?

— Eh ben, vu où en sont les choses, la maîtresse risque bien de suivre le même chemin que sa domestique, dit-il en secouant tristement la tête. On dit qu'elle est bonne pour la corde. Ce qui veut dire une tombe non sanctifiée. Comme pour Lizzie. »

Complètement abasourdi, je quittai Mordiford et m'engageai à pas lents sur la route plate qui menait à Hereford à travers la plaine d'inondation. Comme jamais auparavant, à présent que j'avais connaissance du sort de Lizzie, je voyais se dresser devant moi le spectre d'actes commis douze ans plus tôt. Comment avais-je pu être aussi égoïste, penser aussi peu à leurs possibles séquelles ?

Plongé dans ces sinistres réflexions, c'est à peine si je remarquai les véhicules qui passaient sur la route. De chaque côté s'étendaient des pâturages plats, sans aucun relief, et derrière moi, je ne le savais que trop, se distinguaient les pignons et les hautes cheminées de Clouds Frome au pied des pentes boisées de Backbury Hill. Mais je choisis ne pas regarder en arrière. Je gardai les yeux fermement fixés sur la route devant moi, comme si ce piètre stratagème devait suffire à maintenir ma conscience à distance.

J'atteignis bientôt le village de Hampton Bishop, où je vis sur un petit panneau de bois que Hereford était encore à quatre kilomètres. À la sortie du village, côté ouest, je tombai sur une auberge au nom bizarre, la Bunch of Carrots. Sa vue me rappela à quel point une boisson serait la bienvenue, et je m'apprêtais à entrer quand la porte s'ouvrit de l'intérieur et qu'un client en haillons, manifestement en état d'ébriété en dépit de l'heure, midi à peine passé, fut jeté dans la cour par le patron. Je ne saisis pas le bref échange qui s'ensuivit. Divers jurons et insultes fusèrent de part et d'autre avant que la porte se referme et que l'homme se retourne pour s'éloigner, regardant du même coup dans ma direction. C'est alors qu'il se figea sur place, bouche bée. J'en fis autant.

Il portait un très vieux costume en tweed effrangé, des brodequins lacés à l'aide de bouts de ficelle et une chemise sans col qui dans un lointain passé avait dû être blanche. Il avait la barbe et les cheveux d'un vrai clochard, gris, emmêlés, et semés des brins de la dernière meule de foin où, de toute évidence, il avait passé la nuit. Un front, une mâchoire et des pommettes qui saillaient sous la peau tannée et ridée. Des yeux rapprochés et méfiants, des épaules qui ployaient sous le poids d'un sac à dos rapiécé et gonflé. Il me fallut une bonne dizaine de secondes pour le reconnaître et me persuader que je ne me trompais pas. Aux tics et froncements de sourcils qui assaillirent son visage, j'en conclus qu'il lui avait fallu à peu près le même temps. L'homme était Ivor Doak.

Nous restâmes muets l'un comme l'autre. J'étais stupéfait. Doak n'était donc pas parti pour l'Australie. S'il l'avait fait, il n'en serait certainement jamais revenu. Quant à l'argent que j'avais avancé pour sa traversée, l'avait-il bu ou l'en avait-on dépouillé ? Il n'était pas pensable qu'Hermione ait pu ne pas le lui remettre, car, dans ce cas…

Soudain, prenant une profonde inspiration, Doak pivota sur lui-même et partit en courant. La cour de l'auberge était fermée au fond par un grillage derrière lequel on voyait la pente herbue d'un haut talus destiné à protéger le village de la rivière toute proche. Au moment où Doak atteignait la clôture et commençait à l'escalader, je retrouvai ma voix et l'appelai, mais il ne tourna même pas la tête dans ma direction. Il sauta de l'autre côté du grillage et gravit la pente au pas de course, avant de tourner le dos à la route et de continuer à courir le long du talus. Ce n'est qu'alors, et bien trop tard, que je me lançai à sa poursuite.

Le temps que j'atteigne le sommet de la digue, Doak avait cinquante mètres d'avance et courait toujours comme un dératé. Le poursuivre n'eût servi à rien. Je revins dans la cour de l'auberge et entrai dans l'établissement ; les clients étaient peu nombreux, et le patron, une fois que je l'eus complimenté sur sa bière, ne se fit pas prier pour répondre à mes questions.

« Oui, m'sieur, c'était bien Ivor Doak. Il avait une terre à lui dans l'temps, à c'qu'on dit, mais c'est plus qu'un vagabond aujourd'hui. Des fois il a d'l'argent pour boire un coup, Dieu seul sait où il le trouve, mais il a cette fichue habitude, le bougre, de tout dépenser d'un coup, et pis de d'mander un aut' verre et d'le descendre avant d'vous annoncer froidement qu'il a plus un sou en poche. C'est à c'moment-là que j'le fiche dehors en principe. Quant à voir du pays, j'veux bien êt' pendu s'il est jamais allé plus loin que Glo'ster, alors l'Australie, vous pensez. Je tiens cette auberge depuis l'année avant la guerre et j'l'ai toujours vu dans l'coin. Je saurais pas vous donner une adresse, pour la bonne raison qu'il en a pas, sauf si vous comptez les haies en été et les porches d'Hereford en hiver. Y voudrait vous faire croire qu'il est un gen'leman, mais c'est rien qu'un gen'leman de la cloche, not' Ivor. »

Lizzie morte. Doak à Hereford. Et peu d'espoir d'obtenir des renseignements à Clouds Frome. Voilà à quoi je pensais tandis que j'arpentais ma chambre du Green Dragon en attendant trois heures, l'heure à laquelle Hermione venait en principe prendre le thé dans un établissement à l'enseigne du Copper Kettle. Je la connaissais suffisamment pour savoir qu'elle au moins se montrerait franche et ouverte, mais j'avais à présent plus de questions à lui poser que je n'aurais jamais cru possible. L'idée qu'elle pourrait ne pas venir justement cet après-midi-là m'était insupportable.

Je n'aurais pas dû m'inquiéter. Hermione était là où Jacinta m'avait dit pouvoir la trouver, assise à une table ronde sur colonne, devant son thé et ses gâteaux, au beau milieu du salon bondé. Le visage plus maigre et les cheveux plus gris que dans mon souvenir, elle avait depuis notre dernière rencontre troqué son air de vieille fille plutôt rébarbative contre celui d'une dame âgée, alerte et vénérable, passablement captivante, comme si ses traits et sa personnalité avaient toujours su que la jeunesse n'était pas leur fort et attendu pour s'affirmer avec les années. Son sourire, quand elle me vit me faufiler dans sa direction entre les tables serrées les unes contre les autres, annonçait un accueil chaleureux, à tel point que j'aurais presque pu croire qu'elle m'attendait.

« Mr Staddon ! s'exclama-t-elle d'une voix flûtée. Quelle agréable surprise ! » Plusieurs têtes se retournèrent pour m'examiner, et les conversations s'interrompirent un instant aux tables voisines. Le salon de thé parut tout à coup être le dernier endroit où partager des confidences, à moins de vouloir les partager avec tout Hereford. Hermione m'invita à me joindre à elle et me présenta ses deux amies, dont deux secondes plus tard j'avais déjà oublié les noms. On demanda une tasse supplémentaire. On emporta mon chapeau et mon manteau. On me pressa d'accepter thé et pâtisseries. Je bafouillai et prétextai un travail qui m'aurait amené dans le voisinage. Hermione dit alors à ses deux amies quelle profession j'exerçais. Dès qu'elles eurent compris ce qui me reliait à Clouds Frome, celles-ci voulurent savoir, les yeux écarquillés, si j'étais au courant de la « pénible affaire ». Je reconnus que je l'étais, mais en termes censés témoigner d'un intérêt purement passager. C'est alors que, à mon grand étonnement, Hermione m'envoya un tel coup de pied dans le tibia sous la table que je faillis en renverser ma tasse de thé. Son geste s'accompagnait d'un regard d'avertissement. J'obtempérai en changeant de sujet.

Le tremblement de terre au Japon (l'une des deux amies collectait des dons pour les victimes) et le phénomène de la TSF (le mari de l'autre venait de faire l'acquisition d'un poste) nous occupèrent pendant une vingtaine de minutes qui me parurent interminables. Puis Hermione annonça qu'elle allait devoir partir, juste au moment où les deux autres entamaient un nouveau scone et s'apprêtaient à rester encore un peu. C'est ainsi que je me retrouvai en train de marcher en direction du Green Dragon en sa compagnie, sachant que je ne disposais que de quelques minutes pour lui expliquer le pourquoi de ma visite à Hereford.

« Quelle remarquable coïncidence que votre travail vous ramène dans cette partie du monde, dit-elle. Surtout au vu des circonstances présentes. Puis-je vous demander qui est votre client ?

— Il n'existe pas. Et ce n'est pas une coïncidence.

— Vraiment ? » Elle ne semblait pas le moins du monde surprise. « Alors, quelle est la raison de votre présence parmi nous ?

— Me permettrez-vous de vous l'expliquer dans un cadre prêtant davantage à la discrétion que celui du Copper Kettle ?

— J'y suis bien obligée, non ? »

Nous choisîmes un banc à proximité de Castle Pool, à l'abri des oreilles indiscrètes et suffisamment agréable par ce soleil d'automne pour que notre présence ici parût naturelle. J'avais besoin d'obtenir d'Hermione certains renseignements et je savais que j'allais devoir lui révéler en échange une partie de mes véritables intentions. Je lui confiai donc que j'avais toujours admiré Consuela et que je trouvais impossible de croire qu'elle était devenue une meurtrière. Si j'étais à Hereford, c'était pour la voir, et demander à ceux qui étaient directement impliqués dans l'affaire quelle était la réalité de la situation. De Jacinta je ne dis rien et prétendis ne rien savoir. Je décrivis l'accueil que j'avais reçu à Clouds Frome, ma découverte de la tombe de Lizzie Thaxter et ma rencontre avec Ivor Doak. Seule cette dernière parut la surprendre.

« J'aurais vraiment dû vous écrire au sujet de ce pauvre Ivor, Mr Staddon. Je suis navrée de ne pas l'avoir fait. Pour être honnête, j'avais tellement honte de vous avoir encouragé à lui prêter de l'argent, au vu de ce qu'il en est advenu, que je n'ai pas trouvé le courage de vous avertir. Il a acheté son billet, voyez-vous, et je l'ai moi-même mis dans le train pour Londres, la veille du jour où le bateau devait appareiller. Hélas, le soir même, il est sorti boire et s'est retrouvé en compagnie d'une bande de brigands. Qui lui ont tout volé, son billet, son passeport et l'argent qu'il lui restait, pendant qu'il cuvait sa bière dans quelque taverne de l'East End. Des semaines se sont écoulées avant qu'il réapparaisse à Hereford et me raconte ce qui lui était arrivé. Il était accablé de remords, bien sûr, mais, depuis qu'il a perdu Clouds Frome, il y a toujours eu chez lui cette terrible faiblesse qui explique, je suppose, les mises en garde à l'époque de Mortimer et de Victor à son endroit. Les choses n'ont fait qu'empirer pour lui au fil des ans, au point que je doive moi-même reconnaître aujourd'hui qu'on ne peut plus lui être d'un quelconque secours. Rien d'étonnant à ce qu'il ait pris ses jambes à son cou en vous voyant, parce que ses souvenirs et sa conscience sont intacts, même s'il n'est plus qu'un vagabond et un ivrogne.

— Et Lizzie ?

— Je ne peux pas vous dire grand-chose à son sujet. Personne ne sait pourquoi elle a mis fin à ses jours, car elle n'a pas laissé de lettre et ne semblait pas avoir de raison particulière d'être dans un état dépressif. Son frère, à l'époque, attendait encore d'être jugé pour son rôle dans le vol de la fabrique de Grenville Peto, ce n'est donc pas là qu'il faut chercher l'explication de son geste. C'est Consuela qui a acheté le bout de terrain où on l'a enterrée et qui a réglé les frais de la pierre tombale. Et je dois dire, maintenant que cela me revient à l'esprit, qu'elle a agi à l'encontre des volontés de Victor. Elle semblait aussi stupéfaite que tout le monde par le suicide de la jeune femme, encore que j'aie parfois eu l'impression qu'elle en savait plus qu'elle ne voulait bien le dire.

— Croyez-vous qu'il pourrait y avoir un lien entre la mort de Lizzie et les derniers événements ?

— Mon Dieu, certainement pas ! Qu'est-ce qui peut bien vous le faire penser ?

— Je ne sais pas. C'est simplement que… » Soudain je me trouvai incapable de tourner autour du pot plus longtemps. « Dites-moi franchement, croyez-vous Consuela coupable ? »

Hermione me regarda fixement un moment avant de demander : « Et vous, Mr Staddon ?

— Moi ? Non. J'ai déjà dit que…

— Mais pour quelle raison ? Les preuves sont accablantes, non ?

— Oui, sans doute. C'est en tout cas ce que laissent entendre les journaux. Mais là n'est pas le problème.

— Où est-il, alors ?

— C'est une question d'instinct, je suppose. Mon instinct me dit que votre belle-sœur n'est pas une meurtrière. Pas une empoisonneuse, en tout cas.

— Eh bien, je suis de votre avis, dit Hermione en souriant.

— Non… vraiment ?

— Vraiment. Et je ne saurais vous dire à quel point je suis soulagée de trouver enfin un allié dans cette affaire. Chaque fois que j'évoque le sujet avec un membre de la famille, je me retrouve aussitôt accusée de déloyauté. Sans compter que j'ai suffisamment d'égards pour la douleur de Mortimer et de Marjorie pour ne pas vouloir leur imposer mon opinion. La mort de Rosemary a été un coup terrible, loin de moi l'idée de prétendre le contraire, mais que cela nous oblige tous à tenir pour acquis que Consuela en est responsable, voilà qui me dépasse.

— Mais vous venez de dire vous-même que les preuves étaient accablantes.

— Un peu trop, à mon goût. Si Consuela avait vraiment voulu assassiner Victor – ce que pour ma part je comprendrais fort bien –, je ne crois pas qu'elle se serait amusée à bricoler avec du désherbant. Le grand avantage du poison sur le coup de fusil, dont je pense souvent que mon frère le mérite, est que l'on peut l'administrer graduellement et subrepticement, sans risque d'être détecté. C'est renoncer à cet avantage que de procéder d'un coup, à l'aide d'une seule dose fatale. Et c'est faire peu de cas de la nature de Consuela, dont la compassion envers les faibles créatures – oiseaux aux ailes cassées, renards blessés, servantes en détresse – a toujours été sans bornes. Jamais elle ne mettrait en péril des vies innocentes. Si elle avait eu connaissance de la présence d'arsenic dans le sucre, je suis certaine qu'elle aurait empêché Marjorie et Rosemary d'en prendre. Et puis, si elle avait été responsable du meurtre, elle n'aurait jamais laissé les preuves dormir dans un tiroir où l'on n'aurait aucun mal à les trouver. Elle a eu douze jours pour s'en débarrasser, Mr Staddon. Est-il pensable qu'elle ne l'ait pas fait, surtout après que la police a fait savoir qu'elle allait perquisitionner ?

— Peut-être que non, en effet, mais les lettres…

— Ah, les lettres, parlons-en ! Elles constituent l'élément le plus manifestement falsifié de toute cette affaire. Si Consuela les avait effectivement reçues, elle les aurait détruites, voyons. Et puis, quand le meurtre d'un mari a pour cause des accusations d'infidélité à son encontre, c'est que l'épouse est jalouse, possessive. Or Consuela n'est ni l'une ni l'autre. En fait... » Elle s'interrompit.

— Oui ? »

Elle réfléchit un moment avant de répondre et finit par dire : « Consuela tient infiniment plus à sa fille qu'à son mari. Je penserais volontiers qu'apprendre que Victor avait une maîtresse aurait été pour elle un soulagement plutôt que...

— Un *soulagement* ? »

Elle me regarda d'un air irrité. « Qu'une femme ne soit pas mariée ne signifie pas forcément qu'elle n'entend rien à ces choses, Mr Staddon. J'ai dix ans de plus que Victor. J'observe et j'étudie sa personnalité depuis qu'il est tout petit. Je suis en conséquence bien placée pour savoir qu'il est incapable de la moindre délicatesse de sentiment. Pour lui, amour est synonyme d'avidité, et loyauté, d'obéissance. Il a toujours manifesté une inclination à la cruauté physique qui m'aurait contrainte à conseiller à toute épouse potentielle d'aller chercher un mari ailleurs. Malheureusement, l'occasion ne m'a pas été donnée de fournir un tel conseil à Consuela. L'idée qu'elle ait pu se soucier un seul instant de l'infidélité de Victor est absurde. »

Des pensées se bousculèrent dans ma tête. Consuela ne s'était jamais plainte de mauvais traitements de la part de Victor. Mais, si Hermione avait raison, l'espoir de pouvoir s'échapper que je lui avais fait entrevoir avait dû signifier pour elle davantage encore que ce que j'avais supposé.

« Vous aurais-je choqué, Mr Staddon ? J'espère que non. Les jeunes affranchies d'aujourd'hui croient être les seules à avoir leur franc-parler, mais vous avez devant vous une relique victorienne qui se propose de les battre à leur propre jeu.

— Vous ne m'avez pas choqué, non, si ce n'est en laissant entendre que Victor ait pu faire preuve de violence envers Consuela. Qu'en est-il, à votre avis ?

— Je serais surprise du contraire. C'était une brute notoire à l'école, et il y a eu à Cambridge cet incident pour le moins fâcheux dans lequel il aurait fouetté un de ses condisciples à la cravache. Incident qui a failli causer son renvoi de l'université. Et puis, après avoir obtenu son diplôme et être entré dans l'entreprise familiale, il s'est vu un jour accusé par une bonne de Fern Lodge d'avoir… Bon, on ne m'a jamais permis de connaître la véritable nature des accusations. Toujours est-il que la fille a été priée de faire ses paquets, mais l'attitude de Père suggérait clairement qu'il ajoutait foi à la plupart de ses déclarations.

— Est-ce là la raison pour laquelle Victor a été envoyé au Brésil ?

— Non. Du moins pas d'après ce qu'on a bien voulu me dire. Il négligeait systématiquement son travail, préférant le champ de courses au bureau. Les disputes à ce propos devinrent bientôt de plus en plus fréquentes, et de plus en plus violentes. Mortimer, bien évidemment, lui en voulait de la latitude dont il disposait. Il avait toujours été la tortue face au lièvre. Et Père était plus indulgent avec Victor qu'il ne l'avait jamais été avec Mortimer. Ce qui précipita les choses, ce fut la découverte de l'étendue effarante des dettes du fils cadet. Père n'accepta de les régler qu'à la condition qu'il parte pour l'étranger. On lui trouva un poste de stagiaire de direction à l'agence de

Pernambouc de la London & River Plate Bank, et il y fut aussitôt expédié, sommé par tout un chacun de se mettre sérieusement au travail et de faire enfin quelque chose de sa vie.

— Et c'est ce qui est arrivé ?

— Mais pas de la manière prévue. Il ne nous écrivait que rarement, et les quelques nouvelles que nous en avions nous parvenaient par l'intermédiaire de la personne que Père connaissait au bureau londonien de la banque. Trois années s'écoulèrent, pendant lesquelles il réussit apparemment plutôt bien, puis, tout à coup, sans signe avant-coureur, ce fut la catastrophe. On découvrit des malversations financières à l'agence de Pernambouc : Victor avait puisé dans les fonds de la banque pour spéculer sur les marchés brésiliens et avait tout perdu. Il fut aussitôt renvoyé, et si la banque s'abstint de toute poursuite, ce fut uniquement pour éviter le scandale. Nous nous attendions à le voir rentrer, couvert de honte ; au lieu de quoi il disparut, purement et simplement. Père reçut une lettre de lui, annonçant qu'il avait l'intention de rester en Amérique du Sud pour faire fortune et qu'il était victime de la malchance et de la jalousie. Pas un mot d'excuse, bien évidemment, pas la moindre parole de contrition. Ensuite, plus aucune nouvelle de lui pendant cinq ans. Quand il décéda, Père pensait que son fils était déjà mort. Mais il était loin du compte. D'après ce que j'ai compris du récit qu'il a fait de ces années-là, il est allé au Chili où il a rencontré le major Turnbull, un homme au passé encore plus douteux que le sien. Ils se sont associés et, au bout de quelques années, ils avaient fait fortune.

— De quelle manière ?

— Oh, il m'a beaucoup parlé du commerce du caoutchouc sud-américain, Mr Staddon, mais je n'ai pas retenu grand-chose. Je vous rapporte l'essentiel de ce qu'il m'a dit. Le major Turnbull et lui ont acheté au gouvernement brésilien diverses étendues de terre propices à la culture de l'hévéa – ce que l'on appelle des concessions –, situées dans un district du nom d'Acre, lequel de fait appartenait alors non pas au Brésil mais à la Bolivie. Les concessions ne coûtaient pas cher dans la mesure où, tant que l'Acre restait territoire bolivien, elles n'avaient pas grande valeur. Mais la région commençait à être colonisée par les Brésiliens, et le major Turnbull et Victor supputèrent que le Brésil ne tarderait pas à l'annexer. Ils avaient raison et dès que ce fut chose faite, ils se retrouvèrent riches du jour au lendemain. C'était un pari extravagant, et pas le premier pour Victor. Mais celui-là s'avéra payant. Mon frère se retira à Rio de Janeiro pour vivre de ses rentes et nous écrivit pour nous annoncer qu'il avait enfin réussi. Laissez-moi vous dire que la nouvelle ne réjouit pas particulièrement Mortimer. Je crois bien qu'il aurait préféré voir son frère rentrer en Angleterre la mine contrite et la queue entre les jambes, ou même ne jamais rentrer du tout. Or, en un rien de temps, Victor avait trouvé le moyen d'épouser la fille d'un riche négociant en café et se disait résolu à rentrer à Hereford et à mener la vie d'un gentilhomme campagnard. »

Un silence s'ensuivit. Une femme passa lentement devant nous, poussant un landau. « Vous avez été très franche concernant votre frère, dis-je.

— La situation exige la franchise. C'est la vie de Consuela qui est en jeu.

— Vraiment ? Vous le croyez vraiment ?

— J'en suis persuadée. N'en doutez pas une seule seconde. Un vote à main levée au Copper Kettle n'importe quel jour de la semaine la verrait condamnée à l'unanimité.

— Mais pourquoi ?

— Parce que les gens ne voient pas plus loin que le bout de leur nez. Et parce qu'ils *refusent* de voir plus loin. Consuela est étrangère, catholique, et belle, qui plus est. Autant de raisons qui font que ces dames du Copper Kettle lui vouent une haine féroce.

— Que peut-on faire ?

— Je ne sais pas. Tout le monde a déjà une opinion bien arrêtée, voyez-vous. Mortimer et Marjorie refusent d'aborder le sujet avec moi. Victor est parti pour la France et n'a pas l'intention de rentrer avant le début du procès. En attendant, en dehors de ce jeune ballot de Windrush, personne n'est prêt à lever le petit doigt pour aider Consuela. C'est ce qui explique que j'étais si heureuse de vous voir ici.

— Avez-vous parlé à Consuela depuis sa comparution ?

— Non, je ne lui ai pas parlé depuis le jour de l'enterrement de Rosemary, il y a plus d'un mois. C'était donc avant que nous ayons reçu confirmation que la pauvre enfant avait été empoisonnée. Dès que Consuela a été arrêtée, Mortimer nous a clairement fait comprendre qu'aucun d'entre nous ne devait lui rendre visite ni lui manifester le moindre soutien. Victor s'est empressé d'abonder dans son sens. Jamais auparavant

210

je n'avais vu mes frères présenter un front aussi uni. Ce seul fait aurait suffi à me mettre la puce à l'oreille, mais ce qui a finalement emporté ma conviction a été ce chagrin ostentatoire manifesté par Victor à l'égard d'une nièce à laquelle il ne s'était jamais intéressé. L'expérience que j'ai depuis toujours du comportement de mes frères me permet de les percer à jour au premier coup d'œil. Alors que la réaction de Mortimer à la mort de Rosemary est tout à fait compréhensible, celle de Victor paraît bien peu naturelle. Au milieu des pleurs et des lamentations, il n'a pas fait montre de l'émotion que, en toute logique, un événement aussi terrible aurait dû d'abord provoquer, à savoir la surprise. Il a été très bien à tous points de vue, sauf sur ce chapitre.

— Seriez-vous en train de me dire que… qu'il savait ce qui allait se passer ?

— L'idée m'en est venue en effet, Mr Staddon, répondit Hermione en plissant les yeux. Mais ce n'est pas possible, n'est-ce pas ? »

L'assistance à l'office du soir à la cathédrale de Hereford était ce jour-là très clairsemée. Enfoncé dans une des stalles, j'écoutais les voix des choristes monter et s'évanouir dans l'obscurité au-dessus de ma tête, reconnaissant du calme imposé par le rituel. Au milieu de la lueur des cierges et de la pompe sacerdotale, bercé par le plain-chant et les prières, je trouvai possible de croire que la vie avait encore un ordre et un sens. Oui, on allait pouvoir remédier aux bouleversements occasionnés par l'arrestation de Consuela et l'ouverture imminente de son procès. Ce n'était

211

qu'une erreur, après tout, un colossal malentendu, dont ses accusateurs finiraient par prendre conscience.

Mais l'était-ce vraiment ? Quand les jeunes choristes sortirent en file indienne à la fin du service, je ne pus m'empêcher de me demander si Consuela avait entrevu un de leurs visages angéliques au sein de la foule houleuse qui, massée devant le tribunal, avait chaque jour réclamé sa tête tout le temps qu'avait duré l'audience.

Consuela était plus que jamais au centre de mes pensées. Comment me recevrait-elle ? Comment allais-je pouvoir m'expliquer ? Dans moins de vingt-quatre heures, j'allais devoir affronter son regard dans le parloir de la prison de Gloucester, des gardiennes revêches épiant nos moindres paroles, ma conscience aux prises avec d'amers reproches. Je désirais ardemment la revoir et me réconcilier avec elle, mais, d'un autre côté, je redoutais cette rencontre. J'avais du mal à dominer mon envie de fuir lâchement et de disparaître à jamais de sa vie. N'eût été la gravité de sa situation, j'aurais très bien pu me rendre coupable d'un second abandon.

Mais il était trop tard à présent pour faire marche arrière. Et puis les renseignements que j'espérais obtenir d'elle étaient tout ce qu'il me restait si je voulais encore lui venir en aide. Je regagnai lentement le Green Dragon, faisant le bilan de ma première journée d'efforts en sa faveur, obligé de reconnaître que le résultat était bien maigre.

À la réception, on me dit que quelqu'un m'attendait au bar. C'était Windrush. Il avait approché sa chaise du feu, en dépit de la douceur de la soirée, et fumait fébrilement. Il paraissait encore plus tourmenté et déprimé que lors de notre rencontre du matin. Il se rongeait les ongles entre deux bouffées et il leva vers moi un œil anxieux en me voyant approcher.

« Je rentre tout juste de Gloucester, dit-il sans même attendre que je prenne un siège. Elle refuse de vous voir, Staddon.

— Quoi ?

— Elle a été catégorique. Vous savez peut-être à quel point elle peut être inflexible quand elle le veut. C'est d'ailleurs là ce qu'il y a de pire quand on est censé la représenter. De deux choses l'une : ou c'est à peine si elle vous écoute, ou elle vous dit expressément ce que vous avez à faire. »

Je m'emparai de la chaise à côté de la sienne et la tirai près de la table, m'accrochant encore au frêle espoir de l'avoir mal compris. « Que dites-vous ? le pressai-je dans un murmure.

— C'est très simple. Je lui ai rendu visite cet après-midi, comme je vous l'avais laissé entendre, et je l'ai prévenue de votre propre visite pour demain. Elle en est restée stupéfaite. Je dois avouer que je n'avais rien vu jusqu'ici lui faire un tel effet. Je ne l'avais jamais vue aussi décontenancée. D'ordinaire, elle est toujours d'un calme olympien, comme si elle n'avait même pas conscience de ce qui se passe. Mais là, quand j'ai prononcé votre nom… Elle m'a déclaré que vous ne deviez lui rendre visite sous aucun prétexte, et que, au cas où vous passeriez outre, elle refuserait de vous voir. Et elle le fera, vous pouvez me croire.

— Mais… pourquoi ?

213

— Je ne sais pas. Je le lui ai demandé, mais tout ce qu'elle a trouvé à me répondre, c'est que vous comprendriez ses raisons. » Il se tourna vers moi. « C'est le cas ? »

Tout à coup, son attitude ne me parut que trop compréhensible. Pourquoi accepterait-elle de me voir quand le bon vouloir m'en prenait ? C'était moi, somme toute, qui n'avais pas respecté notre dernier rendez-vous et n'avais rien fait depuis pour essayer de la revoir. « Non, pas du tout, m'entendis-je affirmer d'un ton catégorique.

— Vraiment ? Elle semblait pourtant certaine que vous comprendriez la raison de son refus.

— Eh bien, non, je ne la comprends pas ! » Je me détournai et appelai le serveur. Les sourcils levés de Windrush me signifièrent pourtant que ma tentative de diversion restait inopérante. J'avais menti, et il le savait. Mais il n'insista pas. Au lieu de quoi, quand notre commande arriva et que j'eus accepté la cigarette qu'il m'offrait, il exprima ses regrets devant l'attitude de sa cliente.

« J'espérais que vous arriveriez à la convaincre de se montrer plus raisonnable, mais c'est maintenant hors de question. En l'état actuel des choses, la préparation d'une défense est pratiquement impossible.

— Pourquoi ?

— Mrs Caswell a des moyens très limités, dit-il en baissant la voix, et, vu les circonstances, elle peut difficilement faire appel à son mari. Elle a également refusé d'alerter sa famille au Brésil, laquelle serait pourtant en mesure de l'aider. Je crois qu'elle aurait tout intérêt à faire une demande de transfert de son procès à Londres, où elle aurait de bien meilleures chances de tomber sur un jury impartial, mais une telle requête serait très onéreuse et resterait par ailleurs sans effet si nous n'arrivions pas à nous assurer les services d'un ténor du barreau londonien, dont les honoraires, bien sûr, seraient à la hauteur de sa réputation. Vous voyez mon problème ? »

Ce que je voyais, c'était ce que Windrush voulait que je voie : une occasion de rendre à Consuela un service d'ordre pratique. Elle lui aurait interdit de me parler de ses difficultés s'il lui avait demandé la permission de le faire, et, de toute évidence, il s'en était abstenu. Ce qu'il me proposait, c'était un arrangement entre nous dont Consuela ne devait rien savoir, un arrangement destiné à l'aider malgré elle. « Laissez-moi prendre les frais à ma charge, dis-je d'une voix calme.

— Je ne peux pas vous donner une idée précise des frais encourus. Il faut que vous le compreniez : le coût d'un transfert à Londres sera considérable.

— Mais vous êtes convaincu qu'un tel transfert ne peut qu'être bénéfique ?

— Il me paraît indispensable. Hereford a déjà jugé l'affaire et l'a déclarée coupable. Mrs Caswell ne demanderait pas mieux que d'être jugée à Londres, mais je ne lui ai rien dit des frais que cela entraînerait.

— Alors, ne le faites pas.

— Fort bien, dit-il en hochant la tête.

— À qui avez-vous l'intention de faire appel pour la défendre ?

— Si l'argent n'était pas un obstacle, je contacterais sir Henry Curtis-Bennett. Il a suffisamment de cœur pour se laisser attendrir et se charger de l'affaire, et suffisamment de tête pour en faire quelque chose devant un tribunal. Mais ses honoraires de base s'élèvent à cinq cents guinées. Et puis il y a...

— Contactez sir Henry et ne vous occupez pas des honoraires.

— Fort bien, dit-il avec un nouveau hochement de tête.

— Mais Mrs Caswell doit rester dans l'ignorance de la part que je prends dans l'affaire.

— Oui, bien sûr. Cela ne devrait pas présenter de problème.

— Alors, marché conclu ? »

Il me regarda avec curiosité, comprenant, j'en suis sûr, qu'en ma personne il était tombé sur un acteur du passé de sa cliente et que nous ne le mettrions jamais ni l'un ni l'autre dans la confidence. « D'accord, dit-il. Marché conclu. »

Windrush avait été parfaitement clair : Consuela refusait de me voir. Et je n'avais nullement l'intention de contrecarrer sa volonté. Je ne m'en trouvai pas moins le lendemain matin en train de passer plusieurs fois à pas lents devant le portail de la prison de Gloucester, les yeux levés vers les hauts murs de brique et les fenêtres à barreaux des cellules. Que faisait-elle à cet instant ? Comment passait-elle cette journée, après toutes celles qu'elle avait déjà connues en ces lieux ? Quelles pensées – quels espoirs, quels doutes, quelles angoisses – l'assaillaient-elles ? Et pourrait-elle voir – si elle prenait la peine de regarder en bas – la silhouette solitaire qui arpentait la rue ? Pourrait-elle deviner – et si oui l'apprécierait-elle – ce que cet homme essayait de faire pour elle ?

Je rentrai à Hereford, plus découragé que jamais depuis mon départ de Londres, et convaincu que mon rôle de bailleur de fonds auprès de Windrush constituait la limite de ce que je pouvais accomplir dans l'intérêt de Jacinta. Mais une surprise m'attendait au Green Dragon. Mr Mortimer Caswell avait téléphoné et me demandait de passer le voir dès que possible dans les locaux de Caswell & Co. Étrange requête, émanant d'une source tout à fait inattendue, mais à laquelle je n'avais aucunement l'intention de me soustraire.

La cidrerie Caswell comprenait un vaste entrepôt, avec à une extrémité une haute cheminée qui crachait une fumée nourrie et une cour où s'entassaient des pommes récemment récoltées. Une armée d'employés s'activait à charger les fruits sur des charrettes et à les transférer sur un tapis roulant qui montait jusqu'au premier étage de l'entrepôt. Quand j'eus réussi à capter l'attention d'un des hommes, il m'indiqua l'entrée des bureaux dans un coin de la cour.

Mortimer me reçut dans la salle de réunion. Une peinture à l'huile de son père, le fondateur de l'entreprise, et une série de certificats encadrés relatifs à la fabrication du cidre ornaient les lambris des murs ; le soleil éveillait de chauds reflets à la surface de la table directoriale, et trois hautes fenêtres donnaient sur la scène pleine d'animation qui se déroulait en dessous. Mortimer était assis à son bureau à l'autre bout de la salle ; tassé sur son siège, il ressemblait davantage à un employé de bureau surmené qu'au seigneur du domaine. Il était vêtu de noir de pied en cap – par habitude ou en raison de son récent deuil, je n'aurais su le dire – et, quand il se leva, ce fut avec l'air d'un homme épuisé tant physiquement que moralement. Son visage était ridé et malheureux, sa poignée de main, froide et rapide. Il y avait dans ses yeux une expression difficile à cerner ; le mépris s'y mêlait à la circonspection, le reproche à l'abattement.

« Je vous suis obligé d'être venu, Mr Staddon, dit-il. Je ne vous retiendrai pas longtemps. Prenez un siège, je vous prie.

— Veuillez accepter mes condoléances pour le deuil que vous venez de subir », dis-je en m'asseyant.

Il me dévisagea un moment, un sourcil levé, avant de se rasseoir. Puis il se pencha par-dessus le bureau, les mains en pyramide, comme s'il s'apprêtait à expliquer les raisons d'un bilan négatif à son conseil d'administration. « Danby m'a téléphoné hier et m'a parlé de votre visite à Clouds Frome. J'ai cru comprendre que vous interrogiez Banyard à propos de son témoignage lors de l'audience. En l'absence de Victor, Danby a estimé devoir me prévenir de cette curieuse démarche.

— Curieuse, dites-vous ?

— Oui, c'est là mon avis. Qu'est-ce qui a bien pu vous pousser à l'entreprendre, Mr Staddon ? À ma connaissance, vous n'avez jamais eu aucune relation avec ma famille depuis que vous avez terminé Clouds Frome.

— En effet, mais…

— J'ai également cru comprendre que vous aviez rencontré ma sœur hier après-midi et que vous aviez passé un moment avec elle.

— C'est elle qui vous l'a dit ?

— Oui, elle a fini par le reconnaître. On vous a vus à Castle Pool. Ce qui n'est pas le meilleur endroit pour un rendez-vous secret.

— Notre rencontre n'avait rien de secret.

— Ah, bon ? Quel en était le but, alors ? Là-dessus, Hermione s'est montrée peu bavarde, ce qui n'est pas dans ses habitudes – comme vous ne l'ignorez sans doute pas. »

Je me calai contre le dossier de mon siège et essayai de prendre un air détaché. « Je suis venu dans la région pour affaires, et je suis tombé sur votre sœur par hasard au Copper Kettle. Nous avons fait une promenade du côté de Castle Pool. Entre autres choses, nous avons parlé du procès de Mrs Caswell. Vous conviendrez, j'en suis sûr, qu'il eût été étonnant que nous n'évoquions pas le sujet. Votre sœur a des doutes quant à la culpabilité de Mrs Caswell. Ce qui est également mon cas. Nous avons simplement échangé quelques idées sur la question.

— Hum ! » Mortimer eut une moue dubitative et me regarda un moment en silence avant de dire : « Et vos… affaires dans la région… en avez-vous fini avec elles ?

— Non, pas encore.

— Dommage.

— Pour qui ? »

Nouveau silence, et nouveau regard appuyé. « Danby a eu l'impression que vous saviez que Victor était absent de chez lui. Est-ce le cas ? »

Je ripostai par une autre question : « Pourquoi s'est-il rendu en France ?

— Je ne vois pas en quoi les faits et gestes de mon frère – ou les raisons qui les motivent – vous regardent.

— Je pourrais en dire autant de vous à propos des miens. »

Ses yeux s'étrécirent. Un moment, je crus que son sang-froid allait l'abandonner. Mais rien de tel ne se produisit. Il choisit de se lever et d'aller jusqu'à la fenêtre la plus proche, avant de se retourner vers moi. « Ma fille est morte, Mr Staddon. Ce fut une expérience particulièrement douloureuse pour ceux d'entre nous qui l'ont vécue directement. Mon épouse et mon frère ont été gravement malades, et ils auraient pu mourir eux aussi. Quand les experts médicaux ont annoncé qu'ils avaient tous été empoisonnés, croyez-vous vraiment que nous étions prêts à admettre que l'auteur du crime était la femme de mon frère ?

— Je ne saurais en juger.

— Eh bien, laissez donc tranquilles ceux qui sont les mieux placés pour le faire. Victor est allé en France pour échapper au genre de conjectures et de racontars que ma sœur aurait tout intérêt à ne pas encourager. Si je n'étais pas retenu ici par mes obligations, je pense que je le rejoindrais.

— Croyez-vous Mrs Caswell coupable ?

— Les preuves découvertes par la police sont irréfutables. Mais je laisse le soin de trancher au tribunal qui doit la juger. Et je vous inciterais vivement…

— À en faire autant ?

— Oui. Exactement, Mr Staddon. Laissez donc l'affaire à ceux à qui il incombe de s'en occuper. »

Quelques minutes plus tard, alors que je traversais la cour de la cidrerie en direction de la sortie, tout en me demandant si mes questions n'avaient pas indûment ravivé la douleur de Mortimer, j'aperçus un homme à quelque distance devant moi, jeune, mince, appuyé contre un des piliers du portail d'entrée. Il portait un costume à fines rayures et arborait un feutre désinvolte. Il fumait une cigarette et regardait autour de lui d'un air blasé et dédaigneux. J'eus aussitôt l'impression que je le connaissais, mais avant que je puisse mettre un nom sur son visage, il me gratifia d'un bref sourire et me lança : « Staddon, c'est bien ça ?

— Pardon ?

— Vous ne me reconnaissez sans doute pas, dans ce pantalon long. Je suis Spencer Caswell. »

Sitôt son nom prononcé, je me rendis compte que ce ne pouvait être que lui. En dépit de son costume bien coupé et de ses affectations d'homme du monde, ses petits yeux durs témoignaient encore des ressentiments rentrés du jeune garçon qu'il avait été. D'aucuns l'auraient sans doute trouvé beau garçon, ce qui ne faisait que renforcer l'aversion qu'il m'inspirait. Quelque chose dans l'arrogance de sa voix, dans la courbe de ses sourcils et dans la froideur de son regard témoignait d'un sentiment de supériorité qui me prévint aussitôt contre lui – réaction d'autant plus vexante que c'était justement celle qu'il cherchait à provoquer.

« On est allé voir le paternel ?

— Si vous entendez par là votre père…

— Je vous ai vu entrer et je me suis dit que vous aviez été, comme qui dirait, assigné à comparaître. La soirée a été plutôt agitée hier à la maison. Votre nom a été prononcé à plusieurs reprises. Mais bon, je suppose que ça ne vous étonne pas, si ?

— Je ne suis pas sûr de…

— Et si je vous raccompagnais à votre hôtel ? » Sans attendre ma réponse, il se détacha du pilier et vint se planter à mon côté. « Je ne dirais pas non à un brin de causette, pour ne rien vous cacher. Je ne suis pas pressé de rentrer à Fern Lodge, voyez-vous. L'atmosphère qui y règne en ce moment est rien moins qu'agréable.

— Vraiment ? »

Il eut un petit ricanement et m'offrit une cigarette. Que je refusai. Nous fîmes quelques mètres en silence, puis il dit : « J'ai cru comprendre que tante Hermione n'avait pas su tenir sa langue. Une vieille habitude chez elle. À propos, quel bon vent vous amène dans la somnolente Hereford ?

— Le travail.

— Ce n'est pas le procès de Consuela ? » Sa façon de la désigner par son seul prénom semblait calculée pour paraître irrespectueuse.

« J'ai lu la presse, comme tout le monde. Et j'ai parlé de l'affaire avec votre tante. Il se trouve que nos opinions convergent.

— Vous pensez donc que Consuela est innocente ?

— Je le crois possible, en effet.

— Je doute que le paternel vous ait été reconnaissant d'une telle opinion.

— Je ne m'attendais pas à ce qu'il le soit.

— Ça doit bien faire douze ans que nous ne nous sommes pas vus. Cet épouvantable match de cricket à Mordiford. Vous vous souvenez ?

— Oui, je m'en souviens.

— Qui aurait pu penser alors que ma petite sœur finirait empoisonnée – ou que Consuela serait accusée de l'avoir tuée ? » Il parlait avec une légèreté frisant l'impertinence, comme s'il faisait une remarque banale sur les petites ironies de la vie. « Ça vous dirait de prendre un verre avant de rentrer à votre hôtel ? me demanda-t-il. Les pubs viennent d'ouvrir, je pense. » Il sourit quand un coup d'œil à sa montre lui en apporta la confirmation.

« Je dois y aller, merci tout de même.

— Comme vous voudrez. Seulement…

— Quoi donc ?

— Si vous avez cuisiné tante Hermione, pourquoi ne pas essayer aussi avec moi ? » Il jeta son mégot dans le caniveau et fit une petite grimace. « Il m'arrive d'être indiscret quand j'ai un verre dans le nez. »

Plus je passai de temps avec Spencer Caswell, plus je m'interrogeai sur ce qu'il avait en tête. Je soupçonnai d'abord qu'il était simplement en quête de quelqu'un avec qui prendre un verre. Mais dans le pub où il m'emmena traînaient une demi-douzaine de jeunes gens qui semblaient bien le connaître et n'auraient pas demandé mieux que de lui en offrir un ; même la barmaid eut l'air déçue quand il m'entraîna jusqu'à une table à l'écart. Manifestement, il y avait autre chose.

Avec ses longues jambes étendues devant lui, un verre serré contre sa poitrine et entre les doigts une cigarette dont la fumée tourbillonnait au rythme de ses gestes, il semblait n'avoir besoin que d'une oreille où déverser ses remarques amères sur Hereford en général et sa famille en particulier. À vingt-trois ans, trop jeune pour s'être engagé avant la fin de la guerre, il avait quitté Cambridge en 1922, son diplôme en poche, prêt à intégrer l'entreprise familiale faute d'autre solution. Il ne se gênait pas pour étaler son mépris du monde de l'entreprise, « juste des commerçants », comme il disait. Lui, ses talents l'orientaient vers d'autres domaines, mais son drame récurrent restait son incapacité à préciser lesquels. Superficiel, égocentrique et arrogant, il semblait posséder les pires caractéristiques du garçon auquel on a toujours passé tous ses caprices. En temps ordinaire, j'aurais mis un terme à notre rencontre dans les plus brefs délais, tout en accordant à Mortimer une once de compassion pour avoir engendré un tel rejeton. Mais le temps n'avait rien d'ordinaire. Les divagations narcissiques de Spencer m'offraient un aperçu des réalités du quotidien chez les Caswell dont j'avais grand besoin, et il trouva par conséquent en moi l'auditeur intéressé qu'il semblait désirer.

« Le fait est, Staddon, que je commence à trouver toute cette histoire vraiment casse-pieds. Imaginez que votre sœur se fasse renverser par un autobus : tout le monde crie au malheur, on pleure beaucoup, on voit des têtes de deux pieds de long à l'enterrement, mais on s'en remet. La vie continue. Mais que cette même sœur avale de l'arsenic avec son thé et qu'elle en meure, et qu'en plus votre tante par alliance soit arrêtée et passe en jugement, là l'histoire n'en finit plus. Nuées de journalistes, ragots qui se propagent dans la ville aussi vite qu'une épidémie de peste, train-train quotidien suspendu. La mère, qui passe toutes ses journées dans une chambre aux volets clos, et le père, qui interdit toute conversation un tant soit peu anodine, vous vous rendez compte ! Oncle Victor, lui, s'en contrefiche – il est allé prendre l'air en France –, mais moi, je suis censé faire quoi ? Je ne sais même pas combien de temps toute cette histoire risque de durer. La date du procès n'est pas encore fixée. Mais ça pourrait prendre des mois.

— Quand le procès s'ouvrira, hasardai-je doucement, comment vont se passer les choses, à votre avis ?

— Très mal pour Consuela. D'après ce que j'ai compris, elle n'a rien à opposer aux charges retenues contre elle. Mobile, occasion, moyens, elle les avait tous, à ce qu'on dit.

— Vous croyez donc aux preuves de sa culpabilité ?

— Je n'ai pas dit ça. Personne ne m'a montré les lettres. Et je n'étais pas dans le salon de Clouds Frome cet après-midi-là. À tout prendre, je ne suis pas mieux renseigné que vous. Mais je peux quand même dire ceci… » Il se pencha en avant et baissa la voix. « Consuela ne m'a jamais fait l'impression d'être une idiote. Alors pourquoi aurait-elle laissé traîner les lettres et un sachet d'arsenic au milieu de ses petites culottes, là où l'on pouvait facilement les trouver ?

— Vous êtes en train de suggérer que quelqu'un d'autre les aurait placés là ?

— Moi non. Mais vous, oui. Sinon, comment espéreriez-vous pouvoir défendre la thèse de son innocence ? Votre problème, c'est de découvrir qui avait intérêt à faire une chose pareille.

— Je ne vois pas comment.

— Non, mais vous avez bien dû vous poser la question. » Son visage s'était animé, et l'éclat dans ses yeux témoignait de l'excitation qu'il ressentait à s'être embarqué dans la recherche de la solution d'une énigme. « Si ce n'était pas ma regrettée petite sœur que visait l'empoisonnement, alors c'était Victor. Et si Consuela n'était pas la meurtrière, alors c'est que quelqu'un d'autre – pour quelque autre raison – voulait le voir mort. Mais il se trouve qu'il est toujours vivant, ce qui signifie que la tentative de meurtre sur sa personne a échoué, sans compter qu'il n'y a pas eu de seconde tentative. Ce qui s'explique si Consuela est effectivement coupable. Mais s'explique tout aussi bien dans l'hypothèse où rejeter le crime sur elle était le véritable but de l'exercice. De cette manière, on est sûr qu'elle ne gênera plus personne – et de façon définitive.

— Mais qui pouvait-elle gêner ? »

Spencer grimaça un sourire et se laissa aller sur sa chaise, comme s'il éprouvait une profonde satisfaction à avoir éveillé mon intérêt pour sa théorie. Il souffla quelques ronds de fumée en direction du plafond. « Je n'ai pas poussé l'idée plus loin pour l'instant, mais je la retourne dans ma tête plus ou moins régulièrement. Tout compte fait, c'est une occupation autrement plus stimulante que n'importe quel problème de mots croisés.

— Et autrement plus sérieuse, dis-je sèchement. C'est de la vie d'une femme que nous parlons.

— Je devrais effectivement prendre la chose plus à cœur, je sais, mais je ne vais pas faire semblant d'éprouver des sentiments que je n'ai pas. Cette superbe jeune épouse qu'oncle Victor a ramenée d'Amérique du Sud a toujours été pour moi une femme distante,

226

exotique, inapprochable. Je prends autant d'intérêt à son sort qu'elle en prendrait au mien – c'est-à-dire aucun. Mais peut-être la connaissez-vous mieux que moi. Peut-être est-ce là la raison qui vous a poussé à venir jusqu'ici. Un flirt... ou quelque chose du même genre, du temps de la construction de Clouds Frome, allez savoir.

— Voilà une suggestion aussi gratuite qu'insultante. »

Mais mes paroles étaient incapables de l'atteindre. Son sourire était toujours là, qui atteignait son but en me mettant hors de moi. « Je dirais, moi, une suggestion on ne peut plus logique. Mais bon, je n'insisterai pas si cela vous dérange à ce point.

— Et vous ferez bien, dis-je en me levant, soudain impatient de ne plus l'avoir en face de moi. Je vous souhaite le bonsoir.

— Eh bien, salut alors, dit-il en levant un œil vers moi sans qu'un seul muscle tressaille sur son visage. Pensez quand même à ce que je vous ai dit. Il se pourrait bien que quelqu'un quelque part soit en train de se frotter les mains à l'idée de ce qui est arrivé à Consuela. Mais qui ? C'est ce qu'il vous reste à découvrir. »

Toujours renversé sur sa chaise dans un nuage de fumée, il avait encore son air narquois quand je sortis du pub. Le temps que j'arrive au Green Dragon, le gros de ma colère s'était dissipé, laissant dans son sillage l'amer regret de m'être laissé emporter par son attitude et ses propos, ainsi que le sentiment grandissant que, en dépit de son cynisme et de ses sarcasmes, il avait peut-être bien mis le doigt sur la vérité. Pour le meurtrier, l'identité de la victime était sans importance, du moment que Consuela se retrouvait accusée du crime.

Peut-être étaient-ce l'incarcération de celle-ci et son éventuelle exécution qui dès le début avaient été le but recherché.

Et puis, au moment où je tournai au coin du couloir menant à ma chambre, la conclusion m'apparut dans toute son évidence, et de manière si soudaine et paroxystique que je m'exclamai : « Mais bien sûr ! », faisant du même coup sursauter une femme de chambre qui passait avec un grand panier à linge. Je bafouillai une excuse et, tandis qu'elle poursuivait son chemin, m'appuyai contre le mur, repensant à ce que m'avait dit Hermione à propos de la réaction de Victor à la mort de Rosemary. Il n'avait pas semblé surpris, et elle n'était pas loin de croire qu'il s'y était attendu. *« Mais ce n'est pas possible, n'est-ce pas ? »* Les paroles d'Hermione se mêlaient dans mon esprit à celles de Spencer. *« On est sûr qu'elle ne gênera plus personne – et de façon définitive. »* À ce souvenir, je fus envahi d'un sentiment pervers de soulagement. À présent, j'avais l'impression de connaître enfin le nom et le mobile de l'ennemi et de savoir ce que je devais faire pour l'empêcher de nuire.

7

« Des vacances, Geoffrey ? Voilà une suggestion tout à fait inattendue, ma foi.

— Mais tout à fait opportune, je dirais. L'hiver approche. J'ai besoin de me refaire un peu. Et il n'y a pas beaucoup de travail au cabinet en ce moment. Alors, pourquoi pas ?

— Pourquoi pas, en effet ? La Riviera française en novembre est de très loin préférable à Londres, il faut bien l'admettre. » Les yeux d'Angela se perdirent dans l'espace derrière moi, se portant sur quelque chose qui n'existait que dans la mise en scène que j'organisais à son intention. Soudain, je m'en voulus terriblement de l'avoir laissée choisir parmi les raisons, toutes plus évidentes et flatteuses les unes que les autres, celles qui pouvaient motiver ma proposition. « Je ne crois pas, poursuivit-elle, que nous soyons partis à l'étranger ensemble depuis… eh bien, depuis notre lune de miel.

— Raison de plus pour le faire maintenant. Je pensais qu'on pourrait prendre un hôtel à Nice. Louer une voiture et explorer la côte dans les deux sens. Cannes. Monte-Carlo. Le cap Ferrat. Carrément deux ou trois semaines, avec au programme farniente et distraction. »

Le sourire d'Angela était sincère et radieux, signe de la réussite de mon stratagème. « Oui, dit-elle, c'est vraiment une excellente idée. Tu veux me dire pourquoi nous n'y avons pas pensé plus tôt ?

— Il va me falloir un peu de temps pour tout organiser, bien sûr.

— Peu importe. Avec une telle perspective à la clé, l'attente ne sera pas bien longue.

— C'est décidé, alors. » Je revins à mon journal, et Angela à la dernière des interminables lettres de sa mère. C'était le dimanche suivant mon retour de Hereford et le moment que j'avais jugé le plus propice pour commencer à mettre mon plan à exécution. Tout ce que m'avait rapporté ma visite était un ensemble disparate de suggestions selon lesquelles Victor en savait plus sur la mort de sa nièce qu'il ne voulait bien le laisser paraître. C'était lui de toute évidence qui s'était plaint des mauvaises herbes à Banyard, amenant ce dernier à se procurer un désherbant à base d'arsenic. S'il voulait se débarrasser de Consuela – même s'il me fallait admettre que je n'avais aucune preuve d'une telle intention –, les choses n'auraient pas pu mieux tourner pour lui. Vu sous cet angle, son séjour à Saint-Jean-Cap-Ferrat ressemblait fort à une fuite visant à échapper à toute question embarrassante. Ma théorie souffrait évidemment d'un défaut patent. La mort de Rosemary prouvait que le sucre contenait une dose mortelle d'arsenic. Si elle n'était pas arrivée à l'improviste pour l'absorber, comment Victor aurait-il pu, lui, éviter de le faire ? J'avais beau essayer d'envisager sous toutes les coutures les événements de cet après-midi fatidique, je ne trouvais aucune réponse

230

à cette question. Le seul espoir auquel je pouvais me raccrocher était que, quand je verrais Victor et que je lui parlerais, la vérité se ferait enfin jour.

À ce moment-là, un tout autre sujet avait commencé à me tourmenter. Qui, ne cessais-je de me demander, cherchais-je véritablement à aider ? Consuela, que je n'avais pas revue depuis douze ans ? Jacinta, dont je ne pouvais m'empêcher d'espérer être le père ? Ou moi-même ? Ma conscience avait grand besoin d'une absolution, et ma vie d'un but. Dans la situation critique qui était celle de Consuela, j'avais trouvé à la fois une énigme à résoudre et une mission à accomplir.

Cet après-midi-là, je me rendis au cimetière de Brompton, déposai quelques fleurs fraîches sur la tombe d'Edward et lui exposai mon projet. La mort était devenue mon ennemi – celle du petit Edward, que j'avais échoué à prévoir ou à éviter, et celle de Consuela, qui profilait sa sinistre menace au bout du long et tortueux chemin de la justice des hommes. Sans dire un mot, bien sûr, Edward m'écouta patiemment, puis me regarda m'éloigner. Il n'approuvait ni ne désapprouvait jamais. Mais jouait sans désemparer son rôle de fidèle confident.

Ce soir-là, j'écrivis à Jacinta pour la mettre au courant de mon plan et lui demander comment nous pourrions faire en sorte de nous rencontrer, censément par hasard, au cap Ferrat, ce qui me permettrait par la suite de voir Victor. Elle saurait trouver quelque ingénieux stratagème, je lui faisais confiance. Je ne lui parlai pas de mes soupçons au sujet de Victor. Jacinta avait beau être très mûre pour son âge, elle n'était certainement pas prête à entendre quiconque suggérer que son propre père pût être l'artisan de la perte de sa mère.

Quelques jours plus tard, Windrush vint me rendre visite à Frederick's Place. Il sortait tout juste d'un rendez-vous avec sir Henry Curtis-Bennett, l'éminent avocat, et était heureux de m'annoncer que celui-ci avait accepté de se charger de la défense de Consuela. Par la dignité de son comportement et la fermeté de son témoignage à l'audience, celle-ci l'avait à l'évidence fortement impressionné, même s'il avait été incapable, à ce stade, de faire montre de beaucoup d'optimisme. Il rencontrerait sa cliente dès que possible, et serait alors à même d'évaluer ses chances. En tout état de cause, il ferait de son mieux, ce qui, à en croire Windrush, était de loin ce que le barreau britannique avait à offrir de meilleur.

Le samedi suivant, je fis le voyage de Wendover afin de rendre visite à Imry, que je tenais à mettre dans la confidence et à qui j'avais beaucoup à raconter : l'apparition soudaine de Jacinta dans ma vie, les détails de mon expédition à Hereford, la fragile théorie que j'avais élaborée pour tenter d'innocenter Consuela. Je fus surpris, et déçu, de l'air inquiet avec lequel il accueillit mon récit.

« Tu crois vraiment que cette petite est ta fille, Geoff ?

— Pour quelle autre raison Consuela me l'aurait-elle envoyée ?

— Et tu as l'intention de laisser Angela la rencontrer ?

— Je ne vois pas pourquoi elle soupçonnerait quoi que ce soit. Je peux difficilement me rendre à Nice tout seul, quand même.

232

— Je ne suis pas sûr que tu doives y aller, seul ou pas.

— Mais que veux-tu que je fasse, alors ? Tout abandonner ? Laisser la justice suivre son cours, même si ce cours va irrémédiablement dans la mauvaise direction ?

— Tu n'as aucune raison de croire qu'il en est ainsi. Si Victor Caswell s'est lui-même administré du poison, comment pouvait-il être sûr de ne pas en absorber une dose mortelle ? Et comment imaginer qu'il ait accepté de prendre un tel risque ?

— C'est ce que j'ai l'intention de découvrir. »

Imry me regarda un moment en silence avant de dire : « Je te souhaite bonne chance, Geoff. J'espère que l'avenir te donnera raison, je te le souhaite vraiment, parce que si ce n'est pas le cas tu...

— Oui ?

— Eh bien, j'ai peur que toute cette affaire se termine mal – pour toi aussi bien que pour Consuela. »

***

Finalement, notre départ fut fixé au 5 novembre. L'enthousiasme d'Angela grandit à mesure qu'en approchait le jour et me devint de plus en plus pénible à supporter. Elle se montrait plus ouverte et plus affectueuse avec moi qu'à aucun moment depuis la mort d'Edward, s'étant apparemment convaincue que je faisais des efforts sincères pour tenter de combler le fossé qui s'était creusé entre nous. Si j'avais pu deviner par avance qu'elle réagirait de la sorte, je crois que je lui aurais dit d'emblée la vérité, mais il était désormais trop tard. Mon subterfuge avait fonctionné – un peu trop bien à mon goût.

Le 1er novembre, juste au moment où je commençais à désespérer de la recevoir avant notre départ, arriva une lettre de Jacinta. Toute la semaine, j'étais délibérément arrivé tôt au bureau pour intercepter le courrier avant que Doris ou Kevin puisse y jeter un coup d'œil indiscret, et il est difficile de décrire le soulagement que j'éprouvai en voyant ce matin-là la lettre au timbre français nichée au milieu des factures et des circulaires.

L'écriture de Jacinta était nette et précise, sa prose aussi mesurée et mature que son discours. Tandis que je lisais sa lettre, debout dans mon bureau, sans même m'être défait de mon chapeau ou de mon pardessus, j'eus l'impression de l'avoir à nouveau assise en face de moi, ses grands yeux fixés sur moi, son petit visage grave et résolu.

Villa d'Abricot
Saint-Jean-Cap-Ferrat
Alpes-Maritimes
FRANCE
28 octobre 1923

Cher Mr Staddon,

Votre lettre du 21 m'attendait à la poste quand j'y suis passée hier matin. Et ce n'est que ce soir que je trouve enfin l'occasion d'y répondre. Ceci parce que ma gouvernante, miss Roebuck, ne cesse de m'interrompre. Aujourd'hui, cependant, elle est sortie en compagnie de mon père et du major Turnbull.

Je suis désolée que vous n'en ayez pas appris davantage à Hereford. Le temps presse, vous savez. Il presse terriblement.

Si vous êtes certain de l'utilité de votre visite ici, n'hésitez pas. Tous les matins vers dix heures, miss Roebuck m'emmène marcher le long de la Promenade Maurice Rouvier. Il s'agit d'un sentier pédestre qui passe derrière la propriété, au fond du jardin, et conduit à Beaulieu-sur-Mer. Certains jours mon père nous accompagne. Il nous arrive aussi d'emmener le caniche du major Turnbull, Bolivar. Un gros animal, vieux, gras et désagréable, à l'image de son maître. En règle générale, nous prenons le café à l'hôtel Bristol, à Beaulieu, aux environs de onze heures. Puis nous rentrons, pour arriver à la villa un peu après midi. Cela vous donnera une idée de la facilité avec laquelle nous pourrions nous rencontrer. Les autres n'y verront qu'une coïncidence. Nous serons les seuls à connaître la vérité.

Je n'aime pas du tout cet endroit. La villa est certes confortable, mais je voudrais rentrer en Angleterre, pour être près de ma mère. Il ne faut pas que j'en parle trop, parce que je suis très malheureuse quand je pense à elle. Ce qui ne m'empêche pas d'y penser sans arrêt, bien sûr. L'avez-vous vue ? Comment l'avez-vous trouvée ? Dites-le-moi si vous le pouvez.

Le major Turnbull est convaincu que les enfants l'adorent. Ce n'est pas mon cas. Je le trouve parfaitement détestable. Il n'arrête pas de faire des plaisanteries douteuses, qui ne sont pas drôles du tout, mais mon père s'esclaffe à chaque fois. Comment peut-il *rire*, à un moment pareil ? Je n'aime pas du tout l'influence qu'a sur lui le major. Elle me paraît très mauvaise. Depuis notre arrivée ici, miss Roebuck se comporte plus en dame du monde qu'en gouvernante. Ce que je n'apprécie pas non plus. Ce n'est pas bien.

Il faut que je m'arrête à présent. Un des domestiques du major Turnbull ne va pas tarder à venir vérifier que je suis bien au lit. J'attends avec impatience le moment de notre rencontre. Je prie le ciel pour que vous fassiez bon voyage.

Recevez mes sentiments respectueux,

Jacinta Caswell

Quand j'eus fini de lire la lettre, je m'assis à mon bureau pour la relire. Avec son style formel, son expression soignée, Jacinta me transmettait l'image d'une enfant solitaire et secrète, retenue dans un endroit choisi par son père alors qu'elle ne demandait qu'à être ailleurs, et en révolte contre la trivialité de la vie qu'on lui imposait. On l'obligeait même à de petites promenades matinales le long des rivages de la Méditerranée pendant que sa mère…

La pensée me vint à nouveau, mais plus amère que jamais, que la vie de Jacinta aurait pu être très différente et beaucoup plus heureuse – ainsi d'ailleurs que celle de Consuela, et la mienne – si, par une aube grise douze ans plus tôt, je ne m'étais pas honteusement enfui de Clouds Frome. Pas d'hôtel Thornton, pas de mariage avec Angela, pas d'Edward décédé aussi jeune, pas de Consuela abandonnée toutes ces années à la tyrannie de Victor. Tout – chaque moment, chaque événement, chaque échec et chaque drame – était en un sens de ma responsabilité.

Pauvre Jacinta. Je ne lui en voulais pas de se montrer contrariée du peu d'informations que j'avais rapportées de Hereford. Comment pouvait-elle savoir, elle qui passait ses journées à se ronger les sangs à la villa d'Abricot, ce que j'en étais venu à soupçonner ?

Je songeai à Victor Caswell, souriant, confiant, détendu. À quoi pensait-il en ces jours qui, inexorablement, nous rapprochaient du procès de Consuela ? Était-il content de lui ? Était-il assuré d'avoir définitivement atteint son but ? En ce cas, son assurance allait être sérieusement mise à mal, car une semaine, pas davantage, nous séparait encore, lui et moi, seulement une semaine au bout de laquelle je pourrais enfin l'affronter et découvrir si mes soupçons étaient fondés.

Je m'emparai du presse-papier en cuivre sur mon bureau à côté du sous-main et le serrai jusqu'à en avoir le poignet douloureux. Plus qu'une semaine, et je saurais.

Nous arrivâmes à Nice, Angela et moi, juste avant midi le 6 novembre. Nous avions quitté Londres la veille au matin par un temps froid et humide, mais l'aube du lendemain nous avait révélé la côte après Marseille baignée d'une lumière limpide. Assis devant un café dans la voiture-salon, nous avions regardé les vagues scintillantes de la Méditerranée déferler sur les plages entre Cannes et Nice. Nous trouver dans un endroit où nous n'étions jamais venus engendrait une exaltation presque palpable. Angela souriait et jacassait sans fin. La tiédeur de l'air et la belle lumière la rendaient heureuse, heureuse pour une fois d'être avec moi. Comme je regrettais de ne pas avoir fait plus tôt un tel voyage, à un moment où j'aurais pu l'entreprendre sans arrière-pensée. J'aurais pu alors partager sans réserve l'humeur d'Angela. La situation étant ce qu'elle est aujourd'hui…

Le taxi nous emporta depuis la gare dans les rues encombrées de Nice. De chaque côté, de hauts immeubles aux volets clos. Aux terrasses des cafés, des vieillards aux visages burinés, des pigeons picorant à leurs pieds. Des ménagères entraient dans les magasins et en sortaient, des *baguettes** plein les bras. Un tram bondé passa à côté de nous dans un fracas métallique. Puis nous longeâmes le bord de mer, et tout le charme de la Côte d'Azur se déploya sous nos yeux. Les palmiers balançaient leurs feuilles au-dessus des riches oisifs qui prenaient leurs aises sur la large promenade, le saphir de la Méditerranée scintillait pour nous accueillir, et, un peu plus loin devant nous, un dôme teinté de rose signalait notre destination : l'hôtel Negresco.

Au bout d'à peine quelques minutes, me sembla-t-il, nous étions sur le balcon de notre chambre à admirer la vue sur la baie des Anges, la tiédeur du soleil nous baignant le visage malgré un air froid et sec. Derrière nous, une suite richement meublée ; à nos pieds, une ville vouée au tourisme et aux loisirs.

« C'est merveilleux, dit Angela en se penchant par-dessus la balustrade. Je crois que je vais me plaire ici. » Elle rejeta la tête en arrière, ferma les yeux et prit une profonde inspiration. Ses cheveux, qui tombaient sur ses épaules, brillaient d'un éclat doré dans

238

le soleil. Elle avait eu la même attitude, je m'en souvins tout à coup, à notre hôtel du lac Majeur lors de notre lune de miel, par un tiède après-midi du mois de juin 1913, un an avant le début de la guerre, un an avant l'achèvement de l'hôtel Thornton et la naissance d'Edward. J'avais laissé courir ma main jusqu'au bas de son dos et l'avais embrassée dans le cou. Elle avait ri, et nous étions rentrés dans la chambre, avant de nous déshabiller lentement, mais cette fois-ci... je gardai ma main dans ma poche, sans dire un mot, car le dessein que j'avais formé jetait son ombre sur moi et attendait son heure.

Ce n'est que le troisième jour de notre séjour à Nice que je louai une automobile. Veillant à ne pas précipiter de tels préliminaires – de manière qu'ils n'apparaissent pas plus tard délibérément arrangés –, je laissai Angela courir les magasins, la suivant dans ses visites chez les fourreurs, les joailliers, les parfumeurs, les confiseurs. Elle ne se lassait jamais de telles expéditions, ni d'ailleurs d'arpenter la promenade le long de la baie ou de fréquenter d'autres Anglais séjournant à l'hôtel.

Mais les excursions lui convenaient tout aussi bien. Je me procurai une splendide Lancia décapotable couleur bordeaux, et Angela se trouva bientôt dans son élément, cheveux au vent sur la corniche en direction de Menton ou sur les petites routes à lacets de l'arrière-pays avec des crêtes couvertes de neige en toile de fond. Chaque jour augmentait le plaisir que nous avions d'être en compagnie l'un de l'autre. Si j'avais espéré que ce voyage serait l'occasion d'un *rapprochement**, je n'aurais pu rêver début plus encourageant. C'est pour cette raison, autant qu'à cause de l'appréhension qu'elle m'inspirait, que je différais ma rencontre programmée avec Jacinta au-delà de la date prévue. Nous allâmes bien un jour à Beaulieu, mais nous prîmes le thé au Métropole et non le café au Bristol, sans emprunter ensuite le sentier menant au cap Ferrat. Notre promenade nous conduisit jusqu'à l'extrémité de la péninsule, nous révélant en chemin quantité de belles villas. Dont aucune n'était la villa d'Abricot.

Pour finir, c'est Angela qui décida du moment. « Et si on s'arrêtait ici pour se dégourdir les jambes ? suggéra-t-elle un matin alors que nous approchions de Beaulieu, lors d'une excursion à Monte-Carlo. C'était le lundi qui suivait notre arrivée, le 12 novembre, un jour clair et lumineux après un dimanche de forte pluie. Il était dix heures et demie à ma montre. L'heure était bien choisie, l'occasion parfaite. Je ne pouvais refuser. Ni tergiverser plus longtemps.

Je m'arrêtai près du casino et nous descendîmes de voiture. Le flanc boisé de la péninsule du cap Ferrat était d'un vert profond sous le soleil, les toits ocre brun des résidences disséminées sur la colline pointaient ici et là à travers les arbres. « Je crois qu'il y a un sentier qui part près d'ici et qui va jusqu'au village de Saint-Jean-Cap-Ferrat, fis-je remarquer d'un ton désinvolte.

— Eh bien, suivons-le », répondit Angela. Elle portait un chapeau à large bord et un manteau léger de couleur crème sur une robe jaune. Elle partit d'un pas décidé dans la direction indiquée, paraissant se hâter d'elle-même vers la rencontre que j'avais arrangée.

240

J'allumai une cigarette pour me calmer les nerfs avant de la rattraper.

Le sentier partait de la route à l'extrémité est de la baie des Fourmis. Nous avions sur notre gauche les eaux bleues de la baie, derrière un muret de pierre et, sur notre droite, des pelouses en pente arborées. Mon cœur bondit à la vue d'un petit groupe de promeneurs qui s'avançaient vers nous, mais c'étaient des inconnus. Je m'admonestai en silence. Il fallait que la rencontre parût accidentelle. Totalement imprévue.

Après nous être arrêtés près d'un banc ménagé dans un renfoncement du muret, nous regardâmes un moment les élégants hôtels de Beaulieu nichés dans les palmiers. Angela se joignit à moi pour fumer une cigarette et contempla longuement la baie. « Qu'est-ce qui t'a fait choisir Nice, Geoffrey ? me demanda-t-elle en se penchant par-dessus le muret, comme elle l'avait fait sur le balcon du Negresco.

— Nous n'y étions jamais venus.

— Pas d'autre raison ?

— En fallait-il une autre ?

— Non. Sauf que… C'était vraiment une heureuse idée. C'est tout ce que je voulais dire.

— Oh, je… »

J'entendis des pas derrière moi et vis Angela jeter un coup d'œil par-dessus mon épaule. Il aurait pu s'agir d'un autre passant que nous ne connaissions pas, et pourtant je pressentais que ce n'était pas le cas. Je me retournai lentement, contraignant ma voix et mon visage à m'obéir, leur interdisant de me trahir.

Jacinta se tenait à quelques pas de nous. Elle portait une robe rose sous un manteau sombre. Son visage était protégé par un feutre à large bord. Elle tenait dans sa main gauche une longue chaîne sur laquelle tirait un gros caniche hirsute, le poil moucheté de gris, haletant bruyamment, la bave aux babines.

« Bonjour, dit Jacinta d'un air modeste.

— Bonjour, répondit Angela. Vous êtes anglaise, jeune fille ?

— Oui.

— Vous êtes ici en vacances ?

— Pas vraiment, dit-elle en me regardant l'espace d'une seconde, avant de jeter un coup d'œil par-dessus son épaule. Voici mon père qui arrive. »

Deux personnes approchaient le long du sentier. L'une était Victor, vêtu d'un costume en tweed et d'un pull à dessin jaguar, chapeau genre *Cheshire cat* relevé sur l'arrière de la tête. Il avait à son côté une femme dont je devinai qu'elle devait être miss Roebuck. Elle était presque aussi grande que lui et portait un tailleur en lainage et un chapeau cloche, l'uniforme typique, aurait-on pu penser, de la gouvernante effacée, sans aucun chic. Mais il n'y avait rien de tel chez miss Roebuck. Son nez et sa mâchoire étaient un peu trop proéminents pour qu'on pût la dire belle, mais il y avait dans ses traits une hauteur et dans son port une assurance qui retenaient aussitôt l'attention.

« Staddon ! s'exclama Victor, s'arrêtant net en me reconnaissant. Que diable…

— Bonjour, Caswell », répondis-je en lui adressant un signe de tête, avant de noter rapidement les changements opérés en lui par le passage des douze dernières années. Ma première impression fut qu'il n'avait en fait pas beaucoup changé. Sa moustache avait grisonné, son visage, minci, plus proche désormais de la maigreur de celui de son frère. Il avait une bonne cinquantaine d'années, je le savais, mais on lui en aurait donné une dizaine de moins, tellement l'arrogance que dégageait sa démarche et qui faisait de chacun de ses sourires un rictus semblait le mettre à l'abri du passage du temps.

« Tu connais donc ce monsieur, Geoffrey ? me demanda Angela dans mon dos.

— Eh bien, il se trouve que oui. Mr Victor Caswell… Mon épouse, Angela. » J'étais entre eux quand ils échangèrent une poignée de main. « Quelle incroyable coïncidence, poursuivis-je. Vous séjournez dans les parages ?

— Royston Turnbull habite au cap Ferrat, dit Victor. Vous ne le saviez pas ?

— Je ne suis pas sûr. Si je l'ai su, j'ai oublié. »

Angela me jeta un regard perçant. Le nom de Caswell lui était familier, et déjà l'idée lui trottait dans la tête qu'il était inconcevable que cette rencontre pût être le seul fruit du hasard.

« Je vous présente ma fille, Mrs Staddon… Jacinta. Et sa gouvernante… Miss Roebuck. »

Profitant de ce petit sursis, je me retrouvai en train d'examiner miss Roebuck, qui en faisait autant de son côté. Vue de près, la modestie de sa tenue n'était qu'un trompe-l'œil. Son regard direct et son menton décidé démentaient tout ce qu'il pouvait y avoir de servile dans sa position.

« Enchantée, Mr Staddon. » Sa voix était douce et profonde, mais, ici aussi, le faux-semblant était frappant.

Le ton était étudié, l'intonation délibérée. « L'architecte de Clouds Frome, si je ne m'abuse ?

— C'est exact.

— C'est une très belle maison. Tous mes compliments.

— Merci. » Mon instinct me dictait d'en dire aussi peu que possible à cette femme. Je décelais déjà en elle quelque chose que je n'avais jamais remarqué chez personne auparavant. Son attention, même accordée pour quelques secondes, était sans réserve, et sa concentration, totale. Aussi longtemps que nous restâmes à nous observer, rien à mon sujet ne lui échappa. C'était une expérience profondément déstabilisante. J'avais l'impression que mes yeux étaient des fenêtres à travers lesquelles elle pouvait voir et lire mes pensées les plus secrètes. Je me détournai rapidement pour revenir à Victor. « J'ai été désolé d'apprendre que vous aviez eu récemment des soucis dans votre famille, dis-je d'une voix hésitante. Ce doit être…

— Des *soucis* ! C'est un euphémisme, Staddon ! Ma femme a tout bonnement tenté de m'assassiner.

— L'expérience a dû être terriblement éprouvante, Mr Caswell, intervint Angela sur un mode conciliant. Et puis, je crois que vous avez été affligé par un deuil en même temps. Je suis sûre que mon mari se joindra à moi pour vous exprimer nos plus sincères condoléances.

— Merci, Mrs Staddon. C'est très aimable à vous. Qu'est-ce qui vous amène au cap Ferrat, si je ne suis pas trop indiscret ?

— Des vacances, répondit-elle en me jetant un regard lourd de sens. Rien de plus.

244

— Alors, j'espère qu'elles seront agréables. Maintenant, si vous voulez bien nous excuser…

— Tu ne leur demandes pas de venir avec nous à la villa, Père ? intervint Jacinta. Le major Turnbull n'aimerait pas avoir manqué leur visite, tu ne crois pas ? Et je n'ai encore jamais rencontré Mr Staddon. J'aimerais bien apprendre comment il a construit Clouds Frome.

— Mais… en suivant mes instructions.

— Je suis sûre que vous êtes très occupés, dit Angela. Nous ne voudrions pas nous imposer, n'est-ce pas, Geoffrey ?

— Nous imposer ? Non, certainement pas. »

Victor était sur le point de parler, mais les mots qu'il s'apprêtait à prononcer, quels qu'ils aient pu être, se figèrent sur ses lèvres. J'eus l'impression, certes extrêmement fugace, qu'il avait regardé miss Roebuck et que celle-ci lui avait intimé, soit de la main, soit des yeux, la prudence. Que ce fût le cas ou non, il plaqua un sourire de circonstance sur son visage, prit appui sur son autre jambe et dit : « Ma fille a peut-être raison. Pourquoi ne pas nous accompagner jusqu'à la villa d'Abricot, puisque c'est de toute façon la direction dans laquelle vous allez ? Royston ne nous pardonnerait jamais d'avoir laissé passer une telle occasion.

— En avons-nous le temps, Geoffrey ? objecta Angela. Ne devrions-nous pas rentrer ?

— Rien ne presse, répondis-je en prenant soin d'éviter son regard. Nous serions ravis, Caswell, vraiment.

— Eh bien, c'est entendu, alors. » Un coup d'œil à miss Roebuck me persuada une fois de plus de son extraordinaire perspicacité. Aucune des nuances de nos échanges ne lui avait échappé. Elle avait vu que Victor et moi nous détestions cordialement, qu'Angela ne me faisait pas confiance, que Jacinta avait grande envie de voir se prolonger notre rencontre. Et moi, qu'avais-je appris ? Simplement que c'était elle, et non Victor, qui avait finalement décidé de cette prolongation.

Nous parcourûmes, tous plus ou moins gênés, les quelque huit cents mètres qui nous séparaient de la villa, Angela et miss Roebuck discutant des effets toniques de l'air de la Méditerranée, tandis que Victor ouvrait la marche en silence, les mains derrière le dos, et que Jacinta la fermait en compagnie de Bolivar. Je me risquai à lui jeter un ou deux regards auxquels elle répondit par un sourire d'encouragement.

Nous finîmes par arriver à une porte en bois cintrée ménagée dans un haut mur en pierre sur notre droite. Victor actionna la poignée à plusieurs reprises, en vain. Puis miss Roebuck lui tendit la clé, dont il se saisit avec un geste d'irritation avant d'ouvrir et de nous faire entrer.

Nous montâmes quelques marches assez raides, sous les yeux d'une paire de singes de pierre grimaçants, juchés au sommet de leur socle enfoui sous des plantes grimpantes. Nous nous trouvions dans un grand jardin en pente douce, orienté à l'est, où une riche débauche de végétation menaçait de retourner à l'état sauvage. Des sentiers gravillonnés partaient dans plusieurs directions vers des bouquets de pins et de cyprès. Derrière nous, à l'abri du mur d'enceinte, d'énormes cactus s'élançaient vers le ciel. Devant, des palmiers jaillissaient parmi les buissons de bambous et les rhododendrons. Et l'on voyait partout les vrilles de quelque plante parasite tentaculaire étouffer les massifs et enserrer la maçonnerie.

Jacinta libéra Bolivar de sa chaîne, et le chien remonta le jardin à grands bonds. Tandis qu'il disparaissait à notre vue, je me tournai vers Victor et lui demandai d'un ton détaché : « Depuis combien de temps le major Turnbull vit-il ici ? »

Victor ne répondit pas, et c'est miss Roebuck qui le fit à sa place au bout d'un moment de silence. « Je crois qu'il s'est installé ici à son retour d'Amérique du Sud, il y a une quinzaine d'années, dit-elle avant de m'adresser un sourire. C'est bien cela, Mr Caswell ?

— Hein ? Oui, à peu près. »

Au sortir d'une allée qui courait au milieu d'une végétation particulièrement dense, nous vîmes soudain apparaître la maison. Elle se dressait au sommet de la petite éminence sur laquelle le jardin avait été construit, au-delà d'un bassin de nénuphars ceint de palmiers et entouré d'un talus herbu plutôt raide. Elle relevait d'une conception traditionnelle de la villa méditerranéenne, avec son plan pratiquement carré et son jardin d'hiver tout en longueur qui flanquait un des côtés. Une loggia à arcades occupait le tiers central de l'étage supérieur. Pour le reste, les fenêtres étaient d'une régularité toute conventionnelle, le blanc des encadrements à peine marqué sur le badigeon abricot des murs.

« Les médecins m'ont recommandé du repos pendant la convalescence à la suite de l'empoisonnement, grommela Victor, comme s'il avait soudain décidé que sa présence à la villa avait besoin d'une justification. Je ne suis pas encore vraiment remis, vous savez. »

Je pense que c'est le petit froncement de sourcils d'Angela ainsi que son hochement de tête compatissant qui me poussèrent à dire : « Rien à voir avec les ragots et la publicité qui entourent cette affaire, je suppose ?

— Si, cela aussi, dit sèchement Victor en me lançant un œil noir. Il n'était pas juste d'exposer Jacinta aux racontars de gens mal informés et mal intentionnés.

— Bien sûr que non, dit Angela. Nous comprenons tout à fait, n'est-ce pas, Geoffrey ?

— Oui, répondis-je en évitant à nouveau son regard. Je partage ce sentiment. »

Nous fîmes le tour de la pièce d'eau, gravîmes le talus à l'aide d'une série de marches et suivîmes une allée gravillonnée qui longeait l'arrière de la maison en direction du jardin d'hiver, passant devant une rangée de statues couvertes de lichen représentant des animaux fabuleux – griffons, vouivres, tritons, cocatrices –, tous arborant les mêmes grimaces démoniaques que celles des singes qui nous avaient accueillis. Le jardin d'hiver était une structure voûtée en verre et en fonte, obscurcie à l'intérieur par la condensation qui faisait ruisseler les vitres et par un rempart de frondaisons. Nous entrâmes par une porte de côté, pour nous retrouver dans une atmosphère douceâtre saturée d'humidité. Dans une cage que je ne parvenais pas à voir, des oiseaux chantaient à plein gosier, couvrant le glouglou mélodieux d'une fontaine. Des plantes exotiques aux énormes feuilles formaient une sorte de portail qui sembla s'ouvrir devant nous, pour révéler en leur centre un demi-cercle de fauteuils en rotin ; dans l'un d'eux était installé le major Turnbull, prenant ses aises, tel qu'en lui-même.

Il avait bien dû prendre sept ou huit kilos depuis notre dernière rencontre, et ses cheveux blonds avaient viré au blanc. Il restait pourtant d'un charme désarmant, sa haute taille et la coupe ample de son costume crème faisant oublier sa corpulence. Les jambes sur un tabouret, un journal déplié sur les genoux, il avait devant lui une table basse où une assiette pleine de miettes voisinait avec une tasse à café vide et, dans la soucoupe, un mégot de cigare. Entre sa chaise et celle d'à côté, une statue en plâtre de femme nue grandeur nature exhibait ses formes voluptueuses, sous le coup, semblait-il à voir sa pose et son expression, d'une immobilité extatique. Le major était occupé en cet instant à caresser le dos de la statue. En nous voyant, il arrêta son geste, sur la fesse droite, où il laissa la main tandis qu'il nous accueillait d'un sourire.

« Mais dis-moi, Victor, votre petite promenade s'est avérée incroyablement fructueuse.

— Vous vous souvenez de moi, major ? dis-je en faisant un pas en avant.

— Pas de danger que je vous oublie, Staddon. Aucun danger. » Il envoya une petite claque à la statue, comme pour la congédier, fit basculer ses pieds sur le sol et se leva pour nous accueillir. Je remarquai chez lui une légère claudication, laquelle n'affectait guère un port toujours aussi droit. « Votre épouse, je présume ? » Il lança un sourire à Angela, dont je pressentis qu'il la charmerait sur-le-champ. Tout en faisant les présentations, je jetai un coup d'œil à ma femme et constatai que j'avais vu juste.

« Mr et Mrs Staddon sont en vacances dans le coin, dit Victor. Nous les avons rencontrés sur le sentier. Par hasard.

— Un heureux hasard, vraiment. Bienvenue à la villa d'Abricot, mon humble logis. Puis-je vous offrir un rafraîchissement ?

— Avec plaisir, dit Angela, dont l'empressement à prendre congé s'était soudain évaporé.

— Pourquoi ne pas leur faire visiter d'abord la maison, major ? intervint miss Roebuck. Vous savez à quel point vous êtes fier de la villa. Le major Turnbull, poursuivit-elle avec un sourire à l'adresse d'Angela, possède une superbe collection de meubles et *d'objets d'art**, Mrs Staddon. Il faut absolument que vous les voyiez.

— Voilà une excellente idée, miss Roebuck, dit Turnbull.

— Emmenez donc Mrs Staddon, dit Victor. Pour ma part, j'aimerais bien échanger quelques mots en privé avec son mari. J'espère que vous n'y voyez pas d'inconvénient, ajouta-t-il après s'être tourné vers moi.

— Pas le moindre.

— En ce cas, dit miss Roebuck, nous devrions nous éclipser, Jacinta. Allez, venez. »

Miss Roebuck entraîna Jacinta dehors, tandis que Turnbull escortait Angela jusqu'à la porte-fenêtre qui faisait communiquer le jardin d'hiver avec le reste de la maison. Victor et moi nous retrouvâmes seuls, de part et d'autre du tapis aux riches motifs du major et des restes de son *petit déjeuner**. Le visage de Victor avait les teintes d'un ciel d'orage. L'appréhension de ce qu'il s'apprêtait à me dire autant que l'humidité de l'air m'envoyaient des picotements dans la nuque.

« J'ai eu un compte rendu complet de votre visite à Hereford, Staddon, alors autant laisser tomber tout de suite cette histoire de vacances avec votre femme. À quoi diable jouez-vous, en mettant ainsi le nez dans mes affaires ?

— L'expression me paraît très exagérée.

— Interroger Banyard. Comploter avec ma sœur. Venir ici sans y être invité. Comment appelleriez-vous…

— Vous n'étiez pas forcé de nous inviter.

— Mais bon Dieu… » Il s'interrompit, sentant soudain, sembla-t-il, que sa voix risquait de porter trop loin. Il alla fermer la porte-fenêtre, avant de se retourner et de s'appuyer contre elle. Sa voix était à présent plus calme, sa colère, maîtrisée. « Je vous serais obligé de bien vouloir m'expliquer votre conduite. Vous conviendrez, je pense, qu'une telle explication s'impose.

— Eh bien voilà. Je ne crois pas Consuela capable de meurtre.

— Vous ne croyez pas, vraiment ?

— C'est la raison pour laquelle je me suis rendu à Hereford. Et rien de ce j'ai pu y apprendre n'a ébranlé mes convictions.

— Et donc vous avez décidé de venir empoisonner le monde jusqu'ici ?

— Vous ne m'avez pas laissé le choix. La plupart des témoins ont fort à propos quitté Hereford. Et je crois comprendre que vous n'avez nullement l'intention d'y retourner avant le début du procès.

— En quoi cela vous regarde-t-il ?

— En rien. Si ce n'est en ceci : vous avez peut-être réussi à tromper tout le monde, mais pas moi. »

Il s'approcha lentement avant de s'arrêter près de la statue que Turnbull caressait un moment plus tôt. « Je vais être très clair, si vous n'y voyez pas d'inconvénient, dit-il après avoir pris une profonde inspiration. De quoi au juste m'accusez-vous ?

— De rien… pour l'instant. Mais dans la mesure où je ne crois pas que Consuela ait assassiné votre nièce, il me faut bien trouver un autre coupable, quelqu'un qui était présent ce jour-là et qui pourrait avoir choisi de détourner les soupçons en s'administrant lui-même une partie du poison.

— Et quel aurait été le mobile du crime, si vous permettez cette question ?

— Je pensais que vous pourriez peut-être me le dire.

— Qu'est-ce qui vous rend si sûr que ma femme est incapable de meurtre ? dit-il en glissant la main autour du cou de la statue.

— Tout ce que je me rappelle d'elle.

— Tout ? Mais vous vous connaissiez à peine, autant que je me souvienne. Vous allez bientôt me dire que vous connaissiez ma femme mieux que je ne l'imaginais ? Mieux qu'il n'était séant pour un petit architecte à la tâche ? » Sa main se resserra sur le cou de la statue. Il me défiait du regard. Impossible de dire ce qu'il savait. Je ne pouvais lui répondre et me contentai de le fixer en silence. « Dans le cas contraire, reprit-il, l'intérêt que vous portez à cette affaire relève de la plus pure impudence.

— Appelez cela comme vous voulez. Je n'ai pas l'intention de la laisser condamner à la corde sans agir, toute répréhensible que vous paraisse ma démarche.

— Elle a pu changer depuis votre dernière rencontre. L'idée ne vous en est pas venue ?

— Aucun être aussi bon et doux que votre femme…

— Consuela, bonne et douce ? Vous n'y êtes pas du tout, mon pauvre ami. Elle n'a jamais été ni l'une ni l'autre, sauf à vouloir donner le change à quelqu'un d'aussi crédule que vous. Calme et silencieuse, ça je vous l'accorde, un calme et un silence tels que l'on entend le tic-tac de bombe à retardement de son petit cerveau au travail, toujours en train de comploter. Elle aurait été ravie de me voir avaler cet arsenic et serait restée sans broncher à me regarder passer mes dernières heures à vomir ; si c'est cela que vous appelez être bon et doux, alors vous êtes encore plus stupide que je le pensais. Quant à l'hypothèse selon laquelle je me serais moi-même administré le poison, il y aurait là de quoi rire si ce n'était pas aussi absurde. Avez-vous la moindre idée du supplice atroce que suppose l'absorption d'arsenic ? Évidemment non. C'était aussi mon cas, jusqu'à ce que je passe six heures à m'étouffer avec mon propre sang. J'ai failli mourir, Staddon, et c'est une mort que je ne souhaiterais pas même à mon pire ennemi. Les médecins m'ont dit que si je n'avais pas été d'une constitution aussi robuste j'y serais resté. Vous croyez sincèrement que j'aurais pris un risque pareil ? Et pour quelle raison ? Qu'aurais-je eu à y gagner ? »

Sa violence me déconcerta au plus haut point. Telle une paralysie insidieuse, le doute s'insinuait en moi.

Peut-être avait-il raison. Peut-être Consuela était-elle une meurtrière, en fin de compte. « Vous seriez débarrassé d'elle, bafouillai-je. Libre de… de… » Je m'accrochai à un dernier espoir. « Hermione m'a dit que vous n'aviez pas eu l'air surpris. Comme si vous vous attendiez à ce qui s'est passé.

— C'est effectivement le cas, dit-il en enlevant sa main de la statue. Depuis plusieurs mois je m'attendais à ce qu'elle entreprenne quelque chose. Quoi, je ne saurais le dire au juste. S'enfuir. Se révolter. De toute façon, un geste radical. Je ne pensais pas qu'elle irait jusqu'au meurtre, mais quand cela s'est produit, Hermione a raison, je n'en ai pas été surpris.

— Depuis plusieurs mois, dites-vous. Mais les lettres, cela ne faisait pas des mois qu'elle les avait reçues…

— Elles n'ont été que l'élément déclencheur, je suppose.

— Disaient-elles la vérité, ces lettres ?

— Non.

— Vous ne projetez pas d'épouser quelqu'un d'autre ?

— Si c'était le cas, le divorce serait moins, beaucoup moins, compliqué que le meurtre.

— La religion de Consuela l'interdirait.

— Pas si je prenais les torts à ma charge. Mais enfin, Staddon, regardez les choses en face. Consuela a tenté de m'assassiner parce qu'elle me hait. Rosemary s'est mise en travers du chemin. Et maintenant, Consuela doit répondre de son acte. C'est aussi simple que cela. J'ignore pour quelle raison vous avez jugé bon de vous mêler de cette affaire – et je ne veux pas le savoir –, mais suivez mon conseil : laissez tomber.

Sinon… » Il s'interrompit et regarda par-dessus mon épaule. « Oui, qu'y a-t-il ? »

Quand je me retournai, ce fut pour voir John Gleasure debout à quelques pas de nous. Je ne l'avais pas entendu entrer, et Victor non plus, apparemment. Ses cheveux étaient plus clairsemés que dans mon souvenir, mais toujours d'un noir de jais et soigneusement gominés. Il portait un pantalon noir, une chemise blanche et une cravate, ainsi qu'un gilet à rayures. Son expression était d'une impassibilité étudiée, et il avait de toute évidence négocié sans effort le passage de la position de valet de pied serviable à celle de valet de chambre respectueux. « J'ignorais que vous étiez rentré, monsieur, avant que le major Turnbull m'en informe. Je venais simplement m'assurer que vous n'aviez besoin de rien.

— Non, de rien.

— Vous vous souvenez de moi, Gleasure ? demandai-je.

— Bien sûr, Mr Staddon. Quelle agréable surprise de vous revoir après toutes ces années. » Mais son visage ne trahissait ni plaisir ni surprise.

« Ce monsieur refuse de croire que ma femme puisse être une meurtrière, Gleasure, dit Victor à brûle-pourpoint. Comme il vous demandera probablement votre avis sur la question avant de partir, autant l'entendre tout de suite.

— Je ne me risquerais pas à exprimer un quelconque avis, monsieur.

— Allez, faites-vous violence. »

Plus d'un domestique aurait été déconcerté par le manque de tact de Victor, mais pas Gleasure. « L'incrédulité de Mr Staddon est compréhensible, dit ce dernier, mais les faits n'autorisent aucune autre possibilité. Ce sera tout, monsieur ?

— Ce sera tout, Staddon ?

— Oui », acquiesçai-je avec un hochement de tête.

Gleasure pivota sur les talons et quitta la pièce, refermant la porte-fenêtre derrière lui. À peine le clic du loquet se fut-il fait entendre que Victor reprit la parole : « J'espère que c'est effectivement votre intention, et que vous vous en tiendrez là. Je ne veux plus rien entendre de tel de votre part.

— Je ne peux rien vous promettre.

— Ah, non ? dit-il en s'approchant. Je n'ai pas ouï dire que vous ayez construit quoi que ce soit ces derniers temps. C'est fini, l'architecture ?

— Non.

— À moins que vous ayez beaucoup de difficultés à décrocher de nouvelles commandes après l'affaire de l'incendie ? Ils vous ont fait porter le chapeau, pas vrai ? Et puis, votre femme est la fille du vieux Thornton, n'est-ce pas ? Ce qui n'a pas dû vous faciliter les choses. Je parierais que votre mariage n'est plus le même depuis. » Je lui lançai un regard furibond, aussitôt conscient du fait que c'était précisément la réaction qu'il attendait. Il eut un large sourire. « C'est plutôt moche d'aller fourrer son nez dans la vie privée des autres, qu'en dites-vous ? » Le sourire disparut. « Maintenant, vous savez l'effet que ça fait. »

Avant que j'aie eu le temps de répondre, la porte donnant sur le jardin s'ouvrit, et Angela entra, tout sourire et le rouge aux joues. Turnbull arrivait en boitillant derrière elle, aussi grimaçant que l'une de ses statues. « Mr Turnbull a une maison tout simplement superbe, Geoffrey, annonça Angela.

— C'est bien dommage, car je n'aurai pas l'occasion de l'admirer.

— Sottise, dit Turnbull. Vous êtes tous deux mes invités pour mercredi soir. Votre femme a gracieusement accepté. J'espère que vous-même n'y voyez pas d'objection.

— Non, dis-je avec un regard triomphant à l'adresse de Victor. Aucune. »

Nous prîmes congé en repassant par le jardin. Angela ne dit pas un mot tout le temps qu'il nous fallut pour redescendre jusqu'à la pièce d'eau et la contourner, mais je sentais déjà s'installer entre nous un climat glacial que je ne connaissais que trop bien. Sa découverte de la véritable raison qui nous avait amenés à Nice l'avait profondément blessée – et, pour être tout à fait franc, j'en concevais moi-même une certaine honte. Mais elle refusait de l'admettre. Elle avait accueilli nos disputes au fil des ans par le silence plutôt que par la récrimination, et celle-ci ne faisait pas exception.

Jacinta attendait sur le sentier qui traversait le jardin. Elle sourit à notre approche et nous fit ses adieux, insistant sur la cérémonie de la poignée de main. Ce n'est que quand sa petite main se trouva enfermée dans la mienne que je compris la raison de son geste, car elle pressa à ce moment-là dans ma paume un morceau de papier plié serré, tout en me signalant d'un léger pincement de lèvres que cette communication devait rester secrète.

Ce qui ne présenta aucune difficulté dans la mesure où Angela refusait de me regarder. Je glissai le papier dans ma poche et poursuivis mon chemin. Quand je jetai un coup d'œil derrière moi depuis le sommet des marches conduisant à la porte d'entrée, Jacinta avait disparu.

Après un déjeuner morose à Beaulieu, nous reprîmes la route de Nice. Angela était à présent telle qu'il m'était trop souvent donné de la voir : froide, distante, peu communicative et légèrement méprisante. Je pensais alors – comme je m'en suis parfois fait la réflexion depuis – que si elle avait lâché la bride à sa colère, si elle s'était laissée aller à tempêter ou à s'en prendre à moi avec violence, notre mariage n'aurait pas sombré dans un marécage de frustration. Mais on ne peut aller contre sa nature. Si bien que, incapables de réagir, nous restâmes englués dans la vase de notre ressentiment.

Dès notre arrivée à l'hôtel, Angela annonça qu'elle avait la migraine et qu'elle avait besoin de dormir. L'abandonnant à son sort, je descendis au bar et commandai un whisky bien tassé que j'emportai à une table près d'une fenêtre. Le soleil de novembre tamisé jouant sur les riches boiseries eut sur moi un effet apaisant, et la chaleur du whisky vint en partie à bout de l'humiliation que Victor m'avait infligée. Je sortis le billet de Jacinta. Il était rédigé d'une écriture minuscule sur une feuille de papier pelure.

Cher Mr Staddon,
Je suis heureuse que vous soyez venu. Vous avez ainsi pu voir par vous-même ce qu'il en était. Elle ne se comporte pas comme une gouvernante,

vous ne trouvez pas ? Il m'arrive de penser qu'elle se comporte davantage comme une *épouse*. C'est une pensée affreuse, je vous l'accorde. Cela me fait tant souhaiter pouvoir retrouver ma mère, saine et sauve. Et me donne aussi envie de pleurer. Mais je ne leur donnerai pas ce plaisir.

J'ai trouvé un moyen d'obtenir des renseignements sur miss Imogen Roebuck. Mais je ne peux pas me charger moi-même de la tâche. C'est vous qui devrez le faire. J'ai découvert qui étaient les personnes pour qui elle travaillait avant de venir chez nous. Elle est arrivée en mars de cette année, quand miss Sillifant est partie. J'ai l'impression qu'il y a très longtemps de cela, alors que ça ne fait guère que huit mois.

Il s'agit du colonel Browning et de madame, Jorum House, Blake Street, York. C'était là le nom sur la lettre. Si vous pouviez les rencontrer, ils vous diraient peut-être pourquoi elle a quitté leur service. Il se pourrait aussi qu'ils vous révèlent quel genre de personne elle est réellement. Je n'arrive pas à la cerner, voyez-vous. Je pense d'ailleurs qu'aucun d'entre nous n'y parvient. Et j'ai l'impression qu'elle fait tout pour nous l'interdire.

N'essayez pas de me parler de cela la prochaine fois que vous viendrez à la villa. C'est trop dangereux. Il vaut mieux s'en tenir aux billets. On peut les lire en secret, et les brûler ensuite.

Recevez mes sentiments respectueux,
Jacinta Caswell

Obéissant, je déchirai le billet et le jetai au feu. Puis je commandai un autre whisky et réfléchis à ce qu'elle avait écrit. La toujours fiable et infatigable Jacinta me rappelait à mes préoccupations premières. Quelque convaincantes qu'aient pu être les réponses de Victor à mes accusations, il n'y en avait pas moins quelque chose de décidément anormal dans sa relation avec miss Roebuck. Il m'avait donné l'impression à certains moments d'attendre d'elle des instructions et d'agir et de parler en conséquence. De la part d'un homme aussi arrogant, s'en remettre ainsi aux décisions d'une simple employée était tout bonnement impensable, à moins que, comme le suggérait Jacinta, son statut de gouvernante ne fût qu'un leurre.

Jacinta avait raison. Il fallait que l'on sache à quoi s'en tenir sur le compte de miss Roebuck, et pour cela que l'on enquête sur sa personnalité et ses états de service. Mais comment ? Je pouvais difficilement annoncer un brusque départ pour York sans plus d'explications, et, en admettant que je le fasse, le voyage risquait de s'avérer infructueux.

Tout à coup, la solution m'apparut. Je me précipitai à la réception où je réservai un appel pour l'Angleterre, à prendre dans la cabine de l'accueil plutôt que dans ma chambre. Dix minutes plus tard, je parlais à Imry Renshaw sur une ligne pleine de parasites.

« Imry ?

— C'est vraiment toi, Geoff ?

— Oui. Je suis à Nice.

— Tu devrais laisser tomber, tu sais, et rentrer.

— J'ai un service à te demander.

— De quoi s'agit-il ?

— Ça ne va pas te plaire, je le crains.

— Mais je le ferai quand même. C'est bien là ce que tu veux, non ?

— Je suppose, oui.

— Eh bien, vas-y, accouche. Quelle est la chose que tu ne peux pas faire mais que tu voudrais voir ton vieux copain délabré faire à ta place ? »

Angela choisit de rompre le silence ce soir-là au cours du dîner au restaurant du Negresco, où la présence des serveurs et la proximité d'autres convives interdisaient tout haussement de ton. Aussi distante qu'élégante dans sa plus belle robe du soir, un fume-cigarette à la bouche, elle regardait tout autour d'elle sans laisser ses yeux se poser sur moi.

« Tu as souvent fait des choses que j'ai eu du mal à te pardonner, Geoffrey, mais cette fois-ci tu t'es vraiment surpassé. Ce qui me stupéfie, c'est que tu aies pu croire que ton subterfuge ne serait pas découvert.

— Je ne l'ai peut-être jamais cru.

— Ton client de Malvern était aussi fictif que ton envie de vacances. Tout ceci m'apparaît clairement aujourd'hui. Tu es décidé à harceler ce pauvre Mr Caswell, croyant à tort que cela te permettra de venir en aide à sa femme. Ta loyauté à l'égard de cette créature, de cette meurtrière, n'est évidemment pas un mystère pour moi. Elle a pour origine, je présume, une *liaison** adultère remontant à l'époque où tu t'occupais de la construction de Clouds Frome. Le major Turnbull a laissé échapper que…

— Non, il n'a rien laissé échapper. Tout ce que dit Turnbull est toujours pesé, mûrement réfléchi.

— Le major Turnbull est un homme des plus galants et des plus courtois. Ce n'est en fait que pour ménager ses sentiments que je suis prête à honorer l'engagement que nous avons pris et à accepter son invitation. Ce que je voulais te dire, c'est que ton aventure avec Mrs Caswell ne m'intéresse absolument pas. Nous ne nous connaissions même pas à cette époque. Ce que je n'apprécie pas, en revanche, c'est qu'on me la rappelle de cette façon. Ta conduite a été inqualifiable, et tu dois me promettre que tu ne poursuivras pas dans cette voie. Il faut que tu renonces à cette croisade absurde et, qui plus est, de mauvais goût.

— Angela…

— Je n'ai aucune envie d'en discuter plus avant. Les choses seront comme je le dis.

— Je ne peux pas abandonner. Tu ne comprends pas. Consuela Caswell…

— Est un nom que je ne souhaite pas entendre prononcer.

— Tu risques pourtant d'y être contrainte.

— Non, Geoffrey. Si tu ne satisfais pas à ma demande, je m'installe seule dans une chambre. Et à notre retour en Angleterre…

— Oui ? »

Ses joues s'étaient colorées. Le masque du sang-froid était tombé. Elle se pencha légèrement et baissa la voix. « Je ne te laisserai pas me déshonorer en menant une campagne vulgaire et sordide pour le compte d'une ancienne maîtresse devenue meurtrière. Est-ce clair ?

— Parfaitement.

— Tu acceptes donc d'en rester là ? »

J'eus soudain présent à l'esprit le petit visage à la fois confiant et inquiet de Jacinta, les hauts murs de la prison de Gloucester, et Imry, occupé à préparer son sac avant d'aller prendre le train du matin pour York. « Non, m'entendis-je dire. Fais ce que tu juges bon, Angela. Agis selon ta conscience. C'est ce que je fais moi-même, vois-tu. Enfin, et pour la première fois. Et j'ai bien l'intention de continuer. »

Il me sembla presque à regret le pour venir à la dormant et au quai de la dans le bâtiment de la pensée de s'éloigner et nous, libérait à prendre son souvenir qu'il m'a prendre, le bain du mien pour Ara reste la certas demeure plus obscure ma jusqu'à son souvenir la sa cha no espérance. Ce fut une je che demandai vers ma faible et je la première fois, ou que l'intention de comme la nous.

8

Du dîner qui eut lieu à la villa d'Abricot je ne garde qu'un amas confus de souvenirs : aperçus rapides, bribes, images fugitives derrière lesquelles se dissimulait la vérité, toute proche mais inatteignable. Turnbull avait invité un couple d'Américains de ses voisins, et, dans leur innocence, ces derniers pensent sans doute encore aujourd'hui avoir assisté à une banale soirée entre gens civilisés. Pour le reste d'entre nous, cependant, accablés que nous étions sous le poids des secrets et des soupçons, ce fut l'occasion d'affrontements sans issue.

Les limites du champ de bataille furent marquées par notre hôte, parfaitement cordial en apparence, le major Royston Turnbull. Il me fit visiter la maison avant le dîner, bombant le torse de fierté tandis qu'il me montrait d'innombrables pièces remplies de tapisseries anciennes, de tapis d'Orient, de mobilier en marqueterie, de statues africaines et de délicates porcelaines. Je commençai alors à comprendre qu'il y avait davantage chez lui que le cynisme et la grandiloquence que j'avais d'abord perçus. L'homme ne faisait pas mystère de sa sensualité, laquelle se manifestait dans le plaisir qu'il prenait au contact physique de ses possessions : la surface lisse d'un dessus de table, le galbe d'un pied de chaise, la délicatesse d'un vernis, le grain d'une reliure. Il était tout heureux de vous raconter en détail comment il s'était procuré toutes ces pièces, et je remarquai qu'il avait toujours, selon lui, fait la bonne affaire : il n'avait jamais été roulé, n'avait jamais eu le dessous dans un marchandage. C'est ce que, dans sa vanité, il aimait à croire, bien sûr ; pourtant, bizarrement, j'inclinais moi aussi à le penser.

Pour Turnbull, il en allait des relations humaines comme de son trésor *d'objets d'art** : elles étaient source d'un plaisir quasi sensuel. De tous les participants à ce souper aux chandelles il était celui qui était le plus à l'aise, le mieux dans son élément, parce que rien ne pouvait lui être plus agréable que d'observer et d'écouter amis et connaissances s'affronter derrière un écran d'échanges parfaitement conventionnels.

Visages, expressions, coups d'œil en coin, tremblements de lèvres, voilà ce qui surnage aujourd'hui dans ma mémoire : Angela encourageant ouvertement les avances non déguisées de Turnbull à grand renfort de hochements de tête, de coquetteries et de petits gloussements de plaisir ; Victor ouvrant à peine la bouche, mais serrant les mâchoires et me lançant un œil haineux ; miss Roebuck distribuant des regards circonspects, indirects, toujours au bord d'un sourire mais n'y tombant jamais ; et Turnbull, avec au contraire son large sourire, ses yeux mi-clos, jouissant pleinement du spectacle dont il était l'ordonnateur.

Que miss Roebuck ait été au nombre des convives constituait, pour tout dire, la particularité la plus marquante de la soirée. Turnbull avait expliqué sa présence avec désinvolture – « Je ne connais pas suffisamment de femmes agréables et intelligentes pour en laisser perdre une sous prétexte qu'elle est gouvernante » –, mais j'avais remarqué que sa position n'avait pas été précisée par le major à ses voisins américains au moment des présentations. Il y avait là une nouvelle preuve à l'appui des soupçons de Jacinta.

Miss Roebuck était assise à ma gauche, et à ma droite j'avais Turnbull, en bout de table. Angela était en face de moi, avec Victor à sa droite. Je n'avais donc guère l'occasion de voir l'expression de miss Roebuck tandis qu'elle passait adroitement d'un sujet à un autre, le ton de sa voix ne trahissant qu'une neutralité soigneusement étudiée. Elle me posa des questions sur ma carrière. Voulut savoir ce que je pensais du cubisme, de l'inflation en Allemagne. Me demanda même mon opinion sur la poésie de T. S. Eliot. C'était elle qui menait la conversation, et je me contentais de suivre. J'eus bientôt la désagréable impression d'avoir affaire à une personne dotée d'une agilité d'esprit bien supérieure à la mienne, et capable de prévoir et de devancer toute tentative de ma part pour apprendre ce qu'elle ne souhaitait pas que je sache. Et devant nous, impossible à ignorer, s'affichait l'hostilité de ma femme, traduite sous la forme d'un enthousiasme avide et souriant devant chaque parole et chaque regard que lui accordait Turnbull.

Angela portait une robe en velours noir au décolleté spectaculaire, qu'elle réservait d'ordinaire aux soirées à l'opéra. Elle avait tiré ses cheveux à l'arrière et entouré son cou élancé d'un collier de perles. Elle était superbe. Mais son visage à demi tourné, son sourire étincelant, ses lèvres entrouvertes et mutines, ses seins d'une pâleur marmoréenne, qui tressaillaient sous ses rires, rien de tout cela n'était arboré à mon intention. Sous sa paupière lourde, l'œil gourmand de Turnbull ne la quittait pas. Pour elle, c'était un indéniable succès. J'en étais conscient et je le comprenais. Ce qui était aussi le cas, je le sentais, de miss Roebuck.

À un moment, Angela insista pour inviter Turnbull à venir dîner avec nous au Negresco avant que nous quittions Nice. Il accepta. Ce sur quoi, en apprenant que nous n'avions toujours pas goûté aux délices du casino de Monte-Carlo, il insista à son tour pour que nous l'y accompagnions un soir. Angela accepta en mon nom. C'est ainsi que fut mise sur pied, avec une rapidité stupéfiante, une suite de rencontres mondaines destinées à favoriser un flirt, lui-même à l'évidence destiné à me tourmenter.

Mais en l'occurrence elle avait mal jugé de mon humeur. Plus choquante encore que sa conduite était mon indifférence à l'égard de celle-ci. J'étais victime d'une obsession qui ne me laissait aucune énergie à consacrer à un éventuel sentiment de jalousie. Et je soupçonnais que cela non plus n'avait pas échappé à Imogen Roebuck. Et qu'elle l'avait tranquillement remisé dans son arsenal mental pour s'en servir comme d'une arme contre moi lors d'une prochaine rencontre.

Pour l'instant, cependant, miss Roebuck ne me montrait que ce qu'elle voulait bien me laisser voir : déférence, modestie, intelligence, et une perspicacité qui tenait presque de la télépathie. Elle me fit comprendre qu'elle devinait mes pensées, me signalant du même coup qu'elle savait exactement ce qui m'avait amené à la villa d'Abricot. Somme toute, c'était la raison pour laquelle elle y était aussi. La raison pour laquelle nous étions tous rassemblés autour de la table abondamment garnie de Turnbull. C'était là ce qui sous-tendait chacun de nos échanges. Sans pourtant qu'il y soit jamais fait ouvertement allusion.

Quant à Victor Caswell, il se montrait étrangement inconsistant, comme si la présence de miss Roebuck le réduisait à un silence morose et vaguement menaçant. Il donnait l'impression d'éprouver un sentiment d'infériorité face à elle. À certains moments, j'eus presque pitié de lui, aussi absurde que puisse paraître une telle réaction.

Une dernière image donnera une idée plus précise encore de la situation, et de l'essentiel de la soirée. Au moment où nous prenions congé et où Turnbull nous raccompagnait à notre voiture, sous prétexte de respirer un peu d'air frais, mais en réalité pour chuchoter quelques derniers mots tendres à l'oreille d'Angela tout en lui ouvrant la portière, je tournai les yeux, de façon délibérée, en direction de la villa. La porte d'entrée était ouverte, et j'aperçus Victor et miss Roebuck dans le vestibule brillamment illuminé. Elle était assez simplement vêtue d'un tailleur corail. Les cheveux courts, à la mode de l'époque, le visage joli plutôt que franchement beau. Mais sur les lèvres un sourire empreint d'un détachement souverain. Victor la regardait bouche bée, les épaules voûtées, les traits déformés par une émotion que je fus incapable d'identifier. En cet instant, j'acquis la certitude – en admettant que je ne l'aie pas eue plus tôt – que, quoi qu'il ait pu se passer à Clouds Frome, c'était elle, et non Victor, qui en était l'instigatrice.

Je ne vis pas Angela de toute la journée du lendemain. Elle avait mis à exécution sa menace de déménager dans une autre chambre, et nos échanges se limitaient à des nécessités d'ordre pratique. Supposant que les *couturiers** de Nice l'occuperaient sainement, j'allai jusqu'à Beaulieu où je m'installai dans un bar, m'interrogeant sur l'opportunité de surprendre miss Roebuck à l'hôtel Bristol au moment où elle y prendrait sa tasse de café matinale en compagnie de Jacinta.

J'en étais toujours à débattre de la question quand j'aperçus par la fenêtre John Gleasure qui entrait dans une pharmacie de l'autre côté de la rue. Notre bref échange en présence de Victor trois jours plus tôt n'avait débouché sur rien, et j'avais cherché en vain la meilleure manière de lui poser d'autres questions seul à seul. Or voilà que se présentait soudain l'occasion rêvée. Quand il ressortit du magasin, je l'attendais.

Dire que c'était un autre homme quand il n'était pas en présence de son employeur serait une exagération. Il reste qu'il se montra en la circonstance indubitablement plus détendu et accommodant que lors de nos précédentes rencontres. Il accepta mon offre sans hésitation quand je lui proposai un verre, et je n'eus pas à le pousser beaucoup pour qu'il m'explique qu'il était venu chercher des médicaments pour Victor, lequel avait toujours des ennuis de digestion à la suite de son empoisonnement. C'est sans y être invité non plus qu'il me raconta comment il avait trouvé Victor à l'agonie dans sa chambre de Clouds Frome.

« À un moment, j'ai bien cru que nous allions le perdre, monsieur. Oui, vraiment. C'est un grand soulagement que de le voir aller aussi bien aujourd'hui. Le climat lui a été bénéfique. Et puis miss Roebuck est un vrai roc.

— Miss Roebuck ?

— Elle s'est occupée de lui quand il était au plus mal.

— Vous m'en direz tant ! J'ignorais qu'elle n'était pas seulement gouvernante mais aussi infirmière.

— Nous avons tous fait notre possible, monsieur, dit-il après m'avoir regardé en fronçant le sourcil.

— C'était bien naturel, acquiesçai-je en m'essayant à un sourire rassurant. Depuis combien de temps êtes-vous au service de Mr Caswell, Gleasure ? Je me souviens du temps où vous n'étiez que valet de pied.

— Depuis mon retour de la guerre, monsieur, il y a cinq ans. C'est Mr Danby qui jusque-là faisait office de valet de chambre auprès de Mr Caswell.

— Vous vous êtes montré loyal lors de l'audience, à ce que j'ai cru comprendre. À propos des lettres anonymes, j'entends.

— Ce n'était pas de la loyauté, monsieur. Mais la simple vérité.

— Bien sûr.

— Il se pourrait en revanche que Mr Caswell trouve déloyal de ma part de vous parler comme je le fais en ce moment, dit-il en se penchant par-dessus la table.

— Il se pourrait bien, en effet. Ce que vous avez répondu quand il vous a demandé si vous pensiez Mrs Caswell coupable m'a paru bizarre, vous savez.

— Ah bon ? Comment cela, bizarre ?

— "Les faits n'autorisent aucune autre possibilité." C'est exactement ce que vous avez dit, je m'en souviens fort bien. Cela laisse place à l'équivoque, non ? Quelle est votre opinion, précisément ?

— Je n'en ai pas, monsieur.

— Vous en avez forcément une, voyons.

— Si c'est le cas, je ne souhaite pas la partager. »

Il restait inébranlable. Mais sa réticence à elle seule était éloquente. Je tentai une autre approche. « Vous vous entendez bien avec miss Roebuck ?

— Ni bien ni mal, monsieur. Nous nous contentons de partager le même employeur.

— Je me demandais si vous ne trouviez pas qu'elle entretenait, comment dire, des idées au-dessus de sa condition. »

Gleasure garda le silence, ce qui en soi était une forme de réponse. Puis il finit sa bière et se leva. « Il faut que j'y aille, monsieur. Merci pour le verre.

— Diriez-vous que je perds mon temps en restant ici ?

— Ce n'est pas à moi d'en juger, monsieur.

— Ce qui veut dire… oui ou non ? »

Il hésita, sembla un instant sur le point de sourire avant de conclure : « Cela veut dire que vous devez en juger par vous-même, Mr Staddon. Ni plus, ni moins. »

La soirée suivante était réservée à notre expédition à Monte-Carlo. Turnbull nous avait dit qu'il passerait nous prendre à vingt heures. J'attendis Angela dans le salon de l'hôtel et la regardai sortir de l'ascenseur. Elle était aussi somptueusement vêtue que ce à quoi je m'attendais, mais dans une robe moulante que je n'avais jamais vue auparavant, et dont la soie couleur pêche mettait on ne peut mieux ses formes en valeur. Je me fis la réflexion qu'elle avait dû l'acheter à Nice précisément pour l'occasion. Tandis qu'elle s'avançait vers moi, elle sourit, devinant mes pensées. Elle jeta son châle sur le dossier du siège à côté du mien, alluma une cigarette et regarda autour d'elle. Elle ne dit pas un mot, et moi non plus.

Turnbull arriva ponctuellement à vingt heures dans une grosse Lanchester avec chauffeur. À ma grande surprise, il était accompagné d'Imogen Roebuck. Ce qu'il expliqua en faisant valoir qu'elle avait besoin elle aussi d'être initiée aux mystères du casino. Je sentis percer dans le ton d'Angela quand elle s'adressa à elle une pointe de désapprobation à l'idée qu'on lui demande de passer une soirée en compagnie d'une gouvernante, mais elle oublia vite ce désagrément devant les flatteuses attentions que lui prodiguait Turnbull.

Pendant le trajet, ce dernier, assis à côté du chauffeur, débita une suite ininterrompue d'anecdotes, s'adressant à nous par-dessus le dossier de son siège. Angela, à ma gauche, y prit grand plaisir, tandis que miss Roebuck, à ma droite, ne desserrait pas les dents. Chaque fois que je jetais un œil de son côté, elle était en train de regarder par la vitre, une main sous le menton dans une attitude contemplative, l'autre reposant tranquillement sur ses genoux. Elle m'apparut à cet instant appartenir à cette catégorie extrêmement réduite d'individus qui se moquent éperdument de ce que les autres peuvent penser d'eux.

Nous dînâmes au café de Paris, avant de nous joindre au flot continu qui se dirigeait vers les salles de jeux. La nuit était froide et calme, mais les dômes et les balcons du casino baignaient dans une lumière chaude et accueillante. De petits groupes d'oisifs fortunés montaient les marches dans un murmure de conversations, les bijoux étincelaient sur les étoles de fourrure et les robes à paillettes. Je voyais le plaisir allumer les yeux d'Angela, et l'assurance de la conquête luire dans ceux de Turnbull. Quant aux yeux de miss Roebuck, discrètement baissés, ils ne révélaient rien.

Nous traversâmes les salles publiques, où les tables étaient déjà fort animées. Au-dessus de nos têtes, des angelots gambadaient sur des plafonds aux décorations chargées, indifférents aux vices secrets auxquels on s'adonnait au rythme des incantations des croupiers. Inutile de préciser que Turnbull était membre du *cercle privé**. Ce qui nous permit d'accéder aux salles privées, encore plus vastes et plus ornées, où le jeu, semblait-il, avait acquis un statut à mi-chemin entre l'art et la religion.

Habits noirs des croupiers. Tourbillon quadrillé de la roulette. *Jetons** rassemblés en piles diversement colorées. Tapis vert insolent. Boiseries vernies. Cuir clouté. Volutes de fumée montant vers des plafonds aux blancs de sucre glace. Et partout, gravée sur le visage des joueurs, embrasant leurs regards avides, serrant comme dans un étau leurs épaules voûtées et impatientes à l'instant où le plateau arrête sa course et où retombe la bille, la passion du gain – pure, nue, à l'état brut.

Turnbull se porta garant pour nous auprès d'un préposé, puis nous résuma les règles de la roulette et du baccara. On commanda des boissons, on se procura des *jetons**, on resta un moment à regarder les gens jouer. Turnbull dénicha deux places à une table et invita Angela à se joindre à lui. Laquelle s'empressa d'accepter. Miss Roebuck s'éloigna. Quant à moi, je pariai deux ou trois fois sans grande conviction, perdis, allai faire un tour du côté du bar, avant de revenir, désœuvré et vaguement écœuré par le spectacle qui s'offrait à moi.

Je regardai la table où Angela et Turnbull étaient assis, dos à moi. Le croupier était en train de pousser un petit tas de jetons dans leur direction. Les épaules d'Angela étaient secouées d'un rire nerveux. Turnbull plastronnait avec arrogance, tenant un cigare en l'air de sa main droite, tandis que de la gauche il enlaçait la taille d'Angela. Au-dessus de leurs têtes, un énorme lustre renvoyait leur reflet réfracté en une myriade de fragments minuscules. Je vis la trace écarlate du rouge à lèvres d'Angela sur le bord d'un verre à côté de son coude et suivis le parcours d'une goutte de sueur le long de la tempe de Turnbull. Tout à coup, je me sentis au bord de la nausée. « *Faites vos jeux* », lança le croupier, tandis que je m'éloignais à grands pas.

Imogen Roebuck m'observait depuis l'une des banquettes installées dans l'angle de la pièce et destinées à ceux qui voulaient faire une pause. On aurait dit qu'elle m'attendait et, obéissant à cette impression, j'allai m'asseoir à côté d'elle.

« Vous vous amusez ? demandai-je maladroitement.

— Et vous, Mr Staddon ?

— Franchement, non.

— Je pense que vous devriez partir.

— Angela n'apprécierait pas. Il est encore tôt, et elle semble être en veine.

— Ce que je voulais dire, c'est que vous devriez rentrer en Angleterre dès que possible. »

Je me tournai vers elle, stupéfait par son franc-parler. « Et pourquoi cela ?

— Parce que le major Turnbull a lancé une opération de séduction à l'encontre de votre femme, dit-elle avec un mouvement de tête en direction de la table de jeu. Et parce que celle-ci a tout l'air d'une victime consentante.

— Je ne pense vraiment pas que cela…

— Me regarde… en ma qualité de gouvernante ?

— Est-ce réellement là ce que vous êtes, miss Roebuck ? On pourrait aisément se méprendre sur votre statut.

— En l'occurrence, voyez-vous, mon statut est celui de quelqu'un qui ne souhaite pas voir votre mariage gâché en raison d'une recherche mal avisée de la vérité. Je sais ce qui vous a amené ici. Vous vous trompez, je vous assure.

— À quel sujet ?

— Il y a une chose que vous devez comprendre : j'ai toute la confiance de Victor.

— Je n'ai aucune peine à le croire.

— Consuela est coupable.

— Je ne partage pas votre opinion.

— Uniquement parce que vous la voyez encore aujourd'hui telle qu'elle était il y a douze ans.

— Comment pourriez-vous savoir comment elle était à cette époque ?

— Je ne prétends rien de tel. Mais je sais ce qu'elle est aujourd'hui.

— C'est-à-dire ? »

Ses yeux cessèrent enfin de regarder ailleurs pour croiser les miens. « Folle, Mr Staddon, m'asséna-t-elle. Consuela Caswell est folle. »

Je ne me souviens plus aujourd'hui de la réaction qui fut la mienne à ce moment. C'est probablement à sa suggestion que nous sommes sortis, et je ne pouvais que lui en être reconnaissant. Je doute qu'Angela ait remarqué notre départ, mais il se peut que Turnbull le lui ait signalé.

La terrasse derrière le casino était déserte, car l'air était froid, et la vapeur s'échappait de nos bouches. La lune était haute et pleine, baignant les palmiers et les promenades d'une lumière fragile et glacée. Nous nous appuyâmes sur une balustrade surplombant la mer. Au loin, une lune jumelle déformée veillait, tremblant à la surface de l'eau. J'allumai une cigarette. Et Imogen Roebuck me raconta ce que je ne voulais pas entendre.

« J'ai rencontré Consuela pour la première fois en février dernier, lors de l'entretien qu'elle et Victor me firent passer pour le poste de gouvernante. Elle ne dit pas grand-chose à cette occasion et, même si elle m'apparut assez nerveuse, je ne m'en inquiétai pas outre mesure. J'avais rencontré celle qui m'avait précédée, miss Sillifant, et elle ne m'avait donné aucune raison de soupçonner que la position pourrait se révéler autre qu'agréable et gratifiante. J'aurais peut-être dû m'enquérir des raisons qui l'avaient poussée à partir, mais le poste me paraissait tellement attrayant que l'idée ne m'en est pas venue. Jacinta est une enfant charmante et très intelligente, et Clouds Frome, comme vous êtes bien placé pour le savoir, est une fort belle maison, dans une région magnifique. Le salaire et les conditions de travail étaient plus que corrects, et j'acceptai sans hésitation.

« Au bout de quelques semaines, il m'apparut que Consuela n'allait pas bien. J'ai eu l'occasion de fréquenter toutes sortes d'employeurs – les raisonnables et les déraisonnables –, mais jamais auparavant je n'avais eu affaire à une personne dont les humeurs étaient aussi changeantes et imprévisibles. Il s'écoulait des jours entiers sans qu'elle m'adressât la parole. Puis elle s'animait, devenait communicative, pleine de l'envie de participer à l'éducation de Jacinta. Et puis, tout aussi soudainement, elle m'accusait de défier ses ordres, de miner son autorité auprès de sa fille. Elle exigeait mon renvoi immédiat. Quand Victor s'efforçait de la raisonner, elle se retirait dans sa chambre, pour en ressortir des jours plus tard, calme et silencieuse, ayant tout oublié, me semblait-il, de sa récente conduite. Et bientôt recommençait le cycle infernal.

« Victor refusait d'admettre qu'elle était malade. C'était plus que son orgueil n'aurait pu en supporter. Et puis, il fallait qu'il pense à Jacinta. Elle aime beaucoup sa mère et serait horrifiée de penser que celle-ci puisse être folle. Consuela était toujours l'incarnation de la raison en sa présence, si bien que sa fille n'avait aucune raison de douter de son équilibre. C'est pour elle que je ne quittai pas mon emploi sur-le-champ. Par la suite, Victor me pria instamment de ne pas démissionner. Il avait besoin d'aide pour faire face aux problèmes présentés par Consuela, pour empêcher les domestiques de prendre conscience de ce qui n'allait pas. Si bien que je finis par rester.

« Consuela n'avait pas d'amis. Personne en dehors de la famille de Victor ne venait la voir, et elle n'allait jamais nulle part. Si l'on excepte sa visite hebdomadaire à l'église de Hereford, elle quittait rarement la maison. Ce que j'attribuai à ses origines brésiliennes, à un sentiment de déracinement, mais Victor me dit qu'à l'époque qui avait suivi leur arrivée en Angleterre elle était insouciante et sociable ; sa tendance à la dépression et à l'isolement remontait seulement aux environs de la naissance de Jacinta.

« J'étais navrée pour Victor, et lui, je le savais, m'était reconnaissant du peu que je faisais pour l'aider. C'est de là, je l'admets, que naquit notre amitié, laquelle à son tour, je le crains, engendra chez Consuela la conviction que Victor lui était infidèle. Une conviction sans fondement, je vous en donne ma parole. Sinon, Consuela n'aurait jamais écrit ces lettres. Elle n'en aurait pas ressenti le besoin. Je ne peux pas prouver qu'elle en est l'auteur, bien sûr. C'est davantage une question d'instinct, le fruit d'une hypothèse fondée sur l'observation de son comportement. Il est toujours possible que quelqu'un d'autre les ait écrites, mais, dans un cas comme dans l'autre, le résultat reste le même. Les lettres lui ont fourni ce que son esprit dérangé considérait comme la justification

278

d'un acte qu'elle projetait sans doute déjà depuis quelque temps. C'est pour cette raison, voyez-vous, qu'elle les a conservées, en même temps que le sachet d'arsenic, dans un endroit où elle savait qu'on ne manquerait pas de les trouver. C'était précisément ce qu'elle recherchait. Elle pensait avoir là une excuse toute prête.

« Dans les jours qui ont suivi l'empoisonnement, alors que nous en étions encore tous à essayer de nous convaincre qu'il y avait une explication innocente à ce qui s'était passé, Consuela aurait pu paraître à certains la plus calme d'entre nous. Mais il ne s'agissait pas de calme. Elle était simplement plongée en elle-même, attendant patiemment que son crime soit découvert, comme elle savait qu'il le serait, et ce conformément à son plan. Elle avait choisi Victor comme victime, mais quand Rosemary a pris sa place, elle ne semble pas s'en être beaucoup souciée. C'est cela, plus que toute autre chose, qui prouve sa folie. Elle était engagée sur une voie aussi destructrice pour les autres que pour elle-même. Son intention était – est toujours – de provoquer sa propre mort. Le meurtre n'était pour elle qu'un moyen en vue de cette fin.

« Je ne m'attends pas à ce que vous me croyiez. Même Victor préfère voir en sa femme une meurtrière plutôt qu'une démente. Avec le temps, cependant, vous en viendrez l'un et l'autre à penser que c'est moi qui ai raison. Consuela veut passer pour une martyre, et elle est prête à tout pour cela.

« Victor me dit que vous avez élaboré une théorie pour étayer votre conviction de l'innocence de Consuela. Selon vous, il se serait empoisonné pour se débarrasser

279

de sa femme et se retrouver libre d'en épouser une autre. Je n'ai pas besoin de vous dire que les objections d'ordre pratique à un tel postulat sont quasi insurmontables. Victor n'avait aucun moyen de savoir que sa belle-sœur et sa nièce passeraient les voir cet après-midi-là. Si vous pensez qu'il projetait d'absorber juste assez d'arsenic pour en être gravement affecté, vous devriez vous rappeler qu'estimer la dose adéquate à mettre dans un sucrier est chose dangereuse et difficile. Et puis, si tel avait été le cas, Consuela aurait été accusée non pas de meurtre mais de tentative de meurtre, crime le plus souvent puni d'une peine d'emprisonnement. En conséquence de quoi, elle serait restée sa femme. Votre théorie, comme vous le constatez, s'autodétruit.

« Il me faut vous dire aussi que vous n'êtes pas le seul à spéculer sur la question. Je me suis moi-même demandé ce qui avait pu amener Consuela à une telle impasse. Ce qui avait pu affaiblir à ce point sa prise sur la réalité. Elle avait une femme de chambre avant la guerre, une certaine Lizzie Thaxter. Peut-être vous souvenez-vous d'elle. Apparemment, elle s'est suicidée dans le verger de Clouds Frome, au cours de l'été 1911. Elle s'est pendue à un pommier. Personne ne semble en mesure d'expliquer son geste. Je ne peux, pour ma part, m'empêcher de me demander si Consuela n'en sait pas là-dessus davantage qu'elle a bien voulu le dire. Après tout, la sanction pour meurtre – c'est-à-dire l'accusation à laquelle elle doit répondre – est la mort par pendaison, celle-là même qu'a connue Lizzie Thaxter. Il y a là un lien, une relation, un rapport que je ne suis pas vraiment en mesure d'expliquer, mais qui, j'en suis sûre, existe bel et bien.

« Ce lien, Mr Staddon, en connaissez-vous la nature ? Vous avez vu Consuela pour la dernière fois il y a douze ans. C'est ce que vous m'avez dit vous-même. Et je sais que vous avez assisté à une pendaison de crémaillère à Clouds Frome le 14 juillet 1911. Le livre d'or porte encore votre signature, vous savez, et je me souviens de l'avoir remarquée. Est-ce que ce fut là votre dernière visite ? Si c'est le cas, elle présente une coïncidence intéressante dans la mesure où elle a eu lieu seulement quelques jours avant le suicide de Lizzie Thaxter. D'après l'inscription figurant sur sa pierre tombale, la fille est morte le 20 juillet, soit six jours après la réception. J'imagine, bien sûr, qu'il n'y a là qu'une simple coïncidence. Mais il se peut que je me trompe. Peut-être accepteriez-vous de m'éclairer sur ce point, à moins que vous ne refusiez ?

« Ce qu'il vous faut comprendre, c'est que faire des recherches plus ou moins opportunes n'est pas votre initiative exclusive. Qui plus est, une fois embarqué sur une telle voie, vous ne pouvez pas savoir où elle vous mènera. Le mystère est partout autour de nous, et, à mon sens, on devrait s'abstenir de vouloir le percer. Consuela Caswell est responsable de sa propre tragédie, et nous devons la laisser l'assumer seule. Si nous intervenons, les conséquences risquent d'être imprévisibles… et profondément déplaisantes.

« Rentrez chez vous, Mr Staddon. Je ne saurais vous donner meilleur conseil. Rentrez chez vous, et emmenez votre femme avec vous, pendant que vous le pouvez encore. Laissez Victor reconstruire sa vie au mieux de ses possibilités. Laissez-moi l'aider. Et laissez Consuela répondre de ce qu'elle a fait de la manière qu'elle a choisie. »

J'aurais pu à cet instant avouer la vérité ; pour tout dire, j'en brûlais d'envie. Si Imogen Roebuck avait raison, il y avait alors une chose que j'étais le seul à savoir : l'origine de la folie de Consuela. Le remords que j'éprouvais à l'avoir abandonnée me rongeait plus profondément que jamais. Mais il m'était impossible d'en parler. Le faire serait revenu à m'avouer responsable de la mort pour laquelle Consuela allait être jugée.

La cigarette glissa de mes doigts. Je me retournai lentement. Le visage de miss Roebuck était dans l'ombre. L'air froid et immobile semblait chargé d'une attente silencieuse. J'essayai de trouver des mots susceptibles de réfuter ses accusations. En vain.

« Je suis désolée que nous ayons dû nous rencontrer de cette façon, me dit-elle doucement. En d'autres temps, en d'autres lieux… Rentrez chez vous, Mr Staddon, je vous en prie. »

Il se peut que j'aie acquiescé. À part cela, je n'eus pas un geste d'adieu et me contentai de m'éloigner d'un pas rapide, accélérant l'allure au moment de monter les marches conduisant au casino.

« Rentrer ? Maintenant ? Je me demande franchement à quoi tu penses, Geoffrey.

— Je croyais que tu serais contente. Il y a quelques jours, tu voulais que j'arrête de harceler Victor Caswell.

— Ça n'a rien à voir. Il se trouve que je me plais beaucoup ici. Je n'ai pas l'intention d'abréger notre séjour pour satisfaire un vulgaire caprice. En fait, ce serait plutôt l'inverse.

— Comment ça… plutôt l'inverse ?

— Ce que je veux dire, c'est qu'il se pourrait bien que je reste… après ton départ.

— Tiens donc ! Et pour quelle raison, si je ne suis pas indiscret ?

— Je crois te l'avoir déjà dit. Parce que je me plais beaucoup ici. »

Angela sourit et tira sur sa cigarette. C'était le lendemain de notre visite au casino, tard dans la matinée. J'étais allé lui annoncer ma décision dans sa chambre, où elle était encore occupée à prendre son petit déjeuner, vêtue d'un *peignoir** en soie, se prélassant au soleil qui se déversait par les hautes fenêtres du balcon. Sur une table basse trônait un vase rempli d'orchidées richement colorées et, en dessous, l'enveloppe du fleuriste, adressée d'une écriture ferme à Angela Staddon, Hôtel Negresco, Nice, et ouverte. Nul besoin de demander qui avait rédigé l'adresse, et le regard d'Angela semblait presque me mettre au défi de sortir le mot de l'enveloppe pour le lire.

« Sans compter, reprit-elle, que j'ai des engagements. Je ne peux pas partir comme ça.

— Quels engagements ?

— Le major Turnbull m'a invitée à l'accompagner à nouveau au casino demain soir.

— Il ne m'en a rien dit.

— Au vu de ta conduite d'hier soir, il a pensé que tu n'aurais guère envie de te joindre à nous. Au fait, miss Roebuck a-t-elle été d'agréable compagnie ?

283

— Nous devions nous entretenir de certaines choses. C'est tout.

— Tu n'as pas à te justifier auprès de moi, Geoffrey. Ce que tu fais – et avec qui – m'indiffère au plus haut point.

— Je pense que nous devrions partir. C'est aussi simple que ça.

— Je crains fort que ce ne le soit pas. J'ai déjà accepté d'aller prendre le thé à la villa d'Abricot un jour de la semaine prochaine. Et puis le major Turnbull s'occupe de nous réserver des places pour l'opéra. On donne *Don Giovanni* à partir du vingt-sept. Je crois comprendre que c'est à ne pas rater.

— Tu sais parfaitement qu'on m'attend au bureau avant cette date.

— Mais je n'espérais pas te voir m'accompagner. Tu détestes l'opéra.

— Très bien, dis-je en prenant une profonde inspiration. Je partirai donc seul. Quand peut-on compter sur ton retour ?

— Je n'en sais trop rien, dit-elle en écrasant sa cigarette avant de se lever et de venir vers moi. Maintenant si tu veux bien m'excuser, je vais prendre un bain. »

Elle me laissa debout à côté du vase d'orchidées, leurs pétales cireux brillant insolemment dans le soleil. Je ramassai l'enveloppe, que je tins un instant entre mes doigts. L'eau commença à couler dans la salle de bains. Puis je laissai retomber l'enveloppe et tournai les talons.

La porte de la salle de bains était ouverte et je jetai un coup d'œil en passant. Angela se tenait devant la baignoire, où elle versait des sels dans l'eau bouillonnante, entourée d'un nuage de vapeur. Elle était nue et, tandis que mes yeux s'attardaient sur elle un moment, je ne pus m'empêcher de me demander si, une fois cette histoire terminée, je reposerais jamais les mains sur la chair pâle et familière de son corps.

« Au revoir, Geoffrey, me dit-elle, en reposant le flacon de sels et en se dirigeant vers le lavabo. Fais-moi savoir quand tu seras prêt à partir. »

Je la regardai encore une seconde, puis me détournai avant de quitter rapidement la pièce.

Deux jours passèrent, que j'occupai à errer sur les routes de montagne des alentours, en prenant soin d'éviter le cap Ferrat et Beaulieu, et sans revoir Angela. Je faisais traîner les choses, dans l'attente d'un signe ou d'un événement qui viendrait me libérer de la paralysie dans laquelle m'avait plongé Imogen Roebuck en me livrant sa version des faits. Quand arriva une lettre d'Imry, je pensai qu'elle allait peut-être annoncer ma délivrance. Mais son contenu n'eut pour effet que d'éloigner davantage s'il se peut une telle perspective.

Sunnylea
WENDOVER
Buckinghamshire
15 novembre 1923

Cher Geoff,

Je suis rentré de York hier soir, sans grand-chose dans mes bagages susceptible de te venir en aide. Dans la mesure où j'avais accepté de m'y rendre, je n'ai pas lieu, je suppose, de me plaindre. Voici donc, pendant que tout est encore frais dans mon souvenir, ce que j'ai découvert, ou plus exactement, ce que je n'ai pas découvert.

Le colonel et Mrs Browning forment un couple respectable, encore qu'un peu vieux jeu, doté d'une fille de treize ans, une enfant unique venue sur le tard. Je leur ai dit être un ami des Caswell et me suis présenté sous le nom de Wren. (Puisse-t-il ne pas se retourner dans sa tombe !) Par bonheur, ils semblaient tout ignorer du procès à venir de Consuela, et ils ont réagi avec une vertueuse indignation quand j'ai suggéré qu'ils ne s'étaient peut-être pas montrés tout à fait francs au sujet des compétences de miss Roebuck. Ils avaient été désolés de la perdre et ont affirmé n'avoir aucune idée de la raison qui avait pu motiver son départ, en dehors peut-être de l'attrait d'un salaire qu'ils n'étaient pas en mesure de lui verser. Elle est restée chez eux pratiquement deux ans, après y être arrivée au printemps 1921, munie d'excellentes références fournies pas une famille du Norfolk.

Le colonel Browning boit beaucoup. Une fois carré dans un fauteuil de son pub favori et libéré de la présence quelque peu contraignante de son épouse, il s'est montré plus prolixe, mais pas de la manière que tu sembles espérer. Il n'aurait pu parler avec plus de chaleur de miss Roebuck. Pour tout dire, je l'ai même soupçonné de lui avoir fait des avances. C'est peut-être là ce qui l'a poussée à chercher un autre poste. En tout cas, il n'a pas suggéré un seul instant qu'elle l'avait jamais encouragé.

J'ai le nom et l'adresse de son employeur précé-
dent – la famille du Norfolk –, mais je pense sincèrement que tu ne gagnerais rien à les contacter. La
Roebuck n'est manifestement pas le genre aventu-
rière ou femme fatale.

Rentre, Geoff, c'est le mieux que tu aies à faire. Et
le plus vite possible. J'ai eu Reg au téléphone cet
après-midi, et je lui ai pratiquement promis que tu
serais de nouveau avec eux la semaine prochaine.
Sinon, il va falloir que je fasse une apparition au
cabinet. Alors, un service n'en mérite-t-il pas un
autre ?

Bien à toi,

Imry

Il tombait une pluie froide quand je me rendis en
voiture à Saint-Jean-Cap-Ferrat. La Méditerranée était
grise et houleuse. Tout à coup, je n'avais plus aucune
envie de m'attarder. Je regrettais même de n'avoir
pas écouté Imry et d'être venu ici. J'aurais aimé faire
machine arrière plutôt que d'avoir à poursuivre dans la
voie que j'avais choisie.

Les grilles de la villa d'Abricot étaient ouvertes.
Je remontai la courbe de l'allée et m'arrêtai devant la
maison. Puis je bondis de la voiture et me dirigeai vers
la porte d'entrée, le col de ma veste relevé pour me
protéger de la pluie. Mais avant que je l'aie atteinte,
elle s'ouvrit à la volée de l'intérieur et un homme
sortit en trombe, me heurtant l'épaule au passage.

La vision que j'en eus, si rapide fût-elle, ne laissa
pas de m'impressionner. Il était plus grand que moi
d'une dizaine de centimètres et de carrure plus large,

vêtu d'un costume sombre fatigué par le voyage et d'une cape. Il était tête nue, et ses cheveux étrangement longs, probablement d'un noir de jais à une époque, étaient striés de gris, tandis que sa moustache de pirate avait gardé sa couleur originale. Son visage était déformé par une grimace de douleur ou de fureur – je n'aurais su dire –, et il marmonnait dans sa barbe, mais je ne réussis pas à saisir ce qu'il disait, ni même dans quelle langue.

Je le suivis des yeux quelques secondes pendant qu'il s'éloignait à grandes enjambées dans l'allée. Il se parlait à lui-même à voix haute maintenant, s'envoyant des claques sur la cuisse et proférant des jurons incompréhensibles, rejetant la tête en arrière et lançant des imprécations au ciel, tandis que la pluie tombait obliquement tout autour de lui. Je pris soudain conscience de la présence à mes côtés du domestique italien de Turnbull, qui essayait de me fournir l'abri d'un parapluie.

« *Buon giorno, signor Staddon.*

— Bonjour. Qui est cet homme ?

— Je ne sais pas. Il est venu voir le *signor* Caswell.

— Caswell est ici ?

— Au salon. Avec la *signorina* Roebuck.

— Fort bien. J'y vais de ce pas. Inutile de m'annoncer. »

Ils étaient chacun à un bout de la pièce, miss Roebuck calmement assise dans un fauteuil, pendant que Victor faisait les cent pas sur le tapis devant la cheminée, fumant fébrilement. Il était en train de parler, que dis-je, de crier, quand j'entrai.

288

« Non, non. Il était tout ce qu'il y a de plus sérieux, bon Dieu. Si je ne me retenais pas… » Il s'interrompit en me voyant. « Staddon ! Que diable faites-vous ici ?

— J'ai un mot à vous dire, c'est tout.

— Si c'est votre femme que vous cherchez, vous la trouverez en train de déjeuner avec Royston à La Réserve.

— C'est vous que je cherchais.

— Eh bien, vous m'avez trouvé.

— Voulez-vous que je vous laisse ? intervint miss Roebuck.

— Non, non, répondis-je. Je préférerais que vous entendiez tous les deux ce que j'ai à dire.

— Bon, eh bien, allez-y, bon Dieu, lança Victor.

— Je voulais que vous sachiez que je rentre en Angleterre.

— Royston sera désolé de l'apprendre. Il semble beaucoup apprécier la compagnie de votre femme.

— Il se peut qu'Angela ne rentre pas avec moi.

— Vraiment ? » L'idée que son ami puisse me faire cocu sembla lui remonter le moral. D'irrité son ton se fit sarcastique. « Ma foi, les femmes peuvent être diablement inconstantes, Staddon. Je l'ai appris à mes dépens.

— Je n'ai aucune envie de discuter de l'état de mon mariage avec vous.

— Non ? Vous m'étonnez. Vous sembliez pourtant bien impatient de discuter de l'état du mien.

— Victor ! intervint miss Roebuck, calmement mais sur un ton de léger reproche. Ne serait-il pas plus simple de laisser Mr Staddon s'exprimer ? » Elle me regarda depuis l'autre bout de la pièce. « Ai-je raison de croire que vous avez vu le bien-fondé du conseil que je vous ai donné la semaine dernière ?

— Pas vraiment. Je… » Il y avait une tranquille ironie dans son regard. Elle savait que j'étais vaincu, et elle savait aussi combien il m'était impossible d'admettre ma défaite. « Vous n'entendrez plus parler de moi. C'est tout ce que j'ai à dire. À moins que je découvre…

— Que vous découvriez quoi ? aboya Victor.

— Que j'ai été induit en erreur.

— Non, vous ne l'avez pas été, m'assura miss Roebuck non sans solennité.

— En ce cas, poursuivis-je, vous n'entendrez plus parler de moi. »

Nous nous fixâmes des yeux un long moment en silence, puis elle dit : « Merci, Mr Staddon. »

Je me tournai en direction de la porte. « N'attendez pas de remerciements de ma part », me jeta Victor.

Je compris en le regardant que sa résolution n'était pas plus solide que la mienne. Son hostilité était d'une extrême fragilité, masquant à peine une incertitude terriblement proche de la mienne. « Rassurez-vous, je n'en attendais pas », dis-je en me hâtant de quitter la pièce avant qu'il ait le temps de répondre.

Le vestibule était tranquille, si calme que j'entendais le bruit de la pluie sur les vitres du porche et le tic-tac d'une horloge quelque part dans les profondeurs de la maison. Au sommet de l'escalier qui décrivait une courbe se tenait une petite silhouette immobile, vêtue d'une robe bleu pâle et portant des rubans appareillés dans ses longs cheveux noirs. Elle restait là très droite, sans bouger, les mains plaquées à ses côtés. Son visage était impassible, mais ses yeux, quand ils croisèrent les miens, parurent se remplir de fureur et de reproche.

Elle avait été là tout le temps, j'en étais certain. Elle avait entendu jusqu'au dernier mot par la porte ouverte du salon. Entendu et compris, malheureusement. « Jacinta… commençai-je avant de m'interrompre, soudain conscient de la présence derrière moi d'Imogen Roebuck qui regardait en haut de l'escalier, en direction de la fillette.

— Si vous êtes prête, Jacinta, nous allons reprendre notre leçon, dit-elle. Attendez-moi dans votre chambre. »

Sans un mot, Jacinta fit demi-tour et s'éloigna. Dès qu'elle fut hors de vue, je me dirigeai vers la porte d'entrée, avide de mouvement et d'air, des bienfaits qu'ils semblaient offrir.

« Mr Staddon… »

Je me retournai.

« Je vous suis reconnaissante, vous savez.

— Oh, il n'y a pas de quoi.

— Vous n'aurez pas à regretter votre décision.

— J'espère que la suite des événements vous donnera raison.

— J'en suis sûre, croyez-moi, dit-elle avant de me tendre la main. Au revoir. »

Du moins pouvais-je refuser de lui serrer la main. Nous n'avions conclu aucun pacte et je ne ferais rien qui puisse impliquer que c'était le cas. « Au revoir », dis-je, avant de gagner la porte dans une fuite précipitée.

Comme me l'avait dit Victor, je trouvai Angela à La Réserve, le restaurant le plus chic de Beaulieu, attablée devant huîtres et champagne en compagnie de Royston Turnbull.

« En voilà une surprise, Staddon !

— Je suis venu parler à ma femme, major, pas à vous.

— Que veux-tu, Geoffrey ? » Gamine et rieuse avant de me remarquer, Angela affichait maintenant un air froid et sévère.

« Je quitte Nice demain. M'accompagneras-tu ?

— Tu sais pertinemment que c'est impossible.

— Donc, tu refuses ?

— Disons que je décline ta proposition.

— Quand puis-je espérer ton retour ?

— Quand tu me verras arriver. »

Il n'y avait rien à ajouter. Ce que confirmait le regard inflexible d'Angela. Turnbull goba une huître, se tapota le menton avec une serviette et m'adressa un grand sourire. « Ne vous inquiétez pas, Staddon. Je prendrai grand soin d'elle. »

Je rentrai à Nice sans trop faire attention à ma conduite. Les désertions, passées et présentes, semblaient fondre sur moi en trop grand nombre pour que je puisse jamais espérer leur échapper. Je passai l'après-midi à boire au bar du Negresco, dormis quelques heures d'un sommeil lourd, avant de me réveiller pour découvrir que la pluie, fouettée par le vent, tombait plus dru que jamais d'un ciel noir et agité.

Le lendemain me trouva en début de soirée à bord du train de nuit pour Calais. Je n'avais pas fait d'autre tentative pour raisonner Angela et, à présent, tandis qu'approchait l'heure du départ et que depuis la fenêtre de mon compartiment je regardais les derniers voyageurs se hâter sur le quai, je n'avais plus aucun espoir de la voir apparaître parmi eux. L'incrédulité devant le peu de respect que nous avions maintenant l'un pour l'autre était la seule chose qui me poussait à regarder.

Coups de sifflet, portières qui claquent, locomotive crachant de longs jets de vapeur, et tout à coup apparaît sur le quai quelqu'un qui ne m'est pas inconnu. Pas Angela, non, mais l'homme que j'ai vu la veille quitter la villa d'Abricot. Un *gendarme** au visage sévère le tient par le bras et le fait avancer, tandis qu'un autre, en uniforme de sergent, les précède, une valise au cuir éraflé à la main. Ma curiosité soudain en éveil, je baisse la fenêtre et me penche au-dehors.

Le sergent ouvre une portière avec fracas deux wagons plus loin, jette la valise à l'intérieur et d'un mouvement du pouce fait signe à son propriétaire de suivre le même chemin. Celui-ci roule des yeux furibonds, se libère d'un coup sec, secoue la poussière de ses vêtements, dit quelques mots que les deux autres s'empressent d'ignorer puis monte à bord.

Un instant plus tard, le train se mettait en branle. Tandis qu'il prenait de la vitesse, les gendarmes gardèrent les yeux ostensiblement fixés sur la voiture où ils avaient déposé leur précieux fardeau. Ce n'est qu'au moment où le fourgon du chef de train quitta le bout du quai qu'ils firent demi-tour, avec un haussement d'épaules à l'adresse l'un de l'autre, comme pour manifester leur soulagement d'avoir mené à bien une tâche difficile.

Quelques minutes plus tard, je passais à l'action. J'ignorais l'identité de cet homme, mais il fallait que je l'approche, et j'espérais qu'il serait à présent suffisamment calmé pour être abordé. En tant que visiteur à la villa d'Abricot, il avait déjà de quoi susciter mon intérêt. Mais en sa qualité de visiteur mis à bord d'un train *manu militari* au départ de Nice, il devenait nettement plus intéressant, et je devais à tout prix lui parler.

Il avait un compartiment pour lui tout seul, ce qui n'était pas autrement surprenant au vu de son allure menaçante. Il était tassé sur son siège, les pieds sur sa valise, tandis que la cape qui l'enveloppait lui donnait des proportions gigantesques. Non pas que cet aspect, pas plus que les couches de poussière qui recouvraient ses vêtements, ni l'état hirsute de sa crinière grisonnante, eût été l'élément le plus propre à dissuader les autres voyageurs. Ceux-ci auraient sans doute trouvé encore plus intimidants le rictus qui déformait sa bouche tandis qu'il grommelait dans son coin, ses sursauts et ses grognements d'indignation, ainsi que les mouvements de sa main droite qu'il n'arrêtait pas d'ouvrir et de refermer.

Il leva sur moi un œil noir quand je pénétrai dans le compartiment, puis regarda ailleurs. « Bonsoir, monsieur », hasardai-je, sans obtenir de réponse. Je pris place sur un des sièges en face de lui et souris. « Où allez-vous, monsieur ? » Pas de réponse. Je sortis mon étui à cigarettes, l'ouvris et le lui présentai. « Voudriez-vous une cigarette ? » Toujours pas de réaction. Je fis semblant de fouiller mes poches à la

recherche d'une allumette et lui adressai un grand sourire. « Excusez-moi. Pouvez-vous me donner du feu ? »

Ses yeux vinrent se planter dans les miens. « *Deixe-me
empaz, senhor* », grogna-t-il.

Ce que je voulais entendre, c'était la langue. Il
s'était exprimé en portugais. « Je vous ai vu quitter
la villa d'Abricot hier, dis-je précipitamment. Pour
quelle raison y êtes-vous allé ? » Ses yeux s'étrécirent.
« Était-ce à cause de Consuela ? »

En entendant son prénom, il se raidit. « Qui êtes-vous,
senhor ? demanda-t-il avec un accent prononcé.

— Je m'appelle Geoffrey Staddon.

— Staddon ? fit-il en fronçant les sourcils comme
si mon nom lui rappelait quelque chose.

— Je suis un ami de Consuela. Quelqu'un qui… »

Avant que je comprenne ce qui se passait, il avait
jeté les pieds par terre, écarté la valise et plongé en
avant pour me saisir le poignet. Qu'il enserrait d'une
main de fer avec une force qui n'était pas moins féroce
que son regard. « Quel genre d'ami ? dit-il lentement.

— Le genre dont elle a besoin. Le genre qui croit à
son innocence.

— Elle a toujours été innocente. C'est sa grosse
erreur.

— Vous la connaissez depuis longtemps ?

— Depuis plus longtemps que vous, je dirais.

— Je l'ai rencontrée pour la première fois il y a
quinze ans. J'ai construit une maison pour son mari.

— Pour Caswell ?

— Oui. Clouds Frome. Où…

— Ah, c'est donc ça. C'est de là que je connais
votre nom. Staddon. *O arquitecto.*

— Oui, c'est bien moi. Mais nous ne sommes toujours pas à égalité et…

— Je suis Rodrigo Manchaca de Pombalho, dit-il en libérant enfin mon poignet. Le frère de Consuela. »

Rodrigo était d'une nature heureuse et sociable. Je me souvenais de Consuela le décrivant dans ces termes. *O Urso de Mel*, l'avait-elle appelé, le Gros Ourson. Elle avait réservé une place toute particulière dans son cœur à ce frère qui était le plus proche d'elle par l'âge et par l'esprit, et il paraissait clair que lui de son côté avait fait de même. Nous restâmes longtemps et jusqu'à une heure tardive dans le wagon restaurant ce soir-là et, bien que le tempérament de Rodrigo parût s'affirmer de plus en plus nettement à mesure que la nourriture et le vin adoucissaient son humeur, il était encore en proie de temps à autre à des accès de tristesse, de découragement, de profond désespoir face à la situation de sa sœur. À un moment où il parlait de Victor, il réduisit un verre en miettes en l'écrasant dans sa main et, à un autre, il se mit à sangloter comme un enfant. Sa voix tonnait, ses bras s'agitaient en tous sens, ses yeux lançaient des éclairs ; il était pour les autres convives un sujet tout à la fois d'horreur et de fascination. Mais il m'apparaissait à moi comme porteur d'un immense espoir. Tour à tour joyeux, furieux ou déprimé, il n'en réussit pas moins à me pousser à croire pour la première fois qu'il était réellement possible de sauver Consuela.

Le frère aîné de Rodrigo, Francisco, était à la tête de l'entreprise familiale. C'est en cette capacité qu'il était amené à assister à des dîners et à des réceptions où l'on trouvait également des membres du corps diplomatique de Rio. Il avait été effaré d'apprendre d'un *attaché** de l'ambassade d'Angleterre que sa sœur devait être jugée pour meurtre. Blessés de voir que Consuela ne les avait pas même mis au courant et désemparés devant le peu de renseignements qu'ils parvenaient à glaner sur l'affaire, les membres de la famille avaient d'abord été trop perturbés pour agir. Finalement, au mépris de l'avis de ses frères, Rodrigo avait décidé de venir en Europe afin de découvrir la vérité, sans prendre conscience de l'ampleur de la tâche.

À son arrivée en Angleterre, il s'était rendu directement à Hereford, pour se retrouver confronté au mur auquel je m'étais moi-même heurté. Consuela avait refusé de le voir, l'informant par l'intermédiaire de Windrush qu'il lui avait fait honte en venant en Angleterre et qu'il devait immédiatement rentrer au Brésil. Quant à Victor, il était parti pour la France, emmenant Jacinta avec lui. Windrush avait proposé de lui organiser une entrevue avec l'avocat qu'il avait recruté à Londres – sir Henry Curtis-Bennett –, mais c'était là toute l'aide qu'il était en mesure de lui apporter. Ne s'arrêtant que le temps de se mettre à dos un officier supérieur de la police du Herefordshire, Rodrigo était parti pour le cap Ferrat.

L'accueil qu'il avait reçu à la villa d'Abricot avait été, sans surprise, chargé d'hostilité. Après avoir refusé de lui laisser voir Jacinta, Victor avait rejeté d'emblée l'idée que Consuela pût être victime d'une injustice, avant de lui enjoindre de quitter les lieux sans délai s'il ne voulait pas à y être contraint par la force.

« Je l'ai saisi à la gorge pour avoir osé me dire une chose pareille. Il n'en avait pas le droit. Il a eu peur, je l'ai bien vu. Il a toujours eu un peu peur de moi. Mais il est trop malin. Bien trop malin pour Rodrigo. Il a appelé la police. Qui m'a ordonné de quitter le territoire français. *Um criador-de-casos*. C'est comme ça qu'ils m'ont appelé : un fauteur de trouble. Ils ont dit que je l'avais menacé. Et c'était vrai. Il le méritait. Il méritait même pire, mais… je suis parti. Je n'avais pas le choix. Comment venir en aide à Consuela depuis une prison française ? »

Rodrigo se refusait à croire que sa sœur ait pu commettre un meurtre. C'était chez lui un article de foi. En conséquence, toute question de mobile ou de preuves était pour lui dénuée de toute pertinence. Et, puisque Consuela était nécessairement innocente, c'est Victor qui était coupable, coupable d'avoir abandonné sa femme à ses accusateurs, sinon d'avoir commis le crime dont ils la rendaient responsable. Quand je suggérai qu'il y avait peut-être quelque chose d'inconvenant dans la relation de Victor avec Imogen Roebuck, et que, si c'était le cas, cela pouvait avoir une incidence sur l'affaire, Rodrigo parut réellement déconcerté.

« Vous êtes comme Victor. Trop malin pour moi. Ce que je vois, moi, c'est que quelqu'un a essayé d'assassiner Victor. Et il n'est pas mort. *Que pena !* Ce n'est pas moi qui le pleurerai. Sa… sa *sobrinha* est morte à sa place. C'est bien triste. Mais qui est coupable ? Pas Consuela. *Nunca, nunca*. Alors qui ?

298

Quelqu'un qui voulait sa mort. Quelqu'un qui avait besoin qu'il meure. Qui est ce quelqu'un ? Je l'ignore. Mais quand je le découvrirai… »

Il y avait dans ces propos, et dans ceux qu'il tint par ailleurs, une antipathie à l'endroit de Victor qui allait au-delà de la simple désapprobation, ou même du mépris. Il haïssait tout en lui, détestait tout ce qu'il représentait. Il était difficile de croire qu'il ait pu accepter que sa sœur épouse un homme pour lequel il nourrissait d'aussi sombres sentiments. Il me fallait donc en conclure que la haine que lui inspirait Victor provenait d'événements postérieurs. Mais lesquels exactement ? Il refusa de me le dire. Quand je le pressai de questions, il fit semblant de ne pas me comprendre. Tout ce que j'appris, c'est que son père était mort ruiné, que la prospérité de sa famille avait depuis décliné de manière continue et que lui, Rodrigo, semblait, de quelque étrange manière, en tenir Victor pour responsable.

« Nous lui avons ouvert notre maison. Nous l'avons traité comme un membre de la famille. Victor Caswell. Cet homme souriant. Riche. L'ami de tous. *O grande empreiteiro. O cavalheiro culto.* Moi, il ne m'inspirait pas confiance. Francisco disait qu'il nous serait utile. Avec son argent, ses terres, son caoutchouc. Mais je voyais bien, dans ses yeux, ce qu'il était vraiment, ce Caswell. *Um ladrão.* Un voleur. Comme son ami, le major Turnbull. Mais qu'est-ce que j'en savais, hein ? Qu'est-ce que je pouvais comprendre ? Moi, le benêt, Rodrigo *o bêbado.* Alors, ils l'ont laissé épouser Consuela. Ils l'ont laissé l'emmener en Angleterre. Et puis ils ont découvert, trop tard, qui il était en réalité. »

Il poursuivit dans cette veine, fustigeant à coups de mots là où il aurait aimé frapper à coups de poing. Il était venu sauver Consuela, mais ne savait pas trop de quoi ni de qui. Tant qu'il l'ignorerait, Victor ferait l'affaire. Quant au reste – les circonstances, les preuves, la condamnation générale –, il refusait de se laisser influencer. Il n'avait foi que dans sa fureur inextinguible, dans son inébranlable confiance. Et je me pris à partager son sentiment tandis que je le regardais ce soir-là s'éloigner en se balançant dans le couloir du wagon. Lui ne connaissait rien de la culpabilité qui pouvait me retenir, rien des doutes qui pouvaient m'assaillir. Il était le sauveur dont Consuela avait besoin.

C'est pendant le petit déjeuner, le lendemain matin, alors que le train remontait vers le nord dans la grisaille de l'aube, que Rodrigo et moi arrêtâmes notre plan de campagne. Il retournerait à Hereford, approcherait tous ceux qui étaient impliqués de près ou de loin dans l'affaire et se montreraient prêts à lui parler. Il accepterait par ailleurs la proposition de Windrush d'une rencontre avec sir Henry Curtis-Bennett. Rencontre à laquelle j'assisterais également. L'avenir de notre campagne dépendait de l'opinion que se ferait le grand homme de nos chances de réussite.

La Manche était aussi grise et froide que la journée elle-même. Rodrigo et moi étions les seuls passagers sur le pont du ferry qui creusait péniblement son sillage en direction de Douvres. En vue des blanches falaises, je lui demandai où il en était avec Victor, quels engagements il avait réussi à lui arracher. Apparemment, aucun.

« Il m'a dit de rentrer au Brésil. D'oublier Consuela. Il m'a confirmé qu'il ne ferait rien pour l'aider, parce qu'il la croyait coupable. Ma sœur : *uma homicídia* ! C'en était trop pour moi. C'est là que je lui ai fait une promesse. *Uma promessa soleníssima.* Si ma sœur était pendue, je le tuerais. Et j'étais sérieux, il l'a bien vu. Si on lui ôte la vie à elle, je lui ôterai la sienne. »

Quand je levai les yeux sur lui, je vis ce qu'avait dû voir Victor. Pas étonnant qu'il ait été effrayé au point d'appeler la police. Rodrigo fixait la mer agitée d'un œil implacable, le visage empreint d'une menace dont j'aurais dû moi aussi tenir compte, mais j'en étais alors incapable. La tragédie trouve en elle sa propre cause, mais je devais encore en affronter les conséquences. Malgré tout ce que renfermait le passé, le pire était encore à venir.

9

C'était le dernier jour de novembre, froid et lugubre, noyé dans le brouillard, déjà happé par l'obscurité, semblait-il, à un moment où la nuit précédente n'avait pas encore relâché son emprise. Une ambiance joyeuse régnait à Frederick's Place, conséquence de l'annonce par Doris de ses fiançailles avec un petit employé de la banque d'affaires voisine du cabinet ; le personnel des deux établissements était invité à fêter l'événement aux Trois Couronnes sitôt après le travail.

J'étais pour ma part immunisé contre toute forme de gaieté. De fait, je fus grandement soulagé quand Windrush me téléphona dans l'après-midi pour me faire savoir que Rodrigo et lui devaient rencontrer sir Henry Curtis-Bennett à son cabinet du Middle Temple à dix-huit heures trente. L'avocat surchargé avait réussi à les intégrer à la dernière minute dans son agenda, et j'étais invité à me joindre à eux.

Je n'avais eu aucune nouvelle de Rodrigo depuis notre retour de Nice la semaine précédente ; aucune nouvelle, pour tout dire, de quiconque ayant un rapport avec l'affaire. Pour autant que je sache, Turnbull promenait toujours Angela dans les restaurants et les casinos de la Côte d'Azur. J'avais obtenu d'Imry un compte rendu détaillé de sa visite à York, lequel m'avait définitivement convaincu de l'inutilité d'enquêter plus avant dans le passé d'Imogen Roebuck. J'étais arrivé, en bref, à ce stade de découragement où, après avoir exploré toutes les pistes, on constate qu'on est toujours bredouille. Si bien que je ne pouvais qu'être reconnaissant à sir Henry des informations, si minces fussent-elles, qu'il serait en mesure de nous communiquer.

Le trajet me prit plus de temps que prévu, et l'escalier mal éclairé des Plowden Buildings finit de me mettre en retard. Rodrigo et Windrush étaient déjà installés, et sir Henry bien en voix, quand j'arrivai, hors d'haleine, me confondant en excuses.

Rodrigo, je m'en souviens fort bien, ne m'accorda aucune attention, pas même un signe de tête. Il semblait être allé chez un tailleur et un coiffeur depuis notre dernière rencontre, mais la sobriété de son apparence ne faisait qu'accentuer l'humeur sombre qui était la sienne. Il était tassé dans un fauteuil à oreilles, les yeux fixés sur sir Henry, uniquement occupé à se lisser pensivement la moustache. De son côté, Windrush, perché sur une chaise à dossier droit en dessous d'un lampadaire, n'était qu'agitation désordonnée ; il fumait fébrilement tout en fouillant dans les papiers entassés sur ses genoux.

Contrairement aux deux autres, sir Henry se montra accueillant et courtois, bien davantage que je ne l'aurais été moi-même avec un client débarquant à pareille heure un vendredi soir. Affecté d'un certain embonpoint et d'une calvitie naissante, il avait un de ces visages cordiaux et dépourvus de menton qui devraient être l'apanage, même si ce n'est pas toujours le cas, de tous les hommes grassouillets. Cette caractéristique, jointe à des signes évidents de lassitude, tant dans ses paroles que dans ses gestes, créait sur-le-champ une impression de vulnérabilité rassurante et attachante. À en juger par sa tenue, il était venu directement du tribunal où il avait dû passer une longue journée. On aurait pu, dans ces conditions, lui pardonner de songer davantage au confort de son foyer qu'à l'affaire dont nous le chargions. Rien pourtant dans son attitude ne le laissait penser.

« Je répéterai à votre intention, Mr Staddon, que notre demande visant à faire transférer à Londres le procès de Mrs Caswell a été acceptée. J'imagine que nous le devons aux troubles qui ont accompagné l'audience à Hereford. Le procès se déroulera à l'Old Bailey. Nous en connaissons aussi la date : le quatorze janvier. Ce qui nous laisse précisément six semaines pour préparer une défense. Avec la trêve de Noël au milieu, le délai n'est guère généreux, mais c'est là tout ce que nous sommes en droit d'espérer. Mrs Caswell a été transférée de la prison de Gloucester à celle de Holloway, dans l'attente de son jugement. C'est là que Windrush et moi-même sommes allés lui rendre visite hier après-midi.

« La réaction de Mrs Caswell face aux accusations est sans équivoque : elle nie tout en bloc. Je dois dire que sa sincérité et sa détermination m'ont profondément marqué. C'est d'ailleurs là le seul élément encourageant qui ressort de mon examen de l'affaire. Or les encouragements, je ne vous le cache pas, sont une denrée dont nous avons grand besoin. L'accusation a réuni un grand nombre de preuves indirectes très préjudiciables à notre encontre, que nous risquons fort de ne pas pouvoir réfuter. Notre réponse aux accusations repose presque entièrement sur la manière dont Mrs Caswell se comportera devant la cour et sur l'idée que se feront d'elle les jurés. Nous ne pouvons nier qu'elle était présente au moment où le crime a été commis, ni qu'elle avait les moyens et l'occasion de le commettre. Nous ne sommes pas non plus en mesure d'orienter les soupçons ailleurs. Je ne vois pas trace dans le dossier d'un début de piste menant à un autre suspect. En conséquence de quoi, nos efforts devront tendre dans une seule direction : convaincre la cour que Mrs Caswell est incapable d'avoir fait ce dont on l'accuse.

« La seule caractéristique commune à toutes les preuves dans les affaires d'empoisonnement est que le crime n'a jamais de témoin direct. Personne n'est là pour voir que l'on administre le poison. Dans le cas contraire, l'éventuel témoin interviendrait. Autant que je puisse en juger, tous ceux qui étaient dans la maison l'après-midi du neuf septembre pourraient en théorie avoir commis le meurtre. L'accusation va soutenir que personne en dehors de Mrs Caswell n'avait de raison de perpétrer un tel crime, ni une aussi belle occasion. Nous ferons valoir, quant à nous, qu'aucune personne saine d'esprit ne laisserait ainsi à la vue du premier venu les seules preuves de sa culpabilité. Si nous réussissons à démontrer la nullité de ces preuves, nous aurons créé une défense convaincante, mais pour y parvenir nous devrons faire appel à Mrs Caswell.

« Je prévois que l'issue du procès va dépendre presque entièrement du témoignage de l'accusée elle-même. Mon interrogatoire lui donnera toutes les chances de se montrer sous son meilleur jour, et je la préparerai au contre-interrogatoire au mieux de mes capacités. Je n'insisterai jamais assez, cependant, sur le fait que le nœud de l'affaire sera la manière dont elle réagira aux questions malveillantes. Là, je ne serai pas en mesure de l'aider. Elle sera livrée à elle-même. C'est alors seulement que nous saurons si nos efforts en sa faveur ont des chances d'aboutir à un acquittement.

« Voilà donc pour la stratégie. Voyons à présent les témoins que vous avez recrutés, Windrush. D'heureuses nouvelles, de ce côté-là ?

— J'ai retrouvé la trace de Cathel Simpson, la femme de chambre de Mrs Caswell, chez son nouvel employeur à Birmingham. Elle est prête à jurer que ni l'arsenic ni les lettres ne se trouvaient dans le tiroir la veille de la perquisition.

— Excellent. Et le jardinier ?

— Le genre à ne pas vous chanter la même chanson deux fois de suite.

— Excusez-moi, intervins-je. Banyard m'a dit que c'était à la suite des plaintes de Mr Caswell, et non de Mrs Caswell, qu'il s'était procuré le Weed Out. Ce détail pourrait-il vous être utile ?

— Absolument, dit sir Henry. Et pour renforcer notre position, nous avons besoin de bons témoins de moralité. On avance de ce côté, Windrush ?

— Miss Hermione Caswell paraît être le choix qui s'impose. Convaincue de l'innocence de Mrs Caswell et parente de la défunte. Beaucoup de caractère. Peu susceptible de se laisser démonter.

— Bon. Quelqu'un d'autre ?

— Je crains bien que non. Mrs Caswell ne semble pas avoir beaucoup d'amis. Quant aux amis de Mr Caswell, ils font tout pour nous éviter. Il y a le prêtre de l'église de Hereford, évidemment, mais…

— Pas une très bonne idée, à mon avis. Cela ferait plus de mal que de bien avec les protestants dont nous risquons d'hériter chez les jurés. » Il réfléchit un moment. « Nous devrons donc nous contenter de miss Hermione. Peut-être que, à la réflexion…

— Je serais heureux de témoigner, intervins-je, plus abruptement qu'il n'était dans mes intentions.

— Merci, Mr Staddon, dit sir Henry avec un sourire indulgent, mais non, voyez-vous. Vous ne feriez, je le crains, qu'embarrasser le jury. L'expérience m'a montré que les jurés n'arrivent jamais à croire que des hommes et des femmes mariés puissent n'être que des amis, et rien de plus. »

Je remarquai que Rodrigo avait tourné la tête de mon côté. Mais ses yeux étaient dans l'ombre, et j'ignorais ce qu'il pensait.

« Je vais peut-être pouvoir vous aider d'une autre manière, poursuivis-je. Vous avez parlé de l'absence d'un autre suspect possible, sir Henry. Peut-on exclure la possibilité que Mr Caswell ait mis en scène cet empoisonnement dans le but de se débarrasser de son épouse ? »

Windrush eut une grimace et ravala sa salive. Sir Henry, quant à lui, me regarda plus attentivement qu'il ne l'avait fait jusque-là. « Seriez-vous prêt à développer votre remarque ? » demanda-t-il doucement.

Jamais il ne m'était apparu aussi clairement que mes soupçons à l'encontre de Victor Caswell étaient peu fondés que quand je m'efforçai, sans succès, de l'impliquer directement dans l'affaire, en réponse à la demande de sir Henry. Je m'entendis mêler impressions

307

et déductions d'une façon que je trouvais moi-même peu convaincante. Quand finalement je me réfugiai dans le silence, sir Henry resta un moment la bouche pressée sur ses mains croisées devant son visage. Puis il sourit, avant de s'adresser à moi sur un ton d'aimable critique.

« Votre théorie est indéfendable, Mr Staddon. Qui plus est, l'évoquer devant le tribunal ne ferait que nous mettre à dos aussi bien le juge que les jurés. Ils auraient l'impression que nous ne cherchons qu'à aggraver la douleur de la famille en avançant des allégations sans fondement et de mauvais goût. Fiez-vous à moi. S'il y a des affaires où la contre-attaque est la meilleure défense, celle-ci n'en est pas une. »

Soudain Rodrigo sortit de sa léthargie. « Je voudrais poser une question, annonça-t-il d'une voix tonnante.

— Mais je vous en prie, dit sir Henry, le visage plissé par son éternel sourire.

— Serez-vous capable de sauver ma sœur ?

— Ma foi, ce n'est pas aussi simple que…

— C'est tout ce que je veux savoir ! dit Rodrigo, en envoyant une claque sur le bras de son siège. Pouvez-vous la sauver ?

— Je peux la sauver, oui, répondit sir Henry, imperturbable. J'espère la sauver. Mais je ne peux pas le garantir. On n'a jamais de certitudes quant à l'issue d'un procès, on ne peut qu'évaluer ses chances de succès.

— Et ces chances, en l'occurrence, quelles sont-elles ? demandai-je.

— À parler franchement, pas très bonnes. Mais elles ne sont pas non plus négligeables. Et je suis convaincu qu'elles peuvent s'améliorer dans des proportions notables d'ici au quatorze janvier. »

« — Qu'arrivera-t-il si vous échouez ? demanda Rodrigo. Que risque-t-elle si vous perdez le procès ?

— Ce sera au juge d'en décider.

— On la pendra ? »

La question parut entamer l'optimisme affiché jusque-là par sir Henry. Il se laissa aller contre le dossier de son fauteuil et son visage s'allongea. « C'est une possibilité.

— C'est ce que je craignais, dit Rodrigo, hochant la tête d'un air sombre avant de se mettre debout. *Chego !* Vous m'avez appris ce que je voulais savoir. Il faut que je vous laisse, à présent. *Obrigado e boa tarde, senhor.* » Il s'inclina d'une manière un peu raide, pivota sur ses talons et quitta la pièce.

Windrush fut manifestement pris de court par le départ soudain de Rodrigo. Il nous regarda tour à tour, sir Henry et moi, avec une grimace de désarroi. « Heu… je suis désolé. Vraiment désolé. Je ferais bien de le rattraper.

— Ce n'est pas grave, dit sir Henry. Nous en avions pratiquement terminé.

— Il reste que je… » Il empila ses papiers à la hâte, en en laissant échapper quelques-uns.

« L'excitabilité est une caractéristique du tempérament latin, après tout, ajouta sir Henry, le cou tendu pour s'adresser à Windrush occupé à rassembler son dossier.

— Je sais, mais… dit Windrush en se redressant. Il faut vraiment que je vérifie deux ou trois choses avec lui. Si vous voulez bien m'excuser. » Sur quoi, et avec un bref signe de tête à mon intention, il se précipita à la suite de Rodrigo.

« Je vais devoir partir moi aussi, dis-je, tandis que s'éteignait le bruit des pas de Windrush.

— Rien ne presse, Mr Staddon, je vous assure. Je pensais justement… Voudriez-vous un cigare ?

— Heu… non merci. »

Ce qui ne l'empêcha pas de s'en allumer un. Dès la première bouffée, il prit une posture plus détendue. « Je pensais justement au mot que je viens d'employer pour décrire notre ami brésilien. Excitable, le qualificatif lui convient-il ?

— Tout à fait.

— C'est aussi mon avis. Mais on ne saurait l'appliquer à sa sœur, n'est-ce pas ? Mrs Caswell est l'une des personnes les plus calmes qu'il m'ait été donné de rencontrer. Peut-être même la plus calme de toutes, au vu de sa situation. »

La suggestion d'Imogen Roebuck me revint à l'esprit. « Comme si elle était indifférente à ce qui lui arrive ? Comme si… elle le cherchait délibérément ?

— Que voulez-vous dire, Mr Staddon ? demanda sir Henry, le sourcil froncé.

— Il y a simplement que… Consuela Caswell est incapable de meurtre, mais seulement si l'on admet qu'elle n'a pas changé depuis le temps où je la connaissais. Et si elle avait bel et bien changé ? Vous avez dit qu'aucune personne saine d'esprit ne commettrait un crime de ce genre pour ensuite laisser traîner les preuves de sa culpabilité dans l'attente que la police les découvre. Et vous avez raison. Aucune personne *saine d'esprit*. Mais si la…

— Permettez que je vous arrête ! » Il sourit comme pour s'excuser de son interruption. « Mrs Caswell est innocente. J'en suis sûr. Et la défendre sera pour moi un honneur, quelle que soit l'issue. Mais si nous commençons à semer la confusion dans les esprits, nous sommes perdus. Vous comprenez ?

— Oui, je comprends.

— Bien. À présent, si vous refusez mon cigare, peut-être accepterez-vous un verre ? Pour être tout à fait franc, Mr Staddon, vous semblez en avoir besoin. »

Vingt minutes plus tard, je sortais des Plowden Buildings pour me retrouver dans le froid âpre de la nuit. Je pris au sud le long de Middle Temple Lane et vis aussitôt, sous un porche à quelques mètres devant moi, Windrush qui attendait dans un nuage de fumée, mélange de cigarette et de vapeur d'eau.

« Ah, vous voilà, Staddon, Dieu merci. J'ai cru que je vous avais manqué.

— Où est Rodrigo ?

— Disparu. Il est d'humeur bizarre, autant que vous le sachiez. C'est pourquoi je voulais à tout prix le rattraper. J'espère seulement qu'il ne fera pas de bêtise.

— Qu'entendez-vous par là ?

— Dieu seul le sait. Mais il m'inquiète, vraiment. Vous allez dans quelle direction ?

— Métro Temple.

— Je vous accompagne, si ça ne vous dérange pas.

— Je ne nie pas que j'aurais bien aimé moi aussi avoir un mot avec Rodrigo, dis-je au moment où nous nous mettions en route.

— Vous pouvez vous estimer heureux de n'avoir pu le faire. Il semble vous avoir pris en grippe. »

Ce qui expliquait le mépris ostensible qu'il m'avait témoigné dans le cabinet de Curtis-Bennett, mais pas son origine. « Je ne comprends pas, dis-je. Il semblait pourtant plutôt amical lors de notre dernière rencontre.

— Et il disait le plus grand bien de vous quand il est venu à Hereford la semaine dernière. Mais il s'est produit depuis quelque chose qui a changé son attitude. J'ignore quoi. Quand je suis passé le prendre à son hôtel cet après-midi…

— Où est-il descendu ?

— Au Bonnington, dans Southampton Row.

— Peut-être devrais-je aller le trouver. Je crois pouvoir dissiper tout malentendu.

— À vous de voir, bien sûr, mais personnellement je ne vous le conseillerais pas. Je sais qu'il est parfois difficile à suivre – l'accent, les phrases hachées –, mais il n'a laissé aucun doute sur ses sentiments à votre égard. Il ne veut plus avoir affaire avec vous, Staddon, à aucun prix. Ce à quoi il serait prêt à se livrer si je lui apprenais que c'est vous qui réglez les honoraires de sir Henry, je n'ose même pas l'imaginer.

— Il n'est donc pas au courant ?

— Grands dieux, non ! Fort heureusement, il manque bien trop d'esprit pratique pour se préoccuper d'argent. Il y a donc peu de chances pour qu'il pose des questions à ce sujet.

— Sir Henry n'a pas semblé se formaliser outre mesure de son départ inopiné.

— Je suis heureux de l'apprendre. Convaincre sir Henry de se charger de l'affaire est ce que j'ai fait de mieux jusqu'ici pour Mrs Caswell. Je ne voudrais pas que son cinglé de frère le fasse fuir. »

Nous tournâmes sur Victoria Embankment et poursui-
vîmes notre chemin en silence. Bientôt, la pensée que je
m'efforçais de refouler depuis un moment affleura à mon
esprit et se matérialisa en une question avant que j'aie eu
le temps de l'en empêcher. « Comment va Consuela ?

— Égale à elle-même. Calme. Distante. À l'image
de ce cygne que j'ai vu aujourd'hui sur la Serpentine.
Élégant. Détaché des affaires de ce monde. Au bout
d'un moment, il y a de quoi vous mettre mal à l'aise.

— Retournerez-vous bientôt la voir ?

— Oui, demain matin, avant de rentrer à Hereford. »

Nous nous arrêtâmes à l'entrée de la bouche de métro.
J'étais humilié à l'idée de l'accès que cet homme, qui
m'était totalement étranger, avait eu, sans le vouloir il
est vrai, à ma vie privée, et je rechignais à lui poser la
question qui, à l'évidence, me brûlait les lèvres.

« Nos chemins se séparent ici, Staddon. Je loge chez
des amis à Mitcham. Je vous souhaite donc le bonsoir.

— Avant que vous partiez…

— Oui ?

— À propos de Consuela, est-ce que…

— Elle refusera de vous voir, dit-il, avec un sourire
de regret. Elle est inflexible sur ce point. Comme sur
beaucoup d'autres.

— Vous pourriez… lui redemander.

— Je pourrais bien lui demander cent fois que la
réponse resterait la même. Elle me dit que vous en
connaissez la raison. »

Je ne répondis rien. Le message de Consuela constituait à lui seul une accusation qu'il m'était impossible
de réfuter. Windrush inclina la tête, comme si mon
silence lui fournissait la confirmation qu'il attendait.

313

« Bonsoir, Staddon. Je vous contacterai. »

Déprimé à la perspective d'une soirée solitaire, je passai deux ou trois heures dans la chaleur et la convivialité d'un pub de Notting Hill Gate. L'imprudence de ma conduite ne se fit jour qu'au moment où j'arrivai à Suffolk Terrace. Dès qu'elle m'eut ouvert la porte, Nora m'annonça qu'Angela était de retour.

Je la trouvai installée au salon en compagnie de deux des amies avec lesquelles elle jouait au bridge et courait les magasins, Maudie Davenport et Chloë Phipps. La plupart des robes qu'elle avait achetées à Nice étaient dépliées sur le dossier des chaises ou des fauteuils ; celle qu'elle portait paraissait neuve elle aussi. Elles riaient à gorge déployée quand j'entrai, et surgit alors devant moi, à les entendre, l'image de trois oies s'ébattant dans une cour de ferme. Il est possible que mon visage ait trahi mes pensées. Quoi qu'il en soit, leur rire mourut aussi soudainement qu'une lumière qu'on éteint, et la température de la pièce sembla chuter de plusieurs degrés.

« Ah, te voilà, Geoffrey. Je me demandais où tu étais passé. » Angela vint à ma rencontre, tendant la joue afin que je puisse y déposer le baiser que devaient guetter ses amies.

« Bon voyage ?

— Pas trop mauvais, merci.

— Tu aurais dû me dire que tu rentrais, je serais allé t'attendre à la gare.

— Tout a été tellement bousculé, mon chéri.

— Je vois. Si vous voulez bien m'excuser, mesdames, je crois que je vais prendre congé. Je suis flapi.

— Bonne nuit, Geoffrey. »

Là-dessus, peu soucieux de l'impression que je pouvais laisser derrière moi, je sortis, d'un pas mal assuré.

C'est la lumière dans le dressing-room d'Angela qui me réveilla. On aurait aussi bien pu être le lendemain matin, mais le réveil sur le chevet m'indiqua qu'il n'était pas encore minuit. Je restai allongé, aussitôt en éveil, à écouter le bruit de la brosse dans les cheveux d'Angela et le bruissement de la soie sur sa peau. Un moment plus tard, elle se glissa dans le lit à côté de moi. Pas de contact, pas de main se posant sur un bras, aucun effort d'aucune sorte pour tenter de combler le fossé qui nous séparait. J'aurais pu faire semblant d'être endormi, et c'est sans doute ce qu'espérait Angela. C'est cette pensée, je suppose, qui me poussa à parler.

« Une soirée agréable, ma chère ?

— Qui, comme tu peux t'en douter, Geoffrey, n'a pas été arrangée par ton arrivée inopinée dans un état d'ébriété avancé. La bière a des relents tellement vulgaires.

— Comment pouvais-je savoir que je te trouverais en pleine réception, entourée de ta cour ? Pourquoi ne pas m'avoir prévenu ?

— Je ne pensais pas que tu puisses être intéressé.

— Tu as voyagé seule ?

— Non. Victor et son entourage sont partis en même temps que moi. Je suis revenue avec eux.

— Le redoutable major était-il du lot ?

— Bien sûr que non. »

Le silence s'installa ; il était sur le point de devenir définitif quand Angela reprit la parole.

« J'ai pris l'habitude de dormir seule, Geoffrey. J'espère que tu ne verras aucune objection à ce que Nora te prépare l'autre chambre demain. Tu y seras très bien. »

La pièce à laquelle elle faisait allusion avait été la chambre d'enfant d'Edward. Je me souvenais d'être rentré après son décès pour la trouver vidée de ses vêtements, de ses jouets, et même dépouillée de son papier peint aux motifs de l'Île au trésor, mais pas – malgré la frénésie d'Angela – de son souvenir indélébile. « Comme tu voudras », murmurai-je, avant d'enfoncer le visage dans l'oreiller.

Je me levai de bonne heure le lendemain matin, pressé, pour tout dire, de partir au bureau avant qu'Angela soit debout. Après un petit déjeuner rapide, je passai dans mon bureau histoire de rassembler quelques papiers, mais je fus bientôt interrompu par Nora. Elle avait un air perplexe, en rapport, sans doute, avec le coup de sonnette que je venais d'entendre à la porte d'entrée. Un télégramme, pensai-je d'abord, avant d'être promptement détrompé.

« Il y a là une jeune demoiselle qui vous demande, monsieur. Elle dit…

— Son nom est Jacinta Caswell ?

— Mais oui, monsieur. C'est le nom qu'elle a donné. Vous la connaissez donc ?

— Oui, Nora, je la connais. »

Elle était dans le salon, vêtue comme elle l'était le jour où je l'avais vue pour la première fois, à Frederick's Place. Seule son expression avait changé. À la prudence était venu s'ajouter le soupçon, à la détermination le défi. À la voir ainsi, je me sentis aussi fier d'elle que honteux de moi-même.

« Bonjour, Mr Staddon.

— Bonjour, Jacinta. Il est bien tôt pour te promener déjà dans les rues de Londres.

— Oh, je ne me suis pas promenée. Je suis venue directement ici depuis notre hôtel. Il fallait que je parte avant le petit déjeuner, autrement mon père m'en aurait empêchée.

— Je veux bien le croire.

— Sinon lui, alors miss Roebuck.

— Veux-tu boire ou manger quelque chose ?

— Non, merci. Je ne peux pas rester longtemps, on va s'apercevoir de mon absence et me chercher.

— Pas ici, tout de même.

— Je n'en sais rien. Je ne peux pas en être sûre. Et vous, le pouvez-vous ?

— Comment es-tu venue ?

— En taxi. Le major Turnbull m'a donné un souverain avant notre départ de la villa d'Abricot. Je l'ai utilisé pour payer le chauffeur.

— Nous avions convenu de toujours nous rencontrer à mon cabinet.

— Mais je ne vous y aurais pas trouvé, si ? Pas à cette heure. Et nous rentrons à Hereford ce matin même. Mon père me l'a dit hier soir.

— Mais quand même…

— Pourquoi avoir fait ça, Mr Staddon ? C'est ce que je suis venue vous demander. Pourquoi avoir accepté de laisser mon père et miss Roebuck tranquilles ?

— Je n'ai rien fait de tel. Enfin, pas exactement. Je…

— "Vous n'entendrez plus parler de moi." Voilà ce que vous avez dit. J'étais en haut de l'escalier et j'écoutais.

— Mais ça ne voulait pas dire ce que tu penses. Ça ne signifiait en aucun cas que j'allais cesser d'aider ta mère.

— Vous êtes sûr ? » Son petit menton tremblait. Je sentis qu'elle était au bord des larmes, mais qu'elle faisait tout son possible pour les refouler. Comme sa mère, elle était déterminée à ne montrer aucun signe de faiblesse. J'aurais voulu la soulever dans mes bras et la serrer contre moi. Mais le passé – et le rôle que j'y avais joué – me retint.

« Nous lui avons trouvé un bon avocat, Jacinta. Un homme très habile. Il fera en sorte que la cour l'acquitte.

— Comment y parviendra-t-il ?

— Son travail, c'est d'examiner les preuves, d'interroger les témoins, de... convaincre les jurés.

— Croyez-vous qu'il les convaincra ?

— Oh oui, j'en suis certain.

— Et s'il n'y arrive pas ?

— Inutile de poser la question. Sir Henry Curtis-Bennett ne saurait échouer. Cela ne lui arrive jamais.

— Jamais ?

— Pas dans des affaires de ce genre.

— Vous en êtes vraiment sûr ?

— Mais oui.

— Et il s'appelle sir Henry Curtis-Bennett ?

— Oui. Tu n'as sans doute jamais entendu parler de lui, mais c'est un avocat très célèbre.

— Oh, mais si, j'en ai entendu parler. Mercredi soir
– la veille de notre départ –, mon père est resté tard à
discuter avec le major Turnbull. Je suis descendue en
catimini et j'ai écouté leur conversation.

— C'était dangereux, non ?

— Pas vraiment. Miss Roebuck avait la migraine.
Elle avait pris quelque chose pour dormir. Et puis le
major Turnbull a une voix qui porte. Si bien que je
n'ai eu aucune difficulté. Vous voulez savoir ce qu'ils
se sont dit ?

— Je ne suis pas sûr.

— Mon père avait eu un coup de téléphone de son
notaire, Mr Quarton. C'est lui qui a dû lui parler de
sir Henry, parce que mon père demandait au major s'il
pensait que celui-ci était capable de gagner le procès.
Il ne donnait d'ailleurs pas l'impression d'avoir envie
qu'il le fasse.

— Et qu'a dit le major ?

— Que sir Henry était un bon avocat, mais sans plus.
Ensuite, il a dit quelque chose de vraiment méchant.

— Mais encore ?

— Il a dit que, l'année dernière, sir Henry a défendu
une femme accusée d'avoir tué son mari… et qu'il a
perdu le procès. La femme, qui s'appelait Thompson,
a été pendue. C'est vrai, Mr Staddon ? »

C'était l'exacte vérité, même si cette affaire m'était
sortie de la tête. Curtis-Bennett avait effectivement
défendu Mrs Thompson. Il avait perdu. Et elle avait
été pendue. Alors qu'elle n'aurait jamais dû l'être.

« Je… je ne m'en souviens pas, répondis-je.

— Il a ajouté que sir Henry n'était qu'un moulin à
paroles et que mon père n'avait rien à craindre de lui.

— C'est vraiment ce qu'il a dit ?

— Oui, Mr Staddon. Je l'ai entendu très distinctement. "Tu n'as rien à craindre, Victor, absolument rien." Qu'est-ce que cela signifie ? Croyez-vous qu'on va pendre ma mère ? C'est ce que souhaite mon père ? Pourquoi faut-il… »

Tout à coup, il y eut un vacarme à la porte d'entrée. On actionnait le heurtoir en même temps que la sonnette. J'entendis la voix de Nora, puis, stridente et reconnaissable entre toutes, celle de Victor qui rugissait : « Où est ma fille ?

— Mon père ! s'exclama Jacinta, les yeux écarquillés de frayeur. Comment a-t-il su où j'étais ?

— Je l'ignore.

— Vite, dites-moi, qui était l'homme qui quittait la villa au moment où vous arriviez lors de votre dernière visite ? Personne ne veut me le dire.

— C'est ton oncle Rodrigo. Le frère de ta mère. Il est venu du Brésil et il… »

La porte s'ouvrit violemment et Victor fondit sur nous. « Qu'est-ce qui se passe ici, bon Dieu ? » hurla-t-il.

Jacinta se retourna et le regarda calmement. Aussitôt, il recula d'un pas, semblant perdre soudain une partie de son agressivité autant que de son assurance.

« Je suis sortie me promener avant le petit déjeuner, père, répondit Jacinta sans se démonter, et je me suis perdue. Et puis j'ai vu la plaque indiquant Suffolk Terrace et je me suis souvenue que c'était là qu'habitaient Mr et Mrs Staddon. J'ai eu de la chance, non ? »

Un instant, Victor la regarda fixement en silence, ses lèvres esquissant des mots qu'il n'osait prononcer.

« Allez, sors, finit-il par dire. Miss Roebuck attend dans la voiture.

— Très bien, père, dit-elle, avant de me jeter un coup d'œil et d'ajouter, au revoir, Mr Staddon. Merci de votre aide.

— Au revoir, Jacinta. »

Elle sortit à pas comptés, refermant la porte derrière elle. Devançant Victor, je lui posai la question qui s'imposait.

« Comment avez-vous su qu'elle était ici ?

— Par un coup de téléphone de votre femme. Elle pensait que j'étais en droit de savoir où se trouvait ma fille.

— Je vous l'aurais ramenée sans tarder.

— Comment et pourquoi s'est-elle retrouvée chez vous, Staddon ?

— Vous avez entendu son explication. »

Il s'approcha encore de moi, sans prendre la peine de cacher l'hostilité qui animait son regard. « La dernière fois que nous nous sommes vus, vous avez pris l'engagement de nous laisser tranquilles, ma famille et moi.

— Tant qu'on ne cherchait pas à m'induire en erreur.

— Et vous prétendez que tel n'est pas le cas ?

— Je ne prétends rien du tout. Jacinta s'est perdue et est venue sonner à ma porte. C'est tout.

— Non, ce n'est pas tout. Une chose, encore : si vous essayez de parler à nouveau à Jacinta, ou de communiquer de quelque manière que ce soit avec elle…

— Oui ?

— Alors, je veillerai à ce que vous perdiez le peu de clientèle que vous laissent vos affaires déjà fort mal en point.

— Et comment vous y prendrez-vous ?

— Je suis plus influent – et dans bien des domaines – que vous ne sauriez l'imaginer. Ne m'obligez pas à user de ce crédit à vos dépens.

— Influent, vous ne l'êtes certainement pas chez moi, Caswell. Je vous prierai donc de quitter les lieux. »

Comme précédemment, il parut sur le point d'ajouter quelque chose, mais il se ravisa après quelques secondes de réflexion. Il me fixa sans ciller, ostensiblement, avant d'incliner légèrement la tête, comme satisfait à l'idée que les choses étaient désormais claires entre nous. Puis il quitta la pièce d'un pas rapide.

Dès que j'entendis la porte d'entrée se refermer derrière lui, je me dirigeai vers la chambre. Mais je m'arrêtai net au milieu de l'escalier. Si je me trouvais en présence d'Angela dans mon état actuel, j'étais capable de dire ou de faire n'importe quoi. À la première de ses remarques acerbes je risquais de ne pas pouvoir m'en tenir à une violence purement verbale. Je redescendis dans le vestibule et appelai Nora.

« C'est vous qui avez dit à madame que Jacinta Caswell était ici, Nora ?

— Oui, monsieur. Elle m'a demandé qui était le visiteur, alors je lui ai donné le nom de la jeune demoiselle.

— Je vois. Merci.

— Vous sortez, monsieur ?

— Oui.

— Serez-vous rentré pour le déjeuner ?

— Non. Ni pour le déjeuner, ni pour aucun autre repas. »

L'hôtel Bonnington était un établissement modeste mais correct. On m'informa poliment que Rodrigo était dans sa chambre, dont on me donna le numéro. Quand je frappai, il n'y eut aucune réponse. Quelques coups supplémentaires déclenchèrent cependant un grognement sourd que je pris pour une invitation à entrer.

La chambre était glaciale. La fenêtre ouverte laissait entrer le froid et l'humidité, et le feu dans la cheminée était éteint depuis longtemps. Rodrigo était allongé sur le lit étroit, tout habillé et inerte, tel un gisant sur son tombeau. Lentement, il leva la tête et me regarda.

« Staddon ! » Il avait accentué les deux syllabes de mon nom avec une force égale, les crachant comme une insulte.

« Bonjour, Rodrigo. Comment allez-vous ?

— Comment je vais ? » Il se redressa sur son séant, et c'est alors que je m'aperçus de son état : débraillé, cheveux hirsutes, yeux rougis et gonflés, menton couvert de poils noirs. À côté de lui, à moitié cachée par les couvertures en désordre, traînait une bouteille vide. « Vous osez me demander comment je vais ?

— Mais… qu'est-ce qui ne va pas ?

— Vous, Staddon. Voilà ce qui ne va pas.

— Je ne comprends pas.

— Je suis allé à Hereford. On m'a tout raconté sur votre compte.

— On vous a dit quoi ? Et qui est ce "on" ? »

Il fit basculer ses jambes sur le sol et me fusilla du regard. « Pourquoi êtes-vous ici ? demanda-t-il.

— Pour vous parler. Pour savoir ce qui vous ennuie.

« — On va pendre ma sœur. En guise d'ennui, ça ne vous paraît pas suffire ?

— Je croyais que nous allions travailler ensemble à l'empêcher.

— Travailler ensemble ? Rodrigo Manchaca de Pombalho et vous ?

— Oui. Pourquoi pas ?

— Pourquoi pas ? » Il quitta le lit d'un bond et, avant que je comprenne ce qui m'arrivait, m'agrippa par les revers de mon pardessus. Je fus projeté en arrière et plaqué contre le mur, conscient de sa force effrayante, et réduit à espérer qu'il relâcherait sa prise. Son visage était tout près du mien ; et il avait le souffle rauque. « Vous m'avez menti, je me trompe ?

— Je ne vois pas ce que vous voulez dire.

— Vous m'avez dit que vous étiez l'ami de Consuela. Mais vous ne m'avez pas dit que vous étiez son amant.

— C'est faux. Je ne l'ai jamais été.

— Vous persistez à mentir ?

— Qui a dit une chose pareille ? À qui avez-vous parlé ?

— Peu importe. Ce qui importe, c'est la réponse à cette question : le reconnaissez-vous ?

— Écoutez-moi. Il y a eu une… »

Soudain, ma tête fut brutalement rejetée en arrière contre le mur. Il avait resserré sa prise et je me sentis soulevé de terre. « Encore un mensonge, Staddon, un seul, et je vous brise en mille morceaux.

— Très bien. Je l'avoue. Consuela et moi… nous nous sommes aimés. Il y a bien des années. Mais cela ne change rien.

— Parce que vous croyez que je vais accepter votre aide, sachant que vous étiez l'amant de ma sœur, l'homme qui a fait d'elle… qui a fait d'elle… *uma adúltera* ?

— Mais ça n'a rien à voir avec son procès. Tout ce que j'essaie de… »

Je me fis l'impression d'avoir glissé sur une plaque de verglas et heurté le sol avant même d'en être conscient. Je me retrouvai dans un coin de la chambre, en train de voir trente-six chandelles, les pieds emmêlés dans ceux d'une table basse, les épaules meurtries. Rodrigo me dominait de toute sa hauteur, sa masse déformée par mon angle de vision. « *Você desonrou a minha irmã*, rugit-il. *Você desonrou a minha família.* » Je portai la main à mon front et la retirai pleine de sang. Je me mis à quatre pattes et me relevai lentement, prudemment, sans le quitter des yeux.

« Mais bon Dieu…

— Pas un mot ! Je ne veux plus entendre le son de votre voix, Staddon. Sortez d'ici. Sortez tant que je vous le permets encore. »

Réduit au silence par mon instinct de conservation, je me dirigeai vers la porte avec précaution. Le regard de Rodrigo ne me lâchait pas. J'aurais voulu le raisonner, lui expliquer que le tableau n'était pas aussi noir qu'il avait l'air de le penser. J'aurais surtout voulu lui demander qui lui avait révélé ma liaison avec Consuela. Mais je n'osai pas.

J'ouvris doucement la porte, puis me penchai pour récupérer mon chapeau, tombé aux pieds de Rodrigo. Avant que j'aie le temps de m'en saisir, celui-ci avait glissé la pointe de sa chaussure sous le bord et l'avait expédié dans le couloir. Cependant que son regard furieux m'avertissait de l'inutilité de toute protestation. Je sortis à reculons et, dès que j'eus franchi le seuil, il me claqua la porte au nez.

Une femme de chambre qui passait dans le couloir ouvrit de grands yeux en me voyant. Je souris pour tenter de la rassurer, puis, me rappelant ma blessure à la tête, je me détournai et m'éloignai précipitamment.

« Et qu'est-ce que tu as fait depuis ? me demanda Imry, quand j'eus terminé mon récit des événements de la matinée.

— Je suis resté au bureau, où personne, je crois bien, ne m'a cru quand j'ai expliqué que je m'étais cogné la tête chez moi, contre une poutre dans le grenier. J'en suis parti de bonne heure pour me rendre à Holloway. Tu as déjà vu la prison là-bas ? Du pur gothique à tourelles. Sinistre et rébarbatif à souhait. Je ne suis pas entré, si c'est la question que tu te poses. Pour me faire jeter encore une fois ! C'eût été une fois de trop. J'ai préféré aller au cimetière, me recueillir un moment sur la tombe du petit.

— Et puis tu es venu ici ?

— Oui. Je ne pouvais pas rentrer à la maison. J'aurais été capable de me laisser aller à des extrémités avec Angela. Surtout après la journée que je venais d'avoir. Nous avons eu des différends – tu le sais –, mais jamais je ne me suis senti capable de la frapper avant aujourd'hui. Le plus effrayant, c'était de me dire à quel point il m'aurait été facile de le faire.

— Mais inutile, aussi. Ce n'est pas Angela, le vrai problème, si ?

326

— Non, tu as raison. Mais le vrai problème est insoluble.

— Tu as fait tout ce que tu as pu. Il va falloir te contenter de ça.

— Comment le pourrais-je ? Consuela passe en jugement dans six semaines. Si elle est déclarée coupable, tu sais ce qui l'attend ?

— Oui, je sais, Geoff. Mais il n'y a rien que tu puisses faire pour influer sur la décision finale. Tu paies les honoraires de Curtis-Bennett. Tu ne crois pas que ça suffit ?

— Non, loin s'en faut.

— Écoute-moi. Rentre chez toi et fais la paix avec Angela. Oublie ce cinglé de Rodrigo. Et sors-toi le procès de Consuela de la tête.

— Voilà de bons conseils.

— Mais les suivras-tu ?

— Non, dis-je en souriant. Vraisemblablement pas. »

10

L'ironie revêt des formes multiples. Une illustration m'en fut donnée, en ce sinistre mois de décembre, par la manière dont je suivis le conseil d'Imry pratiquement malgré moi. Je ne me réconciliai pas avec Angela, mais nous convînmes, non sans réticence, d'une suspension des hostilités. Je n'avais plus de nouvelles de Rodrigo, par quelque biais que ce fût, et le procès de Consuela, qui pesait sur l'horizon, constituait un événement que je ne pouvais pas empêcher et sur le cours duquel je n'avais aucun pouvoir. Si, comme me le soufflait une voix intérieure, j'étais responsable d'une certaine manière de ce qui arrivait, le destin semblait avoir décrété que je devais réparer ma faute par une conscience insidieuse de ma totale impuissance.

Il faisait gris et froid, il pleuvait sans arrêt, et, noyés dans un brouillard constant, les jours étaient d'une brièveté déprimante. Comme si le mauvais temps et l'appréhension de ce que me réservait la nouvelle année ne suffisaient pas, la bonne humeur de commande propre à la période de Noël finissait de m'abattre. Nous devions passer les fêtes chez les parents d'Angela, dans le Surrey, perspective que je redoutais au plus haut point. En attendant, les magasins croulaient sous les

décorations argentées. Doris avait accroché des guirlandes de papier dans les bureaux, et chacun semblait
gagné par l'impatience de voir arriver les festivités.

Le dernier vendredi précédant Noël coïncidait avec
le jour le plus court de l'année. Une espèce de neige
fondue était tombée tout l'après-midi d'un ciel bas et
lourd. Les lumières étaient restées allumées au bureau,
où régnait une atmosphère sinistre, depuis le milieu de
la matinée. C'est alors que survint le premier des événements qui allaient me tirer de ma léthargie.

« Au fait, Mr Staddon, dit Kevin, qui s'attardait dans
mon bureau après avoir apporté le courrier de l'après-
midi, vous avez vu cette petite annonce dans le *Sketch* ?

— Vous savez très bien que je n'achète pas le
Sketch, Kevin.

— Eh ben, vous devriez. Comme ça, vous manque-
riez pas des trucs de ce genre. » Il récupéra le journal
qu'il tenait plié sous le bras et le laissa tomber sur mon
bureau. Il était ouvert à la page des petites annonces
et tout ce que je vis, en y jetant un coup d'œil, fut une
masse indistincte de postes vacants d'employés de
maison et d'offres alléchantes de cadeaux de Noël à
recevoir par la poste.

« Je n'ai pas le temps de jouer aux devinettes, dis-je.

— Le prenez pas comme ça, Mr Staddon ! Regardez,
là, dit-il en désignant un encart d'un index taché de
nicotine.

— Je n'ai vraiment pas… » C'est alors que je vis
l'annonce, imprimée en caractères plus gros que la
plupart de ses voisines et intitulée en capitales grasses :
CASWELL. *Quiconque ayant des informations en*

rapport avec le prochain procès de Mrs Consuela Caswell, de Clouds Frome, Mordiford, Herefordshire, est invité à se faire connaître dès que possible, en répondant au journal, réf. 361. Toute information intéressante sera assortie d'une substantielle récompense. L'annonceur est un particulier.

« Alors, qu'est-ce que vous dites de ça ?

— Que devrais-je en dire ?

— C'est bizarre, vous trouvez pas ? De qui ça peut venir, à votre avis ?

— Je n'en ai aucune idée. L'avocat de la dame, peut-être.

— Non. C'est dit à la fin, "un particulier". Y a de quoi gamberger, pas vrai ?

— Franchement, non. Maintenant, verriez-vous un inconvénient à retourner travailler ? »

Kevin avait raison, bien sûr. L'annonce me donna bel et bien à réfléchir, sans que je m'en trouve avancé pour autant. Ce n'était pas Windrush qui avait pu la faire insérer, pour la bonne et simple raison qu'il n'en avait pas besoin : il connaissait déjà tous les témoins. Mais cela était vrai aussi de quiconque aurait pris la peine de s'informer. Qui donc l'annonceur espérait-il toucher ? Le mystère m'occupait toujours autant l'esprit au moment où je quittai le cabinet, une heure environ après tous les autres.

La neige fondue avait cessé de tomber, mais la gadoue sur le trottoir commençait à geler, tandis que tombait une nuit glaciale et sans vent. Je marchais vite, mais uniquement pour me réchauffer. Je n'étais pas pressé de rentrer.

330

Il y avait un kiosque à journaux à l'angle d'Old Jewry et de Poultry. Je m'y arrêtais rarement. Mais, cette fois-ci, j'achetai à la fois l'*Evening News* et le *Standard*. Je traversai la rue et allai me poster pour les parcourir devant les devantures brillamment illuminées de Mappin et Webb. L'annonce était insérée dans les deux journaux. CASWELL. *Quiconque ayant des informations...* Vraiment inexplicable.

J'avais toujours les yeux sur le texte quelques secondes plus tard, m'efforçant en vain de comprendre l'intention de son auteur, quand je sentis une main me prendre par le coude.

« Mr Staddon ? » La voix était basse et rauque. L'homme était si près de moi que je fus surpris de ne pas l'avoir senti approcher. Il avait vingt bons centimètres de moins que moi mais était puissamment bâti – un petit homme ramassé, aux allures de blindé, doté d'une tête qui paraissait trop grosse pour son corps. Il portait des grosses chaussures couvertes de boue, un bleu de travail, une veste et un cache-nez, ainsi qu'un bonnet de laine enfoncé sur une tignasse de cheveux bouclés. De la poussière de ciment – ou quelque chose du même genre – donnait un ton de grisaille uniforme à sa peau aussi bien qu'à ses vêtements, et j'estimai aussitôt, même si je ne le reconnaissais pas, que ce devait être un ouvrier travaillant sur un des chantiers que j'avais récemment visités.

« Que puis-je faire pour vous ? demandai-je, sur la réserve.

— Vous êtes bien Mr Geoffrey Staddon, l'architecte ?

— En effet.

— Mais vous ne savez pas, vous, qui je suis. »

— Non.

— Ma foi, ça fait bien longtemps. Et on peut pas dire que j'ai eu une vie facile. Alors, ça me surprend pas d'trop. » Il parcourut la rue des yeux, puis les ramena sur moi, un sourire crispé et peu rassurant plaqué sur le visage. « On pourrait pas aller quéque part où y ferait plus chaud, pour parler un peu ?

— Parler de quoi ?

— Du bon vieux temps. D'aujourd'hui. De tout et d'rien.

— Je ne vois vraiment pas où vous voulez en venir.

— Vous allez pas tarder à comprendre.

— Quel nom, avez-vous dit ?

— J'ai rien dit du tout. Mais je suppose que mon nom vous en dira plus que ma tête. Malahide. Tom Malahide. »

C'est alors que je le reconnus. C'était le charpentier de Clouds Frome qui avait été impliqué dans le vol commis à la fabrique de papier Peto. Je l'avais en fait très peu connu, mais j'avais gardé de lui le souvenir d'un ouvrier sérieux, plutôt jovial. Douze années et un séjour en prison l'avaient laissé terriblement vieilli et usé, toute son assurance – et une bonne partie de sa prétention – évaporée.

« Surpris de me voir, Mr Staddon ?

— Oui, je dois le dire.

— Et sans doute à vous demander c'que j'vous veux. Bon, j'vais pas tourner autour du pot plus longtemps. C'est rapport au procès qui va bientôt s'ouvrir. Celui d'la femme à Victor Caswell. Ça vous intéresse ? On dirait qu'oui, à voir votre air. Alors, qu'est-ce que vous diriez d'une petite conversation, rien qu'nous deux ? »

Malahide n'eut pas besoin d'une plus grande intimité que celle qu'avait à offrir, avec son bruit et sa fumée, une des tavernes les moins respectables de Cannon Street. Il me laissa lui offrir une pinte de stout suivie d'un whisky, puis il s'installa à une table près du feu, se roula une cigarette, l'alluma, pencha la tête sur le côté et me gratifia d'un large sourire.

« Il a fallu que j'me contente des boulots que j'trouvais, après ma sortie d'taule, Mr Staddon. J'pouvais pas faire la fine bouche. Rien à voir, j'dois dire, avec le travail que j'ai fait pour vous comme charpentier à Clouds Frome, ça, y avait d'quoi en êt' fier.

— Quand avez-vous été libéré ?

— Y a presque trois ans. Trois ans à trimer comme un malade pour des salaires de misère, sinon… Bof, je vois pas pourquoi j'vous raconte tout ça, vous en avez rien à faire, pas vrai ?

— Je ne suis pas sûr de vouloir m'intéresser à vous, Malahide. Avez-vous une idée des difficultés dans lesquelles m'a fourré votre… petite entreprise ?

— Ouais, quand même, répondit-il en me regardant droit dans les yeux, nullement déconfit. Mais j'pouvais pas laisser passer une occase pareille. Ça vous tombe pas du ciel deux fois dans la vie une combine aussi juteuse que celle qu'on avait mise sur pied.

— Une combine qui vous a quand même envoyé en prison, si je ne m'abuse ?

— Ouais, c'est sûr. Mais c'était la faute à pas d'chance, et pis qu'on a été trop gourmands… à moins que ce soye quéque chose d'encore plus moche.

— Je ne vois pas ce qu'il pourrait y avoir de plus moche ?

— Moucharder ses potes, pour commencer, et pis aussi… » Il s'interrompit un instant, les yeux perdus dans sa bière. « J'suis le seul encore de c'monde, vous savez, le seul des trois qu'on était à toucher encore sa ration de smog londonien.

— Qu'est-il arrivé aux autres ?

— Vous n'êtes pas au courant ? Y z'ont pendu Peter Thaxter pour avoir tué un maton. Ça méritait pas une ligne dans vot' quotidien du matin, Mr Staddon ? J'aurais pourtant parié qu'si. Les rupins, y a rien d'mieux qu'une bonne pendaison pour les réjouir. À chaque fois, y s'disent comme ça qu'la canaille va s'tenir à carreau. »

Une autre pendaison. Peter Thaxter, comme sa sœur avant lui, comme… « Quand l'a-t-on pendu ? demandai-je d'un ton brusque, cherchant à tout prix à détourner le cours de mes pensées.

— Quand ? Y a douze ans d'ça. Sa sœur, qu'était femme de chambre à Clouds Frome, s'est fichue en l'air pendant que Peter était à la prison de Gloucester avec moi, qu'on attendait d'passer en cour d'assises. Personne a su pourquoi, à c'qui semblait, et ça l'minait ce pauv' Pete, enfermé comme ça, sans rien d'autre à penser – ça, et pis un autre truc que j'vais vous causer dans un moment. Y s'en est pris à un gardien, rien qu'avec ses poings, mais ça l'a pas empêché d'le tuer. C'était un sacré costaud, le Pete. Pour finir, ils l'ont pendu. Ça valait p't-être mieux comme ça. C'était l'genre à devenir cinglé en cabane. J'l'aimais bien. Et y m'faisait confiance. Je suppose qu'c'est moi qui l'ai entraîné, comme qui dirait, hors du droit chemin. En tout cas, c'est comme ça que beaucoup d'gens verraient la chose.

— Et c'est ainsi que vous-même la voyez ?

— Ben oui, quoi. Mais la culpabilité, avec moi, ça tient pas plus qu'un pet sur une toile cirée, et c'est pas ça qui m'empêchera d'dormir. J'ai toujours préféré la ceinture dorée à la bonne renommée, j'vais pas dire l'contraire.

— Le vol à la fabrique, c'était votre idée, au départ ?

— Non, non, Mr Staddon, vous y êtes pas du tout. Fallait une autre cervelle que la mienne pour concocter une affaire pareille. La combine, ça été l'œuvre de Joe Burridge, de A à Z.

— Burridge, c'était le graveur de Birmingham ?

— Exact. Et pour l'estampage – elle est bonne, celle-là, non ? –, on pouvait pas rêver mieux qu'lui. Il avait repéré l'usine de Peto et y s'était dit qu'en s'y prenant bien, il aurait là une source toute trouvée de papier à billets estampillé Banque d'Angleterre. Il me connaissait d'puis longtemps et y savait que j'étais homme à s'occuper d'ce genre d'affaire. Quand j'ai compris d'quoi y r'tournait, j'en bavais rien qu'd'y penser. Des contrefaçons à pas croire, Mr Staddon, indétectables même par un expert. Une merveille, j'vous dis. Burridge pouvait vous imiter l'encre et le dessin des billets mieux que n'importe quel faussaire vivant. Mais il lui fallait l'papier, le vrai, avec le filigrane authentique. Mon boulot à moi, ça a été d'aller faire un tour dans l'coin, de trouver une bonne raison d'y rester, et après, d'commencer à frayer avec les ouvriers de la fabrique – boire un coup avec eux, les écouter râler, voyez l'genre – jusqu'à ce que j'en repère un qui fasse l'affaire.

— Si je comprends bien, travailler à Clouds Frome était simplement pour vous... une couverture ?

— On peut dire ça, oui.

— Et Peter Thaxter a été celui que vous avez... repéré ?

— Exact. Il travaillait à la fabrication des planches, ce qui nous allait à merveille et, en plus, il avait des idées au-dessus d'sa condition. Avec un pote à lui, ils rêvaient d'ouvrir une piste de patinage à roulettes à Hereford. Mais y z'avaient pas deux sous à aligner. Alors, le jeune Pete, il lui a pas fallu longtemps pour comprendre que not' plan, c'était sa seule chance de trouver l'capital. Y faut dire aussi qu'il en voulait pas mal à Grenville Peto. Alors, j'ai pas eu beaucoup d'mal à l'convaincre. » Il soupira, comme si le souvenir l'attristait. « Au début, tout a marché comme sur des roulettes justement. Pete fauchait des feuilles toutes prêtes aussi souvent qu'y pouvait. Personne remarquait rien, parce que c'était jamais beaucoup à la fois. Y m'les faisait passer, et moi j'les emportais à Birmingham. Joe pouvait sortir douze billets par feuille. À coups d'billets de cinquante, ça faisait six cents livres à chaque fois. Même si c'étaient que des billets de dix, y en avait quand même pour plus de cent. Et le Pete, y barbotait jusqu'à vingt feuilles par semaine. En six mois on avait engrangé assez pour s'partager un joli magot.

— Et que s'est-il passé ?

— Y z'ont décidé tout d'un coup à la fabrique d'avancer leur inventaire d'trois mois. Est-ce qu'y z'ont eu des soupçons, j'en sais rien, en tout cas, si y s'en étaient t'nus à la date habituelle, c'était ni vu ni connu. Alors que là, dès qu'y z'ont vu qu'y z'avaient un problème, y se sont mis à surveiller tout l'monde de près, et y z'ont pas tardé à flairer quéque chose du côté de Pete. Les flics sont remontés de lui jusqu'à moi, et puis de moi jusqu'à Joe. Après, y z'avaient plus qu'à nous tomber dessus et à nous prendre la main dans l'sac.

— Tous les billets ont-ils été retrouvés ? »

Il sourit et se tapota le bout du nez. « J'vous en ai dit assez, Mr Staddon, ouais, assez pour que vous compreniez comment j'ai récupéré… on va dire, la marchandise.

— Quelle marchandise ?

— Et si vous remplissiez mon verre, que j'vous dise la suite. Raconter sa vie comme ça, ça vous colle une de ces soifs.

— Malahide…

— Si vous m'écoutez pas maint'nant, dit-il en levant la main, vous risquez d'vous en mordre les doigts dans pas longtemps. »

Non sans réticence, j'allai au bar. Quand je revins à la table, son sourire s'était élargi. Manifestement, il s'amusait beaucoup. Il but une longue gorgée de sa bière, s'essuya la bouche sur sa manche, se roula une autre cigarette, qu'il alluma, sans cesser de me regarder d'un air narquois.

« Joe Burridge en a pris pour vingt-cinq piges, Mr Staddon. Bien trop pour un type de son âge. Il a clamsé l'année avant qu'je sorte. Moi, j'avais écopé de douze ans, mais j'ai bénéficié d'une libération anticipée pour bonne conduite. Je m'suis tenu peinard, moi. Pas comme Pete Thaxter. Mais ça pouvait s'comprendre, le pauv' bougre. Sa sœur qui s'passe une corde autour du cou, pendant qu'lui, y s'ronge les sangs en taule. Moi j'dis, c'est pas supportable. Z'êtes pas d'mon avis ?

— Ma foi, je n'ai pas d'opinion.

— Enfin bref… j'étais avec Pete à la prison de Gloucester quand ils lui ont annoncé qu'sa sœur était morte. Ça l'a démoli, j'peux vous l'dire. Mais là où il l'a eue mauvaise, c'est quand y s'est dit qu's'il avait pas été derrière les barreaux, il aurait peut-être pu l'empêcher d'se foutre en l'air. D'un autre côté, s'il avait pas été derrière ces foutus barreaux, elle aurait p't-être jamais eu envie de faire ça pour commencer, vous croyez pas ?

— Vous êtes en train de suggérer que Lizzie Thaxter s'est donné la mort parce que son frère était en prison ?

— Pas exactement, non.

— Alors vous sous-entendez quoi, exactement ? »

Il se pencha vers moi et baissa la voix. « Elle lui a écrit une lettre, Mr Staddon, juste avant d'faire sa connerie. Il l'a eue quelques heures avant qu'on lui apprenne la nouvelle. Dans la lettre, elle lui expliquait qu'elle avait plus qu'une envie, c'était de s'supprimer. Elle lui cachait rien d'la vie impossible qu'elle menait à Clouds Frome.

— Impossible ? À cause de quoi ?

— À cause de qui, vous voulez dire. Pete a gardé la lettre jusqu'au jour où il a été condamné à la corde. Il l'a jamais montrée à sa famille, parce que Lizzie, elle lui avait demandé de pas l'faire. Elle voulait qu'il leur explique tout seulement quand y sortirait de prison. Mais quand il a démoli ce gardien, pour lui c'était fini, plus question de sortir. Alors, qu'est-ce que vous croyez qu'il a fait ? »

Une petite idée de la réponse à la question s'était fait jour en moi pendant que j'écoutais les derniers mots de Malahide, mais je l'écartai avec un hausse-ment d'épaules irrité et un : « Comment le saurais-je ?

— Eh ben, il m'a donné la lettre, pour que j'la fasse passer à sa famille quand moi je sortirais.

— Et vous l'avez fait ?

— J'ai bien peur qu'non, dit-il en grimaçant. Les promesses solennelles, c'est pas vraiment mon truc. Pour tout vous dire, j'ai complètement oublié l'affaire. Si j'avais été différent, j'aurais p't-être fait quéque chose. Probable que j'y aurais jamais r'pensé, si Clouds Frome et les Caswell avaient pas r'fait surface dans les journaux y a deux mois d'ça.

— Vous êtes donc toujours en possession de la lettre ?

— Y s'trouve que oui, dit-il en avalant une nou-velle gorgée de bière.

— Et que vous proposez-vous d'en faire ?

— C'est ce qui me turlupine depuis quéqu'temps. En fait, je m'suis dit que j'pouvais aussi bien la lire – après toutes ces années. Et quand j'suis tombé sur deux trois noms que j'connaissais, j'en suis pas revenu.

— Comme par exemple ?

— Comme le vôtre, Mr Staddon.

— Le mien ? »

Il se pencha encore plus près, jusqu'à ce que son visage ne soit plus qu'à quelques centimètres du mien, jusqu'à ce que je ne puisse plus ignorer la lueur de jubilation qui brillait dans ses yeux injectés de sang. « La lettre vous désigne comme l'amant de Mrs Caswell. Elle dit qu'tous les deux, vous vouliez vous tirer ensemble. Enfin… jusqu'à ce que vous la laissiez tomber.

— C'est absurde ! Ça ne peut pas…

339

— Et comment que j'le saurais, si j'avais pas lu cette lettre ? Allons, soyez raisonnable, Mr Staddon. Vous savez très bien que j'dis la vérité. Vous avez eu une aventure avec Mrs Caswell. Entre nous, je serais bien l'dernier à vous l'reprocher. Pour tout dire, j'aurais bien aimé être à vot'place. Le peu qu'j'en ai vu, d'la Consuela, eh ben… Enfin bref, j'en ai assez dit, pas vrai ? Vous en avez bien profité, et après vous l'avez larguée. C'est toujours la même…

— Mais pas du tout ! Et je rejette vos insinuations avec la dernière véhémence.

— Vous pouvez bien rej'ter c'que vous voulez, tous ceux qui liront la lettre de Lizzie, y diront pareil que moi. Alors, y vous reste plus qu'une chose à m'dire : vous avez envie qu'les gens la lisent, cette bafouille ? Vous voulez qu'on sache ce que vous avez fait à la maîtresse de cette pauv'fille ?

— Que voulez-vous dire ?

— J'ai dans l'idée qu'les journaux iraient jusqu'à m'arracher le bras pour l'avoir, ce bout d'papier, vous croyez pas ? Y sont on peut plus montés contre Mrs Caswell, vous l'savez très bien. Y veulent sa peau. Alors, vous pensez bien, une lettre qui prouverait qu'elle est pas – et qu'elle a jamais été – l'épouse fidèle et innocente qu'elle prétend être, ça serait pain bénit pour eux. Am'ner dans l'histoire l'architecte employé par l'mari pour lui construire une maison, ça s'rait la cerise sur le gâteau, pas vrai ?

— Vous avez dit de cette lettre qu'elle était de celles qu'on laisse avant de se suicider. Est-ce que par hasard vous essaieriez de me rendre responsable de la mort de Lizzie ?

— Oh non, Mr Staddon. Y en a des qui l'feraient, mais pas moi. Si vous voulez savoir ce qu'y a exactement dans cette lettre, poursuivit-il avec un nouveau sourire, rien d'plus facile. Elle est à vendre, voyez-vous. Au plus offrant.

— J'appelle cela du chantage.

— Non, c'est une vente aux enchères. Y en a sans arrêt chez Sotheby's.

— Bon, écoutez-moi, vous…

— Non ! C'est vous qui allez m'écouter, Staddon. Je suis un homme raisonnable. Mon prix est honnête. Si vous êtes d'accord pour payer, eh ben l'enchère, elle aura pas lieu.

— Combien demandez-vous ?

— Cent livres.

— Dieu du ciel ! Vous devez…

— Quoi ? Plaisanter ? Vous saurez que j'plaisante jamais. J'ai examiné la chose sur toutes les coutures, et, honnêtement, c'est c'que ça vaut, foi de Malahide. Il y a six mois, c'était pas le cas. Dans six mois, ça l'sera pas non plus. Mais là, maint'nant, tout d'suite, ça tombe au poil. Je pense que vous allez voir qu'vot' intérêt c'est d'cracher au bassinet. Faut que vous pensiez à vot' boulot, quand même. Cette lettre, elle risque de s'étaler à la une de tous les journaux. Et qu'est-ce qu'y vont penser, vos clients d'la haute, quand y verront que vous vous servez dans leurs lits ? J'vais vous l'dire, moi, ce qu'y vont penser…

— C'est bon, j'ai compris. Épargnez-moi les détails.

— Vous êtes prêt à payer, alors ? »

Je gardai le silence. Dans l'intérêt de Consuela comme dans le mien, je ne pouvais me permettre l'attitude de défi que j'aurais voulu adopter. Aurais-je résisté si ma seule réputation avait été en jeu ? Je l'ignore. Tout ce que je savais alors, c'est qu'il me fallait entrer en possession de la dernière lettre de Lizzie Thaxter, et ce à n'importe quel prix.

« Alors, marché conclu, Mr Staddon ?

— On dirait, oui.

— Parfait. Vous allez pas avoir l'argent sur vous maintenant, et moi j'ai pas la lettre, alors voilà c'que j'vous propose. On s'retrouve dans une semaine, moi avec la lettre, vous avec l'argent. Ça vous va ? De ce côté-ci de Southwark Bridge, huit heures du soir, vendredi prochain.

— Très bien. »

La seconde d'après, il avait fini sa bière et était déjà debout, arborant toujours son infernal sourire. « C'est un plaisir de traiter avec un gentleman comme vous, Mr Staddon, un vrai plaisir. À la semaine prochaine, donc. Soyez pas en retard. »

Il avait tourné les talons avant même que je m'en rende compte, ne laissant derrière lui comme témoin de sa présence sur les lieux qu'une chope vide. Qui portait les empreintes crasseuses de ses doigts calleux, comme ma vie portait la souillure de ses paroles. Qu'avait donc écrit Lizzie à son frère, toutes ces années plus tôt ? Qu'est-ce qui avait pu la pousser au suicide ? Qu'avais-je fait – ou omis de faire – pour la condamner à cette tombe solitaire derrière le mur d'enceinte du cimetière ? Visage sombre et pas ailé, la vérité était en marche et ne tarderait sans doute pas à me rattraper.

Angela et moi faisions de notre mieux ces temps-ci pour ne nous retrouver qu'à de rares intervalles et n'échanger alors que des informations d'ordre purement pratique. Il y avait une part de comédie, m'arrivait-il de penser, dans ce mutisme obstiné qui se substituait à des échanges qui auraient dû être musclés, mais le genre de comédie qui ne laissait aucune part au rire.

Le dimanche matin, dérogeant à l'habitude qu'elle avait récemment prise de rester au lit pour son petit déjeuner, histoire de m'éviter, Angela me rejoignit au rez-de-chaussée. Je compris aussitôt qu'il y avait quelque annonce dans l'air – demande, reproche, peut-être même sommation. Elle ne se montrait cependant pas pressée de la formuler. Ce n'est qu'après que son thé, ses toasts sans beurre et deux cigarettes eurent occupé son attention silencieuse qu'elle daigna m'adresser la parole.

« J'ai dit à Maman que nous arriverions pour le thé, demain. J'espère que tu ne seras pas retardé au cabinet.

— Non, cela m'étonnerait. Je devrais être de retour ici au plus tard à quatorze heures.

— Ils comptent que nous resterons pour la réception de la Saint-Sylvestre.

— Quelle réception ?

— Je t'en ai parlé, voyons.

— Je dois être rentré à Londres pour le 27. Il faudra qu'on fasse deux voyages.

— Je pourrais rester là-bas pendant que tu reviens à Londres.

— Comme tu voudras.

— Et Geoffrey, pendant que nous serons ensemble là-bas, crois-tu pouvoir faire un effort pour au moins prétendre que tout va bien entre nous ? Je sais que cela te coûtera – à moi aussi, tu le sais –, mais ce n'est pas la peine d'infliger nos problèmes à mes parents, tu ne crois pas ?

— Je suppose que non. » Je levai les yeux de mon journal pour la première fois depuis qu'elle avait commencé à parler. « Ne t'inquiète pas, dis-je, avec dans la voix une trace de sarcasme que je devais regretter plus tard. Je saurai me tenir. »

Sir Ashley Thornton, mon éminent et très estimé beau-père, anobli par le gouvernement de Lloyd George en reconnaissance de je ne sais quoi, s'était fait construire, quelques années avant notre rencontre, une résidence de campagne à trois ou quatre kilomètres au sud de Guildford. Quelque chose d'ambitieux et de conséquent. Je tairai le nom de l'architecte, de peur que l'on m'accuse de vouloir diffamer un confrère. Mais la vérité m'oblige à dire que Luckham Place rassemblait tous les poncifs du style néo-georgien avec une systématicité si laborieuse que la demeure aurait fait le bonheur d'un chercheur travaillant sur ce style.

C'est là que nous arrivâmes, Angela et moi, au crépuscule de cette veille de Noël, les bras chargés de cadeaux élégamment emballés et l'esprit d'attentes nettement contrastées. Comme à l'accoutumée, les Thornton avaient installé dans leur vestibule l'un des plus hauts sapins de Noël que l'on pouvait trouver en dehors des forêts de Norvège. On y avait suspendu, de même qu'à chaque poutre et à chaque linteau, une profusion de boules, de ballons, de guirlandes et de pompons. Le frère d'Angela, Clive, était déjà là avec son épouse, Celia, et leurs trois enfants ; le salon résonnait de leurs rires quand nous entrâmes. Angela fut aussitôt étreinte et embrassée par sa mère et sa belle-sœur.

Puis ce fut mon tour, mais uniquement pour sacrifier aux convenances et avec une froide retenue qui me fit sentir à quel point mon appartenance à la famille était fragile, tout juste tolérée. Voir mon beau-père faire sauter l'aîné de ses petits-fils sur ses genoux c'était me rappeler le soutien et la confiance qu'il m'aurait sans doute accordés – si seulement Edward avait survécu.

Clive Thornton suivait une préparation intensive en vue de succéder à son père à la tête de la firme. De cinq ans le cadet d'Angela, il avait fait jusque-là tout ce qu'on pouvait humainement exiger de lui : une conduite distinguée pendant la guerre, un mariage tout à fait honorable, la production régulière de petits-enfants. Il n'y avait en conséquence rien de surprenant à ce que sir Ashley ait placé en lui tous ses espoirs pour l'avenir. Je ne pouvais cependant m'empêcher de penser que, si Clive était mort au champ d'honneur dans la Somme, si Edward n'avait pas attrapé la grippe, si l'hôtel Thornton n'avait pas été détruit par les flammes, ma vie aurait pris un tour très différent. Des pensées certes peu honorables, me disais-je tandis que les festivités débutaient à Luckham Place selon un rituel bien établi : messe de minuit à l'église du village, dont sir Ashley était un généreux bienfaiteur ; puis journée de Noël, marquée par des agapes et une gaieté sans bornes, et conclue par des jeux de société qui faisaient hurler de rire les enfants. Je franchis ces différentes étapes, qui se succédaient sans temps morts, davantage en qualité de spectateur que de participant, conscient, sans plus le regretter, de mon isolement grandissant. J'étais un étranger au milieu de ces gens, mais aucun d'entre nous n'était prêt à l'admettre.

Le lendemain de Noël, sir Ashley, Angela, Clive et Celia participaient à une chasse au renard avec la meute locale. Après avoir pris congé, je rentrai à Londres, heureux d'être à nouveau seul. Je leur avais assuré que je viendrais les rejoindre pour la soirée du Nouvel An, mais, à la vérité, j'avais du mal à me projeter jusque-là. Mon rendez-vous avec Malahide – et l'acquisition de la lettre de Lizzie – bornait pour moi un horizon au-delà duquel rien n'existait plus.

Giles Newsom s'était porté volontaire pour assurer une permanence au cabinet entre Noël et le jour de l'An. Nous étions donc les seuls à occuper les lieux. Toujours un peu dédaigneux à l'égard des autres membres du personnel, Giles semblait positivement joyeux de leur absence et en profita pour m'entraîner dans d'interminables conversations sur la théorie et la pratique architecturales. Il était, et avait toujours été à mes yeux, le choix d'Imry. Un beau parleur, un peu trop suffisant et trop malin à mon goût. Sans compter qu'il avait l'étoffe d'un excellent architecte. C'était peut-être là ce que je lui reprochais d'abord.

Pendant ces quelques jours, Giles revint inlassablement sur un sujet dont j'avais déjà essayé de le détourner : Clouds Frome. Un enthousiasme apparemment sincère pour sa conception semblait en passe de se transformer en véritable obsession. Il me harcela de questions. Comment le projet avait-il germé dans ma tête ? Comment l'avais-je mis en œuvre ? Où étaient les plans et les dessins originaux ? Pourrait-il les emprunter pour mieux apprécier mon œuvre ? Mes réponses furent aussi peu coopératives les unes que les autres. Je refusais les flagorneries à double tranchant d'un jeune homme qui se jugeait intellectuellement supérieur à moi. Et je ne voulais surtout pas que l'on vînt me rappeler ma façon de penser et de travailler à cette époque.

Et puis j'avais une préoccupation autrement plus pressante : mon marché avec Malahide. Le jeudi, j'allai à ma banque retirer cent livres que je déposai dans le coffre de mon bureau. Le vendredi, après avoir donné son après-midi à Giles, je partis pour une longue promenade qui m'emmena revoir quelques-uns de mes bâtiments londoniens préférés. Dans ses plus belles réalisations, l'architecture avait toujours sur moi un effet bénéfique et apaisant, mais l'inspiration enthousiaste qu'elle m'avait insufflée à une époque s'était tarie. Que je sois en train de contempler, extatique, une œuvre du maître ou de béer d'admiration devant un ouvrage de Shaw ou de Luytens, je n'arrivais plus à réveiller en moi le désir de rivaliser avec eux, voire de les surpasser. Je leur étais inférieur, bien sûr, mais ce qui me blessait davantage encore dans mon orgueil, c'était le sentiment que j'étais également inférieur aujourd'hui à l'architecte que j'avais été.

Je revins à Frederick's Place un peu avant sept heures et demie avec l'intention de sortir l'argent du coffre, ce qui me laisserait largement le temps de me rendre à Southwark Bridge pour y rencontrer Malahide. Je n'avais plus qu'une idée en tête maintenant : conclure notre affaire au plus vite et ne plus revoir l'individu. La lettre de Lizzie en ma possession, les menaces de Malahide définitivement écartées, je n'en demandais pas plus pour l'instant.

Je ne remarquai rien d'anormal avant d'avoir gravi la moitié des marches. C'est alors que mon œil fut soudain attiré par le rai de lumière qui filtrait sous la porte de mon bureau, visible par-delà l'obscurité où se trouvait plongé le secrétariat. La différence de hauteur d'une marche à la suivante fut aussitôt la mesure de la différence entre préoccupation et inquiétude. Je m'arrêtai net, m'efforçant de repasser dans mon esprit le moment où j'avais quitté le cabinet en début d'après-midi. Je n'avais laissé aucune lumière allumée, j'en étais sûr. Quelqu'un était donc entré depuis mon départ. Puis j'entendis un bruit – un froissement de papier, quelque chose qu'on remue : le visiteur était toujours là.

J'avais trouvé la porte donnant sur la rue verrouillée. Un intrus n'aurait donc pu passer par là. Mais il n'y avait aucun autre accès possible, à moins de descendre par le toit. Me parvint alors le grincement du bois qui a gonflé, signe que l'on ouvrait le deuxième tiroir de mon bureau, celui qui se coinçait toujours. À ce bruit, je finis de gravir les marches, traversai le secrétariat et m'arrêtai devant ma porte. On remuait, froissait, triait des papiers. Mais qui ? Et dans quel but ? J'aurais été bien en peine de le dire. Je posai la main sur la poignée, hésitai une seconde, puis ouvris à la volée.

Giles Newsom était debout derrière mon bureau, les mains sur une pile de documents entassés devant lui. Je n'arrivai pas à voir de quoi il s'agissait, mais s'ils provenaient des tiroirs, il n'avait certainement pas à mettre le nez dedans. De toute façon, son air contrit disait assez sa culpabilité. Pour une fois, sa belle assurance l'avait abandonné.

La porte du placard d'angle était ouverte, tout comme les quatre tiroirs du classeur voisin et les dix du meuble à ranger les plans. Un coup d'œil me suffit pour me rendre compte que mon assistant s'était livré à une fouille en règle de mon bureau. Je pénétrai dans la pièce, refermai la porte derrière moi et le regardai droit dans les yeux, attendant une explication. Mais il se contenta de mettre ses mains sur ses hanches et de m'adresser un sourire contraint.

« Eh bien ? J'attends, dis-je au bout d'un moment.

— Je ne pensais pas que vous reviendriez, Mr Staddon.

— Manifestement pas, en effet.

— Tout cela doit vous paraître bizarre, j'imagine ?

— Et diablement suspect. Pouvez-vous me persuader du contraire ?

— Sans doute pas.

— Comment avez-vous fait pour entrer ?

— J'ai pris la clé de Reg en partant cet après-midi.

— Et vous êtes revenu à un moment où vous pensiez que j'aurais quitté le cabinet depuis longtemps ?

— Oui.

— Vous aviez donc soigneusement préparé votre coup. Est-ce là la raison pour laquelle vous étiez volontaire pour assurer la permanence cette semaine ?

— D'une certaine manière, oui. Mais si vous ne vous étiez pas montré aussi avare de renseignements sur Clouds Frome, je n'aurais pas été obligé de…

— Clouds Frome ? Seriez-vous en train de me dire que vous cherchez les plans d'une maison que j'ai construite il y a vingt ans ? Vous vous êtes glissé ici, en pleine nuit, uniquement pour satisfaire votre curiosité ?

— Pour commencer, nous ne sommes pas en pleine nuit. Et puis, c'est davantage que de la simple curiosité.

— Et quoi donc, je vous prie ?

— La nécessité, pourrait-on dire. »

Je m'approchai de lui. « Il va falloir me l'expliquer, Giles, cette nécessité. Et tout de suite, qui plus est, avant que je perde patience.

— Le salaire que vous me versez ne couvre pas mes dépenses, Mr Staddon. C'est aussi simple que cela. Non pas que je sois sous-payé, non. Mais j'ai des goûts de luxe. Il me faut toujours le meilleur, le plus cher. Et il arrive que pour subvenir à ces besoins je doive recourir à des moyens… peu orthodoxes afin d'engranger un peu d'argent. Vous en avez là un exemple : on m'a payé pour me procurer des copies des plans et des différentes élévations de Clouds Frome, assortis des cotes et des dimensions. J'ai essayé de vous convaincre de me laisser consulter ces documents, mais vous avez refusé. Et je n'ai pas trouvé d'autre moyen de…

— Qui vous a payé ?

— Je préférerais ne pas avoir à vous le révéler. La personne a insisté sur la plus grande discrétion. Ce n'est pas comme si ce dont elle m'a chargé était de nature criminelle. »

Soudain, ma colère éclata. « Vous allez me répondre, nom de Dieu ! Et tout de suite ! C'est mon bureau ici. Et vous y êtes mon *employé**. Criminel ou pas, les subtilités juridiques n'ont rien à voir là-dedans. Je peux vous renvoyer sur l'heure, et m'assurer que vous ne trouverez jamais plus personne pour vous réembaucher. Il se peut que je ne compte pas pour grand-chose dans ce monde – et moins dans cette profession que ce que vous croyez vous-même compter un jour –, mais là, dans l'instant, je possède le pouvoir de ruiner votre carrière avant même qu'elle ait commencé. Alors, je vous le demande pour la dernière fois : qui vous a payé ? »

La honte – ou la conviction que mes menaces n'étaient pas de vains mots – envahit Giles. Son visage se décomposa. Ses dernières résistances tombèrent. « Un Brésilien, dit-il. Qui ne vous est pas inconnu, je crois.

— Rodrigo Manchaca de Pombalho ?

— Oui, c'est bien son nom.

— D'où diable le connaissez-vous ?

— Il était aux Trois Couronnes un soir de la semaine dernière. Il m'a payé deux ou trois verres, s'est présenté comme un homme d'affaires portugais, m'a dit qu'il ne connaissait pas Londres et m'a demandé si je pouvais lui indiquer quelques adresses où passer une bonne soirée. Je l'ai trouvé plutôt sympathique, lui et sa façon de dilapider l'argent, alors je lui ai proposé de l'accompagner. Nous sommes allés à l'Alhambra, puis dans un club que je connais. Il a eu l'air de beaucoup s'amuser – et c'était lui qui réglait tout. Quand il a suggéré une nouvelle sortie pour le lendemain soir, j'ai sauté sur l'occasion. C'est alors qu'il m'a révélé son identité et m'a offert cinquante livres si j'arrivais à mettre la main sur les plans de Clouds Frome.

— Et sans doute avez-vous vous aussi sauté sur l'occasion ?

— À quoi bon le nier ? L'argent m'aurait sorti d'une mauvaise passe, pour ne rien vous cacher. Et puis, je n'y voyais aucun mal. Il ne tenait pas à s'adresser directement à vous, mais il n'a pas voulu m'en donner la raison. Et je n'ai pas insisté. Je comptais bien de toute façon arriver à vous persuader de me donner ce qu'il voulait. Alors pourquoi chicaner ? L'occasion était trop belle pour que je la laisse passer.

— Lui avez-vous demandé pourquoi il désirait se procurer ces plans ?

— Non. Il m'a clairement fait comprendre qu'il n'avait aucune intention de me fournir des explications. Pourquoi l'aurait-il fait, d'ailleurs ? Il me payait assez grassement pour que je ne me montre pas trop curieux.

— Tout cela revient donc à dire que toutes vos questions, posées si poliment, si respectueusement, à propos de la conception de Clouds Frome, faisaient partie d'un plan soigneusement mûri. Tous ces éloges, cette admiration béate relevaient en fait d'un stratagème élaboré pour obtenir de moi la marchandise qu'on vous avait payé pour vous procurer.

— On pourrait dire les choses comme ça, oui.

— Et quand vous avez vu que la méthode ne marchait pas, vous avez eu carrément recours au cambriolage.

— Le mot est tout de même un peu fort. Quelle importance peuvent avoir ces quelques plans ? Quel mal peuvent-ils faire ?

— Je n'en sais rien, mais si la fin à laquelle il les destinait était aussi innocente que cela, l'homme ne vous aurait pas offert autant d'argent, vous ne croyez pas ? »

Giles parut sur le point de riposter vivement, mais il se ravisa. « Qu'est-ce qui se passe maintenant, Mr Staddon ? demanda-t-il d'une voix neutre.

— Vous allez commencer par me dire comment vous aviez convenu de régler l'affaire, vous et le *senhor* Pombalho.

— Je devais lui téléphoner dès que j'aurais les plans, afin qu'il remplisse sa part du contrat et me paie à la livraison.

— Très bien. Voilà ce que vous allez faire. Téléphonez-lui maintenant. Convenez d'un rendez-vous. Dans un lieu public. Je veux des témoins en quantité quand je le rencontrerai.

— Quand vous le rencontrerez, vous ?

— Oui, mon cher Giles. C'est vous qui fixez le rendez-vous. Mais c'est moi qui m'y rends. Il est toujours au Bonnington ?

— Je ne sais pas. Il m'a juste donné un numéro. Museum 1010.

— On dirait bien le Bonnington. Appelez pour vérifier.

— Mais qu'est-ce que je lui dis ?

— Que vous avez les plans et que vous pouvez le voir dès ce soir. Je vous laisse le choix du lieu. Après, vous pourrez rentrer chez vous, où vous aurez tout le loisir de songer à votre avenir.

— Et… comment se présente-t-il mon avenir, après cette histoire ?

— Il est pour le moins incertain. Voyez-vous, Giles, il y a eu abus de confiance. C'est cela qui est impardonnable. Je vais devoir en discuter avec Mr Renshaw, bien sûr. Peut-être que votre situation n'est pas désespérée. Mais il est trop tôt pour le dire.

— Si vous m'aviez prêté les plans, ou si vous n'étiez pas revenu à l'improviste ce soir…

— Je n'ai pas de plans à prêter.

— Que voulez-vous dire ?

— Ils n'existent plus. Il y a longtemps que je les ai détruits – jusqu'au dernier.

— Mais pourquoi ? demanda-t-il en me regardant, stupéfait.

— Cela ne vous regarde en rien. Maintenant, soyez gentil et passez ce coup de téléphone, si vous voulez bien. »

Avec un haussement d'épaules résigné, il quitta la pièce pour aller dans le secrétariat, où il alluma la lumière. Seul le poste de Reg, comme nous le savions l'un et l'autre, était connecté avec l'extérieur. Tandis qu'il soulevait le combiné, je m'assis à mon bureau et portai l'écouteur de mon appareil à mon oreille, juste à temps pour l'entendre demander le numéro à l'opératrice.

« Hôtel Bonnington. Bonsoir.

— Chambre 207, s'il vous plaît.

— Ne quittez pas, je vous prie. »

Une unique sonnerie, et l'on entendit la voix de Rodrigo, étouffée mais reconnaissable. « *Estou ?*

— *Senhor* Pombalho ? Newsom à l'appareil. J'ai ce que vous voulez.

— Très bien.

— Pouvons-nous nous voir ce soir ?

— Ce soir ? Oui. Vous… » Il s'interrompit. Il y avait une autre voix à l'arrière-plan, celle d'une femme qui élevait une protestation, semblait-il, bien que je ne parvienne pas à saisir ce qu'elle disait. « *Fique quieto !* » aboya Rodrigo. « Vous voulez venir ici, Newsom ?

— Non, je ne peux pas. Je vous retrouverai dans un pub, le Lamb, qui n'est pas très loin de votre hôtel. On vous indiquera où il est.

— Entendu. À quelle heure ? »

Giles sortit sa montre et l'ouvrit. « Disons dans une heure ? Vers neuf heures.

— D'accord. J'y serai. » Sur ces mots, il raccrocha.

« Alors ? fit Giles, en se retournant pour regarder dans ma direction. C'est ce que vous vouliez ? »

Mais je ne répondis pas. J'avais moi aussi sorti ma montre au moment où Giles fixait une heure à Rodrigo et je contemplais le cadran, sidéré par tant d'étourderie. Il était huit heures une. Et j'étais loin de Southwark Bridge.

Le pont, plongé dans l'obscurité, était désert. La soirée froide et humide n'incitait guère à la flânerie. J'étais absolument seul, penché sur le parapet, qui dominait les flots agités de la Tamise. Il était huit heures vingt, et mon dernier espoir que Malahide puisse lui aussi être en retard s'était évanoui. Il ne m'avait pas attendu plus longtemps et avait porté sa marchandise ailleurs. Au vu des circonstances, c'était peut-être aussi bien que je ne puisse pas me permettre de m'attarder, que je n'aie pas le temps de me ronger les sangs en me demandant ce qu'il allait advenir de la lettre de Lizzie Thaxter. Avec un soupir, je me redressai et pris en toute hâte la direction de Holborn.

Le Lamb était, comme je l'avais espéré, bondé. On entendait un piano, quelque part au milieu de la cohue, qui jouait *If You Were The Only Girl In The World*. Parmi les clients qui se pressaient devant le bar, j'aperçus d'emblée Rodrigo, qui dépassait tous les autres d'une bonne tête. Je commençai à me frayer un chemin dans sa direction. Entre la bousculade, les rires, les cris et les chants, il ne me vit pas approcher.

Une cape passée sur les épaules, le menton mal rasé, il avait la tête baissée et l'air lugubre. Sa taille et son expression, ainsi que son imperméabilité à la gaieté ambiante, avaient créé une sorte de cercle invisible autour de lui. Il contemplait le fond de son verre, d'un air sinistre et silencieux.

« Newsom ne viendra pas », dis-je en criant pour me faire entendre.

Rodrigo fit brusquement volte-face, heurtant un homme qui se trouvait derrière lui et du même coup lui renversant son verre. Il ne prêta aucune attention aux protestations de l'autre. « Staddon ! s'exclama-t-il, ses yeux lançant des éclairs. Qu'est-ce que vous fichez ici ?

— J'ai trouvé Newsom en train de fouiller dans mon bureau. Il a reconnu que c'était à votre instigation et m'a dit ce que vous cherchiez. J'écoutais sur un autre poste quand il vous a appelé. C'est moi qui lui ai dicté ce qu'il devait vous dire.

— Vous lui avez *dicté* ?

— Oui, absolument. Et maintenant je suis ici pour exiger une explication. Que prétendez-vous faire des plans de Clouds Frome ?

— Je ne vous dirai rien. *Nada em absoluto*. Vous m'avez bien compris ?

— Oui, mais c'est vous qui ne comprenez pas, Rodrigo. Vous ne pouvez pas les avoir, ces plans. Je les ai brûlés avant la guerre.

— Ce n'est pas vrai !

— Si, c'est la vérité. Ils n'existent plus. Sauf dans ma tête. Alors, si vous voulez toujours savoir à quoi ils ressemblaient, vous allez devoir me prouver que vous avez une bonne raison.

— Pourquoi les avoir brûlés ?

— Cela ne vous regarde pas.

— Mais si ça me regarde, Staddon. Il faut que je sache pourquoi vous les avez brûlés. Pour pouvoir oublier Clouds Frome et tout ce qui se rattache à cet endroit ? Pour pouvoir oublier Consuela ?

— Laissez Consuela en dehors de tout ça. » Je pris soudainement conscience du silence qui s'était fait autour de nous ; les gens nous écoutaient et nous regardaient. Et là, bêtement, je ressentis le besoin d'humilier Rodrigo. « J'ignore ce qui vous donne le droit d'en remontrer aux autres. N'oubliez pas que j'ai tout entendu de votre conversation avec Newsom. Vous n'étiez pas seul dans votre chambre d'hôtel, hein ? Qui était cette femme, Rodrigo ? Une petite pute, je suppose. Combien avez-vous payé… »

Aussi vif qu'un serpent, son bras droit jaillit de sa cape et sa main se referma sur ma gorge, serrant à m'étouffer. Il me plaqua contre le bar, dont je sentis le bord s'enfoncer dans mon dos à mesure qu'il me repoussait de plus en plus en arrière. Désordre, bruit de verre qui se brise au sol. Du coin de l'œil, je vis la barmaid reculer, le corsage éclaboussé de bière. Puis elle poussa un hurlement, quelqu'un d'autre applaudit. Je ne pouvais quant à moi ni parler ni crier. C'est à peine si j'étais encore capable de respirer. La douleur était terrible, et rapidement la crainte me saisit de finir étranglé. J'essayai de lui faire lâcher prise, dans un effort aussi vain que désespéré. Ses doigts et son pouce se rejoignaient presque sur ma nuque. Et, devant moi, il n'y avait que son visage, les traits déformés par la fureur, les yeux exorbités, les dents serrées. « *Eu matarei você !* » hurlait-il. Puis me parvint un son, un vague gargouillis, dont je compris soudain qu'il émanait de moi, qui demandais grâce en balbutiant. La bouche grande ouverte, je haletais, ma vue se brouillait, mes forces m'abandonnaient. Cet homme allait me tuer. C'est seulement à ce moment-là que je compris qu'il en avait vraiment l'intention. Sa poigne de fer allait m'ôter mon dernier souffle, et je ne pouvais rien faire pour l'en empêcher.

Puis son étreinte se desserra légèrement, en même temps que la pression qui m'avait maintenu renversé en arrière sur le bar. Une bouffée d'air arriva jusqu'à mes poumons ; je commençai à y voir plus clair. Il y avait des hommes derrière et autour de Rodrigo, qui cherchaient à le détacher de moi, en s'agrippant à son bras droit, en lui criant d'arrêter. Ils devaient s'y être mis à six, tous des gros buveurs, des costauds, qui venaient de se rendre compte que ce n'était pas de la frime. Il ne relâcha sa prise qu'à demi, pourtant, malgré leurs efforts.

Ce qui se révéla cependant suffisant. Dans le précieux répit que me valut leur intervention, je vis un changement s'opérer sur le visage de Rodrigo. Sa fureur paraissait se dissiper. Il se souvenait peut-être de la raison qui l'avait amené en Angleterre et comprenait combien il servirait peu la cause de Consuela en se laissant aller à me tuer. À moins qu'il ne m'ait jugé indigne d'un tel sort. Quoi qu'il en soit, il ôta d'un coup sa main de ma gorge.

Mes jambes se dérobèrent sous moi. Le retour à une respiration normale s'accompagna d'une sévère quinte de toux, et un voile de larmes m'obscurcit les yeux. J'entendis Rodrigo crier quelque chose et sentis, plus que je ne le vis, que des gens s'éparpillaient dans la confusion générale tandis que, s'étant retourné, il se frayait un chemin jusqu'à la porte. Une fois que celle-ci se fut refermée avec fracas derrière lui, on m'installa sur un tabouret et on mit un verre d'eau dans ma main. Quand les spasmes de la toux commencèrent à se calmer, la brûlure sur mon cou et la douleur dans mon dos prirent le relais. J'étais incapable de parler. Pour l'instant, je me satisfaisais de pouvoir à nouveau respirer et penser de façon cohérente.

« Ben, mon gars, dit quelqu'un. J'ai bien cru qu'il allait t'régler ton compte.

— T'es pas tout seul, dit un autre. Qu'esse-tu lui as fait pour qu'y s'mette dans c't état ? »

Je secouai la tête en signe d'ignorance ; c'était la seule réponse dont j'étais capable pour l'instant. Mais je savais très bien, évidemment, ce qui avait provoqué la colère de Rodrigo. Peu importait à présent. Ce qui me préoccupait davantage, c'était le sentiment de ma propre bêtise. J'étais venu là pour apprendre pourquoi il voulait connaître les plans de Clouds Frome. Or ce que j'avais découvert, je le savais déjà : le mépris insondable que me portait cet homme.

Dans le taxi qui me ramena ce soir-là à la maison, j'eus le loisir de faire le point sur la situation. Malahide risquait à tout moment de proposer la lettre de Lizzie Thaxter à la presse, et je n'avais aucun moyen de le joindre pour lui expliquer pourquoi je n'étais pas venu à notre rendez-vous. Je ne pouvais pas non plus me risquer, sauf à compromettre ma propre sécurité, à approcher une nouvelle fois Rodrigo. Pour le bien de Consuela, il fallait que j'empêche les journaux de publier la lettre et que je persuade Rodrigo de m'accorder sa confiance. Mes efforts dans ces deux domaines s'étaient soldés par de lamentables échecs. J'étais dans une situation désespérée, et je ne pouvais m'en prendre qu'à moi-même.

Le lendemain matin, rien n'avait changé hormis mon état d'esprit. Du naufrage dans lequel m'avaient précipité le découragement et l'apitoiement sur moi-même mes ressources naturelles avaient réussi à sauver, sinon de l'espoir, du moins un minimum de confiance. Giles Newsom allait me devoir quelque reconnaissance. En toute autre circonstance, j'aurais persuadé Imry de le mettre à la porte. Et, à en juger par l'allure débraillée et l'état d'agitation dans lesquels je le trouvai en arrivant à Frederick's Place, un licenciement était ce que lui avait laissé attendre une nuit d'insomnie. Je n'allais certes pas lui dire que j'avais été assailli de suffisamment de doutes et de craintes pour éclipser les siens, et que son humiliation était sur le point de m'en faire un allié.

« J'ai longuement réfléchi à la situation dans laquelle vous vous êtes mis, lui annonçai-je tandis qu'il me suivait dans mon bureau.

— Moi aussi, Mr Staddon, et je voudrais vous présenter mes excuses les plus sincères pour ce qui s'est passé. Ma conduite a été inqualifiable.

— Je suis enclin à partager votre avis.

— Est-ce que cela veut dire que… vous avez l'intention de vous dispenser de mes services ?

— Non, Giles.

— Alors… quoi ? »

Je m'assis et lui fis signe d'en faire autant. « Je n'ai aucun désir de briser votre carrière pour un acte certes répréhensible mais isolé. Je suis prêt à passer l'éponge sur l'incident d'hier soir, à l'oublier purement et simplement, à n'en parler à personne – à condition que…

— Mr Staddon ! s'écria-t-il en bondissant sur ses pieds, un large sourire au visage. Vous êtes d'une extraordinaire indulgence. Je ne vous remercierai jamais assez.

— Asseyez-vous, Giles ! » Je le laissai s'exécuter avant de reprendre. « Ma bienveillance ne va pas sans quelque exigence. Attendez de savoir de quoi il s'agit avant de me couvrir de remerciements.

— Je vous écoute.

— Ma… rencontre… avec le *senhor* Pombalho s'est révélée pour le moins infructueuse. Je n'ai pas été en mesure de découvrir la raison pour laquelle il voulait les plans de Clouds Frome, et nous nous sommes quittés en termes, disons, peu cordiaux. Il a carrément refusé de m'écouter. C'est là, ai-je pensé, que vous pourriez m'apporter votre aide. J'ai besoin des services d'un intermédiaire, voyez-vous, en l'occurrence de quelqu'un capable de lui parler en mon nom sans éveiller son animosité. Je souhaite lui faire une offre. S'il accepte de me dévoiler ses motivations, j'envisagerai de les recréer pour lui de mémoire.

— Et c'est moi qui devrai lui proposer le marché ?

— Exactement.

— Puis-je vous demander… quel est le fin mot de l'histoire ? Les choses seraient plus faciles pour moi si je pouvais…

« — Non, vous n'avez rien à demander. Je vous ai dit tout ce que vous avez besoin de savoir.

— Si je refuse, vous allez insister auprès de Mr Renshaw pour que je sois renvoyé ? »

La situation dans laquelle je l'avais mis était très inconfortable. J'étais bien placé pour le savoir, étant donné ma récente expérience. Je ne pouvais pourtant me permettre aucune pitié. « Vous ne me laisseriez pas le choix, Giles. Pas le moindre. »

Il eut un sourire désabusé. « En ce cas, disons que vous avez trouvé votre intermédiaire, Mr Staddon. »

Quand je partis pour le Surrey le soir de la Saint-Sylvestre, je laissai Giles avec de quoi s'occuper. Nous avions convenu d'abandonner Rodrigo à ses ruminations pendant quelques jours avant de reprendre contact avec lui, mais j'avais clairement fait comprendre à Giles que j'escomptais de nets progrès à mon retour. Je l'avais également chargé de téléphoner à tous les entrepreneurs en bâtiment de Londres que nous connaissions – et ils étaient légion –, avec l'espoir d'en trouver un qui aurait récemment employé un charpentier du nom de Malahide. J'avais supputé que ce dernier attendrait l'imminence du procès avant de contacter un journal, et ce dans l'idée qu'il renforcerait sa position lors de la négociation. Ce qui, si je ne m'étais pas trompé, nous laissait un peu de temps pour le retrouver.

Les préparatifs en vue d'une des fameuses réceptions données par sir Ashley étaient bien avancés quand j'arrivai à Luckham Place. Des extras recrutés pour l'occasion déplaçaient les meubles et essuyaient des coupes à champagne par caisses entières. On accrochait encore ballons et serpentins à des cimaises et des tablettes de cheminée déjà surchargées. Un orchestre de jazz déballait ses instruments. Et un groupe d'invités qui devait passer la nuit sur place – parmi lesquels je ne reconnus pratiquement personne – avait pris possession du salon. Quand je m'enquis de l'endroit où je pourrais trouver ma femme, on me répondit qu'elle avait emmené un visiteur pour une promenade dans les environs, mais qu'elle ne devrait pas tarder à rentrer. En attendant, m'annonça le jovial Clive, mon beau-père apprécierait d'avoir un mot avec moi dans l'intimité de son bureau.

« Entrez, Geoffrey, entrez. Un verre, peut-être ?

— Non merci. Il est encore un peu tôt pour moi.

— Vous avez sans doute raison. Une longue nuit nous attend, pas vrai ?

— C'est probable. »

Durant le temps, relativement court, écoulé depuis que j'avais fait sa connaissance, Ashley Thornton avait changé. Chez la plupart des hommes, la personnalité est acquise de façon définitive avant la trentaine, mais mon beau-père ne croyait pas, dans quelque domaine que ce fût, aux valeurs fixées une fois pour toutes. Il se montrait discret sur ses débuts. Le peu qu'avait laissé échapper Angela suggérait l'est des Midlands et la frange supérieure de la classe ouvrière. Il s'était ensuite consacré à une ascension en accélération constante vers l'aristocratie. À une époque, il avait été fier d'une réussite chèrement acquise. À présent, il préférait manifestement que les gens croient que sa richesse lui était venue sans effort ou presque et qu'il avait fondé moins une entreprise qu'une dynastie. Une dynastie au sein de laquelle un architecte par trop classique et doté d'une réputation quelque peu entachée n'avait guère sa place.

« Clive m'a dit que vous désiriez me voir.

— En effet. Eh bien… Mais vous êtes sûr de ne pas vouloir un verre ?

— Tout à fait, merci. »

Nous nous dévisageâmes un moment par-dessus son bureau vide, puis il dit : « Je n'ai jamais vraiment renoncé à l'idée de reconstruire le Thornton, vous savez. Sur un autre emplacement, j'entends.

— Je suis ravi de l'apprendre.

— Il faudrait, cela va sans dire, que ce soit quelque chose de complètement différent, en phase avec les nouvelles tendances. Nous devons tous évoluer avec notre époque, n'est-ce pas ?

— Je suppose, oui.

— J'étais en Californie, un peu plus tôt dans l'année, et je suis descendu au Biltmore de Los Angeles. L'hôtel vient tout juste d'ouvrir. Vous le connaissez ?

— J'ai eu l'occasion de voir des photos dans la presse spécialisée.

— Et vous en pensez quoi ?

— Surcharge et excès en tout genre.

— J'ai été, moi, très impressionné, dit-il en souriant. C'est l'avenir en matière de construction hôtelière, vous pouvez me croire.

— À mon avis, pas pour Londres.

— Là-dessus, je ne suis pas d'accord.

— Ce n'est tout de même pas pour connaître mon opinion sur le Biltmore que vous m'avez fait venir ?

— Non, effectivement. Mais il reste qu'elle est très révélatrice, si vous voyez ce que je veux dire. Et symptomatique à bien des égards.

— Franchement, je ne vois pas, non.

— Angela nous a parlé de vos récents différends, dit-il, en venant enfin au fait.

— Des différends ? »

Il se pencha par-dessus le bureau, me gratifiant d'un de ces regards qu'il devait à l'ordinaire réserver à ses employés récalcitrants. « Que vous ayez eu une liaison avec une femme mariée avant votre mariage avec Angela ne me regarde en rien. Nous sommes vous et moi, je l'espère, suffisamment hommes d'expérience. Mais une relation de ce genre doit par la suite être oubliée, effacée, et plus rien ne doit la rappeler... Je ne supporterai pas, en tout état de cause, un gendre qui s'engage dans des croisades d'un goût douteux en faveur d'anciennes maîtresses que l'envie a prises d'empoisonner leur mari. »

Peut-être s'attendait-il à ce que je me mette en colère ou à ce que je me sente humilié. Peut-être espérait-il éveiller mon indignation ou en appeler à mon sens des convenances. Je ne ressentis en l'occurrence qu'amère déception à l'idée qu'Angela avait pu lui murmurer nos secrets à l'oreille. « Une croisade d'un goût douteux, dites-vous, ce sont là les propres mots d'Angela. Aviez-vous l'intention délibérée de les citer exactement, ou bien n'est-ce chez vous qu'une habitude ? »

Son visage se figea. Je lui avais infligé un traitement auquel il n'était guère habitué dans ces moments de gloire équivoque. « Si un seul mot touchant à votre relation, passée ou présente, avec cette créature se retrouve dans un journal, siffla-t-il, si un seul, je dis bien un seul, de mes associés y fait allusion devant moi au cours d'un déjeuner, si je découvre que vous avez sali la réputation de ma famille en vous obstinant dans votre stupide entreprise…

— Oui ? Et alors ?

— Je vous le déconseille, mon garçon, dit-il après s'être redressé dans son fauteuil. Fortement. Et pour votre bien.

— Seriez-vous en train de me menacer ?

— Oh, je n'aurais guère besoin de menaces. Vous devriez être reconnaissant à Victor Caswell, au lieu d'essayer de lui nuire.

— Je ne dois rien à Victor Caswell.

— C'est là où vous faites erreur, mon ami. Mais, pendant que nous y sommes, laissez-moi vous rafraîchir la mémoire avec quelques vérités bien senties. Le 27 Suffolk Terrace est la propriété d'Angela, non la vôtre. Si elle devait vous quitter et vendre la maison, vous n'auriez absolument rien à faire valoir pour vous y opposer. Quant à votre clientèle, je n'ai pas besoin de vous rappeler combien elle s'est raréfiée depuis l'incendie. La boue est tenace, dit-on, mais, sur un architecte, les cendres le sont bien davantage.

— Ce qui vous a bien arrangé, n'est-ce pas ? On ne risquait pas de rejeter la responsabilité sur les Hôtels Thornton dès l'instant où j'avais été désigné comme bouc émissaire.

— Je n'ai rien eu à voir dans cette affaire, Geoffrey. Et vous seriez stupide de croire le contraire. Et stupide de ne pas suivre mon conseil. En tant qu'archi-tecte, vous êtes démodé, et à court de clients. En tant que mari, vous ne valez guère mieux qu'un homme entretenu. Et la personne responsable de l'entretien est à deux doigts de vous signifier votre congé. J'ai pris en considération votre… deuil pendant assez long-temps. Angela mérite mieux de votre part. Nous tous également. Mon conseil est fort simple. Comportez-vous comme nous sommes en droit de l'attendre. Sinon, vous risquez de compromettre votre mariage, et bien d'autres choses encore. Me suis-je bien fait com-prendre ? »

La réponse que j'ai donnée à sir Ashley – comment j'ai mis un terme à notre entretien, sur quelles paroles je l'ai quitté –, je suis incapable aujourd'hui de me la rap-peler. La colère efface le souvenir, autant qu'elle affecte le raisonnement, et cela vaut peut-être mieux ainsi. Ce dont je suis sûr, c'est que je ne lui fournis aucune des assurances qu'il attendait de moi, même si la chose ne dut guère le surprendre. Il avait peut-être estimé que je ne verrais à quel point il était plus sage pour moi de m'incliner qu'au bout d'une période de réflexion, ce en quoi il n'aurait pas eu tort, d'ailleurs. Mais il se trouva que je n'eus droit à aucune période de ce genre.

Je sortis aussitôt de la maison après avoir quitté le bureau, n'osant me risquer à rencontrer un autre membre de la famille Thornton avant d'avoir fait quelques pas au grand air afin de retrouver mon calme et d'évacuer une partie de mon ressentiment. Le soir allait tomber ; le disque rouge et gonflé du soleil dis-paraissait derrière les North Downs. Je commençai à longer l'allée, marchant d'un pas rapide et décidé, et me répétant à part moi les répliques blessantes dont j'aurais pu gratifier sir Ashley si j'avais eu suffisamment d'esprit de répartie. C'est à peine si je remarquai d'abord l'automobile qui venait dans ma direction après avoir quitté la route de Guildford et n'était visible que par intermittence entre les ormes relativement espacés qui bordaient l'allée. Encore des invités, pensai-je, encore quelques ajouts d'une humanité à fuir au nombre sans cesse grandissant des relations des Thornton. Et puis, tandis que la voiture entrait dans une courbe, à une cinquantaine de mètres devant moi, je la reconnus. Je stoppai net, et, au même moment, le conducteur klaxonna en signe de reconnaissance. C'était la Lanchester de Turnbull.

« Vous ne nous quittez pas déjà, Staddon ? »

Turnbull m'adressa un grand sourire depuis le siège du conducteur, tandis que la voiture s'arrêtait à ma hauteur. « On me dit que les réceptions de sir Ashley sont des événements inoubliables. » Il portait un énorme pardessus croisé, des gants à manchette et une casquette à la Sherlock Holmes. À son côté trônait Angela, distante et majestueuse dans une tenue que je ne lui avais jamais vue – manteau trois quarts évasé gris, bordé de fourrure noire et chapeau assorti. C'est tout juste si elle m'accorda un coup d'œil, avant de regarder droit devant elle en direction de la maison, les paupières mi-closes, le visage aussi pâle et impassible que celui de Turnbull était rouge et réjoui.

« Mais que faites-vous ici, major ?

— Angela ne vous a rien dit ? La chose avait été arrangée avant même son départ de Nice. Sir Ashley m'a fort aimablement invité à passer la semaine à Luck-ham Place.

— Non, absolument rien, dis-je, en fixant ostensi-blement Angela, sans obtenir la moindre réaction de sa part. Cela lui sera sans doute sorti de l'esprit.

— Certainement, dit Turnbull, dont le sourire s'élargit encore. Bon, nous devons rentrer maintenant. À plus tard, à la fête. »

Je regardai la voiture redémarrer dans un gronde-ment, avant de sentir la tristesse et un étrange pressen-timent m'envahir dans le silence qui s'ensuivit.

Dans ses révélations à son père, Angela n'était appa-remment pas allée jusqu'à dire que nous en étions venus à faire chambre à part. À Luckham Place, nous étions censés partager encore le même lit. Quand, au bout de trois heures et de plusieurs verres bien tassés, je montai me changer, elle était dans son bain, porte close, après avoir laissé une robe de bal en soie sauvage étalée sur le lit et, exposée bien en évidence sur la coiffeuse, une broche que j'étais certain de n'avoir jamais vue aupa-ravant. C'était un bijou en or qui figurait un singe, et dont le fermoir se présentait comme une petite branche à laquelle s'accrochait l'animal. Deux minuscules rubis en guise d'yeux et des traits qui me rappelaient un peu trop ceux des singes en pierre grimaçants postés à la grille du jardin de la villa d'Abricot.

C'est pendant que je contemplais la broche, avec un mélange d'admiration pour sa facture et de dégoût devant ce qu'elle signifiait, que j'entendis frapper à la porte. Je l'ouvris pour trouver sur le seuil Bassett, un des valets de pied, visiblement très mal à l'aise.

« De quoi s'agit-il, Bassett ?

— Vous avez un visiteur, Mr Geoffrey.

— Un visiteur ? Mais la maison en est pleine, non ?

— Celui-là vous demande en personne.

— Qui est ce monsieur ?

— Je ne dirais pas "monsieur", si je puis me permettre. Ce n'est pas du tout le genre de personne que nous avons l'habitude de recevoir à la porte de devant. Vous n'avez qu'un mot à dire, et je serai heureux de le renvoyer.

— Mais qui est-ce ?

— Il dit s'appeler Malahide. Il prétend vous connaître. Mais il doit y avoir une erreur. »

Bassett avait laissé Malahide dans la salle de billard, pratiquement la seule pièce de la maison où il ne risquait ni d'offenser la vue des invités ni de piquer l'argenterie. Il portait les mêmes vêtements que lors de notre précédente rencontre, sans toutefois être couvert cette fois-ci de poussière de ciment. Quand j'entrai, il était occupé à lancer distraitement une boule contre les bandes de la table.

« Mais bon sang, qu'est-ce qui vous a pris de venir ici ? » demandai-je.

Il attendit que la boule ait terminé sa course, puis me regarda d'un air mauvais. « Ben, j'me suis dit qu'un p'tit coup d'air pur me ferait pas de mal. Chouette endroit qu'il a là vot' beau-père. Super chouette.

— Si vous aviez été un petit peu plus patient vendredi dernier, notre affaire serait déjà conclue.

— Ah oui ? Ben, vous savez, je m'fais trop vieux pour faire l'pigeon sur un pont par un froid d'gueux.

Z'étiez en retard, Mr Staddon, si tant est qu'vous essayez pas de me bourrer le mou. Résultat, vous avez rompu notre accord.

— Je n'en avais nullement l'intention. J'ai eu une urgence à mon cabinet.

— Ben, l'urgence, elle va être foutrement plus grave quand vot' nom s'étal'ra à la une de tous les journaux, vous croyez pas ?

— Vous ne comprenez pas. J'essaie de vous contacter depuis le moment où nous nous sommes manqués ce soir-là. Je suis toujours prêt à vous acheter la lettre au prix convenu.

— C'est qu'le prix, il a changé.

— Quoi ?

— J'ai dû l'augmenter, à cause qu'on s'est foutu de moi. C'est cent cinquante maintenant.

— C'est scandaleux.

— À prendre ou à laisser. »

Je respirai un bon coup. Toute discussion était inutile, et nous le savions l'un et l'autre. « Très bien. Va pour cent cinquante livres. Je vais vous faire un chèque.

— J'prends pas de chèques, dit-il avec un ricanement de mépris. Rien qu'des espèces.

— Comme vous voudrez. Mais je n'ai pas une telle somme sur moi.

— Vous rentrez à Londres quand ?

— Demain.

— J'vous donne deux jours. Mercredi soir. Même heure, même endroit. Et vous avisez pas d'être en retard. Même pas d'une minute. C'est vot'dernière chance. Voyez c'que je veux dire ?

— Nous nous comprenons parfaitement, Malahide. J'y serai.

— Bien, dit-il en hochant la tête. Maintenant qu'on a réglé ça, j'm'en vais vous laisser. » Il contourna la table de billard et s'arrêta en passant à côté de moi. « Vous inquiétez pas, j'retrouverai mon chemin tout seul.

— C'est parfait.

— Eh ben… bonne année, Mr Staddon. » Il eut un petit sourire suffisant et me tapota l'épaule. Avant que j'aie eu le temps de me dérober, il avait disparu.

Je me sentais las et sali. Je fis le tour de la table, laissant courir mes doigts le long du bord et me réfugiai sur la banquette des spectateurs au fond de la salle, reconnaissant du silence et de la solitude consécutifs au départ de Malahide. Quoi qu'ait pu me réserver la nouvelle année, il y avait peu de chances que ce fût du bonheur, encore moins s'agissant de Consuela. J'allumai une cigarette et regardai la fumée monter dans une obscurité qui semblait vouloir symboliser mon avenir.

C'est alors que la porte s'ouvrit et que le major entra, arborant cravate et queue-de-pie blancs et fumant un cigare. Il s'arrêta et m'examina depuis l'autre extrémité de la table, un sourire aimable aux lèvres.

« Pas encore habillé, Staddon ?

— Comme vous le voyez, major.

— Qui était votre visiteur ?

— Quel visiteur ?

— Le vilain bonhomme que je viens de croiser dans le vestibule. Un visage patibulaire. Et des manières à l'avenant.

372

— Je crains de ne pouvoir vous renseigner. » Autant pour changer de sujet qu'autre chose, j'ajoutai : « Comptez-vous passer quelque temps à Clouds Frome pendant votre séjour en Angleterre ?

— Cela va dépendre de la façon dont avancent mes négociations avec sir Ashley.

— Des négociations ? À quel propos ?

— Il ne vous a rien dit ? Il envisage d'acheter un hôtel sur la Riviera. J'ai accepté d'agir comme consultant. Ma connaissance de l'endroit lui est d'une grande utilité. Et il se pourrait que je prenne des parts dans l'affaire. Victor aussi, peut-être.

— Je n'aurais pas cru que Caswell s'intéressait aux hôtels.

— C'est pourtant le cas, et depuis longtemps. Vous n'allez pas me dire que vous l'ignoriez ?

— Je ne vous suis pas du tout, major.

— Allons, allons. Vous êtes forcément au courant du lien qui existe entre Victor et les Hôtels Thornton.

— Non, je n'ai pas la moindre idée de ce dont vous parlez.

— C'est un important actionnaire de la compagnie.

— Comment cela ?

— Alors vraiment, vous l'ignoriez ? dit Turnbull, le sourcil froncé.

— Effectivement, dis-je en écrasant ma cigarette.

— Là, vous m'étonnez. Je pensais que sir Ashley vous en aurait parlé. Certes, ces affaires peuvent être considérées comme confidentielles, mais, après tout, vous faites partie de la famille, non ? »

Turnbull ne devait jamais recevoir de réponse à sa question, dans la mesure où j'étais déjà sorti de la salle à grandes enjambées.

Sir Ashley parut très contrarié quand, arrivé dans le salon, je l'interrompis alors qu'il devisait, un verre à la main, avec quelques-uns de ses hôtes les plus marquants, mais, au ton de ma voix, il dut juger préférable de me ménager jusqu'à ce que nous nous retrouvions seuls. Il m'accompagna donc, en silence et le visage noir de colère, jusqu'à son bureau.

« Votre conduite devient véritablement inqualifiable, Geoffrey. Qu'est-ce que cela signifie ?

— Le major Turnbull m'apprend que Victor Caswell est un important actionnaire des Hôtels Thornton. C'est vrai ?

— Oui. Et alors ?

— *Et alors* ? Ne croyez-vous pas que j'étais en droit de savoir ?

— Le financement de mon entreprise ne vous regarde en rien. Et Caswell a toujours tenu à ce que son actionnariat reste confidentiel. Il est au nom d'un intermédiaire.

— Pour quelle raison ?

— Cela non plus ne vous regarde pas.

— Combien de parts détient-il ?

— Je n'ai aucune intention de me prêter à un interrogatoire en règle de votre part, Geoffrey, dit sir Ashley, dont la bouche se pinça. Je vous invite à renoncer à cette discussion… et tout de suite. »

Mais il était trop tard pour que je me laisse détourner de mon sujet. Dans les quelques minutes qui s'étaient écoulées depuis la révélation de Turnbull, un terrible soupçon avait germé dans mon esprit. « La participation de Caswell lui donne-t-elle un pouvoir de décision quelconque au sein de la compagnie ?

— Je refuse de discuter de cela plus avant. Je dois retourner auprès de mes invités.

— C'est le cas, n'est-ce pas ? Et même un sacré pouvoir, je parierais. Et maintenant, dites-moi, était-il déjà actionnaire à l'époque où vous m'avez engagé pour la construction de l'hôtel Thornton ?

— Autant que je me souvienne, oui, mais je…

— C'est lui qui vous a persuadé de m'engager, c'est bien ça ? Ce n'est pas vous qui m'avez choisi. C'est *lui*.

— C'est absurde, dit sir Ashley, dont le visage empourpré démentait pourtant les propos.

— C'était ce que vous entendiez tout à l'heure quand vous avez suggéré que je devrais lui être reconnaissant. S'agissait-il simplement de cultiver les bonnes grâces d'un actionnaire, je me demande ? Ou bien Victor a-t-il aussi apporté une part du capital ? C'est cela, n'est-ce pas ? Je le vois à votre air. Il vous a acheté. Et je faisais partie du marché.

— Il a recommandé votre travail. C'est tout. Il n'y a pas eu de… marché, comme vous dites.

— Je n'en crois rien. Pour tout dire, je ne suis pas sûr de pouvoir croire un mot de ce que vous m'avez jamais dit.

— Retirez ça immédiatement ! Pour l'amour du ciel, j'ai droit à un peu plus de respect de votre part. Avez-vous la moindre idée de tout ce que j'ai fait pour vous venir en aide toutes ces années ?

— Je commence tout juste à m'en rendre compte. J'ai été le petit chien d'Angela, et votre dupe. Eh bien, c'est terminé.

— Là, c'en est trop. J'ai bien envie de vous jeter dehors pour ces dernières paroles.

— Ne vous donnez pas cette peine, je m'en vais. Et j'ai comme l'impression que je ne remettrai jamais les pieds ici. »

Je pris pleinement conscience de ce que signifiait ma découverte tandis que je montais à l'étage. Victor s'était arrangé pour que j'obtienne le marché de l'hôtel Thornton. Et je savais pourquoi. Parce qu'il était sûr que je l'accepterais. Et parce que, ce faisant, je serais forcé d'abandonner Consuela. Il avait donc été au courant de nos projets tout au long. Il savait que nous étions amants et que nous avions prévu de nous enfuir ensemble après la pendaison de crémaillère à Clouds Frome. D'où le moment choisi pour l'offre de Thornton. Le pire restait l'idée, plus envahissante que mon désir de savoir comment il avait été renseigné, de la facilité avec laquelle il avait mis le doigt sur ma faiblesse. Il ne lui avait pas fallu davantage que ce projet d'hôtel. Il m'avait vaincu sans avoir à lever le petit doigt.

Angela se tenait devant la psyché de notre chambre, admirant son image. Ses cheveux étaient relevés pour mettre en valeur la finesse de son cou et la robe de bal s'épanouissait autour d'elle en un chatoiement de roses et de mauves. Je ne l'avais pas vue aussi resplendissante – ni aussi jeune – depuis des années. Quand elle se tourna vers moi, mon œil fut attiré par la broche qui scintillait sur sa poitrine.

« Eh bien, Geoffrey, tu arrives juste à temps pour m'escorter au salon, dit-elle avant de s'interrompre en voyant mon expression. Quelque chose ne va pas ?

— Je viens d'apprendre, que dis-je de comprendre pour la première fois… l'opinion que toi et ta famille avez réellement de moi.

— Papa t'a parlé ?

— Oui. Il m'a parlé.

— Royston m'a fait comprendre qu'il avait le droit de savoir ce qu'était devenue notre relation à tous les deux.

— Il s'en est fait un plaisir, j'en suis sûr.

— Tu ne peux t'en prendre qu'à toi-même, tu sais.

— Mais oui, uniquement à moi-même. Tu as tout à fait raison.

— Tout ce que je peux espérer, c'est que tu entendes enfin raison, même s'il est déjà un peu tard. »

Je m'approchai d'elle, jusqu'à sentir les effluves de son parfum, jusqu'à pouvoir toucher son menton fier et volontaire. Sa respiration était saccadée, et les yeux du singe accrochaient la lumière au rythme du mouvement de ses seins.

« Qu'est-ce qui ne va pas, Geoffrey ? Te sens-tu tout à fait bien ?

— La broche est un cadeau de Turnbull, je suppose ?

— Oui. En effet.

— Et la robe ?

— Je ne vois vraiment pas pourquoi…

— Mais bien sûr, un autre cadeau ! En fait, je ne serais pas surpris qu'il ait payé jusqu'au moindre centimètre du tissu que tu as sur toi, jusqu'à ta petite culotte en crêpe de Chine. »

Du plat de la main, elle m'expédia une gifle cinglante sur la joue. Je ne l'avais jamais vue dans un tel état de fureur ; ses yeux lançaient des éclairs. « Tu me dégoûtes ! s'exclama-t-elle. Tu as perdu la tête ou quoi ?

— Non, pas du tout. » Je sentais ma joue rougir à grande vitesse, mais je refusai d'y porter la main, refusai de lui donner la satisfaction de constater qu'elle m'avait fait mal. « Je dirais plutôt que je viens de la retrouver, vois-tu – à temps pour vous découvrir, toi et ta famille, sous votre vrai jour.

— Comment oses-tu ! » Son visage s'était coloré. Sa lèvre inférieure tremblait. Une mèche de cheveux s'était échappée de sa pince et pendait sur son oreille. « Ma famille – contrairement à toi – n'a aucune honte à avoir.

— Dis plutôt qu'elle est imperméable à la honte.

— Sors d'ici ! Sors de cette maison si c'est ce que tu penses.

— C'est mon opinion, en effet. Et ne t'inquiète pas : je m'en vais. » Je passai rapidement devant elle et m'emparai de ma valise, que je n'avais pas ouverte depuis mon arrivée. Quand je me retournai pour prendre le chemin de la porte, elle me regardait bouche bée, d'un air où la stupéfaction le disputait à la colère.

« Tu es fou, dit-elle, d'un ton soudain plus calme. Tu te rends compte de ce que cela signifie ?

— Je le crois, en effet.

— Alors, pourquoi le faire ?

— Parce qu'il le faut.

— Pour une femme que tu as trompée et rejetée il y a plus de dix ans ?

— Je n'ai aucunement l'intention de parler de Consuela avec toi, Angela. Cela ne nous avancerait en rien.

— Si tu l'aimais vraiment, c'était alors qu'il fallait rester à ses côtés – pas maintenant.

— Parce que tu crois peut-être que je ne le sais pas ? » Je m'apprêtai à sortir, puis, bêtement, je m'arrêtai le temps de décocher une dernière flèche. « Victor Caswell a soudoyé ton père pour qu'il m'offre le marché de l'hôtel Thornton. C'est ce qui m'a empêché de rester aux côtés de Consuela. Il ne te l'a jamais dit ?

— Tu racontes n'importe quoi. Je ne te connais que trop bien, Geoffrey. Tu l'as abandonnée parce que tu en avais assez d'elle. Pourquoi ne pas le reconnaître ?

— Parce qu'il se trouve que ce n'est pas vrai.

— Qu'est-ce qui n'allait pas ? Elle n'était pas aussi bonne au lit que tu l'avais espéré ? Pas aussi expérimentée que certaines de tes autres… »

C'est alors que je la frappai. Non pas parce que je voulais lui faire mal. Non pas même parce qu'elle avait insulté Consuela. Mais bien plutôt, je crois, parce que je ressentais soudain le besoin de mettre un terme à notre union, de commettre entre nous l'irréparable. Peut-être était-ce là aussi ce à quoi aspirait Angela. Peut-être espérait-elle secrètement que je réagirais ainsi. Il y avait une indéniable complicité dans cet acte de violence, j'en suis certain, une acceptation réciproque de ce qu'il signifiait, et comme une reconnaissance de la libération dont il était porteur.

Le coup avait été violent, mon poing à demi fermé s'était écrasé contre sa bouche. Elle hurla et, en tombant, voulut se retenir à une petite table. Qu'elle renversa, envoyant du même coup un vase s'écraser au sol. L'instant d'après, elle était à mes pieds, les cheveux en travers de la figure, une main sur la bouche, du sang lui dégoulinant le long du menton. Nous nous regardâmes en silence, choqués, hors d'haleine.

Il y eut du remue-ménage à l'extérieur, puis des coups qui martelaient la porte. Une seconde plus tard, elle s'ouvrait, et Turnbull pénétrait dans la pièce, suivi de Clive et de sir Ashley. Le major me bouscula pour aller aussitôt s'accroupir à côté d'Angela, pressant un mouchoir sur sa lèvre en sang.

« Qu'avez-vous fait ? demanda sir Ashley.

— Ce que j'aurais dû faire il y a des années.

— Sortez d'ici, immédiatement.

— C'est bien mon intention. » Je me dirigeai vers la porte, un peu à l'aveuglette, et, un moment plus tard, je dévalais l'escalier pour arriver dans un vestibule rempli d'invités souriants en tenue de fête. Certains devaient soupçonner ce qui s'était passé. Ils me dévisageaient et chuchotaient entre eux. Mais je ne leur prêtai aucune attention. La porte d'entrée était grande ouverte, et le vide glacé de la nuit m'appelait. Je me précipitai à sa rencontre, tel un candidat au suicide courant vers le précipice.

11

Reg Vimpany eut un sursaut de surprise en me voyant entrer. « Mr Staddon ! Nous ne vous attendions pas aujourd'hui.

— Changement de programme, Reg.

— Vous n'aviez pas parlé d'une réception pour le Nouvel An chez votre beau-père ?

— Oui, en effet.

— J'espère qu'elle s'est bien passée.

— C'est probable, dis-je en m'empressant de me diriger vers le refuge de mon bureau. Giles est arrivé ?

— Encore un peu tôt pour Mr Newsom, je le crains.

— Bon, vous voudrez bien me l'envoyer, quand il finira par arriver.

— Très bien, monsieur. »

L'instant d'après, je me retrouvais enfin à l'abri derrière la porte fermée de mon bureau. Je suspendis manteau et chapeau, m'assis et remarquai aussitôt que Reg, avec son efficacité coutumière, avait déjà renouvelé mon calendrier de l'ordre des architectes. L'année mille neuf cent vingt-quatre avait commencé, il n'y avait plus moyen de l'ignorer. J'avais tenté de la mettre à distance – en conduisant comme un fou dans la nuit pour aller jusqu'à Brighton, m'arrêtant net le long de la plage, où les vagues s'écrasaient à mes pieds, pour regarder d'un œil torve les fêtards qui encombraient la jetée, mais l'inéluctable détient le pouvoir de vaincre toutes les résistances, de balayer tous les stratagèmes et tous les délais auxquels nous avons recours pour le retarder. Dans treize jours s'ouvrirait le procès de Consuela, l'événement qui serait le seul test significatif de mes efforts pour la sauver.

Il y eut un coup à la porte et Giles Newsom entra. Lui non plus n'avait pas, semblait-il, de raisons particulières de se réjouir de la nouvelle année.

« Vous êtes rentré tôt, Mr Staddon.

— Cela signifierait-il que vous n'avez aucune nouvelle pour moi ?

— Non, non.

— En ce cas, fermez la porte, asseyez-vous et racontez-moi tout. »

Il s'exécuta, mais je remarquai que ses yeux s'attardaient sur mon visage. Peut-être mon désespoir et mon épuisement étaient-ils plus apparents que je ne le supposais. Si c'était le cas, il s'abstint de tout commentaire.

« J'ai vu Pombalho hier, commença-t-il. Il ne vous aime pas beaucoup, Mr Staddon. Il me l'a clairement fait comprendre.

— Quelle est sa réponse à ma proposition ?

— Il l'a rejetée d'emblée. De manière catégorique… et grossière.

— Vous lui avez bien dit que c'était le seul moyen pour lui de savoir quoi que ce soit des plans de Clouds Frome ?

— Bien sûr. Mais impossible de le convaincre. Il a insisté sur le fait qu'il ne voulait plus avoir affaire avec vous, ajoutant que, si vous n'étiez pas prêt à lui donner ce qu'il voulait, il "le ferait sans l'aide de personne", ce sont là ses propres paroles.

— Il ferait quoi ?

— Il n'a pas voulu me le dire. Mais il a quelque chose en tête, c'est certain. »

Je m'appuyai contre le dossier de ma chaise. Quelles étaient donc les intentions de Rodrigo ? Quelle action pourrait-il entreprendre, qui serait facilitée par la connaissance des plans de Clouds Frome ? Ils étaient là où je le lui avais laissé entendre – dans ma tête, et intacts – mais j'avais beau me les repasser en mémoire, je ne voyais rien dans la superficie des pièces, la hauteur des plafonds ou l'inclinaison des toits qui pût présenter pour lui un quelconque intérêt.

— En revanche, j'ai progressé sur un autre front, Mr Staddon.

— Oui ?

— J'ai retrouvé Malahide. Jusqu'au vingt-et-un du mois dernier, il travaillait sur l'un des chantiers de Croad, à Woolwich. »

Mais Malahide avait cessé de m'intéresser. Je ne commettrais pas une nouvelle erreur avec lui. Je le rencontrerais le lendemain soir comme prévu et lui donnerais son argent. La lettre de Lizzie Thaxter serait alors en ma possession, et je serais libre de faire ce à quoi j'aspirais tant depuis que j'avais quitté Luckham Place : exiger de Victor Caswell qu'il me dise la vérité.

« Voulez-vous que je leur demande son adresse ?

— Non, Giles. Laissez tomber Malahide.

— Et pour Pombalho ?

— Même chose. Vous en avez assez fait. » Et j'ajoutai : « C'est moi qui prends la suite. »

Sans pouvoir imaginer quelle forme elle allait prendre, je m'étais attendu à une réaction rapide de la part d'Angela après notre séparation orageuse à Luckham Place. Plus le temps passait sans que rien ne se produise, plus il paraissait probable qu'elle ait décidé d'en appeler à une sanction draconienne à mon encontre. Non pas que cette attente me causât beaucoup d'inquiétude. Mon rendez-vous avec Malahide – et ce que je serais amené à dire à Victor – accaparait toutes mes pensées. Si Angela comptait me torturer en me laissant dans l'incertitude, elle se trompait.

***

Il avait beau ne pas faire froid, il n'y avait pas grand monde dans les rues. J'arrivai en avance à Southwark Bridge et j'eus même le temps de fumer deux cigarettes avant que Malahide émerge de la pénombre au-delà du lampadaire le plus proche.

« Quel plaisir d'vous voir, Mr Staddon.

— Vous avez la lettre ?

— Je l'ai, dit-il en sortant une enveloppe froissée de sa veste. Et vous, v'z'avez l'argent ? »

Je levai le bras pour lui faire voir le paquet. « Cent cinquante livres en billets de cinq. »

Il posa l'enveloppe sur le parapet. Quand je fis mine de la prendre, il couvrit ma main de la sienne pour m'en empêcher. « Vous m'laisserez bien le temps d'les compter, pas vrai ? »

Il déchira le paquet, s'empara de la liasse et compta les billets un par un, à voix basse. Puis il me signifia sa satisfaction d'un hochement de tête. « Z'êtes un vrai gentleman, Mr Staddon. »

Je sortis la lettre de l'enveloppe – deux feuillets couverts d'une écriture féminine soignée que je glissai dans ma poche. « Bon, nous sommes quittes, maintenant. Si vous voulez bien m'excuser.

— Encore une minute, si vous y voyez pas d'inconvénient, Mr Staddon. » Sa main se posa sur mon coude. J'aurais pu facilement me dégager, mais je n'en fis rien.

« Que voulez-vous ?

— Un service, com' qui dirait.

— Vous ne manquez pas de culot.

— Juste une bricole. Vous pouvez pas m'refuser ça.

— Bon, alors ?

— Eh ben, voilà. Au moment où j'quittais Luckham Place, l'aut'jour après notre p'tite conversation, j'me suis cogné à un type dans le hall. Un grand, sapé chic. L'œil mauvais. Un cigare long com' le bras à la bouche. Vous voyez qui j'veux dire ?

— Oui, je crois.

— Y s'appelle comment ?

— Turnbull. Major Royston Turnbull. C'est une relation d'affaires de mon beau-père.

— Vous m'en direz tant. Y s'rait toujours là-bas, à votre avis ?

— Il devait y passer la semaine. Mais pourquoi me demandez-vous cela ? »

Il sourit, se tapota l'aile du nez, comme il l'avait déjà fait lors d'une précédente rencontre. « Vous inquiétez pas pour ça.

— Vous aviez bien une raison pour me poser la question.

— Y m'semblait l'avoir déjà vu quelque part.

— C'est le cas ?

— Non, répondit-il en secouant vigoureusement la tête. Qu'est-ce qu'une "relation d'affaires" de *sir* Ashley Thornton pourrait bien avoir à fricoter avec un type com' moi ?

— On est en droit de se le demander, en effet. Et pourtant vous aviez l'air de vouloir absolument connaître l'identité de ce monsieur.

— C'est qu'j'ai cru le reconnaître, mais maintenant qu'vous avez mis un nom sur sa tronche, j'm'aperçois que j'ai dû m'tromper. Bon, eh ben j'vous souhaite bien l'bonsoir, Mr Staddon. Et bonne lecture. » Sur ces mots, il s'éloigna à la hâte.

J'allais le rappeler quand je me ravisai. La lettre de Lizzie Thaxter était autrement plus importante que l'intérêt que Malahide pouvait porter à Turnbull. Sans compter que je connaissais trop bien le lascar pour penser pouvoir lui soutirer le moindre renseignement contre son gré. Je me mis en route dans la direction opposée.

Dix minutes plus tard, dans un coin tranquille d'un pub de Garlick Hill, je sortis l'enveloppe de ma poche. Elle était adressée à P. A. Thaxter, Esq., c/o H. M. Prison, Gloucester, et avait été postée à Hereford le 19 juillet 1911, la veille de la mort de Lizzie. Ce qu'elle contenait était, d'une certaine manière, son testament, dont le lien avec mon propre passé m'était resté inconnu jusqu'à ce jour, plus de douze ans plus tard, où je l'ouvrais d'une main fébrile et commençais à le lire.

Mon cher frère,

Je le regrette mais je ne pourrai pas venir te voir demain, contrairement à ce que je t'avais dit. J'ai bien réfléchi, Peter, et longuement, et il semble que je n'aie pas d'autre solution.

Si seulement tu ne t'étais pas laissé entraîner dans cette histoire de vol. C'est ce qui a causé ma perte aussi bien que la tienne. Et tout ça pour une piste de patins à roulettes. Autrement, Mr Caswell n'aurait pas pu m'obliger à espionner pour son compte. Et il n'aurait jamais su pour ma maîtresse et Mr Staddon. Ils auraient pu être heureux tous les deux, et moi aussi par la même occasion. Tout ce malheur parce que tu t'es montré trop gourmand.

C'est ma pauvre maîtresse qui est la plus à plaindre. Mr Staddon l'a quittée, comme je savais qu'il le ferait. Elle pensait commencer une nouvelle vie avec lui à Londres, mais je n'y ai jamais cru. Et aujourd'hui, elle est malade de chagrin. Sans avoir rien fait de mal, elle souffre le martyre. Je ne crois pas qu'elle s'en remette jamais. Mais ce n'est pas là le pire. Ce que je ne peux plus supporter, c'est la tromperie. Lui laisser croire à ma loyauté et, pendant ce temps, la dénoncer à son mari, lui montrer ses lettres, l'avertir de ses intentions. Je n'ai pas le choix. Je suis obligée de faire ce qu'il me demande. Mais je ne le supporte plus, Peter. Je ne peux plus.

J'ai cherché d'autres moyens de sortir de cette impasse, mais je n'en vois aucun. Il continuera à me pressurer. Il n'y a pas de raison que ça cesse. Sauf s'il ne m'a plus sous la main.

Tout sera fini quand tu liras cette lettre, si, grâce à Dieu, j'arrive à garder mon courage. Mais j'y arriverai. Tu disais toujours que j'étais ta courageuse de petite sœur. Eh bien, ce soir, je vais devoir en apporter la preuve.

Ne montre pas cette lettre aux parents. Ça leur briserait le cœur. Explique-leur quand tu sortiras de prison, si tu crois qu'ils sont en mesure de supporter la vérité. Courage, mon Peter. Ne les laisse pas te détruire, simplement parce qu'ils m'ont détruite. Souviens-toi de moi comme de ta sœur fidèle et aimante.

Lizzie

Je relus la lettre avec attention, essayant de me représenter Lizzie, toute seule, dans sa petite chambre de Clouds Frome, rédigeant ce dernier adieu à son frère, lui expliquant de son mieux pourquoi elle avait décidé de mettre fin à ses jours. Je vérifiai le cachet de la poste : Hereford, 7.30 p.m., 19 juillet 1911. Elle avait dû aller jusqu'à la poste du village cet après-midi-là, et revenir en sachant que les dés étaient jetés, que, avant l'aube du lendemain, elle se glisserait hors de la maison, une corde à la main, et gagnerait le verger en cachette, pour ne plus jamais revenir.

Et Geoffrey Staddon dans tout ça ? « *Mr Staddon l'a quittée, comme je savais qu'il le ferait.* » J'aurais voulu pouvoir lui opposer un démenti, mais elle était morte, et mes propres souvenirs ne faisaient que confirmer son opinion. Pourquoi pleurait-elle ce matin-là quand je lui montai mon mot dans sa chambre ? Pourquoi l'avait-elle regardé l'air horrifié ? Parce qu'elle savait que je viendrais et ce que signifierait ma venue.

Une grande zone d'ombre venait de s'éclaircir. Victor avait fait en sorte que la commande du Thornton tombe juste avant la pendaison de crémaillère à Clouds Frome, parce qu'il avait appris par Lizzie que Consuela et moi projetions de nous enfuir aussitôt après. Celle qui nous servait de messagère et de confidente connaissait tous nos secrets. Du coup, il en allait de même pour Victor. Et je répugnais à songer à tout ce dont il avait eu connaissance : les rendez-vous, les mots tendres échangés, les moments d'intimité partagés. Il avait été au courant de tout et avait tout toléré – jusqu'au moment où il avait jugé que l'heure était venue de mettre fin à notre histoire.

Ce qui était moins clair, c'était la raison pour laquelle Lizzie nous avait trahis. L'explication avait un rapport avec l'emprisonnement de son frère, mais lequel au juste ? Elle n'avait jamais caché qu'elle était la sœur de Peter Thaxter. Et pourtant elle avait écrit : « *Autrement, Mr Caswell n'aurait pas pu m'obliger à espionner pour son compte.* » C'était donc ailleurs qu'il fallait chercher la réponse, dans une raison plus profonde et pire que le déshonneur par simple association, quelque chose qu'elle n'avait pu se résoudre à admettre, pas même dans sa lettre d'adieu.

« Que vas-tu en faire ? me demanda Imry quand il en eut terminé la lecture. La détruire ? »

Je secouai la tête. Imry était à Londres pour la journée et nous déjeunions à son club. Moins de vingt-quatre heures s'étaient écoulées depuis que j'étais entré en possession de la lettre. Mais j'avais déjà décidé de l'usage que j'en ferais. « Quand tout sera terminé, dis-je, quand elle ne pourra plus faire de mal, je la remettrai à la famille de Lizzie. Légitimement, elle leur revient, je pense.

— Oui, tu as raison. Et en attendant ?

— Eh bien, j'ai l'intention de mettre les choses au clair avec Victor Caswell.

— Je l'aurais parié.

— Et tu vas me le déconseiller, n'est-ce pas ?

— Pas cette fois-ci, Geoff. J'estime que, en règle générale, il est préférable de ne pas trop remuer le passé, mais il y a des exceptions. Et j'inclinerais à croire que c'en est une. »

Je lui avais rapporté les circonstances dans lesquelles Angela et moi nous étions quittés et je grimaçai maintenant en me les remémorant. « J'ai été un sacré imbécile, non ?

— Oui, en effet. Mais tu n'es pas unique en ton genre. Tôt ou tard, nous le sommes tous, imbéciles. Simplement, la plupart des gens ne sont pas rattrapés par leur bêtise de manière aussi radicale que tu l'as été.

— Me mettre sir Ashley à dos ne va pas arranger nos affaires.

— Ne te fais donc pas de souci pour ça.

— Que va faire Angela d'après toi ?

— C'est ta femme, Geoff, pas la mienne. Mais je ne pense pas trop m'avancer en disant qu'elle va demander le divorce.

— C'est aussi mon avis.

— Et tu essayeras de l'en empêcher ? De te raccommoder avec elle ?

— Je ne sais pas. Pour être franc, je ne suis pas sûr que le jeu en vaille la chandelle.

— Tu devrais, pourtant. N'oublie pas qu'à la frapper comme tu l'as fait, devant témoins, tu risques d'apparaître comme le coupable dans l'affaire. Mais, d'après ce que tu me dis, sa relation avec le major Turnbull est de nature suffisamment intime, sinon pour justifier ton comportement, du moins pour l'excuser.

— Je n'ai pas envie de revenir là-dessus. Pour tout dire, je n'ai pas du tout envie de justifier mon comportement, comme tu dis.

— Mais il le faut, dans ton propre intérêt.

— Précisément, Imry. Vois-tu, je me suis attiré tous ces ennuis parce que j'ai fait passer *mes* intérêts d'abord, avant ceux des gens que je prétendais aimer. Eh bien, c'est fini ! À partir de maintenant, je règle ma course sur une autre étoile.

— Laquelle ?

— Elle n'a pas de nom. Mais elle a un but. Auquel j'ai l'intention de me consacrer de tout mon être – sans plus ample considération pour mon propre intérêt.

— Oh, mais cela a un nom, Geoff. L'honneur. La perte de plus d'un homme. Et, ajouta-t-il en souriant, le salut de quelques-uns. »

Dire que je fus surpris de recevoir une lettre d'Hermione Caswell le lendemain matin serait un euphémisme. Mais ce qui m'étonna le plus, ce fut son contenu : une enveloppe cachetée adressée à mon nom de la main de Jacinta.

Le mot d'accompagnement d'Hermione était le suivant :

Fern Lodge,
Aylestone Hill,
Hereford.
2 janvier 1924

Cher Mr Staddon,

Jacinta m'a demandé de vous faire parvenir cette lettre. Elle n'est plus libre de ses mouvements à Clouds Frome, et certainement pas de correspondre avec des personnes que son père désapprouve. Et dont, de toute évidence, vous faites partie. Vous me connaissez cependant suffisamment pour savoir que l'opinion de Victor n'a guère de poids à mes yeux. Quand, aux environs de Noël, Jacinta a trouvé une occasion de me parler des restrictions auxquelles son père la soumettait, je lui ai dit que je ne serais que trop heureuse de poster ses lettres si elle le désirait et de lui faire suivre les réponses. Si vous souhaitez répondre à cette lettre, écrivez, je vous prie, à l'adresse mentionnée ci-dessus, en joignant le message que vous voudriez me voir transmettre. Il sera remis à Jacinta dès que les circonstances le permettront.

Jacinta a catégoriquement refusé de me donner les raisons qui la poussent à vous écrire, et j'ai réussi à suffisamment brider ma curiosité pour accéder à son souhait. Je ne trahirai toutefois pas sa confiance en vous disant que l'imminence

du procès de sa mère et son issue trop prévisible
dépriment grandement la pauvre enfant. S'il est
en votre pouvoir de soulager son angoisse de
quelque façon, je ne saurais trop vous encourager
à le faire.

Avec mes meilleurs sentiments,
Hermione E. Caswell

Je déchirai aussitôt l'autre enveloppe.

Clouds Frome,
Mordiford,
Herefordshire.
31 décembre 1923

Cher Mr Staddon,

Je n'ai aucune nouvelle de vous depuis notre
dernière rencontre à Londres, au début de cette
semaine. Je suis très inquiète parce que je sais
que le procès de ma mère va bientôt s'ouvrir, et
que personne ici ne veut m'en parler. Depuis que
nous sommes rentrés de France, je n'ai jamais été
autorisée à quitter la maison sans être accompagnée soit de miss Roebuck soit de mon père. Miss
Roebuck m'emmène à l'église à Hereford tous les
dimanches. Sinon, je ne vais jamais nulle part, et
personne ne vient nous rendre visite en dehors des
membres de la famille. J'ai beaucoup hésité avant
de demander son aide à tante Hermione, mais il fallait absolument que je trouve quelqu'un, et elle est

393

la seule personne qu'il m'est donné de voir et avec laquelle je me sens en confiance.

Aucun membre de la famille à part elle ne parle plus de ma mère maintenant, ni de son procès. Mais j'entends les bavardages des domestiques. Banyard, Noyce, Gleasure et Mabel Glynn ne vont pas tarder à se rendre à Londres parce qu'ils doivent témoigner. Mon père ira, lui aussi. Tante Hermione m'a dit que le procès s'ouvrirait le 14 janvier. Ce qui veut dire qu'il ne nous reste plus beaucoup de temps. Tout le monde pense que ma mère sera reconnue coupable. Je le vois bien. Si c'est le cas, elle sera pendue. Il faut absolument que nous l'aidions, Mr Staddon. Que nous fassions quelque chose. Mais quoi ?

Je vous en prie, écrivez-moi le plus vite possible. Dites-moi que vous savez quoi faire. Je vous en supplie, dites-moi que vous n'êtes pas aussi désarmé que je le suis.

Avec mes sentiments respectueux,
Jacinta Caswell

Tandis que je lisais la lettre de Jacinta me revenaient en mémoire les récriminations qu'avait provoquées chez elle la vanité de mes efforts pour sauver Consuela. Je m'étais convaincu – et j'avais réussi à convaincre Jacinta – qu'il devait exister un moyen de le faire et je m'étais promis de consacrer toute mon énergie à le trouver. Or, deux mois plus tard, à quoi avais-je abouti ? À rien, sinon peut-être à la ruine de mon mariage. Rien, en tout cas, qui soit de nature à influencer le juge ou les jurés qui allaient prochainement statuer sur le sort de Consuela.

Je me précipitai dans le bureau et rédigeai une réponse immédiate à la lettre d'Hermione.

27 Suffolk Terrace,
Kensington,
Londres W8.
4 janvier 1924

Chère miss Caswell,

Je vous remercie de m'avoir averti, grâce à votre lettre, de l'état d'esprit dans lequel se trouve votre nièce. Je me propose de faire le voyage jusqu'à Hereford demain et de prendre une chambre au Green Dragon pour quelques jours. Je vous serais très obligé si nous pouvions nous rencontrer lors de mon séjour ; je pense que la meilleure solution serait que vous laissiez un message à l'hôtel me fixant un rendez-vous à une heure et dans un lieu que vous jugerez appropriés. Vous comprendrez, je pense, que je ne peux exprimer dans une lettre toute l'urgence de ma demande. Soyez assurée, toutefois, que c'est là pour moi un sujet d'importance capitale. J'apprécierais infiniment l'aide que vous pourriez m'apporter en un moment aussi crucial.

Avec mes meilleurs sentiments,
Geoffrey Staddon

Je postai la lettre sur le chemin de Frederick's Place. Je passai le reste de la journée à travailler sans relâche, euphorique à l'idée d'avoir pris un nouveau départ. Je téléphonai à Windrush, qui accepta de dîner avec moi au Green Dragon le lendemain soir.

J'espérais entendre de sa bouche la dure vérité sur l'avenir de Consuela. De la bouche de certains autres, que je n'avais pas l'intention d'avertir de ma venue, j'espérais apprendre une vérité encore plus dure : que s'était-il réellement passé, et pour quelle raison, à Clouds Frome l'après-midi où Rosemary Caswell avait avalé une dose fatale d'arsenic ?

12

Je quittai Londres à l'aube, préférant la longueur éprouvante d'un trajet en voiture au confort du train. Oxford, où j'avais dissipé quelques années insouciantes de ma jeunesse, était d'une grisaille impitoyable sous les nuages qui couraient dans le ciel. Dans les Costwolds, rien ne bougeait dans les champs dénudés, en dehors de vols de corbeaux que l'on aurait pu prendre pour des lambeaux de tissu noir chassés par le vent. Tout était gris, froid et austère. Décourageant comme seule l'indifférence de la nature peut rendre le monde. Mais je n'éprouvais pour ma part aucun découragement.

À partir de Gloucester, la route se fit plus familière, la configuration et la nature du paysage me rappelant maintenant ce qui avait présidé à ma conception de Clouds Frome. Soudain, la Wye étala ses larges méandres dans la vallée. Soudain, Mordiford apparut sur un poteau indicateur, et je sus que, en dépit de toutes mes résolutions, je ne pourrais dépasser le village sans m'arrêter.

Je le traversai à petite vitesse, longeai le champ qui jouxtait l'église et où Lizzie Thaxter était enterrée, et, pourtant conscient du fait que c'était une erreur, gagnai une fois de plus Clouds Frome. Je me garai de l'autre côté de la route et descendis de voiture pour contempler la maison. L'hiver l'avait pour ainsi dire mise à nu, dépouillée de tout ornement, mais la conception d'ensemble n'en était pas affectée. Elle gardait toute sa gloire, tant par le cadre que la structure. Elle faisait fi des rigueurs de la saison, qu'elle semblait considérer comme négligeables.

Enthousiaste à l'idée de ce que j'avais un jour accompli et, dans le même temps, désespéré de savoir que je ne réaliserais jamais plus rien de comparable, je me dirigeai à pas lents vers l'entrée. Où, je m'arrêtai net, figé par la surprise.

Aucune grille n'avait jamais barré l'accès de l'allée. En l'absence de loge, un portail n'avait paru ni pratique ni nécessaire. Maintenant, tout avait changé. Entre les piliers qui flanquaient l'entrée de part et d'autre avaient été installées deux solides grilles en fer forgé aux barreaux très rapprochés, hérissés de pointes montant à plus de trois mètres de hauteur. Elles portaient un grand panneau en bois où était inscrit en caractères gras : PROPRIÉTÉ PRIVÉE, ENTRÉE INTERDITE.

Je traversai la route et restai là à regarder, n'en croyant pas mes yeux. Les grilles étaient fermées, et les deux battants maintenus ensemble au moyen d'une chaîne cadenassée. Fixé au pilier de droite, il y avait une sorte de petit placard en bois que je n'avais jamais vu là auparavant et sur la porte duquel on pouvait lire : AUCUN ACCÈS SANS AUTORISATION. LES VISITEURS SONT PRIÉS DE SONNER. Ayant ouvert le placard, je vis à l'intérieur un téléphone muni d'une petite manivelle, et vraisemblablement destiné à appeler la maison. Victor avait vraiment tout fait pour éloigner les importuns.

Je revins à la voiture, m'installai au volant, allumai une cigarette et levai les yeux sur la maison. D'une certaine manière, elle semblait plus lointaine à présent que je savais à quel point elle était difficile d'accès. J'aurais pu demander à être admis, insister pour parler à Victor, mais je savais que le moment n'était pas encore venu de mesures aussi radicales. Du moins, pas tout à fait. Je terminai ma cigarette, mis le moteur en marche et démarrai.

Au Green Dragon m'attendait une lettre, déposée un peu plus tôt dans la journée. Elle émanait d'Hermione.

Fern Lodge,
Aylestone Hill,
Hereford.
5 janvier 1924

Cher Mr Staddon,

Votre lettre est arrivée ce matin, et je laisserai ma réponse au Green Dragon en allant faire des courses. Je serais heureuse de vous rencontrer, mais nous devons nous montrer prudents suite à l'émoi suscité par notre rendez-vous lors de votre dernière visite à Hereford. Il m'arrive d'assister à l'office de huit heures à la cathédrale le dimanche matin ; je ne risque donc point d'éveiller les soupçons si je m'y rends demain. Mais je pourrais tout aussi bien passer ce moment au Green Dragon. J'espère vous trouver en train de prendre votre petit déjeuner dans la salle à manger de l'hôtel à huit heures précises.

Avec mes meilleurs sentiments

Hermione E. Caswell

Je ne m'étais pas attendu à rencontrer Hermione aussi tôt et j'avais en conséquence pensé pouvoir reporter jusqu'au dimanche matin la tâche extrêmement délicate consistant à écrire une lettre à l'intention de Jacinta. Je n'avais, hélas, pas la moindre idée de ce que je pouvais ou devais lui dire et n'en avais toujours pas entamé la rédaction au moment où Windrush arriva pour notre dîner à l'hôtel.

Il avait les traits tirés et l'air plus soucieux qu'à l'habitude, des clignements d'yeux nerveux et des mouvements de tête saccadés, autant de signes qu'il n'avait jamais manifestés jusque-là. Il buvait et fumait compulsivement, mais il toucha à peine à son assiette et n'attendit guère pour m'expliquer les raisons de son inquiétude.

« Cette affaire a fait de moi l'homme à abattre au sein de la communauté de Hereford, Staddon. Vous êtes tranquille, vous, vous n'avez pas à vivre avec ces gens. Ils m'en veulent d'avoir fait transférer le procès, les privant ainsi du plaisir de voir le juge des assises arborer le couvre-chef noir.

— C'est à ce point ?

— Et même pire.

— À propos, je suis passé devant Clouds Frome cet après-midi. Caswell semble avoir procédé à quelques changements.

400

— Vous faites allusion aux grilles ? Elles ont été installées il y a environ un mois. En même temps, on a cimenté des tessons de bouteille sur le haut du mur d'enceinte, et sur toute sa longueur. On dit même qu'il y a un chien de garde qui rôde dans la propriété la nuit. À entendre certains, toutes ces précautions ont pour but de dissuader les journalistes et les curieux. D'aucuns disent que la tentative d'empoisonnement l'a beaucoup perturbé, et qu'il a peur que quelqu'un cherche à le tuer.

— Vous-même, qu'en pensez-vous ?

— Oh, je suis persuadé pour ma part qu'il y a là plus qu'un simple désir de préserver son intimité. Entre nous, je ne peux m'empêcher de penser que notre ami Pombalho a dû passablement l'ébranler. La dernière fois qu'il était ici, il a menacé Caswell de sinistres représailles au cas où sa sœur serait pendue.

— Comme de le tuer, vous voulez dire ? Ne me dites pas qu'il faut prendre ces menaces au sérieux.

— C'est pourtant ce que je ferais si j'étais Caswell. Vous avez vu Pombalho récemment ?

— Heu… non.

— Eh bien, vous avez de la chance. C'est un volcan sous pression. Si sa sœur est effectivement pendue, il entrera en éruption. Je n'aimerais pas être à la place de Caswell à ce moment-là. »

Je me penchai par-dessus la table et baissai la voix. « Elle sera pendue, à votre avis ?

— C'est à sir Henry qu'il faudrait le demander. Cela dépend de lui en grande partie, maintenant. Je dois le rencontrer à son cabinet vendredi prochain pour un ultime entretien avant l'ouverture du procès. Pourquoi ne pas m'accompagner ?

— Entendu.

— Il se montrera optimiste, cela va sans dire. Il ne peut guère faire autrement, d'ailleurs. Mais je ne crois pas qu'il ait une quelconque raison de l'être. Si vous voulez mon avis, nous ne sommes pas plus près de mettre sur pied une défense crédible que nous ne l'étions il y a deux mois.

— Vous avez donc peu d'espoir ?

— Tout repose entre les mains de sir Henry. Il n'est pas en mesure de réfuter les preuves que va présenter l'accusation. Tout ce qu'il peut espérer, c'est semer l'incertitude et la compassion en quantité suffisante dans l'esprit des jurés pour que ceux-ci accordent à Mrs Caswell le bénéfice du doute.

— Mais elle, est-elle consciente de la gravité de la situation ?

— Oh, oui. Mais elle ne s'en émeut pas outre mesure. J'ai l'impression qu'elle s'est déjà préparée au pire. C'est une femme courageuse, Staddon, très courageuse. Et j'ai le vilain pressentiment qu'il va lui en falloir, du courage. »

Tard, ce même soir, je m'assis au petit bureau de ma chambre, une feuille de papier à en-tête de l'hôtel devant moi.

Ma très chère Jacinta,
Tu n'es pas encore en âge de comprendre ce que je m'apprête à te confier, mais je ne puis reporter ces révélations plus longtemps. Victor Caswell,

402

l'homme qui a fait le malheur de ta mère et qui te retient prisonnière à Clouds Frome, n'est pas ton père. Ton père, c'est moi. C'est la raison pour laquelle ta mère t'a envoyée à moi. Parce que tu es ma fille et parce que ta protection est le moins que je doive à ta mère – la femme que j'ai trompée et abandonnée. Il n'y a rien que je puisse dire pour excuser ma conduite passée, mais il reste en mon pouvoir aujourd'hui...

Je déchirai la feuille en petits morceaux que je brûlai. Je savais, au moment même où je les écrivais, que Jacinta ne lirait jamais ces mots. Ils représentaient certes ce que j'avais envie de lui dire, ce que j'aurais à lui dire un jour, mais, pour l'instant, ils devaient rester emprisonnés dans le secret de ma conscience. Je ne trouvai rien à mettre à leur place, rien qui fût de nature à apaiser ses craintes. D'après Windrush, celles-ci n'étaient que trop fondées. Quel que fût l'accueil que je souhaitais réserver à ma fille, c'est encore le silence qui se révèlerait le moins blessant. Je n'avais rien écrit, ni préparé aucun message, quand, à huit heures le lendemain matin, je m'installai dans la salle à manger quasi déserte, pour y attendre ma visite suivante.

« Une théière de thé frais, je vous prie, dit Hermione au serveur. Et des toasts. Veillez à ce que les tranches ne soient pas ramollies. » Puis au moment où le serveur tournait les talons, elle ajouta : « Et je pense que Mr Staddon s'accommoderait d'un peu plus de café. »

La vitalité d'Hermione était intacte, et immédiatement réconfortante. Après avoir jeté un regard furieux

à l'unique autre client présent dans la salle – un individu à l'air sombre, doté d'une toux exaspérante et de
moins de graisse sur le corps que la tranche de bacon
que je venais de consommer –, elle me fixa d'un œil
perçant.

« Pourquoi être venu, Mr Staddon ?

— Parce que vous m'avez écrit.

— Allons, allons. Il vous aurait été plus facile de
répondre par courrier que de vous déplacer.

— Pas vraiment, non. Je n'ai aucune lettre à vous
confier que vous puissiez faire suivre. Uniquement
un message : Jacinta ne doit pas perdre espoir. L'optimisme est toujours de mise.

— Vous me décevez, Mr Staddon, dit Hermione
en fronçant les sourcils. Vous connaissez trop bien
Jacinta, je suppose, pour penser qu'elle va se satisfaire
de pareilles platitudes. La vie de sa mère est en très
grand danger – et elle le sait.

— Je le sais aussi, bien sûr. Mais je ne peux rien lui
dire de plus.

— Cela sent le défaitisme à plein nez.

— Vous interprétez mal mes paroles. Je suis venu
à Hereford dans un état d'esprit qui est tout sauf défai-
tiste.

— Que vous proposez-vous de faire ?

— De mettre Victor face à certains faits récemment
portés à ma connaissance. J'espère ainsi découvrir la
vérité. Est-ce là, selon vous, le genre de paroles com-
batives que Jacinta aimerait entendre ?

— Oui, mais, s'agissant de Victor, nous devons
nous montrer d'une grande prudence avec elle.

— Parce qu'il est son père. Précisément. D'où ma difficulté à trouver les mots justes dans un message que je vous demanderais de lui transmettre. »

Thé, café et toasts arrivèrent au milieu d'un cliquetis excessif de vaisselle. Tandis que l'on procédait au service, Hermione me fixait par-dessus la table avec l'intensité de quelqu'un cherchant la confirmation d'une déduction discutable. Quand le serveur eut tourné les talons, elle choisit un toast qu'elle se mit en devoir de beurrer, avant de dire : « Je ne crois pas que Victor soit le père de Jacinta, Mr Staddon. Et je ne crois pas que vous le pensiez non plus.

— Que... que voulez-vous dire ?

— Cela paraît suffisamment clair, non ? Votre détermination à sauver Consuela. Ses instructions à Jacinta afin qu'elle se tourne vers vous pour obtenir de l'aide. La date de naissance de Jacinta. Et votre dernière visite à Clouds Frome. Même les vieilles dames sont capables de compter, Mr Staddon. Bien entendu, je comprends que vous puissiez ne pas *savoir*, avec certitude, j'entends, mais je suis sûre que vous soupçonnez quelque chose. Et maintenant, seriez-vous assez aimable pour me passer la marmelade ? »

Sans un mot, je poussai le pot dans sa direction.

« Ne vous inquiétez pas. Personne d'autre ne risque de le deviner. Si Jacinta ne m'avait pas demandé de jouer les intermédiaires, l'idée ne m'aurait sans doute jamais traversée. Et je n'ai pas l'intention d'en parler à qui que ce soit. Pourquoi le ferais-je, d'ailleurs ? Cela ne me regarde en rien. Mais j'ai jugé bon de vous faire savoir que j'avais deviné. Est-ce là, si je puis me permettre la question, l'une des vérités face auxquelles vous vous proposez de mettre Victor ?

— Je... Oui, en un sens.

— Vous risquez de vous heurter à pas mal de difficultés. Victor est devenu insaisissable ces derniers temps. Les visites impromptues ne sont plus tolérées à Clouds Frome. Et il a pris toute une série de précautions. La maison tient de la forteresse à présent. Grilles cadenassées. Tessons de bouteille au sommet des murs. Molosse en liberté dans le domaine. Verrous à toutes les fenêtres. Et ce ne sont là que les mesures dont j'ai connaissance.

— De quoi a-t-il peur ?

— Je ne saurais vous dire. L'histoire de l'empoisonnement l'a secoué, sans aucun doute. Et ses vacances en France ne l'ont pas arrangé. Il semble nerveux, méfiant à l'égard de tous ceux qui sont extérieurs à la maison. Le procès l'obsède, bien sûr, mais j'aurais tendance à penser qu'il y a autre chose.

— Son état aurait-il quelque chose à voir avec le frère de Consuela, Rodrigo Manchaca de Pombalho ? Je crois savoir qu'il est venu à Hereford.

— C'est bien possible. La seule fois où j'ai rencontré le *senhor* Pombalho, j'ai eu la nette impression qu'il serait heureux de lui arracher la tête. Et, de toute évidence, il en aurait la puissance. C'est une vraie force de la nature, ce monsieur. »

Une pensée désagréable me vint brusquement à l'esprit. Se pouvait-il qu'Hermione ait, sciemment ou non, averti Rodrigo du fait que Consuela et moi avions été amants autrefois ? « Avez-vous... Avez-vous dit à

Rodrigo que vous doutiez que Victor soit le père de Jacinta ? demandai-je.

— Grands dieux, non ! Pour commencer, j'étais loin de me douter de la chose à ce moment-là. Mais, si tel avait été le cas, jamais je n'en aurais fait part au *senhor* Pombalho. Qu'est-ce qui a bien pu vous mettre pareille idée dans la tête ?

— Oh… quelque chose qu'il m'a dit. Mais il se peut que j'aie mal compris.

— C'est probablement le cas. Le *senhor* Pombalho, je m'en souviens, a rendu visite à Fern Lodge vers la fin du mois de novembre. Mortimer s'est senti obligé de le recevoir avec courtoisie, mais il n'y avait rien de courtois dans les circonstances qui ont présidé à son départ. Victor était encore en France à ce moment-là. Ce n'est que plus tard que nous avons appris que Pombalho avait menacé de le tuer. Menace qu'il a réitérée dans des termes encore plus violents au retour de Victor. C'est alors qu'ont été entreprises toutes les additions dont je vous ai parlé à Clouds Frome, et que Victor a commencé à vivre en reclus, obligeant Jacinta à faire de même. Jusqu'ici, il n'a pas trouvé de prétexte pour m'empêcher de la voir, mais je ne serais pas surprise le moins du monde s'il y songeait sous peu. Quant au *senhor* Pombalho, nous n'avons plus entendu parler de lui depuis. Apparemment, il a été vu dans les environs à plusieurs reprises, mais pas ces derniers temps. Il n'est pas, comme vous le savez, le genre d'homme à passer inaperçu, d'où j'en conclus qu'il a dû quitter Hereford, probablement pour Londres. Peut-être même est-il retourné au Brésil, encore que j'en doute.

— Donc, ces… additions pourraient avoir pour but de protéger Victor de Rodrigo ?

— Je ne vois pas à quoi elles pourraient servir d'autre.

— Victor refusera-t-il de me voir, à votre avis ?

— C'est probable. Ce qui ne signifie pas qu'un tel refus doive être pris au pied de la lettre. » Elle eut un sourire malicieux. « Votre visite à Hereford tombe à pic, Mr Staddon. Demain après-midi doit se tenir une réunion du comité directeur de Caswell & Co. Je le sais parce que, grâce aux dispositions testamentaires de mon père, je suis un de ces directeurs, au même titre que Victor. Il assistera certainement à la réunion, si bien que, au cas où toutes vos autres tentatives échoueraient, vous pourriez l'entretenir à cette occasion. » Son expression suggérait que, si j'étais forcé de poursuivre son frère jusque dans les bureaux de l'entreprise, elle prendrait grand plaisir à assister au spectacle. « Et maintenant, conclut-elle, je suis sûre que le thé a eu amplement le temps d'infuser. Seriez-vous assez aimable pour m'en servir une tasse ? »

Comme c'était dimanche, je m'étais dit qu'il y avait peut-être un moyen d'entrer en contact avec Victor tout en rassurant Jacinta et en lui faisant savoir que je ne l'avais pas abandonnée. Celle-ci, en effet, était encore autorisée, d'après ce que m'avait dit Hermione, à assister à la messe à l'église de Hereford sous la surveillance de miss Roebuck. C'est pourquoi, dix minutes avant le début de l'office de onze heures, je pris position à l'extérieur de l'édifice et fus bientôt récompensé de mon attente quand une Bentley d'un bordeaux rutilant vint s'arrêter en douceur à quelques mètres et que le visage de Jacinta apparut à la vitre arrière.

Elle me regarda d'un air délibérément inexpressif, tandis que le chauffeur descendait pour venir lui ouvrir la portière. Je me sentis à nouveau envahi d'un sentiment de fierté en voyant à quel point elle était capable de réprimer ses émotions et de faire front au désespoir que devait provoquer en elle la situation de sa mère. Elle portait un élégant manteau bordé de fourrure et une sorte de béret écossais qui la faisait paraître encore plus jeune et plus fragile qu'elle n'était en réalité. Elle s'arrêta un instant, une fois descendue de la voiture, pinça les lèvres, prit une longue inspiration, le temps de se rappeler, imaginai-je, qu'elle ne devait montrer aucun signe de faiblesse, encore que j'aurais été bien incapable de dire si la maîtrise qu'elle déployait était à mon intention ou à celle d'Imogen Roebuck, dans la mesure où celle-ci l'observait depuis l'intérieur de la voiture avec une attention au moins aussi soutenue que la mienne.

Jacinta prit la direction de l'église. Au moment où je croyais qu'elle allait passer devant moi sans faire mine de me reconnaître, elle s'arrêta et leva les yeux sur moi. « Bonjour, Mr Staddon. Comment allez-vous ?

— Je vais bien, Jacinta. Je... » Miss Roebuck m'observait depuis la voiture. Nos regards se croisèrent. J'eus soudain l'impression absurde qu'elle était capable de lire sur mes lèvres, alors même qu'elle ne pouvait m'entendre.

« Essayez-vous toujours de venir en aide à ma mère, Mr Staddon ?

— Oui. Par tous les moyens possibles.

— Allez-vous pouvoir la sauver ?

— Je l'espère.

— Je dois entrer, à présent, Mr Staddon. » Elle avait rougi légèrement, et son menton tremblait un peu. « Au revoir. » Un instant plus tard, elle gravissait les marches de l'église et disparaissait à l'intérieur.

Je regardai à nouveau en direction de la voiture. Le chauffeur s'apprêtait à démarrer, mais miss Roebuck lui donna une tape sur l'épaule. Obéissant à une injonction qui n'existait que dans mon imagination, je fis le tour de la Bentley et attendis que la gouvernante ait baissé la vitre.

« Bonjour, Mr Staddon, dit-elle d'un ton calme. Si je ne m'abuse, Victor, il y a quelques semaines, vous a interdit de communiquer avec Jacinta.

— Oui, sous peine de perdre l'essentiel de ma clientèle, un résultat qu'il se targuait de pouvoir obtenir.

— Et vous en doutez ?

— Non. Absolument pas, pour tout dire.

— Alors pourquoi le défier aussi ouvertement ?

— Parce que la sanction dont il me menace ne me fait ni chaud ni froid. Et parce que ce n'est pas pour communiquer avec Jacinta que je suis venu jusqu'ici, mais précisément avec Victor.

— Vous allez devoir vous expliquer plus avant.

— J'aimerais que vous lui transmettiez un message de ma part.

— Quel message ? demanda-t-elle en levant les sourcils.

— Je désire le voir. Il faut que nous parlions de certaines choses.

— Il est peu probable qu'il accepte.

— Dites-lui que je sais de quel moyen il s'est servi, il y a douze ans, pour m'empêcher de lui enlever Consuela, comme j'aurais dû le faire. »

Les sourcils de miss Roebuck se levèrent encore plus haut. Le chauffeur se racla la gorge. « Pareil message supposerait un aveu accablant pour vous, Mr Staddon. Croyez-vous que ce soit bien sage ?

— Je me moque de savoir ce qui est sage ou ne l'est pas à vos yeux. Lui transmettrez-vous mon message ?

— Si vous insistez.

— J'insiste, oui. Je me présenterai à Clouds Frome à seize heures cet après-midi, et je compte être reçu. »

Miss Roebuck ne répondit pas. Son regard était ironique, presque amusé, et d'autant plus glaçant étant donné l'extrême gravité de la situation. Elle remonta lentement la vitre, sans me quitter des yeux. Puis elle se pencha pour donner ses instructions au chauffeur. Et la voiture s'éloigna.

J'arrivai à Clouds Frome avec quelques minutes d'avance sur l'heure que j'avais donnée, mais je restai dans ma voiture jusqu'à quatre heures pile. Puis je m'approchai de la grille et, comme prévu, la trouvant fermée, me saisis du téléphone et actionnai la manivelle.

« Clouds Frome. » C'était la voix de Danby.

« Danby, c'est Geoffrey Staddon.

— Ah, oui, monsieur. On m'a prévenu de votre visite.

— Fort bien.

— On m'a aussi chargé de vous dire que Mr Caswell ne pouvait pas vous recevoir.

— Pardon ?

— Si vous souhaitez communiquer avec lui, vous devrez le faire par écrit.

— Il va falloir qu'il trouve autre chose !

— Malheureusement, monsieur, il va falloir vous contenter de cette réponse.

— Passez-le-moi, bon sang !

— J'ai des instructions très strictes, monsieur. Mr Caswell ne désire pas vous voir. Ni vous parler. Maintenant, si vous… »

Je raccrochai d'un coup sec et rejoignis ma voiture passablement en colère. Ainsi donc Victor me refusait un entretien. Mais il allait devoir me rencontrer, que cela lui plaise ou non.

Je partis en direction du nord. Il y avait forcément quelque chose derrière tout cela, un secret dissimulé par Clouds Frome et les Caswell, en adéquation avec le crépuscule froid et silencieux, la campagne gris-vert qui s'enténébrait, et le ciel couvert de nuages comme d'un linceul. Je ne l'avais pas encore découvert, n'avais pas encore compris sa nature. Mais cela ne saurait tarder.

Devant moi, sur la route étroite, apparut une silhouette qui venait vers moi d'un pas pesant sur le bas-côté boueux. Un chemineau, sans doute, quelque vagabond sans foyer battant la campagne au gré de son humeur. Mais, quand il fut plus près, l'allure dégingandée, les vêtements en haillons, les cheveux et la barbe hirsutes se conjuguèrent pour former l'image de quelqu'un qui ne m'était pas inconnu. Arrivé à sa hauteur, je m'arrêtai et lui fis signe d'approcher. Il obéit, machinalement. Avant de se figer sur place.

« Bonjour, Mr Doak. Vous vous souvenez de moi ? »

Il n'ouvrit pas la bouche. Mais, contrairement à la dernière fois, il ne fit pas non plus demi-tour pour prendre la fuite. Sur son visage on lisait la honte aussi bien que le défi. Et comme cette fois-ci il n'était pas ivre, le défi prenait le dessus.

« Où allez-vous ? » demandai-je.

Il eut un coup d'œil en direction de Hereford. C'était somme toute une forme de réponse, donc une victoire, si mince fût-elle.

« Montez, je vous emmène. »

Il secoua la tête, resserra sa prise sur son sac à dos et parut sur le point de reprendre sa route.

« Il fait froid, et la nuit va tomber. »

Il hésita, se passa la langue sur les lèvres, avant de dire : « J'vous dois de l'argent. Et j'peux pas vous payer. Mais j'ai pas l'intention d'm'aplatir devant vous.

— Et moi, je n'ai pas l'intention de vous le demander. Allez, montez. »

Il passa lentement devant le capot de la voiture, l'examinant d'un œil soupçonneux, et vint regarder à l'intérieur par la vitre côté passager. Je lui ouvris la portière. Pour autant, il hésitait encore. Puis il finit par monter, toujours circonspect. Nous démarrâmes. Je lui offris une cigarette, qu'il accepta, et souris à part moi en le voyant savourer la première bouffée.

Nous fîmes un bon kilomètre sans un mot. Puis il rompit abruptement le silence : « Suis jamais monté dans un d'ces engins avant.

— Et vous en pensez quoi ? »

Il ignora ma question. « Notez que j'l'ai d'jà vu passer, lui, dans une carriole com' ça, et pas qu'une fois.

— Qui ça, lui ?

— À votre avis ?

— Caswell ?

— Ben, pour sûr. Y m'connaît plus maintenant. Ou y fait semblant. Y m'traite com' un moins que rien. Com' d'la bouillie de pommes pourries sous ses godasses de rupin. Z'avez vu c'qu'il a fait à Clouds Frome ? Des verrous, des chaînes, des barreaux, partout. Et du verre cassé pour que les pauv' bougres dans mon genre s'charcutent les mains d'ssus.

— Oui, j'ai vu ça.

— Et pourquoi ?

— Pour se protéger ?

— Ouais, c'est aussi mon avis. Même qu'il en a bien b'soin.

— Vraiment ?

— J'vois des choses, moi, m'sieur l'architec'. J'les vois et j'oublie pas. Y s'croit bien à l'abri là-bas, que personne peut l'approcher. Eh ben, y s'fait des illusions.

— Mais vous, vous savez ce qu'il en est ?

— Moi, je vas je viens comme je veux.

— À Clouds Frome ? Comment cela ?

— Ça devrait pas vous étonner. Vous l'avez construite, la maison, non ? Y peut pas boucher tous les trous.

414

— Dois-je comprendre que vous pénétrez souvent dans la propriété ?

— M'faites pas dire c'que j'dis pas. P't-être ben qu'oui, p't-être ben qu'non. Je serais quand même dans mon droit si je l'faisais. Clouds Frome, c'est d'la terre des Doak. Aujourd'hui comme hier.

— Mais j'ai entendu dire qu'on lâchait un molosse la nuit.

— C'est pas un chien qui va m'déranger. C'qui m'inquiète, c'est les hommes. Ceux d'l'acabit de Victor Caswell.

— Pourquoi ?

— Parce qu'y s'figure qu'y peut prendre ce qu'est pas à lui, comme ça, en toute impunité. Eh ben, il a tort, et y va pas tarder à s'en rendre compte. J'vous l'ai dit, m'sieur l'architec', l'premier jour qu'vous êtes venu ici. J'vous ai dit que le Caswell y regretterait l'jour où qu'il avait volé leurs terres aux Doak. Et y le r'grettera, vous pouvez m'croire. Y a eu un temps où les Caswell, y rampaient d'vant nous. Eh ben, j'casserai pas ma pipe sans les avoir vus ramper derechef, foi d'Doak ! »

Je déposai Doak aux abords de Hereford. Il ne voulait pas que je le conduise dans le centre. Peut-être connaissait-il un endroit dans le coin où passer la nuit. Quoi qu'il en soit, il accepta le souverain que je lui offris, mais sans gaieté de cœur. Nous savions l'un et l'autre quel usage il en ferait, mais je ne lui en voulus pas. C'était un homme vaincu par la vie, écrasé par le destin, que seuls soutenaient une grande obstination et un espoir chimérique. S'il y avait une chose dont j'étais certain, c'est qu'il ne triompherait jamais de Victor Caswell. Certitude qui me fit prendre conscience de la terrible affinité qui existait entre lui et moi.

Pour autant, je ne rentrai pas à l'hôtel. Je pris à nouveau la direction du nord, sur la route de Shrewsbury qu'effaçait la nuit, aussi vite que la voiture le permettait. Je conduisais l'esprit vide, la réflexion en suspens ; et puis, bien au-delà de Ludlow, transi de froid et pris d'un sinistre sentiment de solitude, je m'arrêtai enfin, convaincu de l'inanité qu'il y aurait à continuer ainsi. Le retour en arrière – c'était la direction à laquelle, encore et toujours, j'étais condamné.

« Staddon ! Vous ici ! »

La voix, forte et pâteuse, m'était parvenue du bar alors que j'attendais la clé de ma chambre à la réception. Quand je me retournai, je vis Spencer Caswell me lancer un grand sourire. Il leva un verre à moitié vide dans ma direction et me fit un clin d'œil.

« Juste la personne que je voulais voir ! Ça tombe à pic. Qu'est-ce que vous diriez d'un dernier verre avant d'aller vous mettre au plumard ? »

Autant pour le faire taire que pour toute autre raison, je le rejoignis au comptoir. Juché sur un tabouret, en équilibre instable, la cravate de travers, une cigarette pendouillant entre les doigts, il était encore plus détestable ivre qu'à jeun, plus que jamais l'image de l'enfant gâté et effronté.

« Les casse-pieds, on n'arrive pas à s'en débarrasser pas vrai, Staddon ? On en a pas mal dans le coin, c'est moi qui vous le dis.

— Que voulez-vous de moi ?

— Juste bavarder quelques minutes. Un peu de compagnie. Une oreille compatissante. C'est pas beaucoup demander, tout de même.

— Eh bien, si, justement, et le moment est mal choisi. Pourquoi ne pas rentrer vous coucher ?

— Parce que c'est bien plus drôle ici. Et puis on pourrait discuter des mystères de la vie. Pour ne prendre qu'un exemple, comment ai-je su que vous étiez ici ?

— Je suppose que vous l'ignoriez.

— Eh bien, vous supposez mal. Dites-moi, il était agréable, votre petit déjeuner avec tante Hermione ce matin ? s'enquit-il avec un sourire narquois. Ne prenez donc pas cet air ! La vieille chouette n'a pas son pareil pour se trahir. Bon, maintenant offrez-moi un verre et montrez-vous un peu plus sociable, et alors, peut-être que je n'en parlerai à personne. »

Par bonheur, le seul autre client était le grand maigre à la toux exaspérante, plongé dans une conversation animée sur les chevaux de course avec le barman. C'est sans enthousiasme que je passai la commande, avant de conduire Spencer vers une table dans le fond de la salle.

« Où étiez-vous donc passé, Staddon, tout ce temps ? Je vous attends depuis l'ouverture du bar. Je commençais à me dire que vous m'aviez laissé tomber.

— Si j'avais su que vous étiez ici, c'est ce que j'aurais fait.

— Voilà qui n'est pas très gentil, dites-moi. Vous voulez savoir comment j'ai deviné le petit jeu de tante Hermione ?

417

— Non. Mais je suppose que vous allez me le dire quand même.

— Ma foi, je crois bien que oui. Elle a annoncé hier soir qu'elle avait l'intention de se lever au chant du coq pour aller faire ses dévotions à la cathédrale. Et elle en a fait tout un plat. En temps ordinaire, elle y serait allée sans rien dire à personne. Je me suis donc dit que ma folasse de tante devait mijoter quelque chose. Une aventure avec un des chanoines ? Peu probable. C'est alors que je me suis rappelé le tohu-bohu qu'avait soulevé votre rencontre, lors de votre dernier passage à Hereford. Vous étiez descendu au Green Dragon, à un jet de pierre de la cathédrale. Je suis donc passé à l'hôtel cet après-midi, et qu'est-ce que j'ai vu, votre nom dans le registre. Vous êtes trop prévisible, Staddon. Bien trop prévisible, c'est votre gros problème.

— C'est de l'affabulation complète. Vous ne pouvez pas prouver que j'ai rencontré votre tante. »

Tout à coup, une bonne partie de l'ivresse de Spencer sembla s'évaporer. « Je n'ai rien besoin de prouver, dit-il d'une voix beaucoup plus assurée. On n'est pas devant un tribunal. En revanche, Consuela, elle, ne va pas tarder à l'être. C'est la raison qui vous amène ici, je me trompe ? Vous essayez toujours de la tirer d'affaire.

— Quand bien même ? En quoi cela vous regarde-t-il ?

— Je pourrais peut-être vous aider.

— Je ne le pense pas. Et même si vous le pouviez, je doute que vous vous en donniez la peine. »

Le sourire de Spencer se durcit. « Des fois, j'ai l'impression que vous ne m'aimez pas. Vous devriez, pourtant. Ou au moins faire semblant. C'est ce qu'a fait l'autre chevalier blanc de Consuela, même s'il n'a rien fait d'autre.

— De qui parlez-vous ?

— De son frère. Ce cinglé de Brésilien. Rodrigo Manchaca de je ne sais quoi. Il m'a fort bien traité, en fait.

— Vous voulez dire qu'il vous a payé à boire.

— En effet, oui. Et il était bien plus souriant que vous. Et il m'a écouté avec respect.

— Que lui avez-vous dit ?

— Oh, des bricoles, par-ci par-là. Des petits potins sur ma famille. Il a semblé trouver ça fascinant. Contrairement à vous.

— Mais j'ai déjà tout entendu, moi. Vous vous rappelez ?

— Mais non. Vous n'avez pas entendu la moitié de ce qu'il y a à entendre. »

Je me penchai en avant et parlai lentement pour être bien compris. J'étais fatigué et n'étais pas d'humeur à supporter plus longtemps les manigances de Spencer. « Si vous avez quelque chose à dire, alors dites-le. Je n'ai pas l'intention de vous supplier pour entendre vos racontars à deux liards le pot.

— Ah, on parle haut tout d'un coup ? Ce n'est pas en vous donnant des airs que vous allez sauver l'adorable petit cou de Consuela, vous savez.

— Pas plus qu'en vous écoutant, c'est certain.

— C'est là que vous faites erreur. Je vous ai demandé la dernière fois que nous nous sommes vus

419

comment vous espériez prouver que Consuela n'avait pas empoisonné ma chère sœur disparue. Vous n'aviez alors aucune réponse, et je parie que vous n'en avez pas davantage aujourd'hui.

— Mais vous si, je me trompe ?

— Qui sait ? Posez-vous la question : qu'est-ce qui prouve que le poison n'était pas destiné à Rosemary ?

— Le fait qu'elle soit arrivée à Clouds Frome à l'improviste.

— Exactement. Sinon, ç'aurait été "au revoir", oncle Victor. Mais si elle n'était pas arrivée à l'improviste ?

— Alors… Attendez… Vous voulez dire qu'on savait qu'elle allait venir cet après-midi-là ?

— Je sais de source sûre que l'oncle Grenville a téléphoné à l'oncle Victor depuis Ross ce même après-midi *après* le départ de Rosemary et de ma chère maman et *avant* qu'elles arrivent à Clouds Frome. J'ignore ce qu'ils se sont dit au juste, mais imaginez que Grenville ait mentionné que ces dames envisageaient de s'arrêter à Clouds Frome en rentrant à Hereford, cela changerait complètement la donne, vous ne croyez pas ? »

Il avait raison. Jusqu'ici, j'avais été incapable de démontrer que Victor avait pu mettre l'empoisonnement en scène afin de se débarrasser de Consuela. Comme l'avait fait remarquer Imogen Roebuck, il aurait pris un risque terrible en mettant sa propre vie en danger. Qui plus est, dans ce cas, Consuela n'aurait pu être accusée que de tentative de meurtre. Emprisonnée ou non, elle serait restée sa femme au regard de la loi. Si, cependant, Victor savait que Marjorie et Rosemary allaient très obligeamment lui rendre visite, pareilles objections tombaient d'elles-mêmes. Il pouvait tranquillement laisser sa nièce qui avait un faible pour les sucreries se gaver du sucre empoisonné et lui-même en avaler juste assez pour se rendre malade. Ensuite, tout ce qu'il avait à faire, c'était d'attendre que Consuela soit accusée de meurtre – et que sa condamnation à mort le libère définitivement des liens du mariage. Tout à coup, le minutage prenait une importance primordiale. À quelle heure avait été passé le coup de téléphone ? De combien de temps Victor avait-il disposé pour mettre son plan à exécution ?

Spencer triomphait, souriant d'un air suffisant. Il voyait bien qu'il m'avait ferré. « Un peu troublant, pas vrai ?

— Et votre… source sûre, quelle est-elle ?

— Vous ne comptez quand même pas que je vous le dise.

— Bien sûr que si. Il faut le signaler à la police.

— Oh, ce n'est pas à l'ordre du jour, Staddon. Pas du tout.

— Mais cela ferait toute la différence.

— J'en suis certain. Mais la confidence m'a été faite par quelqu'un qui tient trop à son emploi pour seulement envisager d'aller témoigner.

— Conserver son emploi ? Dieu du ciel, mais c'est la vie d'une femme qui est en jeu. Vous n'avez pas l'air de comprendre.

— Je comprends parfaitement, mais je ne suis pas sûr que vous fassiez de même. Admettons que mon… ami, appelons-le ainsi… soit pris d'un soudain accès d'honnêteté et dise tout ce qu'il sait. Il ne pourrait en aucun cas disculper Consuela. Tout ce qu'oncle Victor aurait à faire serait de nier que cette conversation a jamais eu lieu, voire de reconnaître qu'elle a effectivement eu lieu, tout en niant qu'il ait jamais été question des intentions de ces dames. Ce qu'y gagnerait mon ami serait un renvoi pur et simple. Victor n'aime pas être contrarié, vous avez eu l'occasion de vous en apercevoir.

— Votre ami travaille pour Victor ?

— C'est évident, non ?

— Et c'est lui qui a pris cet appel ?

— C'est ce qu'il me dit.

— Alors, il n'y a pas à aller chercher très loin, n'est-ce pas ? En dehors de Danby, Gleasure ou Noyce, je ne vois pas qui cela pourrait être.

— Cela ne vous servira à rien de restreindre ainsi le champ des investigations.

— Et Grenville Peto ? Lui sait forcément ce qu'il a dit à Victor.

— Naturellement, mais si ce que je viens de suggérer est vrai, il l'aurait fait savoir depuis le temps, non ? À moins, bien entendu, qu'il ne veuille pas aider Consuela. À moins, peut-être, que Victor l'ait corrompu d'une façon ou d'une autre. Dans ce cas, vous n'obtiendrez rien de lui. »

Je me tassai sur mon siège. Ce rayon de lumière était pire que l'accablement le plus sombre. Il ne brillait que pour mieux décevoir. L'espoir qu'il faisait naître était si mince qu'il en paraissait faux. Et Spencer ne l'ignorait pas.

« Avez-vous parlé de tout cela à Rodrigo ?

— Non. En fait, l'information ne m'était pas encore revenue aux oreilles quand il a pris la ville d'assaut.

Vous êtes le premier avec qui je la partage. Vous devriez vous sentir flatté.

— Et pourquoi l'avoir partagé avec *moi* ?

— Je pensais que je devais vous mettre au courant. C'est tout. » Mais la rougeur et la joie malicieuse qui animaient son visage démentaient ses propos. Il n'avait pas fini de vider son sac. « J'ai une envie soudaine de champ'. Qu'en dites-vous ?

— Pas pour moi, non.

— Alors, payez-moi une bouteille. » L'urgence de sa demande se lisait dans ses yeux. Si je satisfaisais à son envie, peut-être serait-il prêt à m'en révéler davantage. Je fis signe au barman et commandai du champagne. Qu'il s'empressa d'aller chercher. « C'est vraiment étonnant, dit Spencer, les égards qu'ont pour vous les gens – l'empressement qu'ils mettent à vous satisfaire quand ils attendent quelque chose de vous. L'avez-vous déjà remarqué ?

— Ça ne s'applique pas à tout le monde.

— Ça s'applique à tous ceux que j'ai eu l'occasion de rencontrer. Vous comme les autres. Vous auriez pas un cigare sur vous, par hasard ?

— Non.

— Alors, soyez gentil d'en commander un au barman quand il reviendra. J'ai un faible pour les havanes. »

Le sourire resta plaqué sur le visage de Spencer tout le temps qu'il fallut pour que le champagne soit ouvert et versé, le cigare apporté et allumé. Puis, une fois le barman reparti, il leva son verre.

« À quoi allons-nous boire, Staddon ? Ou devrais-je dire à qui ? Consuela, peut-être ? »

Je gardai le silence. Seule l'idée qu'il avait peut-être encore des renseignements intéressants à me communiquer me retint de lui jeter mon champagne à la figure. Je laissai mon verre sur la table, tandis que Spencer, avec un haussement d'épaules désinvolte, buvait seul à sa santé.

« Pas mauvais. Pas mauvais du tout, dit-il en se laissant aller sur son siège et en tirant sur son cigare. C'est la belle vie, pas vrai ?

— Si vous avez autre chose à me dire, je vous serais reconnaissant de le faire au plus vite.

— Oh, désolé, je vous retiens indûment, c'est ça ? Eh bien, le fait est, Staddon, que je vous dois des excuses.

— À quel propos ?

— J'ai peut-être parlé mal à propos avec notre ami brésilien, Rodrigo. Les mots m'ont échappé. Vous savez ce que c'est. Deux ou trois verres. On parle un peu du passé. Et hop, avant qu'on comprenne ce qui arrive, on a révélé le pot aux roses.

— Je ne vois pas du tout à quoi vous faites allusion.

— À vous et à Consuela. J'ai laissé entendre à Rodrigo – je lui ai carrément dit, pour être précis – que vous aviez eu une aventure tous les deux il y a quelques années. »

Je le regardai, les yeux écarquillés, trop abasourdi pour réagir. « Comment avez-vous pu ?

— Ah, c'est bien ce que je craignais. Il vous en a touché un mot, hein ? Et sans ménagement, j'imagine. Pas diplomate pour un sou, notre Rodrigo, je vous l'accorde. Je suis désolé de vous avoir mis dans le pétrin. Vraiment.

— Mais… que lui avez-vous dit ? Que *pouviez-vous* lui dire ? Vous ne saviez… Vous ne savez rien. »

Spencer eut une grimace théâtrale, avant de remplir son verre. « Encore une de vos illusions, Staddon. J'ai un souvenir de jeunesse extrêmement précis, dont j'ai fait part à Rodrigo : celui de vous avoir vus, Consuela et vous, dans des circonstances et des postures qui ne laissaient que peu de place au doute sur la nature de votre relation, même dans l'esprit d'un adolescent dépourvu d'expérience.

— Pouvez-vous être plus précis ?

— Vous tenez vraiment à savoir ? Vous risquez de trouver la chose pour le moins embarrassante. »

Je me penchai vers lui et le regardai droit dans les yeux. « Dites-moi simplement ce que vous avez raconté à Rodrigo, et vite.

— Fort bien. Si c'est ce que vous voulez, dit-il en me souriant, nullement décontenancé. Reportez-vous à ce mois de juillet 1911. Vous vous souvenez de cet atroce match de cricket à Mordiford ? Un supplice de bout en bout, pour ce qui me concerne. Sauf que je ne suis pas resté jusqu'à la fin. Je suis parti me promener après le déjeuner pendant qu'ils en étaient encore à balancer des lobs faciles à oncle Victor pour qu'il expédie la balle hors des limites et marque six points. À ce moment-là, vous aviez disparu vous aussi, mais je ne savais pas où. Je n'essayais pas de vous espionner, encore que… je l'aurais peut-être fait si j'avais pu deviner ce que j'allais voir. Toute une éducation pour le gamin que j'étais alors, je le reconnais volontiers.

« Arrivé en vue de la maison de Clouds Frome, après avoir traversé le verger, je me suis arrêté dans la pergola et, pour souffler un peu, je me suis assis sur un de ces bancs en fer forgé que vous aviez semés ici et là dans le jardin. J'étais là à regarder le ciel et l'arrière de la maison, comptant les petits nuages cotonneux au-dessus de ma tête, quand j'ai vu un rideau bouger à une fenêtre ouverte du premier étage. Un frémissement, rien de plus, mais quand j'ai levé les yeux, je n'aurais plus détourné le regard contre tout l'or du monde.

« Consuela était debout à la fenêtre, nue comme un ver. D'abord, je n'ai pas su que penser, si ce n'est qu'elle était plus belle que tout ce qu'il m'avait été donné de voir jusque-là. Non pas que j'aie besoin de vous faire un dessin, vous vous souvenez certainement de l'épisode. Et puis, vous êtes apparu à son côté, aussi nu qu'elle. Vous l'avez embrassée et enlacée. À ce stade, j'étais comme pétrifié. Je n'en croyais pas mes yeux, qui devaient d'ailleurs me sortir de la tête. Et vous savez ce que j'ai vu après, n'est-ce pas ? La suite, vous la connaissez mieux que moi. »

Je revivais la journée à travers le récit de Spencer. La chaleur, la passion, la trahison, tous les détails me revenaient avec une acuité extraordinaire. Oui, je connaissais la suite. Elle était gravée au fer rouge dans ma conscience, la joie de l'instant effacée par la souffrance qu'il avait engendrée.

« *Tu me veux encore une fois ?*

— *Je te veux toujours.*

— *Alors, tu m'auras. Toujours.* »

Je pensais jusque-là que rien ne parviendrait jamais à me faire apparaître ce que j'avais fait sous un jour plus monstrueux. Mon acte n'aurait pu être plus égoïste. Ni plus haïssable. Pourtant cette dernière révélation, sans doute la plus dommageable, y parvint. Spencer nous avait vus. Il avait observé notre étreinte avec des yeux avides, salivant tandis que nous nous donnions inconsciemment en spectacle pour son plus grand bonheur. Et ce jour-là, des années plus tard, il avait transformé ce qui était simplement impardonnable en quelque chose d'irrévocablement sordide.

« Rodrigo a paru scandalisé quand je lui ai fait le récit de vos exploits. Mais cela ne devrait pas vous surprendre. Vous savez comment sont ces Latins. Prêts à tringler la première putain venue, mais attendant de leurs sœurs qu'elles vivent comme des nonnes. Attention, je ne dis pas que je n'ai pas été choqué moi aussi, sur le moment. J'étais peut-être précoce, mais pas à ce point. Ça m'a définitivement ouvert les yeux. Bien sûr, je trouve ça beaucoup moins extraordinaire aujourd'hui. Si j'avais eu votre âge à l'époque je suppose que j'aurais eu du mal à la laisser tranquille, notre Consuela. Une si belle femme. Il y a eu des moments, ces dernières années, force m'est de le reconnaître, où j'ai songé à m'envoyer...

— Ça suffit ! » Le silence se fit au bar, seulement meublé par la même toux exaspérante. Je baissai d'un ton. « Vous ne m'avez épargné aucun détail, en y prenant un plaisir non dissimulé. Vous vous croyez malin, c'est ça ?... à vous mêler de ce qui ne vous regarde pas, à distiller votre poison dans l'esprit des gens.

— Mon poison, Staddon ! La métaphore est plutôt malvenue, vu les circonstances.

— J'en ai suffisamment entendu et supporté comme ça. Alors, maintenant, faites-moi le plaisir de vider les lieux.

— Mais la bouteille n'est pas finie. » Il commençait à remplir son verre quand je lui saisis le poignet avec une telle brusquerie et une telle force que le champagne manqua sa cible et se répandit sur la table. « Faites attention, bon Dieu ! » s'écria-t-il.

Sans lui lâcher le poignet, je lui arrachai de mon autre main son cigare de la bouche et le laissai tomber dans son verre, où il s'éteignit avec un léger sifflement. Il me regarda, bouche bée.

« Mais, bordel, à quel jeu jouez-vous ?

— Moi ? Je ne joue à rien. Mais si vous ne partez pas sur-le-champ, je ne réponds plus de rien. »

Il me fixa encore un moment, puis il secoua la tête d'un air dédaigneux, rajusta sa veste et se leva. « Ma foi, si c'est le parti que vous adoptez…

— En effet.

— Le jour viendra peut-être, Staddon, où vous regretterez de vous être fait de moi un ennemi.

— J'en doute fort.

— Comme vous voudrez. En attendant, je vous souhaite bien le bonsoir. » Sur ces mots, il sortit du bar à grandes enjambées.

Je ne le regardai pas partir, et me laissai aller dans mon fauteuil le temps de me calmer. Ma colère s'apaisait. Je fermai les yeux, comme si, ce faisant, je pouvais effacer les ravages causés par ses propos. Mais ce fut sans succès. Et, quand je les rouvris, j'avais devant moi tant de traces de sa récente présence – les verres sales, la bouteille à moitié vide, la petite flaque de champagne, les restes trempés de son cigare dont l'odeur forte flottait encore dans l'air – que je pouvais encore le voir assis en face de moi, avec son sourire malveillant, son empressement à me déballer tout ce qu'il savait ou avait deviné sur mon compte. Le venin qui semblait couler dans les veines des Caswell avait réussi à s'infiltrer dans l'esprit pervers de Spencer, et j'en voyais maintenant le résultat. Il se souciait peu de savoir qui il pouvait blesser ni pourquoi ; que Consuela soit pendue ou épargnée, que sa propre sœur soit morte ou vivante, il s'en moquait. À ses yeux, nous étions tous semblables : acteurs maladroits s'ébattant dans la lumière crue d'une scène de théâtre, empêtrés dans nos mensonges et nos conflits. Pendant que lui, se prélassant à l'orchestre, riait aux éclats pour finir par s'endormir d'un sommeil d'ivrogne.

Hermione m'avait dit que les réunions du comité directeur de Caswell & Co. commençaient toujours vers quatorze heures trente et ne duraient jamais moins d'une heure. En conséquence, à quinze heures trente le lendemain, je traversai la cour de la cidrerie et pénétrai dans les bureaux.

La secrétaire de Mortimer, miss Palmer – dont je me souvenais pour l'avoir vue lors de ma précédente visite –, était plus jeune et plus jolie qu'on aurait pu s'y attendre, même si de grosses lunettes à monture d'écaille lui donnaient un air particulièrement sévère. Elle leva rapidement les yeux de sa machine à écrire quand j'entrai dans la pièce. « Que puis-je pour vous, monsieur ? » De toute évidence, elle ne m'avait pas reconnu.

« Je voudrais parler à Victor Caswell.

— Ah, il assiste en ce moment à la réunion du comité directeur, dit-elle avec un mouvement de tête en direction de la porte fermée à l'autre bout de son bureau.

— Je sais. J'attendrai, si vous n'y voyez pas d'inconvénient.

— Comme vous voudrez, monsieur. »

Je m'assis sur la seule chaise disponible, tandis que miss Palmer retournait à son clavier. Entre deux frappes me parvenait un murmure de voix depuis la salle de réunion, mais je ne pouvais distinguer ni celui qui parlait ni ce qui se disait. Puis miss Palmer s'éclaircit la voix et dit :

« Vous êtes sûr de vouloir attendre, monsieur ?

— Absolument, merci.

— C'est qu'il n'y a pas moyen de savoir quand la réunion se terminera.

— De toute façon, je serai encore ici quand elle prendra fin.

— Ah, je vois. Entendu, monsieur. »

À nouveau, le cliquetis de sa machine. Il était presque seize heures. Miss Palmer étouffa un bâillement, donnant l'impression qu'elle aurait volontiers fait une pause, le temps d'une cigarette, si je n'avais pas été là. Puis elle arrêta de taper pour commencer à classer de la correspondance dans les tiroirs d'un meuble placé près de la porte. On entendait toujours des voix étouffées en provenance de la salle du conseil ; rien n'indiquait que la réunion touchât à sa fin.

À cause du bruit que firent les tiroirs quand elle les repoussa pour les fermer, miss Palmer n'entendit pas la porte s'ouvrir quelques minutes plus tard derrière elle. Spencer Caswell se glissa dans la pièce depuis le couloir et grimaça un sourire devant le spectacle, manifestement à son goût, qu'offrait miss Palmer penchée en avant pour atteindre les tiroirs du bas. Il ne m'avait pas vu et s'avança donc sur la pointe des pieds, avec des intentions on ne peut plus évidentes. Au dernier moment, je me raclai bruyamment la gorge.

« Staddon ! s'écria Spencer en me voyant après avoir fait volte-face. Qu'est-ce que vous fabriquez ici ? » C'était un plaisir de le voir pour une fois pris au dépourvu. Miss Palmer, qui s'était relevée pour le trouver juste derrière elle, eut un violent sursaut et rougit.

« Je suis venu voir Victor.

— Oncle Victor ? » Il lissa ses cheveux, s'approcha d'un pas traînant du bureau, contre lequel il s'appuya, tout en essayant de se ressaisir. « Alors là, vous allez le surprendre bien plus que vous ne m'avez surpris moi-même.

— C'est possible.

— J'imagine que vous n'avez pas pu vous faire ouvrir les grilles de Clouds Frome. Et que vous avez décidé de venir le braver jusqu'ici. Je me trompe ? Reste une question : comment saviez-vous qu'il y avait une réunion du comité directeur cet après-midi ? La réponse est vite trouvée : c'est ma babillarde de tante qui vous aura mis au courant, n'est-ce pas ?

— Je ne suis pas venu pour m'entretenir avec vous, rétorquai-je d'un ton mesuré. Et très franchement, je préférerais ne pas avoir à le faire.

— Ah oui ? Eh bien, on ne peut pas toujours avoir ce que l'on… »

La porte de la salle du conseil s'ouvrit derrière moi et, au même moment, Spencer s'éloigna d'un bond du bureau et effaça le sourire suffisant qu'il affichait. Je me levai et me retournai pour voir Mortimer Caswell debout dans l'embrasure de la porte, fixant sur son fils un regard soupçonneux. Il parut sur le point de dire quelque chose – quelque réprimande bien sentie, à en croire l'expression de son visage –, mais remarqua ma présence au même instant.

« Mr Staddon ! Que nous vaut votre visite ?

— Je souhaite voir votre frère. Il est ici ?

— Victor ? Oui, mais pourquoi… »

Je passai outre ses protestations et l'écartai pour entrer dans la salle. Mes yeux tombèrent aussitôt sur la table qui en occupait toute la longueur, et au bout de laquelle étaient rassemblés les collègues de Mortimer ; certains assis, d'autres debout, qui refermant un dossier, qui éteignant une cigarette, riant ou bavardant au terme de la réunion. Des huit que je dénombrai, j'en connaissais quatre : Hermione, qui me sourit discrètement, Grenville Peto, dont je découvrais avec surprise, mais sans m'y attarder plus avant, qu'il était membre du comité directeur, Arthur Quarton, le notaire de la famille, et manifestement de l'entreprise, et Victor.

Ils firent tous silence en me voyant, même ceux qui ne pouvaient guère me reconnaître, un silence lourd d'hostilité. Le portrait du vieux George Caswell semblait retrousser une lèvre méprisante en me regardant du haut de son mur. Puis Victor referma sa mallette d'un coup sec, la posa devant lui et s'approcha lentement de moi.

L'air sombre, il s'efforçait autant que moi, je le devinais, de mettre de l'ordre dans ses pensées, tout en préparant ce qu'il allait dire. Il avait maigri, ses

432

cheveux avaient grisonné et ses sourcils semblaient plus proéminents ; ses épaules donnaient l'impression de s'être voûtées, comme sous le poids d'innombrables soucis. J'aurais presque pu le prendre en pitié, si je n'avais pas été aussi sûr de sa culpabilité à plus d'un titre.

« Désolé de jouer les intrus, dis-je, m'adressant aux autres autant qu'à lui. Mais, comme vous avez refusé de me voir à Clouds Frome, je n'avais guère le choix. »

Victor s'arrêta à l'angle de la table et me fixa des yeux, le visage en proie à des émotions contradictoires. La colère, bien sûr, et la stupéfaction devant tant d'audace. Mais l'embarras aussi, et l'incertitude quant à la réaction à avoir devant témoins. Et quelque part, enfouie très profondément, je devinais de la peur. Je la vis briller un instant dans son regard, avant qu'il retrouve le contrôle de lui-même. « Que voulez-vous ? murmura-t-il.

— La vérité. J'en connais déjà une partie. Celle qui concerne Lizzie Thaxter et la façon dont vous l'avez obligée à espionner pour votre compte, la conduisant ainsi au suicide. La façon aussi dont vous avez soudoyé Ashley Thornton pour qu'il m'engage sur le projet de l'hôtel Thornton. Tout cela, je le sais. Et maintenant, je voudrais connaître le reste.

— C'est absurde.

— Êtes-vous prêt à nier l'un quelconque de ces éléments ?

— Je nie tout, en bloc.

— Eh bien, peut-être ceci vous fera-t-il changer d'avis. » Je sortis la lettre de Lizzie de ma poche et l'agitai sous son nez. « Quelques heures avant de se pendre, Lizzie a écrit à son frère, alors en prison. Sa lettre prouve qu'elle était à votre solde, qu'elle vous haïssait pour ce que vous la forciez à faire et qu'elle a préféré se tuer plutôt que de continuer.

— Impossible ! » Il essaya de s'emparer de la lettre, mais je fus plus rapide que lui et la remis dans ma poche avant qu'elle se froisse. Victor recula d'un pas et, du regard, supplia ses collègues de lui apporter leur soutien. « C'est une épouvantable calomnie ! tempêta-t-il. La lettre est un faux, rien de plus.

— Non, ce n'est pas un faux. »

Victor reporta son attention sur moi. Il avait recouvré, semblait-il, une partie de son assurance. « Pour quelle raison aurais-je bien pu vouloir faire de Lizzie Thaxter mon espionne, vous pouvez me le dire ?

— Pour surveiller votre femme.

— Ah, oui ? Et pourquoi ?

— Vous voulez vraiment que je vous le dise ?

— Puisque je n'ai aucune idée de ce à quoi vous faites allusion, vous allez devoir le faire.

— Vous aviez peur qu'elle vous quitte pour venir me rejoindre. Et vous aviez raison d'avoir peur.

— Comment expliquez-vous qu'elle ne l'ait pas fait.

— Seule la réalisation de l'hôtel Thornton que l'on m'a alors proposée nous en a empêchés. Un marché dont l'instigateur n'était autre que vous-même.

— Je n'étais pour rien dans cette affaire. Et vous n'avez pas la moindre preuve attestant du contraire, dit-il avant de se tourner vers Mortimer et d'ajouter : cette conversation a assez duré. »

Mortimer se décida enfin à s'interposer. « Je dois vous prier de quitter immédiatement les lieux, Mr Staddon. Vous n'êtes pas le bienvenu ici.

— Je n'en ai pas encore terminé.

— Vous refusez de partir ?

— Je refuse de laisser votre frère éluder mes questions.

— Bien. Dans ce cas, je n'ai pas le choix. Miss Palmer ! Appelez la police sur-le-champ, voulez-vous. Dites-leur que nous requérons leurs services pour nous défaire d'un importun. »

Je regardai Victor. Il reprenait des couleurs, et un rictus méprisant se dessinait sur ses lèvres. Puis je regardai les autres occupants de la salle. Ceux qui n'étaient pas déconcertés manifestaient une profonde indignation. Tous fronçaient un sourcil menaçant. Même Hermione semblait sidérée par ma témérité. Je sentis mon assurance et mon courage me quitter, conscient de perdre l'avantage que j'avais d'abord pris dans la confrontation. « Le commissariat de police, s'il vous plaît », entendis-je miss Palmer dire à l'opératrice. « Oui. C'est urgent. » Je n'avais plus beaucoup de temps devant moi.

« Attendez ! m'écriai-je en me dirigeant à grandes enjambées vers le groupe rassemblé au bout de la table. Mr Peto ! J'ai quelque chose à vous demander. »

Grenville Peto et moi ne nous étions jamais beaucoup appréciés. Je l'avais côtoyé à l'époque du vol commis dans sa fabrique et gardais de lui le souvenir d'un petit homme revêche, hargneux et pompeux, autant de traits que les années écoulées depuis n'avaient fait que confirmer. L'allure d'un sac de graisse, les plis de son cou épais débordant sur son col, des yeux pâles enfoncés dans un visage rond et rougeaud. Il leva vers moi un regard furieux, arborant l'air vaniteux et arrogant que seul peut donner l'exercice d'un pouvoir sans limites dans une petite ville pendant plus de trente ans.

« Victor prétend que, comme tout le monde, il ne savait pas que sa nièce et sa belle-sœur passeraient prendre le thé le neuf du mois de septembre dernier, c'est bien cela, Mr Peto ?

— Je… Et alors ?

— Vous lui avez téléphoné cet après-midi-là, n'est-ce pas, après que ces dames eurent quitté votre maison et avant qu'elles arrivent à Clouds Frome ?

— Non. Absolument pas.

— Vous lui avez téléphoné, et c'est de cette manière qu'il a su qu'il aurait chez lui les victimes innocentes dont il avait besoin pour mener son plan à bien.

— C'est faux ! Je n'ai téléphoné à personne.

— Mais si. Ce que je veux savoir, c'est pourquoi vous l'avez caché jusqu'ici.

— Je n'ai rien caché du tout. Ceci est infamant.

— Vous devez être fou, Staddon, intervint Victor. Sinon, vous ne lanceriez pas une accusation pareille.

— Vous niez ?

— Absolument, dit Victor, avec un coup d'œil en direction de son frère comme pour le rassurer sur ce point. Je n'ai pris aucun appel. Que ce soit de Grenville ou de quelqu'un d'autre.

— Vous mentez ! Et je peux le prouver. » Je me tournai vers la porte, dans l'intention de demander à

Spencer de venir me seconder. Mais il n'était nulle part. Dans le bureau, il n'y avait que miss Palmer, qui, après avoir reposé le téléphone, s'approcha de Mortimer.

« Ils seront ici dans quelques minutes, Mr Caswell.

— Merci, miss Palmer. Voulez-vous aller les attendre au portail de la cour et leur indiquer le chemin ? »

Tandis que miss Palmer se hâtait de sortir, tous les regards convergèrent sur moi. J'eus la soudaine conviction que Spencer nierait m'avoir jamais parlé. Même s'il l'admettait, il nierait avoir mentionné l'appel téléphonique. Et le pire, c'était que ses dénégations, dans un cas comme dans l'autre, n'avaient aucune importance. Chacun de ceux qui m'entouraient – à l'exception d'Hermione – soutiendrait Victor, qu'il le croie ou non. Les tentacules de son pouvoir et de son influence les liaient à lui, comme ils m'avaient moi-même un jour lié. Et me libérer de leurs anneaux n'avait fait que me précipiter de Charybde en Scylla, car j'avais maintenant la certitude de mon impuissance. J'allais ressortir la lettre de Lizzie Thaxter quand j'arrêtai mon geste. Si elle ne pouvait être utilisée devant le tribunal, parce qu'elle risquait de porter préjudice à la réputation de Consuela, elle ne pouvait pas non plus être utilisée dans la circonstance présente. Je laissai retomber mon bras et les dévisageai l'un après l'autre. Aucun signe de fléchissement ni de concession. La même dureté dans chacun de leurs regards, le même sourcil sévère, le même air courroucé que chez Peto. Quarton avait détourné les yeux. Seule Hermione posa une main sur mon bras.

« Si vous partez maintenant, Mr Staddon, dit-elle doucement, cela nous évitera des moments pénibles. »

J'abaissai les yeux sur elle. « Et peut-être aussi beaucoup de dégâts. »

Ce que voulait dire Hermione était aussi clair qu'irréfutable. J'avais fait un gâchis de ma confrontation avec Victor. J'aurais dû attendre qu'il soit seul, me dire que la présence de témoins, loin d'affaiblir sa résolution, la renforcerait. Mais surtout, j'aurais dû comprendre que savoir ce qu'il avait fait ne suffisait pas. Il fallait que j'apporte des preuves de ce que j'avançais, des preuves qui ne laisseraient subsister aucun doute. Ce dont j'étais parfaitement incapable.

« Personne n'a rien à gagner, dit Hermione, à ce que vous soyez arrêté. »

Je hochai la tête. Mortimer était debout à la fenêtre, guettant l'arrivée de la police. Ma cause était perdue, et tout le monde dans la pièce le savait. Rester plus longtemps ne ferait qu'ajouter la sottise à l'humiliation. Serrant les poings, sans un regard pour les présents, je me dirigeai vers la porte.

Je ne rentrai pas à mon hôtel avant plusieurs heures. Que je passai à arpenter sans but les rues désertes et hivernales de Hereford dans l'espoir que la fatigue physique efface la conscience amère que j'avais de ma propre stupidité. Mais celle-ci me fut à nouveau jetée au visage quand j'arrivai au Green Dragon. L'employé de la réception m'informa, avec la dernière gravité, que, en raison d'un afflux de demandes, la direction me priait de bien vouloir libérer la chambre dès le lendemain matin. Je ne pris même pas la peine de discuter. Que ce soient les Caswell ou la police qui aient dicté cette décision importait finalement assez peu. Pour une fois, j'étais enclin à penser comme eux.

Je me levai de bonne heure le lendemain et réglai ma note sitôt après le petit déjeuner. À ma surprise, l'employé me remit un mot que quelqu'un avait laissé pour moi la veille, tard dans la soirée. À ma surprise plus grande encore, Arthur Quarton me demandait de passer le voir à son étude dans Castle Street avant de quitter Hereford, et ce afin de discuter d'« *une affaire de la plus haute importance* ». Un moment, je fus tenté de passer outre sa demande et de rentrer à Londres en les envoyant tous au diable. Mais ce moment fut de courte durée.

***

Les bureaux de Quarton, Marjoribanks & Co. étaient situés dans une maison de style georgien d'une élégance en accord avec le plus ancien et le plus respectable office notarial de Hereford. La salle d'attente confortable, le jardin clos et bien entretenu que l'on apercevait des fenêtres et la vue agréable que l'on avait du clocher de la cathédrale offraient l'image d'un monde à cent lieues de celui où Windrush menait une existence précaire.

Je n'eus pas l'occasion de me morfondre plus longtemps. Quarton vint me chercher lui-même et me fit entrer dans son bureau, qui jouxtait la salle d'attente, une pièce vaste et nonobstant accueillante, remplie de meubles démesurés et de piles de dossiers désordonnées. La porte et le parquet craquèrent, le cuir des fauteuils crissa, tandis que le feu chantonnait comme une bouilloire, Quarton ajoutant à ce petit concert le sifflement d'une respiration essoufflée. Chauve, corpulent, lunettes juchées au bout du nez, il était vêtu d'un costume en tweed trop grand et arborait un sourire curieusement satisfait et un visage qui semblait rayonner d'un plaisir sincère. En toute autre circonstance, il eût pu me mettre à l'aise sur-le-champ.

« Que puis-je faire pour vous, Mr Quarton ? Si cela concerne l'altercation d'hier…

— C'est effectivement le cas, Mr Staddon, encore que sans doute pas de la façon dont vous le pensez.

— Le Green Dragon a soudain découvert qu'il ne pouvait plus me garder. Est-ce à Victor que je dois cela ?

— Oui. Je le crois. » Voyant que pareille franchise me réduisait pour l'instant au silence, il poursuivit. « Il faut que je vous dise, Mr Staddon, que je vous ai prié de passer pour le compte de Mr Caswell, mais à son insu. J'agis, si l'on peut dire, de ma propre initiative.

— Et à quelle fin ?

— Hier vous avez montré à Mr Caswell une lettre, écrite, avez-vous dit, par Lizzie Thaxter à son frère, alors en prison, la veille de son suicide.

— C'est la vérité.

— Pourrais-je la voir ?

— Si vous voulez. » Je la sortis de ma poche et la posai sur le bureau qui nous séparait, tournée de telle façon qu'il puisse voir le nom, l'adresse et le cachet de la poste. Sans toutefois retirer ma main, de peur qu'il y ait là-dessous quelque ruse. Mais Quarton se contenta de se pencher et de regarder par-dessus ses lunettes, sans esquisser un geste pour se saisir de la lettre.

« C'est bien ce que je pensais, murmura-t-il au bout d'un moment. C'est un faux.

— Comment diable pouvez-vous en être sûr ?

— Oh, très simplement. Il se trouve que j'en ai une moi aussi. » Il ouvrit un tiroir de son bureau et en sortit une lettre qu'il plaça devant moi : adresse rédigée de la même main, enveloppe similaire à celle que m'avait donnée Malahide. Je les retournai toutes les deux vers moi. Jusqu'à l'encre qui était semblable. *P. A. Thaxter, Esq., co H. M. Prison, Gloucester.* Aucune différence non plus dans le cachet de la poste : *Hereford, 7.30 p.m. 19 July 1911.* Les doigts tremblants, je sortis la deuxième lettre de son enveloppe et la dépliai. *Mon cher frère, je le regrette mais je ne pourrai pas venir te voir demain, contrairement à ce que je t'avais dit. J'ai bien réfléchi...* Les mots mêmes de Lizzie, de sa main, étaient là devant moi, reproduits à l'identique et donc dépourvus de toute authenticité. Je levai les yeux vers Quarton.

« Qu'est-ce que cela signifie ?

— Tout simplement que nous avons l'un et l'autre acheté une marchandise qui n'est pas ce que prétendait son vendeur. Je présume que vous tenez votre exemplaire de Mr Thomas Malahide ?

— En effet.

— Ce qui ne devrait pas nous surprendre, je suppose. Chassez le naturel, il revient au galop. Malahide est de nature un criminel et un faussaire.

— Comment... Quand êtes-vous entré en possession de cette lettre ?

— Malahide est venu me trouver peu de temps avant Noël. Il m'a dit ce qu'il vous a sans doute dit : que Peter Thaxter lui avait confié la lettre d'adieu de sa sœur, qu'il l'avait complètement oubliée jusqu'au jour où les journaux avaient parlé du procès de Mrs Caswell, et qu'il pensait à présent que nous préférerions payer pour nous la procurer plutôt que de la voir publiée dans la presse. J'imagine que vous étiez aussi inquiet des dégâts qu'une telle lettre pouvait causer à la réputation de Mrs Caswell que je l'étais moi-même de l'image qu'elle risquait de donner de Mr Caswell. Comme vous, j'ai capitulé. La lettre – ainsi qu'une somme conséquente – a changé de mains. Et Malahide est parti, tout heureux du travail accompli.

— Depuis combien de temps savez-vous qu'il s'agit d'un faux ?

— Depuis que je l'ai fait examiner par un expert, qui m'a signalé ce dont j'aurais dû m'apercevoir moi-même. Le timbre, Mr Staddon. Regardez le timbre. »

Je l'examinai, sans rien voir d'anormal. Quarton répondit par un sourire à mon froncement de sourcils.

« Nous n'avons pas toujours payé un penny et demi pour affranchir une lettre, n'est-ce pas ? »

C'est alors que, comme Quarton, je vis ce que j'aurais dû voir tout de suite. « Bon sang, murmurai-je. L'affranchissement !

— Exactement. Lizzie Thaxter n'aurait pas eu à débourser plus d'un penny pour envoyer cette lettre – si le document avait été authentique.

— Qu'avez-vous fait après avoir constaté la supercherie ?

442

— Rien. Je n'ai aucun moyen de retrouver Malahide. Je me suis demandé, bien entendu, si le texte de la lettre était authentique – je veux dire, si notre homme avait copié une lettre existante, de manière à multiplier son profit en la revendant à plusieurs personnes, ou s'il avait fabriqué un faux à partir de renseignements que lui aurait fournis Peter Thaxter. Je pencherais plutôt pour la première hypothèse. La formulation est trop proche de celle qu'aurait pu adopter la jeune femme pour que Malahide l'ait inventée. En revanche, c'est indubitablement une écriture féminine, ce qui signifie qu'il a une complice. Dans la première hypothèse, c'est peut-être elle qui a imaginé le texte. Je doute que nous découvrions jamais la vérité. Maintenant qu'il nous a escroqués – et peut-être d'autres avec nous –, il est peu probable qu'il vende la lettre aux journaux, et révèle ainsi l'endroit où l'on peut le trouver. Du moins, je l'espère. »

Ainsi donc Malahide m'avait trompé. D'une certaine manière, je n'en étais pas surpris. Je comprenais mieux à présent pourquoi il était revenu à la charge après l'échec de notre premier rendez-vous. Nul doute qu'il se soit félicité de son habileté. Qu'il ait arrosé son succès après nous avoir ridiculisés, Quarton et moi – et tous ceux qui avaient pu croire à son histoire. Mais, si c'était le cas, il avait crié victoire trop tôt.

« Pourquoi ce sourire, Mr Staddon ?

— Parce que vous vous trompez, Mr Quarton.

— À quel sujet ?

— L'impossibilité dans laquelle nous serions de retrouver Malahide. Je sais où est notre homme. »

J'arrivai à Londres trop tard dans l'après-midi pour me mettre en chasse séance tenante. J'avais cependant bien l'intention d'obtenir dès le lendemain matin l'adresse de notre homme de l'entrepreneur, qui, d'après Giles, avait été son dernier employeur. J'étais convaincu qu'il ne m'échapperait pas longtemps. C'est ainsi que je rentrai à Suffolk Terrace après une absence qui avait porté quelques fruits, sinon autant que je l'avais espéré.

Je me garai dans la rue, sortis mon sac de voyage du coffre et me dirigeai lentement vers la maison, fouillant dans ma poche à la recherche de mes clés. Ces gestes quotidiens, accomplis machinalement, soulignent à quel point je fus totalement pris au dépourvu par ce qui s'ensuivit, et plus scandalisé que par n'importe quelle rebuffade verbale. Les lampadaires étaient déjà allumés. Une voisine sortait de chez elle, son chien au bout d'une laisse. Cette rue – et la maison dont j'approchais – m'abritait depuis dix ans. Période qui, cependant, allait connaître une fin brutale.

Trois marches pour monter jusqu'à la porte. J'introduisis la clé dans la serrure, mais elle se bloqua à mi-chemin. J'essayai une seconde fois, sans plus de résultat. Puis j'examinai la clé. C'était bien la bonne. Mais elle ne s'adaptait pas à la serrure. En regardant celle-ci de plus près, je constatai qu'elle était flambant neuve et qu'elle avait été posée à la hâte, à en juger par les éclats de bois tout autour.

L'incrédulité fut ma première réaction. Impossible que ce soit ce à quoi je pensais. Machinalement, je réessayai la clé, puis fixai la porte comme si j'allais pouvoir l'ouvrir par la seule force de ma volonté. Pour finir, j'actionnai la sonnette. Pas de réponse. J'appuyai à nouveau sur le bouton et reculai d'un pas pour regarder les fenêtres du premier. Au même moment, le voilage du salon retomba abruptement. J'étais certain que, quelques minutes plus tôt, il avait été écarté pour permettre de voir qui sonnait à la porte. On allait certainement répondre maintenant que l'on savait que c'était moi.

Mais j'attendis en vain. Jurant entre mes dents, je m'emparai du heurtoir – le vieux dauphin en cuivre qui m'était si familier – et frappai contre la plaque une bonne dizaine de fois, avant de m'arrêter pour guetter un bruit de pas à l'intérieur. Mes efforts furent enfin récompensés. Ce devait être Nora que j'entendais approcher. Je reculai, cherchant ce que j'allais pouvoir lui dire quand elle ouvrirait la porte.

Mais celle-ci ne s'ouvrit pas. C'est le volet de la boîte aux lettres qui se souleva pour laisser passer une longue enveloppe rectangulaire couleur chamois que l'on poussait de l'intérieur. Instinctivement, je tendis la main pour la prendre avant de la retourner. Elle portait mon nom, tapé à la machine en majuscules, GEOFFREY STADDON, ESQ. Mais il n'y avait pas d'adresse.

J'allai jusqu'au lampadaire le plus proche, ouvrant l'enveloppe en chemin, avant d'en sortir le contenu. Et reconnus aussitôt l'en-tête, Martindale, Clutton & Fyffe. Les avocats de sir Ashley Thornton.

Martindale, Clutton & Fyffe,
5-7 Partridge Place,
High Holborn,
LONDON WC1.
7 janvier 1924

Cher Mr Staddon,

Notre cliente, Mrs Staddon, nous a demandé de vous notifier la procédure de divorce qu'elle intente à votre encontre au motif de violences conjugales. Dans l'attente de l'audience, elle exige que vous quittiez le bien sis 27 Suffolk Terrace, à Kensington, dont vous n'êtes pas sans savoir qu'elle est seule usufruitière. Si vous souhaitez récupérer les effets qui se trouvent actuellement dans ladite propriété, vous êtes prié de contacter nos bureaux pour convenir d'une date et d'une heure à laquelle un tiers pourra passer les prendre.

Nous vous serions obligés de bien vouloir nous communiquer dans les meilleurs délais les coordonnées de l'avocat qui vous représentera dans cette affaire.

Nous vous prions d'agréer nos sentiments les meilleurs,

H. Dodson
pp. G. F. Martindale (Associé Principal)

Je fourrai la lettre dans ma poche, me retournai lentement pour regarder la maison. Rien ne bougeait. Aucun bruit. Aucune lumière. Aucun mouvement. Ce silence sombre et froid – tel était l'accueil que me réservait Angela. Assorti d'une lettre brève et sèche de Martindale, Clutton & Fyffe, signée d'un clerc en l'absence de l'associé principal. Pp, *per procurationem.* La formule était on ne peut plus adéquate dans la mesure où, désormais, Angela et moi ne nous rencontrerions plus qu'en présence de témoins, ne communiquerions plus que par le biais d'intermédiaires, au moyen de requêtes et d'assignations. Il faudrait des mois aux avocats pour donner à cette minable petite affaire ce qu'ils nommeraient une conclusion satisfaisante. Mais je n'avais aucune intention de les aider, pas plus que de faire obstruction. Je n'aurais pas cru Angela capable d'aller aussi loin, ni aussi vite. Mais à présent que tel était le cas, je ne résisterais pas. Si c'était la fin de notre histoire qu'elle voulait, elle l'aurait. C'est ici que je pris congé d'elle, seul dans cette rue silencieuse, tandis que la nuit pesait comme un nuage sombre sur les toits. Ici que je fis de lugubres adieux à tout ce que nous avions été l'un pour l'autre, et à tout ce que nous aurions pu être. Avant de remonter dans ma voiture et de quitter les lieux.

13

Je me suis souvent demandé pourquoi Imry Renshaw était un aussi bon ami. Je ne saurais citer plus de deux ou trois occasions où je lui suis venu en aide, alors que lui m'a fidèlement assisté plus souvent que je ne le méritais. Il en fut à nouveau ainsi le soir où je fus mis à la porte de Suffolk Terrace, sans compter nombre de ceux qui suivirent. Sans ses conseils avisés et désintéressés, son inépuisable générosité, je ne sais pas ce dont j'aurais été capable. C'est grâce à son influence que je réussis à m'en tenir à un comportement plus ou moins raisonnable et cohérent.

Je dormis à Sunnylea – du moins pour ce qu'il restait de la nuit une fois que j'eus épanché mes frustrations et mon ressentiment auprès d'Imry. Au matin, nous nous rendîmes à Londres, Imry ayant l'intention de contacter Martindale, Clutton & Fyffe au sujet des affaires que j'avais encore à Suffolk Terrace, et de s'enquérir auprès de quelques agences immobilières d'une garçonnière disponible. Nous nous étions entendus pour nous retrouver à son club plus tard dans la journée.

De mon côté, la réaction d'Angela n'avait fait que décupler ma détermination à retrouver Malahide.

Cette recherche détournait pour l'instant mes pensées des méandres amers dans lesquels le divorce risquait de m'engluer. Mieux, je bénissais l'occasion que l'escroc m'avait fournie de pouvoir oublier un peu cette affaire ; je me faisais fort d'épingler son mensonge. Après être passé à Frederick's Place le temps de me voir confirmer l'information que Giles m'avait fournie, je partis pour Woolwich.

Les ouvriers de Croad étaient occupés à entasser des maisonnettes sinistres sur un lotissement situé près de l'arsenal de Woolwich. Par bonheur, le chef de chantier me connaissait de nom et se montra aussi coopératif que possible. Malahide avait travaillé pour l'entreprise jusqu'au samedi précédant Noël. Depuis, personne ne l'avait revu. C'était un ouvrier compétent – mais peu fiable, comme le prouvait son départ sans préavis. Je provoquai un accès d'hilarité quand je demandai son adresse. On me suggéra d'essayer les pubs entre Woolwich et Wapping. Certains de ceux avec qui il avait travaillé, cependant, connaissaient le mari de sa fille, Charlie Ryan. Il était brancardier au Deptford Hospital et pourrait peut-être, si je m'y prenais bien, m'en dire davantage.

Je trouvai Ryan dans un recoin sombre et humide de la blanchisserie de l'hôpital. Maigre, le teint bilieux, le visage fermé, il se montra aussi bavard qu'il était désagréable. Une cigarette et une oreille patiente suffirent à déclencher ses lamentations concernant son beau-père, qu'il détestait cordialement. Il termina son réquisitoire en précisant qu'il ne prenait plus la peine de suivre la trace du vieil homme dans ses différents changements de domicile, mais que, à son grand regret, sa femme, Alice, s'en chargeait. Elle serait sans doute chez elle dans l'après-midi, et il ne voyait personnellement aucun inconvénient à ce que j'aille lui prouver que ma visite n'était qu'un nouvel exemple de l'incapacité de son père à s'amender.

Les Ryan habitaient dans une impasse à l'écart de l'Old Kent Road, bordée d'une rangée de maisons mitoyennes en brique jaune décrépites. Le cul-de-sac était constamment dans l'ombre du grand mur gris du gazomètre qui s'élevait au fond. L'air était chargé de l'odeur âcre du gaz, mêlée à celles des canalisations bouchées et des caniveaux encombrés de détritus. La porte des Ryan était ouverte et laissait voir un couloir nu recouvert de lino. On entendait un enfant pleurer à l'intérieur. J'accompagnai mes coups de heurtoir d'un : « Y a quelqu'un ?

— Par ici ! » Je suivis la voix jusqu'à l'arrière de la maison et me retrouvai dans une cuisine au plafond bas, où l'air semblait encore plus froid que celui de la rue et où une jeune femme dans un état de grossesse avancé tordait du linge dans un évier. Derrière elle, dans sa chaise haute, trônait l'enfant qui braillait et qui s'arrêta net à mon entrée, les yeux écarquillés, sans trop savoir comment réagir.

« Mrs Ryan ? »

Elle se retourna pour me regarder et sursauta. Pas plus de vingt-cinq ans, sans doute, même si la misère et le dur labeur avaient marqué son visage et gercé ses mains ; elle offrait la triste image de la jeune femme qui mérite une vie meilleure. Il y avait une étincelle d'intelligence dans ses yeux, une certaine fierté dans son attitude. Elle semblait accablée par les épreuves, mais pas encore totalement terrassée. « Qui êtes-vous ? demanda-t-elle, soupçonneuse. J'me suis dit qu'c'était le type des loyers, pour frapper comme ça.

— Je cherche votre père, Mrs Ryan. Tom Malahide.

— Il est pas là.

— Je vois bien. J'espérais que vous pourriez me dire où le trouver.

— C'est quoi votre nom, vous avez dit ?

— Je ne vous ai rien dit. Je suis… une relation d'affaires de votre père.

— Ah, oui ? Si Papa voulait traiter des affaires avec vous, il vous aurait dit où le trouver, non ?

— En effet. Il se trouve simplement que nous nous sommes perdus de vue. » Afin d'éviter d'avoir à croiser son regard, je pénétrai plus avant dans la pièce et regardai autour de moi les rayons à moitié vides et le papier peint qui se décollait. « Mais il m'avait parlé de vous. C'est pourquoi… » Mon œil fut soudain attiré par un morceau de papier punaisé sur le rebord du rayon le plus proche. C'était une vulgaire liste de courses : pain, thé, farine, beurre, chandelles. Mais l'écriture m'était familière. C'était celle que, jusqu'à une date récente, j'avais crue être celle de Lizzie Thaxter. Le commentaire de Quarton me revint alors à l'esprit : « *C'est indubitablement une écriture féminine, ce qui signifie qu'il a dû avoir une complice.* » Ayant arraché la liste, je l'examinai de plus près. Aucun doute possible.

« Non mais dites donc ! Vous vous croyez où ? »

Je me retournai pour lui faire face. Inutile de continuer à tourner autour du pot. « Fini la comédie, Mrs Ryan. Je suis au nombre de ceux qui ont acheté une lettre à votre père. Une lettre qui se trouve être de votre main.

— Mais je n'ai jamais... » Elle s'interrompit, incapable, apparemment, d'imaginer une réfutation un tant soit peu plausible.

« C'est votre écriture, dis-je, en lui montrant le papier.

— Ben, oui... mais...

— Alors, plus aucun doute n'est permis. Je sais que la lettre que l'on m'a vendue est un faux, et maintenant je sais aussi qui est le faussaire. C'est vous.

— Vous pouvez rien prouver !

— Avec ceci en ma possession, je pense que si. » Je glissai le bout de papier dans ma poche, puis souris pour tenter de la rassurer. « Écoutez, Mrs Ryan, je ne tiens pas à vous attirer des ennuis, même si j'en aurais les moyens. Tout ce que je veux, c'est parler à votre père. »

Elle me regarda, plus très sûre d'elle, l'air indécis. Elle avait peur, mais paraissait néanmoins déterminée à ne pas trahir son père. Autant de signes qui se manifestèrent au cours du silence prolongé qui s'ensuivit.

« Comment vous a-t-il persuadée de collaborer avec lui ?

— Je dirai rien.

— Il vous a dicté ce qu'il fallait écrire ? Ou l'avez-vous recopié d'après un original ? » Je n'obtins qu'un regard furieux en guise de réponse. « Il a partagé l'argent avec vous ?

452

— Quoi ? Quel argent ?

— C'est une petite combine qui lui a rapporté plusieurs centaines de livres jusqu'ici, vous savez. Enfin, j'espère que vous le savez. »

Sa bouche s'ouvrit toute grande, ses yeux s'écarquillèrent. « Vous mentez, dit-elle en fronçant les sourcils.

— Oh, que non. Vous avez ma parole, Mrs Ryan. Je lui ai donné cent cinquante livres. Et je connais au moins une autre personne qui lui en a donné autant. Quant au nombre d'acheteurs qu'il a pu avoir, eh bien, vous êtes bien placée pour le savoir, non ? Combien de lettres avez-vous écrites ?

— Cent cinquante livres ? » L'incrédulité avait transformé tous ses traits. « Vous lui avez donné tant que ça ?

— Absolument.

— C'est pas possible ! s'exclama-t-elle en portant la main à sa bouche et en se détournant. Ah, le vieux menteur... » Puis elle se tourna à nouveau vers moi. « J'ai pas vu la couleur d'un penny, m'sieur. Je vous l'jure.

— Alors, votre père a tout gardé pour lui. Peut-être penserez-vous maintenant qu'il ne mérite pas vraiment votre loyauté.

— Tout gardé ? reprit-elle avec un ricanement amer. Non. Il a pas tout gardé, pas tout à fait. » Elle désigna du doigt une boîte de cubes en bois de toutes les couleurs ouverte sur le sol. « Il a acheté ça pour l'anniversaire du p'tit la semaine dernière. » Elle ricana à nouveau, mais cette fois-ci, le bruit ressemblait davantage à celui d'un sanglot. Puis, de l'extérieur du pied, elle envoya valser à l'autre bout de la cuisine un des cubes, qui, après avoir rebondi sur un pied de table, alla se nicher sous l'essoreuse. « Saloperie de cubes !

— Allez-vous me dire où je peux trouver votre père, Mrs Ryan ?

— J'm'en vais faire mieux qu'ça, dit-elle, en s'emparant d'un chiffon pour s'essuyer les mains. J'm'en vais vous y emmener. Z'êtes plus le seul à vouloir lui parler, croyez-moi. »

L'enfant fut déposé chez une voisine. Puis, après avoir hâtivement enfilé un mince imperméable sur ses vêtements d'intérieur et mis un fichu sur sa tête, Alice Ryan m'entraîna en direction de Rotherhithe, dans un dédale de ruelles étroites qui longeaient plus d'usines puantes et passaient sous plus de viaducs de chemins de fer moussus qu'on n'aurait jamais pu imaginer dans ce paysage de logements sociaux délabrés. En route, elle se lança dans un monologue destiné à expliquer et à excuser la part qu'elle avait prise dans l'arnaque mise sur pied par Malahide, autant, semblait-il, pour se soulager que pour apaiser ma colère.

« J'aurais dû me méfier, c'est sûr, mais il arrive toujours à ses fins avec moi, mon père. Il a du bagou, même s'il a rien d'autre. Et puis il disait qu'y avait rien de plus facile. Tout c'que j'avais à faire, c'était copier ce qu'il avait écrit, et il me donnerait une partie de c'qu'il pourrait en tirer. Et Dieu sait que quéques thunes en plus, ç'aurait pas été du luxe. Alors, j'ai accepté. Pourquoi pas ? J'aurais jamais cru qu'ça amènerait des gens comme vous à ma porte. Mais, comme j'ai dit, j'aurais dû me méfier. Ses p'tites combines, comme il les appelle, elles marchent jamais comme prévu.

« Il a dit qu'il avait une lettre qu'un type rencontré en taule lui avait laissée, avant d'être pendu. À sa sortie, y a deux ans, il a fait passer la lettre à la famille du type. En tout cas, c'est c'qu'y dit. Mais moi, j'pense qu'il l'a vendue. Autrement, comment il aurait su qu'y avait d'l'argent à se faire avec ? Et pourquoi il en aurait gardé une copie ? C'est comme ça qu'il a pu en tirer quelque chose, vous comprenez, parce qu'il avait un double. Mais c'était son écriture à lui, et c'est sûr qu'personne allait prendre ses pattes de mouche pour celles d'une jeune femme. Alors il me l'a fait recopier de ma plus belle plume. Trois fois. Il se disait qu'il pourrait refiler les trois exemplaires pour un joli p'tit paquet, avec ce procès qu'allait pas tarder. Eh ben, il avait pas tort, on dirait. Mais jamais j'aurais cru, jamais j'aurais imaginé qu'ça pourrait aller chercher autant qu'ça. Bon Dieu, mon pauv' Charlie aurait beau trimballer ses chariots dans les couloirs de l'hôpital toute une année qu'il aurait jamais cent cinquante livres en poche.

« Papa est un escroc. C'est pas d'aujourd'hui, et ça changera pas. Mais ça, vous d'vez le savoir. On dit qu'c'est un bon charpentier, mais y sait pas s'contenter de sa paye. Le pognon, il en a jamais assez. Mais, à sa manière, c'est pas un mauvais père, c'est pour ça que j'ai pas l'courage de le laisser tomber. Y m'arrive de lui en vouloir, comme maintenant. Et puis, y m'embobine et, en un rien de temps, voilà que je suis pliée en deux à rigoler de ses blagues. Pour autant, j'vous cacherai pas que lui en vouloir à c'point, ça m'était jamais arrivé. Cette fois, y va falloir qu'y trouve quéque chose de vraiment convaincant à m'servir pour rentrer en grâce. »

Nous finîmes par arriver dans une rue que longeaient, d'un côté, une rangée de maisons mitoyennes à deux étages d'aspect miteux et, de l'autre, un talus sur lequel était remorqué un convoi apparemment interminable de wagons ouverts rouillés, dans un concert de grincements semblables à des cris d'oies qu'on égorge. Nous avions atteint le bout de la rangée quand Alice entra par une porte ouverte et s'engagea dans un escalier mal éclairé dont le tapis était si usé qu'il laissait voir des trous au milieu de chaque marche. Tapis qui finissait d'ailleurs par disparaître complètement quand on parvenait au deuxième étage, où le plâtre se détachait du mur par plaques entières, révélant le réseau des lattes au-dessous.

La chambre de Malahide se trouvait au bout d'un couloir sombre et donnait sur le devant de la maison. La porte avait l'air plus solide, plus résistante que les boiseries qui l'entouraient, et elle était pourvue de deux serrures, une de sécurité et une encastrée. Alice frappa un grand coup, attendit et prêta l'oreille un moment, avant de frapper à nouveau. Sans plus de résultat.

« Il a pas travaillé d'puis Noël, dit-elle, et il est trop tôt pour qu'y soit déjà en train d'se pinter. J'vais voir si un des autres locataires saurait où il est. »

Elle descendit au premier pendant que j'attendais. Je l'entendis frapper à une porte, puis me parvint le bruit étouffé d'une conversation dont je ne saisis pas la teneur. Quelques minutes plus tard, elle remontait, l'air plus inquiet à présent qu'irrité.

« C'est bizarre, annonça-t-elle. La mère Rudd qui voit tout, qui entend tout, dit qu'elle a pas vu Papa d'puis samedi.

— Alors, qu'est-ce qu'on fait ?

— On va entrer, dit-elle après avoir réfléchi un moment. J'ai des clés. »

Une seconde plus tard, la porte était ouverte. Alice essayait encore de sortir sa clé de la serrure de sécurité quand je passai devant elle pour pénétrer dans la pièce. Elle était sous les combles, éclairée seulement par une lucarne, et la plus grande partie du plafond était inclinée à quarante-cinq degrés. Ce que j'enregistrai aussitôt, en même temps que le mobilier misérable et l'odeur fétide qui flottait dans l'air froid. Puis, l'instant suivant, la sensation m'envahit de quelque chose d'autre, de quelque chose de proprement accablant.

Malahide était étendu de tout son long en dessous de la fenêtre, sur un tapis usé jusqu'à la trame. Il était mort. J'en acquis la certitude avant même de m'approcher de lui et de discerner le trou dans sa tempe droite, le sang noirâtre coagulé sur sa tête et sur le tapis, de constater la rigidité et la pâleur consécutives à l'étreinte de la mort.

Je me retournai pour éviter ce spectacle à Alice, mais elle avait déjà vu le corps. Elle ne cria pas, ni ne s'évanouit. Elle ne blêmit même pas. Elle porta simplement la main à sa bouche et s'exclama : « Oh, mon Dieu », avant de s'effondrer lentement sur la seule chaise de la pièce.

« Je suis désolé, dis-je.

— Quelqu'un l'a zigouillé.

— Oui. »

Elle commença alors à perdre ses couleurs et à trembler. « Il a toujours un peu d'whisky là-d'dans, dit-elle en désignant un placard au fond de la pièce. Vous croyez que… Pourriez-vous…

— Bien sûr. » J'allai chercher la bouteille, trouvai un verre et lui versai une bonne rasade. Tandis qu'elle buvait, je m'approchai de Malahide et m'accroupis à côté de lui. Aucune trace sur son visage de terreur ou de douleur. La mort avait frappé brutalement, sans s'annoncer, comme si elle l'avait attendu pour fondre sur lui dès son entrée dans la pièce. Il portait de grosses chaussures, une veste, un cache-nez et des moufles, signe qu'il venait juste d'entrer, et son bonnet en laine était par terre, sous sa tête. Ce n'est qu'à cet instant, et avec un retard incompréhensible, que je me souvins que la porte était verrouillée de l'intérieur. Comment son meurtrier était-il entré et reparti ?

Je me relevai et me tournai vers la fenêtre. L'une des vitres était percée d'un petit trou en étoile. Je m'approchai pour voir de plus près, les pieds à côté de ceux de Malahide. En baissant les yeux, je remarquai répandus sur le sol les fragments de boue collés à ses semelles qui s'étaient détachés en séchant. Puis je regardai la fenêtre. D'où l'on voyait le talus de la voie ferrée, de l'autre côté de la rue. Celui-ci, le trou dans la vitre et ma tête étaient à présent reliés par une ligne droite invisible, détail qui m'amena à la seule conclusion possible. Quelqu'un s'était tenu sur ce talus, attendant que Malahide entre dans son champ de vision. Il avait ensuite levé son fusil, visé et fait feu.

Mais tirer ainsi, depuis une position aussi exposée ? Du coin de l'œil, je remarquai que l'ampoule nue qui pendait au plafond au centre de la pièce était allumée. La chose avait donc dû se faire de nuit, à un moment où le talus était plongé dans l'obscurité.

Je regardai le corps de Malahide. Si rapide, si imprévisible avait été sa sortie qu'elle semblait, du moins vue de façon assez naïve, injuste. Une blessure à la tête, nette et entraînant une mort sur le coup, infligée à une distance d'une trentaine de mètres. C'était la marque d'un tireur d'élite, moins un meurtre qu'un règlement de comptes. L'assassin était venu reconnaître les lieux, c'était indubitable, et avait choisi le talus de la voie ferrée comme position idéale. De là, il avait attendu que Malahide rentre chez lui, monte l'escalier, allume la lumière, avant de venir se placer obligeamment derrière la fenêtre dépourvue de rideau. Puis, trop rapidement pour que la douleur atteigne le cerveau, il l'avait tué, était redescendu du remblai et avait disparu dans la nuit, abandonnant Malahide sur place, jusqu'à ce que nous le trouvions.

Combien de temps s'était écoulé ? Depuis quand était-il allongé là ? On ne l'avait pas revu depuis samedi, samedi soir, donc ? C'était tout à fait possible. Il avait fait froid, suffisamment froid, heureusement, pour empêcher la putréfaction de s'installer. Le corps avait patiemment attendu quatre jours avant d'être découvert, quatre jours pendant lesquels le meurtrier avait eu tout le temps d'effacer ses traces. Je ne pus m'empêcher de frissonner à l'idée de la préparation nécessaire, de sa froide préméditation, de son efficacité toute professionnelle : le crime en était d'autant plus inquiétant, moins atroce peut-être, mais infiniment plus sinistre.

Puis, sursautant violemment, je m'écartai de la fenêtre. La ligne invisible et immatérielle était devenue solide, tangible, horriblement réelle. Et elle portait en elle une déduction bien plus terrible que le raisonnement logique destiné à expliquer le déroulement d'un meurtre. Brutalement, irrésistiblement, la peur m'avait envahi l'esprit. Pourquoi avait-on tué Malahide ? Il ne pouvait y avoir qu'une seule raison : la lettre de Lizzie Thaxter. Celle dont je possédais moi aussi une copie.

Alice avait les yeux rivés sur le cadavre de son père, pétrifiée par la stupéfaction, l'incompréhension. « J'aurais jamais cru qu'un truc pareil puisse arriver, murmura-t-elle. C'était juste… juste une de ses petites combines. Quelqu'un l'aurait tué à cause d'une lettre, même pas, d'une copie de la lettre écrite par une femme qui s'est pendue y a douze ans ?

— Vous avez une autre idée ? »

Elle secoua la tête. « Il avait des ennemis, c'est sûr. Et c'était compréhensible, Dieu sait. Mais bon, ça valait p't'être une bonne raclée mais pas… Dans une bagarre, oui, dans l'excitation du moment, quelqu'un aurait pu le tuer. Mais pas… pas comme ça… C'est comme si on l'avait… exécuté, dit-elle avant de se lever et de s'agenouiller près du corps. Mon pauvre père. Au moins, on dirait qu'il a pas souffert, mais… Pauv' vieux, va. »

Elle était sur le point de pleurer. Prêt à tout pour l'en empêcher, je m'empressai de lui livrer ma théorie sur les circonstances du meurtre. « À mon avis, un coup de feu tiré depuis le talus de la voie ferrée. Vous voyez l'impact de la balle dans la vitre ? Probablement de nuit. La lumière est allumée, vous avez vu ? » Sans un mot, elle leva un regard vide vers la fenêtre, puis vers l'ampoule, avant de le ramener sur son père. « À qui d'autre a-t-il vendu les lettres, Alice ?

— Je sais pas. Y m'a rien dit. Je sais juste qu'y en avait trois.

— Et vous l'avez vu quand, pour la dernière fois ?

— Jeudi. Pour l'anniversaire du petit. Quand il a apporté les cubes. Emballés dans du papier crépon rouge, précisa-t-elle avant d'étouffer un sanglot. Fier comme Artaban, qu'il était. Y s'était montré malin comme un singe. Y s'tenait plus tellement il était excité.

— À quel sujet ?

— L'argent qu'y s'était fait, j'suppose. Y avait rien qui... » Elle s'interrompit et fronça les sourcils, prenant manifestement sur elle pour raviver ses souvenirs. « Attendez...

— Qu'y a-t-il ? »

Elle se remit debout et revint lentement à la chaise. « Si, y avait bel et bien quelque chose. Et oui, ça m're-vient d'un coup... Oh, c'était juste une de ses histoires habituelles. J'l'avais déjà entendue une dizaine de fois. Mais cette fois-ci, y semblait vraiment penser... Bon sang, ça doit être ça.

— Ça quoi ?

— Qui aurait pu croire ça, après toutes ces années ? Mais qui, bon Dieu ?

— Mais croire quoi ? »

Elle respira un grand coup et fit appel à toute la concentration dont elle était capable. « Vous savez pourquoi on l'a envoyé en prison y a douze ans ?

461

— Pour avoir volé du papier à imprimer les billets de la Banque d'Angleterre, dans une usine de Ross-on-Wye. Avec deux complices, Joe Burridge et Peter Thaxter, tous les deux décédés aujourd'hui.

— Deux complices, oui. Sauf que c'étaient pas deux, d'après ce que disait mon père. Il a toujours affirmé qu'y z'étaient quatre dans l'coup, que l'quatrième était celui qui avait allongé l'argent au départ, et qui avait signalé à Joe Burridge que l'usine fabriquait du papier à billets pour la Banque d'Angleterre, tout en précisant que ça serait simple comme bonjour d'en voler un peu. Burridge a jamais voulu révéler l'identité de ce type. C'était le seul de la bande à être en contact avec lui. Il était persuadé que ce… quatrième homme… s'occuperait d'eux quand y sortiraient, qu'il partagerait le butin avec eux.

— Quel butin ?

— Une fois les premiers faux billets imprimés, Burridge les lui avait remis – à ce quatrième homme, j'veux dire. Je sais pas combien y en avait, ni pour combien. Je sais même pas si c'était vrai. Papa lui, il en était sûr. En tout cas, c'est ce qu'y disait. Ça aurait pu être encore une de ses fables. Et moi j'y ai jamais cru. Du moins jusqu'à maintenant.

— Burridge est mort en prison sans jamais avoir révélé l'identité de cet homme ?

— Exact. Mais P'pa l'avait vu une fois, juste une. Il était allé chez Burridge, à Brum, et ce type partait au moment où lui arrivait. Burridge a jamais voulu reconnaître que c'était lui, mais P'pa en était certain. Évidemment, une fois Burridge mort, il avait plus aucun moyen de retrouver le type. Y savait pas son nom ni rien sur lui. Y connaissait que son visage. Y disait qu'il l'oublierait jamais. Y disait que si jamais il le revoyait un jour, il le reconnaîtrait tout d'suite. Et alors, y règlerait ses comptes avec lui.

— Comment ça, régler ses comptes ?

— Il arrêtait pas d'en parler jeudi dernier, mais plus d'la même façon. Il était tout content, vous m'suivez, comme si… Bref, j'y ai pas fait plus attention qu'ça, mais maintenant que j'y repense, j'peux pas m'expliquer son humeur sans me dire…

— Qu'il avait revu le quatrième homme ?

— Ouais, c'est ça. C'était comme si… comme s'il l'avait enfin retrouvé. »

Je regardai le visage immobile et rigide de Malahide et me souvins du grand sourire sur lequel il m'avait quitté à Southwark Bridge ; et je me rappelai aussi les mots qu'il avait employés pour couper court à mes questions. « *C'est qu'j'ai cru le reconnaître, mais maintenant qu'vous avez mis un nom sur sa tronche, j'm'aperçois que j'ai dû m'tromper.* » Non, il ne s'était pas trompé. Je le savais à présent, et lui aussi, mais trop tard. Ce fameux quatrième homme, c'était le major Turnbull. Et trois jours après avoir appris de ma bouche qui il était et où il se trouvait, Malahide avait été assassiné.

« Qu'est-ce qu'on fait, maintenant ?

— Heu… je vous demande pardon ?

— À propos de mon père. On appelle la police ? »

La police. Sûr qu'elle ne tarderait pas à arriver, pressée de découvrir quelle relation j'entretenais avec la victime, à quoi rimait cette histoire de fausses lettres, quel intérêt elle pouvait présenter pour les magistrats instruisant l'accusation de Consuela Caswell. Ce que j'avais cherché à éviter à tout prix en payant Malahide, son assassinat risquait de le mettre au jour. Et de vagues allégations concernant d'anciens complices auraient tôt fait d'être réfutées. Sauf, bien sûr, si mon rôle dans la découverte du corps restait secret.

« Attendez une minute, Alice. Est-ce que vous vous rendez compte de ce que cela signifierait d'appeler la police ?

— Pardon ?

— Il faudrait que je leur parle des lettres. Et vous, vous auriez à admettre avoir aidé votre père dans son entreprise. Il serait aussitôt catalogué comme maître chanteur et passerait pour un escroc devenu trop gourmand. Quant à vous, vous deviendriez sa complice. C'est ce que vous voulez ? »

Au choc que lui avait causé le meurtre de son père s'ajoutait maintenant la peur des conséquences qu'il pourrait entraîner. « Non, marmonna-t-elle. Sûr que non.

— Alors, écoutez-moi bien. Nous devons absolument mettre la main sur sa copie de la lettre, et il ne faut surtout pas que la police me trouve ici en arrivant. Personne ne doit soupçonner que je suis mêlé à cette affaire. Vous comprenez ?

— Oui. J'crois qu'oui.

— Avez-vous une idée de l'endroit où pourrait être cette lettre ?

— Sa veste. La lettre, il la gardait toujours sur lui. »

Je m'agenouillai à côté du corps et écartai précautionneusement un pan de la veste en tirant doucement sur le revers. Je sentis quelque chose de petit mais d'assez volumineux dans la poche de poitrine. Je glissai mon autre main dans l'ouverture et retirai l'objet. Un portefeuille en cuir graisseux, gonflé d'un paquet de billets de cinq livres. Il devait bien y en avoir une trentaine. J'entendis Alice hoqueter à cette vue, et je me demandai s'il s'agissait là de ceux que je lui avais donnés. Pliée derrière les billets se trouvait une feuille de papier. La lettre de Lizzie rédigée dans une écriture maladroite que je supposai être celle de Malahide. Quand je levai le papier devant moi, Alice hocha la tête, et je le mis dans ma poche. Je pris l'argent, ne laissant qu'un billet de dix shillings et, après un instant d'hésitation, le lui tendis.

Elle eut un mouvement de recul. « Non, j'en veux pas.

— Vous pouvez tout aussi bien le garder. La police va le confisquer si vous ne le prenez pas. Et cela ne fera qu'aggraver ses soupçons. Et puis, en un sens, vous l'avez gagné.

— Non, j'peux pas. Ça serait voler un mort.

— Mais lui-même aurait voulu que vous le gardiez, j'en suis sûr.

— Ben… oui, je suppose… mais…

— Vous avez dit que vous en aviez besoin. Et je suis certain que c'est le cas. Alors, prenez-le. » Elle continuait à secouer la tête en signe de dénégation. « C'est la seule chance que vous aurez.

— Plus d'cent livres, juste comme ça ? Qu'est-ce qu'y dirait, Charlie ?

— Quelle importance ? On ne peut pas laisser cet argent ici, Alice. Vous devez le comprendre. Il faut que l'un de nous le prenne. » Et, me gardai-je d'ajouter, j'aurais la conscience plus tranquille si c'était vous.

Soudain, sa réticence faiblit. Il y avait des enfants à nourrir, après tout, des encaisseurs de traites à apaiser. Elle tendit la main et prit l'argent.

« Je dois partir, à présent.

— Je sais.

— Voilà ce que vous allez faire. Attendez cinq minutes après mon départ, racontez ce qui s'est passé à Mrs Rudd et rendez-vous au commissariat le plus proche. Là, vous direz que vous vous faisiez du souci parce qu'il n'était pas venu chez vous comme il l'avait promis, et que vous êtes passée chez lui pour voir s'il n'était pas malade. Ne parlez pas des lettres. Ni du quatrième homme, si jamais on vous pose des questions.

— C'est bon, dit-elle avec un soupir. J'sais c'que j'ai à faire.

— Bien. Dans ce cas, je vous laisse. » Arrivé à la porte, je m'arrêtai et me retournai vers elle. « Je suis désolé, Alice. Vraiment. Votre père ne méritait pas ça.

— Vous avez été très gentil, murmura-t-elle. Mais vous pouvez partir tranquille, maintenant. Je m'occuperai de lui. »

Je décidai de ne pas parler de la mort de Malahide à Imry. J'avais toujours jusque-là partagé mes expériences et mes découvertes avec lui, mais, aujourd'hui, un meurtre, aussi soudain que froidement exécuté, se mettait en travers de ma route. J'acquis la certitude que, pour le bien d'Imry autant que pour le mien, je devais dorénavant me fier à ma seule opinion. Il n'aurait pas approuvé que je laisse Alice Ryan se

466

débrouiller seule. Pas approuvé non plus, c'était certain, ce que j'envisageais pour la suite. Je me contentai donc de lui dire que mes efforts pour retrouver Malahide s'étaient arrêtés net au chantier de Croad et que j'avais en conséquence dû renoncer à mes recherches.

Imry, dans l'intervalle, avait beaucoup œuvré pour moi. Il s'était entendu avec Martindale, Clutton & Fyffe pour que je puisse récupérer mes affaires personnelles à Suffolk Terrace le samedi matin ; elles seraient emballées et prêtes pour onze heures. Côté logement, il m'avait trouvé un de ces appartements plutôt chics aménagés dans une écurie rénovée et située près de Lancaster Gate, dont il pensait qu'il me conviendrait et qui, par ailleurs, était immédiatement disponible ; je pouvais aller le visiter dès le lendemain matin. Il m'avait également pris un rendez-vous avec Hugh Fellows-Smith, l'associé qui, dans le cabinet d'avocats chargé de défendre nos intérêts, s'occupait des affaires de divorce.

Ce soir-là, sur le divan de Sunnylea, je restai éveillé de longues heures à penser à Malahide, revoyant son sourire aux dents jaunies et son regard perçant, vision vite effacée par celle du visage blême, rigide, aux yeux sans vie, que lui avait légué la mort. Qui l'avait tué ? Le troisième acheteur de sa fausse lettre ? Ou le quatrième complice du vol perpétré à la fabrique de Peto treize ans plus tôt ? Si c'était ce dernier, cela signifiait-il qu'il s'agissait du major Turnbull ? Je ne demandais qu'à le croire, mais je devais me méfier de cette inclination, ancrée dans un sentiment de jalousie que j'avais du mal à m'avouer.

Le lendemain matin, je partis seul pour Londres. J'avais acheté plusieurs journaux à la gare de Wendover et c'est dans une page intérieure du *Daily Telegraph* que je découvris le compte rendu que je cherchais.

MEURTRE MYSTÉRIEUX À ROTHERHITHE
UN HOMME ASSASSINÉ
DANS UNE CHAMBRE FERMÉE À CLÉ

Mr Thomas Malahide, cinquante-quatre ans, charpentier de son état, a été retrouvé abattu d'une balle dans son logement de Buckley Street, à Rotherhithe, hier dans l'après-midi. L'homme a été mortellement blessé à la tête par un coup de fusil. Aucune arme n'a été retrouvée dans la pièce, qui était par ailleurs fermée de l'intérieur. Le corps a été découvert par Mrs Alice Ryan, la fille du défunt. Selon un porte-parole de la police, les dégâts causés à la fenêtre du logement laisseraient penser que Mr Malahide a été abattu d'un coup de feu tiré depuis le talus de la voie ferrée, de l'autre côté de la rue, vraisemblablement de nuit. Le corps est sans doute resté plusieurs jours avant d'être découvert, puisque la dernière fois où la victime a été vue vivante remonte à samedi dernier. Des indications plus précises quant au jour et à l'heure de la mort, ainsi qu'à l'endroit exact d'où le coup a été tiré, devraient être fournies à la suite de l'autopsie, mais la police estime d'ores et déjà avoir affaire à un meurtre commis de sang-froid. On a appris par ailleurs que Mr Malahide était soupçonné d'activités criminelles et qu'il avait à son actif au moins une peine de prison pour vol.

Je n'avais jamais beaucoup apprécié Malahide, et pourtant il me semblait mériter mieux que ces quelques lignes sommaires en guise de notice nécrologique. Je repensai à la chambre dans laquelle il avait trouvé la mort – son agencement, son contenu, sa lourde odeur de renfermé – et à la façon dont il avait été tué – aussi soudaine que violente, aussi brutale qu'expéditive. Puis je songeai aux milliers de lecteurs qui prendraient connaissance des circonstances de sa mort sans avoir présent à l'esprit un souvenir précis et détaillé de la scène. Pour eux, l'événement compterait bien moins que l'humeur de leur employeur à ce moment-là, ou le temps qu'il faisait, ou l'arrivée imminente de leur train. Pour eux, chaque homme était effectivement une île. Et le glas sonnait toujours pour quelqu'un d'autre.

Comme *pied-à-terre**, l'appartement qu'Imry m'avait déniché dans les Hyde Park Gardens Mews me parut aussi bien que tout ce que j'aurais été capable de trouver moi-même. Je le louai sur-le-champ. Puis je me rendis sans attendre à notre bureau, d'où je téléphonai à Luckham Place. C'est Bassett qui répondit.

« Bassett, Geoffrey Staddon à l'appareil.

— Oh, Mr Geoffrey, dit-il, manifestement embarrassé. Bonjour, monsieur.

— J'aimerais parler au major Turnbull.

— Ah, je crains que ce ne soit pas possible, monsieur. Il a quitté Luckham Place.

— Quand est-il parti ?

— Heu… vendredi.

— Avec ma femme ?

— Eh bien, je ne peux pas… C'est-à-dire que…

— Mais Angela est partie elle aussi ?

— Oui, monsieur. »

Qu'un jeudi après-midi se passe sans que ma femme aille prendre le thé et papoter dans le salon de Maudie Davenport aurait constitué un fait unique dans les annales. Je calculai donc qu'en flânant à mi-chemin du trajet qu'elle empruntait invariablement depuis Suffolk Terrace – une distance trop courte pour nécessiter le recours au taxi, même pour quelqu'un comme elle – j'aurais une meilleure chance de lui parler que si je téléphonais ou me rendais à l'adresse que je considérais toujours comme la mienne.

Mon calcul s'avéra correct. Fidèle à ses habitudes, sinon à autre chose, Angela s'engagea peu avant trois heures dans le tournant où je l'attendais. Elle arborait la tenue qu'elle portait le jour où elle était sortie en voiture avec Turnbull à Luckham Place – sans doute dans l'intention de susciter la jalousie de Maudie –, ainsi qu'un air soigné et parfaitement satisfait d'elle-même. Son expression, cependant, changea du tout au tout quand elle m'aperçut.

« Geoffrey ! Tu veux bien m'expliquer ?

— J'aurais pu te poser la même question quand je me suis heurté chez moi à une porte obstinément close. Mais, comme tu le sais, on ne m'en a pas donné l'occasion.

— Qu'est-ce que tu faisais sur ce trottoir, tu me guettais ?

— Oui, en effet.

— Eh bien, sache que tu as perdu ton temps. Je n'ai aucunement l'intention de débattre de nos affaires personnelles en pleine rue. » Elle voulut alors reprendre son chemin, mais je fis un pas de côté pour lui barrer le passage. Elle me regarda un instant d'un œil froid, avant de dire : « Aurais-tu l'obligeance de t'écarter ?

— Pas avant que tu aies répondu à quelques questions.

— Continue comme ça, Geoffrey, et j'appelle à l'aide.

— Où est Turnbull ?

— J'aperçois un agent de police qui vient vers nous, dit-elle après avoir regardé par-dessus mon épaule. Tu veux vraiment que je lui fasse signe ?

— Je te demande simplement de me dire où est Turnbull.

— Tu ne me laisses pas le choix. » Elle leva la main et ouvrit la bouche, comme si elle s'apprêtait à crier. Mais je lui saisis le poignet avec une telle force qu'elle fut momentanément réduite au silence.

« C'est un meurtrier, Angela. Il a tué – ou fait tuer – un homme du nom de Malahide, qui menaçait de le dénoncer comme complice dans un vol commis près de Clouds Frome il y a treize ans.

— Le major Turnbull ? Mais c'est absurde.

— Demande-lui ce qu'il sait du vol perpétré à la fabrique de papier Peto. Demande-lui si c'est toujours l'argent que lui a rapporté l'opération qu'il dépense aujourd'hui.

— C'est absolument hors de question.

— Si je te préviens, c'est pour ton bien. L'homme est un voleur et un meurtrier.

— Lâche-moi immédiatement ! » Elle avait craché ces derniers mots, la surprise cédant la place à la fureur. Je jetai un coup d'œil par-dessus mon épaule et, voyant l'agent se diriger vers nous, je la lâchai.

« Le major Turnbull est retourné au cap Ferrat, dit-elle d'un ton glacial. Il n'aura pas à se soucier de tes ridicules accusations.

— Es-tu bien sûre qu'elles sont aussi ridicules que ça ? »

Mais il n'y avait pas l'ombre d'un doute dans le regard d'Angela, aucune en tout cas qui ne fût éclipsée par le mépris qu'elle éprouvait à mon égard. « Si j'avais encore eu quelques regrets à devoir divorcer, Geoffrey, cette scène immonde les aurait complètement dissipés.

— À ce propos, tu ne gagneras pas sur le terrain que tu as choisi. Je n'ai rien contre le fait de t'accorder le divorce, mais je refuse d'être stigmatisé comme mari violent. Je contre-attaquerai et citerai Turnbull comme complice de l'adultère.

— Tu n'oserais pas. Tu quitterais le tribunal sous les quolibets.

— Crois-tu ? Tout dépend de ce que les détectives privés trouveraient entre maintenant et l'audience, non ? » Je la vis perdre un peu de son assurance. « Les choses vireraient au sordide, Angela, à ce moment-là. Turnbull ne t'a pas prévenue d'un tel risque ?

— Le major Turnbull n'a rien à voir là-dedans. » L'agent arrivait à notre hauteur, et elle se tourna vers lui. « Monsieur l'agent, s'il vous plaît ! » L'homme s'arrêta.

« Oui, madame ? »

Elle me lança un bref regard avant de revenir à lui. « Ce monsieur voudrait savoir comment se rendre à St Barnabas Church. Je me demandais si vous pourriez l'aider. Je suis moi-même assez pressée. » Sur ces

472

mots et un dernier coup d'œil, elle s'éloigna dans toute sa majesté.

« St Barnabas, monsieur ? C'est bien ce qu'a dit la dame ? me demanda l'agent en fronçant le sourcil.

— Oui, mais ne vous inquiétez pas. Je crois connaître le chemin à partir d'ici », ajoutai-je en souriant.

La vérité, quoi que je puisse prétendre devant les autres, était que l'avenir – et le rôle que j'aurais à y jouer – semblait plus compromis que jamais. J'étais dans l'incapacité d'étayer mes accusations à l'encontre de Turnbull et, si je mettais à exécution ma menace de l'impliquer dans une plainte à l'encontre d'Angela, je ne ferais que rendre encore plus boueuses des eaux déjà fort troubles. Sans compter que, en admettant que je puisse prouver sa participation au vol, cela ne contribuerait en rien à aider Consuela. Le procès qui était sur le point de s'ouvrir occupait désormais toutes mes pensées et reléguait à l'arrière-plan aussi bien mes problèmes conjugaux que la question du passé criminel de Turnbull. Je me présentai donc, le lendemain matin, dans un état d'esprit frisant l'indifférence à mon rendez-vous avec Fellows-Smith dans son cabinet d'Aldgate.

C'était un petit homme au visage d'ordinaire inexpressif et d'une pâleur d'albinos, affublé d'une habitude on ne peut plus irritante à mes yeux : son incapacité à fumer une cigarette sans afficher de manière quasi inconvenante le plaisir qu'il y prenait. Il avait reçu un courrier de Martindale, Clutton & Fyffe, et c'est en ponctuant ses explications de maintes bouffées béates qu'il entreprit de m'exposer la situation.

« L'incident qui s'est produit à Luckham Place le… (une longue bouffée) trente et un décembre, Mr Staddon. Vous êtes accusé d'avoir frappé votre femme et de l'avoir fait tomber. Il y avait… (nouvelle bouffée) trois témoins. Reconnaissez-vous la voie de fait ?

— Si vous me demandez si je l'ai frappée, la réponse est oui.

— Ah, merci. Cela simplifie la position à adopter.

— C'était la première fois que je portais la main sur elle.

— Pas s'il faut en croire cette lettre. Où l'on apprend que Mrs Staddon s'est plainte de votre… (une autre bouffée) violence auprès de sa famille à plusieurs reprises au cours de ces dernières années. Sans compter les témoins qui l'ont vue plus d'une fois avec… (encore une) des traces de coups sur le visage.

— Tout cela est faux.

— C'est bien possible, mais des mensonges portant sur des agressions mineures risquent d'être pris pour argent comptant une fois l'agression majeure reconnue. Vous voyez notre problème, j'en suis sûr.

— C'est *mon* problème.

— Absolument, absolument. Quant à l'agression la plus grave, seriez-vous prêt à plaider la provocation ?

— C'était un différend, c'est tout.

— À quel sujet, si je puis me permettre ? La… (une bouffée) fidélité de votre femme, peut-être ?

— Peut-être.

— Il nous faudrait être précis si nous optons pour cette ligne de défense, Mr Staddon. Un "peut-être" ne saurait faire l'affaire.

— Je préférerais nier les accusations sans me lancer dans des contre-accusations.

— Noble attitude… mais imprudente, si vous me permettez un avis. Au vu de l'aveu d'au moins une agression, je…

— Mr Fellows-Smith ! l'interrompis-je. Quand croyez-vous que l'affaire passera en jugement ?

— Quand ? Mon Dieu, c'est difficile à dire. Chez Martindale, ils n'ont rien du lièvre. Ils sont plutôt du genre tortue, à dire vrai. Une date avant Pâques est peu vraisemblable. Mai ou juin sembleraient la prévision la plus…

— Très bien ! Voici donc mes instructions. Informez les avocats de ma femme que l'action sera contestée. Ensuite, trouvez-moi un avocat susceptible de me représenter de façon convenable au tribunal[1]. »

Un silence s'installa. Fellows-Smith semblait attendre une suite. « Rien d'autre, Mr Staddon ? finit-il par demander.

— Pas à ce stade, non. Je vous remercie de vos conseils. Il ne me reste plus qu'à vous souhaiter une bonne journée. »

Mai ou juin. Qu'avais-je à faire de ce qui se passerait dans un avenir aussi lointain ? Comment m'en soucier alors que le procès qui allait s'ouvrir dans trois jours devait décider de questions autrement plus importantes que l'éventuelle survie de mon mariage ? Je regagnai Frederick's Place d'un pas lent, oublieux de la pluie obstinée, seul au milieu de la foule qui

---

1. L'allusion est ici à l'opposition existant en anglais entre *sollicitor* (conseil juridique) et *barrister* (avocat plaidant). *(N.d.T.)*

avançait sous sa carapace de parapluies. Les nuages amoncelés ne faisaient pas mine de vouloir se disperser.

Dans le cabinet de Curtis-Bennett à Middle Temple Lane cet après-midi-là, l'humeur était à la morosité. Sir Henry était toujours aussi souriant et faisait toujours montre du même optimisme, mais il avait perdu de son énergie et de cet appétit pour le combat qui lui était indispensable s'il voulait l'emporter. Quand il pensait ne pas être observé, il s'affaissait de manière visible, comme une montgolfière vidée de son air, et contemplait d'un œil las la pénombre qui envahissait peu à peu la cour de l'autre côté de la vitre, où, impitoyable, la pluie tombait toujours. Il n'avait pas dévié de sa stratégie première. À ses yeux, il fallait éviter l'affrontement sur le terrain strictement légal pour faire appel, ouvertement et sans scrupules, au cœur des jurés. C'était du témoignage de Consuela que tout dépendrait ; il était l'essence même de l'affaire. Quant à mon affirmation selon laquelle Victor aurait eu connaissance de l'arrivée de ses parentes pour le thé en cet après-midi du 9 septembre, il n'en fit pas grand cas. En l'absence de preuve pour l'étayer, pareille suggestion risquerait d'aliéner les jurés et de créer cette atmosphère d'antagonisme qu'il craignait par-dessus tout.

Windrush et lui avaient rendu visite à Consuela plus tôt dans la journée, pour constater l'un comme l'autre qu'elle était prête à affronter l'épreuve qui l'attendait. Quelque chose pourtant dans leur entretien avec elle les avait manifestement perturbés et entachait le

476

compte rendu qu'ils m'en firent d'un embarras, d'une gêne dont la cause ne m'apparut qu'au moment où notre rencontre touchait à son terme.

« On va se bousculer pour assister au procès, dit sir Henry en fouillant dans ses papiers. On peut s'attendre à ce que les gens fassent la queue toute la nuit pour être sûrs d'avoir une place dans la galerie réservée au public. Mais il se trouve que j'ai quelques billets pour une place au barreau. Dans des circonstances normales, Mr Staddon, je vous en donnerais un avec plaisir.

— C'est qu'il y a un problème, intervint Windrush. Pensant que vous voudriez assister au procès, Mrs Caswell nous a expressément chargés ce matin de prendre toutes les mesures en notre pouvoir pour vous en empêcher.

— Comment ?

— Je suis désolé, dit sir Henry, mais l'état d'esprit de ma cliente doit être mon premier souci. Pour cette raison, Mr Staddon, et pour aucune autre, je suis contraint de vous demander d'accéder à sa requête. » Voyant la stupéfaction s'inscrire sur mon visage, il poursuivit. « Comme je viens de vous l'expliquer, son témoignage sera d'une importance capitale, et nous devons veiller à ce que rien ne le mette en péril. Ses remarques ne m'ont laissé aucun doute quant à l'effet délétère que votre présence risquerait d'avoir sur son comportement, et du même coup sur l'impression qu'elle créerait. Évidemment, personne ne peut vous empêcher d'aller vous mettre dans une file d'attente pour vous procurer une place dans la galerie, mais si, comme j'en suis convaincu, vous avez vraiment l'intérêt de Mrs Caswell à cœur, vous resterez, je l'espère...

— À l'écart, c'est cela ? » Je fixai tour à tour sir Henry et Windrush, mais tous deux évitèrent soigneusement mon regard. Ils remplissaient là une mission pénible, et leur silence me conjurait de leur faciliter la tâche. Mais quel choix avions-nous, eux ou moi, en dehors de nous plier aux exigences de Consuela ? Jusqu'à la fin, et peut-être même au-delà, elle me punirait de l'avoir lâchement abandonnée. « Très bien, murmurai-je.

— Bien entendu, dit sir Henry, si vous avez un ami – une personne qui vous représenterait, pour ainsi dire – qui pourrait utiliser votre billet...

— Oui. Je vais le prendre, puisque vous le proposez. Vous avez ma parole que je n'en ferai pas usage moi-même. »

Sir Henry se leva, fit le tour de son bureau et me glissa une petite enveloppe dans la main. Elle n'était pas fermée, et tandis qu'il était encore à côté de moi, j'en soulevai le rabat et sortis le billet à demi, suffisamment pour pouvoir le lire. Il était imprimé sur du carton jaune, numéroté, et portait en lettres capitales l'inscription : REX v CASWELL[1]. Sir Henry me posa la main sur l'épaule. « Je ferai pour elle tout ce qui est en mon pouvoir, dit-il. Vraiment, je vous le promets. »

Je levai les yeux vers lui et faillis lui demander : « Cela suffira-t-il ? » Mais quelque chose dans son expression me dit de m'abstenir. La lassitude de ses traits tirés me signifiait, plus clairement qu'il ne

---

1. La Couronne contre Caswell. *(N.d.T.)*

l'aurait souhaité, que sa réponse ne serait pas celle que nous voulions entendre.

Mes affaires personnelles arrivèrent intactes aux Hyde Park Gardens Mews le samedi matin, à l'heure dite. Je ne parvins pas à trouver l'énergie ni le courage suffisants pour procéder à un déballage immédiat et systématique, et c'est dans un désordre plutôt déprimant de caisses et de cartons qu'Imry me trouva quand il passa me voir tard dans l'après-midi. J'étais heureux de sa visite, à plus d'égards qu'il n'aurait pu l'imaginer, mais je répondis très succinctement quand il me questionna sur mon entrevue avec Fellows-Smith. Je préférai le faire asseoir dans l'unique fauteuil dont pouvait s'enorgueillir mon salon, lui versai une généreuse rasade de whisky, me perchai sur une grande valise dressée à la verticale, avec un verre à la main moi aussi, et lui exposai le nouveau service que je sollicitais de lui, en espérant ne pas avoir épuisé mon crédit en la matière.

« Assister au procès ? Mais tu y assisteras toi-même, non ?

— Eh bien, non. Consuela s'y est formellement opposée.

— Mais… pourquoi ?

— Elle ne veut pas me voir, même si je me trouve au fond d'une salle d'audience bondée.

— Sait-elle que c'est toi qui règles les honoraires de sir Henry ?

— Non. Et je ne veux en aucun cas qu'elle l'apprenne. C'est le moins que je puisse faire pour elle.

Ça et me plier à ses exigences, même si ce n'est pas l'envie qui me manque d'aller à leur encontre.

— Ma foi, oui, évidemment, j'irai si c'est vraiment là ce que tu veux. Mais à quoi servira ma présence ? Je ne serai qu'un spectateur de plus.

— Oui, mais un spectateur auquel je pourrai me fier. Les journaux ne sont pas fiables. Sir Henry, de son côté, ne me dira que ce que, à son avis, je désire entendre. Quant à Windrush, il lui emboîtera le pas. Pour connaître la vérité – bonne ou mauvaise – sur le déroulement du procès, je n'aurai que toi.

— Oui, je comprends. Tu peux compter sur moi.

— Tiens, dis-je en lui tendant le billet, cela t'évitera de te bagarrer à l'entrée. On croirait bien que c'est une place de tribune au stade de Lord's. C'est vrai, par certains côtés, un procès en assises ressemble à une manifestation sportive. Mais c'est un spectacle cruel, qui tient davantage du combat d'ours et de chiens que du cricket. Et puis, les enjeux sont énormes. Plus énormes encore, m'arrive-t-il de penser, que je l'imagine. »

C'est une aube rouge sang qui se leva sur Londres le dimanche 13 janvier 1924. Comme la plupart de mes concitoyens, je me réveillai dans la clarté étrange d'un ciel aux couleurs d'apocalypse. Ce n'était pas une simple illustration du vieux dicton « Ciel rouge du soir, pour le berger espoir, ciel rouge du matin, pour le marché chagrin. » C'était un phénomène que personne ne pouvait ignorer. Un présage de tempête, à en croire mon laitier. Et de l'avis de mon marchand de journaux, le signe avant-coureur d'une catastrophe nationale. (Dont il voyait d'ailleurs la confirmation dans l'arrivée imminente des travaillistes au pouvoir.)

Plus tard dans la matinée, debout devant sa tombe, je fis à Edward la description du prodige. Je lui demandai s'il pensait que Consuela avait vu cette aube rouge depuis sa cellule à Holloway et ce que l'on pouvait en déduire quant à l'issue de son procès. Mais il ne me dit rien. Les morts, bien sûr, n'ont que faire des présages. Pour eux, l'avenir est impossible à distinguer du passé, et ils ne connaissent pas l'angoisse qui est la nôtre de ne pas savoir de quoi sera fait demain, parce que, dans leur monde, toutes les questions sont déjà réglées avant même que d'être abordées. C'est ainsi que, pour Edward, le sort de Consuela – et le mien du même coup – était scellé depuis longtemps. Et le seul service qu'il pouvait me rendre était de me laisser dans l'ignorance de ce qu'il nous réservait.

14

Imry élut domicile à son club pour la durée du procès. C'est là que, chaque soir, nous nous retrouvions pour discuter du déroulement de l'audience. Et c'est là que, un peu plus tard, Imry consignait les faits marquants de la journée ainsi que les commentaires qu'ils lui inspiraient. Jusqu'ici, il ne s'était intéressé à l'affaire que par personne interposée. À présent, il avait l'occasion tout à la fois de voir les gens dont je lui avais parlé, d'écouter leurs témoignages et de juger de leur honnêteté. Tant que durerait le procès, c'est à travers lui que je les verrais et les entendrais moi-même.

Lundi 14 janvier 1924
*C'était la première fois ce matin que je pénétrais dans le tribunal de l'Old Bailey. J'étais souvent passé devant le bâtiment, bien sûr, m'évoquant chaque fois en esprit la controverse soulevée par le plan des lieux. Le pauvre Mountford s'était fait traîner dans la boue par les gens de l'*Architectural Review *pour avoir commis cet entassement baroque, et j'en avais toujours éprouvé un peu de peine pour lui. Je ne voyais guère quelle autre option il aurait pu avoir dans un espace aussi restreint. Ce matin, cependant, j'ai changé d'avis.*

Mon malaise a commencé dès que j'arrivai devant le bâtiment. Une foule qui donnait l'impression de faire la queue pour un match de football s'était massée devant l'entrée du public. Dans les visages et les propos échangés transparaissait quelque chose qui ne me plaisait guère : l'attente surexcitée de sensations fortes. À l'intérieur, une autre cohue remplissait le grand hall sous la coupole, celle des avocats, des journalistes et des jurés, tous revêtus pour l'occasion de leur uniforme respectif : ample toge, imperméable miteux, costume mal ajusté de démobilisé. Un brouhaha ininterrompu montait en direction des plafonds et des arches décorées, où peinture et plâtre célèbrent justice et vérité. Et tout en contemplant cette luxueuse étendue de porphyre vert et de cipolin, je pensais : il y a quelque chose qui cloche, cet endroit n'est pas ce qu'il devrait être.

Quelques minutes plus tard, j'étais assis dans l'enceinte, stupéfait de me trouver dans une position aussi centrale, en plein cœur de l'action, pour ainsi dire. Boiseries sombres, cuir vert, pupitres, encriers, carafes d'eau ; tout autour on s'affaire, on chuchote, dans la lumière blafarde qui tombe de là-haut. Telles furent mes premières impressions, très dérangeantes, de l'endroit où je venais d'atterrir : une salle de classe de taille gigantesque, mal aérée, au mobilier redistribué d'une manière on ne peut plus excentrique.

Je restai assis immobile au milieu du tohu-bohu, laissant se révéler à moi le caractère et la fonction des lieux, non sans savoir que, au fil des jours, ce qui me paraissait aujourd'hui bizarre et peu pratique finirait par sembler naturel et inévitable. Il en va des bâtiments comme de la vie : nous nous adaptons à la folie ambiante avec plus d'aisance et de rapidité qu'il ne semble d'abord possible de l'imaginer.

Ma place se trouve dans la rangée située juste derrière les bancs réservés aux avocats. Nous sommes aussi proches que nous le serions à l'orchestre dans un théâtre, leurs épaules sous leurs toges noires et leurs perruques poudrées constituant une barrière infranchissable à quelque cinquante centimètres de mon nez. Devant eux, légèrement en contrebas, se trouve la table des huissiers, où s'entassent sans aucun ordre apparent des documents aux couvertures roses et d'épais volumes. À un bout de la table, sur ma droite, il y a un long bureau occupé par un homme maigre à l'air hautain, que je présume être le greffier. À sa droite, une cabine minuscule abrite le sténographe. Derrière eux se dresse le rempart de bois de la cour, suffisamment long pour recevoir un peloton de juges, en plus de celui qui doit présider les débats. Et au-dessus, sur le mur, veillent les armoiries de la Couronne et l'épée de la Justice.

À l'autre bout de la salle se trouve la barre des témoins, une petite plate-forme couronnée d'un dais à la façon d'une chaire. À gauche, les douze jurés, répartis sur deux rangs de six, condamnés à cohabiter tels des voisins sur un banc d'église. Un peu plus loin, toujours sur la gauche, les travées réservées à la presse, que me cache en partie le banc des accusés, dont les vastes proportions constituent peut-être le trait le plus frappant de l'enceinte. Si le banc de la cour semble être de nature à accueillir un peloton, alors ce banc-là doit pouvoir recevoir un escadron entier d'accusés. Des marches débouchent dans cet espace, qui permettent de communiquer avec les cellules juste en dessous, si bien que l'arrivée des accusés n'est d'abord perçue que par les occupants de la galerie du public, un balcon en bois très étroit, au-dessus de moi et dans mon dos, qui n'a rien pour lui en dehors de la vue.

La salle était comble en ce premier matin, il ne restait plus une seule place libre. À en croire le panneau affiché à l'entrée, Rex versus Caswell *devait ouvrir à 10 h 30, sous la présidence de monsieur le juge Stillingfleet. Dans le rôle du procureur, Mr M. Talbot, King's Counsel, assisté de Mr H. Finch, KC, et de Mr F. Hebthorpe. La défense était assurée par sir H. Curtis-Bennett, KC, assisté de Mr R. Browne et de Mr G. Forsyth. Grâce à ce que m'en avait dit Geoff, j'avais l'impression de déjà connaître sir Henry : replet, souriant, manifestement à son aise dans un tel environnement. Il semblait grandement impressionner ses deux assistants, l'incroyablement jeune et sérieux Browne et le solide et très professionnel Forsyth. Talbot se fit remarquer d'emblée par les regards hautains qu'il jetait dans toutes les directions et par les poignées de main qu'il échangeait avec pratiquement tout le monde, y compris, au milieu d'éclats de rire ostentatoires, avec sir Henry. Finch et Hebthorpe n'existaient que dans son ombre et mirent tous deux un certain temps à acquérir une identité distincte dans mon esprit. Divers avocats bavardaient à la frange de cet aréopage, dont Windrush, que je reconnus, lui aussi, grâce à la description de Geoff.*

J'eus beau parcourir la salle du regard, je ne vis personne susceptible de correspondre à l'idée que je me faisais des membres de la famille Caswell.

J'en conclus qu'ils n'étaient peut-être pas convoqués aujourd'hui. Quelques sièges, près du box des jurés, étaient occupés par des hommes dont l'allure et le comportement proclamaient leur appartenance à la police, excluant du même coup toute présence d'un Caswell. Quant à la dame au regard inquisiteur, coiffée d'une toque rose, assise juste à côté de moi, et de fait à tous les autres occupants de la rangée dans laquelle je me trouvais, leur attente fébrile suggérait un appétit pour le spectacle à venir incompatible avec une quelconque implication personnelle. Nul doute que ceux-là avaient fait jouer leurs relations pour se retrouver là où ils étaient, au lieu de passer la nuit à attendre sur le trottoir, mais leur motivation, que je ne pouvais m'empêcher de juger indécente, sinon franchement scandaleuse, était la même. Si rien ne les obligeait à être témoins du spectacle terrifiant de la justice en action, pourquoi tenaient-ils donc tant à y assister ?

L'annonce de l'huissier me prit par surprise au milieu de ces réflexions désabusées sur mes semblables. Je me levai avec un temps de retard sur le reste de l'assemblée, conscient du fait que l'attente était cette fois bel et bien arrivée à son terme. Un procès pour meurtre était sur le point de s'ouvrir. Le juge Stillingfleet – grand, nez crochu, impérial dans sa robe écarlate et sa perruque aux longues boucles tombant sur les épaules – gagna son siège avec majesté. Son premier geste, accompli avant même que certains d'entre nous aient eu le temps de se rasseoir, fut de se moucher dans un grand mouchoir bleu ciel, si posément et avec un tel soin que j'aurais presque pu croire qu'il s'agissait là d'un passage obligé.

Et puis, quand je jetai un nouveau coup d'œil en direction du box des accusés, je vis qu'il n'était plus vide. Consuela Caswell – la femme dont j'avais tant entendu parler sans jamais l'avoir vue – l'occupait, calme, très droite, la tête levée, le regard fixe dirigé, semblait-il, sur l'épée de la Justice, et plus précisément sur la pointe de la lame. Elle portait un tailleur noir, orné de dentelle à la taille, et un corsage blanc fermé par un gros nœud. Elle était tête nue, ses cheveux noirs coupés court, sans aucune trace de maquillage ni de bijou, en dehors d'une fine alliance en or, qui luisait dans la lumière tombant du lustre accroché très haut au plafond, tandis que ses mains reposaient sur la balustrade basse qui faisait le tour du box.

Austère, le visage impassible, elle me sembla à cet instant la plus belle femme qu'il m'eût jamais été donné de voir. Geoff, comment avais-tu pu l'abandonner ? C'est la question qui me vint aussitôt à l'esprit. Comment avais-tu pu te résoudre à la trahir ? À trente-cinq ans, elle était encore si séduisante que j'avais du mal à en détacher les yeux. Quelle beauté n'avait-elle pas dû être à vingt-deux ?

Tout à coup, on faisait la lecture de l'acte d'accusation. « Consuela Evelina Caswell, vous êtes sous le coup de deux chefs d'accusation : primo, pour avoir, le neuvième jour de septembre de l'an mil neuf cent vingt-trois, à Clouds Frome, dans le Herefordshire, délibérément et avec préméditation tué par empoisonnement la dénommée Rosemary Victoria Caswell ; secundo, pour avoir, le même jour et au même endroit, délibérément et avec préméditation tenté de tuer par empoisonnement le dénommé Victor George Caswell. Comment comptez-vous plaider quant au premier chef ?

— Non coupable, répondit-elle sans hésiter, d'une voix douce mais décidée.

— Et quant au second ?

— Non coupable. »

C'est alors, quand je vis une gardienne toucher le coude de Consuela pour lui signifier de s'asseoir, si bien que seules sa tête et ses épaules dépassaient encore, quand une nuée de robes se mit à voltiger en dessous de son box comme autant de corneilles noires, et quand j'entendis l'huissier s'éclaircir la voix à grand bruit, c'est alors que, pour la première fois, je fus frappé par la violence de ce rituel. Le grand char de la justice était en marche. Et je frissonnais déjà dans son sillage.

La constitution du jury prit plus d'une heure. Sir Henry récusa trois hommes plus âgés et mieux habillés que les autres. Sans que j'en comprenne la raison. Était-ce parce qu'ils avaient l'allure de maris qui craignaient d'être empoisonnés par leur femme ? Ou bien parce qu'il pensait que des femmes prendraient peut-être leur place ? Si la seconde hypothèse était la bonne, il en fut pour ses frais. Il n'y eut finalement que deux visages féminins parmi les douze jurés retenus.

Le juge, après une autre séance de mouchoir explosive, précisa au jury qu'il ne devait pas tenir compte du fait que le procès avait été transféré de Hereford à Londres à la demande de la défense et conclut par ces mots : « Cela ne doit pas être interprété comme un manque de confiance de la part de ses avocats. » Je *ne pus m'empêcher de penser que, s'il avait vraiment voulu que les jurés ne tiennent pas compte du transfert, il aurait mieux fait de n'en rien dire.*

Un peu avant midi, Talbot se leva pour s'adresser à la cour. Je savais déjà, bien entendu, ce qu'il allait dire. Comme, j'imagine, la plupart des gens qui m'entouraient. Ce que se proposait de démontrer l'accusation était très simple : Consuela, sa jalousie éveillée par des lettres anonymes qui mettaient en cause la fidélité de son mari, avait cherché à empoisonner celui-ci à l'arsenic, pour finalement tuer sa nièce à sa place. Talbot exposa les « faits » dans leurs moindres détails, spécifiant dates, heures, lieux, ainsi que la méthode employée par la meurtrière. Des copies des lettres furent distribuées, puis lues à haute voix au profit de ceux qui, comme moi, n'avaient pas reçu d'exemplaires. La teneur en était aussi grossière et prévisible que l'on pouvait s'y attendre. « Il est temps que vous sachiez la vérité sur le compte de votre mari. » « Il a une aventure avec une autre femme depuis six mois. » « Un couple adultère dévergondé, dont l'un des membres n'est autre que votre mari. » « Une chambre aux rideaux tirés un après-midi par semaine dans une certaine maison de Hereford. » « Je sais ce qui se passe là-bas. Il est temps que vous le sachiez vous aussi. » « Pensez-y la prochaine fois qu'il demandera à exercer ses droits d'époux. » Encore quelques affirmations de ce genre, et la dame en toque se vit contrainte de recourir à son flacon de sels, prise qu'elle était de frissons d'excitation lascive à cette évocation. On sentait bien qu'elle n'était pas venue pour autre chose.

L'exposé de Talbot était un modèle de clarté et d'impartialité, du moins à première vue. Il parlait lentement, sans avoir recours à des effets oratoires. Et pourtant, plus je l'écoutais, plus je trouvais suspect ce que j'entendais. C'est un homme bien de sa personne, intelligent, doté d'une immense assurance, la paupière lourde, et avec, déjà à cette heure de la journée, une ombre au menton qui laisse augurer d'un second rasage en fin d'après-midi. La voix un peu traînante, il a un air arrogant, alangui, où l'ennui le dispute au dégoût. Précis, correct, calme et mesuré, il ne me donne pas moins l'impression de penser que la tâche dont il a la charge aujourd'hui n'est pas digne de lui ; que rien dans cette affaire, ni aucune des personnes concernées ne mérite davantage de sa part qu'une attention passagère.

Il regardait souvent en direction de Consuela tout en parlant, surtout quand il fut amené à lire les lettres, dans l'espoir, j'imagine, que la honte provoquerait chez elle quelque réaction compromettante. Si c'était le cas, son attente fut déçue. Il n'en continua pas moins à lorgner du côté de l'accusée, se délectant, aurait-on dit, du pouvoir qu'il exerçait sur elle.

La péroraison de Talbot empiéta sur la suspension de séance à l'heure du déjeuner, et, quand elle prit fin, les jurés étaient manifestement ébranlés par la force et la logique de son argumentation. Pendant la dernière demi-heure, il ne les lâcha pratiquement pas des yeux, agitant dans sa main gauche tout en parlant la pièce à conviction A – une petite pochette de papier bleu remplie d'oxyde d'arsenic –, tandis que sa main droite était posée sur les pièces B, C et D – les trois lettres anonymes.

490

« *Nous démontrerons que personne d'autre que l'accusée n'avait de raison de vouloir la mort de Victor Caswell. Nous démontrerons que personne d'autre que l'accusée n'aurait eu les moyens ou l'occasion durant l'après-midi du neuf septembre de causer cette mort. Et nous démontrerons que Rosemary Caswell a été la tragique et innocente victime de la tentative d'homicide de l'accusée sur la personne de son mari, un forfait soigneusement préparé et impitoyablement mis à exécution.* »

La longueur de son exposé ne laissa de place que pour une seule audition, celle du docteur William Stringfellow. Ce médecin robuste et direct, aussi dépourvu de prétention que de préjugés, fut abandonné par Talbot aux soins d'un de ses assistants. Il fournit un compte rendu exhaustif des symptômes qui avaient affecté ses trois patients, en insistant sur leur extrême sévérité dans le cas de Rosemary Caswell. Il décrivit son incapacité à sauver la jeune fille et ses soupçons grandissants d'empoisonnement à l'arsenic. Il avait finalement décidé, et c'est là-dessus qu'il termina, de demander l'avis d'un spécialiste. Il ne semblait pas qu'on puisse mettre en doute la véracité de ses propos. C'était à l'évidence l'opinion de sir Henry, puisque celui-ci renonça au contre-interrogatoire.

Il était maintenant plus de quatre heures moins le quart. Le témoin suivant, annonça Talbot, devait être sir Bernard Spilsbury, l'éminent pathologiste du ministère de l'Intérieur. Mais il n'était pas souhaitable, selon le procureur, que sir Bernard commence sa déposition pour la voir aussitôt interrompue et reportée au lendemain. Le juge en convint. Et c'est ainsi que, sur une note plutôt décevante, la séance prit fin.

Mardi 15 janvier 1924

La familiarité engendre l'acceptation. Les mêmes scènes que celles d'hier m'attendaient ce matin à l'Old Bailey, mais l'effet de surprise et l'impression d'écœurement qu'elles m'avaient laissés s'étaient déjà atténués. Je retrouvais pratiquement les mêmes acteurs, les mêmes spectateurs. La dame à la toque rose était là, la toque dûment remplacée par un chapeau genre pot de fleurs agrémenté d'une grande plume. Le refroidissement du juge n'allait pas mieux, mais l'assurance de Talbot était intacte. Et Consuela Caswell continuait à regarder droit devant elle, avec cet air absent de l'innocent condamné au bûcher qui voit le bois s'entasser autour de lui.

J'ai tellement lu dans la presse de comptes rendus de procès où apparaissait sir Richard Spilsbury que j'eus l'impression de l'avoir déjà vu, alors que ce n'était pas le cas. Grand et maigre, l'air grave, le visage et le comportement en demi-teinte, il émanait de lui un tel degré de certitude, fondé sur sa légendaire expérience, que Talbot parut moins l'interroger que l'inviter à donner une conférence. La cour accorda à ses paroles une attention digne de la plus docile des salles de classe. Un ton à décourager toute tentative de discussion, à interdire le moindre doute. Non pas qu'il y eût place pour l'une ou l'autre. Sir Bernard livra une conclusion sans équivoque : Rosemary, Victor et Marjorie Caswell avaient tous trois absorbé de l'arsenic en cet après-midi du 9 septembre 1923. La dose employée aurait facilement pu les tuer tous les trois. À nouveau, sir Henry choisit de ne pas procéder à un contre-interrogatoire.

Durant l'explication aride et méticuleuse des résultats de l'autopsie et des techniques d'analyse utilisées, je remarquai que les sièges entre le box des jurés et les bancs de la presse n'étaient plus exclusivement occupés par de flegmatiques policiers. M'apparut alors un autre des curieux aspects du plan conçu par Mountford : on pouvait sortir du tribunal ou y entrer sans attirer l'attention. Et c'est ainsi que je me retrouvai tout à coup et pour la première fois avec Victor, Mortimer et Marjorie Caswell sous les yeux.

Ils étaient tels que je les avais imaginés d'après le portrait que m'en avait dressé Geoff : réservés, dotés d'une certaine raideur et, malgré les contrastes, d'un indubitable air de famille. Victor était bien en chair et, des deux frères, le mieux loti physiquement, Mortimer étant le plus austère et le plus circonspect. Bizarrement, pourtant, c'était Victor qui donnait l'impression d'être le moins à l'aise, lissant sa moustache, se grattant le front et regardant partout sauf en direction du box des accusés. Non pas qu'il eût à s'inquiéter, puisque Consuela ne donnait aucun signe d'être seulement consciente de sa présence. Marjorie, quant à elle, contemplait le décor d'un air sévère et hautain, un sourcil levé, comme si la propreté du mobilier laissait à désirer. Il y avait quelque chose d'acariâtre dans le pli de sa bouche, un peu de la hargne de la virago sous sa modestie de provinciale.

Après Spilsbury, ce fut Mortimer Caswell que Talbot fit appeler à la barre, l'abandonnant, comme le docteur Stringfellow avant lui, aux mains d'un de ses assistants. La mine sombre, le ton déterminé, le témoin parla de la maladie de sa fille et de son décès, sans aucun signe apparent d'émotion, mais avec une sincérité et une sobriété suffisantes pour éveiller la compassion générale. Suite à une intervention du juge, qui choisit ce moment précis pour mentionner qu'il avait lui-même une fille de dix-huit ans, Mortimer répondit : « Vous comprendrez alors, Votre Honneur, qu'il est difficile de mettre en mots la douleur causée par une telle perte. » Sa retenue eut l'air tout à la fois naturelle et admirable. Sensible à l'humeur de la cour, sir Henry s'abstint une fois de plus de procéder à un contre-interrogatoire.

Après le déjeuner, ce fut au tour de Marjorie de se présenter à la barre. L'attention apitoyée accordée par la salle au témoignage de son époux se fit plus profonde encore. Talbot l'amena sans aucune pudeur à parler du drame qu'elle avait vécu – la personnalité attachante de Rosemary, son énergie, son charme, son intelligence, autant de flammes tragiquement éteintes au seuil de sa vie de femme. Puis il la questionna par le menu sur les circonstances qui avaient présidé à la petite réunion de Clouds Frome – où était assis chaque participant, qui avait consommé quoi, qui était entré, sorti. Les pièces à conviction E et F – un sucrier et une petite cuiller en argent – furent présentées à Marjorie, et dûment identifiées. Elle confirma que Rosemary avait été la première à se servir de sucre – « trois cuillerées comme d'habitude, elle était friande de sucreries. » Puis elle décrivit les premiers symptômes de sa propre affection et son désespoir devant la mort de sa

fille. Quand Talbot en eut terminé avec elle, la com-
passion était à son comble. Ma voisine au chapeau
fleuri s'était vue obligée de se tamponner les joues à
l'aide d'un mouchoir. Je me demandai si, une fois de
plus, sir Henry allait se contenter de laisser les choses
en l'état.

Mais tel ne fut pas le cas. Le géant emperruqué des
prétoires se leva de son siège juste avant trois heures
et demie et commença, plus habilement qu'on aurait
pu s'y attendre, à orienter les débats sur l'examen
des probabilités, en quittant le terrain de l'émotion.
Consuela s'était-elle montrée irritée, préoccupée,
nerveuse, voire déconcertée, quand elles étaient arri-
vées à l'improviste ? S'était-elle trahie d'une façon
ou d'une autre, si minime fût-elle, pendant le thé ?
Sinon, que fallait-il penser d'elle ? Qu'elle avait le
cœur totalement endurci... ou qu'elle était totalement
innocente ? Non sans sagesse, de mon point de vue,
Marjorie s'abstint d'exprimer une opinion tranchée.
Consuela avait toujours été pour elle un mystère,
indéchiffrable au point de rendre toutes les explica-
tions de sa conduite aussi plausibles les unes que les
autres. Si sir Henry avait espéré détecter une quel-
conque malveillance à l'égard de Consuela chez cette
femme endurcie mais persuasive, la journée allait se
terminer pour lui dans la déception.

Mercredi 16 janvier 1924

L'Old Bailey me paraît à présent avoir perdu
presque toute sa bizarrerie. Je savais évidemment que
cela arriverait, mais j'avais sous-estimé mon pou-
voir d'adaptation : je pensais qu'il faudrait plus de

trois jours pour que se dissipent les effets du décor qui m'entourait. Le rhume du juge suit son cours. L'homme se mouche moins souvent, mais parle maintenant comme s'il avait l'extrémité du nez pris dans une pince à linge. Quant à la dame aux chapeaux, elle arbore un petit bibi plat de couleur turquoise. Pas d'autre changement notable à signaler.

Les policiers flegmatiques ont ce matin acquis une identité et une voix propres. L'inspecteur-chef Wright rapporta comment il était parti pour Hereford dès l'annonce par Spilsbury de la présence d'arsenic, comment il avait selon une logique implacable remonté la piste jusqu'au sucrier de Clouds Frome, avant de procéder à une perquisition qui avait livré les pièces à conviction A, B, C et D. Son évaluation de l'accusée était celle d'un policier direct et déterminé. Les preuves de sa culpabilité étaient accablantes, quant aux mystères de sa personnalité, ce n'était pas son affaire. Poussé par sir Henry, il finit par reconnaître que les protestations d'innocence de Consuela avaient résisté à de nombreuses heures d'interrogatoire. Mais il ne trouvait là rien de surprenant. « Ma longue expérience me permet de dire que, dans les cas d'homicide, le meurtrier ou la meurtrière se croit souvent sincèrement innocent. » À l'évidence, il ne voyait dans cette affaire qu'une manifestation supplémentaire de ce phénomène.

Le surintendant Weaver de la police du Herefordshire fit une déposition pratiquement identique. Il avait pleinement collaboré avec son collègue de Scotland Yard, et tous deux étaient remontés jusqu'à la seule origine possible du crime. Les hommes sous ses

496

ordres avaient procédé à la perquisition de Clouds Frome. Confrontée à l'arsenic et aux lettres, l'accusée avait nié avoir connaissance de l'un comme des autres. Mais elle avait été incapable d'expliquer leur présence dans sa chambre. Question de sir Henry : pourquoi n'aurait-elle fait aucune tentative pour les détruire ? Réponse de Weaver : parce qu'elle ne s'attendait pas à une perquisition aussi systématique, et parce qu'elle avait besoin de l'arsenic pour attenter une seconde fois à la vie de son mari. Cette dernière explication ayant entraîné une objection de la part de sir Henry, au prétexte qu'elle n'était que pure supposition, elle fut rayée du procès-verbal. Mais fut-elle semblablement rayée de l'esprit des jurés ?

Il apparut qu'il y avait eu un contretemps dans la fouille de la chambre de Consuela. La femme de chambre s'était opposée à ce qu'un homme tripote les effets personnels de sa maîtresse. Il avait donc fallu faire venir une policière de Hereford. Cette redoutable créature, l'agent Griffiths, était le témoin suivant. Elle décrivit comment elle avait trouvé les trois lettres, retenues par un élastique, au fond d'un tiroir où Mrs Caswell rangeait ses sous-vêtements. Elle les avait immédiatement remises à l'inspecteur-chef Wright. La pochette contenant l'arsenic était dans le même tiroir, « cachée » (un mot que ne contesta pas sir Henry) dans une combinaison en soie.

À la mention de ce détail, quelques ricanements parcoururent la galerie, aussitôt réprimés par un regard sévère du président. Je jetai un coup d'œil en direction de Consuela, dans l'idée que de toutes les révélations qu'il lui faudrait endurer celle-ci risquait

497

d'être la plus susceptible de lui faire perdre contenance. Mais non. D'une impassibilité marmoréenne, elle avait toujours les yeux fixés droit devant elle.

Vint ensuite à la barre un graphologue plutôt terne mais indiscutablement très qualifié. Il semblait disposé à nous initier à tous les arcanes de sa science, mais on le persuada bientôt d'en venir au fait et de livrer sa conclusion, laquelle se résumait fort simplement : l'écriture des lettres anonymes était déguisée, et c'était probablement celle d'un droitier. Quand sir Henry lui demanda si les lettres anonymes n'étaient pas plutôt le fait de femmes, il décida abruptement que ses compétences ne lui permettaient pas d'avoir un avis sur la question ; mais la suggestion n'était pas sans intérêt pour la défense. Ce fut d'ailleurs là le seul motif de satisfaction de la journée dont celle-ci pût s'enorgueillir.

Jeudi 17 janvier 1924

L'audition de la nombreuse domesticité des Caswell a rempli la journée et empiètera sur celle de demain. Dans leur ensemble, ils manifestèrent une réticence touchante à noircir la réputation de leur maîtresse, mais c'est précisément à ce résultat qu'aboutirent leurs réponses aux questions de l'accusation. Sir Henry laissa à ses assistants la tâche ingrate de sauver du désastre ce qui pouvait l'être encore. Stillingfleet se montra bourru et réservé. La dame aux innombrables chapeaux avait choisi une cloche bordeaux nettement trop jeune pour son âge. Quant à Consuela, elle gardait son air distant et énigmatique.

Le premier témoin appelé fut Albert Banyard, jardinier de son état, homme de la campagne, mais pour *autant loin d'être né de la dernière pluie. Il identifia la pièce à conviction G – une boîte de désherbant Weed Out – comme étant identique à celle qu'il avait achetée chez un quincaillier de Hereford au printemps 1923. Il pensait que Mr et Mrs Caswell étaient probablement l'un comme l'autre au courant de cette acquisition. Il convint du fait que n'importe qui aurait pu prélever une partie du contenu de la boîte sans qu'il s'en aperçoive. Il parla tout au long avec une pointe de sarcasme hargneux qui n'eut visiblement pas l'heur de plaire à Talbot et qui lui valut même une réprimande de la part du juge. Mais ce que gagna Talbot à son témoignage, à savoir la confirmation que Mrs Caswell s'intéressait davantage que son mari au jardin (et, par implication, aux moyens de lutter contre les mauvaises herbes), fut plus ou moins contrebalancé par la fermeté de Banyard sur un autre point : c'était à la suite des plaintes de Mr Caswell à propos de ce fléau qu'il avait acheté le désherbant.*

Mabel Glynn, la fille de cuisine qui avait préparé le thé le 9 septembre, se montra aussi nerveuse que candide. Elle fut traitée avec gentillesse par tous les présents. Son témoignage parut établir de façon définitive que personne n'avait pu trafiquer le sucre avant qu'il quitte la cuisine.

Frederick Noyce, le valet de pied qui avait porté le thé au salon, était à peine plus âgé que Mabel Glynn, mais autrement plus sûr de lui. L'élément le plus important de sa déposition fut que Consuela était seule dans la pièce quand il était arrivé avec la table roulante et qu'elle l'était toujours quand il s'était retiré. Ce qui établissait de façon irréfutable qu'elle avait eu toute latitude pour mettre le poison dans le sucre. La défense ne fit aucune tentative pour contester cette accusation, mais demanda à Noyce s'il avait répondu au téléphone dans le courant de l'après-midi. Il affirma que non. J'étais sans doute une des rares personnes dans le prétoire à connaître la raison de cette question – et à savoir qu'elle serait posée à d'autres témoins.

Ce fut ensuite le tour d'Horace Danby, le majordome. L'accusation ne fit guère plus que lui demander de confirmer l'emploi du temps des domestiques en cette journée du 9 septembre. Assez représentatif des hommes de sa fonction, il se montra pompeux dans certaines de ses réponses, plus humble dans d'autres. Comme Noyce avant lui, il assura à la défense qu'il n'avait pas répondu au téléphone cet après-midi-là. Forsyth, qui se trouvait chargé du contre-interrogatoire, ouvrit alors une nouvelle piste d'investigation en lui demandant s'il avait connaissance d'une relation amoureuse extraconjugale dont son maître se serait rendu coupable. Danby nia avec la dernière énergie.

Prudence Moore, la cuisinière des Caswell, dont la maigreur ne laisse pas de surprendre pour une femme de son occupation, entraîna le tribunal dans une description extrêmement détaillée des conditions de stockage des denrées et des règles de préparation des aliments en vigueur dans la cuisine de Clouds Frome. Il était difficile de croire qu'elles étaient respectées aussi scrupuleusement qu'elle le prétendait, mais le but de l'exercice du point de vue de l'accusation, à savoir concentrer les soupçons sur le salon et sa seule occupante, fut atteint.

La séance de l'après-midi se termina sur la description par Gleasure, le valet de chambre de Victor Caswell, de la maladie de son maître le soir du 9 septembre. C'est lui qui porta le coup fatal de la journée à la défense en déclarant que Consuela avait ignoré ses mises en garde quand il avait suggéré d'appeler un médecin. Le contre-interrogatoire de Gleasure a été reporté à demain, sans doute le jour de la dernière chance pour la défense, car il faut absolument que celle-ci regagne du terrain, et vite. Sinon, tout sera perdu, j'en ai peur.

Vendredi 18 janvier 1924

Je n'étais manifestement pas le seul à penser que les enchères allaient monter de façon spectaculaire aujourd'hui. La file d'attente pour la galerie du public était plus longue et plus bruyante que les jours précédents, en dépit du froid humide de la nuit. On remarque maintenant dans la foule une forme de camaraderie que je trouve encore plus affligeante que l'excitation morbide qui la caractérisait au début de la semaine.

Dans l'enceinte du prétoire, mon inconditionnelle des couvre-chefs célébrait l'occasion à l'aide d'une création empanachée plutôt voyante qui aurait davantage trouvé sa place dans les tribunes d'Ascot qu'à l'Old Bailey. Le président donnait l'impression d'être enfin débarrassé de son rhume. Talbot, quant à lui, affichait un sourire satisfait qui trahissait une suprême assurance. Seule Consuela semblait imperméable à l'ambiance chargée d'attente. Depuis le début, elle affronte son rôle de captive avec une crânerie qui frise l'indifférence. Peut-être espère-t-elle triompher de ses accusateurs simplement en les ignorant. Ou peut-être que perdre ne serait-ce qu'une once de son sang-froid reviendrait à le perdre en totalité. Quelle que soit la raison, elle était aujourd'hui dans son box égale à elle-même : tenue austère, visage grave, air distant.

Sir Henry commença le contre-interrogatoire de Gleasure, débarrassé de sa léthargie de la veille comme d'un vêtement inutile. Gleasure avait-il pris des appels téléphoniques destinés à son maître dans l'après-midi du 9 septembre ? Non. Avait-il vraiment incité Consuela à appeler un docteur ce soir-là ? Oui. Fort bien, en ce cas pourquoi n'avait-il pas insisté *pour qu'on en fasse venir un* ? Parce que sa fonction ne l'autorisait pas à le faire. Ne serait-ce pas plutôt parce qu'il était finalement tombé d'accord avec Consuela pour penser que cela n'était pas nécessaire ? Non, il s'en était simplement remis au jugement de sa maîtresse. Tout de même, un valet de chambre a un maître, pas une maîtresse. Après tout, Victor était conscient à ce moment-là, et capable de parler. Quelles consignes avait-il données à Gleasure ? Mr Caswell n'était pas homme à faire des concessions à la maladie. Il avait estimé qu'il serait sur pied le lendemain matin. Il n'avait donc donné aucune instruction particulière à Gleasure. En d'autres termes, pas plus lui que son épouse n'avaient jugé bon de faire venir un médecin ? C'était là, en convint le témoin, une façon de voir les choses.

Ce modeste succès en poche, sir Henry changea de sujet. Le témoin pensait-il que son maître avait une liaison avec une autre femme ? Non. Cela voulait-il dire qu'il en était certain ? Oui. Le témoin pensait-il que son maître était heureux en mariage ? Oui, non sans quelque hésitation. Cette hésitation signifiait-elle que, à son avis, le mariage n'était pas aussi heureux qu'il avait pu l'être un jour ? Oui, cela n'était pas impossible. À quoi attribuait-il cette détérioration ? Ce n'était pas à lui de faire ce genre de conjectures. Sir Henry insista. « Objection ! » lança Talbot. Le juge la rejeta. Et Gleasure finit par reconnaître que les différences religieuses et culturelles entre les Caswell s'étaient accentuées au fil des années. Opinion qui ne lui attira aucune sympathie, mais qui avait l'air terriblement plausible. Et qui eut pour résultat que le premier assaut non déguisé mené par sir Henry contre les positions de l'accusation se termina sans vainqueur ni vaincu.

Mais l'on comprit qu'il ne s'agissait là que des hors-d'œuvre, quand Talbot appela son dernier témoin : Victor Caswell, le plat de résistance. Depuis sa première apparition dans le prétoire le mardi, c'est à peine si Consuela et lui ont échangé un regard, et ce fut encore le cas aujourd'hui : la première fixa le vide droit devant elle ; Victor, lui, ne regardait que son interlocuteur. J'aurais presque pu croire qu'ils s'étaient préalablement entendus sur leur attitude respective, n'était qu'ils n'ont matériellement pas pu se rencontrer depuis l'arrestation de Consuela le 21 septembre – il y a pratiquement quatre mois.

Talbot amena Victor à faire le récit des événements du 9 septembre et de leurs suites. On aurait dit deux hommes du monde en train de discuter d'une situation politique regrettable. Et le juge semblait tout à fait en harmonie avec leur état d'esprit. Il acquiesçait de la tête en guise d'encouragement, ronronnait presque de compréhension. Même si j'avais ignoré tout ce que m'avait dit Geoff à propos de Victor Caswell, son témoignage m'aurait troublé, non pas par son contenu mais par la manière dont on traitait le témoin. C'était un gentleman britannique raffiné qui avait affaire à une épouse brésilienne au sang chaud et à l'humeur belliqueuse. C'était cette conclusion que l'on voulait de toute évidence nous voir tirer. Quant à son infidélité, il n'eut qu'à la nier, et sa parole, bien sûr, ne fut pas mise en doute. Et si l'un quelconque des jurés se surprenait à penser que ce n'était pas très fair-play pour un mari de témoigner contre sa femme, monsieur le juge Stillingfleet était là pour lui ôter ses scrupules. « Le tribunal n'est pas insensible à la situation difficile qui est celle de Mr Caswell. Témoigner dans une affaire de ce genre est manifestement chose douloureuse, mais c'est aussi un devoir ; et je suis heureux de constater que le témoin s'en acquitte avec toute la dignité possible. »

Le contre-interrogatoire de Victor Caswell, conduit par Curtis-Bennett, occupa tout l'après-midi et se révéla être pour les deux hommes un affrontement périlleux et exigeant. Ni l'un ni l'autre ne pouvait se permettre de se montrer discourtois, moins encore de perdre son sang-froid. Sir Henry savait qu'aller trop loin lui vaudrait un rappel à l'ordre du juge – et un mauvais point dans l'esprit des jurés. C'est pourquoi il joua la prudence.

Une fois de plus, l'après-midi et la soirée du 9 septembre furent passés en revue, pratiquement minute par minute. Sir Henry s'appesantit sur tout ce qui était douteux ou ambigu et mit Victor au défi d'insister sur ce qui pouvait apparaître préjudiciable à sa cliente. Une prestation dans l'ensemble habile et fort bien menée. Mais il ne parvint pas à faire dire à Victor qu'il savait que sa nièce et sa belle-sœur risquaient de passer à Clouds Frome. Pas moyen non plus de l'en faire démordre : il avait trouvé Consuela seule avec la table roulante dans le salon. La seule question à propos de laquelle il céda du terrain fut celle de son mariage. Il convint que son union n'était pas « depuis quelques années » aussi heureuse qu'il l'avait laissé entendre lors de l'audience préliminaire. Ce qu'avait dit Gleasure à ce sujet était probablement juste. Consuela et lui s'étaient éloignés l'un de l'autre au fil des années. Il alla même jusqu'à révéler qu'ils faisaient chambre à part depuis la naissance de leur fille. Mais il nia formellement toute infidélité de sa part. Les lettres, maintint-il, étaient absolument sans fondement, sans doute écrites par quelqu'un qui lui en voulait. Plusieurs personnes lui venaient à l'esprit à ce sujet, mais il ne souhaitait pas donner de nom. Pareille discrétion, lui dit alors le juge, était tout à son honneur. Intervention qui ne laissa pas d'autre choix à sir Henry que d'en convenir et de poursuivre sans s'attarder sur ce point. Victor avait-il jamais envisagé le divorce, au vu de l'incompatibilité d'humeur dont il venait de parler ? Si c'était le cas, la religion de son épouse aurait représenté un obstacle infranchissable. Tout le monde comprit où sir Henry voulait en venir.

Et personne ne fut surpris quand Victor affirma avec force qu'il n'y avait jamais songé. Pour terminer, sir Henry demanda au témoin si, au bout de seize ans de mariage, il croyait sincèrement sa femme capable de le tuer. Mais, même alors, Victor ne se troubla pas. « Non, monsieur, je ne le pense pas. Mais, devant l'accumulation des preuves, que puis-je penser d'autre ? » Jolie pirouette que voilà, en guise de conclusion !

Qui mettait un terme, comme nous ne tardâmes pas à le découvrir, à l'audition des témoins du ministère public. Demain, commencera son examen des témoins de la défense. Parions qu'il aura fort à faire.

Samedi 19 janvier 1924

Ce matin, la résolution de Consuela a flanché. Le masque d'impassibilité plaqué sur son visage depuis cinq jours a glissé pour révéler le visage de quelqu'un conscient du danger qu'il court. Ce changement s'est produit dès son entrée dans le box des accusés, quand, au lieu de regarder fixement devant elle au moment où s'ouvraient les débats, elle a levé les yeux vers la galerie du public. J'ignore ce qu'elle a pu y voir. Simplement peut-être l'attente malsaine qu'elle sentait chez les gens rassemblés là, leur avidité à connaître le sort qui lui serait réservé. Toujours est-il que, pour la première fois, ses défenses sont tombées. Le changement opéré en elle était spectaculaire, et émouvant. Elle est restée assise, tête baissée, là où auparavant elle se tenait très droite. Son visage était parcouru de tremblements et de tics nerveux. Elle se tamponnait fréquemment les lèvres avec un mouchoir et ne cessait de tripoter le nœud de son corsage. Les années semblaient s'être effacées pour livrer au regard de notre assemblée le spectacle d'une jeune fille effrayée.

Si sir Henry s'inquiéta du changement survenu dans l'attitude de sa cliente, il n'en laissa rien paraître quand il présenta les arguments de la défense. Selon lui, les charges qui pesaient contre Mrs Caswell, même si elles pouvaient sembler fondées sur des preuves convaincantes, ne reposaient que sur des présomptions, et les jurés allaient avoir tout loisir de juger de la nature et de la personnalité de l'accusée, dont ils verraient, il en était sûr, qu'elles n'étaient pas celles d'une meurtrière. Telle allait être la ligne directrice de sa défense. Il n'y aurait ni débats sur des points de droit, ni finasseries juridiques, ni tours de passe-passe. C'était une affaire de tout ou rien.

Sans plus de cérémonie, sir Henry appela Hermione Caswell à la barre. Pour l'avoir appris de Geoff, je savais qu'elle devait témoigner, mais il y eut un sursaut de surprise dans le prétoire quand on comprit que la propre sœur de Victor Caswell s'apprêtait à témoigner en faveur de son épouse. Talbot eut une moue désabusée. Le président se malaxa la mâchoire comme si quelque morceau un peu tendineux du petit déjeuner de Son Honneur s'était logé entre ses molaires. Et Victor Caswell, j'en pris brutalement conscience, n'était pas là aujourd'hui.

Hermione, son aînée de dix ans, est une vieille fille de soixante-cinq ans au regard perçant, vive, alerte, perspicace, que l'on soupçonnerait volontiers d'aimer semer la zizanie autour d'elle. Dans la mesure où elle n'était pas présente à Clouds Frome le 9 septembre, elle n'avait rien à dire sur ce qui s'y était passé. Ce dont elle fut capable, en revanche, encouragée en cela par sir Henry, ce fut de mettre à mal certaines idées qui s'étaient insidieusement glissées dans l'esprit des jurés. La conduite de son frère, par exemple, n'avait rien d'exemplaire, et sa belle-sœur rien du mélange détonant d'un sang étranger associé à une jalousie morbide. Elle avait observé Consuela de près au fil des années – parce que, comme elle l'expliqua, c'était le plus exotique et le plus intéressant des membres de sa famille –, et elle pouvait avancer sans mentir que le trait essentiel de sa nature était la douceur. Elle n'aurait pas tué une mouche, encore moins une jeune fille innocente. Si – mais Hermione ne le croyait pas une minute – Consuela avait mis du poison dans le sucre, elle serait intervenue pour empêcher Rosemary de se servir.

Talbot déclina la proposition de contre-interrogatoire. Il le fit d'une manière désinvolte, presque arrogante, dans l'idée, j'imagine, de désamorcer la portée du témoignage en l'ignorant. C'est ainsi qu'Hermione quitta la barre avec l'air légèrement déçu de quelqu'un qui tablait sur une jolie bagarre et qui se la voit refuser au dernier moment. L'effet qu'elle avait produit sur la cour était difficile à apprécier. Au mieux, m'a-t-il semblé, ses déclarations viendraient-elles à l'appui de celles d'autres témoins de la défense. Mais, à elles seules, elles ne pèseraient pas très lourd.

Le témoin cité ensuite par sir Henry fut Cathel Simpson, la femme de chambre de Consuela. C'est une assez jolie personne, plutôt renfrognée, pour ne pas dire revêche, et de tout le personnel de Clouds Frome certainement la moins faite pour occuper un poste de domestique. Elle s'empressa de faire savoir pour commencer que Victor l'avait congédiée à peine quelques jours après l'arrestation de Consuela. Renvoi qu'elle sembla attribuer à sa loyauté envers sa maîtresse. Elle avait été la femme de chambre de Consuela pendant quatre ans et se déclara entièrement satisfaite de la manière dont elle avait été traitée pendant tout ce temps. Elle était certaine – et ce fut là sa déclaration la plus significative – que ni l'arsenic ni les lettres ne se trouvaient avant le jour de la perquisition dans le tiroir où ils avaient été découverts. Elle en avait sorti et y avait replacé des pièces de lingerie pratiquement tous les jours, et elle n'aurait pas manqué de remarquer si l'on avait caché quoi que ce soit parmi elles.

Le contre-interrogatoire de Talbot fut très habile. Il s'arrangea pour amener Simpson à s'étendre sur le ressentiment qu'elle avait éprouvé à se voir congédiée, avant de la forcer à admettre qu'elle n'avait pas de motif valable pour avoir réagi de la sorte. Mr Caswell lui avait fourni de bonnes références et l'avait recommandée à une famille respectable de Birmingham. Dans la mesure où il savait que l'absence de sa femme risquait de durer, que pouvait-il faire d'autre, n'ayant pas lui-même besoin des services d'une femme de chambre ? Ces échanges, au cours desquels Simpson se montra suffisamment impertinente pour se faire vertement rappeler à l'ordre par le juge, eurent pour effet d'effacer l'impact de son témoignage concernant le contenu du tiroir à lingerie et laissèrent aux jurés l'impression d'une fille envieuse et de mauvaise foi, par là même tout à fait capable de mentir dans le seul but de se venger d'un ancien employeur.

Sir Henry fit de son mieux pour rattraper la situation avec son troisième témoin : Herbert Jenkins, le receveur du bureau de poste de Hereford. Mr Jenkins fut prié d'examiner avec soin les pièces à conviction B, C et D – autrement dit, les lettres anonymes – et de donner son opinion quant à l'authenticité des cachets. Il déclara qu'ils étaient en tous points conformes aux pratiques d'affranchissement en vigueur dans le bureau de tri, mais constata, à son grand étonnement, qu'ils étaient tous trois remarquablement similaires. Il expliqua qu'un échantillonnage de cachets pris au hasard sur une période donnée présentait toujours des différences quant à la densité de l'encre, à la netteté de l'inscription et à l'emplacement sur l'enveloppe. Ceci parce que le tampon encreur était rechargé quand les cachets devenaient moins nets, mais aussi parce que certains employés, plus consciencieux que d'autres, voulaient éviter de brouiller les marques ou les dénaturer. Il était en conséquence vraiment étrange que trois lettres postées à intervalles réguliers sur trois semaines aient pu recevoir exactement le même traitement.

Un samedi après-midi n'était peut-être pas le moment idéal pour demander à un jury d'assimiler la portée d'un tel témoignage. Afin de donner plus de poids à son argument, sir Henry fit pourtant rappeler Danby, le majordome, lequel expliqua comment le courrier était réceptionné et distribué à Clouds Frome. Normalement, Noyce ou lui-même aurait remis ces lettres à Mrs Caswell. Lui, Danby, n'avait

510

pas souvenir d'avoir eu l'une d'elles entre les mains, mais il affirma avec force qu'il n'était pas dans ses habitudes d'étudier de près le courrier adressé aux membres de la famille. Noyce, quand il fut à son tour appelé à la barre, fit une déclaration similaire.

C'était là pour la défense une consolation de taille, qui restait néanmoins fragile. Au moment où la séance était ajournée pour le week-end, sir Henry annonça que son prochain, et dernier, témoin serait l'accusée elle-même. Une fois qu'elle sera à la barre, les jurés auront sans doute du mal à se concentrer sur autre chose, à plus forte raison sur les subtilités des cachets de la poste de Hereford. Ce qui est toujours jusqu'ici apparu probable semble désormais certain. Consuela ne devra son salut, ou sa perte, qu'à ses seuls efforts.

C'est avec le moral au plus bas que je regagnai ce soir-là mon appartement des Hyde Park Gardens Mews. Rien de ce que m'avait rapporté Imry, ce jour-là ou les précédents, n'était fait pour m'inciter à l'optimisme. La phase critique du procès était toute proche, et je me sentais plus impuissant que jamais à influer sur son issue. Tant qu'Imry avait pu m'assurer que le moral de Consuela restait intact, j'avais encore eu une raison, si fragile fût-elle, d'espérer. À présent, même celle-ci paraissait mise à mal.

C'était une nuit froide et sans lune, une pluie glaciale tombait par intermittence tandis que je traversais le parc. Depuis une semaine, j'endurais l'épreuve de Consuela, même de façon indirecte, dans tous ses instants. Mon moral était remonté à chaque promesse de salut, pour s'effondrer à chaque revers. Ces derniers jours, les revers avaient semblé s'accumuler de façon alarmante, et sans doute en trop grand nombre pour que sir Henry réussisse à en gommer les effets. Rien d'étonnant dans ces conditions à ce que, tandis que je traversais Bayswater Road et que je pénétrais dans ma ruelle, je me trouve incapable de penser à autre chose qu'à cette série de témoignages défavorables suivis de dépositions inexploitables par la défense.

La rue était silencieuse et déserte, animée seulement par les hachures de la pluie dans le halo de lumière des réverbères. J'arrivai devant le quarante-neuf et, alors que je cherchais ma clé dans la poche de mon imperméable, j'eus conscience d'un mouvement derrière moi, comme une ombre qui se serait détachée de l'obscurité. Trop préoccupé pour avoir peur, je me retournai. Et découvris Rodrigo qui me dominait de toute sa hauteur, tête nue, tout de noir vêtu, la vapeur montant de sa bouche dans l'air humide et froid. Instinctivement, je reculai d'un pas, mais trop tard pour lui échapper. Il eut le temps de m'emprisonner le poignet comme dans un étau.

« Staddon ! » Les deux syllabes de mon nom également accentuées, comme dans mon souvenir, et le même ton de voix, menaçant et haineux.

« Que... que voulez-vous ?

— Vous, Staddon. C'est vous que je veux. Il faut que nous parlions. Maintenant, ajouta-t-il en jetant un rapide coup d'œil autour de lui. Vous vivez seul ici ?

— Oui, mais...

— Alors, entrons, dit-il après avoir resserré sa prise. *Agora memo !* » Il se tenait entre moi et le réverbère le plus proche. L'appréhension devait se lire clairement sur mon visage. Sur le sien, rien d'autre que l'ombre d'un sourire. « Vous n'avez rien à craindre, Staddon. Je ne vous ferai aucun mal.

— Très bien. » J'enlevai sa main de mon poignet, le regardai un instant pour m'assurer qu'il n'y avait effectivement rien à craindre, puis hochai la tête avant de me tourner pour ouvrir la porte.

Il me suivit dans l'étroit escalier qui menait au salon et s'arrêta sur le seuil le temps que j'allume les lampes. Quand il finit par s'avancer dans la lumière, je faillis m'étrangler de surprise devant le changement opéré en lui par les trois semaines écoulées. Son visage avait pris une teinte grisâtre, ses cheveux avaient blanchi, et sa grande carcasse était nettement moins enveloppée. Ses yeux rougis étaient enfoncés dans des orbites si sombres qu'on aurait pu croire qu'il avait reçu des coups, et ses épaules étaient voûtées comme s'il soutenait depuis trop longtemps le toit branlant de son monde.

« Je suis allé au tribunal aujourd'hui, dit-il d'un ton las.

— Vous étiez à l'Old Bailey ?

— Oui. J'ai payé un… *um marinheiro*… dix livres pour qu'il me laisse sa place dans la queue.

— Consuela n'était plus la même aujourd'hui. C'est parce qu'elle vous a vu ?

— Comment pouvez-vous savoir qu'elle n'était plus la même ? Vous n'étiez pas là.

— Mais un ami à moi, si. Il a assisté à toutes les séances. Il m'a dit qu'elle était manifestement perturbée par quelque chose ou par quelqu'un dans la galerie du public.

— C'était moi, dit Rodrigo en hochant la tête. Elle m'a fait parvenir un message me demandant de ne pas venir. À vous aussi ?

— Oui.

— Moi, je n'ai pas pu m'en empêcher, dit-il avec un nouveau hochement de tête. C'était trop me demander. Même pour Consuelinha. Mais maintenant... je regrette d'y être allé.

— Pourquoi ?

— Parce que... » Soudain, il porta la main à son front et appuya très fort sur ses yeux. Puis, comme s'il avait réussi à repousser une intense douleur physique, il la retira lentement avant de me regarder à nouveau. « Ils vont la pendre, Staddon. Ils vont pendre ma sœur.

— Non, pas nécessairement. Il y a encore...

— On va la pendre, je vous dis ! » Sa voix avait retrouvé une partie de son assurance et de sa force disparue. « Ne me traitez pas comme un enfant ! J'y étais. J'ai vu. Entendu. Et je sais qu'ils sont décidés à la pendre. C'est la raison pour laquelle je suis ici. C'est la seule raison qui fait que... » Un éclair de haine brilla dans ses yeux avant de s'éteindre aussitôt. « Écoutez-moi, Staddon. Écoutez-moi attentivement. Le procès va bientôt prendre fin. Consuela sera condamnée à mort. Rien ne les arrêtera. À moins que...

— À moins que quoi ?

— Il faut que vous m'aidiez. Vous devez m'aider à la sauver. » Il parlait entre ses dents serrées, se forçant à prononcer des mots qui blessaient son orgueil, que, pour une fois, il faisait taire.

— Je ferais n'importe quoi. S'il y a encore quelque chose que je puisse faire.

— Pourquoi avez-vous brûlé les plans de Clouds Frome ?

— Pour la raison que vous avez vous-même donnée. » Nos différends semblaient désormais oubliés, nos récriminations balayées par une allégeance commune. « Pour m'aider à oublier Consuela.

— J'en ai besoin, Staddon. J'ai besoin des plans qui sont encore dans votre tête.

— Mais pourquoi ?

— Pour découvrir qui a tenté de tuer Victor Caswell. Quelqu'un a voulu l'assassiner. Quelqu'un qui les laissera condamner Consuela. Il nous faut absolument découvrir son identité. Maintenant. *Imediatamente*. Nous ne pouvons plus attendre.

— Je ne comprends pas. À quoi pourraient servir les plans de Clouds Frome ?

— Il y a un coffre dissimulé dans une des pièces, voyez-vous. Derrière une fausse cloison, dans un… une niche, et il est muré, si bien qu'on ne sait pas qu'il est là. Et dans le coffre, il y a *um testamento*.

— Un testament ?

— Oui. Celui de Victor. Le testament qui désigne son héritier.

— De toute façon, c'est Consuela qui…

— Non ! Pas Consuela. Pas même Jacinta. Quelqu'un d'autre. Vous ne comprenez donc pas ? C'est forcément quelqu'un d'autre. Qui avait des raisons de le tuer. Pour son argent. Ses terres. *A sua fortuna*. Il a rédigé un nouveau testament après la naissance de Jacinta. Pourquoi aurait-il fait ça ?

— Eh bien, pour subvenir aux besoins de sa fille, je suppose…

— De *votre* fille, Staddon ! Voilà ce que je crois. Jacinta est votre enfant, pas l'enfant de Victor. C'est pourquoi il éprouve une telle haine pour Consuela et pourquoi Jacinta n'est rien pour lui. Et c'est pour ça qu'il a rédigé un nouveau testament, qu'il s'est empressé de cacher, sans dire à personne ce qu'il contenait.

— Jacinta est *peut-être* ma fille, dis-je en me détournant. Je ne peux pas… »

Soudain, il se retrouva à mon côté et en me prenant par les épaules me fit pivoter pour lui faire face. « Ça m'est égal, aujourd'hui. Il y a eu un moment où j'aurais pu vous tuer pour ça. Mais à présent ce qui m'importe, c'est Consuela. Rien ni personne d'autre. Si je m'intéresse à vous, c'est uniquement pour l'aide que vous êtes en mesure de m'apporter.

— Mais comment pourrais-je vous aider ?

— En trouvant la cache du coffre.

— Comment savez-vous qu'il y a un coffre ? Qu'il y a un testament dedans ? Pour cela il…

— J'ai soudoyé son valet de chambre. Gleasure. *Um viboro traiçoiero.* Je serais prêt à plaindre Victor d'avoir quelqu'un comme lui constamment à ses côtés. C'est Gleasure qui m'a appris que Victor avait fait un nouveau testament en mil neuf cent douze, un mois à peine après la naissance de Jacinta. Consuela n'en a rien su. Parce qu'il avait interdit à Gleasure de lui en parler. Le… *tabeliao* de Victor… Quarton, c'est lui qui l'a rédigé et qui l'a apporté à Clouds Frome pour que Victor le signe. Quarton et Gleasure ont servi de témoins.

— Est-ce que Gleasure sait ce qu'il contient ?

— Non. Il y avait… une feuille qui couvrait le document quand il a signé au bas en tant que témoin, si bien qu'il n'a pas pu le lire. Cette précaution prouve que j'ai raison. Ensuite, le testament a été déposé dans le coffre. Et il y est toujours.

— Bon, tout cela est peut-être vrai, mais autant vous dire tout de suite que je n'ai jamais installé de fausses cloisons à Clouds Frome. Il y avait…

— Non, pas vous, Staddon ! Ça a été fait quand vous avez eu terminé la maison. Gleasure m'a dit que c'est dans l'hiver qui a suivi leur arrivée à Clouds Frome que Victor a fait installer le coffre et construire un mur pour le dissimuler. C'est pour cette raison que j'ai besoin de vous. Pour me dire quel est le mur qui a été ajouté après coup. Moi, je ne verrais pas la différence. Mais vous, *o arquitecto*… »

Il avait raison. Moi – et moi seul – serais capable de repérer la modification, et ce au premier coup d'œil. C'était pour en découvrir lui-même l'emplacement, je le comprenais à présent, qu'il avait voulu mettre la main sur les plans. Faute d'autre choix, il se voyait dans l'obligation de me demander mon aide. « Que voulez-vous que nous fassions exactement, Rodrigo ?

— Trouver le coffre. L'ouvrir. Prendre connaissance du testament. Nous saurons alors qui est le meurtrier.

— Mais comment ? Je n'ai rien d'un casseur. Et vous non plus, j'imagine.

— *Casseur ?* C'est quoi ?

— J'entends par là qu'aucun d'entre nous ne serait capable d'ouvrir un coffre sans en connaître la combinaison. Trouver l'emplacement ne servirait à rien si nous…

— Mais la combinaison, je l'ai, dit-il en souriant. Vous me suivez ? Si vous le trouvez, je peux l'ouvrir. Gleasure m'a expliqué comment.

— Gleasure ? Mais comment a-t-il pu… ? Victor ne serait jamais allé jusqu'à confier…

— Victor a cru un moment qu'il allait mourir ! Il a cru que le poison allait le tuer ! Donc, cette nuit-là, celle du neuf septembre, il a livré la combinaison à Gleasure. Il voulait être sûr que l'on pourrait ouvrir le coffre après sa mort. Sûr que l'on trouverait le testament. Il était… *delirante*… il n'avait plus toute sa tête. Le matin, il avait oublié ce qu'il avait dit à son valet la veille. Mais Gleasure, lui, s'en est souvenu. Moyennant un peu d'argent, il a accepté de me donner la combinaison.

— C'est un gros risque qu'il a pris là. Si jamais Victor découvre qu'il l'a trahi…

— Non, non. Gleasure est convaincu qu'il n'y a aucun risque. Il croit que je n'arriverai pas à trouver le coffre. Il a refusé de me dire où il était, malgré tout l'argent que je lui ai proposé. Une grosse somme. Il est persuadé que la combinaison ne me servira à rien. C'est pour ça qu'il n'a pas hésité à me la vendre. Mais à nous deux, Staddon, nous pouvons lui prouver qu'il a tort.

— Mais comment ? Victor a fait de Clouds Frome une véritable forteresse. Si vous avez vu les aménagements qu'il a apportés, vous saurez qu'il nous sera impossible de pénétrer dans la maison.

— J'ai tout vu. Les murs. Les chaînes. Le chien. Tout.

— Et alors ?

— Jacinta a confiance en vous, dit-il après s'être approché tout près de moi. Elle fera ce que vous lui direz. Ouvrir une fenêtre, par exemple, celle de sa chambre, peut-être. Pendant la nuit, quand tout le monde dort. Nous pourrions alors entrer, sans que personne le sache, sauf Jacinta.

— Ça ne marcherait pas. Comment ferions-nous pour escalader le mur… ou échapper au chien ?

— *O muro ? O cão ?* C'est ça qui vous fait peur ?

— J'ai simplement peur d'échouer. Ce qui n'arrangerait pas les affaires de Consuela. »

La colère alluma soudain les yeux de mon interlocuteur. Il empoigna le col de mon pardessus. Pour le relâcher aussitôt.

« Je me charge de nous faire franchir le mur. Et je m'occuperai du chien, quel qu'il soit, s'il cherche à nous mordre.

— Ça ne marcherait toujours pas. Jacinta est pratiquement prisonnière dans cette maison. Je ne suis pas autorisé à lui rendre visite. Même pas autorisé à écrire… »

Comme j'hésitais, Rodrigo hocha la tête. « Voilà, vous comprenez maintenant. Hermione Caswell. C'est elle, la solution.

— Comment avez-vous…

— Elle a témoigné au tribunal aujourd'hui. Je l'ai bien écoutée. Et je me suis dit que, s'il y avait une personne à qui je pouvais faire confiance, c'était elle. Je viens juste de la rencontrer. Elle m'a parlé des lettres que, grâce à elle, Jacinta et vous avez pu échanger. Elle m'a dit qu'elle se faisait fort d'en transmettre une à son retour demain à Hereford. Victor, lui, reste à Londres avec son frère. Et la moitié des domestiques sont ici en ce moment. Tout est donc parfaitement tranquille à Clouds Frome. C'est le moment idéal pour deux cambrioleurs qui voudraient passer à l'action.

— Deux cambrioleurs ?

— Mais oui, Staddon. *Dois arrombadores*. Vous et moi, ensemble.

— Vous êtes sérieux ? Vous pensez vraiment que nous avons une chance de sauver Consuela ?

— Je ne vois pas d'autre moyen.

— Et Hermione est prête à nous aider ?

— Elle est de mon avis. Il n'y a aucun autre moyen.

— Mais pour l'amour du ciel…

— Je ne peux pas faire ça tout seul. Je le regrette, croyez-moi. En fait, vous le savez déjà, je pense. Et vous savez pourquoi.

— Les risques seraient considérables.

— Mais il faut les courir. Pour Consuela. Ma sœur. Et la mère de votre enfant. »

Je le fixai des yeux, et il en fit autant. Il n'y avait rien, absolument rien, pour nous rapprocher, en dehors de ce fol espoir. Peut-être le testament de Victor contenait-il la clé de la liberté de Consuela, de sa survie. Peut-être pas. Mais dans un cas comme dans l'autre, essayer d'avoir la réponse à la question valait mieux que ne rien faire, infiniment mieux que se morfondre et attendre sans réagir que le destin suive son cours. « Très bien, murmurai-je. Je vous aiderai. »

15

Thackeray Hotel,
Great Russell Street,
London WC1.
19 janvier 1924

Ma chère Jacinta,

Je t'écris depuis l'hôtel où est descendue ta tante Hermione. Elle est avec moi en ce moment, ainsi que ton oncle Rodrigo. Hermione rentre à Hereford demain et passera te voir lundi à Clouds Frome, où elle essaiera de te remettre cette lettre. Il est d'importance capitale pour ta mère que personne en dehors de nous quatre n'ait connaissance de son contenu ni même ne sache que tu l'as reçue. En conséquence, je te demanderai de la déchirer et de la brûler dès que tu l'auras lue. Personne à Clouds Frome – surtout pas miss Roebuck – ne doit être au courant de son existence.

Le procès de ta mère touche à sa fin. Hermione est venue témoigner en sa faveur. Elle, Rodrigo et moi-même sommes convaincus de son innocence, mais ton père, ton oncle Mortimer et ta tante Marjorie la croient coupable. Si je te dis cela, c'est pour que tu saches à qui tu peux te fier. Nous nous efforçons de sauver la vie de ta mère. Ce qui n'est pas le cas des autres.

La dernière fois que nous nous sommes vus, je t'ai dit que j'essayais de lui venir en aide par tous les moyens disponibles. C'est toujours le cas. Mais cela risque de ne pas suffire. Et si je t'écris aujourd'hui, Jacinta, c'est parce que le moment est venu d'apporter toi aussi ton concours, en accomplissant une tâche difficile et dangereuse, dont je te sais néanmoins parfaitement capable.

La nuit, toutes les portes et les fenêtres de Clouds Frome sont fermées et solidement cadenassées. Nous le savons. Mais Rodrigo et moi avons besoin de nous introduire dans la maison de nuit. Il est préférable que tu en ignores la raison. Mais il faut – il faut absolument – que nous le fassions si nous voulons sauver ta mère. C'est pourquoi je voudrais que, mardi soir, tu ouvres une fenêtre pour nous permettre de pénétrer à l'intérieur.

Voici comment procéder. Va te coucher à l'heure habituelle, mais sans t'endormir. Attends que la maison soit tranquille. Puis quitte ta chambre (Hermione m'a dit où elle se trouvait) et rends-toi dans l'ancienne nursery. Ouvre la fenêtre en rosace. Retourne alors te coucher et, si par la suite tu entends quelque bruit que ce soit, ne bouge surtout pas. Quoi qu'il arrive, fais semblant de dormir.

Nous viendrons entre une heure et deux heures du matin ; la fenêtre doit donc être ouverte au plus tard à une heure. Si cela s'avère impossible ou si, pour une raison ou pour une autre, tu es dans l'incapacité de faire ce que je te demande, essaie d'en

avertir Hermione. Mais ne prends aucun risque.
Nous attendrons la nuit de mercredi si besoin est.
Il va falloir que tu montres prudence et courage,
mais je t'en sais capable. Nous comptons sur toi.
Ta mère aussi. Ne l'oublie pas, Jacinta, tu ne dois
faire confiance à personne d'autre qu'à nous. Fais
de ton mieux et tout se passera bien.
Ton ami et l'ami de ta mère,

Geoffrey Staddon

La lettre ne révélait rien de l'appréhension que j'avais ressentie en l'écrivant. Jacinta ne devait pas se douter un seul instant de mon incertitude quant au bien-fondé de notre démarche. Mes complices dans cette affaire ne semblaient pas avoir le moindre état d'âme. Pour Rodrigo, ce n'était là qu'une des nombreuses tentatives – en aucun cas la plus désespérée – dans lesquelles il était prêt à se lancer pour sauver Consuela. Pour Hermione, c'était une entreprise certes risquée mais justifiée par des circonstances extrêmes. À l'instar d'Imry, elle n'avait pas tiré de l'audition des témoins beaucoup de raisons de crier victoire. À présent, mal remise de la manière, à ses yeux scandaleuse, dont l'accusation l'avait traitée, elle était prête à jouer un rôle nettement moins conventionnel.

Il m'était difficile à certains moments, tandis que nous étions réunis dans le salon d'Hermione au Thackeray Hotel, de croire que le plan que nous élaborions allait se mettre en marche. Un air d'irréalité enveloppait ce que nous nous proposions d'entreprendre, au moins autant que ce qui arriverait à Consuela si nous n'intervenions pas. Les deux issues possibles – son

523

salut et sa condamnation – m'étaient devenues aussi inenvisageables l'une que l'autre. Peut-être était-ce là le seul moyen qu'avait mon esprit de tenir à distance espoir et terreur pour ne s'intéresser qu'à l'action. Ce n'était qu'en cessant de regarder devant moi que je pouvais encore prétendre aller de l'avant.

Hermione devait rentrer à Hereford en train le lendemain, et Rodrigo et moi faire le trajet en voiture le lundi. Nous prendrions des chambres dans une auberge de campagne éloignée de la ville, pour plus de discrétion, pendant que, ce même après-midi, Hermione se rendrait à Clouds Frome sans s'être annoncée. Il était inconcevable que miss Roebuck soulève une quelconque objection à ce qu'elle voie Jacinta, et elle aurait ainsi l'occasion de remettre ma lettre à sa nièce. Ce qu'elle devait me confirmer lors d'un rendez-vous sur le pont sur la Wye dont nous avions convenu, à trois heures le mardi après-midi. À ce moment-là, Rodrigo aurait décidé du meilleur endroit où escalader le mur d'enceinte de la propriété. Ce que nous ferions cette même nuit, équipés d'une échelle, de lampes électriques et d'un couteau. (Ce dernier instrument au cas où nous nous ferions attaquer par le chien, éventualité que je préférais ne pas envisager.) Nous nous introduirions ensuite dans la maison par la fenêtre de la nursery. (Si j'avais choisi celle-là, c'était parce que sa forme de rosace la rendait aisément repérable depuis le sol et qu'elle était près de la chambre de Jacinta.) Ensuite, il nous faudrait inspecter chacune des pièces – en commençant par les plus évidentes – en quête de la fausse cloison et du coffre qu'elle dissimulait. En l'absence de Victor et de la moitié des domestiques, le travail promettait d'être relativement simple, à condition que nous évitions les chambres (auparavant identifiées par Hermione) qui risquaient d'être occupées.

Tel était notre plan. Mon instinct me disait que la mise à exécution se révélerait beaucoup plus complexe et exigerait des efforts considérables. Mais, du moment que je ne m'attardais pas trop à imaginer les risques, je pouvais faire comme s'ils n'existaient pas.

Je me gardai de ne rien révéler à Imry, de peur qu'il me détourne de notre entreprise en m'en démontrant la folie. Au lieu de quoi, le lundi matin, tandis que l'audience reprenait à l'Old Bailey, je quittai le bureau en donnant une explication vague et hâtive d'une absence qui durerait vraisemblablement plusieurs jours. Je passai ensuite à son club pour laisser un message à Imry, l'avertissant que je ne pourrais pas me trouver à notre rendez-vous habituel et serais absent de Londres au moins jusqu'au mercredi. Après avoir ainsi assuré mes arrières, je n'avais plus qu'à passer prendre Rodrigo à l'endroit fixé, à mi-chemin de Park Lane, avant de partir en direction de Hereford, dans l'attente du sort qui serait réservé à notre affaire.

Lundi 21 janvier 1924

Quand nous nous sommes quittés samedi, Geoff m'avait assuré qu'il me retrouverait au club comme d'habitude, ce soir à dix-huit heures. Mais tout ce qui m'y attendait à mon retour, c'était un message laissé ce matin aux bons soins du concierge : Geoff avait dû quitter Londres et ne serait pas de retour avant mercredi. Je ne trouve pas d'explication à ce départ. Quand je lui ai téléphoné, Reg m'a confirmé que sa disparition n'était pas liée aux affaires du cabinet. En ce cas, qu'est-ce qui a pu la motiver ? Quelle raison aurait-il eue de s'absenter de manière aussi précipitée à un moment aussi crucial du procès ? Où donc est-il parti, et pourquoi ?

De façon assez ironique, durant le trajet du tribunal au club, je me suis pris à appréhender ma rencontre avec Geoff, et j'ai passé mon temps à me demander comment je pourrais lui présenter sous un jour favorable le compte rendu de l'audience que j'aurais à lui faire. Eh bien, j'aurais pu m'épargner cette peine. Pas besoin de maquiller mon rapport. Et peut-être que, au vu des circonstances, ce n'était pas plus mal.

La salle du tribunal paraissait encore plus bondée et tendue que les jours précédents. C'était évidemment une fausse impression, étant donné qu'elle était remplie au maximum de sa capacité depuis le début. Il reste qu'il y avait maintenant une remarquable absence de fioritures et de flottement dans les débats, comme une conscience accrue du fait que ce à quoi nous allions assister nous imposait à tous, experts et profanes, son caractère solennel. Beaucoup devaient se rendre compte, pour la première fois, que le drame était sur le point de connaître son dénouement, qu'allait prendre fin la succession des questions et des réponses. Quand arriveront les dernières plaidoiries, ces longues journées d'arguties nous paraîtront fugitives et peu nombreuses, et absurdes, au vu de la réalité qui s'imposera à tous, les espoirs et les doutes qu'elles auront suscités.

Pour l'instant, les effets de la déposition de Consuela restent difficiles à apprécier, et mon jugement en la matière ne vaut ni plus ni moins que celui de mon voisin. Je peux me tromper quant à la manière dont les jurés réagiront. Et je ne peux qu'espérer, pour le bien de Consuela, qu'il en soit ainsi. Ce que je crains cependant, c'est que la petite chance qu'elle avait de les influencer est maintenant passée... sans qu'elle y parvienne.

Quand Curtis-Bennett a appelé ce matin à la barre son témoin suivant, qui serait le dernier, Consuela s'est retrouvée plus que jamais au centre de l'attention de la cour. Tandis qu'elle passait du banc des accusés à la barre, tous les yeux, dont les miens, étaient rivés sur elle. Mince, très droite, de taille moyenne, le port élégant, vêtue d'un tailleur noir d'une sévérité presque militaire, ceinturé et boutonné jusqu'au col, elle portait, incliné sur l'œil droit, un chapeau appareillé, au bord étroit relevé. Une plume discrète glissée dans le ruban du chapeau, de la dentelle ruchée au cou et aux poignets et une broche en losange sur le sein gauche constituaient les seules fantaisies de sa tenue. Ses cheveux noirs étaient tirés en arrière, révélant un visage d'une exceptionnelle beauté et d'une retenue saisissante.

Je vis tout de suite que la perte de maîtrise de soi dont nous avions été témoins le samedi chez Consuela ne se renouvellerait pas aujourd'hui, et d'instinct je le regrettai. Je crois savoir de quel genre d'Anglais semble être essentiellement constitué le jury – des hommes d'intelligence très moyenne issus de la petite bourgeoisie. Ce qu'ils attendent d'une femme, c'est

527

soit la soumission, soit une extrême nervosité, si possible les deux. Quand le comportement de celle dont ils tiennent la vie entre leurs mains ne correspond pas à ces stéréotypes, ils commencent à se méfier. Et si, de surcroît, la personne est belle et de toute évidence d'origine étrangère, leur méfiance tourne à la franche hostilité. C'est ainsi que Consuela avait pris, dès le premier jour, plus de risques qu'elle n'aurait pu l'imaginer avec la sensibilité et les préjugés de la cour.

Allait-elle regarder son mari en descendant les marches du box des accusés ? Il occupait sa place habituelle à côté des bancs du jury, et tout le monde a dû se demander, quand elle a atteint le bas des marches et s'est tournée dans sa direction, s'ils allaient échanger un regard – ou quelque signe révélateur de leurs sentiments réciproques. Mais il n'en fut rien. Consuela garda les yeux fixés sur sa destination, tandis que ceux de Victor restaient posés sur le lustre au-dessus de nos têtes.

Ce fut l'affaire d'un instant et, déjà, Consuela prêtait serment. Penché en avant, le juge la jaugeait en plissant les yeux. Talbot se laissait nonchalamment aller contre le dossier de son siège, jouant avec un porte-plume. Sir Henry s'éclaircissait la voix et rajustait sa robe. Ce n'était partout que cous tendus, yeux écarquillés, oreilles aux aguets. Les paroles de cette femme allaient effacer la portée de toutes celles entendues jusqu'ici.

À l'invitation de sir Henry, Consuela détailla ses origines brésiliennes, sa première rencontre avec Victor, son arrivée en Angleterre, ses années en qualité de maîtresse de Clouds Frome. Au ton de ses questions, on sentait que sir Henry aurait voulu l'entendre révéler davantage de la jeune fille timide de dix-neuf ans qu'elle avait été, davantage de la jeune épouse gauche et inexpérimentée, de la femme négligée par son mari et loin de son pays natal. Mais les années qu'elle avait passées livrée à elle-même, à survivre à un mariage sans amour dans un pays qui n'était pas le sien, ne lui en avaient que trop appris. La vraie Consuela s'était retirée hors de portée et de vue, pour ne laisser parmi nous qu'une étrangère distante et digne qui se contentait d'affronter le danger avec dédain et de répondre avec indifférence aux questions. Elle me faisait penser à une tigresse que j'avais regardée un jour arpenter sa cage au zoo tandis que des écoliers, la bouche grande ouverte, lui adressaient des rugissements moqueurs. Elle ne les avait pas gratifiés de la moindre réaction. Pas le moindre éclair dans son œil fier et froid en réponse à leurs provocations. Elle était peut-être leur prisonnière, mais dans son regard luisait la conscience d'une liberté dont ils n'avaient même jamais rêvé.

Nous en arrivâmes ensuite au passé récent. Consuela nia fermement avoir reçu les lettres anonymes et déclara que, les eût-elle reçues, elle n'en aurait tenu aucun compte. Elle n'était pas d'un tempérament jaloux. Rien, son silence le signifiait, qui pût motiver chez elle un tel sentiment. Les récits qu'avaient faits les autres témoins de l'après-midi du 9 septembre étaient conformes à la vérité, mais ils avaient été mal interprétés. Elle se trouvait effectivement dans le salon quand Noyce était arrivé avec la table roulante,

529

mais elle était sortie prendre l'air dans le jardin avant que quiconque vienne la rejoindre. Quand elle était rentrée, Victor descendait déjà l'escalier. C'est dans les quelques minutes qu'avait duré son absence, supposait-elle, que quelqu'un avait pénétré dans le salon pour empoisonner le sucre. De ce qui s'était passé ensuite, elle n'avait été qu'une actrice innocente, au même titre que les autres participants. Elle exprima un chagrin sincère, quoique mesuré, à l'égard de Rosemary. « Nous n'étions pas proches, elle et moi, mais nos relations ont toujours été cordiales. C'était une jeune fille gaie et gentille. Je ne lui aurais jamais fait aucun mal. Si j'avais su que le sucre était empoisonné, je l'aurais empêchée d'en prendre. »

Quant à la soirée qui avait suivi, Consuela se souvenait que Gleasure avait simplement mentionné l'indisposition de Victor, sans nullement insister pour qu'elle appelle un médecin. L'eût-il fait qu'elle aurait cherché à avoir l'accord de Victor, car celui-ci n'aurait pas admis qu'elle prenne la décision sans le consulter au préalable. Jusqu'au moment où Mortimer avait appelé de Fern Lodge, elle avait pensé que son époux souffrait d'une banale crise de foie. Elle avait été stupéfaite quand le docteur Stringfellow avait suggéré que Victor, Marjorie et Rosemary avaient pu être empoisonnés par une nourriture absorbée dans l'après-midi, mais à aucun moment jusqu'au jour de la perquisition, et même pendant celle-ci, elle n'avait pensé qu'on ait pu délibérément les empoisonner. La découverte des lettres et de l'arsenic dans sa chambre avait été aussi horrible qu'inattendue. Elle ne pouvait en aucune manière expliquer leur présence, sauf à dire qu'ils avaient été placés dans son tiroir dans le seul but de lui faire porter la responsabilité de la mort de Rosemary.

C'était là le moment le plus délicat de la déposition de Consuela. Son innocence n'est envisageable que si l'on admet que des objets compromettants ont été cachés à seule fin de l'incriminer. Si c'est effectivement le cas, alors celui ou celle qui a cherché à tuer Victor s'est efforcé dans le même temps de mettre le crime sur le dos de Consuela. Qui peut être cette personne ? Qui, dans l'entourage de la famille Caswell et du personnel de Clouds Frome, et sans doute parmi ceux qui ont déjà témoigné, a pu concevoir et exécuter un plan aussi diabolique ?

Avec beaucoup de sagesse, Consuela n'a pas tenté de répondre à la question soulevée par sa version des événements, et ce malgré l'intervention du président qui lui suggérait de le faire. L'attitude du juge Stillingfleet en la circonstance contrastait nettement avec celle qu'il avait eue lorsqu'il avait approuvé la réticence de Victor quant à l'identification d'éventuels corbeaux et reflétait une antipathie à peine déguisée à l'égard de Consuela. L'origine d'un tel sentiment – misogynie, xénophobie ou salmigondis d'autres préjugés – compte peu au regard de ses conséquences. Car un tribunal, autant que je puisse en juger, est une société autant qu'une institution, une société dans laquelle le juge figure le patriarche et les jurés un groupe soigneusement choisi des citoyens les plus humbles et les plus dociles. Où qu'aille leur chef, en toute impartialité ou non, ils lui emboîteront forcément le pas.

Au terme de l'interrogatoire, j'eus le sentiment qu'un curieux changement s'était opéré au sein de la cour. La conviction de la culpabilité de l'accusée était ébranlée, mais cette avancée était largement contrebalancée par une farouche détermination à la juger coupable. Si Consuela s'était comportée différemment – avait paru plus impressionnée, plus vulnérable, plus angoissée quant à l'issue de son procès –, elle aurait pu faire pencher la balance en sa faveur. Mais elle n'était rien de tout cela. Non pas que, dans un monde idéal, elle ait eu besoin de l'être. Son sort devrait dépendre d'une juste appréciation du vrai et du faux, de ce qui est prouvé et de ce qui ne l'est pas. Hélas, l'Old Bailey existe dans un monde d'incertitudes, dont le seul absolu est le verdict, atteint, qui plus est, par des voies tortueuses et irrationnelles.

Mr Talbot, avocat de la Couronne, commença son contre-interrogatoire à un rythme déstabilisant, posant peu de questions qui ne fussent pas autant d'accusations subtilement reformulées. Peut-être avait-il senti l'antipathie du juge à l'égard de Consuela. Peut-être la partage-t-il. Ou peut-être – et je ne suis pas loin de le croire – lui fait-elle un peu peur, et ce qui lui fait peur, une éducation d'enfant gâté lui a appris à le mépriser. Quelle qu'en ait été la raison, il se montra froid, arrogant et hautain. Et, même si elle ne se laissa à aucun moment démonter, Consuela en fut peu à peu réduite à réitérer la même réponse désespérée. « Non, pas du tout. » « Absolument pas. » « C'est faux. » « Il n'y a rien de vrai là-dedans. » « Non, monsieur. » « Non. » « Non, non, non, mille fois non. »

Pauvre Consuela. Elle se retrouve seule, condamnée parce qu'étrangère et de surcroît trop fière et trop belle, et ce bien avant que la question de sa culpabilité dans une affaire de meurtre ait jamais été examinée. Elle n'a rien admis, ni rien réfuté. Et l'accusation n'a pas réussi à prouver grand-chose. Pourtant, tandis qu'elle quittait la barre cet après-midi pour regagner le banc des accusés et, de là, comme elle le faisait depuis le début, redescendre dans les cellules en sous-sol, elle portait les marques visibles du désespoir, d'un désarroi qui défiait ses accusateurs de l'épargner en dépit d'eux-mêmes. Mais rien, absolument rien, ni sur le visage des jurés ni dans les froncements de sourcils du juge, ne laissait penser qu'ils avaient seulement entendu sa supplique.

Rodrigo et moi-même prîmes des chambres au Green Man, à Fownhope, à quelques kilomètres au sud de Mordiford. Au bar ce soir-là, les propos des habitués tournaient autour de la nouvelle qui venait de tomber et selon laquelle une motion de censure avait été adoptée par la chambre des Communes, ce qui rendait inévitable l'arrivée au pouvoir, pour la première fois dans l'histoire du pays, du parti travailliste. Pour les campagnards de Fownhope, la chose était à peine concevable ; nous étions à la veille d'une révolution bolchévique. Mais pour Rodrigo, quand je lui expliquai de quoi il retournait, c'était un rayon d'espoir.

« Un nouveau gouvernement, Staddon ? Mais alors, il se pourrait qu'ils épargnent Consuela. Dans mon pays, un président déclare une amnistie générale quand il entre en fonction.

— Ce n'est pas une pratique courante chez nous.

— Mais ces gens, dit-il avec un geste qui englobait toute la salle, disent bien que les travaillistes sont différents des autres.

— Peut-être. Mais il se peut en l'occurrence qu'ils souhaitent apparaître exactement semblables. »

Ce qui m'inquiétait davantage, c'était que les travaillistes se révèlent des partisans de la peine de mort encore plus convaincus que les conservateurs. Des grévistes emprisonnés avaient plus de chance de gagner leur sympathie que des héritières brésiliennes. Si nous en étions réduits à espérer qu'ils se montrent cléments, l'espoir risquait d'être bien mince.

Le lendemain matin, les quelques journaux nationaux à atteindre Fownhope accordaient une large place à ce bouleversement politique. Les comptes rendus du procès ne faisaient plus la une, et, en l'absence des commentaires d'Imry, je ne pouvais guère juger de l'effet produit sur la cour par le témoignage de Consuela.

Rodrigo, m'avait fait savoir l'hôtelier, était sorti avant l'aube. À son retour en milieu de matinée, il me fit entrer dans sa chambre et referma la porte avant de m'annoncer qu'il était allé voler une échelle dans une grange et l'avait cachée dans les buissons à proximité de l'endroit qu'il avait jugé le plus propice pour escalader le mur d'enceinte de Clouds Frome. Il ne nous restait plus maintenant qu'à recevoir l'assurance que Jacinta avait bien reçu ma lettre et agirait en conséquence, et nous serions prêts à passer à l'action.

Dans l'après-midi, je me rendis à Hereford en voiture, laissant Rodrigo seul à l'auberge. Bien avant trois heures, je me trouvai sur une des aires de croisement du pont sur la Wye, penché au-dessus du parapet pour regarder la rivière turbulente déposer son écume autour de la pile centrale. Bientôt, très bientôt, Hermione serait là, et, avec elle, notre dernière chance de nous écarter du bord du précipice.

Mardi 22 janvier 1924

La politique est sur toutes les lèvres, et les débats de l'Old Bailey sont relégués au rang d'attraction mineure. Étonnant tout de même de voir que, alors que le procès va atteindre son apogée, l'intérêt que lui porte le monde extérieur s'émousse. On dirait que ceux qui ont réclamé sa condamnation à grands cris se sentent soudain embarrassés par leur propre véhémence. Jusqu'à la dame aux chapeaux qui s'est absentée aujourd'hui. À l'instar de la majorité des Londoniens, elle est vraisemblablement plus curieuse de savoir qui va baiser la main du souverain au palais de Buckingham que d'écouter les discours des orateurs de l'Old Bailey.

Ce qu'ont manqué ces gens ce sont les plaidoiries finales de la défense et de l'accusation. Sir Henry Curtis-Bennett a occupé la matinée avec un beau morceau de rhétorique enflammée de deux heures et demie, soutenant que les preuves retenues contre sa cliente étaient circonstancielles, et que des éléments significatifs de certains témoignages n'avaient pas été dûment pris en considération au cours des débats : Banyard témoignant que Consuela ne lui avait en aucune manière suggéré d'acheter le désherbant, et qu'elle n'était par ailleurs pas mieux instruite de sa présence ou de sa composition que son époux ; Gleasure reconnaissant qu'elle n'avait pas tenté de l'empêcher d'appeler un médecin ; Cathel Simpson affirmant catégoriquement que ni l'arsenic ni les lettres n'auraient pu se trouver dans le tiroir de la chambre avant le 21 septembre ; Mr Jenkins, le receveur du bureau de poste, mettant sérieusement en doute l'authenticité de ces lettres.

« Si les cachets de la poste étaient des faux, c'était afin de suggérer que Mrs Caswell avait reçu les lettres alors même qu'il n'en était rien. Si elle ne les a pas reçues, le mobile mis en avant par le ministère public pour expliquer le crime ne tient plus. Et, dans ce cas, toutes les accusations qui pèsent contre Mrs Caswell doivent être levées. »

La logique de l'argumentation était imparable, sa présentation exemplaire. Sir Henry a attendu pendant tout le procès l'occasion de déployer ses talents sans être encombré de dépositions qu'il ne maîtrisait pas, et aujourd'hui il a saisi sa chance avec aplomb. Tout le temps qu'a duré son discours, il a paru impensable que quiconque puisse ne pas le suivre dans son plaidoyer pour l'acquittement. Qu'y avait-il, en définitive, pour étayer les accusations sinon de vagues soupçons et des pièces à conviction douteuses ? La découverte de l'arsenic et des lettres n'est plus une preuve aussi incriminante qu'elle semblait l'être au début du procès. Sans elle, que reste-t-il en dehors de cette coïncidence qui a fait que Consuela se trouvait seule dans le salon au moment où Noyce est entré avec la table roulante ?

Sir Henry s'est comporté à l'égard des jurés avec une aisance qui avait quelque chose de magique. Il ne les a pas provoqués, ni insultés, mais les a entraînés avec lui dans un voyage captivant et rigoureux sur les vagues et les méandres de l'affaire. Personne n'a nié, a-t-il fait remarquer, qu'un meurtre avait été commis. Mais ce dont devaient se garder les jurés c'était de prendre les preuves du meurtre pour celles de la culpabilité de sa cliente. Les premières abondaient, les secondes faisaient totalement défaut. Il n'apparte-nait d'ailleurs pas à la défense de démontrer qui était l'auteur du crime, mais simplement de prouver que ce n'était pas Mrs Caswell. Une tâche qu'il estimait avoir parfaitement remplie.

Une prestation sans conteste brillante, dont les effets risquaient pourtant d'être éphémères. Éblouissante sur le moment, son éclat fut passager. Quand il se rassit, tout le monde était convaincu qu'aucun avocat n'au-rait pu faire mieux. Mais le jury doit encore entendre la longue plaidoirie de l'accusation. Sans compter un résumé des débats, encore plus long, attendu pour demain de la part du juge. La force de l'argumentation de sir Henry aura-t-elle laissé des traces suffisantes dans l'esprit des jurés ? Ses paroles seront-elles sur le devant de leurs pensées quand on leur demandera de rendre leur verdict, ou auront-elles été effacées par celles de Talbot ou du juge Stillingfleet ?

La plaidoirie de Talbot prit tout l'après-midi et à aucun moment ne menaça de rivaliser avec celle de sir

Henry en fougue et en force de persuasion. Son pou-
voir résida surtout dans la tactique de guerre d'usure
qu'il avait adoptée, plus qu'évidente à la manière dont
il revint à intervalles réguliers sur certaines questions
qu'il voulait à tout prix maintenir présentes à l'esprit
des jurés. Les preuves étaient indirectes, certes, mais
comment pourrait-il en être autrement dans une affaire
d'empoisonnement ? Qui serait prêt à consommer – ou
à laisser quiconque le faire – une boisson empoisonnée
après avoir vu un tiers y verser le poison ? Par ail-
leurs, les arguments de la défense destinés à contester
l'authenticité des lettres étaient tout à fait spécieux.
Quant à la négligence dont Consuela avait fait preuve
en laissant les lettres et l'arsenic traîner dans un tiroir
facilement accessible, elle allait de pair avec l'arro-
gante conviction qu'elle ne saurait être démasquée.
Et surtout, souligna Talbot, la question essentielle que
devait se poser le jury était celle-ci : comment expli-
quer les événements du 9 septembre autrement que
par la culpabilité de Consuela ? Aucune des personnes
présentes lors du thé, en dehors d'elle, n'avait de
raison de nuire à Victor. Personne d'autre ne dispo-
sait des moyens de le faire. Et personne d'autre ne s'en
était vu offrir l'occasion. Voilà qui était suffisant pour
la déclarer coupable sur les deux chefs d'accusation.

Telle que décrite par Talbot, Consuela apparais-
sait sous le jour d'une meurtrière habile et sans scru-
pules, qui, poussée par une jalousie sans bornes, avait
voulu infliger à un mari qui s'était éloigné d'elle l'ul-
time châtiment de son infidélité. C'est sur cette gros-
sière caricature, imprimée dans l'esprit des jurés avec
toute la force dont il était capable, qu'il conclut la

plaidoirie du ministère public. Demain, nous saurons
si ses efforts ont été couronnés de succès.

Ce soir, tandis que je dînais seul à mon club, j'ai
entendu deux de nos vieux membres les plus grincheux
déplorer l'arrivée d'un gouvernement travailliste avec
des accents d'apocalypse : l'Angleterre ne sera jamais
plus la même ; la société ne peut pas espérer se relever
d'un coup pareil ; c'est le prix à payer pour avoir
donné le droit de vote aux femmes ; le nouveau Pre-
mier ministre, Ramsay MacDonald, est un pacifiste.
Les choses vont-elles changer à ce point, je me le
demande. Le soleil continuera à se lever le matin,
la pluie à tomber, les usines à tourner et les lois du
royaume, humaines ou pas, à être appliquées. Quand
ces deux vieillards étaient jeunes, les pendaisons
avaient lieu en plein air et constituaient un spectacle
fort divertissant. Aujourd'hui, elles se pratiquent
derrière des portes fermées, à l'abri des regards des
curieux. Mais leur brutalité reste la même. Et la seule
question qui m'intéresse, si je dois mesurer le chan-
gement susceptible d'affecter le pays, est de savoir si
pareille brutalité va s'exercer à l'encontre de l'ac-
cusée dans l'affaire Rex versus Caswell.

Hermione était pile à l'heure. Elle avait l'air plus
confiante et plus calme que je ne l'étais moi-même,
mais il faut dire que son rôle dans notre petite conspiration était terminé, alors que je n'avais moi-même
pas commencé à jouer le mien. Conscients de la prudence qu'il nous fallait observer, nous nous mîmes à

marcher, tout en parlant, en direction du côté sud du pont.

« Tout s'est bien passé, Mr Staddon. Je n'ai eu aucune difficulté à rendre visite à Jacinta hier.

— Comment l'avez-vous trouvée ?

— Morte d'inquiétude sur le compte de sa mère, comme vous pouvez vous en douter. Mais votre lettre lui a mis du baume au cœur. Miss Roebuck nous ayant laissées seules, Jacinta a pu la lire en ma présence.

— Et sera-t-elle en mesure de faire ce que nous lui demandons ?

— Rien ne l'en empêchera. Comme vous n'êtes pas sans le savoir, c'est une fille courageuse.

— Oui, je le sais, dis-je en évitant son regard. »

Ayant atteint le bout du pont, nous nous arrêtâmes avant de nous tourner pour nous faire face. Hermione sourit. « À présent, je vais rentrer à Fern Lodge, dit-elle, et attendre la suite des événements, tout en me comportant comme si je n'attendais rien.

— C'est le mieux que vous ayez à faire.

— Eh bien, il ne me reste plus qu'à vous souhaiter bonne chance, dit-elle avant de se pencher vers moi. Faites attention, jeune homme. Soyez très prudent. C'est impératif. Croyez-moi. »

Je la regardai retraverser le pont, puis me dirigeai vers la rue adjacente où j'avais laissé ma voiture. Je marchai vite, pressé de refouler une pensée indigne éveillée en moi par les paroles d'Hermione. Étais-je heureux – ou au contraire secrètement désolé – qu'aucun obstacle ne se dresse plus en travers de notre chemin ?

16

Nous quittâmes le Green Man pendant qu'il restait encore suffisamment de clients pour distraire l'attention de l'aubergiste. Un court trajet le long de routes désertes nous emmena jusqu'aux collines boisées situées derrière Clouds Frome. Nous nous garâmes un peu en retrait de la route afin d'attendre avec toute la patience requise que minuit veuille bien sonner. La nuit était froide et paisible, une lune pâle dans son dernier quartier jouait à cache-cache avec des nuages effrangés. Le silence qui nous enveloppait était d'une profondeur que seule connaît la campagne en hiver et nous ne faisions aucun effort ni l'un ni l'autre pour le rompre. Nous nous contentions de nous passer de temps à autre la flasque de Rodrigo, en attendant que les douze coups sonnent au clocher de l'église de Mordiford. Minuit : nous laissâmes s'écouler encore une demi-heure avant de partir pour la maison.

Nous étions munis chacun d'une lampe électrique. Rodrigo portait en sus le plaid de la voiture jeté sur l'épaule, et, comme je le savais sans chercher à m'en assurer, un couteau caché dans une de ses poches. Il marchait devant sur le sentier herbeux qu'il était venu reconnaître un peu plus tôt dans la journée. Un kilomètre et demi de descente prudente nous amena jusqu'au mur est de Clouds Frome, petite muraille de brique de trois mètres de hauteur enfouie sous le lierre, sans rien de visible au-delà. J'avais déjà pratiquement perdu tous mes repères. Mais Rodrigo, lui, savait très exactement où nous étions. En quelques minutes, il avait retrouvé l'échelle, dissimulée sur un talus recouvert de fougères.

Nous la dressâmes contre le mur, et Rodrigo grimpa, le plaid à la main. Qu'il mit à cheval sur le mur, après l'avoir plié et replié, en guise de protection contre les tessons de bouteille qui en hérissaient le sommet. Puis il me fit signe de monter à mon tour. Une fois que je l'eus rejoint, il hissa l'échelle qu'il fit basculer de l'autre côté comme si elle était aussi légère qu'une plume. Je descendis le premier, et Rodrigo me suivit après avoir jeté la couverture à terre.

Au pied du mur, nous fîmes une pause le temps de reprendre notre souffle. Nous étions sur une pente à l'herbe rare, parsemée de quelques arbustes et buissons. En me fondant sur notre point d'entrée, je déduisis que nous devions être sur le côté sud du potager, avec la limite est du verger droit devant nous, et la maison à environ huit cents mètres au nord-ouest, ses contours obscurcis par les collines qui s'élevaient derrière. La seule manière de m'en assurer, me sembla-t-il, était de localiser le mur du potager et de le suivre jusqu'à l'angle sud-ouest. Nous étions convenus de ce que, une fois sur les lieux, Rodrigo me laisserait diriger les opérations d'orientation sans intervenir. Fidèle à sa parole, il me suivit docilement, l'échelle dans une main et le plaid dans l'autre, tandis que je remontais la pente.

Une apparition fugace de la lune nous révéla le mur du potager avant que nous l'atteignions. Encouragé par ce succès, je changeai de cap et pris vers la gauche, dans l'idée d'arriver plus rapidement à l'angle sud-ouest. Ce qui me fournirait une estimation plus précise de l'endroit où nous nous trouvions par rapport à la maison. De là, je le savais, un sentier contournait la limite du verger et menait à des marches qui permettaient d'accéder à la pelouse longeant la pergola côté est, d'où la fenêtre de la nursery était aisément accessible.

Je n'entendais pas Rodrigo derrière moi, même si, chaque fois que je me retournais, il était là, une dizaine de mètres plus loin, portant l'échelle inclinée vers l'avant tel un chevalier sa lance lors d'une joute. Les seuls bruits à me parvenir étaient ceux de ma respiration et de mes pas dans l'herbe rare. Déjà, je sentais une humidité froide transpercer la semelle de mes chaussures. Mais c'était une humidité d'un autre genre qui m'inondait le visage. Tandis qu'une partie de mon cerveau s'attachait à estimer les distances et à visualiser la configuration des lieux, l'autre se débattait avec toute une série de craintes irrationnelles. La lumière de la lune, faible et intermittente, était à sa manière aussi inquiétante que l'obscurité impénétrable qui engloutissait les alentours. Le mur du potager réapparut à quelques mètres devant nous, pour se terminer abruptement un peu plus loin. Nous avions atteint l'extrémité sud-ouest.

Je la contournai avec assurance, m'attendant à trouver un changement dans la texture de l'herbe au moment où je mettrais les pieds sur le sentier. Mais rien de tel ne se produisit. Il y eut un bruit dans l'obscurité sur ma droite, un bruit sourd se rapprochant à vive allure, comme un halètement. Lequel se transforma en une sorte d'aboiement avant de m'exploser en pleine figure. C'était le chien de garde, aussi énorme et puissant que je le craignais. Il bondit et, d'un seul et même mouvement, me propulsa contre le mur avec ses pattes de devant. Terrifié, le souffle coupé, je tentai de me recroqueviller, mais la bête, les pattes sur ma poitrine, était aussi grande que moi. Les babines retroussées, elle écumait. Je voyais ses crocs luire dans la lumière de la lune et sentais la chaleur de son souffle sur mon visage.

Et puis, l'animal disparut aussi vite qu'il était apparu. Rodrigo avait chargé et l'avait attrapé par les épaules, avant de l'entraîner à terre avec lui. L'espace d'un instant, ils formèrent une mêlée indistincte et grondante à mes pieds. Puis Rodrigo réussit à trouver la bonne prise. Le dos du chien contre lui, il emprisonnait l'animal de ses jambes, lui immobilisant ainsi les pattes de derrière. Son bras droit était passé autour de la gorge de la bête, tandis que de la main gauche il avait réussi à fourrer la gueule sous son aisselle pour empêcher les aboiements.

« Le couteau ! me lança-t-il, aussi fort qu'il l'osa. Prenez le couteau dans ma poche et... » Le chien se débattait et se contorsionnait. Pendant une seconde, Rodrigo dut relâcher la pression, avant d'assurer à nouveau sa prise. « Prenez le couteau et tuez-le ! »

Je m'accroupis à côté de lui et tentai d'ouvrir sa veste, mais elle était boutonnée, et les boutons étaient hors d'atteinte sous le dos du chien. Il me fallut glisser la main dans son col, avec la tête de l'animal, ses yeux exorbités et ses bajoues écumantes, à seulement quelques centimètres de la mienne.

« *Depressa ! Depressa !* »

Mes doigts finirent par rencontrer le manche du couteau et par le dégager, avant de le perdre momentanément puis de le retrouver et de l'extirper de sa cache. Une arme impressionnante, qui faisait une bonne vingtaine de centimètres, dotée d'un manche en bois et d'un étui en cuir. Quand je la fis glisser hors de sa gaine, ce fut pour mettre à nu une lame à double tranchant très épaisse.

« Allez-y, Staddon, vite ! Je ne peux pas... Je ne pourrai pas maîtriser cette brute encore bien longtemps. »

Je changeai ma prise sur le couteau, le levai pour frapper... avant d'arrêter net mon geste. Où fallait-il frapper ? J'avais beau savoir que je devais à tout prix m'exécuter, je me sentais incapable d'un tel acte.

« Tranchez-lui la gorge ! Dépêchez-vous !

— La gorge ? Bon sang, je ne peux pas...

— Alors donnez-moi le couteau, bon Dieu ! » La tension de l'effort soutenu qu'il s'imposait le faisait grimacer. « Si vous ne pouvez pas le faire, je m'en charge ! »

Je lui fourrai le couteau dans la main droite et me détournai, pas assez vite cependant pour éviter de voir luire la lame quand il referma les doigts sur le manche. On n'entendit qu'un seul bruit mat, comme quand on

545

bat un tapis, puis un horrible déchirement en partie couvert par la respiration sifflante de Rodrigo, un gargouillis étouffé, suivi d'une agitation frénétique et d'un bref silence. Quand je jetai un coup d'œil derrière moi, le chien était allongé sur le sol, raide mort.

Rodrigo se remit laborieusement debout, se pencha pour essuyer la lame dans l'herbe, avant de me prendre l'étui des mains pour y glisser le couteau et le remettre dans sa poche.

« Je suis… je suis désolé, murmurai-je. J'ai simplement… je n'ai pas pu me résoudre à…

— Gardez vos excuses pour plus tard, Staddon ! Je n'en ai rien à faire pour le moment.

— Mais…

— *Fique quieto !* Oubliez le chien. Il est mort sans le moindre bruit. C'est tout ce qui compte. Maintenant, conduisez-nous à la maison ! »

Je me remis en marche, trouvai le sentier, et commençai à le suivre du pas le plus rapide et le plus assuré dont j'étais capable, sentant le tremblement de mes mains et les battements de mon cœur s'apaiser peu à peu. Je remerciai le ciel qu'il n'y ait pas eu suffisamment de lumière pour voir ce que venait de faire Rodrigo et grimaçai de honte au souvenir de ma lâcheté. Je me demandai s'il y avait beaucoup de sang sur ses vêtements, et s'il y en avait un peu sur les miens ; je me demandai aussi ce que je penserais de cette nuit le matin venu.

J'étais si absorbé dans mes pensées que je ne remarquai pas la silhouette de la maison quand elle apparut au-dessus de moi, d'un noir encore plus profond que celui du ciel derrière elle. J'arrivai au bas des marches, sans même m'en rendre compte, trébuchai contre la première et tombai de tout mon long.

« Qu'est-ce qui se passe ?

— Rien, rien. Ces marches mènent à une pelouse qui se trouve derrière la maison.

— Alors, allons-y, Staddon. Qu'est-ce que vous fabriquez ? »

Je me retournai et gravis les marches à la hâte ; en haut, je me glissai dans une trouée de la haie et me retrouvai sur la pelouse. À présent, l'arrière de la maison était clairement visible au-delà du jardin d'agrément. Les volets du rez-de-chaussée étaient clos. Quant au premier étage... Oui, la fenêtre en rosace de la nursery était là, donnant l'impression, à cette distance, d'être fermée aussi hermétiquement que les autres. Je la regardais toujours, perplexe, quand Rodrigo arriva à ma hauteur.

« C'est celle-là, là-haut ? murmura-t-il, après avoir suivi mon regard.

— Oui, oui.

— Et elle est ouverte ?

— Ne vous inquiétez pas. Jacinta ne nous laissera pas tomber.

— J'espère que vous avez raison.

— Attendez ici le temps que je traverse le jardin. Prenez le même chemin quand je vous ferai signe. »

Je franchis la pelouse aussi vite et aussi silencieusement que possible, escaladai le muret de pierre qui la séparait du jardin d'agrément, puis louvoyai entre les rosiers et la fontaine pour atteindre la terrasse qui courait le long du rez-de-chaussée. J'étais à présent juste en dessous de la nursery. En levant les yeux, je constatai que la fenêtre était bien entrouverte. Je me retournai et fis signe à Rodrigo.

Quelques minutes plus tard, nous avions réussi à appuyer l'échelle juste en dessous de la courbe que décrivait le rebord de la rosace. Rodrigo la tint fermement pendant que je commençais à grimper. Je m'arrêtai à chaque barreau, décidé à ne faire aucun bruit susceptible de donner l'alerte. L'ascension sembla durer un temps infini. Je me souvenais du plaisir que j'avais pris à dessiner cette fantaisie architecturale, et de l'explication que j'en avais sottement donné à Consuela par un après-midi brûlant de l'été 1909, alors que nous étions assis sur des chaises pliantes sur ce qui depuis était devenu la pelouse. *« Elle permettra une vue circulaire d'un monde circulaire, Mrs Caswell, au fils ou à la fille que, un jour, vous et Mr Caswell… »* Arrivé en haut et surprenant mon reflet dans la vitre, je me vis avec quinze ans de plus regarder à l'intérieur comme l'intrus que j'avais toujours été.

Jacinta avait entrebâillé la fenêtre juste assez pour que je puisse passer les doigts entre le bas et le rebord. Elle bascula sans heurts jusqu'à se retrouver presque à l'horizontale, puis se bloqua, ménageant une ouverture assez grande pour que je puisse m'y faufiler. Même ainsi, l'exercice n'alla pas sans difficulté, d'autant que, à l'intérieur, la fenêtre était à plus d'un mètre du plancher et que je ne pouvais me permettre aucun bruit. Mais je finis par me laisser glisser sur le sol de la nursery, certain que personne n'avait pu m'entendre.

Je sortis la lampe de ma poche, l'allumai et balayai l'endroit de son rayon. Manifestement, il n'était plus utilisé que comme débarras. Il y avait au centre deux ou trois tapis qui couvraient le plancher, un grand coffre en bois dans un angle, quelques cartons empilés les uns sur les autres, un cheval à bascule, un parc pour bébé, deux grands placards, le tout baignant dans l'air renfermé d'une pièce rarement aérée. Je me retournai, me penchai par la fenêtre et fis signe à Rodrigo de monter.

Seul, je doute que Rodrigo eût réussi à entrer. Il me fallut le prendre à bras-le-corps pour le tirer à l'intérieur et m'efforcer tant bien que mal d'amortir sa chute. Quelques jurons étouffés, et il se déclara prêt à poursuivre. Je me dirigeai alors vers la sortie en zigzaguant pour éviter les lames du parquet susceptibles de craquer. La tactique sembla fonctionner car nous atteignîmes la porte en silence. Je l'ouvris avec précaution, mais nous n'avions apparemment aucune raison de nous inquiéter. Le couloir de l'autre côté était calme et désert.

La chambre de Jacinta se trouvait sur la droite. Je me demandai si la jeune fille était restée éveillée et conclus aussitôt que c'était le cas ; elle avait donc dû nous entendre, à l'heure qu'il était. Sur la gauche, le couloir faisait un coude et se terminait par quelques marches qui descendaient jusqu'à la galerie surplombant le vestibule. De là, la disposition et la forme de toutes les chambres se déployèrent en éventail dans mon esprit comme autant de diagrammes dessinés sur une page. Un moment, je me serais cru à la fois à l'intérieur et à l'extérieur d'une maison de poupée de mon invention, me courbant pour essayer d'apercevoir par une minuscule fenêtre son occupante encore plus minuscule, et, quand je me retournai, ce fut pour voir un œil énorme qui me fixait à travers la vitre.

« Staddon !

— Oui, c'est bon. Je sais ce que je fais.

— Alors faites-le. »

Je m'engageai dans le couloir, serrant le mur de gauche. La galerie était déserte et silencieuse, elle aussi, mais moins sombre que le corridor : les fenêtres sans rideaux qui donnaient sur la cour laissaient entrer une maigre portion de clair de lune. Nous arrivâmes au bout, où je savais qu'il me faudrait prendre une décision : descendre au rez-de-chaussée ou fouiller d'abord quelques-unes des chambres. La pièce où l'on pouvait s'attendre à trouver un coffre était évidemment le bureau, la bibliothèque restant une autre possibilité. L'un comme l'autre présentaient par ailleurs l'avantage (du moins de notre point de vue) d'être éloignés des appartements des domestiques. Je signalai d'un geste mon intention à Rodrigo et ouvris doucement la porte donnant sur le palier en haut de l'escalier.

Nous descendîmes lentement, le vestibule assombri s'ouvrant sous nos pieds comme une caverne. La hauteur des marches et les dimensions des paliers intermédiaires étaient telles que dans mon souvenir, mais je dirigeai ma lampe derrière moi pour faciliter la tâche à Rodrigo. En bas, quelques braises rougeoyaient encore dans l'âtre, diffusant dans la pièce une faible clarté que l'on aurait pu prendre pour les derniers reflets de l'inauguration tapageuse qu'elle avait connue treize ans plus tôt.

Au pied de l'escalier, je fus assailli par d'autres souvenirs d'une époque révolue. À ma droite se trouvaient les portes ouvrant sur le salon, là où elle m'avait attendu cet après-midi de juillet précédant la pendaison de crémaillère. Je bénis le ciel de ne pas avoir à y entrer. Je tournai à gauche, entraînant Rodrigo le long d'une ramification de l'entrée qui conduisait à la bibliothèque, au bureau et à la salle de billard. Avec un peu de chance, nous n'allions pas tarder à trouver le coffre, et je pourrais alors me débarrasser de tous ces souvenirs.

Mais la tâche ne devait pas se révéler aussi facile. La bibliothèque n'avait subi aucune modification. Je m'en aperçus dès que je promenai le rayon de ma lampe sur les rayonnages abondamment garnis qui m'entouraient. Nous passâmes ensuite au bureau, où je fis rapidement le même constat. La pièce était suffisamment petite pour que l'addition d'une alcôve fermée soit aussitôt évidente, et ses proportions étaient exactement celles que je lui avais données. Le seul doute que l'on pouvait avoir au vu de son contenu concernait l'usage qui lui était réservé ; plutôt que d'un bureau, elle avait l'air d'une salle de classe. Je me demandai si c'était ici que Jacinta recevait ses précepteurs. Si c'était le cas, le coffre se trouvait nécessairement ailleurs. Mais où ?

Victor était un homme aussi précautionneux que secret. C'était dans son tempérament autant que dans l'architecture de Clouds Frome que résidait la réponse. Tandis que je réfléchissais à son esprit retors mais somme toute logique, Rodrigo entreprit de me chuchoter quelque chose à l'oreille, mais je l'interrompis.

« J'ai trouvé ! C'est à l'étage qu'il faut chercher. Venez. »

Je l'entraînai à nouveau dans l'entrée, ouvris la porte à deux battants qui conduisait au vestibule et m'apprêtais à y pénétrer quand il y eut un bruit quelque part devant nous, léger mais tout à fait distinct, à mi-chemin entre le claquement et le craquement. Je m'immobilisai aussitôt, tous les sens en alerte, mais rien ne se produisit. La lueur dansante du feu atteignait les fenêtres derrière leurs volets et jetait de pâles reflets sur le mobilier. À part cela, aucun mouvement ni aucun bruit. Rodrigo m'effleura le coude et murmura : « C'est le feu, je crois. »

Je hochai la tête. Des braises finissant de se consumer étaient sans doute l'explication la plus plausible. L'acoustique de la pièce, amplifiée par la hauteur de plafond inhabituelle, expliquait peut-être que le bruit ait donné l'impression de venir d'une autre direction. Je traversai la pièce pour rejoindre l'escalier et commençai à monter, tout entier à mes conjectures. D'après ce que m'avait dit Hermione, Victor conservait l'usage de la chambre principale, tandis que Consuela dormait dans ce qui avait à l'origine été baptisé la suite Wye. Quel meilleur endroit pour Victor où cacher un coffre qu'une pièce dont il avait l'usage exclusif et où, précaution supplémentaire, il dormait toutes les nuits ? Sauf cette nuit, bien sûr, puisqu'il était à Londres, ce qui nous laissait une chance inespérée de découvrir son secret le mieux gardé.

La chambre principale était située juste au-dessus du vestibule et accessible uniquement par un couloir qui faisait un coude et qui, partant du haut de l'escalier, ne menait nulle part ailleurs. L'intimité qu'était censée assurer cette disposition des lieux servait nos

552

desseins à merveille. J'ouvris la porte avec précaution mais sans hésiter, bien décidé à me blinder contre tous les souvenirs qui allaient m'assaillir dans cet endroit et me rappeler la dernière fois que je m'y étais trouvé, en quelle compagnie et pour quelle raison.

Toutes les marques d'une occupation féminine avaient disparu de l'endroit, un papier peint uni et des rideaux à rayures remplaçant les motifs colorés de fleurs et de fruits chers à Consuela. Ayant pénétré de quelques pas dans la chambre, je balayai méthodiquement les murs du faisceau de ma lampe, reconstruisant dans ma tête tous les détails des angles et des proportions que j'avais dessinés et les comparant à ce que j'avais sous les yeux. Aucune différence. Les renfoncements de chaque côté de la cheminée étaient non seulement identiques l'un à l'autre, mais en totale conformité avec le souvenir que j'en avais. Pas de traces révélatrices de réaménagement ni dans les plinthes ni dans les moulures, rien pour signaler la présence d'une cloison.

« Rien, dis-je en me tournant vers Rodrigo.

— Vous êtes sûr ?

— Évidemment.

— Ces portes… dit-il en me montrant le fond de la pièce. Où mènent-elles ?

— Aux dressing-rooms, lesquels communiquent avec la salle de bains. Guère prometteur, je le crains, mais on peut toujours essayer. »

Deux garde-robes identiques ouvrant sur la même salle de bains : une idée de Victor à l'époque. En pénétrant dans celle réservée à Consuela, je compris, à voir les brosses, les pinces à ongles, les flacons d'eau de

Cologne et les rasoirs disposés sur la tablette en dessous de la glace, que Victor avait pris possession des lieux, en raison sans doute de la vue bien plus agréable qu'ils offraient du verger. Rodrigo attendit dans la chambre tandis que je traversais la salle de bains pour entrer dans la seconde garde-robe. Celle-ci était nue et manifestement inutilisée. De fait, la porte qui donnait sur la chambre était fermée à clé. Je fis demi-tour pour revenir sur mes pas quand j'aperçus par hasard mon reflet dans la glace.

C'est alors que je m'arrêtai net. Il y avait quelque chose qui clochait, qui n'était pas conforme aux plans que j'avais méticuleusement dessinés pour cette maison tant d'années auparavant. Je regardai dans la glace, l'éclairai avec ma lampe avant d'orienter le rayon sur la porte, puis de le ramener sur le miroir. Ce dressing était plus petit que l'autre, rectangulaire là où il aurait dû être carré, et plus étroit d'au moins une soixantaine de centimètres. Je m'approchai du mur auquel était accrochée la glace et le sondai de mes doigts repliés. Il sonnait creux, ce n'était qu'une cloison en plâtre censée imiter le mur d'origine.

« Qu'est-ce que c'est ? » chuchota Rodrigo depuis le seuil de la salle de bains. Il devait m'avoir suivi après m'avoir entendu taper sur la cloison.

« Je crois que nous avons trouvé.

— Où ?

— Là derrière. Mais je ne peux pas… » J'avais promené le rayon de la torche plusieurs fois du haut en bas de la cloison sans remarquer aucune strie, aucune fente susceptible de signaler la présence d'une trappe. C'est alors que, au moment où le miroir me renvoya le reflet de la lumière, je compris pourquoi. Des deux mains, je m'efforçai de le détacher de la surface sur laquelle il reposait. Il refusa obstinément de bouger. Il n'était donc pas accroché, mais solidement fixé à la cloison. Je passai les doigts avec précaution tout le long du bord et, quand ils atteignirent l'angle du bas à droite, je les sentis buter sur quelque chose. C'était une minuscule manette, qui, lorsque j'appuyai dessus, s'abaissa avec un petit déclic. Avant que le miroir et le panneau sur lequel il était fixé pivotent lentement sur eux-mêmes.

Nous avions enfin trouvé le coffre. Il était placé sur une étagère entre la cloison et le mur d'origine, plus petit finalement que ce à quoi je m'étais attendu, pas plus de soixante centimètres de côté, d'un noir luisant, mais aussi solide et hermétique qu'un coffre trois fois plus gros, arborant fièrement le nom du fabricant en lettres rouge et or. La poignée pour l'ouvrir était en position fermée, et les chiffres inscrits autour du cadran qui se trouvait au centre de la porte allaient de zéro à cent.

« Bravo, Staddon ! me dit Rodrigo.

— Vous allez pouvoir l'ouvrir ?

— Sans problème. Braquez votre lampe électrique sur le cadran, c'est tout ce que je vous demande. »

D'après Gleasure, la combinaison consistait en une suite de trois nombres à deux chiffres, qui étaient les deux derniers des années de naissance respectives de Victor, Mortimer et Hermione. À l'état civil de Hereford, Rodrigo avait pu établir que Victor était né en 1868, Mortimer en 1864 et Hermione en 1858. Ce qui donnait 68-64-58. Si ce coffre fonctionnait comme celui que nous avions au bureau, il allait falloir composer le premier nombre quatre fois dans le sens inverse des aiguilles d'une montre, le deuxième trois fois dans le bon sens, et le troisième deux fois, à nouveau dans le sens inverse. Après quoi, il suffirait de faire repartir le bouton dans l'autre sens pour débloquer le mécanisme d'ouverture et tourner la poignée.

Tandis que Rodrigo se penchait, je dirigeai le rayon de ma torche sur le cadran. Il resta un moment les doigts posés sur le bouton moleté, puis commença à le tourner, s'accompagnant d'instructions prononcées à mi-voix. « *Sessenta e oito... Em sentido antihorário... Um, dois, três quatro... Agora, sessenta e quatro em sentido horário... Um dois, três... Por fim, cinquenta e oito em sentido anti-horário... Um, dois... Agora, se Deus quiser...* » Délicatement, il actionna une dernière fois le bouton. On entendit un déclic. Puis il abaissa la poignée et entrouvrit la porte de quelques centimètres. Sur quoi, il se tourna vers moi avec un grand sourire. « C'est peut-être ce que j'aurais dû faire pour gagner ma croûte, qu'est-ce que vous en pensez, Staddon ?

— Qu'y a-t-il à l'intérieur ?

— Le testament, en tout cas je l'espère. Voyons un peu. »

Il se recula de manière à pouvoir ouvrir complètement la porte. À l'intérieur, trois rayons remplis de documents soigneusement empilés. Ainsi, à ma grande surprise, que plusieurs paquets de billets de banque flambant neufs rangés sur le rayon du haut. En y regardant de plus près, je constatai qu'il s'agissait de billets de cinq livres. Chaque paquet devait représenter plusieurs milliers de livres. L'idée la plus étrange et la plus irrationnelle qui soit me traversa l'esprit. Sans plus réfléchir, je pris le billet du dessus d'un des paquets et le glissai dans ma poche.

« Mais qu'est-ce que vous faites ? me demanda Rodrigo, stupéfait.

— Je vous expliquerai plus tard. Ne vous occupez que du testament », répondis-je en abaissant ma lampe sur les rayons du bas. Rodrigo haussa les épaules et tendit la main vers les liasses de documents.

Soudain, il y eut un bruit sur notre droite. Au moment où je faisais volte-face, je compris que c'était une clé que l'on tournait dans la serrure de la porte donnant sur la chambre. Au même instant, la salle de bains derrière nous s'éclairait. « *Porcaria !* » jura tout bas Rodrigo en éteignant brusquement sa torche. Mais il était trop tard pour de telles précautions. La porte s'ouvrait déjà, et la lumière inondait la pièce, m'aveuglant un moment. « Ne bougez pas ! » cria une voix. Je n'en croyais pas mes oreilles. C'était impossible. Nous n'étions pas seulement découverts, mais…

« Victor ! » s'exclama Rodrigo.

Sur le seuil se tenait Victor Caswell, en pyjama, robe de chambre et pantoufles. Comme il avait le dos à la lumière, il était difficile de déceler l'expression qu'arborait son visage. En revanche, nous n'avions guère à nous poser de questions sur le fusil de chasse qu'il pointait droit sur nous. « Ne bougez pas, ni l'un ni l'autre, dit-il d'une voix parfaitement maîtrisée. Cette arme est chargée, et j'en ferai usage s'il le faut. » C'est alors qu'Imogen Roebuck apparut derrière lui. Elle aussi était en robe de chambre, comme si on venait juste de la sortir de son lit. Mais tout cela n'avait pas de sens, il n'y avait aucune logique dans cette séquence d'événements. Pourquoi Victor n'était-il pas à Londres ? Et pourquoi, puisqu'il était ici, à Clouds Frome, ne l'avions-nous pas trouvé dans sa chambre ? « Miss Roebuck, dit-il par-dessus son épaule, descendez appeler le commissariat de Hereford. Dites-leur que nous venons de surprendre des cambrioleurs et que nous les retiendrons jusqu'à leur arrivée. » Elle s'esquiva sans un mot, et j'entendis la porte de la chambre se refermer derrière elle.

« Qu'avez-vous l'intention de faire de nous ? m'entendis-je demander d'une voix rauque qui n'était qu'une parodie de ma voix normale.

— Vous remettre aux autorités. Que voulez-vous que je fasse d'autre de deux voleurs ?

— Vous devez bien comprendre que ce n'est pas ce que nous sommes.

— Ne vous inquiétez pas de ce que je comprends.

— Si nous sommes ici, c'est pour votre testament. Nous sommes venus pour découvrir qui aurait hérité, dans l'éventualité de votre mort en septembre dernier. » Rodrigo était en partie caché à la vue de Victor par la porte du coffre, toujours grande ouverte. Du coin de l'œil, je vis qu'il avait glissé la main dans sa veste. Je devinai ses intentions au moment où celles de Victor m'apparaissaient enfin. S'il était ici, c'est parce qu'il savait que nous y serions aussi. C'était pour actionner le piège dans lequel nous étions tombés. « Qui doit hériter de vous, Victor ? C'est tout ce que nous voulons savoir.

— Vraiment ? Ma foi, je ne crois pas que la police se montrera plus convaincue que je ne le suis moi-même.

558

— C'est pourtant la vérité.

— Si c'est le cas, vous êtes encore plus stupides que je le croyais.

— Grâce à vous, Victor. C'est vous qui nous avez dupés.

— Je ne vois pas du tout ce que vous voulez dire.

— C'est Gleasure qui nous a poussés à cette entreprise. Mais cela vous le savez, n'est-ce pas ? Vous le savez parce que c'est à votre instigation qu'il l'a fait.

— Ah, ça suffit comme ça ! Fermez le coffre et avancez un peu, dit-il en reculant d'un pas.

— Vous voulez vous débarrasser de nous, c'est bien ça ? Nous voir en prison, où nous ne pourrons plus vous nuire ni l'un ni l'autre... ni travailler à la cause de Consuela.

— Je ne vous le répéterai pas. Éloignez-vous du coffre.

— Faites ce qu'il dit, Staddon, dit Rodrigo d'une voix résignée, tout en tendant la main gauche vers la porte du coffre pour la refermer. Nous n'avons pas... » Et soudain, il se précipita sur Victor, le couteau serré dans sa main droite et levé au-dessus de sa tête, avec un hurlement de rage et de haine. En même temps que son cri retentit un rugissement qui couvrit tout, une explosion depuis le seuil qui atteignit Rodrigo en plein élan et le projeta contre le mur derrière moi. La pièce tout entière tremblait sur ses bases. Du sang éclaboussa le miroir avant de goutter sur le sol. Et Rodrigo toussait, s'étranglait, s'étreignant la poitrine à pleines mains. J'entendis le couteau tomber à ses pieds, puis, avec la lenteur d'un arbre qu'on abat, il commença à pencher sur le côté, heurta le chambranle de la porte et finit par s'effondrer face contre terre.

Un grand silence suivit sa chute, brisé seulement par le sang qui gouttait à un rythme ralenti du miroir. Les soubresauts qui agitaient son corps cessèrent et la flaque de sang s'élargit autour de lui. C'est alors seulement que je m'armai de courage pour regarder Victor. Il était appuyé contre la porte de la chambre, le fusil cassé et dirigé vers le sol, les canons encore fumants.

« Vous avez… vous l'avez tué.

— Je n'avais pas le choix. C'était lui ou moi. »

Je tombai à genoux. Le visage de Rodrigo était à demi tourné vers moi, écrasé et déformé par sa chute, la moustache couverte de sang coagulé, un œil ouvert fixant le vide dans ma direction. « Vous aviez tout préparé, murmurai-je. Vous vouliez que les choses se passent ainsi.

— Personne en dehors de vous ne le croira.

— Il avait menacé de vous tuer si Consuela était condamnée. C'est pour ça, n'est-ce pas ? Parce que vous aviez peur qu'il mette sa menace à exécution.

— Oh, je crois qu'il n'aurait pas hésité, pas vous ? » J'entendis un son creux, comme un petit sifflement, au-dessus de moi. Quand je levai les yeux, j'en compris l'origine. Victor avait mis une cartouche dans un des canons de son fusil. Et maintenant, il chargeait le second. Ayant fermé la culasse, il se passa nerveusement la langue sur les lèvres et se tourna vers moi.

« Allez, debout ! »

Il avait l'intention de me tuer, moi aussi. L'expression de son visage suffit à m'en assurer.

« Debout, j'ai dit !

— Pourquoi ? Pour ne pas avoir à expliquer pourquoi vous avez tiré sur un homme à genoux ? Rappelez-vous, je ne suis pas armé.

— Ramassez le couteau.

— Non.

— Ramassez-le, bon Dieu !

— Ça ne marchera pas, Victor. Un homme abattu en état de légitime défense, c'est crédible. Mais deux, ça ne l'est plus. Pas avec une seule arme à nous deux. »

Je sentis le doute s'insinuer derrière le masque tremblant de son visage. Quelque part, il était, sinon convaincu par mes paroles, du moins suffisamment ébranlé pour hésiter à aller jusqu'au bout.

« Victor ! » La porte à l'autre bout de la chambre s'ouvrit, et Imogen Roebuck entra précipitamment. « Que s'est-il passé ? » En s'approchant, elle vit le corps de Rodrigo, me vit, moi, agenouillé à côté, et Victor, son fusil pointé sur moi. Un coup d'œil lui suffit pour tout enregistrer. Sur son visage, la surprise, mais pas l'horreur, le désarroi peut-être, mais aucun signe de panique. « J'ai entendu le coup de feu. J'ai cru…

— Il se précipitait sur moi avec un couteau, dit Victor par-dessus son épaule.

— Il est mort ?

— Oui, dis-je. Victor ne l'a pas raté. »

Un instant, ses yeux s'écarquillèrent, ses doigts se crispèrent sur le fusil. Puis miss Roebuck se posta à ses côtés, me regardant droit dans les yeux tout en parlant. « La police ne va pas tarder. Pourquoi ne pas attendre son arrivée en bas ? »

L'envie de finir ce qu'il avait entamé tiraillait toujours Victor, mais il savait qu'il était désormais trop tard. « Très bien, dit-il à contrecœur. Allons-y.

— Le fusil est toujours chargé ?

— Il l'a rechargé après avoir abattu Rodrigo, l'informai-je.

— Victor ? » Elle posa la main sur la sienne, là où celle-ci agrippait le fût, l'index pratiquement sur la détente. « Ne croyez-vous pas… » Son regard se fixa sur le sien. Je le vis rougir de honte à l'idée de ce que son attitude me laissait deviner de lui : un désir d'obéir à cette femme qui s'apparentait à de la servilité, un empressement à lui laisser prendre les choses en main. Il baissa la tête, débloqua le cran de sûreté et ouvrit la culasse. Puis il sortit les cartouches, les glissa dans sa poche et jeta l'arme sur le lit.

Je me relevai. Miss Roebuck me regardait, le sourcil froncé, comme si je lui posais un problème complexe qu'elle était néanmoins convaincue de pouvoir résoudre.

« Je crois que vous devriez savoir… commençai-je, avant qu'elle m'interrompe en levant la main.

— Allons parler ailleurs. Nous réfléchirons plus à l'aise. » Elle jeta un coup d'œil à Victor. « Pourquoi ne pas aller vous habiller, Victor, avant l'arrivée de la police ? »

Il poussa un profond soupir et nous regarda tour à tour. « Très bien », murmura-t-il. Puis il quitta rapidement la pièce. Miss Roebuck me fit signe de la suivre. Pressé de ne plus avoir sous les yeux le corps de Rodrigo baignant dans son sang, je m'exécutai.

Quand j'arrivai dans le couloir, Victor avait disparu. J'entendis miss Roebuck fermer la porte à clé derrière elle, puis je me retournai pour lui faire face. « Il avait bel et bien l'intention de me tuer moi aussi, vous savez.

— Non, je ne crois pas.

— Vous n'étiez pas là. Je veillerai à ce que la police…

— Écoutez-moi ! La police sera là dans un instant. Nous n'avons pas beaucoup de temps, et il est donc important de ne pas gaspiller le peu dont nous disposons. Qu'avez-vous l'intention de leur dire ?

— Mais… La vérité, évidemment.

— Et cette vérité, quelle est-elle ?

— Que Victor nous a attirés dans un piège ce soir, Rodrigo et moi. Qu'il savait que nous allions venir. Et qu'il a entrepris de nous tuer tous les deux sous couvert de légitime défense.

— Non, dit-elle en secouant la tête. Ça ne marchera pas.

— Que voulez-vous dire ?

— On ne vous croira pas. Pas une seconde. On ne croira pas une seule de vos affirmations.

— Vous vous trompez. Je peux prouver que nous avons été attirés dans un piège.

— Et de quelle façon ?

— C'est le valet de chambre de Victor qui a lui-même fourni les informations à Rodrigo.

— Gleasure niera tout en bloc.

— Mais alors, pourquoi Victor a-t-il quitté Londres avant la fin du procès ?

— Parce que ses services n'étaient plus requis.

— Et pourquoi ne dormait-il pas dans sa chambre ?

— Elle n'avait pas été correctement aérée. Il est rentré à l'improviste. » Je n'eus aucun besoin de souligner la faiblesse de l'explication. Nous nous dévisageâmes en silence un moment, puis elle dit : « Il est important que nous nous comprenions bien. Rodrigo a menacé de tuer Victor. Je pense que vous admettrez que ce n'était pas une menace en l'air.

— Vous reconnaissez donc qu'il s'agissait bien d'un piège ?

— Le but était simplement de le faire arrêter et expulser du pays.

— Et moi ?

— C'est lui qui avait choisi de vous impliquer dans cette affaire, pas nous. Mais je ne nierai pas que nous en avions envisagé la possibilité. Comment, sans votre aide, aurait-il espéré pouvoir pénétrer dans la maison et trouver le coffre ? Mais nous ne pouvions lui donner les moyens d'aller plus loin. Il se serait montré soupçonneux si Gleasure en avait lâché davantage.

— Comment saviez-vous que nous viendrions ce soir ?

— Quand Hermione s'est présentée hier après-midi, j'ai compris ce que vous projetiez. J'ai immédiatement alerté Victor.

— Alors, pourquoi le chien de garde, les tessons de bouteille, les cadenas ?

— Parce que, dans un premier temps, Victor a pensé que c'était tout ce dont il avait besoin en matière de protection. Mais Rodrigo n'arrêtait pas de le harceler. Il l'attendait sur la route. Le suivait partout dans Hereford. Essayait de soudoyer les domestiques. Le

564

procès approchant, Victor était de plus en plus désespéré. Contrairement à ce que vous croyez, il ne s'est livré à aucune machination pour obtenir un verdict de culpabilité. Il n'empêche que c'est l'issue qui semblait – comme elle le semble encore aujourd'hui – la plus probable. Et Rodrigo ne nous avait laissé aucun doute quant à ce dont il était capable dans l'éventualité où sa sœur serait condamnée. Que fallait-il faire ? Attendre qu'il se venge au nom d'un code d'honneur primitif qui lui dictait la vengeance ? Ou lui tendre un piège finalement assez anodin ?

— Anodin, dites-vous ?

— Rodrigo ne doit sa mort qu'à lui-même. Je vous jure que nous ne voulions rien d'autre que son expulsion vers le Brésil. Ce qui est arrivé change tout. C'est la raison pour laquelle je vous en ai dit autant. Pour que vous compreniez bien la situation… et acceptiez de suivre mon conseil.

— Qui est… ?

— Que vous quittiez les lieux. Tout de suite. Avant l'arrivée de la police. Vous en avez encore le temps. Et Victor ne s'y opposera pas. Il dira que, ayant surpris un individu qui l'a attaqué avec un couteau, il lui a tiré dessus pour se défendre. De mon côté, je dirai que j'ai assisté à la scène et que Victor n'avait pas d'autre choix que de tirer. Nous affirmerons ne pas avoir reconnu Rodrigo avant qu'il soit étendu mort sur le sol. Quant aux motifs qu'il avait de s'introduire dans la maison par effraction, personne ne sera capable d'offrir la moindre explication. Il y aura une enquête, bien entendu, et Victor devra répondre à quelques questions embarrassantes, mais…

— Pas autant que si je reste et que si je dis tout ce que je sais. C'est ce que vous voulez dire ?

— C'est dans votre intérêt autant que dans le nôtre. Si vous restez, vous aurez à répondre d'accusations au pénal. À commencer par celle d'effraction. Mais vous risquez bien pire : afin de corroborer votre version des événements, vous devrez révéler les rôles joués par Hermione et Jacinta dans cette affaire… et la raison pour laquelle vous tenez tant à aider Consuela. Si ce que j'ai entendu dire à propos du procès est vrai, l'acquittement est désormais inenvisageable, et elle ne peut plus espérer que dans la clémence des juges. Mais de quelle clémence pourra-t-elle bénéficier si les activités criminelles de son ancien amant sont étalées sur la place publique ? Ou si, par suite, de sérieux doutes se font jour quant à la paternité de sa fille ? »

Autant pour différer une réaction de ma part que pour en provoquer une de la sienne, je dis alors : « Victor a-t-il vraiment fait un nouveau testament après la naissance de Jacinta ?

— Si vous avez l'intention de m'en demander les termes, laissez-moi vous dire tout net que je ne les connais pas. Ils ne sont d'ailleurs connus de personne, en dehors de Victor et de son notaire. Ce qui veut dire que la théorie extravagante de Rodrigo destinée à innocenter Consuela tombe avant même de pouvoir être examinée.

— Mais est-ce…

— Le temps presse ! Vous devez partir maintenant… ou rester. Si vous partez tout de suite, la police ne saura jamais quelle part vous avez prise dans cette affaire. Et je vous promets que Jacinta ne sera pas importunée. Nous lui laisserons croire que nous ne sommes pas au courant de l'aide qu'elle vous a apportée. Mais, si vous restez... »

Pourquoi m'apparaissait-il clairement que je n'avais pas le choix ? Pourquoi la fuite – comme si souvent par le passé – semblait-elle être la seule option possible ? Je déglutis péniblement et saisis dans le regard d'Imogen Roebuck une indubitable lueur de triomphe.

« La porte de la cour est ouverte. Ainsi que la grille principale. J'ai envoyé Harris les ouvrir dans l'attente de la police et lui ai dit de revenir aussitôt. Vous pouvez donc sortir sans que personne le sache. En coupant par le verger, vous serez sur la grand-route en moins de cinq minutes. En tout état de cause, il vaut mieux éviter l'allée, ce n'est pas votre avis ? » Je la dévisageai, mais elle ne cilla pas. Son regard ironique ne laissait aucun doute sur ses sentiments. Si je partais, j'étais un lâche. Si je restais, j'étais un idiot. Mais un lâche peut toujours espérer découvrir le courage avant la prochaine bataille, tandis qu'un idiot reste idiot à jamais.

« Il faut que vous partiez tout de suite. C'est votre dernière chance », dit-elle avec un semblant de sourire. Je perçus à son ton qu'elle n'avait pas le moindre doute quant au parti que j'allais prendre. Elle savait, et moi aussi.

17

« Et vous avez donc quitté les lieux… laissant Jacinta dans l'ignorance de ce qui s'était passé ? »

Dans le salon de Fern Lodge, Hermione Caswell me regardait d'un air ébahi, la stupéfaction cédant rapidement le pas à l'indignation. Dans sa chemise de nuit et sa robe de chambre, elle avait l'air vieille et fatiguée, sortie de son lit trop brusquement pour avoir pris le temps de se brosser les cheveux ou de se poudrer le nez. Il ne faisait pas encore vraiment jour. Le récit que je venais de lui faire des conditions de la mort de Rodrigo – et de ce qui s'était ensuivi – me semblait aussi abject à moi qu'à Hermione. Je ne pouvais guère plaider qu'une seule circonstance atténuante : j'avais résisté à la tentation de reprendre aussitôt la route pour rentrer à Londres. Je m'étais présenté à Fern Lodge, dès que j'avais jugé l'heure à peu près convenable et j'avais insisté pour la voir. Il fallait qu'elle sache et qu'elle comprenne ce qui s'était passé, parce qu'elle était la seule à pouvoir le faire comprendre aussi à Jacinta.

« Je ne sais que dire, Mr Staddon. Je ne sais vraiment pas.

— Je n'avais pas d'autre choix, vous en conviendrez.

— Ce dont je conviens aisément, c'est que vous ayez été capable de vous persuader que vous n'aviez pas le choix.

— Mais alors, qu'aurais-je dû faire ? Rester pour être arrêté ? Vous impliquer vous et Jacinta dans un complot contre son père ? Saboter la défense de Consuela en affichant mon amour pour elle en plein tribunal ? »

Hermione se retint de répondre et se détourna. Puis, en soupirant, elle alla ouvrir les rideaux pour laisser entrer la lumière aqueuse de l'aube et regarda pensivement par la fenêtre les toits et les cheminées de Hereford qui émergeaient de la brume en dessous de nous. « Je suis désolée, finit-elle par dire. Victor – à moins que ce soit cette satanée Roebuck – a été plus malin que nous tous. Je ne devrais pas vous reprocher à vous la stupidité qui est la mienne.

— Nous aurions dû prendre le temps de réfléchir, Hermione. Ni vous ni moi n'aurions aidé Rodrigo si la situation de Consuela n'avait été aussi critique. Au moins, de cette manière, reste-t-il encore quelque espoir.

— Pas pour Rodrigo.

— Non, c'est vrai. Mais pour Consuela. La sauver était tout ce qui comptait pour lui. Il aurait donné sa vie pour y parvenir.

— Oui. Mais à présent il est mort – sans être parvenu à rien. Bon, que voulez-vous que je dise à Jacinta ?

— Que je vais continuer à tenter d'aider sa mère par tous les moyens.

« — Et vous êtes certain que Victor ne va pas lui faire payer sa complicité dans notre entreprise ?

— Comment le pourrait-il, sans qu'elle le soupçonne d'avoir assassiné son oncle ? Non, non, Victor va devoir désormais se montrer d'une extrême prudence. Et miss Roebuck y veillera, j'en suis sûr. C'est pour la même raison que vous êtes à l'abri de tout reproche de la part de votre frère.

— Vous pensez vraiment que miss Roebuck l'a à ce point sous sa coupe ?

— Oui, j'en suis certain.

— Qu'espère-t-elle obtenir ?

— Je l'ignore. Elle est habile, ambitieuse et totalement dénuée de scrupules. Peut-être espère-t-elle épouser Victor. Ce qui lui assurerait une fortune bien au-delà de ce à quoi une gouvernante est en droit d'aspirer.

— Mais il faudrait pour cela que Victor fût libre de l'épouser.

— Oui, bien sûr.

— Elle aurait donc tout intérêt à ce que Consuela soit pendue.

— C'est bien possible. La question est de…

— … savoir si elle en a conçu le projet avant ou après l'empoisonnement.

— Précisément.

— Autrement dit, si c'est elle qui a créé cette situation de toutes pièces ou si elle se contente de la mettre à profit.

— Logiquement, ce devrait être la seconde hypothèse.

— Mais vous seriez malgré tout en faveur de la première ? » Hermione se retourna pour me regarder.

570

Son expression disait assez qu'elle savait où allait ma préférence en la matière… et qu'elle était d'accord avec moi.

« Pour autant, nous n'avons pas le début d'une preuve.

— Alors que faire ?

— Rien.

— *Rien ?*

— Sinon espérer et prier pour que les jurés déclarent Consuela non coupable. »

Mercredi 23 janvier 1924 (13 h 30)

Ainsi donc s'est ouvert à l'Old Bailey le neuvième et dernier jour du procès pour meurtre de Consuela Caswell. J'écris ces lignes pendant la suspension de séance de midi, après une matinée entièrement consa- crée aux conclusions du juge Stillingfleet. Son résumé a été confus, sans structure ni direction apparentes, marqué par une dégradation sensible du niveau des débats sans pourtant laisser d'être inquiétant. Mais le discours ne saurait durer encore très longtemps. À son terme, les jurés seront priés d'aller délibérer, si bien que, selon toute probabilité, nous ne sommes plus qu'à quelques heures du verdict.

Dans la mesure où l'issue du procès est désormais si proche, son début semble incroyablement lointain, dépassé et noyé par les milliers de mots prononcés depuis. Ce qui n'empêche pas la dame aux chapeaux d'être de retour coiffée de la toque rose du premier jour. Dois-je voir là une célébration délibérée de la nature cyclique des rituels de la justice ou, plus sim- plement, une admission inconsciente des limites de son budget couvre-chefs. Quoi qu'il en soit, elle est décidée à assister à la mise à mort.

Dieu qu'il y a des paroles que l'on regrette à peine prononcées ! Il se peut que nous assistions tous à une mise à mort – que nous soyons en tout cas témoins de la décision qui l'entraînera – avant la fin de cette journée. C'est peut-être ce qui explique aujourd'hui l'absence de Victor Caswell. Peut-être aussi ce qui explique celle de Geoff : je n'ai toujours pas la moindre idée de ce que fait mon ami, ni de l'endroit où il se trouve. Il disait dans son mot qu'il espérait être de retour aujourd'hui, et pourrait donc tout aussi bien m'attendre ce soir à mon club. Si c'est le cas, quelle nouvelle aurai-je à lui apporter ?

Pour en revenir au juge Stillingfleet, force m'est de constater que son résumé n'a pas constitué un des moments les plus glorieux des annales de la jurisprudence anglaise. Il a réussi ce que j'aurais cru impossible, à savoir rendre les complexités et les énigmes présentées par cette affaire parfaitement ennuyeuses. Je ne saurais l'accuser de partialité. Il a exposé chaque point honnêtement et sans ambiguïté. Malheureusement, c'était sans la verve ni l'efficacité de Mr Talbot, a fortiori celles de Curtis-Bennett, dont la plaidoirie de clôture semble à présent – comme je le craignais – remonter bien au-delà d'hier matin.

La substance des remarques du juge – pour autant que l'on puisse parler de substance – a été que, si c'est effectivement à l'accusation d'apporter les preuves de la culpabilité de l'accusé, les arguments avancés par la défense n'ont pas été convaincants. Y souscrire reviendrait à estimer que l'accusée a été victime d'une

572

conspiration, une opinion que monsieur le juge n'est manifestement pas prêt à partager. Ce qui, j'imagine, est son droit le plus strict. Mais ce qui, en revanche, ne l'est certainement pas, c'est de s'étendre, comme il l'a fait, beaucoup plus longuement sur les faiblesses de la défense que sur celles de l'accusation. Il n'a fait en cela que bafouer le noble principe qu'il avait prôné en commençant.

Il m'apparaît aussi à l'évidence qu'il n'apprécie pas Consuela. Quand je dis « n'apprécie pas », il s'agit d'un euphémisme. Elle lui inspire une réelle aversion, qu'il parvient à réprimer le plus souvent, mais pas de bout en bout. Quand il perd quelque peu son sang-froid, de sinistres rapprochements se font jour entre ses mots. Pour prendre un exemple, après avoir décrit le meurtre de Rosemary Caswell comme l'acte d'une « personne cruelle et sans cœur », il a souligné un peu plus tard que le témoignage de Consuela avait révélé chez elle « un côté dur et insensible ». Ce qui a risqué d'ancrer dans l'esprit des jurés un syllogisme dangereux et trompeur, du genre : l'auteur du meurtre est un individu cruel et sans cœur ; or, l'accusée est dure et sans cœur ; donc l'accusée est la meurtrière.

Avant le début de ce procès, j'étais prêt à déclarer que les juges des tribunaux de grande instance étaient des êtres rationnels, éclairés et intelligents, à l'abri des préjugés et de l'illogisme qui sont le lot du commun des mortels. Je suis d'avis aujourd'hui qu'ils ne valent pas mieux que le reste d'entre nous. Leur formation les arme pour masquer leurs préjugés, mais ne réussit pas à les effacer. Mieux, la fonction qu'ils exercent leur fournit toute latitude pour leur donner libre cours. Ma foi, il était peut-être naïf de ma part de les croire capables de résister à la tentation. Pour être juste, le juge Stillingfleet a, je crois, fait des efforts dans ce sens. Des efforts toutefois insuffisants.

Il m'est impossible de dire si Consuela, à un moment ou à un autre, a été blessée par ses paroles ou y a perçu une réelle animosité à son égard. Elle a paru ce matin plus réservée que jamais, se dissociant presque ostensiblement des événements alors que le dénouement est tout proche. Elle porte aujourd'hui le tailleur noir dans lequel elle a témoigné lundi, mais le chapeau appareillé lui tombe davantage sur les yeux. Elle ne regarde plus droit devant elle de façon aussi systématique, mais passe de longs moments à contempler ses mains croisées sur ses genoux. À quoi pense-t-elle ? Je ne saurais le dire. Il n'est même pas certain qu'elle prête attention à ce qui se dit. Elle doit pourtant savoir − comme nous le savons tous − que c'est cet après-midi même, ici, sous l'orgueilleuse coupole de Mountford, que seront scellés son destin et son avenir. Rien jusqu'ici n'a semblé pénétrer − ni même entamer − le mur d'indifférence qu'elle a érigé autour d'elle. Et pourtant, avant la fin du jour, ce sera chose faite.

Jusqu'à ce que j'atteigne Ross-on-Wye, la tâche que je m'étais assignée m'avait paru fort simple. Me présenter à la fabrique Peto en me faisant passer pour un numismate amateur cherchant à savoir si un certain billet de cinq livres avait été imprimé sur un papier sortant de chez eux promettait d'être un jeu d'enfants. Quand j'arrivai, cependant, je pris conscience des difficultés qui m'attendaient. N'allais-je pas éveiller des soupçons ? Allais-je tomber sur Peto lui-même et être reconnu ? Et si quelqu'un se mettait à crier « C'est l'homme qui est recherché à propos du drame de Clouds Frome » ?

Vaincu par l'appréhension, je me réfugiai dans une auberge de la ville où je pris un déjeuner sans joie, mon premier repas depuis que j'avais dîné au Green Man avec Rodrigo. Je me demandais quelle suite allait être donnée à sa mort. On interrogerait Victor ? On ouvrirait une enquête ? On ordonnerait une autopsie ? Tout cela, et d'autres choses encore, se produirait inévitablement dans les jours à venir. Mais quand la police commencerait-elle à soupçonner qu'on lui cachait la vérité ? Sans doute jamais, si l'on pouvait s'en remettre à l'ingéniosité de miss Roebuck. Comme il était étrange et troublant de me prendre à espérer les voir arriver à leurs fins, elle et Victor, du moins dans cette entreprise-là, sinon dans d'autres.

Je me trouvais au bar, accablé sous le poids de mes pensées, quand je compris soudain que c'était la providence qui avait guidé mes pas jusqu'à cette auberge. Un petit homme rondelet en costume de tweed, âgé d'une cinquantaine d'années, était entré depuis un moment, s'était hissé sur un tabouret et à la question de la barmaid avait répondu, « comme d'habitude ». À présent, il échangeait avec elle des plaisanteries éculées. En les écoutant parler, d'une oreille d'abord distraite puis de plus en plus attentive, je découvris bientôt que l'homme travaillait à la fabrique Peto où il occupait un poste important, encore que moins haut placé, vraisemblablement, que ce qu'il voulait bien laisser entendre. La barmaid l'appelait Mr Howell, riait d'un rire las de ses blagues et donnait l'impression qu'elle serait infiniment reconnaissante à celui ou celle qui viendrait la délivrer d'une telle présence. Je décidai de lui rendre ce service.

Howell était un homme affable, un peu imbu de lui-même, aussi heureux de l'intérêt que je portais à son travail que peu curieux d'en connaître la raison. Était-il vrai que la fabrique avait été à une époque le fournisseur attitré de la Banque d'Angleterre ? Absolument. Était-il également vrai que, en 1911, un vol commis dans les locaux avait mis un terme à cette association ? À son infini regret, oui ; si seulement il avait été chargé, lui, de la sécurité dans l'établissement, rien de tel, cela va sans dire, ne se serait produit. Se pouvait-il que des billets de banque imprimés sur du papier de chez Peto fussent encore en circulation ? Ce n'était pas impossible, même si, pour sa part, il n'en avait pas vu depuis longtemps. Cela signifiait-il qu'il serait capable de les distinguer des autres ? Très certainement, et fier de l'être ; un œil aussi expert que le sien ne pouvait se tromper sur le filigrane du papier Peto. Et pour quelle raison ? Mais sa loquacité avait atteint là ses limites. Il s'agissait d'un secret de fabrication. Qui lui interdisait d'en dire plus.

« Peu importe, peu importe. Laissez-moi seulement me livrer à une petite expérience… pour le plaisir, dis-je avant de sortir de mon portefeuille un billet de dix shillings et de le lui tendre. Est-ce là un de vos billets ? »

Il le leva à la lumière, plissa ses yeux d'expert, secoua la tête. « Assurément non.

— Vous en êtes bien sûr ?

— À cent pour cent.

— Et celui-ci ? » dis-je, en remplaçant le billet de dix shillings par un autre d'une livre.

L'examen se répéta, avec le même résultat.

« Bien, je finirai par celui-là. » Et je plaçai sous son nez le billet de cinq livres que j'avais prélevé dans le coffre de Victor. « Bah, je n'ai même pas besoin de l'examiner. Il est trop neuf pour être de notre fabrication.

— Il a pu être thésaurisé, avec d'autres.

— Dans un bas de laine, vous voulez dire ?

— Quelque chose de ce genre, oui.

— Très bien, en ce cas, je vais y jeter un coup d'œil. Mais il y a peu... Ça par exemple !

— Qu'est-ce qu'il y a ?

— C'est incroyable. Ce billet de cinq... » Il l'examina encore, les yeux de plus en plus plissés, avec une stupéfaction évidente. « C'est bel et bien le filigrane Peto qui est là-dessus. Je le reconnaîtrais n'importe où. »

Mercredi 23 janvier 1924 (15 heures)
Il n'a pas fallu plus d'une demi-heure après le déjeuner au juge Stillingfleet pour rassembler les fils de son résumé avant d'envoyer les jurés délibérer. Et maintenant, nous attendons dans le grand hall de marbre et de stuc, solitaires, ou par groupes de deux, quatre ou six, certains assis, d'autres debout, certains bavardant, d'autres silencieux. Journalistes, policiers, hommes de loi et simples badauds comme moi, un peu gênés d'être tous logés à la même enseigne,

nous efforçant de ne pas nous regarder ni de nous demander quelle idée les autres se font de l'issue fatidique.

Pendant la pause du déjeuner, le juge a dû se reprocher sa dureté à l'égard de la défense. Ou alors, ce sont la nourriture et le vin qui ont adouci son humeur. Toujours est-il que ses ultimes remarques ont abondé en mises en garde à l'adresse des jurés : ils ne devaient déclarer l'accusée coupable qu'à la condition d'être absolument certains de sa culpabilité et de se fonder sur les seuls faits, et non sur des impressions ou des soupçons qui auraient pu leur venir au cours du procès. Ils ne devaient pas oublier que les charges pesant contre Mrs Caswell étaient fondées sur des preuves pour la plupart indirectes. Mais ne pas oublier non plus que les preuves indirectes ne sauraient être négligées et qu'elles sont souvent concluantes. C'est donc maintenant à eux de se faire une opinion et de faire entendre leur décision.

Combien de temps cela va-t-il leur prendre ? Quelques journalistes parient entre eux sur l'heure de leur retour. Grâce à la prouesse acoustique de Mountford, je saisis des bribes de leurs échanges, « six pence la mise », « quatre heures et demie pile », « t'es pas sérieux », qui montent vers la coupole dans le brouhaha ambiant. Mais l'allégorie de la Justice ne semble pas entendre. De là-haut, elle nous regarde avec un mépris souverain, la balance dans sa main gauche et, dans la droite, la poignée d'une épée à double tranchant fermement tenue. Peut-être sait-elle déjà ce que j'en arrive peu à peu à croire. « Justice » est simplement le nom que nous avons choisi de donner à l'étrange occupation à laquelle nous nous livrons dans ces lieux dessinés par Mountford. Ses règles et ses conventions sont fidèlement respectées. Mais elles ne garantissent ni vérité ni certitude aux résultats. La seule vérité qui a cours ici est celle dont décident les tribunaux. Et la seule certitude que nous ayons, c'est que leurs décisions sont souvent à des lieues de la vérité.

Je quittai Ross par la route de Ledbury. Je ne saurais dire avec précision quelles étaient mes intentions. J'étais obsédé par l'idée que je m'étais trompé, que nous nous étions tous trompés, sur le genre d'homme qu'était Victor Caswell. J'aurais voulu pouvoir me venger, le dénoncer devant ceux qui le respectaient.

Ce n'est qu'en atteignant le carrefour où je devais tourner si je voulais aller à Hereford que j'hésitai. Je m'arrêtai sous le panneau indicateur et le contemplai un instant. FOWNHOPE 8 km MORDIFORD 13 km HEREFORD 18 km. Avais-je vraiment envie de revenir sur mes pas ? La possession d'un billet de cinq livres à l'état neuf imprimé sur du papier Peto ne prouvait absolument rien en soi. Même si j'arrivais à démontrer que c'était un faux, personne ne croirait que je l'avais trouvé dans le coffre-fort de Victor. Sans compter que, à l'heure qu'il était, la police savait peut-être déjà que Rodrigo n'était pas seul quand il était arrivé au Green Man à Fownhope. L'aubergiste ne connaissait pas mon nom, mais il était sans doute en mesure de fournir une description assez précise, autant de moi que de ma voiture.

Il tombait un fin crachin, et le jour déclinait déjà. Je coupai le moteur et allumai une cigarette, tout en regardant les gouttes s'assembler en petites rigoles sur mon pare-brise. Hereford était à dix-huit kilomètres sur la gauche, Gloucester – et une route sans encombre jusqu'à Londres – à vingt-trois sur la droite. Il n'y avait guère de doute sur la direction que j'allais prendre. Mais je pouvais faire semblant d'hésiter encore un moment.

J'avais presque fini ma cigarette quand une silhouette apparut un peu plus loin devant moi. Le pas pesant, vêtu de haillons, l'homme, venant de Hereford, approchait du carrefour. C'était Ivor Doak. Tête nue, courbé en avant pour se protéger de la pluie, il ne regardait ni à droite ni à gauche. Si bien que – c'est du moins ce qu'il me sembla –, il ne remarqua pas ma présence, et j'étais moi-même trop abasourdi pour songer à klaxonner ou à appeler, car il portait, passé sur les épaules comme une cape, un plaid de voyage que je reconnus aussitôt. C'était la couverture que Rodrigo et moi avions prise pour pénétrer dans Clouds Frome et que nous avions abandonnée sur place après l'attaque du chien. Je l'avais complètement oubliée et ne m'en serais sans doute pas souvenu avant longtemps. Doak m'avait bien dit qu'il allait et venait comme bon lui semblait à Clouds Frome, mais je ne l'avais pas cru. Jusqu'à cet instant.

Au carrefour, Doak prit sur la gauche et s'éloigna en direction de Ledbury. Peut-être pensait-il que, avec la couverture récupérée à Clouds Frome sur le dos, il avait tout intérêt à éviter l'endroit pour quelques nuits. Que savait-il au juste ? Qu'avait-il vu ou entendu ?

Quelle qu'ait été la réponse, du moins pouvais-je tirer quelque réconfort du fait qu'il garderait le silence. Ivor Doak, commençai-je à penser, avait autant de secrets que n'importe lequel d'entre nous... mais était plus enclin que la plupart à les protéger.

J'attendis qu'il soit hors de vue, puis mis le moteur en route et m'engageai sur la route de Gloucester. Au moment où je prenais de la vitesse, je baissai ma vitre de quelques centimètres, sortis le billet de cinq livres de ma poche et l'approchai de l'ouverture, pour finalement laisser le vent me l'arracher des doigts. Je jugeai soudain plus prudent de ne rien conserver qui pût me lier – même de très loin – aux Caswell. Je n'avais plus qu'une envie : me retrouver à Londres, où mes mensonges et mes dénégations paraîtraient convaincants, même à mes yeux.

Mercredi 23 janvier 1924 (17 heures)
C'est à seize heures vingt qu'un brouhaha général dans la salle signifia le retour des jurés. Je me hâtai d'aller rejoindre ma place, surpris qu'ils soient parvenus à une décision en moins de deux heures et leur en voulant un peu d'une telle rapidité. Curtis-Bennett semblait toujours aussi décidé, haussant ses lourdes épaules et levant les sourcils à l'adresse de son adversaire. Consuela était déjà dans le box des accusés, assise et, par la suite, en grande partie cachée. Quand sir Henry traversa le prétoire pour aller lui parler, cependant, elle se leva et se pencha par-dessus la balustrade. Je crus discerner un léger tremblement de ses mains, sans doute parce que c'était ce à quoi je m'attendais. Elle réagit en tout cas avec beaucoup de

calme aux paroles que lui chuchotait sir Henry. Pour tout dire, c'était lui le plus agité des deux.

Quant aux jurés, leur air détendu – ils souriaient et échangeaient des remarques la main devant la bouche – avait quelque chose de presque indécent. On aurait pu les prendre pour les membres d'un conseil municipal de petite ville sur le point de discuter des progrès de la collecte de fonds pour le nouveau monument aux morts. J'avais peine à croire qu'ils étaient sur le point de se prononcer sur la vie ou la mort d'un de leurs semblables.

Le juge Stillingfleet entra et, quand nous fûmes tous rassis, se produisit un événement imprévu. L'huissier lui tendit une feuille de papier ministre entièrement couverte de signes. Qu'il lut en prenant tout son temps, au milieu d'un silence absolu. Puis il déclara : « Les jurés m'ont fait parvenir un avis. Vous voudrez sans doute en prendre connaissance avant que je le commente. » Le « vous » s'adressait manifestement aux deux parties en présence, puisque l'huissier porta le papier tour à tour à Talbot et à sir Henry. Le silence s'installa à nouveau pendant que ces derniers le parcouraient, se faisant plus tangible au fil des minutes. Je ne regardai pas Consuela. Je ne l'aurais pas supporté. J'avais l'impression que la seule marque de sympathie que je puisse lui témoigner dans un moment aussi atroce était de regarder ailleurs.

Puis, le juge Stillingfleet mit enfin un terme à notre souffrance à tous. La note émanant des jurés, expliqua-t-il, était une demande de clarification d'un point de droit. Ils voulaient savoir si, dans le cas où une tentative de meurtre sur une personne entraînait

582

accidentellement la mort d'une autre, il était légitime de considérer l'auteur de la tentative comme coupable d'homicide involontaire plutôt que de meurtre. La question avait une incidence sur leur verdict qui m'apparut immédiatement. Mais laissait-elle présager de quel côté ils penchaient ? J'étais trop occupé à écouter la réponse du juge pour tenter de le déterminer.

Le juge leur répondit, avec une patience dont, au vu du ton adopté lors de son résumé, je ne l'aurais pas cru capable, que l'homicide involontaire ne pouvait être retenu que si la « mort accidentelle » d'une tierce personne n'avait pu être ni prévue ni évitée, autrement dit si le coupable n'en avait pas eu connaissance et n'avait pas été en mesure de l'empêcher. Il ne pensait pas qu'une argumentation de ce type puisse être invoquée dans la présente affaire. Sur ces mots, il les renvoya à leurs délibérations.

Et nous renvoya, nous, à notre pénible attente dans le hall de marbre, où nous avons tout loisir – à dire vrai, beaucoup trop – de nous interroger sur la signification de la question des jurés. Faut-il comprendre qu'ils penchaient pour un verdict de culpabilité, mais qu'ils ont été effrayés par ses conséquences ? Les plus impressionnables parmi eux essayaient-ils de trouver un compromis ? Si c'est le cas, la réponse du juge ne leur aura pas été d'un grand secours, car l'homicide involontaire, semble-t-il, ne peut être retenu ; les jurés doivent maintenant affronter la question sans biaiser. Tout comme la prisonnière qui attend leur décision dans une cellule sous nos pieds. Ce qu'elle peut bien penser en ce moment, je n'ose l'imaginer.

Le retour à Londres fut long et fatigant. La nuit tomba vite, et la pluie redoubla. À High Wycombe, alors qu'il ne me restait plus qu'une petite cinquantaine de kilomètres, je m'arrêtai le temps de me restaurer. L'auberge de la Cloche était calme mais accueillante et, une fois assis devant un bon feu, je sentis combien les événements des dernières vingt-quatre heures m'avaient épuisé. Pour tout dire, j'eus presque envie de demander s'ils avaient une chambre pour la nuit.

Puis, brutalement, mon attention fut retenue par le nom de CASWELL étalé en grosses lettres à la une d'un journal. Un homme, qui était entré après moi et était allé s'asseoir au bar, parcourait un journal du soir londonien et sur la première page, en partie caché par ses doigts, je pus lire ce titre : PROCÈS CASWELL : LE JURY DÉLIBÈRE. Je savais que l'issue du procès de Consuela ne pouvait plus être très loin, mais, bêtement, je n'avais pas pensé qu'elle pût être aussi proche.

Sous le choc, ma fatigue disparut. Si les jurés s'étaient déjà retirés pour délibérer au moment où le journal s'imprimait, il était fort possible qu'ils soient revenus à l'heure qu'il était et qu'ils aient rendu leur verdict. Consuela allait-elle être fixée sur son sort alors que je me faisais rôtir les doigts de pied dans une auberge du Buckinghamshire ? Abandonnant derrière moi un verre encore à moitié plein et la plus grosse partie d'un sandwich, je me hâtai de gagner la porte, en jetant un coup d'œil à la pendule au-dessus du bar. Il était tout juste sept heures et quart.

584

Mercredi 23 janvier 1924 (19 h 15)

Deux heures et demie se sont écoulées depuis que le jury s'est retiré pour la seconde fois. Si l'on exclut leur brève réapparition dans le prétoire, cela fait maintenant plus de quatre heures qu'ils délibèrent. Les journalistes sont fébriles, inquiets de ne pas être dans les temps pour la dernière édition ; les policiers sont las de tant d'allées et venues alors qu'ils pourraient se reposer tranquillement chez eux ; quant aux avocats... comme toujours, il n'y a guère moyen de savoir ce qu'ils pensent. J'ai entendu quelqu'un marmonner il y a quelques instants qu'un ajournement jusqu'à demain matin n'était pas exclu. Quelle serait alors notre réaction – sans parler de celle de Consuela –, je préfère ne pas y songer.

Mais ce ne sera pas nécessaire. Au moment même où j'écris ces quelques lignes, l'huissier nous fait signe depuis la porte de la salle. Les jurés reviennent et, cette fois-ci, il est impossible que ce soit une fausse alerte. Le hall se vide rapidement tandis que, tout autour de moi, les gens regagnent précipitamment leurs places. Il faut que je les rejoigne. Déjà, je remarque que ma main tremble et que la sueur souligne tous les plis de la paume. De l'autre côté de cette porte, la Justice attend. Quelle couleur son déguisement va-t-il emprunter ?

C'est sur le placard d'un kiosque à journaux d'Oxford Circus que je vis l'annonce tant redoutée. PROCÈS CASWELL : FIN DU SUSPENSE. Je m'arrêtai aussitôt, bondis de la voiture et traversai la rue

585

en courant. En approchant du kiosque, j'étais partagé entre l'appréhension et le soulagement. Je me souviens d'avoir pensé que j'allais enfin savoir.

Les dernières éditions de l'*Evening Standard* s'empilaient en hautes colonnes et partaient comme des petits pains. J'attrapai un exemplaire, parcourus la première page en vain, avant d'apercevoir dans les nouvelles de dernière minute :

VERDICT DANS LE PROCÈS CASWELL

Consuela Caswell reconnue coupable de meurtre et de tentative de meurtre à l'Old Bailey ce soir après neuf jours de procès. Verdict rendu par le jury après cinq heures de délibérations. Mrs Caswell condamnée à la pendaison.

C'en était donc fini. Du simulacre, je veux dire. De mon obstination à croire envers et contre tout qu'on n'en arriverait jamais là, que jamais on ne la déclarerait coupable, que jamais on ne la condamnerait à mourir. C'était pourtant chose faite à présent. Et, dans l'humidité de la nuit londonienne, la pensée me vint, obsédante, qu'une nouvelle étape plus terrible encore avait débuté dans le sillage de cette décision. Alors même que j'étais là à fixer d'un œil vide les lignes imprimées comme si les mots pouvaient se distribuer différemment sur la page, le peu de temps qu'il restait à Consuela – sa ration de vie – s'amenuisait déjà.

23 janvier 1924 (20 h 15)
Incroyable la vitesse à laquelle tout s'est déroulé.
Il y a seulement une heure, il était encore possible de

s'accrocher à l'espoir d'un acquittement. À présent, pareille idée est du domaine des illusions, parce que, à présent, nous savons en toute certitude. Et qu'avons-nous de plus ? Un bâtiment vide, un fourgon cellulaire en route pour Holloway, une plume qui se déplace sur une page.

Je me hâte de rédiger mon compte rendu avant d'être trop las pour pouvoir faire face à l'effort requis. Le tribunal était plein, malgré l'heure tardive, mais une ambiance lourde pesait sur la salle, peut-être parce qu'elle était restée si longtemps inoccupée, peut-être... pour quelque autre raison. Consuela n'était pas dans le box quand je rejoignis ma place, et je ne vis nulle part Curtis-Bennett. Il arriva – essoufflé et un tant soit peu agité – quelques secondes à peine avant le juge. Je n'eus qu'une minute ou deux pour étudier les visages des jurés. Ils avaient l'air plus sombres – plus conscients de la gravité de leur tâche – que lors de leur précédente réapparition. Puis mon attention fut attirée ailleurs.

Le juge Stillingfleet regardait ostensiblement le box des accusés, comme s'il était irrité de le voir vide. Mais il n'eut pas à attendre longtemps. Consuela entra aux côtés d'une gardienne. Elle s'approcha de la balustrade, l'empoigna et, à ma surprise, parcourut lentement la cour des yeux, les sourcils légèrement froncés, par l'étonnement, aurait-on dit. J'étais sûr au moins d'une chose : en cet instant, elle n'avait pas peur. Elle était mieux préparée que la plupart d'entre nous pour ce qui allait suivre.

Le greffier s'adressa au président du jury pour lui demander s'ils étaient parvenus à un verdict.

« *Oui,* répondit celui-ci, *l'air grave.*

— *Que répondez-vous sur le chef d'accusation numéro 1 ?*

— *Coupable.* »

(*Pendant une fraction de seconde, je me demandai sur quoi il portait. Et puis, avant même que je m'y retrouve, la question cessa de se poser.*)

« *Et sur le chef d'accusation numéro 2 ?*

— *Coupable.* »

Il y eut quelques sursauts de surprise, je crois peut-être même un sanglot étouffé, mais je n'en suis pas sûr. J'ignore si Consuela eut une quelconque réaction, parce que je gardai les yeux fixés sur le président du jury, dans l'espoir de le forcer ainsi à ajouter quelque chose – une recommandation de clémence, un appel à la compassion. Mais il se contenta de se rasseoir lentement.

Le greffier se tourna alors vers le box des accusés et dit : « *Consuela Evelina Caswell, vous avez été reconnue coupable du meurtre de Rosemary Victoria Caswell et de tentative de meurtre sur la personne de Victor George Caswell. Avez-vous quelque chose à déclarer avant que la sentence soit prononcée ?* »

Mes yeux, ainsi que ceux de tous les présents dans la salle, hommes et femmes, se fixèrent sur la prisonnière, debout, frêle et très droite dans le box des accusés. Le froncement de sourcils avait disparu de son visage, remplacé par un air d'étrange et placide mélancolie. Elle eut un regard pour le jury, avant de planter les yeux dans ceux du juge. « *Non* », *dit-elle d'une voix ferme.*

L'aumônier apparut tout à coup derrière le siège du juge et s'activa un moment aux côtés du magistrat. Quand il se retira, je vis qu'il avait placé le carré de tissu noir sur la tête du juge Stillingfleet. « Accusée… » commença ce dernier, d'une voix à présent dure et péremptoire. Je me demandai si c'était délibéré de sa part ou si c'était le rituel qui l'exigeait, au même titre que le voile noir et l'apostrophe anonyme. « Vous avez été reconnue coupable des chefs d'accusation retenus contre vous, au terme d'un procès juste et tenu dans les règles, au cours duquel vous avez été défendue avec compétence. Je suis en plein accord avec le verdict rendu par le jury. Vouloir tuer votre époux constituait en soi un crime grave, même si vous étiez sincèrement convaincue de son infidélité. Mais avoir permis à votre première intention d'entraîner la mort d'une personne totalement innocente – une jeune fille au seuil de sa vie de femme, que vous aviez connue durant une bonne partie de son existence – rend votre offense impardonnable. Je n'ai en conséquence aucune hésitation à prononcer à votre encontre le seul jugement que m'autorise la loi. »

Il n'avait pas quitté Consuela des yeux pendant son intervention. Il regarda ensuite une feuille de papier qu'il avait sous les yeux et commença à lire les mots prescrits avec une sorte de révérence mécanique qui me fit penser, l'espace d'un instant d'égarement, qu'il s'agissait d'une prière qu'il nous incombait à tous de réciter à voix basse. « Ce tribunal ordonne que vous soyez emmenée d'ici pour être reconduite là d'où vous venez, que de là vous soyez emmenée à l'endroit de votre exécution ; que vous y soyez pendue par le cou jusqu'à ce que mort s'ensuive, pour être ensuite inhumée dans l'enceinte de la prison où vous aurez été enfermée jusqu'à votre dernière heure. Que le Seigneur ait pitié de votre âme. »

Je remarquai tout à coup que la dame à la toque rose pleurait. S'y était-elle attendue ? Avait-elle apporté un mouchoir de rechange en prévision d'une telle éventualité ? « Amen », murmura l'aumônier. J'avais moi aussi les larmes aux yeux. L'idiot que j'étais se crut obligé de les retenir. Mais, quand je levai les yeux sur le juge, m'attendant à l'entendre ajouter quelques mots à sa déclaration, le gris de sa perruque et le rouge de sa robe se diluèrent comme les couleurs d'une aquarelle sous la pluie.

Stillingfleet ne dit pas un mot. Le greffier aboya : « Avez-vous quelque chose à déclarer en faveur d'un sursis à l'exécution du présent jugement ? »

Plus tard, en quittant le tribunal juste derrière deux spectateurs mieux informés que moi, j'appris en les écoutant que c'est là la question qui donne aux femmes condamnées l'occasion de révéler qu'elles sont enceintes. Auquel cas, elles ne peuvent être pendues. À ce moment-là, pourtant, elle m'apparut comme la reprise cruelle et gratuite d'une question antérieure. En guise de réponse, Consuela se contenta de secouer la tête.

Le juge Stillingfleet s'éclaircit la voix et dit d'un ton neutre et expéditif : « Emmenez-la. » Il avait hâte à présent d'être débarrassé, d'en avoir terminé avec cette affaire pour pouvoir quitter les lieux.

La gardienne s'avança, et Consuela se tourna vers elle. Puis, une main toujours posée sur la balustrade, *elle s'immobilisa, jeta un long regard circulaire sur les membres de la cour et dit quelque chose en portugais qui ressemblait à « Desculpo senhores nome Deus ». Ces mots semblaient vouloir s'adresser à chacun en particulier, en même temps qu'à nous tous, mais à voir le silence qui les accueillit, je ne crois pas qu'aucun des présents ait compris ce qu'ils signifiaient. Après une légère inclinaison de tête à l'adresse de sir Henry, Consuela passa devant la gardienne et disparut à notre vue.*

Après son départ, il nous fallut reprendre nos esprits et revenir à la banalité du quotidien. Le juge Stillingfleet, à présent sans son tissu sur la tête, remercia les jurés et les dispensa de servir à nouveau dans un jury, en précisant une durée, que j'ai oubliée. Puis, accompagné de force froissements de papier et d'effets de robe, il se leva et se hâta de franchir la porte située derrière le banc, nous laissant gagner la sortie dans un désordre hésitant, à la manière de spectateurs quittant une salle de théâtre, peu disposés à louer ou à décrier la représentation de peur que leurs voisins ne soient d'un avis contraire.

Non pas que, en l'occurrence, cela eût une quelconque importance. L'affaire Rex versus Caswell a été jugée. Justice a été faite. Et j'étais parmi ceux qui en ont été témoins. C'est cela, je pense, qui rend la chose si difficile à accepter. J'ai vu la Justice à l'œuvre aujourd'hui et je n'ai pas aimé ce que j'ai vu. Je voudrais n'avoir jamais regardé.

« Hé, chef, me jeta le vendeur de journaux d'un ton sec en faisant irruption dans mes pensées, vous l'achetez ou pas, ce canard. C'est pas une foutue bibliothèque ici.

— Pardon ? Oh, excusez-moi. Tenez… » Je lui tendis un penny et pivotai sur les talons, laissant le journal, de manière parfaitement stupide, là où il était.

Condamnée à la pendaison. Tandis que je traversais la chaussée sans faire attention, j'avais encore ces mots sous les yeux, comme si je continuais à les regarder, imprimés sur la page. *Condamnée à la pendaison.* Les pires mots, pensais-je alors, qu'il me serait jamais donné de lire ou d'entendre. Je me trompais pourtant, comme je devais le découvrir par la suite, quand Imry me rapporta les dernières paroles de Consuela avant qu'elle quitte la salle du tribunal. « *Eu desculpo os senhores, em nome de Deus.* » C'est alors que j'eus connaissance du pire. Elle leur avait pardonné, au nom de Dieu. Mais ils n'avaient pas compris.

18

Les ressources de l'âme humaine sont aussi étonnantes que pitoyables. Le désespoir qui m'envahit à la nouvelle de la condamnation à mort de Consuela était total. Il fut pourtant de courte durée. Le lendemain, j'avais réussi à en extraire quelque chose qui ressemblait à de l'espoir. De même que j'avais été incapable de croire qu'on pourrait la déclarer coupable, de même, refusais-je d'accepter maintenant qu'on puisse avoir vraiment l'intention de la pendre. Sa condamnation serait annulée en appel. À défaut, la sentence serait commuée. D'une manière ou d'une autre, sa vie serait épargnée.

Dieu sait que les fondements rationnels d'un tel espoir étaient bien minces. La presse se fit l'écho de l'opinion du juge en présentant Consuela comme une meurtrière endurcie. Pas de déluge de lettres au rédacteur en chef réclamant la clémence ou dénonçant la peine capitale, pas de pétition, ni de cortège dans les rues, ni de questions à la Chambre. Le silence quasi général qui accueillit la condamnation ne pouvait, en toute logique, être interprété que comme une manifestation d'approbation. Et pourtant je parvins pour ma part à résister à une telle interprétation. Et je ne fus pas le seul dans mon cas. Curtis-Bennett était pratiquement sûr que trois juges en appel entendraient raison là où douze jurés facilement influençables avaient échoué à le faire. Et Consuela, m'assura-t-il, partageait son optimisme.

Ce que pensait réellement Consuela, bien entendu je l'ignorais. En secret, je soupçonnais Imry d'avoir raison quand il soutenait qu'elle s'était attendue au verdict, qu'elle s'était préparée à cette épreuve depuis le moment de son arrestation et qu'elle était par suite mieux équipée pour la supporter que ceux d'entre nous qui avaient préféré croire qu'elle n'aurait jamais à le faire. En partie parce que je craignais qu'elle me force à regarder la vérité en face, je lui étais reconnaissant de refuser de me voir. Ne pas avoir à croiser son regard, ne pas avoir à lui parler dans une cellule me rendait plus facile le simulacre auquel j'avais succombé : prétendre qu'elle ne finirait pas pendue.

Imry, en revanche, n'entretenait aucune illusion de ce genre. Pour lui, le procès avait été une expérience de première main. Il avait senti tout le poids de la machine judiciaire peser sur l'accusée. Il avait pressenti le dénouement. À présent, incapable d'intervenir, il ne pouvait qu'attendre le bon plaisir, prolongé et abominable, de la loi.

La condamnation de Consuela affecta Imry bien plus profondément que moi. Elle raviva en lui la dépression et le dégoût qu'il avait connus au retour de la guerre. Et quand je lui avouai mon rôle dans la mort de Rodrigo, je ne fis que les exacerber davantage. Je ne l'ai jamais vu aussi amer que dans les jours qui suivirent le procès. D'ordinaire, en périodes difficiles, c'était lui qui avait toujours essayé de me remonter le moral. À présent, les rôles se trouvaient inversés – et je n'avais malheureusement pas ses aptitudes en la matière. Au vu des circonstances, ce ne fut donc pas une surprise quand une bronchite finit par le clouer au lit. Son médecin accusa les deux semaines d'allées et venues incessantes dans le brouillard et le froid humide d'un hiver londonien. Que ce soit là la cause de son affection, ou son état dépressif, importait somme toute assez peu : dans un cas comme dans l'autre, c'était moi le responsable. Tout ce que je pouvais faire pour soulager ma conscience c'était d'aider au mieux sa gouvernante dans les tâches quotidiennes pendant qu'il était confiné à Sunnylea, tout en prétextant de sa santé défaillante pour lui parler aussi peu que possible de Consuela.

En toute honnêteté, je n'aurais pas eu grand-chose à lui dire à son sujet, même si je l'avais voulu. Son pourvoi en appel devait être entendu le 7 février. Jusque-là, cesser délibérément de penser était la seule façon de vivre au jour le jour. L'espoir est un composé instable. L'analyser reviendrait à le détruire.

En dire aussi peu que possible était par ailleurs pour moi le moyen de tenir en laisse le sentiment de culpabilité que j'éprouvais à l'égard de Rodrigo. À en croire Windrush, la nouvelle de sa mort avait davantage affecté Consuela que la perspective de la sienne. Elle n'arrivait pas à comprendre la raison qui avait pu le pousser à s'introduire par effraction dans la maison. Pas plus qu'elle n'arrivait à croire l'explication fournie par Victor lors de l'enquête judiciaire une semaine plus tard. Ce qu'elle déduisait des preuves avancées par la police selon lesquelles Rodrigo avait passé deux nuits au Green Man, à Fownhope, en compagnie d'un individu dont l'identité n'était pas encore connue, je n'osais pas le demander. Cet élément de l'enquête laissait le coroner perplexe, au même titre que les intentions de Rodrigo ; en revanche, il se montra tout prêt à accepter la déposition de Victor.

La version des événements que présenta ce dernier aux enquêteurs fut la suivante : il avait été réveillé au beau milieu de la nuit par des bruits ; il avait alerté miss Roebuck et lui avait demandé de téléphoner à la police pendant que de son côté il allait voir ce qui se passait, attrapant au passage son fusil de chasse pour se protéger ; il avait trouvé le cambrioleur dans un des dressing-rooms et avait tiré pour se défendre quand l'homme s'était précipité sur lui armé d'un couteau ; il ne l'avait reconnu qu'une fois qu'il l'avait vu mort sur le sol. Miss Roebuck, de son côté, expliqua qu'elle était arrivée sur les lieux juste à temps pour assister à la scène, laquelle s'était déroulée telle que Victor l'avait décrite : il n'avait pas eu d'autre choix que de se servir de son arme.

La police n'était pas disposée à chicaner sur le contenu de cette déclaration. Le couteau qu'ils avaient trouvé sur le corps de Rodrigo avait été utilisé pour tuer le chien de garde de Victor. La lame portait encore des traces de sang. Un homme capable de régler son compte à un mastiff de cette manière était tout à fait capable, laissaient-ils entendre, de s'attaquer au propriétaire de la bête. Il avait pénétré dans la maison par une fenêtre du premier étage mal fermée, à laquelle il avait accédé grâce à une échelle volée dans une ferme voisine. Son mobile, pour autant qu'il en ait eu, restait un mystère total. (Manifestement, le coffre-fort avait déjà été refermé et caché derrière le miroir au moment de leur arrivée sur les lieux, encore que, même s'il ne l'avait pas été, je doute que la police s'en soit trouvée plus avancée.)

La seule référence directe à Consuela lors de l'enquête se fit au moment où le coroner émit l'hypothèse que Rodrigo, dans son aveuglement, avait cherché à se venger du sort réservé à sa sœur. Le coroner n'insista pas trop sur ce point, cependant, ne serait-ce que parce que la tentative de cambriolage était intervenue *avant* la condamnation de Consuela. Pour finir, il se contenta d'observer que les intentions de Rodrigo avaient disparu avec lui et ne seraient par suite jamais connues. Il offrit ensuite ses condoléances à Victor « pour ce désagrément supplémentaire dans des moments déjà difficiles » et incita vivement les jurés à rendre un verdict d'homicide avec fait justificatif, ce qu'ils firent docilement à l'unanimité. Et c'est ainsi que Victor se trouva complètement exonéré.

De la part d'Hermione, pas un mot. Elle aussi, semblait-il, s'était réfugiée dans le silence, afin de mieux supporter notre impuissance commune. J'en étais donc réduit à des conjectures quant à la façon dont Jacinta avait réagi aux événements. J'espérais qu'elle ajouterait foi aux assurances que je lui avais données selon lesquelles, d'une manière ou d'une autre, nous sauverions sa mère. Après tout, c'est ce que je faisais moi-même. La fragilité d'un tel engagement, je la repoussais au plus profond de mon esprit, là où il me serait possible sinon de l'oublier, du moins de l'ignorer. L'avenir était devenu un abîme noir et vertigineux. Plus j'approchais du bord, plus j'avais tendance à en détourner les yeux.

C'est, je m'en souviens, le lendemain du jour où les journaux firent état de l'enquête menée à Hereford que je reçus un coup de téléphone de Clive Thornton qui m'invitait à déjeuner avec lui. Au ton de sa voix, on aurait pu croire à deux vieux copains qui se seraient perdus de vue bien trop longtemps. Il m'apparut tout de suite que ce dont il souhaitait discuter c'était, évidemment, de l'action en divorce que m'intentait Angela. Si le sujet avait revêtu une importance quelconque à mes yeux, j'aurais probablement refusé l'invitation. En l'état, il me sembla plus simple d'accepter.

Nous nous retrouvâmes au restaurant Simpson's-in-the-Strand. Avant même que Clive ait abordé le sujet – on en était au consommé –, je me souvins de toutes les raisons qui me faisaient le détester. L'argent, un physique avantageux et des prouesses guerrières avaient transformé sa stupidité en suprême assurance, sa balourdise en arrogance forte en gueule. À l'écouter, on ne pouvait que s'étonner qu'un prolétaire, seconde classe, aux penchants socialistes ne lui ait pas, un jour en France, logé une balle dans la tête.

« Un divorce peut être pour toutes les parties une affaire délicate et compliquée, commença-t-il. C'est la raison pour laquelle j'ai pensé que l'on devrait avoir une petite conversation là-dessus. Tu m'auras compris, n'est-ce pas ?

— Je ne vois pas en quoi ça te concerne.

— Mais le bien-être d'Angie, mon vieux… Toujours une priorité pour moi, tu le sais bien.

— C'est elle qui t'a demandé de me rencontrer, c'est ça ?

— Mon Dieu, non. Une idée à moi. Et au paternel. Pour tout dire, nous pensons que tu ne vois peut-être pas tout à fait les choses comme il se doit.

— Mais encore ?

— Eh bien, je crois comprendre que tu as dit – ou laissé entendre – à Angie que tu pourrais bien amener le nom de ce pauvre Turnbull sur le tapis.

— Et quand bien même. C'est tout ce qu'ils méritent, elle et lui.

— Écoute, mon vieux. Je sais que ma grande sœur n'est pas une sainte. Elle ne l'a jamais été. Le mariage, avec elle, n'a pas dû être une partie de plaisir. Disons que chacun a ses torts, et l'affaire est pliée.

— Pas pour les tribunaux.

— Exactement. Tu as mis le doigt dessus. Pas pour les tribunaux. C'est la cruauté le problème, tu ne crois pas ? Pas facile à manier, ce mot. Et il laisse un goût désagréable dans la bouche. Alors, pourquoi vouloir l'employer ?

— Où veux-tu en venir au juste ? »

Nous fûmes réduits à un bref silence le temps qu'on débarrasse le consommé. Qu'il rompit, sur un mode plus confidentiel. « Cartes sur table, mon vieux. Personne ne veut d'un divorce contentieux, on est bien d'accord ? Voir son linge sale lavé sur la place publique. C'est hors de question. Tout simplement hors de question. Alors, voilà ce que je propose. Tu accordes son divorce à Angie… mais discrètement. Sans présenter de défense, et sur la base de ton adultère, si tu veux bien me pardonner l'expression. Tu vois ce que je veux dire, j'en suis sûr. Un week-end pré-arrangé à Eastbourne. Ton avocat devrait pouvoir trouver une fille consentante. C'est de loin la méthode la moins douloureuse. Tout est réglé en deux temps trois mouvements. » Il me fit un grand sourire encourageant.

« Vous voulez que je prenne les torts à ma charge ?

— Uniquement dans un sens technique. Tout le monde saura que c'est une séparation à l'amiable. Ça arrive tous les jours. Alors que, si on commence à parler de cruauté… et qu'on n'en finit plus de se lancer des accusations à la tête… »

Le chariot des viandes rôties arriva en vue à cet instant, et Clive s'interrompit le temps de superviser le découpage de son bœuf. Quand la nourriture fut entassée sur son assiette et que la mienne eut reçu trois fois plus de canard que j'aurais pu en avaler, il embrocha son Yorkshire pudding sur la pointe de sa fourchette et se mit à le grignoter d'un air gourmand.

« Alors, mon vieux, qu'est-ce que tu en penses ? finit-il par dire.

— J'en pense que j'aimerais savoir ce que j'ai à gagner à un tel arrangement.

— Rien de plus facile. Réfléchis à ce que tu perdrais en adoptant l'autre méthode : réputation et argent. L'essentiel de la première et un bon paquet du second.

— Qu'est-ce que l'argent vient faire ici ?

— C'est simple. Si tu… coopérais… Angie ne demanderait pas de pension alimentaire.

— Ah, je vois. Et elle est prête à se montrer aussi généreuse dans le seul but d'éviter le scandale d'un divorce contentieux ?

— Exactement. » Une fois le pudding englouti, une pomme de terre rôtie dégoulinante de jus prit sa place au bout de la fourchette de Clive. « Plutôt équitable, non ?

— Ça pourrait l'être… si j'estimais ma défense inadéquate. »

Arrêtant sa mastication à mi-course, Clive me regarda avec de grands yeux. « Mais tu perdras, ça ne fait pas un pli. Et, pour couronner le tout, tu te retrouveras sur la paille, dit-il avant de m'adresser un grand sourire. Alors, je peux dire à notre chère Angela que tu es prêt à coopérer ? »

Je lui rendis son regard, me demandant si j'arriverais à lui faire comprendre que, quelle que soit la solution adoptée, cela m'était égal. Que m'importaient à présent réputation et argent ? De quel secours me seraient-ils pour sauver Consuela, alors que tous les autres moyens avaient échoué ? Tout ce que je demandais aux Thornton c'était de me laisser tranquille. Pour cette raison, et pour aucune autre, je ne pouvais qu'accepter leur proposition. « Je suppose que oui, finis-je par dire.

— Excellent, l'ami, excellent. J'étais sûr que tu serais raisonnable. Angie en sera terriblement soulagée.

— Et comment va Ang… Comment va ma femme ?

— Décidément cafardeuse ces derniers temps, je dois reconnaître. » La première tranche de bœuf à la sauce au raifort glissa sur la langue de Clive. « Pour ne rien te cacher, Celia et moi on s'est dit qu'on allait l'emmener avec nous la semaine prochaine. Histoire de lui changer un peu les idées, tu vois ?

— Et vous allez où ?

— Je ne t'en ai as parlé ? Au cap Ferrat. La villa de Turnbull. Ça fait quelque temps qu'il repère des emplacements possibles pour le compte des hôtels Thornton, et le vieux veut que j'aille jeter un coup d'œil sur place. Il y a des perspectives inouïes là-bas, tu sais. »

Comme c'était pratique, et comme ça tombait bien. Que j'accepte de fournir à Angela la preuve nécessaire pour qu'elle obtienne le divorce lui permettait de poursuivre son idylle avec Turnbull sans craindre que je l'utilise contre elle. Je souris devant pareille ironie, incapable de ressentir ne serait-ce qu'une once de ressentiment.

« Qu'est-ce qui t'amuse, vieux ?

— Ta famille, Clive. Rien d'autre.

— Je ne suis pas sûr de comprendre, dit-il avec un froncement de sourcil.

— Peu importe, dis-je en finissant mon verre de vin. Rien de tout cela n'a plus aucune importance. »

Les quinze jours séparant la fin du procès et l'audience de la juridiction d'appel m'avaient semblé, au départ, insupportablement longs. Pourtant, alors qu'ils atteignaient leur terme, je me rendis soudain compte de leur brièveté. Pendant un temps, je m'étais contenté de contempler la perspective du 7 février avec un optimisme aveugle. À présent que la date approchait, les écailles me tombaient des yeux. Pourquoi trois vieillards usés et desséchés par de longues années au service de la justice se montreraient-ils cléments envers un des innombrables individus à être déférés devant eux ? Et si, en l'occurrence, ils ne faisaient pas preuve de clémence, à quel espoir pourrait-on encore se raccrocher ?

Consuela avait choisi de ne pas assister à l'audience d'appel. Il faut dire qu'elle n'aurait pas eu l'occasion de s'adresser à la cour puisque aucun témoin ne devait

602

être entendu. Sir Henry se contenterait de présenter sa défense de façon aussi convaincante que possible, en fondant sa plaidoirie sur l'absence de preuves directes. Il arguerait de ce que le juge avait conduit le jury à croire à tort qu'on lui demandait de décider qui était le meurtrier de Rosemary Caswell plutôt qu'à se poser la question de savoir si l'on avait fait la preuve de la culpabilité de Consuela en la matière ; il avancerait également que l'authenticité douteuse des lettres anonymes suffisait à justifier l'acquittement de sa cliente. On allait faire jouer la jurisprudence, et étudier en détail les conclusions du juge. La justice dans ce qu'elle a de plus pur allait être mise à l'épreuve.

Windrush avait appris que la famille Caswell avait l'intention de s'absenter *en masse**. Je n'avais guère envie moi non plus d'assister à l'audience, et ce pour des raisons sur lesquelles je préférais ne pas m'appesantir. Elles tenaient pour l'essentiel, je suppose, au désir de repousser le plus loin possible le moment où je devrais me confronter au sort de Consuela. Tant que je n'étais pas le témoin direct des événements qui se déroulaient à la Cour royale de justice, je pouvais prétendre qu'ils travaillaient en sa faveur.

L'aube pointa, d'une douceur et d'une luminosité à peine croyables. Londres pouvait s'enorgueillir d'un faux début de printemps, les perce-neige émaillant les pelouses de Hyde Park. Je me souviens avoir pensé, tandis que je traversais l'angle nord-est du parc ce matin-là : Consuela peut-elle apercevoir des fleurs depuis sa cellule à Holloway, peut-elle sentir le printemps – ou une forme quelconque de renouveau – dans l'air ?

À Frederick's Place, Kevin avait appris dans le *Sketch* que l'audience d'appel avait lieu ce jour-là, mais je coupai court à sa curiosité en lui opposant une totale indifférence. Reg et Giles se gardèrent bien d'aborder le sujet. Reg, parce qu'il ignorait ce que signifiait l'affaire pour moi, mais en savait malgré tout suffisamment pour soupçonner qu'elle ne me laissait pas indifférent. Giles, lui, était encore sous le coup du licenciement auquel il avait échappé de justesse en décembre. Quant aux conclusions auxquelles il avait pu arriver concernant la mort de Rodrigo, il était bien trop prudent pour laisser échapper quoi que ce soit.

J'avais un rendez-vous à Beckenham tard dans la matinée, ce dont je fus à plus d'un titre reconnaissant, même si ma distraction poussa mon client à s'adresser finalement à un autre architecte. J'arrivai à nouveau à Victoria Station en milieu d'après-midi et me mis en route pour le bureau, sachant que sur le Strand je passerais devant la cour d'appel, et me demandant si je m'arrêterais pour entrer ou poursuivrais mon chemin. J'aurais pu héler un taxi et lui donner sur-le-champ ma destination, mais mon besoin et ma peur de savoir étaient aussi puissants l'un que l'autre quand je passai devant Buckingham Palace et m'engageai sur le Mall. Dans Trafalgar Square, les fontaines jaillissaient, on donnait à manger aux pigeons : les choses suivaient leur cours, sous un ciel bleu obstinément clément.

Puis le Strand, rectiligne et impitoyable, m'amena, presque sans que je m'en aperçoive, jusqu'aux tourelles en pierre de Portland de la Cour royale de justice. Dans les rayons obliques du soleil, le bâtiment était d'une pâleur cadavérique, ses contours d'une dureté féroce, ses proportions immenses, son architecture alambiquée. Il avait, me remémorai-je alors, conduit son architecte à la mort, le pauvre vieux Street, dont jusqu'ici j'avais toujours méprisé le travail. Décédé encore jeune, l'homme s'était tué au travail en dessinant les halls, les couloirs et les escaliers cachés derrière l'impressionnante façade. Et voilà que, pour la première fois, je voyais la signification métaphorique de l'édifice qu'il avait conçu. La justice, abritée ici dans toute sa majesté tarabiscotée, représentait quelque chose de trop grand pour qu'un seul homme puisse en venir à bout.

J'entrai. Le grand hall, que je n'avais jamais vu jusqu'ici qu'en photographie, était sonore vu sa hauteur, et voûté comme la nef d'une cathédrale. En le traversant, je perçus des bribes de phrases et des silhouettes en robe à travers les départs d'escaliers cintrés qui le bordaient de chaque côté. Des hommes de loi partout autour de moi, murmurants, hors d'atteinte, pareils – l'idée me frappa tout à coup – à des souris qui s'affairent et détalent entre les murs d'une maison.

Je m'approchai des panneaux dressés au centre du hall, où étaient inscrites les affaires du jour juridiction par juridiction et parcourus les feuilles à la recherche du nom de Consuela. Jamais je n'aurais imaginé qu'une seule journée pût donner lieu à autant de litiges, de disputes, d'affrontements. Et, quelque part, perdu au milieu de ce déluge d'affaires et d'appels en tout genre, *Rex versus Caswell* arrivait à son terme. J'atteignis la dernière colonne sans avoir trouvé mention de l'affaire et fis le tour des panneaux pour voir si elle figurait de l'autre côté. C'est alors que je jetai un coup d'œil en direction de l'escalier qui se trouvait dans le fond du hall. Et là, au milieu d'un groupe, au bas des marches, je reconnus Windrush et sir Henry.

Ils étaient cinq en tout, en robe et en perruque, à l'exception de Windrush. Ils marchaient d'un pas vif tout en parlementant. Leurs visages étaient graves et tendus. Si je ne m'étais pas mis sur leur chemin, je crois qu'ils ne m'auraient même pas vu.

« Sir Henry ! »

Il s'arrêta net, imité par les autres. Il y eut un silence d'une seconde. Qui, joint à leur expression contrariée, aurait dû me mettre la puce à l'oreille.

« L'audience est terminée ? demandai-je.

— Oui, Staddon, elle l'est, répondit sir Henry.

— Vous voulez dire que l'affaire est ajournée ?

— Non, non. Messieurs les juges viennent de rendre leur verdict il y a quelques minutes.

— Et ? » Il évitait mon regard à présent, fixant le sol, se passant la main sur son double menton. Windrush lui aussi regardait ailleurs. Ce que j'avais craint, tout en le prévoyant, se matérialisait à présent dans leur embarras commun. « L'appel a été rejeté, c'est ça ?

— Et pratiquement sans débat, dit sir Henry en soupirant.

— Alors… que pouvons-nous…

— Windrush et moi devons nous rendre sur-le-champ à Holloway, dit-il en se secouant. Je pense que vous comprendrez qu'il convient de mettre Mrs Caswell au courant sans perdre une minute. Mr Browne, ajouta-t-il en jetant un coup d'œil à l'un de ses assistants, vous voudrez bien fournir les attendus du jugement à Mr Staddon. Quant à nous, nous devons absolument partir. »

C'est ainsi que le jugement de la cour d'appel scellant le sort de Consuela me fut expliqué par un jeune homme du nom de Browne dans un coin tranquille du George, un pub qui se trouvait de l'autre côté du Strand et venait juste d'ouvrir pour la soirée. Il prit un panaché, je m'en souviens, et moi un whisky. Il était nerveux, mais j'avais du mal à comprendre pourquoi. Peut-être se sentait-il dans la position d'un tout jeune médecin qui doit apprendre à un parent de son patient que celui-ci est atteint d'une maladie incurable. Ce qu'il avait à dire, pourtant tout à la fois logique et inévitable, était marqué du sceau de la mort, et il n'avait jamais eu à faire face à ce genre de situation. Mais il s'habituera au fil de sa carrière. Au contraire de ses interlocuteurs.

« Je suis navré de devoir vous dire, Mr Staddon, que messieurs les juges ont refusé de prendre en considération l'un quelconque des arguments de sir Henry. Ils ont non seulement approuvé la façon dont le président du tribunal a conduit le procès, mais ils s'en sont félicités. Leurs remarques ont été, s'il se peut, plus sévères encore que celles du juge Stillingfleet.

— Qu'ont-ils dit de l'authenticité douteuse des lettres ?

— Ils n'ont pas semblé penser qu'il y avait place pour le doute à ce sujet. Ils sont même allés jusqu'à accuser sir Henry d'user de sophismes. Ce qui l'a fort irrité, même si, bien sûr, il n'en a rien laissé paraître.

— Rien n'est venu racheter leurs conclusions ?

— Absolument rien. Entre nous… dit-il, en se penchant vers moi et en baissant la voix, il arrive que les juges cherchent à régler son compte à un avocat trop en vue, un membre du barreau qui se taille une réputation un peu trop brillante à leur goût. Je crains que l'heure de sir Henry ait justement sonné aujourd'hui. Le président de la Haute Cour était… d'une humeur intraitable.

— L'*heure* de sir Henry ? L'*humeur* du président ? Êtes-vous en train de me dire que Con… que la vie de Mrs Caswell tient à ce genre de choses ? »

Browne rougit et but une gorgée de son panaché pour se donner contenance. Mon ton scandalisé le déconcertait. Après tout, il faisait de son mieux pour me faire comprendre ce qui s'était passé. Les caprices du système judiciaire n'étaient pas de sa responsabilité.

« Excusez-moi, dis-je d'un ton plus mesuré. Oubliez mes dernières questions, et dites-moi simplement ceci. Que peut-on envisager à présent ? »

Browne eut l'air soulagé de pouvoir revenir sur un terrain qui ne prêtait pas à équivoque. « Eh bien, dans une certaine mesure, cela dépend de Mrs Caswell. Elle demandera peut-être à sir Henry de passer par le procureur général pour qu'il l'autorise à adresser une pétition à la Chambre des Lords. Force m'est de dire, cependant, qu'une telle demande a peu de chance d'être accordée.

— Pour quelle raison ?

— Parce qu'elle ne peut être accordée qu'en cas d'événement d'importance publique exceptionnelle.

— Une énorme défaillance de la justice n'est-elle pas d'une importance exceptionnelle ?

— Je suis certain, dit Browne en grimaçant, que le procureur général ne verra pas les choses de cette façon.

— Quoi d'autre, alors ?

— Sir Henry va sans aucun doute conseiller à Mrs Caswell de solliciter la clémence du ministre de l'Intérieur. C'est l'ultime recours.

— Quand vous dites recours, vous voulez dire espoir ?

— Ma foi, oui. Si la sentence prononcée à l'encontre de Mrs Caswell n'est pas commuée par le ministre de l'Intérieur, elle devra être exécutée. Maintenant que le pourvoi en appel a été rejeté, seule une décision politique est en mesure de sauver la condamnée.

— Une décision politique ?

— Je veux dire une décision prise par le pouvoir en place mais sur avis de ses conseillers juridiques. Il se peut que le nouveau gouvernement soit moins attaché à la peine capitale que l'ancien. D'un autre côté, il se pourrait qu'il tienne à montrer qu'il ne fera pas preuve de laxisme face au crime. Mais, je dois l'avouer, on ne sait pas trop où en sont les travaillistes sur le chapitre de la loi et de l'ordre public, ajouta-t-il avec un sourire embarrassé. C'est là pour eux une affaire qui va faire jurisprudence. »

Des juges qui règlent leurs comptes et des politiciens qui veulent faire avancer leurs idées. Je me demandai où, dans cette jungle de réactions mesquines et de motivations douteuses, la fleur délicate de la

clémence allait bien pouvoir s'épanouir. « Si le ministère de l'Intérieur choisit de ne pas intervenir, dis-je
lentement, alors, quand... je veux dire, dans quel
délai...

— Il existe une règle en la matière. Il doit s'écouler
au moins trois dimanches entre la condamnation et
l'exécution de la sentence.

— Trois ? Pas plus ?

— Plus le délai est court, moins les choses sont
difficiles pour les parties concernées. Du moins en
théorie. Bien entendu, le pourvoi en appel va entraîner
un allongement du délai. Quatre dimanches au lieu de
trois, peut-être même cinq.

— Et vous avez l'air de trouver que cela fait beaucoup ! »

Une fois encore, il parut surpris de l'effet dévasta-
teur que ses réponses pouvaient avoir sur son interlocuteur. « Je suis désolé, Mr Staddon, vraiment. Je ne
fais que vous exposer les faits, à la demande de sir
Henry. Si la sentence est exécutée, ce sera probablement avant la fin du mois.

— Et exécutée, elle le sera ?

— Je ne sais pas. Personne ne sait à ce jour.

— Mais vous, qu'en pensez-vous ? »

Il réfléchit un moment, leva son verre comme pour
boire une gorgée, puis le reposa avant de dire : « Je
crois que vous devriez vous préparer au pire. »

Le pire. Comment me préparer à ce que je n'aurais jamais cru possible ? La mort de Consuela, non
pas suite à un accident ou à la maladie, ni à quelque
concours de circonstances malheureux, mais sous le

610

coup de la loi, était désormais décrétée, fixée, programmée, scellée. C'était un événement vers lequel nous nous acheminions inexorablement. J'aurais beau me débattre, protester, fuir, détourner le regard, je serais bien obligé de l'affronter, ce point qui était devenu ma seule destination sur un horizon vaste et obscur.

En quittant le George ce soir-là, je traversai le Strand et gagnai l'îlot sur lequel se dresse St Clement Danes. L'intérieur de l'église était aussi paisible et silencieux qu'un tombeau. Je m'agenouillai devant l'autel et, pour la première fois depuis la mort d'Edward, demandai l'aide de Dieu.

Le lendemain matin, Curtis-Bennett me fit savoir par un appel téléphonique de son clerc que lui et Windrush seraient heureux de me rencontrer à son cabinet à dix-huit heures ce même jour. J'essayai de soutirer des informations au clerc, mais celui-ci prétendit n'en avoir aucune. J'en fus réduit à me consoler au mieux de mes moyens. Les journaux avaient traité la décision de la cour d'appel comme courue d'avance. Ils ne semblaient ni se réjouir de la nouvelle ni la déplorer, se contentant de laisser la justice suivre son cours.

Plowden Buildings était pratiquement désert quand j'arrivai. Sir Henry m'accueillit d'un air poli mais sombre, sa brusquerie fébrile de la veille remplacée par un découragement empreint de lassitude. Windrush était assis dans un coin plongé dans l'obscurité qu'il ne semblait pas avoir envie de quitter. C'est à peine s'il me fit un signe de tête quand j'entrai. Avant même qu'une parole ait été prononcée, il m'apparut clairement que rien de ce qu'ils auraient à me dire ne m'apporterait le moindre réconfort.

« Le jeune Browne vous a expliqué la situation, j'espère, me dit sir Henry.

— Oui, en effet. Il m'a parlé de la possibilité d'adresser une pétition à la Chambre des Lords.

— Hélas, dit sir Henry en secouant la tête, le procureur général a refusé d'en entendre parler.

— Alors il ne reste plus qu'une clémence de dernière minute.

— En effet. Le ministre de l'Intérieur est un homme pieux et très humain – un fervent wesleyen, je crois. Il se peut qu'il ne souhaite pas entrer en fonction en laissant une femme être exécutée.

— Mais il y a des difficultés, intervint Windrush.

— Quelles sont-elles ?

— D'abord, commença sir Henry après un soupir, le fait que Mrs Caswell persiste à se déclarer innocente. Nous la croyons, bien sûr, mais nous ne sommes qu'une minorité. Ceux qui refusent de la croire seraient sans doute davantage disposés à la clémence si, en retour, elle-même faisait montre de quelque remords.

— Comment pourrait-on attendre d'elle qu'elle exprime des remords à propos d'un crime qu'elle n'a pas commis ?

— C'est précisément là une des difficultés, dit Windrush. Mais pas la plus sérieuse.

— Mr Henderson n'est ministre de l'Intérieur que depuis quelques semaines, expliqua sir Henry. Il est vraisemblable qu'il ne se sentira pas encore suffisamment sûr de lui pour passer outre les décisions de ses fonctionnaires. Qui plus est, comme vous l'avez peut-être lu dans les journaux, il a grandement besoin d'une circonscription où se faire élire. Un membre du gouvernement qui ne dispose pas d'un siège à la Chambre des communes a tout d'un canard boiteux.

— Il est justement à la recherche d'un point de chute en ce moment, intervint Windrush. Dan Irving, le député travailliste de Burnley, est mort récemment. Henderson est là-bas, en train de faire campagne pour s'assurer de la victoire lors de l'élection partielle. Laquelle doit se tenir le vingt-huit de ce mois. Jusque-là, il y a tout à parier qu'il ne voudra surtout pas faire de vagues.

— Et je connais son chef de cabinet de longue date, dit sir Henry. Sir John Anderson est un rigoriste inflexible. Il n'envisagera même pas l'idée d'un recours à la clémence.

— Alors… vous êtes en train de me dire que…

— Ils ont fixé la date, Staddon, dit Windrush.

— C'est pour quand ?

— Le jeudi 21. Une semaine avant l'élection partielle de Burnley. Dans treize jours exactement. À neuf heures du matin, la sentence du tribunal sera exécutée. »

Je le regardai un moment en silence, avant de tourner les yeux vers sir Henry. « Elle… Consuela est au courant ?

— Le directeur de la prison l'en a informée hier soir.

— Et comment… Vous l'avez revue depuis ?

— J'étais présent à l'entrevue, Staddon. Ainsi que Windrush. Elle a fait preuve du sang-froid qui est le sien depuis le début de cette triste affaire. C'est une femme… remarquable.

— Mais… que pouvons-nous faire ?

— Pas grand-chose. Nous allons plaider le recours avec toute l'éloquence en notre pouvoir. Il conviendrait de demander à tous les amis de Mrs Caswell d'écrire au ministre de l'Intérieur pour soutenir notre requête. Je n'ai malheureusement rien d'autre à suggérer.

— Vraiment rien ?

— Elle a la presse contre elle, intervint Windrush. Étrangère, catholique et coupable – c'est ainsi que la voient les journaux. Inutile d'espérer une campagne en sa faveur de ce côté.

— Même si nous avions tous les rédacteurs en chef de Fleet Street avec nous, dit sir Henry, je doute qu'ils puissent accomplir quoi que ce soit. Sir John a horreur d'être brusqué. Il n'en devient que plus inflexible. Et ses conseillers juridiques m'ont bien dit de leur côté qu'ils ne voyaient aucun motif justifiant une mesure de clémence.

— Donc vous croyez que la sentence sera exécutée, c'est cela ? » dis-je en les regardant tour à tour. Le silence qui s'ensuivit était à lui seul une réponse.

Puis, brusquement, sir Henry s'éclaircit la voix et se leva. « Il faut que je voie mon clerc avant qu'il rentre chez lui. Vous voudrez bien m'excuser, messieurs. » Là-dessus, il sortit précipitamment de la pièce, nous laissant Windrush et moi contempler éberlués le tapis plongé dans la pénombre.

« Elle est parfaitement résignée à son sort, dit Windrush au bout d'un moment. Je crois qu'elle l'a toujours été, dès le jour où elle a été inculpée. Contrairement à nous autres, cyniques Anglais, ajouta-t-il avec un pâle sourire, elle n'a jamais pensé que son innocence suffirait à l'épargner. »

Je gardai le silence. Il y avait, semblait-il, aussi peu à dire qu'à faire. Au-delà de la mise en œuvre de notre dernière ressource s'étendait le désert du désespoir.

« Elle m'a chargé de vous communiquer les mesures qu'elle a prises concernant Jacinta. L'avenir de sa fille a été sa préoccupation majeure ces derniers temps. Elle a tenu à s'assurer que celle-ci ne resterait pas avec son père. Il y a quelques semaines de cela, j'ai soumis de sa part une demande au notaire des Caswell. À ma grande surprise, elle a été accordée. Caswell a accepté que Jacinta soit adoptée par son oncle maternel, le *senhor* Francisco Manchaca de Pombalho, un négociant en café de Rio de Janeiro. Un homme très riche, apparemment… encore que pas autant que Caswell. Quoi qu'il en soit, une nouvelle vie dans un pays lointain semble bien être la meilleure solution pour la jeune fille. Elle est encore suffisamment jeune pour pouvoir laisser… cette horreur derrière elle, vous ne croyez pas ? » Il s'interrompit, attendant une réponse de ma part, mais, voyant qu'elle tardait, il poursuivit : « Nous avons reçu un télégramme du Brésil. L'oncle de Jacinta est en route. Accompagné de sa femme. Ils prendront Jacinta sous leur garde dès leur arrivée. Trois places ont été réservées sur un paquebot à destination du Brésil qui doit quitter Liverpool le vingt-deux, le lendemain de… »

Nous n'avons pas de mots, me dis-je tandis qu'il s'interrompait, pas de formules banales et conventionnelles, pour traiter de situations comme celle-là. Que Windrush ait compris la raison pour laquelle Consuela tenait à ce que je sache ce qu'il allait advenir de Jacinta – que je l'aie comprise moi-même – paraissait maintenant hors de propos. « J'aimerais la voir », dis-je d'un ton aussi dénué d'expression que possible.

Windrush leva la main et se massa le front du bout des doigts, comme pour soulager un début de migraine. « J'avais espéré ne pas avoir à vous le dire, Staddon. Le fait est qu'elle refuse catégoriquement de vous voir. Elle m'a demandé de vous le faire savoir sans ambiguïté. »

Ainsi donc, l'interdiction tenait toujours. Le gouffre que j'avais creusé entre nous treize ans plus tôt, la mort elle-même ne le refermerait pas.

« Je regrette, Staddon.

— Pas autant que moi. Mais les regrets ne servent à rien, n'est-ce pas ?

— Non, en effet.

— Je souhaiterais… »

Mais les souhaits, au même titre que les regrets, les espoirs, les prières, les efforts vains, n'étaient plus de mise désormais, usés et sans effet sur des oreilles qui refusaient d'écouter et des esprits trop rigides pour s'infléchir. L'obscurité était partout, de l'autre côté de la fenêtre, entre nos mots, à l'intérieur de nous-mêmes ; sa menace pesait déjà sur notre avenir. L'obscurité. Et le pire – ce pour quoi on ne saurait jamais être suffisamment préparé. Je me levai, laissant mon souhait inexprimé, et sortis sans un mot dans la nuit, aveuglé par le désespoir.

19

Un jour, jeune écervelé que j'étais, je pris part à une séance de spiritisme. C'était au cours de ma première année à Oxford, dans l'appartement d'un étudiant qui habitait sur le même palier. Tard dans la soirée, munis d'un jeu de cartes lettres et d'un verre posé à l'envers, sept d'entre nous, pris de boisson, pas rassurés mais s'efforçant de ne pas le montrer, s'embarquèrent en ricanant dans une tentative maladroite pour communiquer avec les morts. Et la tentative réussit. Du moins, c'est ce qu'il nous sembla. Le verre bougea et égrena des réponses à nos questions. Par la suite, Parkhouse prétendit l'avoir poussé, ce que nous fûmes tous heureux, pour ne pas dire franchement ravis, d'entendre. Ce que chacun d'entre nous crut en réalité est une tout autre histoire. Pour ce qui me concerne, je n'ai pas plus d'assurance aujourd'hui que je n'en eus sur le moment. Au début, il ne s'agissait que d'une plaisanterie sans conséquence, avec des questions comme : le mois de naissance d'un des participants, le nom de jeune fille de la mère d'un autre. Les choses auraient sans doute gardé ce caractère innocent si l'un d'entre nous ne s'était pas mis en tête de vouloir connaître l'année de sa mort. À cette question, le verre cessa de bouger, l'esprit (si c'en était bien un) refusa de répondre et la séance se termina au milieu de protestations soudain dépourvues de gaieté.

Pourquoi, me suis-je souvent demandé depuis, avait-il fallu que je pose une telle question ? Quelle mouche m'avait piqué ? Car qui – quand on y réfléchit bien – pourrait vouloir obtenir ce genre d'information ? C'est l'incertitude qui nous permet de supporter l'idée de la mort, visiteur dont l'arrivée n'est tolérable que parce qu'elle est inattendue. Pourtant, l'espace d'un instant d'aberration, j'avais essayé de découvrir l'heure de cette visite. Comment aurais-je réagi si j'avais obtenu une réponse ? Si j'avais pu savoir ? Dieu merci, je n'en sus jamais rien.

Mais ce n'était pas le cas de Consuela. Elle qui n'avait jamais posé la question était en possession de la réponse. Neuf heures du matin, le jeudi 21 février 1924 : l'heure et le jour de son exécution. Le seul et unique privilège du condamné c'est de connaître le moment de sa mort.

C'est à Sunnylea, où Imry était maintenant en bonne voie de guérison, que je passai le week-end suivant ma rencontre avec Windrush et sir Henry. Nous partageâmes toutes les pensées qui nous venaient à l'esprit et que nous inspirait le désespoir, retirant quelque réconfort de nos échanges. C'est ainsi que me revint soudain à l'esprit cette folle séance vieille de plus de vingt ans, et qui fit alors surgir une autre question à laquelle je n'avais guère envie d'avoir de réponse. La mort de Consuela était-elle le prix à payer pour l'impudence dont j'avais fait preuve en cette occasion ? Avais-je à ce moment-là scellé son sort en tentant le mien ?

Ces quelques jours m'apportèrent par ailleurs un bienfait non négligeable : la fin des secrets qui existaient entre Imry et moi. Je lui appris non seulement les circonstances de la mort de Rodrigo, mais l'existence des faux billets que j'avais découverts dans le coffre de Victor. Je lui révélai le sort fatal qu'avaient valu à Malahide ses tentatives de chantage, et le fait que la lettre qu'il m'avait vendue était un faux. Je lui avouai dans le détail la manière honteuse dont j'avais trahi Consuela toutes ces années auparavant, ainsi que ma futile tentative pour aider Doak et apaiser ma conscience. Je reconnus même être allé jusqu'à m'assurer qu'Imry ne retirerait aucun mérite de la construction de l'hôtel Thornton.

Mais j'aurais pu faire montre de toute l'honnêteté du monde que cela n'aurait rien changé à la situation dans laquelle nous nous trouvions. Pas plus que notre minuscule marge d'action n'aurait été en mesure d'arrêter le décompte des jours que Consuela avait encore à vivre, ou d'en augmenter le nombre. Nous écririons bien sûr au ministre de l'Intérieur pour le supplier de lui laisser la vie. Nous écririons au procureur général, au Lord Chancellor, au Premier ministre, au roi lui-même. Mais sans attendre – ni même espérer – une réponse de qui que ce fût. Leur décision était déjà prise, définitivement gravée dans le granite de leur absolue conviction que la justice était incapable de se tromper. Nous qui dans ce cas précis étions certains du contraire, nous ne pouvions faire davantage que rester solidaires et témoigner.

Jeudi 14 février, jour de la Saint-Valentin. Le premier jour de ce qui devait être, ainsi en avait décidé la loi, la dernière semaine de vie de Consuela Caswell.

Le faux printemps était déjà fini, et il soufflait un vent d'est glacial qui apportait la neige avec lui dans les rues de Londres. J'étais dans le métro, à mi-chemin entre Chancery Lane et St Paul's, quand les aiguilles de ma montre marquèrent neuf heures, me projetant à huit jours de là et faisant résonner un glas dans ma tête. Le passage du temps, mesuré en unités de plus en plus petites et angoissantes, éclipsait toute autre pensée ou action. D'après sir Henry, si la condamnée était graciée, la décision serait annoncée avant la fin de la semaine. Dans le cas contraire, ce serait la fin de tout espoir.

À Frederick's Place, Doris rougissait et gloussait en lisant une carte de la Saint-Valentin qu'elle avait reçue de son fiancé, tandis que Kevin, supporter inconditionnel du club de Chelsea, se lamentait sur la petite forme des joueurs. Ils auraient pu tout aussi bien parler une langue étrangère – ou habiter une autre planète – tant je me sentais peu concerné par leurs dérisoires préoccupations.

Je me réfugiai dans le sanctuaire de mon bureau, refermai la porte et m'assis. Puis je me penchai, soulevai la petite plaque de mon calendrier portant le numéro 13, la retournai pour faire apparaître le 14, avant de la laisser retomber à sa place, tout en me disant que je n'aurais plus que cinq fois à accomplir ce geste avant qu'il devienne totalement inutile, avant que soit mis un terme à tout décompte et à tout calcul au moment où une trappe s'ouvrirait dans une autre partie de cette ville que je partageais avec des milliers de Kevin et de Doris – mais avec une seule Consuela.

Une pile de courrier m'attendait sur le bureau, mais je n'y prêtai pas la moindre attention. Je contemplais mon téléphone tout en me demandant s'il était trop tôt pour appeler Windrush et avoir des nouvelles. (Depuis le rejet du pourvoi en appel, il avait élu domicile au cabinet de sir Henry.) Quand je regardai la pendule et constatai qu'il n'était pas encore neuf heures et demie, je décidai qu'un tel appel serait prématuré. Je me levai, ôtai mon chapeau et mon manteau, les suspendis et allai me poster devant la fenêtre où j'allumai une cigarette.

Je regardais dehors quand un homme trapu d'âge moyen, en imperméable et chapeau mou, entra dans mon champ de vision, venant d'Old Jewry, et commença à longer notre côté de la place. Je ne le connaissais pas et en conclus qu'il devait se rendre à la banque d'affaires voisine ou à Mercer's Hall. Je ne pus donc m'empêcher d'être surpris quand je le vis franchir le seuil de notre porte. Mais je fus carrément stupéfait quand, quelques minutes plus tard, Reg vint m'annoncer que l'inspecteur-chef Wright, de Scotland Yard, demandait à me voir.

Il avait un nez fort dans un visage rond, un peu fripé, et volontiers souriant. Dans l'ensemble, on aurait dit un marchand de bonbons débonnaire plus qu'un policier à l'esprit subtil, impression corroborée par les effusions qui accompagnèrent ses remerciements quand je l'aidai à ôter son imperméable, lui offris un siège et fis apporter du café. Mais son comportement éveilla mes soupçons. Je ne pouvais m'empêcher de penser qu'il cherchait à m'insuffler un sentiment de supériorité injustifié.

« Comme je suppose que vous le savez déjà, monsieur, je suis l'inspecteur chargé de l'affaire Caswell. »

J'avais raison, apparemment, de me montrer méfiant. Son entrée en matière ne me permettait pas de décider si je devais admettre ou au contraire nier avoir une connaissance intime de l'affaire. Je choisis de gagner du temps. « Je pensais, inspecteur, que toute enquête de ce côté n'avait désormais plus lieu d'être, maintenant que le jugement est rendu.

— C'est vrai, monsieur. Mais il reste encore quelques questions troublantes qui n'ont pas reçu de réponses. Vous êtes, si je ne m'abuse, un ami de Mrs Caswell ?

— Qu'est-ce qui vous autorise à le penser ?

— La liste des personnes qui ont écrit au ministre de l'Intérieur pour le solliciter de commuer la peine de Mrs Caswell n'est pas très longue, monsieur. Votre nom y figure. Comme d'ailleurs celui de votre associé, Mr Renshaw.

— Vous seriez ici à cause de lettres que nous avons adressées au ministre de l'Intérieur ?

— Dieu du ciel, certainement pas, monsieur ! » Il s'interrompit, un sourire figé aux lèvres, au moment où Doris entrait avec le café. Il reprit quand elle fut sortie. « La police n'a pas à contester à un citoyen le droit d'adresser une pétition à ses représentants au Parlement. Loin de moi cette pensée ! » Il trempa son petit sablé dans son café et mangea le morceau imbibé.

« Alors, quelle est la raison de votre présence ici ? demandai-je, m'efforçant de garder un ton aussi neutre que possible.

— Vous-même, vous diriez-vous un ami de Mrs Caswell ?

— Eh bien… Dans ce contexte, certainement.

— Vous la croyez innocente du crime pour lequel elle a été condamnée ?

— Oui. Certainement. »

Il hocha la tête, trempa le reste de son biscuit et l'avala. Puis il poursuivit. « Connaissiez-vous feu son frère, le *senhor* Rodrigo Manchaca de Pombalho ?

— Je... je l'ai rencontré en deux ou trois occasions, oui.

— Quel genre d'occasions, je vous prie ? »

Il m'apparut alors que je devais l'obliger à abattre ses cartes. « Inspecteur, je pense qu'il ne serait pas déraisonnable de ma part de vous demander de m'expliquer le pourquoi de ces questions.

— Pas du tout déraisonnable, monsieur, je vous l'accorde. » Il s'interrompit le temps d'avaler une ou deux gorgées de son café. « Vous êtes au courant de la mort récente du *senhor* Pombalho, je suppose, et des circonstances dans lesquelles elle s'est produite ?

— Oui.

— Soit dit entre nous, je n'aime pas beaucoup les verdicts d'homicide avec fait justificatif. Ils me mettent mal à l'aise.

— J'ai cru comprendre qu'il s'agissait d'un cas de légitime défense qui ne souffrait pas de discussion.

— Certes. C'est la conclusion à laquelle est parvenu le jury. Mais je ne suis pas convaincu que l'on ait bien porté tous les faits pertinents à son attention.

— Vraiment ? Ma foi, je n'ai pas d'avis là-dessus.

— Le *senhor* Pombalho était logé au Green Man, à Fownhope, au moment de sa mort. C'est une auberge de village tranquille, qui héberge très peu de clients, surtout en hiver, si bien que l'aubergiste se souvenait fort bien du *senhor* Pombalho – et de l'homme qui l'accompagnait. Mais ils n'ont pas laissé de nom, et le compagnon du *senhor* Pombalho ne s'est pas présenté spontanément, si bien que nous ne savons pas qui, ni où, il est. Nous aimerions pourtant bien le savoir, comme vous l'imaginez aisément. Il pourrait peut-être nous dire si le compte rendu des événements présenté au coroner par Mr Caswell était exact.

— Je comprends très bien votre problème, inspecteur, mais je ne vois vraiment pas en quoi...

— L'aubergiste du Green Man ne nous a pas fourni une description de ce deuxième homme qui puisse nous être bien utile, j'en ai peur. C'est le Brésilien qui a retenu l'essentiel de son attention. Tout ce dont il se souvient à propos de son compagnon, c'est que c'était un Anglais d'âge moyen s'exprimant avec élégance. Une description qui pourrait s'appliquer à une bonne moitié de la population adulte mâle de ce pays, comme vous en êtes certainement conscient. À vous, par exemple, n'est-ce pas ?

— Oui, mais comme vous...

— L'aubergiste se souvenait du genre d'automobile que conduisait notre homme, mais il n'a pas noté le numéro d'immatriculation. Et pourquoi l'aurait-il fait ? C'était une Morris « Bullnose ». La voiture la plus fréquemment croisée sur nos routes. Si on veut aller par là, j'en ai une moi-même. Et vous, monsieur, vous possédez une voiture ?

— Oui. En fait...

— Ne me dites pas que vous aussi... ! s'exclama-t-il en feignant l'incrédulité.

— Heu... Eh bien si, justement.

— De quelle couleur, monsieur ?

— Bleu roi.

— Eh bien, qu'est-ce que je vous disais ? La vie nous joue de ces tours !

624

— Je ne comprends pas ce que vous voulez dire, inspecteur.

— Simple curiosité de ma part, monsieur, où étiez-vous le vingt-deux janvier dernier ?

— Heu… Ici, à Londres, il me semble. » Aussitôt, je regrettai ce mensonge, craignant qu'il réclame une confirmation que j'aurais été bien en peine de fournir. « Évidemment, il me faudrait vérifier… vérifier mon emploi du temps, je veux dire.

— Je comprends tout à fait, monsieur, dit-il, son sourire s'élargissant. Ce n'est pas facile d'être sûr quand on vous met en mauvaise posture, n'est-ce pas ?

— En tout cas, répondis-je en me sentant rougir, je suis certain d'une chose, c'est que je n'étais pas dans le Herefordshire à cette date.

— Loin de moi l'idée de vous faire dire que vous y étiez, monsieur.

— Seriez-vous en train de suggérer que j'y étais bel et bien ?

— Absolument pas, monsieur. Je ne m'y risquerais pas. C'est simplement que… nous sommes tenus de tout vérifier. Vous le comprendrez, j'en suis sûr.

— Non, pas vraiment. Est-ce que vous vous proposez de poser ces questions à tous ceux qui ont écrit au ministre de l'Intérieur au sujet de l'affaire Caswell ?

— Certes pas, monsieur.

— Alors, pourquoi me les poser à moi ?

— Eh bien, voilà. Il se trouve que vous possédez une voiture de la même marque et de la même couleur que celle utilisée par le compagnon du sieur Pombalho.

— Mais comme vous l'avez dit vous-même, inspecteur, il doit y avoir des centaines de Morris « Bullnose » bleu roi en circulation. Et vous ne saviez pas que j'en possédais une avant de venir me rendre visite, si ?

— Vous marquez un point, monsieur. » Son sourire commençait à m'exaspérer sérieusement, ce qui était sans doute le but recherché. « Je devrais peut-être expliquer, poursuivit-il, qu'une lettre anonyme qui m'était personnellement adressée est arrivée à Scotland Yard il y a deux jours. Postée à Hereford lundi dernier, elle vous désignait nommément comme la personne qui avait logé au Green Man en même temps que le *senhor* Pombalho.

— Moi ? Mais c'est…

— Qui plus est, elle précisait que c'était en votre compagnie qu'il s'était introduit dans la propriété de Clouds Frome au petit matin du mercredi vingt-trois janvier. »

Garde ton calme, m'admonestai-je intérieurement. *C'est un piège. Même si ça ne l'est pas, il ne peut rien prouver. Il se peut qu'il ne croie pas ce que tu lui dis, mais il n'a rien pour le réfuter.* « L'allégation est fausse, inspecteur. Je n'étais pas là-bas ce jour-là.

— Il y a quelque chose de bizarre à propos de cette lettre, savez-vous, monsieur. L'écriture est déguisée, mais cela n'a rien de surprenant. Ce qui, en revanche, est beaucoup plus intéressant, c'est que notre graphologue a jugé qu'elle était la même que celle de l'auteur, probablement un homme, des lettres anonymes trouvées en possession de Mrs Caswell, au moment de notre perquisition à Clouds Frome en septembre dernier. Nous n'avons jamais découvert l'identité de ce personnage, mais la chose n'était pas nécessaire, puisqu'elle n'était pas essentielle à l'enquête. Il n'empêche, je l'avoue, que cela m'a travaillé. Ce qui est aussi très curieux, c'est que la personne se manifeste à nouveau, par le même biais et si longtemps après. Très curieux, vraiment. Sans compter, dernière chose, qu'elle gravite nécessairement dans l'entourage des Caswell, même si elle ne fait pas directement partie de la famille. Sinon, comment saurait-elle ce qui s'est passé cette nuit-là à Clouds Frome ?

— Mais elle ne le sait pas, inspecteur. Elle se trompe, je n'étais pas présent.

— Oui, oui, monsieur, c'est ce que vous m'avez déjà dit. » Il me regarda intensément pendant quelques secondes. « Évidemment, nous pourrions vérifier vos allégations. Nous pourrions demander à l'aubergiste du Green Man s'il vous reconnaît. Vérifier votre alibi pour la date en question. Et même examiner votre voiture à la recherche de traces de grès rouge des environs de Hereford. Facile à distinguer de l'argile londonienne. Il a beaucoup plu récemment, et la boue a tendance à coller, vous ne trouvez pas ?

— Je n'ai rien à ajouter à ce que je viens de vous déclarer, dis-je en le défiant du regard.

— Il faut que je vous dise, monsieur, poursuivit-il d'un ton radouci, que, officiellement, les deux affaires, celle de Mrs Caswell et celle de la mort de son frère, sont classées.

— Alors, pourquoi êtes-vous ici aujourd'hui ?

— Parce que je n'aime pas qu'on me mente.

— Je ne mens pas.

— Mais il y a quelqu'un qui le fait, monsieur. Vous pouvez me croire. Et c'est peut-être à cause de ces mensonges que Mrs Caswell sera pendue la semaine prochaine. J'ai cru comprendre que vous aviez à cœur d'empêcher un tel dénouement.

— C'est vrai, mais... » Face au visage souriant de Wright, je sentais l'impuissance et l'incertitude me gagner. Rien de ce que je pourrais lui révéler à propos de la mort de Rodrigo n'aiderait Consuela. Même si de telles révélations risquaient de mettre Victor dans l'embarras, elles ne pouvaient lui nuire sérieusement. Miss Roebuck et lui avaient toute liberté de contredire ce que j'avancerais. Tout ce que j'y gagnerais, c'était d'avoir à avouer que j'avais menti, sans qu'eux soient convaincus de mensonges. « C'est vrai », répétai-je mollement.

Wright sortit un carnet de sa poche, arracha une page sur laquelle il gribouilla quelque chose au crayon, puis la poussa vers moi à travers le bureau. « C'est le numéro de mon poste à Scotland Yard, monsieur. Pour le standard, c'est Whitehall 1212. Mais vous le connaissez certainement, un numéro aussi tristement célèbre que celui-ci.

— Pourquoi me dire tout cela, inspecteur ?

— Au cas où vous voudriez me contacter d'urgence, monsieur. Entre aujourd'hui et le... vingt et un de ce mois. Après cette date, je ne pense pas que vous le jugiez encore nécessaire. Mais si, d'ici là, vous décidiez de revoir...

— Revoir quoi, inspecteur ?

— Votre position, monsieur. Votre... version des faits. La vérité – je veux dire, toute la vérité – est sans doute la seule planche de salut pour Mrs Caswell. Pourquoi son frère est-il entré par effraction dans la villa ? Que cherchait-il ? Le savoir nous serait d'un précieux secours. Il y a encore une chance, très mince, je l'admets, mais réelle malgré tout. Ce serait une honte que Mrs Caswell meure parce que ses soi-disant amis refusent de dire la vérité. Davantage qu'une honte, en réalité – une infamie, une tragédie. Vous n'êtes pas d'accord avec moi, monsieur ? Une véritable tragédie. »

Après le départ de Wright, je me trouvai incapable de rester plus longtemps à Frederick's Place. J'avais besoin d'air pur – aussi pur, en tout cas, que celui que Londres était en mesure d'offrir – pour me débarrasser des doutes et de l'indécision que l'inspecteur avait semés dans mon esprit. J'inventai donc un rendez-vous avec le comptable du cabinet et passai ensuite plusieurs heures à arpenter les rues glaciales et pleines de gadoue, au milieu de la foule des Londoniens vaquant fébrilement à leurs occupations.

Le fait que Wright me soupçonne était sérieux en soi, mais ce qui me paraissait autrement plus grave était que l'auteur des lettres anonymes s'était à nouveau manifesté. Si, comme cela semblait désormais probable, c'était lui qui détenait la clé du sort de Consuela, il était vital de découvrir son identité, que le contenu de son dernier message en date rendait plus impénétrable encore. Ce ne pouvait être Victor, puisqu'il avait de bonnes raisons de vouloir que ma présence à Clouds Frome la nuit de la mort de Rodrigo reste secrète. Mais qui d'autre pouvait être au courant ? Personne hormis Victor et miss Roebuck ne m'avait vu. En dehors de nous trois, personne ne pouvait savoir ce qui s'était passé. Et pourtant quelqu'un était bel et bien informé, quelqu'un qui avait pris soin que la police le soit aussi.

Le début de l'après-midi me trouva assis dans la nef centrale de Saint-Paul, les yeux levés vers l'inégalable majesté de l'œuvre de Wren. Mon inaptitude à concevoir et exécuter un plan aussi vaste et complexe me parut alors étrangement analogue à l'incapacité dans laquelle je m'étais trouvé de détecter et comprendre le complot qui s'était tramé autour de Consuela. Mon impuissance était aussi ma grande honte. Le seul service que j'aurais pu lui rendre était précisément la seule tâche que je ne pouvais accomplir. L'homme en moi n'était pas meilleur que l'architecte.

La lumière déclinait déjà quand je revins à Frederick's Place. À ma grande surprise, Reg m'accueillit en m'annonçant que j'avais de la visite, et que la personne, qui avait insisté pour m'attendre, était installée dans mon bureau : Hermione Caswell.

« J'espère que vous ne m'en voudrez pas, Mr Staddon. Elle s'est montrée très insistante.

— C'est très bien, Reg. Voulez-vous préparer le thé, je vous prie ?

— Certainement, monsieur. Oh, à propos, un certain Mr Windrush a appelé.

— A-t-il laissé un message ?

— Simplement pour dire qu'il n'y avait rien de nouveau. Il a dit que vous comprendriez.

— Oui, en effet. Merci, Reg. »

Hermione était presque entièrement vêtue de noir et, contrairement à son habitude, avait l'air sombre. Comme si les récents événements avaient eu raison de son exubérance naturelle. Elle me réserva par ailleurs un accueil sévère, signe qu'elle ne m'avait toujours pas pardonné mon rôle dans le fiasco de notre entreprise.

« Je suis désolé de n'avoir pas été là pour vous recevoir, dis-je, sitôt le thé servi. Qu'est-ce qui vous amène à Londres ?

— Je quitte Consuela à l'instant.

— Je vois. » Je regrettai aussitôt le ton évasif que j'avais perçu dans ma voix. « J'ignorais qu'elle recevait des visites.

— C'est elle qui a demandé à me voir. Je ne pouvais pas refuser.

— Victor aurait sans doute préféré que vous le fassiez.

— Victor ignore que je suis ici.

— Il va forcément l'apprendre, non ?

— Je ne pense pas, non. Il n'est pas en Angleterre, Mr Staddon, et ne sera pas de retour avant… quelque temps.

— Où est-il donc parti ?

— Au cap Ferrat.

— Vraiment ? Ma femme… » Je pris une profonde inspiration et tentai de regarder Hermione en face. « Comment avez-vous trouvé Consuela ?

— Plus calme que nous ne le serions l'un ou l'autre à sa place. Résignée, je dirais, à son sort. Peut-être trop.

— Pour quelle raison voulait-elle vous voir ?

— Pas pour celle que je craignais.

— Et qui était ?

— Que quelqu'un l'eût mise au courant des intentions de Victor.

— Quelles intentions ?

— Nous avons été priés d'assister à une réunion de famille à Clouds Frome dimanche dernier. Mortimer, Marjorie, Spencer et moi. Victor souhaitait nous annoncer ses projets pour l'avenir, celui de Jacinta aussi bien que le sien.

— Si vous voulez parler de l'adoption de Jacinta par le frère encore vivant de Consuela, je dois vous dire que Windrush m'en a déjà informé. J'ai cru comprendre que la chose s'était faite à la demande de Consuela elle-même.

— C'est ce que Victor nous a dit. Étant donné les circonstances, dit-elle en me jetant un regard de reproche, c'est ce qui pouvait arriver de mieux à Jacinta. J'ai été surprise et soulagée de constater que mon frère avait accepté la proposition.

— Moi de même, pour ne rien vous cacher.

— Vous serez peut-être moins surpris en apprenant ce que Victor nous a ensuite annoncé. Il nous a dit qu'il resterait avec le major Turnbull au cap Ferrat jusqu'à Pâques, et qu'il partait dès mardi – il y a donc deux jours de cela. Naturellement, Gleasure l'a accompagné. Beaucoup moins naturellement, toutefois, miss Roebuck est partie avec lui, elle aussi. Dans la mesure où Jacinta doit rester à Hereford – elle est actuellement à Fern Lodge –, on aurait pu penser que la place de miss Roebuck était à ses côtés, au moins jusqu'à l'arrivée de son oncle. Quand ils ont compris qu'il n'en serait rien, Mortimer et Marjorie se sont montrés très choqués de ce manquement aux convenances, même si c'est moi qui ai demandé à Victor de s'expliquer sur ces dispositions pour le moins surprenantes. Ma question ne l'a en rien décontenancé. Sa réponse a été d'une simplicité on ne peut plus impudente : quand miss Roebuck et lui reviendraient de France, ils le feraient en tant que mari et femme.

— Quoi ?

— Il a l'intention de l'épouser, Mr Staddon, dès que… dès qu'il le pourra. »

J'acquis tout à coup la certitude que cette annonce, qui ne pouvait tomber à un moment plus macabre, était la réponse à toutes mes questions, expliquait tout ce qui était arrivé. Victor était le jouet d'Imogen Roebuck. L'épouser était pour elle la voie royale vers la richesse et la liberté. Consuela constituant un obstacle sur son chemin, elle l'avait écartée. Le moment venu, Victor lui aussi pourrait bien se trouver écarté. Mais peu m'importait. Quels que fussent les tourments qu'il aurait à endurer de la part de cette garce de femme, il les mériterait jusqu'au dernier. Mais pourquoi Consuela devrait-elle souffrir ? Elle était aussi innocente du meurtre de Rosemary qu'ignorante de son mobile. Car le mobile, c'était du côté d'Imogen Roebuck qu'il fallait le chercher.

« Elle nous a vaincus par sa duplicité, Mr Staddon. Victor est complètement sous son emprise. À ses yeux, elle a été sa seule alliée, sa loyale consolatrice, de ce fait même digne de devenir son épouse davantage que Consuela ne l'a jamais été. Ils doivent se marier à Nice, au début du mois prochain. Rien ne saurait l'empêcher… sauf si Consuela est graciée.

— Ce à quoi personne ne croit plus.

— Exactement. Nos pires craintes se voient aujourd'hui réalisées.

— Nous devons avertir la police. Il faut à tout prix leur faire comprendre les implications d'un tel projet.

— Mais quelles sont-elles ces implications ? Nous soupçonnons miss Roebuck d'avoir été l'instigatrice de cette sinistre machination pour arriver à ses fins :

elle aurait empoisonné Rosemary pour se débarrasser de Consuela et convaincre Victor que sa femme avait tenté de l'empoisonner. Mais nous n'avons pas le début d'une preuve. En fait, toutes les circonstances montrent qu'elle aurait été dans l'incapacité d'agir ainsi. Dans ces conditions, que pensera la police de nos allégations ? Uniquement ce que mon frère et ma belle-sœur scandalisés pensent déjà. À savoir que miss Roebuck est une petite intrigante qui a profité de la situation, qui a joué de l'affection de Victor à un moment où il était particulièrement vulnérable, qui a tiré parti des événements – mais sans en être à l'origine. Ils estiment sa conduite méprisable, mais en aucun cas criminelle. »

Hermione avait raison. Notre instinct nous soufflait que la meurtrière, c'était Imogen Roebuck, et non Consuela. Mais notre raison, si nous acceptions de l'écouter, disait tout autre chose. Comment aurait-elle pu savoir que Rosemary et sa mère viendraient à Clouds Frome cet après-midi-là ? Si elles n'étaient pas venues, Victor aurait absorbé une dose fatale d'arsenic. Que serait-il advenu alors de son espoir de devenir sa femme… et peut-être, par la suite, sa veuve ?

« Quoi que vous décidiez de faire, Mr Staddon, je crois que vous devriez d'abord prendre l'avis de Consuela.

— Comment le pourrais-je ? Elle refuse de me voir.

— Plus maintenant. C'est la raison pour laquelle je suis venue ici cet après-midi. J'ai un message pour vous de la part de Consuela. Elle désire vous voir. Demain.

— Pardon ?

— Je crois que vous avez bien entendu.

— Mais… Après tout ce… Pourquoi ?

— Pour la raison qui l'a poussée à me demander de lui rendre visite. Elle veut connaître la vérité sur la mort de Rodrigo. Elle sait que la police a essayé, mais en vain, de découvrir l'identité de l'homme qui l'accompagnait. Elle soupçonne que c'était vous. Elle m'a demandé à brûle-pourpoint si c'était bien le cas.

— Et que lui avez-vous répondu ?

— Je lui ai dit que mes obligations envers vous m'interdisaient de répondre à une telle question. Mais je crois qu'elle a décelé dans mes paroles une forme de réponse. Quoi qu'il en soit, elle a bien l'intention à présent de vous poser à vous la même question. »

Que pouvais-je dire à Consuela ? Aucun de mes mensonges ne parviendrait à la tromper. Cela, je le savais avant même de me retrouver en face d'elle. La vérité, donc. Il faudrait que j'en passe par là. Lui avouer que j'avais abandonné Rodrigo dans la mort comme je l'avais abandonnée, elle, dans la vie. Il avait poussé son dernier soupir en essayant de la sauver, et mon action malencontreuse n'avait fait que le condamner à une mort inutile.

« Les visites commencent à quatorze heures trente », dit Hermione.

Je la regardai, espérant qu'elle pourrait peut-être me dicter ma conduite. « Vous pensez… Vous pensez que je devrais…

— Elle a été condamnée à mort, Mr Staddon. Ai-je besoin de vous le rappeler ?

— Alors, la vérité est le moins qu'elle puisse attendre de moi.

— C'est le moins, en effet », dit Hermione avec un hochement de tête implacable.

Je ne pensai qu'à une chose cette nuit-là : ce que j'allais dire à Consuela. Je m'étais déjà préparé une fois à une telle rencontre, mais elle m'avait été refusée. Depuis, la situation de Consuela avait empiré, autant qu'avait grandi en moi le sentiment d'être responsable de cette aggravation. Derrière toutes les subtilités juridiques et les questions non tranchées par le procès se dressait une vérité, unique et indiscutable. Si j'étais resté à ses côtés treize ans plus tôt, comme je le lui avais promis, elle ne serait pas aujourd'hui en danger de mort. Si j'avais placé l'amour et l'honneur plus haut que la richesse et la réussite sociale, elle n'aurait à présent rien à craindre. Et moi non plus.

Windrush n'avait toujours aucune nouvelle du ministère de l'Intérieur quand je l'appelai le lendemain matin. Je ne l'informai pas de la visite que je devais rendre à sa cliente plus tard dans la journée. Pour tout dire, j'avais moi-même encore du mal à croire que je me rendrais à la prison. Quand ce fut l'heure, cependant, je me mis en route pour répondre à son appel, l'esprit quasi paralysé à force de ressasser, obsédé par la futilité des moyens que j'avais mis en place pour me préparer à ce moment.

J'allai en métro jusqu'à Kentish Town, puis marchai en direction du nord-est pour gagner Holloway le long des rues tranquilles d'un quartier résidentiel. La neige de la veille commençait à fondre, et l'apparition d'un pâle soleil accélérait le processus. Quand je débouchai dans Camden Road et aperçus la prison, de la fumée montait de la cheminée et la lumière, là où elle frappait les toits mouillés et pentus du quartier de détention, se réfractait en rayons aveuglants. Soixante-dix ans auparavant, l'architecte de la ville avait décrété que cette prison, comme toutes les autres de la même époque, devait être construite sur le modèle d'un château médiéval, avec sa panoplie de barbacanes, de remparts crénelés, de tourelles pointues. Il ne pouvait guère se douter qu'un membre de sa propre profession en viendrait un jour à souhaiter qu'il n'ait jamais choisi de célébrer les revanches de la loi avec un tel enthousiasme, une approbation aussi manifeste des châtiments qu'auraient à subir des êtres humains dans cette enceinte.

Je pressai le pas en arrivant à proximité du bâtiment. La rampe menant à la loge du portier me parut interminable, cernée de toutes parts par le désespoir autant que par les créneaux vertigineux des murailles. Je devinai plus que je ne le vis le mouvement d'un judas dans la porte devant moi. Puis, avant que j'aie eu le temps d'atteindre la sonnette, un portillon ménagé dans la porte s'ouvrit, et une gardienne apparut dans l'ouverture, qui me regarda d'un œil sans expression.

« Que puis-je faire pour vous, monsieur ? » Les mots étaient polis, mais la voix sévère et intimidante.

« Je suis venu rendre visite à une de vos prisonnières. Mrs Caswell. »

La gardienne ne manifesta aucune réaction, se contentant de hocher la tête et de reculer d'un pas pour me laisser entrer. À l'intérieur, un hall sombre, haut de plafond, avec un grand feu dans une cheminée d'angle, dont la chaleur cependant ne réussissait pas à m'atteindre. Au fond, des grilles de fer, et, au-delà, une cour pavée. La porte se referma avec fracas derrière moi et la gardienne me dit : « Suivez-moi, je vous prie. » Je m'exécutai, tout en enregistrant au passage les odeurs et les bruits ambiants. L'impact métallique des clés dans les serrures, des chaînes sur les grilles, tournant et heurtant la ferraille, sinistre écho brouillé et étouffé par la pierre et les escaliers ; l'humidité, suintante, dégouttant de toutes parts, celle, aurait-on pu dire, de la tombe.

« Une visite pour la condamnée. » Les mots venaient d'un peu plus loin devant moi, et j'aperçus une autre gardienne assise à un bureau derrière une vitre coulissante. Sur le mur dans son dos, une pendule et à côté un tableau noir où, en dessous d'intitulés tracés à la peinture, figuraient des cases contenant des nombres inscrits à la craie. PRISONNIÈRES SUR LISTE D'APPEL : 289. DÉTENTION PRÉVENTIVE : 73. INFIRMERIE : 6. ÉVADÉES : –. CONDAMNÉES : 1.

« Parent ou ami ? demanda la gardienne assise au bureau.

— Oh… Ami.

— Attendu ?

— Heu… Oui, je crois.

— Nom ?

— Staddon. Geoffrey Staddon. »

Elle consulta une liste, puis, sans plus d'explication, poussa en travers du comptoir un gros registre défraîchi. « Veuillez signer, s'il vous plaît. »

Un porte-plume était attaché par un morceau de ficelle au dos du registre. Je dus tendre la ficelle au

maximum pour tremper la plume dans l'encrier et inscrire mon nom et mon adresse dans les espaces appropriés. Il y avait deux cases vides sur le côté droit de la
page, avec pour en-tête : ARRIVÉE et DÉPART. La
gardienne fit pivoter le livre vers elle quand j'eus terminé, cligna les yeux en direction de la pendule et ins-
crivit l'heure dans la première case. Quatorze heures
vingt-sept.

« Vous allez devoir attendre. Son avocat est avec
elle en ce moment.

— Ah bon ? Je ne…

— Mais vous avez de la chance, dit-elle en jetant
un coup d'œil derrière moi. Le voilà qui arrive. »

Au moment où je me retournai, les grilles donnant
sur la cour s'ouvrirent dans un fracas de ferraille, et
Windrush les franchit. Elles furent instantanément
refermées et verrouillées derrière lui.

« Staddon ! Alors, finalement vous êtes venu ! »
Il avait l'air plus maigre et plus pâle que jamais,
plus débraillé aussi, les yeux cernés, les cheveux
en désordre, plaqués sur le crâne par endroits. Je ne
l'avais jamais vu aussi malheureux, aussi manifestement dépassé par les événements.

« Vous saviez que je devais venir ? demandai-je.

— Elle me l'a appris à l'instant.

— Mais vous pensiez que je ne viendrais pas.

— Disons plutôt que je l'espérais. Pour votre bien.

— Que voulez-vous dire ?

— Ce que je veux dire, répondit-il en s'approchant de moi, c'est que je n'aurais jamais accepté
cette affaire si j'avais su qu'elle se terminerait ainsi. Je
crois pouvoir dire que je vis aujourd'hui le jour le plus

sombre de mon existence. » Il leva les yeux vers les ténèbres des voûtes et poussa un grand soupir. « Mon Dieu, quel horrible endroit que celui-ci !

— Vous avez eu la réponse du ministère de l'Intérieur, n'est-ce pas ? demandai-je en lui agrippant le bras.

— Une réponse définitive, oui. Je viens de la communiquer à Consuela, dit-il en inclinant la tête. Il n'y aura pas de grâce, Staddon. La pendaison aura lieu la semaine prochaine, à la date et à l'heure prévues.

— Mais…

— Rien ne peut plus l'empêcher, désormais. Rien au monde.

— Il doit bien…

— Vous voulez bien me suivre, s'il vous plaît, Mr Staddon ? » La gardienne qui m'avait fait entrer se tenait maintenant à côté de la grille de la cour et regardait dans ma direction. « Il vous faudra partir à quinze heures, je ne saurais donc trop vous conseiller de ne pas perdre de temps. »

Le temps, à la fois si dilaté et si concentré – treize années gaspillées et moins de six jours à vivre – se refermait sur moi, plus pesant, plus lugubre que les murs qui enfermaient deux cent quatre-vingt-neuf prisonnières, lesquelles bientôt, bien trop tôt, ne seraient plus que deux cent quatre-vingt-huit.

— Mr Staddon ! »

Je lâchai le bras de Windrush et m'avançai. La gardienne fit tourner sa clé dans la serrure. Et les grilles s'ouvrirent toutes grandes pour m'accueillir.

20

Cours sinistres, escaliers noyés dans la pénombre, paliers miteux, couloirs tortueux. Combien nous fallut-il en traverser, dans quel ordre et dans quelle direction, j'aurais été incapable de le dire. La prison de Holloway était pour moi un labyrinthe déconcertant de courants d'air et d'échos, de portes qui se verrouillent et se déverrouillent, de clés, de chaînes et de barreaux, d'uniformes bleus, de murs gris et de voix défaites. Quand nous atteignîmes enfin notre destination, j'eus l'impression que nous avions parcouru des kilomètres de souterrains, et qu'il en restait encore des kilomètres devant nous. Mais ce n'était pas le cas.

La gardienne s'arrêta devant l'embrasure d'une porte ouverte et, après s'être retournée vers moi, hocha la tête en direction de l'intérieur de la pièce. Nous nous trouvions dans un quartier plus tranquille de la prison, où tout semblait désert et silencieux. Sous mes pieds, un linoléum ; au-dessus de ma tête, une ampoule nue brûlant obstinément ; une grande tache de lumière hachée par l'ombre des barreaux tombait sur le mur à côté de moi. Brusquement, je compris que nous étions arrivés à la cellule de la condamnée.

« Votre visiteur est ici, Caswell. »

La voix venait de l'intérieur de la cellule, et je fus parcouru d'un frisson en entendant son patronyme prononcé brutalement, sans fioritures. Je ne m'attendais pas à ce que la spoliation aille aussi loin. J'aurais dû, bien sûr. J'aurais dû prévoir que les peines les plus grandes ne pouvaient qu'entraîner une foule de privations mineures. Mais je ne l'avais pas fait. Et ce n'est que maintenant que je prenais conscience de la dureté de son existence.

Placée en travers de l'entrée de la cellule, une table en bloquait l'accès, flanquée d'une chaise de chaque côté. Quand j'approchai, je ne vis pas grand-chose de l'intérieur en dehors d'un pan de mur et d'un carré de sol, également nus l'un et l'autre. D'un instant à l'autre, Consuela allait paraître. Pourtant, je n'étais toujours pas prêt, convaincu de ne pas être à la hauteur de la situation, quelle qu'elle fût. Arrivé devant la table, je tirai la chaise et me forçai à regarder. Il y avait en face de moi une haute fenêtre à barreaux et, debout en dessous, une femme. Une seconde, je crus que c'était elle. Puis, mon œil s'accommodant peu à peu à la clarté, je me rendis compte que c'était une gardienne.

« Ni contact, ni chuchotement. Vous ne ferez passer aucun objet à la prisonnière sans l'avoir d'abord soumis à notre inspection. C'est compris ? »

C'était la gardienne qui se tenait de mon côté de la table qui avait parlé. Je me tournai vers elle pour lui adresser un signe d'assentiment, puis plongeai à nouveau les yeux dans la cellule.

« Bonjour, Geoffrey. »

Elle n'était pas à plus d'un mètre, plus frêle que dans mon souvenir et d'une certaine manière – même si je savais que c'était impossible – plus petite. Cheveux coupés très court, joues creusées, yeux immenses et brillants, peau presque translucide. On aurait dit qu'elle était fiévreuse, et pourtant elle dégageait une impression de calme, de sérénité au milieu des épreuves. Aucune trace de maquillage, bien sûr, aucun bijou, aucun vêtement de prix, une robe grise informe en serge grossière, lâchement nouée à la taille. Mais l'austérité de son apparence aussi bien que celle du décor ne servaient qu'à rehausser sa beauté, à raviver en moi jusqu'au moindre souvenir de son charme pour me le jeter au visage. L'éclat de la jeunesse s'était un peu fané, il est vrai, mais, en pâlissant, avait révélé la perfection.

« Assieds-toi, je t'en prie. »

J'obéis. Elle se glissa sur la chaise en face de moi et posa délicatement les mains sur le bord de la table. Elle ne portait plus son alliance – même si je soupçonnais qu'on lui aurait permis de la garder si elle l'avait souhaité. Derrière elle, dans un angle de la cellule, un lit étroit, fait avec soin. La gardienne se tenait entre le lit et la fenêtre, adossée au mur, l'œil fixé sur le couloir derrière nous.

« Merci d'être venu. »

Aucune trace d'ironie dans la remarque. Elle était sincèrement reconnaissante. Mais sa gratitude était bien plus insupportable que la plus grave des accusations. Elle n'eut pas un sourire ni un froncement de sourcils, pas une plainte ni un reproche. Ses yeux s'emparèrent des miens et ne les lâchèrent plus. Son seul reproche tenait dans la franchise de son regard.

« Je sais que tu voulais venir me voir avant, ici et à Gloucester. Je suis désolée de ne pas te l'avoir permis.

— Consuela, je…

— S'il te plaît, ne parle pas de notre dernière rencontre. Je t'en prie, je ne veux pas d'explications ni d'excuses pour ce qui s'est passé il y a toutes ces années. Ce n'est pas pour cela que je t'ai demandé de venir.

— Même ainsi...

— Là-dessus, je veux que tu respectes ma volonté, Geoffrey. Je sais que je peux compter sur toi pour le faire.

— Même si tu ne peux compter sur moi pour rien d'autre ?

— Je n'ai pas dit cela, et ce n'était pas ce que j'entendais. Si nous nous étions revus plus tôt, les choses auraient été différentes. Je t'ai détesté quand tu m'as abandonnée à ma souffrance, je t'ai haï, traité de tous les noms, et maudit. Mais c'est fini. Ce qui m'est arrivé a effacé ce genre de pensées en moi. Tu es simplement... un ami perdu.

— Et tout de même quelque chose de plus, non ? » Elle fronça le sourcil. « Je pense à Jacinta. » Je jetai un coup d'œil à la gardienne par-dessus l'épaule de Consuela, mais elle semblait ne nous prêter aucune attention. « C'est ma fille, n'est-ce pas ? »

Consuela ne répondit pas. Sur son visage, la perplexité le disputait à la pitié.

« C'est pour cette raison que tu l'as adressée à moi, non ? demandai-je encore.

— Peut-être.

— Je sais que tu ne me dois rien – moins encore que rien – mais tu ne peux quand même pas me laisser dans l'incertitude sur ce point ? Plus maintenant.

— Je ne peux te donner aucune certitude. Jacinta est peut-être ta fille. Peut-être pas. »

Je la dévisageai, scrutant son visage en quête d'un signe, d'un indice qui me dirait ce qu'elle entendait par là. Si ce n'était pas moi le père de Jacinta, alors c'était Victor. Mais Jacinta avait été conçue en juillet 1911. Cela au moins était une certitude. Et, en juillet 1911, Consuela et moi… C'était absurde, mais j'éprouvai un sentiment de trahison à l'idée de ce qu'impliquaient ses paroles. Moi qui avais pourtant perdu tout droit en la matière, j'avais du mal à accepter le doute qu'elle émettait.

« À l'époque, dit-elle lentement, il me semblait important que Victor n'ait pas la moindre raison de mettre en doute ma fidélité. Tu te rappelleras aisément pourquoi. »

J'abaissai les yeux sur la table. Elle avait lu dans mes pensées et formulait le reproche qu'elles méritaient. Quoi qu'elle ait fait, elle avait agi pour le mieux. Alors que, de mon côté, quoi que j'aie fait…

« J'espère que c'est ta fille, sincèrement. Je préférerais cent fois qu'elle ait hérité de ta nature plutôt que de celle de Victor.

— J'avais un fils, murmurai-je. Il est mort.

— Je l'ignorais.

— Comment aurais-tu pu savoir ?

— Je suis désolée, Geoffrey. Ce doit être terrible de perdre un enfant. Mais cela ne fait aucune différence.

— Je ne l'entendais pas ainsi. Les dispositions que tu as prises concernant Jacinta… on ne pouvait rêver mieux.

— Je le crois aussi. Francisco est un homme bon. Lui et sa femme traiteront Jacinta comme si elle était leur propre fille. Je ne peux pas demander plus.

— À propos de Rodrigo… dis-je en levant les yeux de la table.

— Tu étais avec lui, n'est-ce pas ? Ne dis pas le contraire, à moins que je sois vraiment dans l'erreur. Ne me mens pas. Je ne supporterai pas d'autres mensonges, surtout de ta part. Je préfère encore le silence. » Elle s'interrompit, attendant que je parle à mon tour, mais je n'en fis rien. « J'ai donc ma réponse. Tu sais ce qui est arrivé et pourquoi.

— Nous… Il essayait de te sauver.

— De quelle façon ?

— Il voulait trouver le testament de Victor et croyait savoir où il était caché. Il pensait qu'il contenait peut-être la clé de ce qui s'était passé, qu'il livrerait la raison pour laquelle ta nièce avait été empoisonnée. Mais c'était un piège. Et il est tombé dedans.

— Un piège tendu par Victor ?

— Oui.

— Et destiné à provoquer la mort de mon frère ?

— Peut-être. Je n'en suis pas sûr. Tout compte fait, Victor était peut-être bien en état de légitime défense.

— Je veux que tu dises tout à Francisco, dit-elle après un instant de réflexion. Les raisons et les circonstances de la mort de Rodrigo. La relation qui a été la nôtre dans le passé. Et même le fait que Jacinta est probablement ta fille.

— Tout ? À ton frère ?

— Je veux qu'il puisse dire la vérité à Jacinta quand elle atteindra sa majorité et qu'elle sera assez grande pour la comprendre. Je veux qu'elle sache tout de moi, même si d'ici là je serai morte depuis longtemps.

— Ne dis pas cela.

— Il le faut bien. Il m'est impossible d'affronter ce qui va se passer la semaine prochaine en faisant

646

comme si de rien n'était. Je dois regarder les choses en face. C'est irréversible à présent.

— J'ai croisé Windrush en arrivant.

— Tu es donc au courant, dit-elle avec un pâle sourire. Tu vois bien à quel point il est plus facile d'être honnête. Plus facile pour toi-même… et pour les autres.

— Il y a encore de l'espoir.

— Non, il ne reste aucun espoir. Je me suis faite à cette idée depuis longtemps. Bon, feras-tu ce que je te demande ?

— Bien sûr, dis-je en rassemblant mon courage pour soutenir son regard. Je te le promets solennellement.

— Merci.

— Je ne t'en voudrais pas si tu me rappelais ce que valait la dernière promesse que je t'ai faite.

— Loin de moi cette idée. Je crois que, cette fois-ci, tu tiendras parole.

— Tu peux compter sur moi.

— Francisco et son épouse doivent arriver lundi à Liverpool, à bord de l'*Hildebrand*. J'aimerais que tu ailles les accueillir et que tu les emmènes à Hereford. J'imagine qu'Hermione leur a déjà expliqué que Jacinta est à présent à Fern Lodge, pendant que Victor prend ses aises au cap Ferrat ? »

C'était la première trace d'amertume que je décelais dans ses propos. Qu'elle soit au courant des projets de Victor quant à son remariage avec Imogen Roebuck – et que cela explique l'absence d'alliance à son annulaire –, je n'osai le lui demander. « Oui, murmurai-je. Elle le leur a expliqué.

— Je te laisse décider du moment auquel tu feras ces révélations à Francisco et de la meilleure manière de procéder. Ce ne sera pas une tâche facile. Je le comprends et je m'en excuse. Mais à qui d'autre puis-je le demander ? Qui d'autre saurait quoi lui dire ? »

Derrière elle, la gardienne consulta la montre qui pendait à sa poitrine. Instinctivement, je sortis la mienne et sursautai en découvrant que notre demi-heure était pratiquement écoulée. « Nous n'avons plus que quelques minutes, dis-je en regardant à nouveau Consuela.

— Minutes, heures, jours. Quelle différence, Geoffrey ? Du temps, nous en avons eu assez.

— Mais… Il y a encore tant d'autres choses…

— Oublie tout. Comme il me faudra tout oublier. »

Elle était désormais en paix avec le monde et les forces qui avaient résolu de mettre un terme à sa vie. Mais c'était là une paix à laquelle je ne pouvais souscrire. « Je me suis maudit plus souvent et plus amèrement que tu n'as jamais pu le faire, Consuela. De ma vie, je n'ai rien regretté davantage que le mal et les torts que je t'ai causés.

— Ne dis pas ce genre de choses. Pas maintenant. Ne te tourmente pas, c'est inutile. Je te pardonne. Je t'absous. Ce qui m'est arrivé n'est pas de ta faute.

— Bien sûr que si. Je ne mérite pas ton pardon. Je refuse ton absolution.

— Il le faut pourtant.

— J'ai ruiné nos deux vies, Consuela. La tienne et la mienne. Je suis marié à une femme qui me méprise. Mon fils est mort. Je t'ai abandonnée pour pouvoir construire un hôtel qui n'existe plus. Il a brûlé, comme je voudrais tant avoir brûlé la lettre que je t'ai adressée. Et maintenant, à cause de moi, tu es ici, dans ce lieu sinistre et infâme, attendant…

648

— Terminé, il est l'heure. » Une main se posa sur mon épaule, et l'ombre de la gardienne tomba sur la table. « Faites vos adieux, à présent. »

Consuela esquissa un sourire, plus pâle encore qu'auparavant. « Cesse de lutter, Geoffrey. Tu ne l'emporteras pas. C'est dans l'acception de la défaite que réside notre seul espoir de victoire.

— Qui est derrière tout ça, Consuela ? Qui ?

— Je ne sais pas. Peut-être Victor. Peut-être quelqu'un d'autre. Peut-être personne.

— Si jamais je trouve…

— N'essaie même pas. Que tout cela meure avec moi.

— Vous devez me suivre, à présent, Mr Staddon ! intervint la gardienne. Sur-le-champ ! »

L'autre gardienne s'approcha et tira la chaise de Consuela. Qui se leva et inclina la tête dans ma direction. « Adieu, Geoffrey.

— C'est vraiment de cela qu'il s'agit ? Un adieu ?

— Il ne peut en être autrement.

— Mais…

— Tu étais avec Rodrigo quand il est mort, n'est-ce pas ?

— Oui.

— Ce qui veut dire que les risques qu'il a pris pour moi, toi aussi tu les as pris ?

— Je suppose, oui, mais…

— En ce cas, j'ai eu tort de te traiter d'ami perdu. J'aurais dû dire "ami retrouvé".

— Mr Staddon ! aboya la gardienne.

— Tu vas leur attirer des ennuis si tu restes plus longtemps. Tu ne le voudrais pas, je suppose ? Pars maintenant, sans un mot de plus. Va en paix.

— Consuela…

— Adieu, Geoffrey. » Elle leva la main gauche, paume ouverte. Le geste, à peine esquissé, me laissa perplexe quant à ce qu'il signifiait. Un congé ? Une bénédiction ? Un adieu ? Un peu des trois, me sembla-t-il, en signe de libération définitive de la dette que je n'avais jamais honorée.

J'essayai de parler, sans pouvoir trouver les mots. Consuela laissa retomber la main à son côté, me regarda encore un instant, avant de se détourner et de se diriger vers le lit. La gardienne me tira par le coude, et je compris que tout était fini. Jamais plus nous ne nous reverrions. Notre adieu venait tardivement. Il ne me restait qu'à imiter Consuela : faire demi-tour et m'éloigner.

J'ai dû quitter la prison comme j'y étais entré, autrement dit en signant le registre à la loge du concierge, avant de me retrouver dans Camden Road. J'ai dû partir en direction du sud-ouest dans l'après-midi finissant, en passant par Kentish Town pour aller jusqu'à Primrose Hill, avant de traverser Regent's Park tandis que le crépuscule annonçait l'heure du retour à la maison pour les Londoniens. J'ai dû suivre ce trajet, conscient de la direction que je prenais. Et pourtant, tout ce dont je me souviens – en dehors du vide douloureux de mon cerveau –, c'est du pub de Marylebone où je me réfugiai dès l'ouverture.

Je n'étais pas là depuis plus d'une demi-heure – assis à une table d'angle, devant un scotch, impatient de trouver l'oubli qu'il finirait par m'apporter – quand je pris conscience de la présence derrière moi d'un homme qui me tapait sur l'épaule. Je m'efforçai d'abord de faire comme si de rien n'était. Puis, devant son insistance, je me retournai et levai les yeux vers lui.

C'était Spencer Caswell, mince et souriant, un verre de gin dans une main, une cigarette qui se consumait dans l'autre. « Y me semblait bien reconnaître ce dos penché, dit-il avec son accent traînant. Alors, ça boume, Staddon ?

— Allez au diable !

— C'est sans doute là que je finirai, mais le plus tard sera le mieux. Ça vous ennuie si je me joins à vous ? » Sans attendre ma réponse, il s'installa en face de moi. « Je suis venu passer la journée, pour affaires. Je reprends le train de dix-neuf heures. Je me suis dit que je pourrais aussi bien m'arrêter sur le chemin de la gare pour m'envoyer un petit verre. Mais je ne m'attendais vraiment pas à tomber sur vous.

— Pour ce qui me concerne, on peut faire comme si c'était le cas.

— Le sarcasme me paraît déplacé. Mais ne vous inquiétez pas, je ne m'en formaliserai pas. Je mettrai ça sur le compte des temps difficiles que vous traversez.

— Qu'en savez-vous ?

— Allons donc ! Vous êtes en train de noyer vos peines, pas vrai ? À cause de Consuela. Pour tout dire, j'aurais bien fait un saut jusqu'à Holloway cet après-midi pour la voir si j'en avais eu le temps. Pas pour des adieux émus, évidemment, mais plutôt par curiosité, histoire de voir à quoi ressemble une cellule de condamné. Elles sont toujours pourvues d'une porte dérobée ? Vous savez, celle qu'utilise le bourreau quand il vient réclamer son dû le jour fatidique. Mais vous étiez au courant, je suppose. Vous y êtes allé, non ?

— Je n'ai rien à vous dire.

— Vraiment ? C'est comme vous voulez. Vous êtes au courant de la dernière de Victor ? Y a de quoi vous laisser sur le cul. Il s'est tiré en France avec cette petite putain de gouvernante ; elle est maligne, la Roebuck. Il a l'intention de l'épouser, apparemment, ajouta-t-il avant de grimacer un sourire. Dès que la loi lui rendra le service de faire de lui un veuf.

— Foutez-moi la paix, Spencer. Je ne veux rien entendre de ce que vous pouvez avoir à me dire.

— Tout se passe à merveille, dites donc, pour l'oncle Victor et cette garce de Roebuck, poursuivit-il après s'être penché par-dessus la table. Ce cinglé de Rodrigo expédié dans la grande plantation de café céleste, et Consuela qui ne va pas tarder à le suivre. Oui, vraiment, leurs plans ont marché à la perfection. Moi je dis, chapeau, pas vous ? Empoisonner ma sœur et faire porter le chapeau à Consuela, un coup de maître, non ? Une idée de miss Roebuck, à mon avis. Victor n'est pas assez futé.

— Si vous croyez vraiment ce que vous dites…

— Mais bien sûr que je le crois ! J'ai un avantage sur tous les autres. Je sais, moi, que Victor a eu connaissance à l'avance de la venue de visiteurs pour le thé ce fameux après-midi. »

Tout à coup, les vapeurs du whisky s'estompèrent. J'avais oublié l'allusion de Spencer à un appel téléphonique de Grenville Peto à Victor. Si nous pouvions prouver qu'un pareil appel avait été passé, alors, même à un stade aussi tardif… « Qui vous a donné cette information, Spencer ?

— Vous m'avez déjà posé la question, et je vous ai répondu que je ne pouvais pas révéler ma source.

— Il est vital que vous…

— Bof, je suppose que ça n'a plus guère d'importance maintenant. Il est à l'étranger en ce moment et, quand il sera de retour, il sera beaucoup trop tard pour sauver la tête de Consuela.

— À l'étranger, dites-vous ? Vous voulez parler de Victor ?

— Non, non. De Gleasure. Vous ne prêtez aucune attention quand on vous parle, Staddon. C'est Gleasure qui m'a dit avoir pris un appel d'oncle Grenville une bonne demi-heure avant que Rosemary et ma chère maman se présentent à la porte. Il a passé l'appel à Victor sur le poste de son bureau. Pas besoin d'être grand clerc pour deviner ce qu'a dû être l'un des sujets de leur conversation. J'imagine que les deux tourtereaux attendaient une occasion de ce genre depuis des semaines, l'arsenic à portée de main. Même ainsi, ils ont dû faire fissa pour le glisser dans le sucre sans être vus. Pendant que Consuela était dans le jardin, je suppose. C'était leur seule chance. »

Bien sûr. Gleasure était au courant de leur complot. Mais il avait été prêt à agir selon leur volonté en abusant Rodrigo. C'est donc qu'il avait été acheté. Et là, dans ce soupçon de corruption, résidait un recours que je n'avais pas encore exploité. Si Gleasure était capable de se laisser soudoyer pour tenir sa langue, on pouvait la lui délier de la même façon. Et si on arrivait à le convaincre de parler, alors Consuela serait

certainement sauvée. Devant un doute de cette enver-
gure, on n'oserait pas la pendre.

« Cacher les lettres et le sachet d'arsenic a dû être un
jeu d'enfant, par comparaison, conjecturait Spencer.
Ils pouvaient attendre jusqu'à ce que la fouille
devienne imminente avant de… Mais dites-moi,
Staddon, vous partez ? »

Déjà, je me hâtais vers la porte. J'en savais assez.
Il me faudrait deux jours pour atteindre le cap Ferrat.
Il n'en resterait plus alors que quatre. Mais j'étais
convaincu que c'était plus que suffisant pour arracher
la vérité à Gleasure et dénoncer une fois pour toutes
les mensonges de Victor.

Marcher d'un pas vif dans le froid salutaire des rues
désertes de Marylebone suffit à remettre en question
mon soudain accès de confiance. Quoi que j'arrive à
faire dire à Gleasure, Victor risquait encore de s'en
tirer, car quelque chose – en rapport avec l'argent que
j'avais trouvé dans le coffre – me disait que Grenville
Peto prendrait malgré tout son parti. Dans ce cas, tout
ce que je pouvais espérer était un sursis. Et éveiller les
espoirs de Consuela pour aussitôt les anéantir serait
pire encore que les laisser en sommeil.

Histoire d'aggraver mes difficultés, j'avais promis
à Consuela d'aller attendre son frère à Liverpool
dimanche à sa descente du bateau, ce que je ne serais
pas en mesure de faire si je décidais d'exploiter cette
piste de dernière minute en me rendant dans le sud
de la France. Pris entre le marteau et l'enclume, soit
j'abandonnais Consuela, soit je trahissais la promesse
que je lui avais faite. Deux manquements dont je

m'étais rendu coupable à son égard par le passé, et que je risquais de commettre à nouveau.

Une lettre m'attendait à l'appartement. Elle était dans une enveloppe couleur chamois expédiée en franchise. Je crus d'abord qu'elle venait du service des impôts. Mais quand je l'ouvris, je constatai qu'elle émanait du ministère de l'Intérieur – sinistre confirmation officielle de ce que je savais déjà.

> Ministère de l'Intérieur,
> Whitehall,
> LONDON SW1
> 15 février 1924

> Monsieur,
> En réponse à votre lettre du 11 courant concernant la prisonnière Consuela Evelina Caswell, actuellement sous le coup d'une condamnation à la peine de mort, je suis prié par le ministre de vous dire qu'après examen approfondi des circonstances de l'affaire, celui-ci n'a pas trouvé de raison susceptible de justifier une intervention auprès de Sa Majesté afin de Lui conseiller de suspendre le cours normal de la loi.

> Avec mes sentiments distingués,
> Sir J. Anderson, KGCB
> Sous-secrétaire d'état permanent

Strict et inflexible. Anderson se montrait conforme à la description que m'en avait donnée sir Henry. Restait à prouver qu'il ait daigné dicter lui-même cette réponse. Sa signature avait été appliquée au tampon encreur. Les formules utilisées pouvaient aussi bien être le fait d'un obscur sous-fifre. Telle était l'attention que l'on avait jugé bon d'accorder à ma supplique.

J'avais encore la lettre à la main quelques minutes plus tard, l'œil sur les mots tapés à la machine, quand le téléphone sonna. Je l'avais à portée de main, si bien que je décrochai dès la première sonnerie.

« Allô ?

— Mr Staddon ? Reg à l'appareil. Je suis au bureau.

— Au bureau ? Mais que diable faites-vous là-bas à cette heure ?

— Eh bien, pour ne rien vous cacher, monsieur, je vous attendais. Nous pensions que vous reviendriez cet après-midi.

— C'est vrai, je suis désolé. Un imprévu. Mais malgré tout…

— Le problème, Mr Staddon, c'est qu'un télégramme est arrivé pour vous de l'étranger juste après l'heure du déjeuner. Si j'ai signé, c'est parce que je pensais que vous alliez rentrer sans tarder. Je ne voulais pas le laisser sur votre bureau jusqu'à demain.

— Qui est l'expéditeur ?

— Je ne sais pas. Je ne l'ai pas ouvert.

— Eh bien, soyez assez aimable pour l'ouvrir maintenant, Reg. » J'étais trop impatient pour spéculer sur la provenance du télégramme ou me demander si je pouvais lui laisser prendre connaissance de son contenu. « Lisez-le-moi, s'il vous plaît. »

Il y eut un silence. J'entendis un froissement de papier à l'autre bout du fil. Puis Reg revint sur la ligne. « C'est de votre épouse, monsieur.

— D'Angela ?

— Oui. Expédié d'un endroit appelé Boulie-sour-Meur, en France, à neuf heures ce matin. » Il s'agissait bien entendu de Beaulieu-sur-Mer. Dans la fraction de seconde qui suivit, je me demandai pourquoi, si le message était aussi urgent que semblait l'impliquer le recours à un télégramme, Angela était allée à Beaulieu plutôt qu'au bureau de poste de Saint-Jean-Cap-Ferrat. « Voici ce qu'il dit, reprit Reg. "Ai découvert des informations troublantes à propos de Victor Caswell. Viens tout de suite."

— C'est tout ?

— Oui. J'espère que ce ne sont pas de mauvaises nouvelles, Mr Staddon.

— Mauvaises ? Non, ce n'est pas le mot qui convient.

— Vous avez l'intention de vous y rendre ? À Boulie-sour-Meur, j'entends. C'est parce que...

— Je ne serai sûrement pas là lundi, Reg, ni les quelques jours qui suivront.

— Très bien, monsieur. S'il y a...

— Merci de m'avoir prévenu. » Je raccrochai, certain de pouvoir compter sur lui pour tenir la maison durant le temps de mon absence et se montrer discret sur ce qui motivait celle-ci. Tout ce que je savais, c'était que l'action était plus supportable que l'inaction, et que, quelle que fût la raison du message d'Angela, je ne pouvais me permettre de l'ignorer.

Il était presque vingt-deux heures quand j'arrivai à Sunnylea. Imry était encore debout, l'air sombre, mais l'œil vif. Lui aussi avait reçu une lettre du ministère de l'Intérieur, et il était manifestement surpris que je ne sois pas plus abattu. Quand je lui en expliquai la raison, il partagea mon optimisme, avant d'introduire un bémol de son cru.

« Mais qu'est-ce qu'Angela a bien pu apprendre au sujet de Victor Caswell ?

— Je l'ignore. Ils vivent sous le même toit depuis plusieurs jours. Peut-être Victor a-t-il laissé échapper quelque chose. À moins que ce soit Turnbull.

— Peut-être, mais cela ne ressemble pas à Angela de te contacter de cette manière. Pourquoi n'a-t-elle pas tout bonnement téléphoné ?

— Sans doute pour ne pas risquer d'être entendue. Et pour la même raison, je peux difficilement l'appeler et le lui demander, tu ne crois pas ?

— Il faut que tu y ailles, Geoffrey, je m'en rends bien compte. J'essaie simplement de te mettre en garde. Sois prudent.

— Ce n'est pas la prudence qui va aider Consuela.

— La précipitation pas davantage. Crois-tu vraiment que Spencer t'ait rencontré par hasard dans ce pub ?

— C'était sur le chemin de Paddington. Que suis-je censé penser d'autre ? Qu'il m'a suivi jusque-là ? Mais pourquoi l'aurait-il fait, bon sang ?

— Je ne sais pas. C'est juste que… Les événements semblent brusquement se précipiter et nous échapper. Pourquoi est-ce que tout le monde tient tant à ce que tu te rendes au cap Ferrat ?

— La question, Imry, est de savoir si tu es prêt à agir à ma place en mon absence. Je vais partir de toute façon. Il le faut. Mais j'aurais la conscience plus tranquille si je pouvais tenir l'engagement que j'ai pris auprès de Consuela. C'est la raison pour laquelle je suis venu jusqu'ici.

— Tu veux que j'aille à Liverpool attendre son frère et sa belle-sœur et que je les accompagne à Hereford ?

— À qui d'autre pourrais-je demander un tel service ? dis-je en lui souriant.

— Je me sentirais offensé, dit-il en me rendant mon sourire, si tu songeais seulement à le demander à quelqu'un d'autre. Bien sûr que j'irai.

— Descends au North Western. Je t'appellerai là-bas avant que tu partes pour Hereford mardi.

— Très bien. C'est là une chance absolument infime, Geoff, dit-il en soupirant. Tu en es conscient, n'est-ce pas ?

— Tu préférerais que je la laisse passer sans rien faire ? Tu préférerais que je reste à attendre qu'arrive jeudi matin ?

— Bien sûr que non. Tu dois y aller, tu n'as pas le choix. J'espère seulement que tu ne le regretteras pas.

— Mais non. Que je réussisse ou non, je ne regretterai rien de ce que ce voyage m'apportera. »

21

Le train-bateau qui traversait la Manche et assurait la correspondance avec l'express Calais-Méditerranée quitta la gare de Victoria à onze heures, le samedi matin. Vingt-quatre heures plus tard, j'étais à Nice. L'air, sur la Côte d'Azur, était clair et frais, chargé des promesses du printemps. Mais c'était des promesses et des soucis de l'hiver londonien dont mon cœur était plein.

À Nice, je pris un train local jusqu'à Beaulieu, où je descendis à l'Hôtel des Anglais, près de la gare. Je m'obligeai à manger un morceau et à prendre un bain avant de partir pour Saint-Jean-Cap-Ferrat. Il fallait que je reste calme et méthodique, sûr de ce que je faisais et du sens de mon entreprise. Ce n'était pas le moment de perdre mon courage ni mon sang-froid. Même si je devais agir dans l'urgence, je devais éviter toute précipitation. Et pourtant, si je tardais trop…

La villa d'Abricot somnolait, pleine de senteurs, quand j'y arrivai en fin d'après-midi. Je remontai lentement l'allée, repassant en esprit ma précédente visite, et le moment où j'avais croisé Rodrigo qui sortait comme un fou furieux de la maison. La première vision que j'avais eue de lui avait depuis été supplantée par la dernière. Il reposait désormais dans une tombe anonyme à Hereford, tandis que sa sœur croupissait dans une prison londonienne et que l'homme qui l'avait tué passait agréablement son temps ici avec sa maîtresse, son ami et ma femme.

Je tirai la sonnette, me remettant en mémoire les différentes stratégies que j'avais mises au point selon l'accueil qui me serait réservé. Pendant mon long voyage depuis l'Angleterre, je n'avais songé à rien d'autre qu'à la meilleure façon d'exploiter ce qu'Imry avait appelé fort justement « *une chance absolument infime* ».

La porte fut ouverte par le domestique italien de Turnbull. Il se montra manifestement surpris de me voir, troublé sans doute que pareil incident vienne perturber le déroulement bien ordonné de sa journée. « *Signor* Staddon ! Je ne… On ne m'a pas averti de votre visite.

— Bonjour, Enrico. Ma femme est-elle ici ? »

— Votre femme ? Oui. C'est-à-dire que… non, se corrigea-t-il en rougissant. Elle est sortie, *signor*. Ils sont tous sortis, le major, *Signor* Caswell, *Signor* et *Signora* Thornton, *Signorina* Roebuck… et la *signora* Staddon est avec eux.

— Un après-midi au casino, peut-être ?

— Je… je ne peux pas vous dire. Ce n'est pas… Voulez-vous les attendre ?

— Oui. Je pense que c'est ce que je vais faire.

— Entrez, *signor*, je vous en prie. » Je le suivis dans le hall. Tandis que nous nous dirigions vers le petit salon, une idée me traversa l'esprit. Turnbull et ses invités étaient tous absents. Je risquais de ne jamais retrouver une aussi belle occasion de m'entretenir dans l'intimité avec le valet de l'un d'entre eux.

« Gleasure est ici, Enrico ?

— Gleasure ? » L'expression d'Enrico laissait clairement entendre qu'il n'appréciait guère le personnage. « *Si, signor*. Il est ici.

— J'aimerais le voir, si c'est possible.

— En ce cas… je vais envoyer le chercher, dit-il, bouche bée. Si vous êtes certain que c'est vraiment lui que vous voulez voir.

— Tout à fait certain. »

Avec un haussement d'épaules, Enrico fit demi-tour, me laissant arpenter le petit salon et repasser dans ma tête les diverses tactiques susceptibles de percer les défenses de Gleasure. Je le savais prudent et déférent, loyal envers son employeur et jaloux de sa position. Je soupçonnais toutefois que sa loyauté avait un prix et ne pouvais m'empêcher de me demander comment il réagissait à la perspective de devenir le serviteur d'Imogen Roebuck en même temps que celui de Victor. Inutile de vouloir en appeler à sa conscience, mais une vanité froissée et un avenir incertain pouvaient encore l'amener à se laisser persuader de parler.

Je n'étais pas seul depuis plus de quelques minutes quand Enrico revint dans la pièce. « *Mi scusi, signor.* Gleasure est… Il ne peut pas venir tout de suite. » Je fronçai le sourcil. Voilà qui ressemblait à un affront délibéré et qui n'augurait rien de bon pour la suite. « Il sera ici dans une dizaine de minutes. Je regrette, mais… » Il eut un nouveau haussement d'épaules éloquent.

« Très bien. J'attendrai ici… dix minutes.

— *Si, signor.* »

La porte se referma, et je me trouvai à nouveau seul. Quelles que fussent les intentions de Gleasure en me faisant attendre ainsi, il était impératif que je ne laisse pas ce délai saper mon peu d'assurance. J'allumai une cigarette et fis le tour de la pièce, admirant une fois encore l'opulence de l'ameublement. La soie et le satin s'affichaient un peu partout, rehaussant les teintes pastel des tapis et des tentures. Le moindre ourlet était garni de franges extravagantes, la moindre embrasse richement travaillée. Une petite console arborait une marqueterie d'une incroyable finesse. Sur une autre trônait une réplique en or à échelle réduite de la statue qui se trouvait dans le jardin d'hiver. Et, entre les deux, était accroché au mur un grand tableau représentant un des sujets favoris de Turnbull : des femmes nues batifolant dans un paysage antique. Ses goûts n'étaient pas les miens, mais ils étaient sans conteste dispendieux. Je repensai à l'argent découvert dans le coffre de Victor, au vol commis à la fabrique Peto, à la mort de Malahide survenue seulement quelques jours après que celui-ci eut réussi à identifier le quatrième membre de ce très vieux complot. Une partie de l'argent avait-elle été consacrée à améliorer le décor dont le major Turnbull aimait à s'entourer ?

J'avais fini ma cigarette et en avais entamé une autre, tout en examinant le jardin par la fenêtre, quand la porte s'ouvrit, livrant passage à Gleasure. Il m'adressa un sourire hésitant.

« Je suis désolé de vous avoir fait attendre, monsieur.

— C'est sans importance. Comment allez-vous, Gleasure ?

— Bien, je vous remercie, monsieur. Quoiqu'un peu surpris, je dois l'avouer, de vous voir ici.

— Serait-ce en raison de la présence de ma femme en qualité d'invitée – ou d'autre chose –, du major Turnbull ?

— Je voulais simplement dire que, au vu des circonstances, je ne m'attendais pas à ce que vous nous rendiez visite.

— Au vu des circonstances ? Voilà une façon bien évasive de formuler les choses. Mais je suppose qu'un valet de chambre doit se montrer diplomate quand il s'agit du mode de vie de son employeur.

— Vous avez raison, monsieur.

— Vous devez voir et entendre pas mal de choses que la *diplomatie* vous commande d'oublier. »

Il m'observa un moment, l'air interrogateur, avant de dire : « De quoi vouliez-vous au juste m'entretenir, monsieur ? »

C'était maintenant ou jamais, me soufflait mon instinct. Tergiverser plus longtemps ne servirait à rien. « Je suis ici, Gleasure, parce que j'essaie de sauver la vie d'une innocente. Et que je crois que vous pouvez m'aider.

— Moi, monsieur ? Je ne vois vraiment…

— Je parle de Mrs Caswell. Mrs Consuela Caswell. Vous savez, je suppose, qu'elle doit être pendue jeudi ?

— Oui, monsieur, dit-il, sans que son visage trahisse la moindre réaction. Je le sais.

664

— Au cours de son procès, vous avez déclaré n'avoir pris aucun appel téléphonique pour Victor Caswell l'après-midi de l'empoisonnement.

— En effet, monsieur.

— Ce n'était pas la vérité, n'est-ce pas ?

— M'accuseriez-vous de parjure ? »

J'écrasai ma cigarette et m'approchai de lui. « Je vous donne une chance de revenir sur votre déclaration au vu des risques incroyables qu'il y aurait à laisser un… malentendu non éclairci.

— Je ne suis pas sûr de bien vous comprendre, monsieur.

— Oh, je crois que vous me comprenez parfaitement. Spencer Caswell m'a rapporté exactement ce que vous lui avez dit : Grenville Peto a téléphoné à Victor Caswell au moins une demi-heure avant l'arrivée de Rosemary et de sa mère, ce qui signifie que Victor savait qu'elles étaient en route.

— Ah, fit Gleasure en fronçant un sourcil songeur. Alors, il vous a dit ça ? Pas le genre de personne à qui faire confiance, notre jeune monsieur Spencer, j'en ai peur.

— C'est pourtant ce que vous avez fait, non ?

— La boisson, monsieur. Avec du vent dans les voiles, je ne suis pas toujours aussi "diplomate" qu'il le faudrait.

— Vous reconnaissez donc que c'est vrai ? Vous avez effectivement pris un appel de Peto cet après-midi-là ?

— Oh, je ne reconnais rien, monsieur. Rien du tout. Je dois penser à ma position.

— Votre *position* ? Vous êtes prêt à laisser Consuela Caswell mourir simplement pour garder votre emploi ? Mais bon Dieu, c'est quand même autrement plus important que votre salaire mensuel !

— Je ne vois rien qui puisse l'être, monsieur. Pour un gentleman comme vous, qui n'a jamais eu à se demander d'où lui viendrait sa pitance, une conscience s'impose sans doute comme une nécessité. Pour moi, c'est un luxe. Que je n'ai jamais pu me permettre.

— Tout se ramène donc à une question d'argent, c'est ça ?

— Il en va toujours ainsi dans la vie, si j'en crois mon expérience.

— Fort bien. Combien voulez-vous ?

— Essayeriez-vous de m'acheter ? demanda-t-il, les yeux soudain étrécis.

— Combien Victor vous paie-t-il ? Soixante-dix livres par an ? Quatre-vingts ? Quatre-vingt-dix ? Pas plus de cent, j'en jurerais. » Je pris une profonde inspiration. « Je suis prêt à vous en donner cinq cents, si vous allez trouver les autorités compétentes et que vous faites une déclaration sous serment conduisant à un sursis à exécution en faveur de Mrs Caswell.

— Vous êtes sérieux, monsieur ? Vous seriez prêt à payer une somme pareille ?

— Je doute que vous ayez grande envie de demeurer au service de Victor une fois qu'il aura épousé miss Roebuck. Avoir sous les yeux une ancienne domestique qui jouit du confort et du statut social de l'épouse d'un homme riche risquerait d'être une expérience amère et humiliante pour quelqu'un qui accorde une telle valeur à l'argent.

— Il se pourrait bien que vous soyez dans le vrai à ce propos, monsieur, dit-il après un hochement de tête. Mais ce ne serait pas une raison suffisante pour que je prenne le risque d'être accusé de parjure. Cinq cents livres seraient une piètre compensation pour un séjour en prison.

— On n'en viendrait jamais là. Vous n'auriez qu'à plaider la contrainte. Dire que Victor a menacé de vous renvoyer si vous parliez. Je parierais d'ailleurs que c'est le cas. Je vous appuierai. Il y a de fortes chances pour que vous ne soyez pas inquiété.

— Je ne suis pas d'un tempérament joueur, monsieur. Je n'ai jamais aimé les paris.

— Alors vous aimerez peut-être quelque chose d'autre, dis-je en le fixant droit dans les yeux. Vous avez raconté une histoire au frère de Mrs Caswell à la demande de Mr Caswell, n'est-ce pas ? C'est vous qui l'avez attiré dans le piège qui l'a conduit à sa mort.

— Jamais je…

— … n'aurais pensé que les choses en arriveraient là ? Peut-être pas, en effet. Mais c'est ce qui s'est produit. Et maintenant, son autre frère est en route pour l'Angleterre. Vous aviez rencontré Rodrigo. Vous savez quel genre d'homme c'était. Eh bien, Francisco n'est guère différent, vous pouvez me croire. Il voudra se venger. Si je lui rapporte la manière dont vous avez trompé son frère, que croyez-vous qu'il fera ? »

La voix de Gleasure, quand il me répondit, avait perdu de sa superbe. « Seriez-vous en train de me menacer ?

— Uniquement des conséquences de vos actes.

667

— Si je fais une déposition confirmant que Mr Peto a effectivement appelé cet après-midi-là…

— Francesco restera dans l'ignorance.

— Et vous me donnerez cinq cents livres ?

— Si Consuela bénéficie d'un sursis à exécution, oui. Et à cette seule condition. »

Il réfléchit un moment, avant de dire : « Comment puis-je être sûr que vous respecterez votre engagement ?

— Je déposerai l'argent chez un notaire de votre choix, qui le débloquera dès ma condition remplie.

— Ah, ah ! Je pense que cela pourrait faire l'affaire.

— Alors, quelle est votre réponse ?

— Ma foi, il faut que je réfléchisse. Ce n'est pas aussi simple.

— Ça l'est pourtant pour moi.

— Sans doute, mais c'est parce que… » Soudain, il tourna la tête et leva la main, dressant l'oreille.

« Qu'y a-t-il ?

— La Lanchester du major Turnbull, qui remonte l'allée. » Tendant l'oreille à mon tour, je perçus effectivement le bruit lointain d'un moteur de voiture, bien plus tôt cependant que si je n'avais pas été prévenu. « Ils sont de retour avant l'heure. Il ne serait pas bon que l'on nous trouve ensemble, vous n'êtes pas de cet avis, monsieur ? Pas au vu des circonstances.

— Vous ne m'avez toujours pas donné votre réponse.

— Où logez-vous ?

— L'Hôtel des Anglais, à Beaulieu.

— Je le connais. Je pourrai vous y retrouver demain matin à dix heures. D'ici là, j'aurai pris ma décision.

— Le temps presse, Gleasure. Je ne peux pas me permettre d'attendre.

— Vous ne m'avez laissé que très peu de marge de manœuvre, monsieur. Et j'ai certaines… dispositions à prendre. Donnez-moi jusqu'à demain matin. Je pense que vous ne serez pas déçu.

— Il n'empêche…

— Ils seront là incessamment. Il vaudrait mieux que j'aille à leur rencontre dans le hall. »

Je le regardai encore une seconde, puis renonçai. « Très bien. Demain, dix heures.

— J'y serai, monsieur, n'ayez crainte. À présent, si vous voulez bien m'excuser… »

Il sortit à la hâte, laissant la porte ouverte derrière lui. Je n'avais que quelques minutes de loisir pour me demander s'il tiendrait parole et décider de la conduite que, dans l'intervalle, je devais adopter face à son maître. Une fois que j'aurais découvert ce qu'Angela avait à m'apprendre, le témoignage de Gleasure risquait de devenir superflu, mais je ne pouvais présumer que ce serait le cas. Jusqu'ici, mon plan fonctionnait plutôt bien. Mais j'avais encore un long chemin à parcourir.

J'entendis la porte d'entrée s'ouvrir. Les paroles d'accueil d'Enrico furent couvertes par une cacophonie de voix, au sein desquelles dominaient les plaintes geignardes de Celia et les grognements de Victor. Avant que les accents retentissants de Turnbull noient tout le reste. Puis une pause s'ensuivit. Gleasure avait dû dire quelques mots, parce que Turnbull beugla soudain mon nom sur un ton qui suggérait la dérision davantage que la colère. Puis Angela intervint, sans que je puisse distinguer ce qu'elle disait, et Victor marmonna une réponse. L'instant d'après, des pas approchaient du petit salon.

« Qu'est-ce que tu fais ici, Geoffrey ? » me lança Angela d'un air où j'aurais dit, n'eût été le télégramme, que se mêlaient une fureur et une stupéfaction sincères. Elle portait un long manteau en cachemire crème et un chapeau cloche violet garni de rubans. Elle avait les cheveux coupés assez court, pour suivre la mode, et sur le large revers de son manteau brillait la broche en singe sertie de rubis, un des nombreux cadeaux dont Turnbull l'inondait.

« Entre et ferme la porte, veux-tu ? » dis-je calmement.

Elle eut un froncement de sourcil, un petit mouvement sec et hautain du menton, mais s'exécuta, avant de s'adosser à la porte, une main toujours sur la poignée.

« Ils pensent tous que tu es surprise de me voir, je suppose ?

— Pardon ?

— Nous ne resterons pas seuls très longtemps, alors dis-moi vite ce que tu as découvert. »

Son regard, teinté d'incompréhension, se fit plus intense. « Tu voudrais bien t'expliquer, Geoffrey ? J'ai cru comprendre, d'après ce que m'a dit Clive, que tu étais prêt à te montrer raisonnable. Ce qui n'est pas évident à en juger par ta conduite actuelle. »

Elle parlait suffisamment fort pour être entendue depuis le hall. Dans l'idée qu'il s'agissait d'un stratagème

670

destiné à tromper Turnbull et Victor, je m'approchai tout près d'elle et baissai la voix. « Si tu préfères que nous parlions ailleurs, on peut se retrouver à mon hôtel.

— Je n'ai absolument pas envie de te parler, ni ici ni ailleurs, siffla-t-elle. Je veux surtout ne jamais te revoir. » Elle passa devant moi, se dirigea vers la cheminée, puis fit volte-face et me toisa du regard. « Si tu ne pars pas immédiatement, je demande à Royston d'appeler la police et de te faire emmener.

— Mais…

— Je ne vois pas ce que tu pensais gagner en venant ici.

— Mais je suis venu parce que tu me l'as demandé !

— Qu'est-ce que tu racontes ?

— Inutile de continuer à nier. Quoi que tu aies découvert, dis-le-moi sans plus attendre, et je m'assurerai qu'il ne t'arrive rien. »

Son visage était blême de rage à présent, et sa lèvre inférieure tremblait. Mon assurance fondait à vue d'œil. « Je te le répète pour la dernière fois, Geoffrey : je ne vois absolument pas de quoi tu parles.

— Je suis venu en réponse à ton télégramme. Celui que tu as envoyé de Beaulieu vendredi.

— Je n'ai jamais envoyé de télégramme.

— "Ai découvert des informations troublantes à propos de Victor Caswell. Viens tout de suite. Angela."

— Tu es complètement fou.

— Pourquoi irais-je inventer un mensonge pareil ?

— Alors, montre-moi ce télégramme.

— Je ne l'ai pas sur moi. Je n'ai pas… » Je m'interrompis et la dévisageai, interloqué. Elle ne me croyait pas. Je ne pouvais ignorer plus longtemps la vérité – clairement lisible sur son visage dès le moment où elle était entrée. Elle ne m'avait pas demandé de venir. Elle n'avait jamais voulu que je vienne. Tout ce que je lui avais dit jusqu'ici avait dû lui paraître effectivement relever de la pure folie. « Dieu m'est témoin, Angela, si je suis ici, c'est parce que j'ai reçu un télégramme, signé de ton nom et me demandant de venir au plus vite.

— Des balivernes, tout ça ! Tu es ici pour semer la zizanie, et tu as inventé cette histoire absurde pour justifier ta présence. Eh bien, ça ne marche pas, tu entends ?

— Au nom du ciel, écoute-moi, tu veux ? Tu ne comprends pas. Ce n'est pas…

— Staddon ! aboya Turnbull depuis le seuil. Taisez-vous ! » Il bombait le torse sous le coup de l'indignation, et son visage était noir de rage. « Vous avez un sacré culot, mon vieux. » Il adressa un sourire plein de sollicitude à Angela. « Pourquoi ne pas aller rejoindre les autres dans le grand salon, ma chérie ? Je crois qu'il faut que j'aie une petite conversation en privé avec notre… visiteur. »

Après un hochement de tête et sans même un coup d'œil dans ma direction, Angela sortit de la pièce à grandes enjambées. Turnbull referma la porte avec soin derrière elle, avant de se tourner vers moi.

« Eh bien, Staddon ? Qu'est-ce que tout cela signifie ?

— Je l'ignore. Mais vous, vous le savez peut-être, hasardai-je, une idée venant de me traverser l'esprit. C'est vous qui avez envoyé le télégramme ?

— Quel télégramme ?

— Était-ce de votre part une tentative pour vous assurer qu'Angela irait jusqu'au bout pour le divorce ? Serait-ce qu'elle hésite maintenant ? C'est cela, major ? Avez-vous pensé que ma personne avait besoin d'être noircie encore un peu plus à ses yeux ?

— Vous avez perdu l'esprit, Staddon ? demanda-t-il en s'approchant.

— Pas du tout. Mais peut-être aimeriez-vous qu'Angela le pense.

— Si c'était le cas, mon souhait serait réalisé, vous ne croyez pas ? À vous être donné en spectacle de cette manière, vous avez perdu votre dernière chance de la récupérer.

— Mais je n'y tiens pas du tout. Vous pouvez la garder, grand bien vous fasse. »

Il me gratifia d'un regard venimeux. « Afin de ménager les susceptibilités d'Angela, je vous laisserai sortir d'ici indemne, à condition que vous partiez tout de suite, sans plus de cérémonie.

— Et que ferez-vous si je refuse ? Engager à nouveau le tireur d'élite que vous… » Les mots moururent sur mes lèvres. Turnbull leva un sourcil curieux, tourna légèrement la tête, son regard soudain moins agressif mais nettement plus menaçant.

« Continuez, Staddon. Finissez donc ce que vous avez commencé. J'espère pour vous que ce n'est pas ce que je pense. »

Pense à Consuela, m'adjurait l'être rationnel en moi. *Elle seule compte. Pas Malahide, ni Turnbull, ni Angela, et surtout pas toi.* « Vous avez raison, major, concédai-je. Il vaut mieux que je parte… avant que nous disions tous des choses que nous pourrions regretter. »

Il recula d'un pas, le visage radouci. « Je suis heureux que vous entendiez raison.

— Considérez ma visite comme le résultat d'un regrettable malentendu. Je m'en vais de ce pas.

— C'est ce que vous avez de mieux à faire », dit-il en se dirigeant vers la porte. Il posa la main sur la poignée, mais, avant de la tourner, me regarda fixement et dit : « Dans votre propre intérêt, Staddon, veillez à ce que nos chemins ne se croisent plus jamais. J'ai bien dit, jamais. » Sur quoi, il ouvrit la porte à la volée, et je passai devant lui pour sortir dans le hall.

Ce faisant, j'apparus à la vue des occupants du salon, et eux à la mienne. Angela et Celia étaient debout près de la fenêtre, Victor et Clive côte à côte devant le feu. Seule miss Roebuck était assise, dans un fauteuil au centre de la pièce. Un instant, je fus tenté d'entrer, le temps de leur rappeler tout ce qui faisait d'eux, en bloc et individuellement, des gens méprisables. Clive et Celia s'étaient rendus complices de mensonge dans le but de servir les desseins de leur sœur et belle-sœur. Angela, elle, avait laissé Turnbull la séduire et l'éloigner de moi en usant de son charme fielleux et de son extravagante générosité. Le major, quant à lui, était au mieux un menteur et un voleur, au pire un assassin. Mais c'était Imogen Roebuck qui remportait la palme : Victor était soit sa dupe, soit son complice, vraisemblablement les deux.

Je les regardai tour à tour. Les yeux dans les yeux, Angela et Celia étaient activement engagées dans une parodie de complicité sororale. La bouche compassée et le visage mou de Clive exprimaient, comme j'aurais pu m'y attendre, une désapprobation résignée. Sans surprise non plus, le regard vibrant d'hostilité de Victor. Miss Roebuck, elle, me considérait d'un air perplexe, un peu endormi, voisin de l'indifférence. Elle fumait une cigarette – ce que je ne l'avais jamais vue faire auparavant – et portait une élégante robe de soie bleu foncé. Elle était carrée dans son fauteuil, jambes croisées, un coude appuyé sur l'accotoir pour tenir la cigarette. Il y avait, tant dans sa posture que dans son expression, un aplomb qu'elle n'avait jamais affiché jusqu'ici, l'assurance tranquille qu'elle réussirait sans coup férir la transition du statut d'humble gouvernante à celui d'épouse riche et comblée, la certitude, pour tout dire, que l'affaire était dans le sac.

Tandis que j'étais occupé à les observer, Gleasure apparut dans un angle de la pièce, un plateau à la main. Il s'approcha de miss Roebuck et lui tendit un verre, puis fit de même avec Clive et Victor. Avant d'arriver à leur hauteur, il me lança un bref coup d'œil, et, avec une légère inclinaison de la tête à mon adresse, sembla vouloir me signifier qu'il partageait mes pensées. *Ils se croient en sécurité, et sûrs de leur victoire. Encore un peu de patience, et ils auront une belle surprise.*

« Enrico ! lança Turnbull dans mon dos. Mr Staddon prend congé. »

Je regardai à l'autre bout du hall et vis Enrico qui se hâtait d'aller ouvrir la porte d'entrée. Il fallait que je parte à présent. Il fallait que j'accepte l'humiliation qu'ils m'avaient infligée. Ils me prenaient tous pour un imbécile, et mieux valait, pour l'instant, ne pas les désabuser. Si Turnbull avait envoyé le télégramme afin de m'attirer dans un piège, il avait commis une grave erreur, car, ce faisant, il m'avait offert une occasion que je n'allais certainement pas laisser passer.

Dans le salon, Victor but une gorgée de son whisky. Angela se détourna de la fenêtre et vint ajouter un autre regard écœuré à la désapprobation générale. Miss Roebuck donnait l'impression de vouloir sourire… mais n'en fit rien. Je baissai la tête, m'obligeant à croire qu'ils ne tarderaient pas à regretter leur alliance de circonstance. Pour le bien de Consuela, il me fallait endurer leur mépris en silence. Ce qu'ils diraient sur mon compte après mon départ, je ne pouvais pas me permettre de m'en soucier, moins encore de leur en vouloir. Enrico tenait la porte d'entrée grande ouverte. Dehors, les ombres s'étiraient. Une autre journée touchait à sa fin. Ravalant tout ce que j'aurais pu dire – les reproches comme les accusations –, je sortis dans les dernières lueurs du jour.

« *Arrivederci, Signor Staddon* », me dit Enrico quand je passai devant lui. Je ne répondis pas.

Les ressources téléphoniques de l'Hôtel des Anglais réussirent, après plusieurs tentatives infructueuses, à me mettre en rapport avec le North Western Hotel de Liverpool, en début de soirée ce même jour. Au milieu des fritures de la ligne, je racontai à Imry ce qui s'était passé.

« Tu penses que c'est Turnbull qui a envoyé le télégramme ? me demanda-t-il.

— C'est probable, mais peu importe, finalement. Une fois que Gleasure aura accepté de revenir sur son témoignage, j'aurai ce que je suis venu chercher. Et il s'exécutera, j'en suis certain.

— Et qu'as-tu l'intention de faire… le ramener avec toi ?

— Oui. Mais je me rendrai d'abord au consulat de Grande-Bretagne à Monte-Carlo pour lui faire signer une déclaration sous serment en présence du consul. Fort de ce document, celui-ci ne pourra faire autrement que contacter immédiatement le ministère de l'Intérieur à Londres. Maintenant dis-moi, à quelle heure les Pombalho doivent-ils arriver ?

— Quatorze heures. Je les attendrai à leur descente du bateau et les ramènerai ici.

— Bien. J'essaierai de te rappeler avant que tu partes pour les docks.

— Entendu. J'attendrai ton coup de téléphone. Dans l'intervalle, ne prends pas de risques inconsidérés, d'accord ?

— Ne t'inquiète pas, Imry. J'ai le sentiment que tout se passera bien. Je n'ai rien d'autre à faire, même si c'est pour moi le plus difficile en ce moment, qu'à attendre… mais plus pour très longtemps. »

La baie des Fourmis était paisible sous un ciel sans lune, tandis que j'arpentais le front de mer tard dans la soirée. Tout le long du doigt sombre, à peine visible, de la péninsule s'éparpillaient des points minuscules de lumière, dont l'un signalait la villa d'Abricot. Je me demandai comment ma femme et ses nouveaux amis se divertissaient. Un dîner, peut-être ? Un robre de bridge ? Quand les lumières se seraient éteintes, Angela irait-elle se coucher seule ? Et qu'en serait-il

677

d'Imogen Roebuck ? Ils étaient bien à l'abri là-bas, de l'autre côté de la baie, dans la soie, le confort et une exquise intimité, pendant que, à des centaines de kilomètres de là, Consuela était allongée dans la toile rêche des draps de la prison, les yeux perdus dans une obscurité qu'elle ne contemplerait plus que trois fois avant la fin.

Je serrai les poings, m'efforçant de lutter contre un nouvel accès de panique. Cette fin ne viendrait pas. Je pouvais encore obtenir les moyens de la repousser. Gleasure n'avait pas d'autre choix que de se conformer à mes exigences. En ce moment même, il se préparait à ruiner le bel avenir des habitants de la villa d'Abricot. Et je veillerais à ce qu'il aille jusqu'au bout.

Je rentrai à l'hôtel peu avant minuit, assez las pour être certain de trouver le sommeil, assez confiant pour attendre patiemment l'arrivée de Gleasure. C'est à peine si je remarquai que la porte de ma chambre n'était pas fermée à clé. Je supposai que je l'avais laissée ouverte en partant ou qu'une femme de chambre était passée en mon absence. De toute façon, la chose était sans importance. Je l'écartai de mon esprit et me mis au lit.

« *Ouvrez ! Ouvrez la porte !** »

Les martèlements et les cris étaient trop démesurés – trop sonores, trop soudains – pour pouvoir être interprétés par mon cerveau embrumé. Un moment, je me crus même à Suffolk Terrace. Je n'arrivais pas à comprendre ce qui se passait. Puis je retrouvai mes esprits. Les événements des cinq derniers mois m'apparurent en bloc et me ramenèrent brutalement à la réalité d'une chambre d'hôtel à Beaulieu-sur-Mer, faiblement éclairée par la pâle lueur de l'aube et ébranlée par les coups violents que l'on assénait sur la porte.

« *Ouvrez la porte immédiatement !** »

Je me mis sur mon séant et cherchai ma montre à tâtons. Il n'était pas encore sept heures. Je ne voyais pas ce qui pouvait causer ce genre d'irruption à pareille heure. J'aurais voulu appeler, mais le peu de français que je connaissais m'avait abandonné. J'entendis des pas qui couraient dans le couloir, quelqu'un qui criait « J'ai la clé », puis un cliquetis à l'extérieur. Je me précipitai hors du lit et enfilai maladroitement une robe de chambre, mais avant que j'aie le temps de faire deux pas, une clé tourna dans la serrure et la porte s'ouvrit à la volée. Un instant, je fus aveuglé par la lumière se déversant du couloir. Des hommes de haute taille en uniforme m'entouraient déjà, m'apostrophant d'une voix rude, m'enfonçant les doigts dans les côtes. Un homme en civil, plus petit que les autres, le crâne dégarni, brandit un papier à mon intention. La lumière au-dessus de nos têtes fut brutalement allumée. Le visage des hommes m'apparut alors clairement, ainsi que leur identité.

« Geoffrey Staddon ? aboya le chauve dans un anglais heurté, accentué à la française.

— Comment ? Oui, c'est moi. Mais…

— Jospin. Sûreté de Nice.

— Je ne comprends pas. Que… Que me voulez-vous ?

— Je crois que vous le savez très bien, *monsieur**, dit-il avant de regarder les hommes qui l'accompagnaient. *Fouillez la chambre !** » Aussitôt, ils se mirent à ouvrir tiroirs et placards. Tout était pratiquement vide. Mes vêtements étaient sur une chaise, mon manteau et mon chapeau dans la penderie, et mes autres affaires n'avaient pas quitté mon sac.

« Vous cherchez quoi, exactement ?

— Cela aussi, je crois que vous le savez très bien, *monsieur**. » Un des policiers avait trouvé le sac et en passait le contenu en revue. Il sortit mon passeport, qu'il jeta sur le lit. Jospin le ramassa et l'ouvrit. J'aurais voulu protester, leur dire d'arrêter, mais je ne parvenais pas à ordonner mes pensées suffisamment vite. « Vous êtes architecte, *monsieur**, dit Jospin, comme pour passer le temps.

— Oui. Mais qu'est-ce que…

— *J'ai trouvé quelque chose !** s'écria l'homme qui fouillait mon sac. *Un petit paquet de papier, ici, au fond du sac.** » Il agita quelque chose, et Jospin se pencha pour l'examiner.

« De quoi s'agit-il, *monsieur** ? » Sur la paume de Jospin, un petit sachet de papier bleu. Que je ne reconnus pas, mais qui me parut tout de suite familier, au souvenir des pièces à conviction présentées au procès de Consuela. Il ne pouvait tout de même pas contenir, comme celui qui avait été trouvé à Clouds Frome…

« Je ne l'ai jamais vu. »

Jospin déplia soigneusement le sachet jusqu'à ce que le papier forme une petite coupe dans sa main. Au fond, quelques pincées de poudre blanche. Il releva les yeux vers moi. « *Eh bien, monsieur ?**

— Je viens de vous le dire. Je n'ai jamais vu ce sachet auparavant… pas plus que son contenu.

— Mais c'est dans votre sac que nous l'avons trouvé.

— Ce n'est pas moi qui l'y ai mis.

— Cette poudre, qu'est-ce que c'est, à votre avis ?

— Je l'ignore.

— Je ne vous crois pas.

— C'est pourtant la vérité.

— Je crois, moi, que c'est du poison. *En réalité**, de l'arsenic.

— C'est absurde !

— Vous êtes en état d'arrestation, *monsieur. Et ce n'est pas absurde.**

— En état d'arrestation ? Mais de quoi suis-je accusé ?

— De meurtre.

— Quoi ?

— Victor Caswell est mort il y a tout juste cinq heures à la villa d'Abricot, près de Saint-Jean-Cap-Ferrat. Il a été empoisonné. À l'arsenic, à notre avis. » Il désigna la poudre d'un mouvement de tête. « *Comme ça. Comme ça exactement.**

— Ce n'est pas possible !

— Mais si, pourtant. Habillez-vous, je vous prie. Je vais vous demander de nous accompagner. »

22

Qu'il était donc étrange, pensai-je au fil des heures, aussi ironique que somme toute approprié, que je passe les derniers jours qu'avait à vivre Consuela dans une cellule semblable à la sienne. Une couchette dure, des murs nus, une fenêtre à barreaux, tel était à présent mon lot autant que le sien. Il n'y avait ni table ni chaise, ni gardienne proposant une cigarette ou une partie de cartes, ni surtout d'entrée dérobée, en attente d'utilisation. Et pourtant, en dépit des centaines de kilomètres qui me séparaient de Holloway, je me sentais plus proche de Consuela que je ne l'avais jamais été. Partageant chacun de ses moments. Devinant chacune de ses pensées. Je n'avais qu'à tendre la main pour avoir l'impression de sentir le bout de ses doigts toucher les miens.

Au début, on ne me demanda pas grand-chose et on m'en dit encore moins. Jospin ne me révéla rien en dehors du fait que Victor était mort empoisonné. Il attendait les résultats de l'autopsie et des analyses de la substance trouvée dans mon sac. Il avait des témoins à interroger, des policiers à Londres à consulter par téléphone, tout un dossier à monter contre moi. Et tant qu'il n'aurait pas terminé, il n'exigeait de moi qu'une chose : lui détailler mon emploi du temps du dimanche 17 février et rester à sa disposition, sous les verrous, au commissariat de police de Nice.

Puisqu'on me refusait pratiquement toute information, je décidai d'en dire le moins possible. Dans la déclaration que je signai, je reconnus m'être rendu à la villa d'Abricot, mais ne parlai ni du télégramme d'Angela ni de mon rendez-vous avec Gleasure. Je niai avoir connaissance du sachet bleu et de la poudre qu'il renfermait, mais m'abstint de suggérer quoi que ce soit quant à la manière dont il avait pu échouer dans mon sac. Je savais pertinemment que, quelle que soit l'explication, il me faudrait bientôt en divulguer davantage, mais, pour l'instant, j'avais besoin de rester seul, et longtemps, afin de repenser aux derniers événements et d'en dénicher les causes.

Victor Caswell était mort. Je n'avais aucune raison de pleurer sa disparition. Mieux, je ne pouvais m'empêcher d'espérer qu'il était mort en souffrant le martyre. Mais ce n'était pas ce qui importait. L'important, c'était de découvrir pourquoi on l'avait tué. Quelqu'un avait bel et bien tenté de l'assassiner en septembre dernier et, aujourd'hui, ce même quelqu'un avait réussi. Rosemary Caswell avait été tuée par accident et non parce qu'on avait voulu sa mort. Et Consuela était innocente, sans l'ombre d'un doute. Mais j'étais le seul à le savoir, puisque j'étais le seul à savoir que je n'avais pas tué Victor Caswell.

La réponse était claire, désormais. Trois personnes seulement avaient été présentes à la fois à Clouds Frome le 9 septembre et à la villa d'Abricot le 17 février. Sur ces trois personnes, Victor était mort, et Imogen Roebuck était hors de cause, dans la mesure où ses rêves d'avenir doré s'éteignaient avec lui. Ne restait que Gleasure. Il était le seul à pouvoir être le meurtrier. Si son mobile restait un mystère, sa culpabilité, en revanche, s'imposait. Sa première tentative avait par erreur coûté la vie à Rosemary. Et il avait fait en sorte que ce soit Consuela qui en porte la responsabilité. Sa seconde tentative avait réussi. Et c'est à moi qu'il cherchait à faire endosser le châtiment. D'où le télégramme et son insistance à différer jusqu'à lundi sa réponse à ma demande. D'où la porte qui n'était pas fermée à clé, et le sachet de poudre placé dans mon sac pour me compromettre. Les analyses prouveraient qu'il s'agissait d'arsenic. Je n'avais aucun doute là-dessus. Gleasure, à sa manière, m'avait même averti. « *J'ai certaines dispositions à prendre, monsieur. Donnez-moi jusqu'à demain matin. Je pense que vous ne serez pas déçu.* » Effectivement, je ne l'étais pas. Mais piégé et impuissant, je l'étais indubitablement.

Il était tard le lundi soir quand on me remmena à la salle d'interrogatoire. Jospin s'était adjoint les services d'un interprète, afin de résoudre d'éventuels problèmes de compréhension, et, pour la première fois, il se montra prêt à m'exposer l'ensemble des faits. Il avait lu ma déclaration et n'en croyait pas un mot. À en juger par son visage creusé et ses petits yeux noirs sans cesse en mouvement, il n'était pas homme à croire grand-chose de ce que pouvait lui dire un prisonnier. Afin de le convaincre d'autre chose que de ma culpabilité, il allait falloir que je transperce une carapace de soupçons systématiques vieille d'une

684

vingtaine d'années et que je pénètre le tempérament qui allait avec.

D'après Jospin, Victor avait commencé à se sentir mal tôt dans la soirée du dimanche. Il s'était retiré dans sa chambre sans manger. Vers dix heures, miss Roebuck lui avait monté un verre de lait et quelques biscuits qu'il avait refusés, affirmant qu'il irait mieux le lendemain matin. On mit son état sur le compte d'une de ces crises de gastro-entérite dont il souffrait régulièrement depuis la tentative d'empoisonnement. Miss Roebuck et les autres invités bavardaient au salon peu avant minuit quand ils avaient entendu un grand bruit à l'étage. Ils avaient trouvé Victor inconscient sur le sol de la salle de bains qui jouxtait la chambre. Il avait abondamment vomi. La couleur sombre et l'odeur repoussante des vomissures rappelèrent à Gleasure et à miss Roebuck les symptômes qui avaient affecté Victor après son empoisonnement du mois de septembre. On le porta sur son lit, et on appela de toute urgence le médecin de Turnbull. Qui diagnostiqua un état comateux, un pouls erratique et de grosses difficultés respiratoires. Il demanda une ambulance à Nice, mais avant qu'elle atteigne le cap Ferrat, Victor Caswell avait succombé.

Jospin était sur les lieux dans l'heure, et un tableau assez précis des événements se fit rapidement jour. Les dernières choses à avoir été consommées par Victor se résumaient à deux grands verres de whisky soda et quelques olives vertes, absorbés en fin d'après-midi. Personne d'autre n'avait bu de whisky, dont une carafe était toujours présente sur la commode du salon. Le seul événement récent et inhabituel noté par Jospin était ma visite imprévue et inopportune cet après-midi-là. Le prétexte que j'avais avancé – le fameux télégramme –, était démenti par Angela elle-même. À mon arrivée, il n'y avait que des domestiques dans la maison, et j'étais resté seul pendant une quinzaine de minutes dans le petit salon. Dans l'intervalle, rien n'aurait pu m'empêcher de pénétrer dans le grand salon et de verser une dose fatale d'arsenic dans la carafe. Je connaissais la disposition des lieux, aussi bien que le penchant de Victor pour le scotch. J'avais clairement fait comprendre, par ailleurs, que je le tenais pour responsable de la condamnation pour meurtre de Consuela, et on m'avait entendu par le passé le menacer de dénonciation. La substance trouvée en ma possession à l'Hôtel des Anglais avait été identifiée depuis comme étant de l'oxyde d'arsenic. Des traces de cette même substance avaient été détectées dans le whisky. Et le rapport du médecin légiste, désormais disponible, montrait que la quantité d'arsenic contenue dans les intestins du défunt aurait suffi à le tuer dix fois.

Peut-être aurais-je dû ne pas réagir aux propos de Jospin et exiger la présence d'un avocat. Mais je n'en fis rien, car l'innocence de Consuela me préoccupait bien davantage que la mienne. Elle devait être pendue dans moins de soixante-douze heures. Face à une telle échéance, je ne pouvais me permettre de prendre à cœur les accusations lancées contre moi, sans parler des sanctions pénales qu'elles étaient susceptibles d'entraîner. Si Jospin avait seulement su ce que je savais, moi, il aurait aussitôt compris que Gleasure était coupable et que, du même coup, l'innocence de

Consuela s'en trouvait prouvée. Mais il ignorait tout, et mes efforts pour lui faire entendre la vérité ne lui apparurent que comme une tentative désespérée de ma part pour détourner les soupçons et les diriger sur un autre. À son avis, la seule raison pour laquelle j'avais demandé à voir Gleasure en arrivant à la villa était la possibilité pour moi d'entrer à l'intérieur de la maison. Rien d'étonnant à cela puisque je n'avais aucune explication convaincante à fournir de ma visite. Certes, un imposteur se faisant passer pour Angela aurait pu expédier un télégramme, mais le receveur du bureau de Beaulieu était formel : jamais ils n'avaient envoyé un message de ce genre. Bien entendu, on ferait des recherches en Angleterre, mais, pour le moment, Jospin restait persuadé que j'avais inventé l'histoire du télégramme, de même que j'avais menti en prétendant avoir trouvé la porte de ma chambre d'hôtel déverrouillée. Et puis, de telles recherches prendraient du temps. Et le temps, c'était précisément ce dont Consuela ne disposait pas. Que je tempête ou que j'use de raison, je n'allais nulle part et ne convainquais personne.

L'isolement peut être la pire de toutes les privations. Coupé du reste du monde dans mon étroite cellule de Nice, informé du peu que la police jugeait bon de me faire savoir, la seule liberté dont je jouissais encore était celle d'imaginer, avec une angoisse grandissante, ce qui se passait en Angleterre. Ce n'est que plus tard, et grâce à Imry, que j'appris tout ce qui s'était produit durant ma détention. C'est à partir du journal qu'il avait gardé de ces journées que je devais reconstruire des événements dont, à l'époque, j'ignorais tout.

Lundi 18 février 1924

J'ai douté d'emblée des chances que pouvait avoir Geoff de réussir dans son entreprise. Il y avait quelque chose dans sa rencontre avec Spencer Caswell et le télégramme qu'il avait reçu d'Angela qui me donnait à penser qu'on cherchait à l'attirer là-bas, encore que j'eusse été bien en peine de dire pourquoi ni par qui. C'est là l'idée qui me hante lors de ma deuxième nuit au North Western Hotel de Liverpool, car elle n'est plus seulement le fruit de mon imagination mais repose sur une base solide.

J'espérais avoir des nouvelles de Geoff aujourd'hui, et, voyant qu'à vingt et une heures je n'avais toujours rien, j'ai décidé de lui téléphoner à son hôtel à Beaulieu. Il m'a fallu un certain temps pour obtenir la communication. Quand celle-ci a été établie, le réceptionniste m'a annoncé que Geoff avait quitté l'hôtel le matin même et qu'il ne reviendrait pas. Si telle avait été son intention quand je l'ai appelé dimanche, je suis certain qu'il m'en aurait parlé. Or il n'en a rien fait, si bien que, à présent, vu l'incertitude et l'inquiétude qui sont les miennes, je ne sais pas comment agir au mieux.

Mes difficultés sont encore aggravées du fait de la présence ici du senhor *Francisco Manchaca de Pombalho et de sa femme,* Dona Ilidia. *Je les attendais à leur descente du* Hildebrand *cet après-midi, et je leur ai expliqué, de manière aussi convaincante que possible, que j'étais un ami de Consuela, et que c'était à sa demande que je les accueillais, pour ensuite les emmener à Hereford et leur faire rencontrer Jacinta. Par chance, ils étaient trop déprimés et désorientés pour soumettre mon explication à un examen plus approfondi. Mais on peut se demander combien de temps ils resteront aussi passifs. Je ne peux qu'espérer avoir eu des nouvelles de Geoff au moment où ils se montreront plus curieux.*

Francisco Manchaca de Pombalho est un homme corpulent et réservé d'une petite cinquantaine d'années, très préoccupé de son apparence et pompeux dans ses manières. Il n'en est pas moins courtois et disposé à faire confiance aux gens. Son anglais est correct, quoique limité, il est impeccablement mis, et présente un contraste saisissant par rapport à ce que Geoff m'a dit de son frère. Dona Ilidia, petite femme pâlotte et boulotte perpétuellement au bord des larmes, n'existe que dans l'ombre de son mari. J'ai clairement compris aujourd'hui qu'ils auraient aimé m'en demander davantage – sur l'état d'esprit de Consuela, la mort de Rodrigo, la personnalité de leur future pupille – qu'ils ne s'en sentaient capables lors d'une première rencontre. Si seulement je pouvais faire quelque chose pour les réconforter, pour leur rendre compréhensible ce qui doit leur paraître si cruel et si insensé, mais comment y parviendrais-je, alors que je ne le comprends pas moi-même ?

Demain, nous partirons pour Hereford. Je frémis à l'idée de ce qui nous attend là-bas : un accueil impossible à prévoir de la part des Caswell et la rencontre avec Jacinta, qui sait que sa mère doit mourir jeudi et ne peut faire autrement que l'accepter.

***

Le matin du mardi m'amena un visiteur : Mr Lucas, du consulat de Grande-Bretagne à Marseille. D'une froideur polie, il me fit savoir qu'il serait heureux d'entrer en contact avec mon avocat en Angleterre, lequel pourrait alors demander à un confrère niçois de se charger de ma défense. Il se tenait également à ma disposition pour avertir parents ou amis. Mais ma défense ne m'intéressait pas. Tout ce que je voulais, c'était qu'il mette Windrush et sir Henry au courant de ce qui se passait, qu'il explique à Imry pourquoi il n'avait pas eu de nouvelles de moi et qu'il presse le ministère de l'Intérieur de surseoir à l'exécution de Consuela. Sur tous ces points, Lucas refusa de s'engager. Il prit des notes, me donna quelques conseils sur le droit français, multiplia les sourires sibyllins, et me planta là.

Dans l'après-midi, je fus à nouveau emmené en salle d'interrogatoire. Cette fois-ci, Jospin n'avait pas son interprète. Il l'avait remplacé par l'inspecteur Wright, à la vue duquel mon cœur bondit dans ma poitrine. Enfin, semblait-il, j'allais avoir une chance de m'adresser à quelqu'un capable d'apprécier la signification et l'importance de ce que j'avais à lui dire. Je déballai une nouvelle fois mon histoire, la parant de tous les accents de sincérité en mon pouvoir. Wright m'avait dit être convaincu qu'on lui mentait, et j'entrepris donc de lui révéler l'identité du menteur. Gleasure avait tué à deux reprises. Ce qui ne tarderait pas à être prouvé de façon incontestable. Dans l'intervalle, il était vital de prévenir une erreur judiciaire qui hanterait jusqu'au jour de leur mort tous ceux qui étaient impliqués dans l'affaire s'ils n'intervenaient pas avant qu'il soit trop tard. Il n'avait pas à me croire sur parole. Je ne lui en demandais pas tant. Tout ce que j'attendais de lui, c'était d'admettre que je disais *peut-être** la vérité.

Il écouta patiemment, jusqu'à ce que j'aie fini mon discours et que j'en aie même dit plus que je ne l'aurais souhaité. Puis il alluma sa pipe et m'offrit une cigarette. « J'ai pris l'avion pour venir, remarqua-t-il. Depuis Croydon. Avec des escales, bien entendu. Vous avez déjà pris l'avion, Mr Staddon ?

— Non.

— Eh bien, ne le faites pas. Un bruit, là-dedans. Et puis, serrés comme des harengs. Jamais je ne me serais prêté à pareille expérience si je n'avais voulu éclaircir ce dernier empoisonnement avant l'exécution de Mrs Caswell. Au cas où le même empoisonneur aurait frappé à nouveau.

— C'est ce qui s'est passé.

— Je ne pense pas, non.

— Vous ne me croyez pas ?

— Pas du tout. Ce n'est pas de votre faute. Vous m'avez présenté la chose de la manière la plus plausible qui soit. Le problème, c'est que j'en sais plus sur votre compte que vous ne le pensez. Vous avez été l'amant de Mrs Caswell, n'est-ce pas, avant la guerre ?

— C'est vous qui le dites.

— Et je le maintiens. C'est ce qu'affirmait l'auteur de la lettre anonyme que j'ai reçue. Avant la guerre, et peut-être bien après. Une histoire touchante, à sa

691

manière. Vous étiez décidé à rester à ses côtés, même en sachant qu'elle avait tenté de tuer son mari. Loin de moi l'idée de vous le reprocher. Pour tout dire, je vous admire. C'est plus que ne feraient bien des hommes pour une ancienne maîtresse. Votre femme n'était bien entendu pas prête à tolérer une pareille affaire. Demande de divorce, si j'ai bien compris. Et arrive sur le tapis le nom du major Turnbull, le plus vieil ami de Mr Caswell. Cela a dû passablement vous contrarier, j'en suis sûr. Mais ne vous a pourtant pas arrêté. Vous avez tout essayé – par des moyens légaux aussi bien qu'illégaux – pour sauver Mrs Caswell. Et quand vous avez vu que vos efforts restaient vains, vous vous êtes résolu à une dernière tentative désespérée. Si Victor Caswell mourait de la manière qui avait failli lui coûter la vie en septembre dernier, nous serions forcés d'admettre que le meurtrier avait terminé le travail commencé à ce moment-là, et aussi que ce meurtrier ne pouvait être Mrs Caswell puisqu'elle avait un alibi imparable : sa présence dans la cellule des condamnés à la prison de Holloway.

— Non, non, vous vous trompez.

— Pas cette fois-ci, Mr Staddon. J'ai vu clair dans votre jeu. Si vous vous êtes introduit dans Clouds Frome, c'était avec l'intention de tuer Mr Caswell, pas vrai ? Mais il vous attendait. Qu'il ait voulu tuer Pombalho – ou vous tuer tous les deux –, je l'ignore. Mais vous avez réussi à le convaincre de vous laisser la vie sauve. Et il a commis là une grave erreur. Ici – où il se croyait en sécurité –, il ne s'est pas méfié. Peut-être s'est-il laissé prendre à la violente dispute que vous avez eue avec votre femme. Peut-être a-t-il cru que c'était elle, et pas lui, que vous veniez voir. Si c'est le cas, il se trompait du tout au tout. Il se peut qu'il soit mort en le regrettant.

— Je ne l'ai pas tué.

— Oh, mais si. Vous ne pouviez pas savoir à l'avance, il est vrai, qu'il boirait suffisamment de whisky pour s'empoisonner, mais c'était sans importance, n'est-ce pas ? Même si, là encore, il s'en était remis, la chose aurait eu l'apparence d'une seconde tentative de meurtre sur sa personne et aurait suffi sans doute à nous conduire à annuler l'exécution.

— Pourquoi ne pas l'avoir fait, en ce cas ?

— Parce que vous n'avez pas pris assez de précautions. C'est compréhensible. Vous n'aviez pas beaucoup de temps à votre disposition. Mais l'histoire du télégramme n'avait aucune chance d'être validée, pas vrai ?

— Il y a bel et bien eu un télégramme. C'est mon premier assistant qui l'a réceptionné. Vous l'avez interrogé ?

— Oui, bien sûr. Un homme honnête, ce Mr Vimpany. Mais crédule. Ce télégramme était un faux, Mr Staddon. Capable de tromper Mr Vimpany, mais pas le service des postes. Qui l'a apporté à votre bureau ? Combien l'avez-vous payé ? Il a fait du bon travail, alors j'espère qu'il n'en est pas à attendre sa récompense, parce qu'il risque d'être déçu.

— Si c'est un faux, c'est Gleasure qui en est l'auteur. Comme pour les lettres. Vous ne comprenez donc pas ?

— Si. Il se trouve que je comprends fort bien. Vous êtes prêt à tout – à accuser n'importe qui – pour empêcher l'exécution de Mrs Caswell. Mais rien ne l'empêchera. Parce qu'elle est coupable. Et vous aussi.

— Gleasure était présent quand les deux meurtres ont été commis. Ne l'oubliez pas, inspecteur. Pensez à ce que cela signifie.

— Cela signifie tout bêtement qu'il est le valet de chambre de Victor Caswell. Où croyez-vous donc qu'il devait se trouver sinon là où était son maître ? Et pourquoi aurait-il voulu le tuer ? Il est à présent sans emploi. Quel avantage en tire-t-il ?

— Je n'en sais rien.

— Moi non plus, Mr Staddon. Moi non plus.

— Vous êtes accusé de meurtre, intervint Jospin. Vous savez quelle peine vous encourez d'après le droit français ?

— La mort, j'imagine.

— *Oui, monsieur**. La mort. Mais pas par pendaison.

— Ils font ça différemment ici, dit Wright.

— *La guillotine*, reprit Jospin. *La veuve**.

— La veuve, dit Wright en souriant, c'est ainsi qu'ils appellent la guillotine. Sale manière de s'y prendre, à mon avis, vous ne trouvez pas ? Un cou brisé, c'est une chose. Mais un cou *tranché** ? Trop barbare à mon goût.

— Croyez-vous que je me soucie de la méthode employée ?

— Vous devriez. Parce que les jeux sont faits, vous savez. C'était une tentative courageuse, je vous l'accorde, mais elle ne sauvera pas Mrs Caswell. Elle est bonne pour la corde. C'est à vous que vous devriez songer maintenant, pas à elle. Ce que vous avez de mieux à faire, c'est de dire la vérité.

— C'est ce que je m'acharne à faire, inspecteur. Mais vous refusez d'écouter.

— Détrompez-vous, j'ai bien écouté. Mais je n'ai pas entendu la vérité. Pas encore. Alors, nous allons vous laisser réfléchir encore un peu. Après quoi, nous aurons une autre conversation.

— Mais bon sang, monsieur…

— *Silence !* aboya Jospin, avant de regarder dans la direction du jeune agent en faction devant la porte. *Remmenez le prisonnier à son cachot*.* »

Au moment où la main du policier se posait sur mon épaule, Wright me fit un clin d'œil depuis l'autre côté de la table. « À vous revoir Mr Staddon. »

***

Mardi 19 février 1924
C'est à peine si je sais comment décrire ma réaction aux événements d'aujourd'hui. Je croyais ne pas pouvoir me sentir plus angoissé, ni plus impuissant, mais j'avais tort, comme je le compris dès ma descente du train à la gare de Hereford cet après-midi, quand j'ai vu, griffonné sur un panneau à côté d'un kiosque à journaux, ASSASSINAT DE VICTOR CASWELL. Une nouvelle en soi stupéfiante. Mais ce que j'appris en lisant l'édition spéciale du Hereford Times *en vente au kiosque était proprement terrifiant.*

Victor Caswell est mort aux premières heures du jour hier matin. Empoisonné, apparemment à l'arsenic. Et Geoff est en détention à Nice, soupçonné de meurtre. C'est tout ce qui émerge avec certitude des réactions scandalisées et des expressions de condoléances émues face au malheur qui s'acharne sur une famille respectable et respectée. Les preuves retenues contre Geoff se résument à sa visite le dimanche à la villa d'Abricot dans des circonstances suspectes et au fait qu'il ait été trouvé en possession d'une substance censée être de l'oxyde d'arsenic.

Je ne crois pas m'être jamais senti plus désarmé qu'en ce moment face à des incidents dont je ne saisis pas le sens. Geoff est manifestement tombé dans un piège. Mes doutes concernant son voyage dans le sud de la France se trouvent ainsi amplement confirmés. Mais de quel genre de piège s'agit-il ? Et pourquoi l'a-t-on tendu ? Celui qui a tenté de tuer Victor en septembre dernier aurait-il à nouveau frappé, faisant en sorte que le crime soit cette fois-ci attribué à Geoff, et non plus à Consuela ? En ce cas, pourquoi agir seulement trois jours avant l'exécution de celle-ci ?

J'aurais sans doute été en meilleure position pour répondre à ces questions, si je n'avais pas dû passer autant de temps et dépensé autant d'énergie à m'efforcer d'expliquer l'inexplicable au senhor Pombalho et à Dona Ilidia. À notre arrivée à Fern Lodge, nous avons appris que Mortimer Caswell était avec la police et son avocat, Mr Quarton, cherchant à en savoir plus sur la mort de Victor, et que Marjorie avait reçu un tel choc qu'elle ne pouvait rencontrer personne. Au vu des circonstances, ce fut probablement une bonne chose que nous soyons reçus par Hermione, le seul membre de la famille susceptible de ne pas me tenir rigueur de mon amitié pour Geoff. Elle est aussi déconcertée par ce qui s'est produit que je peux l'être, mais elle a beaucoup contribué à renforcer mon sentiment selon lequel Geoff serait victime d'un complot quand elle m'a parlé du mystère qui entoure les allées et venues de Spencer, son neveu. Il est parti pour Londres vendredi dernier (jour où il a rencontré Geoff) et devait être de retour le soir même, mais il n'est pas rentré. Hermione voulait signaler son absence aux autorités, Mortimer l'en a empêchée, disant que ce ne serait pas la première fois que le garçon disparaîtrait pour de longs week-ends londoniens et qu'il leur ferait signe dès qu'il aurait appris la mort de son oncle par les journaux. Personnellement, j'ai du mal à croire que sa disparition soit une simple coïncidence. Il est du côté du cap Ferrat, j'en suis sûr, impliqué d'une manière ou d'une autre dans les récents événements. Maintenant que je lui ai appris ce qu'il avait raconté à Geoff lors de leur rencontre à Londres, Hermione partage mon avis.

Jacinta est plus courageuse et posée que ne le laisserait espérer une adolescente de douze ans. Elle ne s'endort sans doute qu'à force de pleurer soir après soir dans les bras de son nounours favori, mais à nous autres adultes elle montre un visage lisse et un esprit déterminé. On lui a dit que son père était mort, mais elle manifeste une telle absence d'émotion que je jurerais presque qu'elle s'attendait à la nouvelle. Elle nous a accueillis avec solennité et le plus grand sang-froid. D'après Hermione, elle n'est pas au courant de l'arrestation de Geoff, mais, quand bien même elle le serait, je ne crois pas que sa conviction sur un point précis s'en verrait le moins du monde entamée :

sa mère est innocente et doit être sauvée. Elle paraît incapable de penser qu'elle pourrait ne pas l'être, ce qui, en un sens, n'est pas plus mal. Si, comme je le redoute, elle s'aveugle, du moins cette illusion lui est-elle salutaire pour le moment.

Tandis que nous étions avec Jacinta, Mortimer est rentré. Malgré les soupçons évidents que je lui inspirais, en qualité d'associé de Geoff, il a été forcé de se montrer poli en présence des Pombalho. C'est un homme taciturne d'une soixantaine d'années, à la mine sévère et à l'air furieux, qui semble avoir pris la mort de son frère comme un nouveau coup du sort totalement immérité. Quant à ce qui se cache derrière ce nouveau décès, il ne tient manifestement pas à approfondir la question. La version des événements présentée par la police lui apparaît suffisamment pénible sans qu'il aille imaginer des complots dans lesquels seraient impliqués d'autres membres de sa famille.

C'est alors qu'entre lui et Hermione a éclaté une dispute dont je soupçonne qu'elle couve depuis qu'ils ont appris la mort de Victor. Hermione soutient que les doutes entourant l'événement et les perspectives qu'il ouvre devraient nous pousser à demander au ministre de l'Intérieur de surseoir à l'exécution de Consuela et que, à condition de présenter un front uni, nous pourrions réussir dans cette entreprise. J'ai pris son parti, ainsi que, encore que plus mollement, Francisco (et par suite Dona Ilidia). Mais Mortimer n'a rien voulu entendre. Il tient à ce que nous observions tous ce qu'il appelle « un silence digne ». Il est harcelé par les journalistes et les amateurs de scandales depuis des mois et il refuse de voir cette épreuve se prolonger, ce que, selon lui, entraînerait inévitablement une pétition en faveur d'un sursis. Je ne le connais pas suffisamment pour juger s'il aurait d'autres raisons d'adopter une telle attitude. Tout ce que je suis en mesure d'affirmer pour l'instant, c'est que pareille démarche – cette obstination à laisser les choses suivre leur cours – est ce qui est le moins susceptible de venir en aide à Consuela.

Ce n'est que ce soir, après avoir enfin installé les Pombalho au Green Dragon, que j'ai pu prendre le temps d'envisager toutes les implications des récents événements. Je ne peux pas croire que Geoff soit coupable, d'où j'en déduis que Victor a été assassiné par la même personne que celle qui avait fait une première tentative en septembre dernier. Nous savons à présent que cette personne ne saurait être Consuela, et pour cause. Empêcher son exécution doit donc être mon unique souci dans le peu de temps qui nous est imparti. C'est là, j'en suis certain, ce que voudrait Geoff.

C'est à cette fin que j'ai téléphoné au cabinet londonien de sir Henry Curtis-Bennett, mais sans obtenir de réponse. Pour finir, j'ai appris de l'épouse de Windrush, ici à Hereford, le nom de l'hôtel où son mari était descendu à Londres, mais quand j'ai appelé il était absent. Après quoi, autant par frustration qu'autre chose, j'ai passé un appel à la villa d'Abricot. Un domestique m'a répondu, à qui j'ai demandé à parler à Angela. Après une attente qui semblait ne jamais devoir finir, elle a enfin pris le téléphone.

Je m'attendais à trouver Angela profondément choquée et j'étais prêt en conséquence à faire preuve d'indulgence. Je n'étais en revanche nullement préparé au mal qu'elle semble vouloir à Geoff. Elle m'a clairement fait comprendre que, non contente de le croire coupable, elle le soupçonne d'avoir empoisonné Victor dans le seul but de la contrarier. Elle a soutenu que le télégramme n'était que pure invention, que Geoff déraisonnait dangereusement et que je serais bien inspiré de me désolidariser de lui.

Après cette pénible conversation, ce fut un soulagement de pouvoir parler à Windrush, qui dans l'intervalle était rentré à son hôtel. Non pas qu'il se soit montré très encourageant. Il a pu contacter sir Henry, qui est en ce moment à Norwich pour plaider une affaire aux assises du Norfolk. Sur les conseils de celui-ci, il a demandé au ministère de l'Intérieur de surseoir à l'exécution de Consuela, en attendant que soient élucidées les circonstances de la mort de Victor. Jusqu'ici, le ministère a refusé de céder, mais Windrush espère qu'il se montrera plus conciliant demain. Je n'ai pas trop insisté pour lui faire dire comment, à son avis, ils trancheront la question. Secrètement, je crains que la tension qu'ont pu faire naître les diverses tentatives pour interférer avec ce qu'ils nommaient dans la lettre que j'ai reçue « le cours normal de la loi » ne les pousse à vouloir contrecarrer de tels efforts même s'ils les soupçonnent d'être justifiés.

Depuis que j'ai souhaité le bonsoir à Windrush, une pensée plus troublante encore m'est venue à l'esprit. En dehors de la parole de Geoff, je n'ai rien qui prouve qu'il ait rencontré Spencer vendredi dernier

700

et qu'il ait reçu un télégramme signé d'Angela. Il est possible – aussi peu enclin que je sois à envisager cette éventualité – qu'il s'agisse là d'inventions pures et simples destinées à justifier son voyage dans le midi de la France. Dans ce cas, sa véritable intention aurait été d'empoisonner Victor dans l'espoir qu'un tel acte jetterait sur la culpabilité de Consuela un discrédit propre à motiver une remise de peine. Vendredi dernier, il l'a vue et lui a parlé pour la première fois en quinze ans – dans la cellule des condamnés à Holloway. Je ne peux qu'imaginer l'effet qu'a pu avoir sur lui pareille rencontre. Il se peut qu'il en soit sorti résolu à se lancer dans une action désespérée destinée à apaiser sa conscience et à risquer sa propre vie dans le seul but de sauver celle de Consuela.

J'espère de tout cœur me tromper. Si Reg avait le téléphone chez lui, je pourrais au moins lui demander si, vendredi après-midi, il a réceptionné un télégramme expédié à Geoff depuis l'étranger. En l'état actuel des choses, je vais devoir attendre jusqu'à demain pour le découvrir. Je suis impatient de savoir ce qu'il en est.

Mercredi matin à Nice. Le ciel par-delà la fenêtre de ma cellule était d'un bleu profond, d'une pureté cristalline. Je me demandais à quoi ressemblait le ciel au-dessus de la prison de Holloway, ce que pouvait y voir Consuela en contemplant l'aube de ses dernières vingt-quatre heures sur cette terre. Je pouvais, moi, me raccrocher au fait que mon sort était encore incertain, mais le sien était déjà scellé, et, tandis qu'elle priait, faisait sa toilette, prenait son petit déjeuner, elle savait que, dès qu'elle aurait épuisé cette maigre ration de lumière du jour, elle ne serait plus séparée de la fin – brutale, absolue, programmée – que par une seule nuit.

Lucas revint, accompagné d'un monsieur Fontanet, un *avocat** niçois que l'on avait réussi à convaincre de s'occuper de mon affaire. Il n'avait pas l'air ravi d'être là et exprima librement sa frustration quand je refusai de discuter de la stratégie à adopter lors de ma comparution devant le tribunal pour répondre de l'accusation de meurtre sur la personne de Victor Caswell. L'événement était prévu pour le vendredi, mais seul ce qui se passerait le jeudi me préoccupait. Lucas s'était-il mis en relation avec le ministère de l'Intérieur ? Non. Il avait envoyé un mémorandum au ministère des Affaires étrangères, lequel prendrait les mesures appropriées. Avait-il contacté Imry, Windrush ou sir Henry ? Pas encore, mais il allait s'efforcer d'en trouver le temps. Je le regardai, interloqué, l'écoutai patiemment avant de me rendre compte qu'il n'avait pas compris – ou pas voulu comprendre – ce que je lui avais dit.

Aux environs de midi, on me remmena en salle d'interrogatoire, où l'inspecteur Wright m'attendait, avec sa pipe, son sourire facile et son regard patient. Jospin n'était pas là, et l'attitude de Wright s'en trouvait considérablement changée. Le policier qui m'avait amené depuis ma cellule ne connaissait pas un mot d'anglais. En conséquence de quoi, comme le sous-entendait la grimace qui fripait le visage de l'inspecteur, nous pouvions nous parler en toute liberté, comme deux compatriotes, en quelque sorte.

« Comme je vous l'ai dit hier, Mr Staddon, je ne souhaiterais la guillotine à personne, surtout pas à un compatriote. Je voudrais vous aider dans toute la mesure de mes moyens.

— Alors demandez au ministère de l'Intérieur de surseoir à l'exécution.

— Cela ne servirait de rien, dit-il en secouant la tête. Les affaires de ce genre ont un élan qui leur est propre. Au-delà d'un certain stade, on ne peut plus les arrêter. Or, s'agissant de Mrs Caswell, ce stade est dépassé. À l'inverse, en ce qui vous concerne, vous, rien n'est encore joué. Réfléchissez bien. Nier ne vous mènera à rien. Il n'y a pas moyen de contourner le fait que vous avez assassiné Victor Caswell. Mais il se pourrait que vous puissiez vous épargner d'avoir à répondre de ce meurtre dans le cadre d'un système juridique que vous ne comprenez pas et qui traite les condamnés pour meurtre d'une façon qui aurait dû, à mon sens, s'éteindre avec le Moyen Âge.

— Qu'essayez-vous de me dire, inspecteur ?

— Qu'il faut tout avouer. C'est le meilleur conseil que je puisse vous donner. Reconnaissez le meurtre de Victor Caswell. Et reconnaissez le rôle que vous avez joué dans la tentative de meurtre de septembre dernier, dit-il avant de sourire devant ma stupéfaction. Je ne comprends pas pourquoi l'idée ne m'est pas venue plus tôt. Un signe de vieillissement, peut-être. Mais c'est bien ça, n'est-ce pas ? C'est bien là la vérité. Mrs Caswell a tenté de tuer son mari afin d'être libre de vous épouser. Et vous avez achevé le travail. Malheureusement, il n'y aura pas de mariage.

— Tout est faux et archifaux.

— Les lettres anonymes m'ont d'abord aiguillé sur une mauvaise piste. Elles m'ont conduit à penser que c'était Mr Caswell l'infidèle du couple, et non sa femme. Puis je me suis rappelé l'accent que sir Henry a mis sur la religion de Mrs Caswell lors du procès. Les catholiques ne peuvent pas divorcer. C'est pourquoi il fallait que le mari meure. Mais vous n'avez pas réussi à la convaincre de passer à l'action. Et donc vous lui avez envoyé ces lettres. Ce sont elles qui l'ont décidée. Ses scrupules se sont évanouis dès qu'elle les a lues. C'était habile, de votre part. Très habile. Mais cruel, aussi. Excessivement cruel.

— Je n'ai jamais écrit ces lettres.

— Ce que je n'arrive pas à comprendre, c'est pourquoi vous avez écrit la dernière – celle qui m'était adressée. Était-ce parce que vous ne vouliez pas que je vous soupçonne d'avoir envoyé la première série ? Si c'est le cas, vous avez commis une erreur. Qui d'autre pouvait savoir que vous étiez avec Pombalho ? Caswell ? Mais il ne tenait certainement pas à ce que cela se sache. Le corbeau ne pouvait être que vous. Une erreur grossière, je le répète. Comme celles que vous avez accumulées ces derniers temps.

— Gleasure savait, lui aussi. C'est lui qui a assassiné Victor. C'est clair comme de l'eau de roche, mais vous refusez d'ouvrir les yeux.

— Ce que vous devez savoir, Mr Staddon, c'est que, si vous avouez la part que vous avez prise dans le meurtre de Rosemary Caswell, cela prévaudra sur la deuxième affaire. Nous pourrions demander votre extradition. Je pense que les autorités françaises seraient heureuses de se débarrasser de vous. Vous pourriez alors être jugé en Angleterre. Ce qui serait de beaucoup préférable pour vous, vous ne croyez pas ? »

Je le dévisageai, essayant, par la seule force de ma volonté, de l'amener à croire ce que je m'apprêtais à dire. « Je me moque de ce qui pourrait m'arriver, inspecteur. Tout ce qui me préoccupe, c'est Mrs Caswell. Si elle est pendue, vous allez le regretter. Un jour, quand la vérité sera connue, son affaire deviendra une *cause célèbre**. Tout le monde saura que sa condamnation constituait une énorme erreur judiciaire. On écrira des livres à ce sujet, on réclamera la réouverture de l'enquête. Elle sera peut-être même pardonnée à titre posthume. Quelque part, dans les notes de bas de page, vous serez cité comme l'un de ceux qui ont scellé son sort, ceux qui ont regardé sans rien faire l'État commettre un meurtre de sang-froid. Alors, vous ne sourirez plus. »

Il ne souriait pas non plus, à présent. « Nous reparlerons demain, Mr Staddon. Ce sera votre dernière chance d'entendre raison. J'espère que vous saurez la saisir. À ce moment-là, Mrs Caswell n'aura plus besoin de votre aide… ni de celle de personne. »

Lentement, l'après-midi s'écoula. L'éclat du ciel méditerranéen pâlit. Les ombres s'allongèrent. Une fois encore, je me demandai ce que faisait Consuela en cet instant. Une dernière sortie dans la cour ? Une lettre à Jacinta ? Un entretien avec le prêtre ? Elle ne pouvait plus rien attendre à présent en dehors de la mort, une mort prématurée, imméritée. Ce qu'elle avait peut-être considéré à un moment comme de simples précautions à prendre constituait désormais des préparatifs essentiels.

La nuit tomba. Je regardai la couleur s'estomper peu à peu dans le ciel, jusqu'à l'extinction de la toute dernière lueur, sachant qu'en Angleterre, celle-ci aurait disparu encore plus tôt. On me servit un repas frugal. On se montrait sans doute plus généreux à Holloway. Je n'avalai rien et soupçonnai que Consuela faisait montre de la même abstinence. La soirée s'étira. Je n'avais aucun moyen de savoir l'heure. Pour Consuela, ce serait différent. Elle saurait, parce qu'on l'avertirait, quand viendrait neuf heures et que commencerait alors son dernier tour d'horloge.

Mercredi 20 février 1924
C'est le soir, Big Ben vient de sonner neuf heures. Ceux d'entre nous qui sont rassemblés dans cette pièce froide et sinistre l'ont tous entendu clairement. Ce qui donne une idée du silence absolu dans lequel nous attendons. Nous sommes ici depuis à peine vingt minutes, avec l'impression d'y être depuis des heures, Windrush fumant cigarette sur cigarette et s'agitant sur sa chaise à ma gauche, Pombalho pensif et immobile sur la sienne à ma droite. Nous ignorons dans combien de temps s'ouvrira la porte située de l'autre côté de la pièce, mettant ainsi fin à notre veille, tout comme nous ignorons si cette fin sera celle que nous désirons ardemment ou au contraire celle que nous redoutons tant. Tout ce que nous pouvons faire, c'est attendre et espérer.

Je prenais mon petit déjeuner en compagnie des Pombalho dans la salle à manger du Green Dragon

706

ce matin peu après neuf heures, essayant sans y par-
venir de trouver quelques mots de réconfort à leur
intention, quand, à ma grande surprise, j'ai vu Her-
mione Caswell se frayer un chemin entre les tables
pour arriver jusqu'à nous. Il y avait une hâte dans
sa démarche et une tension sur son visage qui, avant
qu'elle ait dit un mot, me signifièrent qu'il s'était
passé quelque chose de remarquable.

Sur l'insistance d'Hermione, je faussai compa-
gnie aux Pombalho et l'accompagnai jusqu'à un petit
bureau situé à l'arrière de l'hôtel. Là nous attendait le
genre d'homme que, en temps ordinaire, le personnel
du Green Dragon aurait refusé de laisser entrer :
malodorant, vêtu de haillons, une barbe de huit jours,
des cheveux gris en bataille ; manifestement, un vaga-
bond. Hermione Caswell me le présenta comme étant
Ivor Doak. Geoff m'ayant tout dit de l'homme, je me
demandai ce qu'il pouvait bien me vouloir. La réponse
était qu'il avait quelque chose à me dire, quelque
chose qu'il avait déjà confié à Hermione et qu'elle
jugeait d'une importance capitale.

Doak avait passé la nuit précédente sous un porche
tranquille non loin de la cathédrale – l'un de ses
refuges habituels. Ce matin, tandis qu'il traversait la
pelouse devant le parvis, il avait remarqué un journal
abandonné sur le banc et s'en était emparé pour le
lire. C'était l'édition spéciale de la veille du Hereford
Times *faisant état du meurtre de Victor Caswell et de*
l'arrestation de Geoff, soupçonné d'avoir empoisonné
celui-ci à l'arsenic. Doak avait alors lu l'article avec
une joie sans mélange, étant donné qu'une mort dans
la douleur était exactement ce qu'il aurait souhaité à

l'homme qui l'avait dépouillé de la ferme de Clouds Frome. Mais il fut en revanche désolé d'apprendre que Geoff puisse avoir à répondre de ce crime, car il lui avait toujours été reconnaissant de sa générosité passée, quoique honteux de ne pas avoir su la mettre à profit comme elle le méritait.

Le désarroi de Doak se révéla être mêlé à une bonne dose d'incrédulité. Nous en vînmes bientôt au moment crucial de son récit. De toute évidence, il visite fréquemment le domaine de Clouds Frome, en partie par nostalgie, en partie pour marquer le fait qu'il n'accepte toujours pas que cette terre ne lui appartienne plus. Les obstacles récemment dressés par Victor pour dissuader les intrus n'éveillent en lui que dédain, et il les négocie avec une étonnante facilité. Il n'est pas rare qu'il passe la nuit dans les dépendances, en règle générale dans un des bâtiments du potager. (Il soupçonne Banyard d'être au courant depuis longtemps mais de faire comme si de rien n'était.) Son choix, la nuit du lundi de la semaine dernière, s'était porté sur la réserve où sont stockés les fruits, un endroit où l'on peut trouver à la fois nourriture et chaleur. Or, cette nuit-là, il avait été dérangé dans son sommeil. Il a l'oreille fine et le sommeil léger de celui qui a l'habitude de se faire chasser de son abri. Ce n'était pas la première fois, il tint à insister là-dessus, qu'il était réveillé par des allées et venues suspectes dans le périmètre de Clouds Frome.

Quelqu'un se déplaçait furtivement à l'extérieur de la réserve. Doak entrouvrit légèrement la porte et, dans le clair de lune, distingua une silhouette à quelques mètres de là, devant l'un des appentis qui bordent le mur nord du potager. Puis il vit l'homme ouvrir la porte et entrer. Une fois à l'intérieur, celui-ci ôta le couvercle d'une boîte en métal – Doak entendit le bruit caractéristique –, puis le remit en place quelques instants plus tard. Avant de réapparaître, de refermer la porte de l'appentis et de s'éloigner sans un bruit.

Sa curiosité éveillée, Doak attendit que tout soit à nouveau silencieux pour aller jeter un coup d'œil dans l'appentis. Il y avait près de l'entrée deux boîtes identiques de désherbant Weed Out. C'était l'une d'elles que l'homme avait ouverte, apparemment pour prélever un peu de son contenu ; lequel, comme le savait très bien Doak, avait été utilisé pour empoisonner Victor, Marjorie et Rosemary Caswell. Il n'en décida pas moins de ne rien révéler de ce qu'il avait vu. En quoi cela le concernait-il, après tout ? Si quelqu'un voulait à nouveau attenter à la vie de Victor, loin de lui l'idée de l'en empêcher. Il avait été ravi d'apprendre ce matin que la tentative avait été couronnée de succès. La seule chose qui l'inquiétait, c'est qu'un homme qui avait été autrefois d'une substantielle générosité à son égard fût accusé du crime. Parce que Geoff était innocent, Doak n'avait là-dessus aucun doute. Le lendemain, il s'était rendu en hâte à Fern Lodge et avait fait part de sa certitude à Hermione (le seul membre de la famille Caswell pour lequel il entretînt quelque respect). L'empoisonneur ne pouvait être que l'homme qu'il avait aperçu cette nuit-là dans le potager : John Gleasure.

Dès que Doak eut prononcé le nom de Gleasure, je fus en proie à toute une gamme de réactions qui allaient de l'enthousiasme au désespoir. Enfin, nous détenions l'identité du meurtrier. L'innocence de Consuela était prouvée. Ainsi que celle de Geoff. Comme je regrettais à présent les doutes que j'avais entretenus à son égard. Puis, tout aussi vite, l'appréhension me gagna. Les autorités seraient-elles prêtes à croire Doak ? Si oui, estimeraient-elles son témoignage de nature à justifier un sursis en faveur de Consuela ? Le jugeraient-elles suffisant, ou simplement – ce qui serait la pire des éventualités – trop mince et trop tardif ? Hélas, à l'heure qu'il est, je n'en sais toujours rien.

Sur le moment, j'acquis au moins une certitude : il nous fallait exploiter au mieux les révélations de Doak, et le faire sur-le-champ. Nous expliquâmes leur importance aux Pombalho, puis, laissant Dona Ilidia au Green Dragon, nous rendîmes au plus vite au commissariat de Hereford, où nous arrivâmes peu avant dix heures. Ont alors commencé les atermoiements et les complications qui ont été notre lot tout au long de la journée.

Les policiers en service tombèrent d'accord pour dire que seul le commissaire Weaver pouvait nous être de quelque secours. Pour l'avoir vu au procès, je gardais le souvenir d'un policier impartial, au débit un peu lent, à l'humeur égale, et la seule mention de son nom me remplit d'espoir. Mais il était en ce moment même en réunion avec le chef de la police du comté et ne pouvait être dérangé. Nous tentâmes de les raisonner, de plaider, supplier, exiger. Mais ils refusèrent de céder. Pour finir, Hermione déclara que, si Weaver ne se présentait pas sur-le-champ, elle irait

710

elle-même interrompre la réunion ; il leur faudrait la retenir de force pour l'en empêcher. Ils acceptèrent alors de lui faire parvenir un mot.

Weaver arriva, manifestement contrarié. Mais il écouta patiemment le récit de Doak. Puis il le questionna longuement. Le temps s'écoulait, inexorable. Il était onze heures passées quand il finit par admettre qu'il y avait là matière à un complément d'enquête. Son problème, il le reconnut sans hésiter, c'était que l'affaire était désormais aux mains de Scotland Yard. Il lui serait difficile d'agir sans leur accord, mais l'inspecteur chargé de l'affaire, un dénommé Wright, était actuellement à Nice. Il partit consulter le chef de la police. Revint et annonça qu'il allait appeler Wright pour lui demander son avis. Ce qui sembla prendre un temps considérable, avec pour résultat qu'un policier français finit par lui dire dans un anglais approximatif que Wright n'était pas disponible. Là-dessus, il retourna voir le chef de la police. Il allait être bientôt midi.

L'humeur de Weaver avait changé quand il réapparut. Nonobstant certaines réserves, il était prêt à procéder à une fouille de la chambre de Gleasure à Clouds Frome, dans l'espoir de trouver des traces d'arsenic ou quelque autre preuve susceptible de corroborer la déclaration de Doak. Il n'avait pas de mandat de perquisition, mais semblait assuré que Danby ne soulèverait pas d'objections. Laissant Doak dicter et signer sa déposition en bonne et due forme, nous partîmes aussitôt avec lui.

C'est ainsi que ma première visite à la maison conçue par Geoff se déroula dans des circonstances qui n'autorisaient guère les considérations d'ordre architectural. Le modeste studio de Gleasure fut passé au peigne fin par Weaver et ses deux assistants, tandis qu'Hermione, Pombalho et moi-même nous contentions de les observer. La pièce ne semblait pas susceptible de livrer beaucoup de secrets, tant il était apparent que son occupant était un homme d'ordre et de peu de possessions. En toute franchise, je ne m'attendais pas à ce que l'on trouve quoi que ce soit de nature compromettante. Et mes craintes auraient vraisemblablement été confirmées si Pombalho ne s'était tenu sur une lame de parquet particulièrement sonore. Quand le tapis fut retiré, deux découpes à la scie permettant à une petite longueur de la lame en question d'être soulevée devinrent clairement visibles. Dans la cavité qui se trouvait en dessous était cachée une vieille boîte à biscuits métallique, coincée entre les solives. Elle contenait tout un assortiment de cartes de vœux – anniversaire, Noël, Saint-Valentin – et une lettre. Rédigées de la même main, les cartes étaient encore dans leur enveloppe et portaient des cachets couvrant une période allant de l'automne 1910 à l'été 1911. Elles étaient toutes adressées à Gleasure et signées, quand elles l'étaient, d'un simple « L », accompagné de formules de tendresse et d'amour à l'intention de « mon John Chéri ». La lettre, elle, était adressée à Peter Thaxter, prison de Gloucester ; elle avait été postée le 19 juillet 1911. Je la reconnus aussitôt, d'après le faux que m'avait montré Geoff, mais celle-ci – comme le confirmait l'écriture des cartes – était l'original : la lettre d'adieu de Lizzie Thaxter à son frère.

Weaver se souvenait fort bien du suicide de Lizzie. À présent, il en apprenait enfin la raison. Il apprenait aussi que Victor Caswell en était dans une large mesure responsable, et que Gleasure et Lizzie s'aimaient en secret. D'un seul coup, nous avions un mobile pour le meurtre de Victor : la vengeance pour un amour perdu. Toutes les pièces du puzzle s'assemblaient devant nous. Malahide avait dû vendre la lettre de Lizzie à Gleasure, le mettant ainsi au courant de l'horrible vérité concernant la mort de Lizzie. L'homme que le valet avait fidèlement servi pendant des années avait conduit sa bien-aimée au suicide. Pas étonnant qu'il ait décidé de le tuer.

Nous étions de retour au commissariat de Hereford à quatorze heures trente. Weaver appela de nouveau Wright dans le Midi et réussit cette fois-ci à le joindre. L'inspecteur entreprit aussitôt de soumettre Gleasure à un interrogatoire et de perquisitionner sa chambre à la villa d'Abricot. Quand le commissaire lui dit qu'il se proposait d'aviser le ministère de l'Intérieur, il donna immédiatement son accord. « C'est entendu, dit Weaver. Nous allons recommander dans les termes les plus pressants de surseoir à l'exécution. » Si seulement tout avait été effectivement réglé sur-le-champ. Mais, comme nous allions le découvrir, le commissaire avait parlé un peu trop vite. Il eut un autre entretien avec le chef de la police, d'où il sortit en annonçant que le sous-secrétaire d'État permanent était disposé à prendre en considération tout fait nouveau si les preuves étaient déposées sur son bureau avant dix-neuf heures ce même soir. Il ne nous restait donc plus qu'à rallier Londres au plus vite.

Avant de partir, je téléphonai à Windrush et lui exposai la situation. Il entreprit aussitôt d'alerter sir Henry et de nous retrouver au ministère de l'Intérieur. Hermione jugea préférable de rester à Hereford, estimant qu'elle serait plus utile auprès de Jacinta et Dona Ilidia. Pendant ce temps, Doak se délectait d'un festin à la cantine du commissariat. Mais il avait rédigé et signé sa déclaration et c'était tout ce dont nous pensions avoir besoin. À seize heures, nous étions en route.

Ce fut un étrange voyage. Weaver pressait le chauffeur d'accélérer l'allure, et, bien que celui-ci s'exécutât sans broncher, nous avions l'impression de faire du sur-place. Le crépuscule – d'abord timide, puis s'affirmant avec une étonnante rapidité – semblait peser sur nous. Nous parlions peu. Pombalho n'était que perplexité devant ce qui s'était passé. Quant à Weaver, je soupçonne qu'il était secrètement horrifié à l'idée qu'il avait failli contribuer à la mort d'une innocente. Et nous étions tous douloureusement conscients du fait que nous n'avions pas encore évité la catastrophe ultime, que toute manifestation de joie risquait de se révéler prématurée.

À dix-huit heures trente, nous avions atteint les abords de Londres, après avoir roulé comme des fous. Mais des nappes de brouillard commencèrent à nous ralentir, même si, par bonheur, elles ne se transformèrent pas en purée de pois. Il n'en était pas moins plus de dix-neuf heures quand nous montâmes quatre à quatre les escaliers du ministère de l'Intérieur. Windrush nous attendait, de même que le secrétaire de sir John Anderson, qui gratifia notre retard d'une remarque acerbe avant de nous conduire au sous-secrétaire d'État.

Sir John est un homme maigre, à la mâchoire accusée, aux cheveux noirs et aux yeux enfoncés dans leurs orbites, la quintessence même, tant dans les manières que les attitudes, du haut fonctionnaire impassible en toutes circonstances. Il nous reçut avec une politesse distante et écouta en silence Weaver lui faire son récit. Était également présent l'adjoint de sir John, un certain Blackwell, un personnage beaucoup moins réservé et tolérant, qui intervint fréquemment pour poser des questions lourdes de sous-entendus. Il souligna avec insistance la superficialité de nos preuves et l'irrégularité de certaines des mesures prises par Weaver. Lequel lui opposait chaque fois le même argument : s'il avait agi avec une telle hâte, c'était uniquement en raison de l'imminence d'une exécution dont il pensait qu'une enquête ultérieure démontrerait l'injustice.

Au bout d'une demi-heure, on nous demanda de nous retirer pour laisser les deux mandarins délibérer. À vingt heures quinze, on nous rappelait. Blackwell nous annonça que, en notre absence, il avait téléphoné à Nice pour parler à Wright. Gleasure avait été interrogé, et ses affaires fouillées. Il n'avait rien avoué. Et l'on n'avait rien découvert susceptible de l'incriminer. Au vu des circonstances, nous dit sir John, ils avaient conclu que les « soi-disant faits nouveaux » ne les autorisaient pas à demander au ministre de surseoir à l'exécution.

J'étais trop abasourdi par le caractère définitif de cette réponse pour pouvoir parler. Seul Windrush semblait encore maître de ses facultés et se mit à les supplier de reconsidérer leur décision. En vain. Le soupçon de quelque chose de beaucoup plus condamnable qu'une simple inflexibilité de leur part se fit jour quand Blackwell grommela que la production de « preuves de dernière minute » n'était autre qu'« une tentative de coercition », à laquelle il n'était pas prêt à se plier. Sur quoi, sir John l'interrompit sèchement. Ils nous étaient reconnaissants de nos efforts dans la recherche de la vérité, nous fit-il savoir, mais ce que nous leur avions révélé ne suffisait pas à innocenter Mrs Caswell. Celle-ci avait été condamnée au terme d'un examen exhaustif de toutes les preuves disponibles, et leur foi dans la légitimité de cette condamnation restait intacte.

Nous approchions, je le pressentais, du moment où nous serions invités à quitter les lieux, quand le secrétaire de sir John vint annoncer l'arrivée de sir Henry Curtis-Bennett, rentré en toute hâte de Norwich. Debout à côté de moi, le souffle court, il écouta Blackwell énoncer à nouveau leurs conclusions. Puis, sans trahir la moindre déception ni la moindre colère, il leur demanda s'ils lui permettaient de clarifier certains points avec eux. Sir John donna son accord. Sur quoi, sir Henry suggéra que Pombalho et moi-même préférerions peut-être attendre dehors. Son sourire rassurant ne nous laissant guère le choix, nous quittâmes la pièce.

Au bout de dix minutes, nous étions rejoints par Windrush et Weaver. Le commissaire s'absenta afin d'aller vérifier si quelqu'un à Scotland Yard s'était entretenu avec Wright. Quand il fut parti, Windrush nous révéla que la discussion semblait devoir tourner à l'aigre. Sir Henry déployait ses talents de ténor du barreau, sans effet pour l'instant. Mais la bataille n'était pas perdue tant qu'elle durait. Si elle se poursuivait, c'est qu'il y avait encore de l'espoir.

Peu avant vingt et une heures, Blackwell sortit, le visage noir de fureur, pour disparaître aussitôt dans les entrailles du bâtiment. Ce qui laissait les deux grands hommes en tête-à-tête pour continuer à débattre. Et c'est ce qu'ils n'ont pas cessé de faire depuis. Windrush a fait allusion à de vieux différends qui referaient surface, les fantômes d'autres clients que sir Henry a dû abandonner à l'extrême sévérité d'Anderson paraissant toujours empoisonner leurs relations. Tant de choses qui ne devraient affecter en rien la décision à prendre semblent maintenant devoir entrer en ligne de compte. Sir Anderson pourrait bien soupçonner que l'on fait usage de preuves fabriquées dans le seul but de demander une suspension de l'exécution, car il sait à quel point il est difficile de prononcer à nouveau une sentence de mort une fois celle-ci levée. Il se peut qu'il répugne à se montrer hésitant si tôt après sa prise de fonction, qu'il soit incapable de faire la différence entre l'entêtement et la prudence. À moins qu'il répugne à reconnaître qu'il a tort.

Je n'ai, bien entendu, aucun moyen de le savoir, car je ne connais pas l'homme. Il m'est autant étranger qu'il l'est à Consuela. D'après Windrush, on le surnomme « Jéhovah » au ministère de l'Intérieur. Jamais surnom n'a paru plus approprié que ce soir, à un moment où il jouit de ce privilège qu'aucun être

humain, à mon sens, ne saurait détenir en relation
avec son prochain : le pouvoir de vie ou de mort.

C'est dans un état second que j'ai passé cette longue nuit d'insomnie. Je suis resté allongé sur le mince galetas de ma cellule, le regard plongé dans les ténèbres au-dessus de ma tête, à penser, ruminer, divaguer, et à imaginer – jusqu'à ce que je croie presque la voir – Consuela, en train de compter calmement ses dernières heures. Mais je n'y suis pas parvenu. Je ne pouvais ni l'entendre ni la toucher. Elle était désormais hors d'atteinte, et le resterait à jamais.

Le petit déjeuner – pain rassis et bol de café amer – arriva alors qu'il faisait encore nuit. À partir de là, il devint impossible de prétendre que le ciel ne s'éclaircissait pas. Puis ce fut l'aube, suivie de la clarté du matin, pleine et implacable. Le soleil se leva sur Nice, nu et aveuglant. Ayant pris son élan, le jour fondit sur le monde, rendant irrémédiable ce qui n'était jusque-là qu'inévitable. Je n'avais aucun moyen de savoir quand cela se produirait exactement. Je ne pouvais ni pressentir ni calculer le moment où serait commis l'irréparable. Pour finir, je pris cependant conscience de ce que le décompte devait s'être arrêté.

J'avais cessé de me demander si c'était encore le matin ou déjà l'après-midi, j'avais cessé, en fait, de penser tout court, quand on vint me chercher dans ma cellule plus tard dans la journée pour me conduire à la salle d'interrogatoire. L'inspecteur Wright m'y attendait. Comme à son habitude, il était souriant.

« Bonjour, Mr Staddon.

— Quelle heure est-il ?

— L'heure ? reprit-il, jetant un coup d'œil à sa montre. Mais… il est presque midi. »

C'était donc fini, et depuis longtemps. On devait déjà l'avoir enterrée dans le cimetière de la prison et affiché à la grille d'entrée un avis tapé à la machine. *« Nous, les soussignés, déclarons par la présente que la sentence de mort prononcée à l'encontre de Consuela Evelina Caswell a été exécutée ce jour. »* « J'espère que vous voilà satisfaits », grommelai-je, autant à l'intention de ces signataires inconnus qu'à celle de l'homme qui se tenait en face de moi.

« Oh mais, satisfait, je le suis, Mr Staddon, entièrement, répondit-il, le sourire toujours collé aux lèvres. Asseyez-vous, je vous prie. J'ai quelque chose à vous dire. »

Jeudi 21 février 1924 (onze heures)
J'étais trop fatigué hier soir pour rédiger cet addenda *à mon récit des événements d'hier. Pour tout dire, je le suis encore à l'heure où j'écris – et d'une fatigue, peut-être, que je n'aurais pas dû laisser s'installer si peu de temps après une attaque de bronchite. Mais je ne m'en soucie guère, car mon cœur est plus léger qu'il ne l'a été depuis des mois, et mon esprit déborde d'une joie revigorante.*

Peu avant vingt-deux heures hier soir, sir Henry a pénétré dans la pièce où nous attendions au ministère de l'Intérieur, avant de déclarer avec un large sourire « Messieurs, j'ai de bonnes nouvelles. » Sir John avait finalement cédé. Il avait téléphoné au ministre pour recommander de surseoir à l'exécution.

Mr Henderson avait donné son accord. Et, au moment même où sir Henry s'adressait à nous, un messager était en route pour la prison de Holloway.

S'ensuivit une séance de poignées de main et de tapes dans le dos, où chacun multipliait les rires et les sourires. Pombalho alla même jusqu'à embrasser sir Henry. Le miracle tant attendu s'était finalement produit.

Un moment plus tard, mes compagnons partirent pour Holloway, impatients de partager leur bonheur avec Consuela. Je ne les accompagnai pas. Je ne demandai rien de plus que de sortir dans le silence de Whitehall, pour regarder un instant le Cénotaphe, fort de la certitude que l'État n'aurait pas à ajouter le nom de Consuela à sa liste de victimes. Et je me réjouis de cette heureuse issue.

23

Quand l'inspecteur Wright eut fini de m'expliquer comment était finalement intervenue l'annonce du sursis à exécution, je le dévisageai en silence pendant une ou deux minutes, mon bonheur teinté d'incrédulité.

« Depuis quand le savez-vous ? finis-je par lui demander.

— Depuis hier, tard dans la soirée. Le commissaire Wright m'a appelé pour m'apprendre la nouvelle juste après vingt-trois heures.

— Et vous ne m'avez pas averti ? Vous m'avez laissé croire que cela allait arriver… que c'était arrivé ?

— Oui, dit-il, avec un sourire penaud. Je suis désolé de vous avoir laissé dans l'ignorance. Mais c'était nécessaire.

— Pour quelle raison ?

— À cause de Gleasure. Nous l'avons mis en garde à vue hier après-midi. Dès que j'ai commencé à l'interroger, j'ai su que c'était notre homme. Vous me direz que j'ai pensé la même chose à votre sujet, mais je vous répondrai qu'il ne s'agissait alors que de soupçons, de conjectures, de probabilités. Avec Gleasure, c'était différent. Cela arrive parfois, vous savez. Une intuition, qui vous vient autant du nez que du cerveau. Je suppose que cela devrait faciliter le travail du policier, et, d'une certaine manière, c'est le cas, mais ce n'est pas non plus sans le compliquer. Parce que, bien évidemment, flairer la culpabilité ne suffit pas. Il faut aussi la prouver. Et quand on ne peut pas, tout en sachant au plus profond de soi qu'on ne se trompe pas, alors, c'est l'enfer, croyez-moi. Sur Gleasure, je n'en avais pas davantage que Weaver : un personnage douteux témoignant de ce qui pouvait être un vol d'arsenic, mais sans certitude, et une cachette contenant des lettres fournissant une sorte de mobile. Des preuves bien trop minces. Mais suffisantes, c'est du moins ce que je supposais, pour justifier l'annulation de l'exécution. Quand Weaver m'a téléphoné pour me dire que les gros bonnets refusaient de céder, j'en suis resté stupéfait. Cela signifiait que nous risquions de pendre une innocente. J'ai donc fait revenir Gleasure. Il était tard alors, dix heures passées. Neuf heures à Londres. Il ne disait toujours rien. J'ai tenté le truc de la guillotine que j'avais essayé avec vous, en lui expliquant qu'il pouvait l'éviter s'il avouait les deux meurtres. Mais ça n'a pas marché. Je m'y attendais. J'avais compris dès le début qu'il faisait partie de ces criminels dont on ne vient à bout qu'après des jours et des jours d'interrogatoire. Dont je ne disposais évidemment pas. Alors j'ai prétendu que nous avions trouvé des traces d'arsenic dans les revers de son pantalon. Il savait que je bluffais. Il avait été trop prudent pour commettre une telle erreur. Mais il savait aussi qu'on pouvait malgré tout lui coller la chose sur le dos, il savait – parce que je le lui ai laissé entendre – que j'étais prêt à enfreindre toutes les règles pour le coincer s'il laissait pendre Mrs Caswell. Et là, il a hésité. Je l'ai vu. C'était ce que j'espérais. Mais c'est un têtu, et j'en demandais trop, trop vite. Il n'était pas encore remis du choc d'avoir été découvert. Il n'était pas prêt à jeter l'éponge. Pour finir, j'ai dû le renvoyer dans sa cellule.

— Et puis, vous avez appris la nouvelle du sursis, l'interrompis-je. Qu'est-ce qui vous empêchait de me prévenir tout de suite ?

— Je n'ai rien dit à personne, Mr Staddon. Je ne pouvais courir le risque que Gleasure ait vent de la décision. Je regrette vraiment de vous avoir laissé croire le pire, mais vous conviendrez, je pense, que ça valait la peine. Gleasure a craqué, voyez-vous, comme je l'espérais. À huit heures ce matin, il a demandé à me voir, disant qu'il était prêt à avouer les meurtres de Rosemary et de Victor Caswell. Il a pensé qu'en avouant juste à temps pour empêcher la pendaison il s'assurerait un procès en Angleterre, et qu'on lui saurait gré d'avoir sauvé la vie de Mrs Caswell. Ma foi, je lui ai laissé croire que la pendaison allait avoir lieu comme prévu et qu'elle n'avait été finalement annulée que grâce à son intervention. Je ne lui ai toujours pas dit la vérité. Je me demande comment il va réagir quand je le ferai. Non pas que ça ait une quelconque importance : il a dûment signé ses aveux à présent. Il n'y a pas de retour en arrière possible.

— Il a tout reconnu ?

— Oui. Il a donné deux raisons à ses aveux. La première, c'est qu'il n'a rien contre vous, ni contre Mrs Caswell. La seconde, c'est qu'il refuse de voir son complice échapper à la justice. Je dirais qu'il espère aussi…

— Parce qu'il a désigné un complice ?

— Avec un plaisir non déguisé, dit Wright en souriant. Mais pourquoi ne pas lire sa déposition, Mr Staddon ? » De la serviette qu'il avait posée sur la chaise à côté de lui, il tira une liasse de feuillets qu'il fit glisser sur la table dans ma direction. « Je ne suis pas autorisé à vous la montrer, mais nous sommes loin de Scotland Yard, et ce n'est que justice au vu de l'épreuve que je vous ai fait subir, ajouta-t-il, son sourire s'élargissant. Je pense que vous allez trouver le document intéressant. »

Moi, John William Gleasure, informé par l'inspecteur Wright que tout ce que je vais dire pourra être retenu contre moi, souhaite faire la déposition suivante :

Je travaille pour les Caswell depuis 1891, date à laquelle j'ai débuté à Fern Lodge comme garçon de cuisine. J'avais alors douze ans, et Victor vingt-trois. Il sortait tout juste de Cambridge et supportait mal l'obligation d'avoir à travailler dans l'entreprise familiale. Au début, je le voyais peu, mais chaque fois que je le croisais, il ne manquait pas d'avoir un mot gentil pour moi, et Dieu sait que je ne pouvais pas en dire autant des autres membres de la famille. Il me donnait un pourboire quand je lui cirais ses chaussures avec un soin tout particulier. Et puis, il commença à m'envoyer faire des courses pour lui en cachette. Au bureau de paris, par exemple, pour miser sur un cheval. Son père désapprouvait les paris.

Quand son cheval gagnait, Victor me donnait un petit quelque chose sur ses gains. Ce qui faisait que je l'aimais bien. C'était pour moi une sorte de héros.

En 1895, Victor a été envoyé au Brésil pour travailler dans une banque. Il était tombé en disgrâce, je l'ai su par la suite, mais, sur le moment, des gens comme moi ne pouvaient l'apprendre que par des rumeurs. Quelques années ont passé, et puis on a entendu dire qu'il avait été renvoyé de la banque et avait disparu sans laisser de traces. Quelques années encore, et on a appris qu'il avait refait surface, nanti d'une fortune acquise dans le commerce du caoutchouc. Il est rentré à Hereford en 1908, marié à une belle Brésilienne. J'étais alors valet de pied au service de son frère, Mortimer, qui avait pris la tête de l'entreprise familiale à la mort du vieux Mr Caswell. Victor et sa femme se sont installés à Fern Lodge, le temps de trouver un terrain qui leur convienne pour faire construire leur maison.

J'étais content de revoir Victor, contrairement à la plupart des autres occupants de la maison. Il apportait un peu de piquant à la vie. Et on s'entendait toujours bien. Alors, ça n'a pas vraiment été une surprise quand il m'a demandé si j'aimerais venir travailler pour lui quand ils s'installeraient. J'ai sauté sur l'occasion. Je voyais bien que j'avais plus de chance de monter en grade sous ses ordres que sous ceux de son pingre de frère.

Mrs Caswell – Consuela, je veux dire – m'a tout de suite détesté. Sans doute parce que j'étais le seul domestique à être en bons termes avec Victor. Elle m'en voulait. À cette époque, elle refusait de le partager avec qui que ce soit. Je suppose qu'elle ne se sentait pas à l'aise et qu'elle avait le mal du pays dans notre triste Hereford. On pouvait difficilement lui en tenir rigueur.

Une femme de chambre a été attachée exclusivement au service de Consuela. Elle s'appelait Lizzie Thaxter. Elle est arrivée au début de l'année 1909. Une rousse pleine de vie, pétillante, avec un rire clair et une personnalité qui m'a tout de suite plu. On n'a pas tardé à tomber amoureux l'un de l'autre. Mais il fallait protéger notre secret, parce que nous savions que Consuela ne garderait pas Lizzie si elle l'apprenait. Elle faisait confiance à Lizzie, voyez-vous, mais elle aurait cessé si elle avait découvert que nous nous aimions. En fait, elle avait tort, parce que Lizzie ne l'aurait jamais trahie, pas même auprès de moi. La preuve, c'est qu'elle ne m'a jamais rien dit de la liaison de sa maîtresse avec Staddon, pas un mot.

Arriva le moment où Lizzie et moi, on s'est mis à parler mariage. Une union parfaite, semblait-il. Un valet de pied avec des perspectives d'avenir et la femme de chambre de madame. Mais nous étions sûrs que Consuela s'y opposerait. Sans compter que, au fil des jours, les bruits risquaient de commencer à circuler parmi les domestiques. Alors, j'ai décidé de me confier à Victor et de voir ce qu'il me conseillerait.

Il a été très franc. Il m'a dit que s'il choisissait le bon moment, il arriverait sans doute à convaincre Consuela de nous donner sa bénédiction. Mais ça pouvait prendre un peu de temps, il nous faudrait faire preuve de patience. Patients, nous l'étions encore quand le frère de Lizzie, Peter Thaxter, s'est fait arrêter pour sa participation au vol commis à la fabrique Peto. En février 1911.

J'ai été proprement horrifié. Je devais penser à ma carrière. Pour réussir comme domestique, les premières qualités sont la discrétion et l'honnêteté. La dernière chose dont j'avais besoin, c'était d'un taulard comme beau-frère. Lizzie était alors au Brésil avec sa maîtresse, dont le père venait de mourir, mais je n'ai pas pu me résoudre à attendre son retour pour discuter avec Victor de ce que je devais faire. Cette histoire l'avait rendu furieux, ce qui semblait normal dans la mesure où Grenville Peto était le beau-frère de Mortimer et où l'un des complices de Peter Thaxter était un charpentier – du nom de Malahide – qui travaillait alors à la construction de la nouvelle maison. Mais il s'est montré sensible à la difficulté de ma situation. Pour finir, nous avons décidé que Lizzie pourrait rester à condition de désavouer son frère et de ne plus avoir aucun contact avec lui. Une fois le procès terminé et les choses calmées, nous pourrions envisager de nous marier comme nous l'espérions.

Quelques semaines plus tard, Lizzie était de retour avec Consuela. Elle était toute retournée à propos de son frère, mais il m'a semblé qu'il y avait autre chose. Elle s'était beaucoup rapprochée de sa maîtresse pendant leur absence, autant qu'elle s'était éloignée de moi. Quand je lui fis part de ce que Victor et moi avions convenu, elle est entrée dans une rage folle et m'a dit que ce n'était pas à nous de décider de son avenir ; elle ne se laisserait pas dicter sa conduite à l'égard de son frère. Elle était sûre qu'il était innocent, bien qu'il ait été pris la main dans le sac. Ce fut

là notre première et notre dernière dispute. Je lui ai
dit tout net qu'elle pouvait oublier le mariage – et la
position de femme de chambre qui était la sienne – si
elle s'obstinait à prendre le parti de son frère, que ce
serait la pire des choses pour elle et pour sa famille
si elle perdait son emploi et toutes les perspectives
d'avenir qui allaient avec.

Elle était partagée. Je l'ai bien vu. Mais je n'avais
pas l'intention d'en rester là. Je pensais qu'il était
temps pour moi de lui faire comprendre que je
devais être obéi. Et ce que je lui avais dit à propos
de sa famille, c'était vrai : son père et son autre frère
avaient déjà perdu leur emploi à la fabrique à cause
de Peter. Ils comptaient sur elle pour les dépanner.
Je lui ai proposé moi-même de l'aider – si elle faisait
ce que je lui disais. Elle a fini par accepter. On s'est
raccommodés. Mais ça n'a jamais plus été vraiment
comme avant. Elle ne me faisait plus confiance. Je me
suis dit qu'elle serait à nouveau elle-même une fois
le procès terminé. Que ce n'était qu'une question de
temps, qu'il me fallait être patient. En tout cas, je lui
avais montré qui était le maître. Ce qui me paraissait
important.

En avril, nous avons déménagé dans la nouvelle
maison de Clouds Frome. Victor m'avait dit qu'il
aurait besoin d'un valet de chambre une fois qu'ils
auraient quitté Fern Lodge ; et je lorgnais le poste.
Lizzie et moi, on ne se voyait pas beaucoup à ce
moment-là. Je travaillais dur et je voyais bien qu'elle
se rongeait les sangs à propos de son frère. Il devait
passer aux assises en septembre. J'étais sûr que,

après, tout s'arrangerait ; alors j'ai pensé qu'il valait mieux laisser les choses en l'état.

Mais rien ne s'est arrangé, et, par une nuit étouffante du mois de juillet, Lizzie s'est pendue dans le verger de Clouds Frome.

Je ne comprenais pas pourquoi elle avait fait une chose pareille. Elle n'avait laissé aucune lettre, aucun mot d'explication. Je savais qu'elle était déprimée, mais le suicide, c'était quand même un moyen extrême, que j'ai presque pris pour une insulte à mon égard et une sorte de trahison face aux projets d'avenir que j'avais formés pour nous deux.

Je me suis terriblement endurci après la mort de Lizzie. J'avais gardé notre amour secret, alors j'ai fait de même avec mon chagrin. J'ai décidé que c'en était fini des sentiments : je n'aimerais plus jamais personne, ne prendrais plus jamais en compte les intérêts des autres et ne m'occuperais que de moi. Cet automne-là, Victor m'a pris comme valet de chambre. Ce qui voulait dire plus d'argent et une position plus élevée dans la hiérarchie. Peu à peu, j'ai oublié Lizzie et tous nos rêves. Le temps a passé, je me suis engagé quand la guerre a éclaté et j'ai été affecté comme ordonnance au service d'un officier d'état-major, un poste tranquille et sans danger. Et puis, quand tout a été fini, je suis rentré à Clouds Frome, comme si rien n'avait changé.

Les changements, pourtant, ne manquaient pas. Victor avait alors une fille, Jacinta, une petite gamine sérieuse et solennelle. Il ne semblait pas éprouver pour elle les sentiments que j'aurais éprouvés moi dans la même situation. J'ai mis ça sur le compte de *sa déception de n'avoir pas eu un garçon. Quant à Consuela, elle s'était repliée sur elle-même, ne vivant que pour Jacinta, n'adressant pratiquement plus la parole à Victor. Non pas que je me souciais des sentiments qu'ils pouvaient avoir l'un pour l'autre. Moi, j'étais content de mon sort. Plus rien ne pouvait me toucher... du moins c'est ce que je croyais.*

Un soir de l'automne 1922 où j'étais au Full Moon à Mordiford en train de boire un verre, un type a demandé à me parler. Il m'a dit s'appeler Tom Malahide et être un des complices de Peter Thaxter dans le vol de la fabrique ; puis il m'a révélé qu'il venait juste d'être libéré, et que Peter avait été pendu en 1911 pour avoir tué un gardien. Bon, j'avais entendu parler de cette affaire à l'époque, sans y accorder plus d'attention. Mais voilà que Malahide me dit que Peter lui avait remis une lettre qu'il avait reçue de Lizzie juste avant la mort de celle-ci, avec pour mission de la faire passer à la famille quand il sortirait de prison. La lettre, d'après lui, expliquait les raisons du suicide. Et il me confia également que Peter lui avait dit que Lizzie et moi nous nous étions fiancés en secret. Malahide ne prit même pas le temps de réfléchir. Jugeant que j'étais plus à l'aise que les Thaxter, il me fit une proposition : la dernière lettre de Lizzie en échange d'un peu d'argent pour le remettre à flot.

C'est comme ça que je lui ai acheté la lettre, pour vingt livres. Il fallait que je l'aie, voyez-vous, une fois qu'il m'a eu laissé y jeter un coup d'œil pour m'assurer qu'elle était authentique. Je voulais à tout prix savoir pourquoi elle avait mis fin à ses jours. Lizzie avait continué à aller voir son frère et à lui écrire, malgré mes interdictions. Elle m'avait désobéi et m'avait trompé. Et il s'est trouvé que Victor l'avait appris. Mais au lieu de venir me le dire, il avait fait chanter Lizzie pour qu'elle espionne Consuela. Elle devait donc choisir entre me perdre – et perdre son travail – et trahir sa maîtresse. Eh bien, elle a choisi. Et Victor a eu confirmation de ce qu'il soupçonnait sans doute déjà : Consuela avait une liaison avec Staddon. Mais Lizzie ne supportait pas d'avoir à mentir comme ça, d'avoir à trahir tous ces secrets. C'est cette pression qui l'a conduite au suicide, ou bien Victor. Ça dépend de la manière dont on voit les choses. En tout cas, moi, je ne les ai vues que d'une seule manière : Victor avait tué Lizzie. Il me l'avait enlevée. J'avais passé des années à tenter de prouver ma reconnaissance à un homme qui avait détruit ma vie.

J'ai lu la lettre, je l'ai retournée dans ma tête des centaines de fois. Et puis, un matin où je rasais Victor, j'ai mentionné le nom de Lizzie, comme ça, en passant. Je lui ai dit que je commençais à penser que ce n'était pas plus mal si finalement je ne l'avais pas épousée. Et que, à l'époque, je n'étais même pas certain qu'elle tenait la promesse qu'elle m'avait faite de couper tous les ponts avec son frère. Et là, Victor m'a répondu : « Vous savez quoi, Gleasure, il se pourrait bien que vous ayez raison. » C'est la manière dont il l'a dit, le ton de sa voix, qui m'a ouvert les yeux. Et c'est à ce moment-là, alors que je passais le rasoir le long de sa joue et que je le fixais droit dans les yeux, que j'ai décidé de le tuer à cause de ce qu'il avait fait à ma Lizzie.

Mais je ne voulais pas seulement le tuer. Je voulais aussi le flouer, le tromper comme il m'avait trompé. C'est alors que je me suis mis à envisager différentes façons de me venger. Et une idée m'est venue. Je savais, pour avoir lu la lettre de Lizzie, que Consuela et Staddon avaient été amants jusqu'en juillet 1911. Jacinta était née en avril 1912 – exactement neuf mois plus tard. Ce qui expliquait le peu d'intérêt que lui portait Victor, elle n'était pas de lui. Quelques semaines après sa naissance, Quarton, son notaire, était venu voir Victor avec un nouveau testament à lui faire signer. J'avais servi de témoin, sans pour autant connaître le contenu du document. J'avais d'abord supposé que celui-ci avait pour but d'assurer l'avenir de Jacinta. Mais à présent, j'avais une tout autre idée sur la question ; je pensais qu'il avait été rédigé en fait pour une raison exactement inverse : pour l'exclure de toute disposition testamentaire parce qu'elle n'était pas sa fille et peut-être exclure aussi Consuela pour avoir porté l'enfant d'un autre. Si je voyais juste, il leur avait substitué à toutes les deux un autre héritier. Mais qui ? Je pensais le savoir. Je savais comment il fonctionnait. S'il avait vraiment désigné la personne que je soupçonnais, il m'avait fourni là l'occasion que j'attendais.

Il fallait d'abord que j'aie confirmation de mes soupçons et, pour cela, accès au testament. Lequel était conservé dans un coffre secret qu'il avait fait installer pendant leur premier hiver à Clouds Frome. Je savais où le trouver. J'avais vu mon maître l'ouvrir plus d'une fois. Ce que j'ignorais, c'était la combinaison. Mais comme je viens de le dire, je connaissais bien Victor. Il avait toujours aimé jouer avec les nombres. Il n'hésitait pas à mettre de l'argent sur un cheval portant un numéro porte-bonheur – l'anniversaire d'un membre de la famille, j'entends, ou une autre date importante – plutôt que sur un favori. Et il était du genre à utiliser le même truc pour mémoriser une combinaison plutôt que de la noter quelque part. Si bien que, chaque fois qu'il s'absentait, j'essayais plusieurs combinaisons fondées sur ce principe. Un beau jour, j'ai fini par tomber sur la bonne.

J'ai trouvé à l'intérieur du coffre beaucoup plus que ce que j'espérais. Le testament, bien sûr. Dont la lecture m'assura que je ne m'étais pas trompé. Mais aussi de l'argent. Des milliers de livres en billets de cinq flambant neufs. Qui ne manquèrent pas d'éveiller mes soupçons. J'en pris un et découvris grâce au filigrane qu'il avait été imprimé sur du papier sortant de la fabrique Peto. C'est alors que je me rendis compte que Victor était bien plus malin que je ne l'aurais cru. C'était lui qui avait organisé le vol. Et dire qu'il avait menacé Lizzie de la renvoyer et d'interdire notre mariage sous prétexte que son frère avait attiré le déshonneur sur sa tête – un déshonneur dont, je le savais désormais, il était l'ultime responsable. Cette fois, je ne cherchai pas plus loin. Je décidai de lui prendre son argent en même temps que sa vie.

Le seul et unique héritier de Victor est son neveu, Spencer. Je parierais que si Victor l'a choisi, c'est parce qu'il se retrouve en lui, du moins en partie. Ils estimaient l'un comme l'autre que Hereford, ou Caswell & Co, n'étaient pas assez bien pour eux. Ils en voulaient toujours plus. Et ils étaient prêts à tout, ou presque, pour l'obtenir.

C'est là-dessus que j'avais l'intention de jouer. Spencer était revenu de Cambridge à l'été 1922 et travaillait pour l'entreprise familiale – avec aussi peu d'enthousiasme que Victor trente ans plus tôt. Je décidai de lier connaissance avec lui. Ce qui n'avait rien de difficile : il me suffisait de lui payer à boire dans les pubs qu'il fréquentait à Hereford et d'écouter ses doléances et ses jérémiades. Lesquelles visaient surtout son père. C'était le portrait craché de Victor au même âge.

Quand je lui fis part de mon plan, il bondit sur l'occasion. Je lui parlai du testament. Je suggérai que nous assassinions Victor, avant de partager l'héritage en deux. Parts égales. Nous serions alors des hommes riches. La beauté de la chose, c'était que le testament était secret, si bien que quand Spencer serait déclaré l'unique héritier, personne n'aurait de raison de penser qu'il s'attendait à quoi que ce soit. Et puis, de toute façon, le meurtrier de Victor, ce serait moi. Moi, qui n'avais pas l'ombre d'un mobile – du moins aux yeux du monde.

Spencer se montra enthousiasmé par le projet. C'était, davantage que de la simple cupidité ou le désir d'être libéré de son père. Ce qui l'excitait surtout c'était le fait d'organiser une opération et de s'en tirer indemne, le plaisir de commettre un crime qui ne serait pas découvert. Il n'avait aucun scrupule à tuer Victor, pas le moindre. Moi, mon mobile c'était la vengeance, mais Spencer se révéla finalement avoir le cœur encore plus endurci que je le pensais. Spencer, c'est la cruauté à l'état pur, vous pouvez me croire. Au début, j'ai eu quelques difficultés à le contenir. Mais il le fallait, bien sûr, parce que je savais que, si nous précipitions les choses, nous courrions à la catastrophe. J'avais planifié toute l'affaire, voyez-vous. Il fallait non seulement que nous ne laissions pas de traces, mais que nous fassions apparaître celles d'un autre. Nous avions besoin d'un bouc émissaire, aussi bien que d'un alibi.

Si notre choix s'est porté sur Consuela, c'est parce que tout le monde savait qu'elle ne s'entendait pas avec Victor, et parce qu'elle n'avait aucun ami, si bien que personne ne risquait de se mobiliser pour venir prendre sa défense. J'avais déjà décidé que le poison était la méthode la plus sûre. Les gens l'associent volontiers aux femmes. Ce qui était un argument supplémentaire en faveur de notre choix. Les lettres anonymes étaient une idée de Spencer. Il est très doué pour les faux.

Il y a deux ans de cela, un meurtre a été commis à Hay-on-Wye à l'aide d'un désherbant à base d'arsenic. Je m'en souvenais parfaitement. Ce qui me poussa à faire le tour du potager, où je mis la main sur quelques boîtes de Weed Out qui avaient l'air de correspondre à ce que nous cherchions. Spencer téléphona au fabricant et se fit confirmer que l'arsenic était un composant majeur de ce désherbant. On l'avertit qu'il fallait être prudent dans l'utilisation d'un produit aussi dangereux. À partir de là, nous n'avions plus qu'à attendre une occasion propice. Je n'avais pas l'intention de me précipiter. J'étais prêt à patienter aussi longtemps qu'il le faudrait. Je portais en permanence sur moi un petit sachet d'arsenic, cousu dans la doublure de mon gilet, en prévision du jour où je pourrais l'utiliser sans être découvert.

Ce jour se présenta le 9 septembre dernier, un dimanche. Je surveillais les lieux quand Noyce apporta le thé à Consuela. Je le vis quitter le salon. Puis je la vis, elle, sortir pour aller faire quelques pas dans le jardin. C'était l'occasion rêvée. Je me glissai dans la pièce, mélangeai l'arsenic au sucre et ressortis avant le retour de Consuela. Je savais que Victor était le seul à prendre du sucre dans son thé. Et, bien évidemment, cela ne pouvait que renforcer les soupçons à l'égard de Consuela si ni elle ni Jacinta ne couraient le risque d'être empoisonnées. Je me dis que ma tentative ne pouvait que réussir. L'arsenic était tout près de la surface. Il y en avait assez pour tuer trois hommes, sans parler d'un seul. C'en était fait de Victor.

Mais la chance nous a abandonnés. Marjorie et Rosemary sont arrivées à l'improviste, toutes deux avec un faible pour le sucré et une envie pressante de thé. Il n'y avait rien que je puisse faire pour les arrêter. Je ne pouvais qu'espérer que Victor avale malgré tout une dose mortelle d'arsenic. Malheureusement les choses se présentaient très mal maintenant qu'il y avait des dames à servir en premier. Et c'est effectivement ce qui se produisit. Victor a été malade, mais n'en est pas mort. C'est Rosemary qui est morte à sa place.

Spencer a très mal pris la chose. Je ne veux pas dire par là qu'il était en colère parce que nous avions tué sa sœur par erreur. Il ne se souciait pas plus d'elle que des autres membres de sa famille. Il les aurait tous occis sans remords si nécessaire. Non, ce qu'il a mal pris, c'est que nos plans aient été contrariés. Il m'a accusé d'avoir fait capoter notre entreprise. Mais il n'a pas tardé à comprendre que se brouiller avec moi pourrait lui être fatal. Nous devions nous serrer les coudes. Un meurtre avait été commis, même si ce n'était pas celui que nous avions planifié. Nous avions encore à nous assurer que l'on en ferait porter la responsabilité à Consuela. C'est la raison pour laquelle j'ai caché l'arsenic et les lettres compromettantes là où j'étais certain que la police les trouverait. Et c'est ce qui s'est passé. Consuela a été arrêtée et mise en accusation.

Que pouvions-nous faire à présent ? Si nous attentions une fois encore à la vie de Victor, nous ne ferions qu'établir l'innocence de Consuela, et nous démontrerions également que les preuves rassemblées pour la confondre avaient été fabriquées de toutes pièces. Dans le cas contraire, tous nos efforts n'auraient servi de rien. Spencer était en faveur d'une action radicale. Mais il finit par admettre que nous devions être prudents. Je jugeais que le mieux était d'attendre que les choses se calment, avant d'élaborer un autre plan.

C'était compter sans Imogen Roebuck. Elle a vu dans les événements l'occasion d'une promotion. Au fil des semaines, elle s'est insinuée dans le cœur de Victor, d'abord en qualité d'infirmière, puis en tant qu'amie et finalement comme maîtresse. L'empoisonnement l'avait marqué, il se sentait vulnérable. Et c'est là-dessus qu'elle a joué. Je ne pouvais que constater, impuissant, l'emprise de plus en plus

grande qu'elle exerçait sur lui. C'est à son instigation que je me suis rendu complice du piège tendu au
frère de Consuela. Je ne pouvais pas courir le risque
de la voir douter de ma loyauté, et j'ai donc fait ce
qu'elle me demandait : approcher Rodrigo, lui donner
l'impression que j'étais prêt à me laisser acheter,
puis, une fois sa curiosité piquée par l'existence du
testament de Victor, l'encourager à pénétrer dans
la maison par effraction et à ouvrir le coffre afin de
découvrir le contenu du testament. Il fallait bien dans
ces conditions que l'on me donne la combinaison – qui
était celle que je connaissais déjà. Victor la changerait
certainement dès qu'elle aurait rempli son office. Ils
ont prétendu que tout ce qu'ils voulaient, c'était que
Rodrigo soit expulsé du pays et qu'il ne lui arriverait
rien de fâcheux. J'ignore s'ils avaient l'intention de le
tuer. Miss Roebuck m'a affirmé par la suite que Victor
n'avait tiré que pour se défendre. De toute façon, peu
m'importait. Ce qui m'ennuyait en revanche, c'est
qu'elle connaissait manifestement les clauses du testament et représentait de ce fait une réelle menace pour
nous si nous voulions arriver à nos fins. Mais je ne
voyais pas quelles mesures prendre à son endroit.

Les choses se sont précipitées après la condamnation de Consuela. Son appel fut rejeté le 7 février. Sa
pendaison ne semblait maintenant plus faire de doute.
Le dimanche 10 février, Victor réunit la famille à
Clouds Frome pour annoncer que miss Roebuck et lui
partaient pour la France et qu'ils se marieraient dès
qu'ils seraient libres de le faire.

Nous ne pouvions plus attendre pour agir. Une
fois Victor remarié, tout testament antérieur serait

immédiatement invalidé. Miss Roebuck, en qualité de nouvelle épouse Caswell, deviendrait automatiquement son héritière. Il fallait donc frapper avant qu'ils se marient. Ce qui signifiait, puisqu'ils seraient en mesure de le faire dès que Consuela serait morte, que nous devions agir avant son exécution. Autrement dit, avant aujourd'hui.

Cette fois-ci, ce fut Spencer l'auteur du plan. Il avait déjà choisi Staddon comme bouc émissaire potentiel et l'avait amené à croire que miss Roebuck et Victor avaient monté le coup de l'empoisonnement dans le seul but de se débarrasser de Consuela. Il lui avait dit que Grenville Peto avait téléphoné à Victor peu avant l'arrivée de Marjorie et de Rosemary à Clouds Frome le dimanche 9 septembre, tout en refusant de lui révéler l'identité de celui qui lui avait donné l'information. C'était faux, bien entendu ; Peto n'a jamais téléphoné. Mais Staddon essayait par tous les moyens de faire innocenter Consuela. La preuve que Victor était au courant de la venue de ces dames pour le thé était par conséquent exactement ce dont il pensait avoir besoin. En lui fournissant de jolis petits renseignements de ce genre, Spencer non seulement l'écartait de la vérité mais il lui fournissait aussi un mobile pour vouloir tuer Victor. Si ce dernier était empoisonné dans des circonstances qui suggéraient que le meurtrier avait récidivé, Consuela serait déclarée innocente. À mesure qu'approchait la date de son exécution, il devenait de plus en plus évident que rien d'autre ne pouvait plus la sauver. Notre tâche était de convaincre la police que, pour cette raison même, Staddon en avait été réduit à envisager de supprimer

Victor. Il fallait ensuite l'attirer au cap Ferrat pour faire de lui le suspect tout désigné du meurtre à venir.

Contrairement à la première tentative, celle-ci allait devoir se faire dans l'urgence. Ce qui ne faisait qu'accroître les risques encourus, mais nous n'avions pas le choix. Après toute cette attente et cette cogitation, je ne supportais pas l'idée de laisser la chance nous filer entre les doigts.

Je devais partir pour le sud de la France avec Victor et miss Roebuck le mardi 12 février. La nuit précédente, j'allai au potager prélever une bonne dose d'arsenic dans une des boîtes de Weed Out. Après le premier empoisonnement, Banyard avait reçu l'instruction de les garder sous clé, mais il n'en faisait qu'à sa tête. Dans l'intervalle, Spencer envoyait à l'inspecteur Wright une lettre anonyme désignant Staddon comme étant l'homme qui avait accompagné Rodrigo lors de la tentative de cambriolage à Clouds Frome. Spencer avait vu Staddon quitter Fern Lodge le matin suivant et n'arrivait pas à croire que la présence de celui-ci à Hereford à ce moment-là puisse être fortuite. La même lettre révélait aussi que Staddon avait été l'amant de Consuela. Nous ne doutions pas que pareille accusation rendrait aussitôt Staddon suspect aux yeux de l'inspecteur Wright. Nous attendîmes quelques jours pour laisser à ces soupçons le temps de prendre racine. Puis, le vendredi 15 février, Spencer glissa la pièce à un gamin des rues pour qu'il se fasse passer pour un garçon de courses de la poste et porte un faux télégramme au cabinet de Staddon, censément envoyé par Mrs Staddon, qui était depuis quelque temps l'invitée du major Turnbull au cap

Ferrat. Elle lui demandait de venir immédiatement, sous prétexte qu'elle avait découvert des informations préoccupantes concernant Victor. Afin de s'assurer que Staddon s'exécuterait, Spencer fit semblant de le rencontrer par hasard ce même soir. Il lui confia que c'était moi qui l'avais informé du soi-disant appel téléphonique de Grenville Peto à Victor le dimanche 9 septembre. Et Staddon, qui croyait toujours que les auteurs de l'empoisonnement étaient Victor et miss Roebuck, tomba dans le panneau. Il se mit en route pour le cap Ferrat dès le lendemain matin. Spencer, lui, voyagea de nuit pour le devancer.

Spencer me prévint de l'arrivée imminente de Staddon pour l'après-midi ou la soirée du dimanche 17 février. Une fois qu'il serait venu à la villa, nous aurions tout loisir de boucler notre affaire. Le hasard voulut qu'il se présente à la porte alors que Victor et ses amis étaient absents, ce qui m'arrangeait on ne peut mieux. Je le fis attendre dans le petit salon pour deux raisons. La première, c'est que cela me laissait le temps de mélanger l'arsenic au whisky dont on conservait toujours une carafe dans le grand salon. La seconde, c'est que par la suite tout le monde penserait que c'était Staddon et pas moi qui l'avait fait. Je savais qu'il me faudrait trouver une autre occasion propice si d'aventure Victor ne touchait pas ce jour-là au whisky, mais avec l'approche de l'exécution il en descendait beaucoup ces temps-ci, si bien que je ne pensais pas avoir besoin d'une autre tentative. Turnbull ne buvait jamais de whisky, et Thornton très rarement. Pour finir, tout marcha comme sur des roulettes. Victor se montra très contrarié par la visite de Staddon, et je n'eus même pas à lui demander s'il voulait un verre. Il réclama de lui-même un whisky soda. Heureusement pour lui, Thornton opta pour un gin sling. Quelle joie éprouvai-je à tendre son verre à Victor et à le regarder le vider, avant de l'entendre en réclamer un second !

Après le départ de Staddon, je me glissai dehors pour aller parler à Spencer, qui attendait près de la grille du jardin. Il partit ensuite faire le guet à l'hôtel de Staddon jusqu'à ce qu'il tombe sur le moment propice pour cacher l'arsenic dans sa chambre, où la police ne manquerait pas de le trouver. Non content d'être un excellent faussaire, Spencer est un bon crocheteur de serrures. Je pense qu'il aurait fini dans le crime de toute façon, même si je n'avais pas été là pour l'encourager.

Victor est mort dans la nuit, dans d'atroces souffrances. Je l'ai regardé mourir. Je crois que, à voir mon expression juste avant la fin, il a su que c'était moi qui l'avais dépêché dans l'au-delà. En tout cas, je l'espère. L'arsenic lui a déchiré les entrailles comme un couteau. Il méritait chaque torsion de lame.

Nous aurions réussi si nous n'avions pas joué de malchance. Nous n'avons commis aucune erreur, ni dans un cas ni dans l'autre. On ne pouvait pas prévoir que Marjorie et Rosemary viendraient prendre le thé à Clouds Frome le 9 septembre, ni que Doak passerait la nuit du 11 février dans un appentis du potager. Sans ces deux coups du sort, nous nous en serions tirés sans dommage. J'ignore où est Spencer. Il était censé quitter le cap Ferrat lundi et réapparaître à Hereford en feignant la surprise à l'annonce de la nouvelle. S'il

742

découvre que j'ai été arrêté, il va comprendre que tout est fini. Ce qu'il fera ensuite, je ne saurais le dire. Il est aussi imprévisible qu'il est malin.

J'ai fait cette déposition de mon plein gré et sans coercition d'aucune sorte. J'aimerais être jugé en Angleterre. C'est là-bas qu'a commencé ce crime, et il est juste qu'il s'y termine. Je suppose que je vais payer mes actes de ma vie. Je suppose que je finirai pendu, comme Lizzie. Ce qui ne serait peut-être qu'un juste retour des choses.

Je n'ai rien à ajouter.

J. W. Gleasure,
21 février 1924

Quand j'eus fini de lire la déposition, je la fis glisser sur la table en direction de Wright.

« Et maintenant, vous vous sentez comment, inspecteur ?

— Contrit, comme il se doit, dit-il sans se départir de son sourire. Nous nous sommes trompés sur cette affaire depuis le début. Je suis heureux que nous ayons découvert notre erreur avant qu'il soit trop tard.

— Pourrais-je parler à Gleasure ?

— Je crains bien de ne pouvoir vous y autoriser.

— Suis-je libre de partir, en ce cas ?

— Tout à fait. Je vous serais tout de même reconnaissant si vous pouviez rester encore quelques jours à Nice, jusqu'à ce que je sache si j'aurai besoin de vous pour témoigner contre Gleasure.

— Et Consuela ? Sera-t-elle libérée, elle aussi ?

— Oui, mais pas dans l'immédiat. Techniquement, s'entend, elle reste condamnée pour meurtre, si bien qu'il risque d'y avoir un peu d'attente. Mais elle sera libérée, soyez-en sûr. »

Je me levai et m'apprêtais à partir quand le souvenir de toutes les questions et accusations auxquelles j'avais été en butte dans cette pièce afflua à mon esprit. « Que se serait-il passé, inspecteur, si Doak n'avait pas surpris Gleasure cette nuit-là ? demandai-je tout à trac. Et s'il n'était pas tombé sur un vieux journal hier matin et n'y avait pas appris mon arrestation ? Vous voulez me le dire ? »

Wright secoua la tête et abaissa les yeux sur les pages de la déposition de Gleasure étalées devant lui. Que pouvait-il répondre ? La vérité, c'est que personne, et nous deux moins que tout autre, n'était en mesure de revendiquer le mérite d'avoir sauvé Consuela. Elle n'avait pas eu de chance. Sa chance avait maintenant tourné. Il n'y avait, comme aurait dit Gleasure, rien à ajouter.

Mais le ressentiment fut vite noyé sous des flots de joie. Quand je sortis du bâtiment quelques minutes plus tard et inhalai une longue bouffée d'air déjà chargé de la promesse du printemps, j'éprouvai un sentiment d'exaltation indicible. Consuela était saine et sauve et serait bientôt libre. Rien d'autre n'avait d'importance. Tout était là. Il n'y avait vraiment rien à dire de plus.

24

Le vingt et un février, que je ne pouvais jusqu'ici envisager qu'avec horreur, se trouvait soudain transformé en l'un des jours les plus heureux de ma vie. Que je le passe seul importait peu. Je pris une chambre au Negresco, d'où je téléphonai à Imry : sa voix, à l'autre bout du fil, était toute la compagnie dont j'avais besoin. Je le sentis aussi soulagé et exultant que je l'étais. Il était trop tôt, nous en convînmes, pour analyser le passé récent ou nous poser des questions sur l'avenir. Le présent, pour une fois, suffisait à apaiser tous les doutes et à combler tous les espoirs. Consuela était saine et sauve. Et nous l'étions, nous aussi. Je commandai une bouteille de champagne, que je bus lentement et dans un bonheur silencieux, assis sur le balcon de ma chambre, l'horizon éclairé de l'or le plus pur par le soleil qui sombrait derrière moi.

Cette nuit-là, je dormis mieux et plus longtemps que je ne l'avais fait depuis des semaines. Je m'attardais encore devant un petit déjeuner à onze heures du matin quand l'inspecteur demanda à me voir. Il semblait plus joyeux que jamais et avait, me dit-il, une bonne nouvelle, de nature confidentielle, à m'apprendre. Nous sortîmes sur la promenade des Anglais, et là, les yeux fixés sur le cap Ferrat de l'autre côté de l'étendue bleue de la baie, il m'annonça : « Spencer Caswell est en garde à vue.

— Comment a-t-il été pris ?

— Il a été interpellé hier soir à la gare de Hereford à sa descente d'un train en provenance de Londres. Je rentre tout de suite pour l'interroger.

— Vous croyez qu'il va essayer de s'en tirer ?

— C'est probable. Il prétend avoir passé la semaine à Paris, faisant la tournée des bars et des bordels. Naturellement, il n'a aucun témoin pour le prouver. Peut-être pense-t-il ne pas en avoir besoin.

— Tout de même, à la lumière de la déposition de Gleasure…

— Nous verrons bien, Mr Staddon, nous verrons bien. Laissez-moi me charger du jeune Spencer. En fait, il n'est pas la seule raison pour laquelle je voulais vous voir.

— Ah bon ?

— Nous n'avons plus de raisons de vous retenir ici. Gleasure doit comparaître lundi, mais l'exhaustivité de ses aveux signifie que la présence de témoins ne sera pas nécessaire. Sa mise en accusation sera automatique.

— Il va donc être jugé ici ?

— Pour finir, je ne crois pas. Mais l'extradition est une affaire compliquée. Qui pourrait prendre un certain temps.

— Et Consuela devra rester en prison tant que ce temps ne sera pas écoulé ?

— J'espère bien que non. Mais ce n'est pas à moi de me prononcer là-dessus. Évoquez l'affaire avec ses avocats quand vous serez rentré.

— Je n'y manquerai pas, inspecteur, croyez-moi.

— Ne vous inquiétez pas, Mr Staddon. La loi s'efforce toujours de mettre un terme à ses embarras aussi vite et discrètement que possible. Et le cas de Mrs Caswell est *très* embarrassant. Vous l'aurez tout à vous avant de savoir ce qui vous arrive. »

Ce n'est que quelques minutes plus tard, alors que Wright s'éloignait le long de la promenade, que je compris à quel point sa supposition pouvait paraître naturelle. Il pensait que j'avais agi par amour. Et, dans un sens, c'était bien ce que j'avais fait, mais pas comme il l'entendait. Consuela ne rentrerait pas dans ma vie une fois qu'elle serait sortie de prison. Nous ne tenterions pas de revivre ce que nous avions connu autrefois.

À moins que... Je me retournai et regardai la mer. Là-bas, au loin, là où se rejoignaient la mer et le ciel, tous les avenirs étaient possibles, semblait-il, en dépit d'actions passées de nature à les compromettre. Elle m'avait pardonné. Et j'avais souffert pour elle. Bientôt elle serait libre, dans tous les sens du terme. En me forçant un peu, j'arrivais à imaginer trois silhouettes côte à côte – Consuela et moi, avec Jacinta entre nous deux –, flânant sur la promenade, souriant et riant aux éclats. Quand je regardai autour de moi, elles n'étaient pas là. Mais je n'étais plus aussi certain qu'elles ne le seraient jamais.

Je quittai Nice le soir même par le train de nuit pour Calais. En pénétrant dans le wagon-restaurant pour y dîner, je me rendis compte que Clive et Celia se trouvaient aussi à bord. Je m'assis à l'autre bout du wagon et décidai de ne rien faire pour favoriser une rencontre. Mais Clive, à la désapprobation évidente de Celia, décida, lui, qu'une sorte de rapprochement s'imposait. Abandonnant son dessert, il s'empara de son verre de cognac et vint à ma table, d'une démarche chaloupée qui épousait les cahots du train.

« Salut, vieux. Ça fait bizarre de faire semblant de ne pas se connaître, non ?

— Ah oui, tu crois ?

— Ça t'ennuie si je me joins à toi un moment ? » Sans attendre de réponse, il se laissa aller sur la chaise en face de la mienne. « On a tous été soulagés d'apprendre que tu étais blanchi de tout soupçon.

— Tiens donc !

— Même Angie. Elle n'a jamais vraiment voulu qu'il t'arrive quelque chose, tu sais.

— Elle est toujours au cap Ferrat ?

— Oui, dit-il, avant d'esquisser un sourire. J'étais sacrément content de pouvoir mettre les voiles quand la police nous en a donné la permission. Mais Angie reste pour l'enterrement. Turnbull est terriblement affecté par la mort de Victor. Ma foi, on l'est tous, hein, mais lui, il aura vraiment du mal à s'en remettre… un ami de si longue date. Angie fait de son mieux pour lui remonter le moral.

— Comme ce doit être touchant ! Et miss Roebuck, là-dedans ?

— Bouleversée, bien sûr, sur le moment. Mais elle tient le coup.

— Je n'en doute pas.

— Je n'ai jamais cru que tu pouvais être coupable, ça va sans dire. Pas une seconde.

— Aimable à vous de l'avoir fait savoir à la police.

— Comment ? dit-il en fronçant les sourcils. Qu'est-ce que tu veux dire au juste, mon vieux ?

— Pas un de vous n'a levé le petit doigt pour me venir en aide. Voilà ce que je voulais dire, au juste.

— Ah, tu sais ce que c'est... Mais bon sang, on aurait témoigné en ta faveur si l'on en était arrivé au procès. Tu le sais certainement.

— Non, pas vraiment. »

Il m'examina un moment d'un air pensif, avant de dire : « Je crois comprendre qu'il y a eu pas mal de publicité chez nous autour de cette affaire. Annulation de l'exécution d'une condamnée à mort, et le toutim. Je ne serais pas surpris si un journaliste essayait de te faire dire des choses... que tu pourrais regretter.

— Comme quoi, par exemple ?

— Vois-tu, l'idée ne me plairait guère qu'Angela puisse lire dans les journaux des choses désagréables sur son compte. Des propos que tu aurais pu tenir toi, par exemple.

— Voilà une préoccupation qui est tout à ton honneur. Mais je doute que la presse à scandale s'intéresse à la ruine de mon mariage. Qu'en penses-tu ? »

Grimace et sourire se disputèrent un instant le visage de Clive. Sa voix baissa d'un ton. « C'est au sujet du divorce, mon vieux. L'accord auquel nous étions parvenus tient toujours ?

— Je ne sais pas.

— Mais tout de même…

— Écoute-moi bien, *mon vieux*. Je viens tout juste d'être blanchi d'une accusation de meurtre. La femme que quelques très rares personnes et moi-même nous sommes efforcés de sauver vient tout juste d'échapper à la mort, il s'en est fallu de quelques heures. Crois-tu sérieusement que, au vu de telles circonstances, j'aie quelque chose à faire des conditions du divorce qu'Angela compte obtenir de moi ? Si c'est le cas, tu es encore plus crétin que je croyais. Et franchement, je ne pense pas que ce soit possible. »

Clive me regarda, bouche bée, la conscience de l'insulte faisant lentement son chemin dans son esprit obtus. « Bon sang, tu ne crois pas que tu…

— Voilà ce que je te conseille maintenant. Tu retournes à ta table, tu finis de manger. Et tu passes le reste du voyage à faire ce que tu trouvais pourtant si bizarre : prétendre que tu ne me connais pas. J'en ferai autant de mon côté. Ce ne sera pas bien difficile. En fait, pour ce qui me concerne, c'est déjà le cas. » Je fis un signe au serveur par-dessus l'épaule de Clive. « À présent, si tu veux bien m'excuser, j'ai besoin d'air. »

Je réglai ma note et gagnai en toute hâte le couloir du wagon le plus proche. Où je baissai la vitre et me penchai à l'extérieur pour laisser l'air froid de la nuit emporter une partie de ma colère. Pauvre Clive ! Comment s'attendre à ce qu'il comprenne ? Tout ce que m'avait apporté mon mariage semblait vicié par la trahison dont il avait été une conséquence. Le passé était une terre dévastée, l'avenir, un continent inexploré. Derrière moi, les regrets, devant, le brouillard.

Du moins savais-je à présent lequel des deux était préférable.

Je pris mon petit déjeuner le lendemain matin suffisamment tôt pour éviter Clive et Celia et ne les revis pas à Calais. Je soupçonne Celia d'avoir suggéré qu'ils attendent le bateau suivant plutôt que de risquer une nouvelle rencontre sur le ferry. Ce dont je lui fus reconnaissant.

À Douvres, j'achetai tous les journaux nationaux et les parcourus à la recherche d'articles concernant l'affaire tandis que le train m'emportait vers Londres. Les circonstances dramatiques du meurtre de Victor, l'annulation de la condamnation de Consuela et les aveux de Gleasure avaient de toute évidence été couverts les jours précédents. On faisait peu de cas de l'arrestation de Spencer, comme si c'était une sorte de post-scriptum banal à des événements plus sensationnels. Deux ou trois éditoriaux faisaient l'éloge de la police et du ministère de l'Intérieur pour leur rapidité à redresser une erreur judiciaire ; un article stigmatisait la facilité avec laquelle on pouvait se procurer de l'arsenic ; quelques lettres demandaient l'abolition de la peine de mort dans les cas d'empoisonnement. Je décelai toutefois une bonne dose d'embarras dans la plupart des comptes rendus. Les journaux avaient montré autant d'empressement que la plupart de leurs lecteurs à voir pendre Consuela. Maintenant qu'ils se rendaient compte de l'énormité de leur erreur, ils ne cherchaient qu'à oublier l'affaire au plus vite.

Arrivé à Londres, je ne rentrai pas directement chez moi. Je préférai passer par Wendover, où Imry m'attendait à Sunnylea afin de fêter notre succès au champagne. Nous avions beaucoup de choses à nous dire, et, tout au long, je fis de mon mieux pour paraître aussi heureux qu'il l'était manifestement. Pour lui, l'inculpation de Consuela et sa condamnation étaient des injustices patentes qu'il était ravi de voir redressées, et ce d'autant plus qu'il ne s'y attendait pas. Mais, pour moi, elles me rappelaient par trop que chaque tournant et chaque décision de ma vie n'avaient pas été les bons. Quand j'avais parlé au téléphone avec Imry depuis Nice, j'avais partagé avec lui sa joie et sa gratitude. À présent, les choses étaient différentes. Et bientôt, je le pressentais, toute joie serait ternie par la conscience du fait que le salut de Consuela ne signifiait pas nécessairement le mien.

Je passai la nuit à Sunnylea. Quand je rentrai à l'appartement de Hyde Park Gardens Mews le lendemain, je fus frappé comme jamais par son aspect désolé. Il symbolisait si bien la vie que je m'étais moi-même infligée que je ne pus supporter d'y rester un instant de plus ; je ressortis pour traverser le parc, puis, par South Kensington, gagnai le cimetière de Brompton. J'avais négligé la tombe d'Edward ces derniers temps et je tentai de me racheter, de ce manquement et de bien d'autres, en remplaçant les fleurs dans le vase et en nettoyant la pierre des saletés accumulées. La mort du pauvre petit Edward était une nouvelle preuve, si besoin était, de ce que je n'aurais jamais dû abandonner Consuela. Si j'étais resté auprès d'elle, Edward aurait pu être notre second enfant, un frère pour Jacinta. Et la grippe, ne pouvais-je m'empêcher de penser, ne l'aurait jamais emporté.

Je repris la direction de Hyde Park, passant devant le musée d'histoire naturelle et le musée des sciences, où des parents bien intentionnés faisaient entrer leurs rejetons pour passer l'après-midi du dimanche à s'émerveiller devant les dinosaures et les pendules. Avant que j'aie eu le temps de m'armer pour me défendre de cette vision, nous étions là tous les quatre – Consuela, Jacinta, Edward et moi – à gambader sur les marches. Partout, reproches et souvenirs n'attendaient qu'une occasion pour me surprendre.

D'après Imry, Jacinta était à présent à Londres et logeait au Brown's Hotel en compagnie de son oncle et de sa tante, en attendant la libération de Consuela. J'avais beau tenter de me convaincre que je n'avais aucune destination précise en tête, j'en avais bel et bien une : je dérivais inexorablement vers l'est, longeant Knightsbridge jusqu'à Hyde Park Corner, avant de poursuivre en direction de Piccadilly, d'un pas toujours plus lent. J'ignorais ce que je ferais en atteignant l'hôtel, et mon instinct me disait de ne pas m'y rendre, mais je n'en poursuivis pas moins mon chemin, plus enclin à continuer qu'à faire demi-tour.

Il était l'heure du thé quand j'arrivai. Les serveurs entraient dans le salon et en sortaient, chargés de plateaux garnis de scones et de gâteaux. J'étais debout près de la porte, réfléchissant à ce que j'allais faire maintenant, quand je me rendis compte tout à coup que Jacinta était dans ma ligne de mire. Elle était assise près de la fenêtre de la salle en compagnie d'Hermione et de deux autres personnes que j'identifiai comme étant Francisco Manchaca de Pombalho et *Dona* Ilidia.

Tandis que je les observais, *Dona* Ilidia se pencha pour tapoter la main de Jacinta. Elle sourit et murmura quelque chose qui les amena à sourire tous les quatre et leur fit échanger des regards. Jacinta avait l'air plus heureuse que je ne l'avais jamais vue auparavant. Ce qui se comprenait aisément. Elle savait à présent – et pour la première fois depuis que nous nous connaissions – que sa mère était saine et sauve. Et pourtant quelque chose dans son expression – qui avait à voir avec la confiance dont elle témoignait à l'égard de ceux qui l'entouraient – me disait que je ne pourrais, moi, jamais jouer aucun rôle dans son bonheur, que je n'aurais jamais à me préoccuper de son bien-être.

« Puis-je vous aider, monsieur ? demanda un serveur, interrompant le sombre cours de mes pensées.

— Pardon ? Non, non. C'est-à-dire…

— Vous désirez prendre le thé, monsieur ?

— Non. Rien, merci. » Je me hâtai vers la sortie, ne souhaitant qu'une chose : m'éloigner de cette scène et de tout ce qui pouvait me rappeler ce que j'avais perdu. Mais il était dit que pareille évasion serait impossible. Quand j'arrivai au bout d'Albemarle Street et regardai de l'autre côté de Piccadilly, que vis-je sinon l'entrée de la galerie où, un matin de l'été 1911, appuyé contre la vitrine d'un marchand d'art, j'avais décidé d'accepter la commande d'Ashley Thornton. L'été décline. Et le temps passe. Sans jamais effacer nos actes.

Je finis par regagner mon appartement. Le soir tomba, et je commençais à me demander si je n'aurais pas intérêt à m'enivrer consciencieusement quand, avant que j'aie le temps de mettre l'idée à exécution, je fus surpris par un coup de sonnette à la porte. Ma première réaction fut de ne pas répondre. Le visiteur se faisant insistant, je finis par descendre lui ouvrir. Je fus stupéfait de trouver Hermione Caswell sur le seuil.

« Bonsoir, Mr Staddon. Puis-je entrer ?

— Heu… Oui, bien sûr. »

Je la fis monter au salon, la débarrassai de son manteau et lui proposai un verre. Elle déclina mon offre, puis considéra mon maigre ameublement et mes affaires en désordre. « Depuis combien de temps vivez-vous ici ? me demanda-t-elle.

— Un mois, environ. Depuis que… Oh, autant que vous le sachiez, ma femme m'a jeté dehors. Elle demande le divorce.

— En raison de vos efforts pour aider Consuela ?

— Ils ont fortement contribué à précipiter les choses, c'est certain. »

Elle s'assit. Je remis du charbon sur le feu et l'encourageai à changer d'avis et à prendre un verre malgré tout. Mais elle refusa. « Je vous ai vu quitter le Brown's, cet après-midi, Mr Staddon, dit-elle. Ne vous inquiétez pas, j'ai été la seule. Pourquoi ne pas être venu nous parler ?

— Je ne sais pas trop. Je… je ne voulais pas jouer les trouble-fêtes.

— Mais les Pombalho auraient été enchantés de faire votre connaissance.

— Croyez-vous ?

— Et je sais que Jacinta souhaiterait vous remercier pour tout ce que vous avez fait pour sa mère. Nous sommes allés lui rendre visite un peu plus tôt dans la journée.

— Comment va-t-elle ?

— Elle est impatiente d'être libérée maintenant que son innocence a été reconnue. Et infiniment reconnaissante à ceux d'entre nous – vous compris – qui ont contribué à lui sauver la vie.

— Je n'ai rien fait, sinon échouer là où d'autres ont réussi.

— L'apitoiement sur vous-même vous sied mal, Mr Staddon. J'espérais vous trouver d'humeur plus guillerette. Consuela a été innocentée, elle va être libérée. Cela ne vous réjouit donc pas ?

— Bien sûr que si. Si vous m'aviez vu le jour où j'ai appris la nouvelle, vous n'en douteriez pas, croyez-moi.

— Mais depuis, vous avez réfléchi à l'avenir ?

— Pardon ? » J'eus l'impression, l'espace d'un instant, qu'elle lisait en moi à livre ouvert. « Comment… comment avez-vous deviné ?

— Parce que j'ai fait la même chose, savez-vous. Que l'innocence de Consuela ait été prouvée se révèle finalement avoir des conséquences aussi cruelles que celles que n'aurait pas manqué d'entraîner sa pendaison. Victor est mort, ainsi que Rosemary. Et Spencer est impliqué dans les deux meurtres. Ma famille est anéantie. Je doute que Marjorie et Mortimer se remettent jamais du choc. Ils refusent d'admettre la culpabilité de Spencer, bien entendu, même si je soupçonne que, au plus profond d'eux-mêmes, ils en sont convaincus. Rien de tout cela n'est facile, Mr Staddon, ni n'est matière à réjouissance. »

Hermione avait raison. Il y avait davantage de gens à présent accablés par le destin qu'il n'y en aurait eu si Consuela avait été exécutée, ne laissant que le souvenir d'une meurtrière. C'était, bien entendu, la raison pour laquelle ceux qui avaient tenté de la sauver étaient si rares. La vérité et la justice, si longtemps hors d'atteinte, avaient prouvé qu'elles étaient, à leur manière, aussi implacables que leurs contraires.

« Je serais venue ce soir, même si je ne vous avais pas aperçu au Brown's, reprit Hermione. J'ai une lettre pour vous. De la part de Consuela. » Elle la sortit de son sac à main et me la tendit. « Ils ne censurent plus son courrier. Ni ne s'opposent à ce qu'elle demande à ses visiteurs de faire passer un message à des tiers. »

Je pris la lettre d'un geste lent. Sur l'enveloppe, mon nom, de l'écriture de Consuela que je n'avais pas eu l'occasion de voir depuis treize ans mais que je reconnus aussitôt, comme si je l'avais eue tous les jours sous les yeux. Je déchirai l'enveloppe et dépliai la feuille.

Prison de Sa Majesté,
Holloway.
23 février 1924

Cher Geoffrey,

Je ne m'attendais plus à voir ce jour. J'en rends grâce au ciel. C'est un don de Dieu, mais aussi de ceux qui m'ont soutenue à l'heure de mes épreuves. Tu en fais partie. Et c'est pourquoi je tiens à te remercier du fond du cœur.

Sir Henry et mister Windrush ont fait de leur mieux pour m'expliquer l'ensemble des événements. Je dois admettre que j'ai encore du mal à y croire. Et je trouve là autant de raisons de m'affliger que de me réjouir. Je passe des heures, assise dans la nouvelle cellule confortable que l'on m'a attribuée, à me demander comment nous avons tous pu faire preuve d'un tel aveuglement. Pauvre Victor. Pauvre Rosemary. Et pauvre chère Lizzie.

On me dit que tu as dû être libéré à l'heure qu'il est. Je suis heureuse de l'apprendre. On me dit que je le serai moi-même bientôt. J'attends ce jour avec impatience. Et j'ai déjà prévu, dans la mesure où j'ai le temps d'y réfléchir, ce que je ferai quand l'heure viendra. C'est la raison pour laquelle je t'écris.

Comme tu le sais, j'avais déjà décidé d'envoyer Jacinta au Brésil au cas où j'aurais été exécutée. Je n'ai pas changé d'avis, mais je suis résolue désormais à l'y accompagner. Ce n'est que là-bas que je puis espérer oublier tout ce qui s'est passé. Là-bas que je puis espérer construire une nouvelle vie – pour Jacinta et pour moi-même.

Je lui dirai la vérité un jour, quand elle sera assez grande pour comprendre. Je ne t'effacerai pas de sa vie. Je te le promets. À sa sortie de l'adolescence, je lui dirai tout. Peut-être souhaitera-t-elle alors te connaître davantage. Si ce devait être le cas, je ne m'y opposerai pas. Mais tout cela fait partie de l'avenir. Pour l'instant, en savoir plus qu'elle n'en sait déjà serait sans doute trop pour elle. Elle vient de perdre un père. Il est trop tôt pour qu'elle s'en découvre un autre. Nous nous sommes fait nos adieux il y a neuf jours et il ne servirait à rien de recommencer. Je te pardonne et je te remercie. Ce que tu as fait pour moi efface toutes les dettes que tu pouvais avoir à mon égard. Que les choses en restent là. N'essaie pas de venir me voir, je t'en supplie. Cela ne ferait que rouvrir les anciennes blessures que nos adieux de la semaine dernière ont tant fait pour guérir.

Je dois voir Hermione demain. Je lui demanderai de te remettre cette lettre dès ton retour de France. Une lettre qui t'apportera mes remerciements les plus sincères et mes vœux de bonheur pour ton avenir. Adieu, Geoffrey.

Consuela

Je repliai la lettre avant de la replacer dans son enveloppe, puis levai les yeux sur Hermione. « Vous êtes au courant de ses intentions ? demandai-je.

— Oui, elle m'en a parlé cet après-midi. Elle a décidé de partir pour le Brésil dès que possible et d'emmener Jacinta avec elle. C'est ce qu'elles peuvent faire de mieux toutes les deux, vous ne croyez pas ?

— Si, si, j'imagine.

— Vous espériez peut-être qu'elle resterait ? Il y aurait eu alors une chance pour que…

— Pour quoi ?

— Oh, rien. » Hermione se redressa, avec un petit geste d'irritation devant sa propre sensiblerie. « Ah oui, il faut que je vous parle d'Ivor Doak, avant d'oublier. Ils l'ont mis dans une chambre meublée à Hereford histoire de le garder sous la main au cas où ils auraient besoin de son témoignage. Il vit dans un confort qu'il n'a pas connu depuis bien longtemps.

— Je suis heureux de l'apprendre. Transmettez-lui mon bonjour – et mes remerciements – quand vous le verrez. C'est à lui en dernier ressort que nous devons la liberté de Consuela. Il a aujourd'hui remboursé au centuple l'argent que nous lui avions donné, vous ne croyez pas ?

— Oh si, j'en suis convaincue. J'y ai beaucoup pensé ces derniers jours. Vous souvenez-vous, Mr Staddon, de l'obstination de Victor à vous mettre en garde à ce sujet ?

— Oui. Il m'a assuré alors que je le regretterais. Mais il se trompait. Bizarrement, de tout ce que j'ai pu faire à Clouds Frome, c'est bien la seule chose que je n'ai jamais eu l'occasion de regretter.

— Et celle dont est sorti le plus grand bien. Il y a une morale dans tout cela, c'est certain.

— C'est vrai. Et une morale incontournable. Si seulement je m'en étais rendu compte plus tôt. »

Je ne supportai pas de rester dans l'appartement après le départ d'Hermione. Mes pas me portèrent vers le sud, à travers les places et les rues en arc de cercle de Belgravia qui firent la fortune de Cubitt. J'arrivai – comme je savais que je ne manquerais pas de le faire – à Pimlico, et dans la rue où j'avais vécu avant mon mariage. Je me postai sous un lampadaire en face de l'entrée de l'immeuble, ce même lampadaire sous lequel j'avais vu Consuela un soir de mars treize ans plus tôt. J'allumai une cigarette et levai les yeux vers la fenêtre d'où je l'avais alors aperçue. La fenêtre était entrouverte. À l'intérieur, les lumières brillaient, et un gramophone jouait une musique de jazz. L'appareil s'essoufflait sérieusement mais reprit vie et puissance dès qu'on le remonta. Tout en l'écoutant, je me dis que l'actuel occupant des lieux ne devait guère se soucier de ces tranches de vie que d'autres avaient vécues au même endroit avant lui. Puis je pensai qu'il avait bien raison. De même que le passé ne peut être changé, de même on ne saurait échapper au présent. Consuela posait sur l'avenir un regard clair. D'une manière ou d'une autre, il allait falloir que j'en fasse autant.

Je fus accueilli au bureau le lendemain matin avec une gaieté mesurée. Tous étaient certes heureux de savoir que je n'étais plus suspecté de meurtre et soucieux de la manière dont j'avais supporté mon épreuve. Reg, en particulier, multipliait les excuses pour ne pas s'être rendu compte que le télégramme était un faux. Pourtant, autant chez lui que chez les autres, je décelai une note d'inquiétude. Ils avaient été assaillis par les reporters dans les jours qui avaient suivi mon arrestation, mais n'en savaient toujours pas beaucoup plus que ce qu'ils avaient lu dans les journaux. Imry avait fait de son mieux pour les rassurer, mais on devinait sans mal quels effets risquait d'avoir une telle publicité sur la réputation du cabinet Renshaw & Staddon. Ils ne me reprochaient pas ce qui s'était passé, bien sûr, mais ils étaient conscients du fait que leur avenir s'en trouvait moins assuré qu'il avait pu leur sembler jusque-là. Et il n'y avait pas grand-chose que je puisse dire ou faire pour les dérider – *a fortiori* me dérider moi-même.

Windrush passa me voir dans l'après-midi et ajouta ses félicitations à celles des autres. Il me dit combien étaient délicates les négociations que menait sir Henry avec le ministère de l'Intérieur au sujet de la libération de Consuela, d'où j'en déduisis que l'affaire risquait de se prolonger encore quelques semaines. Il n'y avait aucun doute quant à la manière dont elle se terminerait, mais on ne savait toujours pas comment elle pourrait être réglée sans que l'on ait trop à perdre la face en haut lieu. Windrush soupçonnait qu'aucune décision ne serait prise avant la victoire prévisible du ministre de l'Intérieur lors de l'élection législative partielle de Burnley, laquelle devait avoir lieu dans trois jours.

Vers la fin de notre entretien, Windrush mentionna, sans trop s'attarder, que Francisco Manchaca de Pombalho avait insisté pour régler tous les frais de justice de Consuela. Il semblait entendu que je le laisserais faire, même si j'avais fait savoir d'emblée que je les assumerais. Il était probable que ces frais seraient imputés à la Couronne, une fois arrêtées les conditions dans lesquelles s'opérerait la libération de Consuela, mais, même dans le cas contraire, je sentis bien que mon intervention, dans quelque domaine que ce fût, n'était désormais plus souhaitable. Je ne soulevai donc aucune objection. Je n'étais pas un membre de la famille, après tout, à peine un ami. Pareille générosité ne s'imposait pas, elle aurait même eu quelque chose d'inconvenant. C'est ainsi que je reculai encore d'un pas pour aller rejoindre les rangs des étrangers.

Mon éloignement des affaires de la famille Caswell se précisait quand il fut suspendu deux jours plus tard par un coup de téléphone inattendu. J'étais sorti déjeuner et je venais tout juste de rentrer quand Doris m'informa qu'elle avait en ligne un certain Mr Caswell qui désirait me parler. Incrédule, je pensai d'abord qu'il s'agissait peut-être de Mortimer. Dès que Doris m'eut passé l'appel, cependant, je compris mon erreur.

« Salut, Staddon. Comment va ?

— Spencer ? Mais vous êtes…

— Libéré, et sans une tache sur ma réputation. Enfin, pas de celles qui sont indélébiles. Ils ont été obligés d'admettre qu'ils n'avaient pas de preuves suffisantes contre moi.

— Mais ce n'est pas…

— Possible ? Je crains bien que si. Et je vous le prouve en vous parlant au bigophone. Mais ce n'est pas pour ça que je vous appelle. Je voulais vous remercier.

— Me remercier ? Mais que diable…

— Je suis un homme riche à présent, Staddon. Deux fois plus riche que ce à quoi je m'attendais. Grâce à vos efforts et à ceux de vos copains, je ne serai pas contraint de partager la fortune de Victor avec un parvenu de valet. Un vrai bonheur, vous ne trouvez pas ? »

Je restai muet de colère et de stupéfaction. Je sentais le visage de Spencer aussi proche de moi que sa voix, je voyais ses yeux brillants de plaisir, sa bouche tordue par un sourire cynique.

« Vous avez perdu votre langue ? Je n'en serais pas autrement surpris, voyez-vous. Les gens ne prennent jamais bien la chose quand je sors gagnant. Et je gagne toujours, vous savez. Eh oui, et tous les autres perdent. Encore merci, Staddon. »

Il raccrocha. Je reposai lentement le combiné et pris plusieurs inspirations profondes, essayant de me forcer à croire que la colère était aussi inutile que le ressentiment. Que Spencer devienne propriétaire de Clouds Frome constituerait peut-être un juste châtiment pour son architecte. Peut-être aurais-je dû rire devant cette ultime ironie, plutôt que de grincer des dents dans un accès de vaine fureur. Puis le téléphone sonna à nouveau.

« Mr Staddon, j'ai l'inspecteur Wright en ligne pour vous.

— Passez-le-moi, Doris. »

Il y eut un déclic, puis la voix de Wright dans l'appareil. « Bonjour, Mr Staddon.

— Vous m'appelez au sujet de Spencer Caswell, n'est-ce pas, inspecteur ?

— En effet, mais… Comment le savez-vous ?

— Il vient tout juste de raccrocher.

— Ah bon ? Quelle insolente petite gouape… Ma foi, que peut-on attendre d'autre d'un hâbleur pareil ?

— Il m'a dit que vous aviez reconnu ne pas disposer de suffisamment de preuves pour l'inculper.

— Ce qui est la stricte vérité, j'en ai peur. J'espérais qu'il craquerait une fois soumis à un interrogatoire, mais il est trop malin pour ça. Tout ce que nous avons contre lui, en l'état actuel des choses, ce sont les aveux de Gleasure. Et la loi anglaise stipule très clairement que personne ne peut être condamné sur la seule foi du témoignage non corroboré d'un complice présumé.

764

— Mais là, au téléphone, il a pratiquement reconnu être coupable.

— Ça ne suffit pas, monsieur. Nous avons besoin de ce que nous n'avons pas : des témoins oculaires et des preuves irréfutables. Nous savons qu'il est coupable, bien sûr, mais nous n'avons rien pour le prouver.

— Vous vous rendez compte de ce que cela signifie ?

— Qu'il va hériter de la fortune Caswell ? Oui, tout à fait. C'est rageant, non ? Mais on dit qu'il n'y a pas que l'argent qui compte dans la vie. »

C'était vrai, j'en étais convaincu, même dans le cas de Spencer. Pour lui, triompher comptait plus que tout. Et c'était un vrai triomphe qu'il semblait avoir obtenu, d'une ampleur que je n'aurais jamais crue possible.

25

Conformément à ce qu'il m'avait laissé entendre, c'est le vendredi 29 février – le lendemain de l'élection partielle de Burnley – que Windrush me téléphona pour me faire savoir que sir Henry et le ministère de l'Intérieur étaient parvenus à un accord au sujet de la libération de Consuela. Il devait retrouver sir Henry à son cabinet à dix-neuf heures ce même soir pour connaître les détails de la transaction, et, si je souhaitais me joindre à eux, j'étais le bienvenu. Je pressentis alors que cette occasion annoncerait non seulement la fin de l'emprisonnement de Consuela mais aussi la fin de toute implication de ma part.

Le temps était à l'orage. À dix-sept heures, il faisait déjà presque nuit, et un vent de tempête faisait crépiter la pluie contre les vitres. Je venais de dire aux membres du personnel qu'ils pouvaient partir de bonne heure et me faisais à l'idée d'une attente solitaire jusqu'à l'heure fixée pour mon rendez-vous à Middle Temple quand l'inspecteur Wright apparut à la porte de mon bureau. Trempé, les cheveux en bataille, il avait perdu son habituel sourire.

« Que puis-je pour vous, inspecteur ?

— Je suis désolé, Mr Staddon, mais j'ai encore quelques questions à vous poser.

— Ma foi, si je peux vous aider à rassembler des preuves contre Spencer…

— Ceci n'a rien à voir avec Spencer Caswell. En tout cas, pas directement. » Il s'assit, me dévisagea un moment, avant de reprendre. « Il s'agit de Thomas Malahide, monsieur. Charpentier à la tâche, bien connu des services de police. Trouvé mort, abattu d'une balle, dans sa chambre meublée de Rotherhithe le neuf janvier de cette année.

— Ah bon ? Je ne…

— L'homme qui a vendu à Gleasure la dernière lettre écrite par Lizzie Thaxter. Le complice de Peter Thaxter dans le vol commis à la fabrique Peto. Et employé, si je ne me trompe, par vos soins lors de la construction de Clouds Frome.

— Employé par le maître d'œuvre, inspecteur, pas par moi.

— Peu importe, monsieur, vous voyez de qui je veux parler. » Sa voix s'était chargée d'irritation ainsi que d'une certaine solennité.

« Oui, en effet, répondis-je, sachant déjà ce qu'il allait me dire mais espérant me tromper.

— Bon, cessons de jouer au plus fin, voulez-vous ? Le meurtre de Malahide ne faisait certes pas partie de nos priorités jusqu'à ce que Gleasure nous amène à nous y intéresser à nouveau. J'ai parlé à la fille de Malahide, Alice Ryan. Elle a reconnu qu'elle n'était pas seule quand elle a découvert le corps de son père. La description de celui qui l'accompagnait m'a très nettement rappelé quelqu'un que je connais. Vous.

— Je vois.

— Mais moi, pas, Mr Staddon. Alors peut-être pourriez-vous m'instruire. Pourquoi avoir pris la copie que Malahide avait faite de la lettre de Lizzie et avoir persuadé Alice Ryan de ne rien dire de vous ?

— Parce que la lettre aurait pu être utilisée contre Consuela lors du procès. Je sais que c'était idiot, mais…

— C'est bien ce que je pensais, dit-il, un sourire éclairant à nouveau son visage. Bon, on peut dire, je suppose, que tout cela est du passé.

— Oui, en effet. Je…

— Mais il y a autre chose qui ne l'est pas. » Tout à coup, il avait repris son air sévère. « Alice Ryan pense que son père a été tué parce qu'il avait découvert l'identité du quatrième complice dans l'affaire du vol à la fabrique. Je suis aussi de cet avis. Je pense que quelqu'un venait juste de le lui dire, de mettre un nom sur un visage. Serait-ce vous, par hasard, Mr Staddon ?

— Oui, inspecteur, en effet », répondis-je, las de dissimuler et de feindre. J'aurais sans doute pu désamorcer les questions de Wright et m'en sortir sans dommage mais je n'en voyais plus l'utilité. Et puis, je n'avais aucune obligation envers Turnbull, surtout pas celle de le protéger. « Malahide avait repéré le quatrième complice quand il était venu me voir le soir de la Saint-Sylvestre à Luckham Place, la maison de mon beau-père dans le Surrey. L'objet de sa visite était une demande d'argent en échange de la lettre de Lizzie. Je l'ai retrouvé deux jours plus tard à Londres pour conclure la transaction. C'est à ce moment-là qu'il a voulu savoir qui était l'homme qu'il avait aperçu à Luckham Place. Je ne voyais aucune raison de le lui cacher. J'ignorais pourquoi il tenait à avoir ce

768

renseignement. Quand bien même je l'aurais su, je ne crois pas que j'aurais gardé la chose pour moi.

— Le nom de cet homme ?

— Le major Turnbull.

— Ah, l'… quoi au juste, de votre femme ? dit Wright en étouffant un petit rire. Si cela ne paraissait pas aussi plausible, je vous soupçonnerais d'être tout bonnement malveillant, Mr Staddon.

— C'est la pure vérité.

— Je vous crois volontiers. D'après Alice Ryan, son père avait toujours pensé qu'il y avait quelqu'un derrière Burridge dans la bande, un bailleur de fonds et de renseignements. C'était donc Turnbull. Et comment savait-il que la fabrique produisait le papier destiné aux billets émis par la Banque d'Angleterre ou que les mesures de sécurité étaient loin d'y être strictes ? Parce que Victor Caswell le lui avait dit, pardi. Déjà associés dans des affaires criminelles en Amérique du Sud, ils ont continué dans le Herefordshire. Turnbull a recruté Burridge, qui a lui-même recruté Malahide, lequel a recruté Peter Thaxter. Ces trois-là ont pris tous les risques. Turnbull et Caswell, eux, se sont contentés d'empocher les bénéfices. Et, quand ils ont eu amassé tout ce qu'ils pensaient pouvoir engranger en toute sécurité, ils ont averti les autorités et bouclé l'opération. J'ai vérifié, voyez-vous. C'est une dénonciation anonyme qui a mis la police du comté sur la piste de la bande. C'est la raison pour laquelle on a alors avancé la date du bilan à la fabrique. Nos deux larrons ont dû se féliciter pendant des années du succès de leur entreprise. Mais, grâce à Gleasure, si j'ose dire, Caswell a fini par payer, le prix fort.

— Et pour Turnbull ?

— Nous allons mener une enquête approfondie, Mr Staddon. Nous lui rendrons la vie aussi difficile qu'il est en notre pouvoir. Mais dans la mesure où Caswell, Malahide et Burridge sont aujourd'hui tous morts, je crains fort que nous fassions chou blanc.

— Preuves insuffisantes, une fois de plus ?

— Exactement. L'une des grandes frustrations du policier. D'abord Spencer Caswell. Et maintenant, le major Turnbull.

— On ne peut vraiment rien faire ?

— Rien. À moins que l'un d'eux, voire les deux, commette une erreur.

— Et sinon ?

— Ils seront alors l'illustration vivante d'un vieil adage, Mr Staddon. On reconnaît ce que le Seigneur pense de l'argent aux gens auxquels il le donne. »

Les implications de ma conversation avec Wright m'occupaient toujours l'esprit quand j'arrivai à Plowden Buildings peu après dix-neuf heures, peu préparé à ce qui m'y attendait. Sir Henry était assis à son bureau, conversant aimablement avec trois invités : Windrush, Francisco Manchaca de Pombalho et Arthur Quarton. Il dut voir que je sursautai à la vue de Quarton, car il me lança un grand sourire et dit : « Les choses ne vont pas tarder à s'éclaircir, Mr Staddon. Maintenant que vous êtes ici, nous allons pouvoir commencer. »

On me présenta Pombalho, qui me réserva un accueil passablement glacial. Il était tout ce que son frère n'avait jamais été, mais ils avaient manifestement au moins une chose en commun : une franche désapprobation du rôle que j'avais joué dans le passé de Consuela. Le sourire et la poignée de main de Quarton furent incontestablement plus chaleureux, même s'ils ne laissaient pas entrevoir grand-chose. Difficile de savoir s'il avait été invité par sir Henry ou s'il était venu de son propre chef.

« Passons sans attendre à l'objet de notre réunion, messieurs, dit sir Henry, tandis que nous prenions place. Comme vous n'êtes pas sans le savoir, cela fait plusieurs jours que mes pourparlers avec le ministère de l'Intérieur s'enlisent au sujet du retard fort regrettable qui affecte la libération de Mrs Caswell. Que les électeurs de Burnley, qui se sont désormais prononcés en faveur du secrétaire d'État pour les représenter au Parlement, aient eu ou non un rôle à jouer dans l'affaire, je l'ignore, mais il est certain que nous avons constaté une nette avancée dans ces négociations aujourd'hui. Je me suis opposé au choix de sir John Anderson en faveur d'une grâce royale, dans la mesure où, d'un point de vue strictement technique, celle-ci ne ferait qu'effacer la peine sans annuler la condamnation. Pour ma part, j'ai plaidé pour l'adoption d'une autre solution : que le procureur général reconsidère la décision qu'il avait prise d'imposer son veto à un appel à la Chambre des Lords. Je suis heureux de pouvoir vous annoncer que c'est désormais la voie dont les deux parties sont convenues. Ces messieurs examineront mercredi prochain, le 5 mars, l'appel de Mrs Caswell à la lumière des aveux de Gleasure. L'issue est courue d'avance. La condamnation de Mrs Caswell sera cassée.

— Mais vous n'aurez pas à attendre jusque-là pour que votre sœur soit libérée, dit Windrush à Pombalho.

— Certainement pas, poursuivit sir Henry. Sir John et ses chefs politiques souhaitent réparer les torts infligés aussi discrètement que possible. Ils tiennent à éviter toute publicité autour de la libération de Mrs Caswell. En conséquence de quoi, ils se proposent de la libérer – même si, d'un point de vue technique, elle restera en liberté provisoire tant que son appel n'aura pas été examiné – dès lundi matin.

— À neuf heures, précisément, ajouta Windrush.

— *Esplendido !* s'exclama Pombalho, en se donnant une claque sur la cuisse. Vous avez bien travaillé, *senhores*.

— Merci, *senhor* Pombalho, dit sir Henry. Je suis heureux que vous le pensiez. Mr Windrush ira chercher Mrs Caswell en taxi et la ramènera au Brown's Hotel. J'ai dû assurer à sir John qu'il n'y aurait aucun comité d'accueil à la porte de la prison. J'espère que cette décision recevra votre approbation.

— *Claro !* Que ma sœur soit libre, je n'en demande pas plus.

— Dois-je comprendre, *senhor* Pombalho, intervint Quarton, que Mrs Caswell a l'intention de vous accompagner au Brésil, vous et votre épouse ?

— Tout à fait, *senhor*. Consuela et la petite Jacintinha vont vivre avec nous à Rio de Janeiro.

— J'espère pouvoir parler du domaine avec votre sœur avant son départ. Je suppose qu'elle va vouloir le vendre, ou nommer un administrateur.

— La décision lui appartient, *senhor*. Mais je pense qu'elle choisira de vendre.

— Je vois, dit Quarton avant de se tourner vers moi en souriant. Vous avez l'air perplexe, Mr Staddon.

— Oui. Je croyais… C'est-à-dire que…

— Vous croyiez que le jeune Spencer était désormais propriétaire de Clouds Frome ?

— Eh bien, n'est-ce pas le cas ? Tout de même, le testament de Victor est…

— Manifestement, une explication s'impose, intervint Quarton en levant la main. Avec votre permission, messieurs… » Il jeta un coup d'œil aux autres, qui acquiescèrent d'un hochement de tête. « Spencer est venu me rendre visite à mon cabinet il y a deux jours, Mr Staddon, s'imaginant qu'il était l'héritier de Victor Caswell, tout comme vous le croyez vous-même. Laissez-moi donc répéter à votre intention ce que je lui ai dit à ce moment-là. Le onze de ce mois, la veille de son départ pour le cap Ferrat, Mr Caswell est passé me voir avec le testament que j'avais dressé pour lui en mai 1912, et aux termes duquel son seul héritier était effectivement Spencer. Mr Caswell m'apprit alors qu'il avait l'intention d'épouser miss Imogen Roebuck dès que l'exécution de Mrs Caswell lui permettrait de convoler et que, en conséquence, miss Roebuck et lui rentreraient de France en qualité de mari et femme. Il m'a donc demandé de rédiger un nouveau testament en faveur de la nouvelle Mrs Caswell. Qu'il choisisse un tel moment pour une pareille requête m'a paru de fort mauvais goût, mais nous autres notaires ne sommes responsables que du caractère légal des dispositions prises par nos clients, et non de leur décence. C'est cependant pour des raisons légales que j'ai dû m'y opposer. J'ai fait observer à Mr Caswell que son mariage avec miss Roebuck aurait pour effet de révoquer tout testament préexistant. S'il voulait la désigner pour seule héritière, il lui faudrait reporter la rédaction de l'acte jusqu'après le mariage. Il se résolut à cette obligation et m'instruisis de préparer ce document pour qu'il puisse être entériné dès son retour de France. » Quarton s'interrompit un instant, dans le but, sembla-t-il, de ménager ses effets. « Il m'enjoignit également de détruire le testament existant. Je le brûlai donc dans mon cabinet en présence de Mr Caswell.

— Vous l'avez brûlé ?

— Mr Windrush vous confirmera que la destruction d'un testament en présence et à la demande du testateur est un moyen de révocation parfaitement recevable.

— Je confirme, dit Windrush.

— Vous voyez donc, poursuivit Quarton, que, à sa mort le dix-huit de ce mois, Mr Caswell était intestat. Sa succession est donc soumise aux lois régissant cette situation. Lesquelles stipulent qu'un tiers des biens reviendra à sa veuve et les deux tiers restants à sa fille, qui ne pourra en disposer que le jour de ses vingt et un ans, ou à son mariage si celui-ci devait intervenir avant. Aucun legs d'aucune sorte n'est prévu dans la loi en faveur d'un neveu.

— Spencer ne reçoit donc rien ?

— Absolument rien, si ce n'est une leçon chèrement payée dans l'art de ne pas vendre la peau de l'ours avant de l'avoir tué.

— Excellent. Mais que… Comment a-t-il pris la chose ?

— Très mal. J'ai rarement vu Spencer à court de mots, mais là, il en est resté coi. »

Ce qui fut aussi mon cas. Je me calai contre le dossier de ma chaise et me dis qu'il s'en était vraiment fallu de peu qu'il ne réussît. Si Victor avait décidé de ne pas consulter Quarton avant son mariage avec miss Roebuck, s'il avait choisi de laisser le testament dans son coffre le jour où il était allé le voir…

« Une heureuse conclusion, messieurs, dit sir Henry. On ne peut plus heureuse, je dirais même. » Il se leva, et nous entreprîmes de faire de même. « Je vous souhaite le bonsoir. » Il y eut un nouvel échange de poignées de main, et tout le monde s'affaira à reprendre manteau et chapeau. Quarton et Pombalho se dirigeaient vers la porte et je m'apprêtais à les suivre, quand sir Henry me murmura à l'oreille : « Si vous pouviez m'accorder encore quelques minutes de votre temps, Mr Staddon…

— Oui, bien sûr. » La porte se referma derrière Quarton et Pombalho, me laissant en compagnie de Windrush et de sir Henry. Je les regardai d'un air interrogateur. « Tout est bien qui finit bien… en somme, remarquai-je piteusement.

— Oui, en effet. C'est surprenant, non ? dit Windrush d'une voix nettement sarcastique.

— Oh, James, vous ne devriez pas dénigrer de cette façon un membre de votre profession, dit sir Henry en riant sous cape.

— Comment ? demandai-je en les regardant tour à tour. Que voulez-vous dire ?

— Il y a certaines contradictions dans le récit de Mr Quarton, il faut bien l'avouer, répondit sir Henry. Mais il se trouve que la destruction du testament est tout à l'avantage de notre cliente, alors pourquoi chicaner ?

— Chicaner ? Mais à quel propos ?

— Victor Caswell n'était pas idiot, Staddon, dit Windrush. Il a dû se rendre compte que détruire le testament reviendrait à augmenter les chances, si minimes fussent-elles, qu'auraient Consuela et Jacinta d'hériter dans le cadre des lois régissant le décès intestat. Alors pourquoi ne pas tout simplement laisser le testament en l'état, puisque de toute façon un mariage avec miss Roebuck aurait eu pour effet immédiat de l'annuler.

— D'accord, mais où voulez-vous en venir ?

— Quand Quarton a appris le meurtre de Victor, il a su, mieux que quiconque, que c'était Spencer qui allait en profiter. Puis il a découvert que la police le soupçonnait d'avoir trempé dans le crime. Il n'aurait pas été bien difficile pour lui de faire en sorte que Spencer, même s'il parvenait à échapper à une accusation de meurtre, n'hérite pas des biens de Victor, vous ne croyez pas ? Seul Quarton était au courant des instructions que lui avait données celui-ci lors de leur rencontre du onze. Si le testament était simplement resté en sa possession dans l'attente du remariage de…

— Il aurait pu le brûler sans que personne ne le sache ?

— Exactement.

— Mais c'est…

— Une atteinte scandaleuse à l'éthique de la profession, dit sir Henry, dont aucun d'entre nous, je pense, ne peut sérieusement soupçonner l'homme droit et honorable qu'est Arthur Quarton. » Je vis les yeux de sir Henry briller d'un éclat malicieux et le visage de Windrush esquisser un sourire amer. Quarton avait été un fidèle serviteur de la famille Caswell pendant plus d'un quart de siècle. Il avait été témoin de leurs machinations et s'était prêté à leurs exigences sans jamais élever une protestation. « *Nous autres notaires, nous ne sommes responsables que du caractère légal des dispositions*

776

prises par nos clients, pas de leur décence. » Oui, il avait agi conformément à sa devise. Il n'avait jamais parlé, gardant ses opinions pour lui, même quand Victor avait choisi de déshériter sa femme et sa fille en faveur d'un neveu indigne. Mais le vase avait débordé le jour où Caswell avait annoncé qu'il épouserait Imogen Roebuck immédiatement après la mort de Consuela, donnant ainsi à Quarton une occasion inattendue de contrarier les projets de son client. Je faillis rire à l'idée de Quarton en train de jeter le testament au feu et de réduire ainsi en cendres et en fumée les espérances de Spencer. Puis une autre possibilité me vint à l'esprit. « Croyez-vous que ce soit Quarton qui soit à l'origine de l'annonce parue dans les journaux demandant des renseignements sur le meurtre de Rosemary Caswell ?

— Et qui d'autre ? demanda Windrush en me regardant en face.

— Cela voudrait dire en ce cas…

— C'est grand dommage, m'interrompit sir Henry, mais ces réjouissantes conjectures ne sont pas la raison pour laquelle nous vous avons demandé de rester, Mr Staddon.

— Non, dit Windrush, avec une soudaine gravité. Nous voulions vous parler de la libération de Consuela. Son frère et son épouse l'attendront au Brown's Hotel en compagnie de Jacinta. Hermione Caswell sera également présente.

— Tout comme moi, dit sir Henry. J'aurai grand plaisir à féliciter Mrs Caswell du recouvrement de sa liberté.

— Mais elle nous a demandé de nous assurer, reprit Windrush, que vous ne… Eh bien, ce que je…

— Oui, je sais, dis-je. Elle m'a écrit à ce propos. Elle ne souhaite pas me voir. Je comprends tout à fait. Et c'est mieux ainsi. Ne vous inquiétez pas. Je n'ai nullement l'intention de m'inviter à la fête.

— Vous avez autant le droit que n'importe lequel d'entre nous d'y assister, dit sir Henry. Sinon plus. Et je trouve l'insistance de Mrs Caswell à ce sujet tout à fait surprenante.

— Moi, pas. » Je m'armai de courage et pris un air philosophe. « Mon rôle dans cette affaire, messieurs, se termine aujourd'hui. Si je m'en suis acquitté honorablement, si j'ai fait tout ce qui était en mon pouvoir pour aider Consuela…

— Ce qui est le cas, glissa sir Henry.

— … Alors, je suis pleinement satisfait. C'était là tout ce que j'ambitionnais. Je ne peux pas demander plus. Consuela sera libre, libre de vivre comme elle l'entend.

— En êtes-vous bien sûr ? dit Windrush.

— Il le faut bien, dis-je avec un sourire de regret. Et maintenant, messieurs, je vous souhaite le bonsoir à tous les deux. Ou devrais-je plutôt vous dire adieu ? »

Adieu ? Oui, c'était bien de cela qu'il s'agissait. Adieu à ces cinq derniers mois qui avaient vu ma vie détruite au-delà de tout espoir de reconstruction. Adieu à Consuela et à Jacinta. Elles allaient s'installer au Brésil, et jamais je ne les reverrais. Ce n'était pas ce que j'aurais souhaité. Ce n'était pas ce dont il m'était arrivé de rêver. Mais c'était ainsi. Cette certitude me précédait dans les rues de Londres sous un ciel d'orage et me préparait au sinistre accueil de l'appartement froid et désert qu'il me fallait bien appeler désormais mon chez-moi.

Le lendemain matin, le *Times* rapportait qu'Arthur Henderson, le ministre de l'Intérieur, avait remporté l'élection partielle de Burnley avec une majorité de 7 037 voix. Le nom de Consuela n'apparaissait nulle part dans l'article.

Quand je rapportai à Imry la nouvelle de la libération imminente de Consuela, la satisfaction qu'il exprima n'était rien en comparaison de la joie intense qu'il avait manifestée à l'annonce du sursis. L'orage s'était éloigné et avait fait place à un samedi après-midi froid et étonnamment clair. Nous étions assis au coin du feu à Sunnylea, une bière à la main, tandis que les rayons d'un pâle soleil filtraient à travers les fenêtres derrière nous. Imry avait ce front plissé que je savais être chez lui signe d'une réelle inquiétude. Pour finir, après avoir longuement mâchouillé le tuyau de sa pipe, il décida de se soulager de son fardeau.

« Qu'as-tu l'intention de faire maintenant que tout ceci est terminé, Geoff ?

— Je ne sais pas. Continuer comme avant, je suppose.

— Mais comment pourrais-tu ? Les choses ne sont plus ce qu'elles étaient. Et ne le seront plus jamais.

— Non. En effet.

— Notre association, par exemple. Je me suis demandé ces temps derniers si elle avait encore un avenir.

— Que veux-tu dire ?

— Eh bien, je ne suis plus guère qu'un figurant là-dedans.

— Je ne dirais pas…

— Quant à toi, tu as besoin de trouver quelque chose de plus stimulant.

— Crois-tu ?

— Tu m'as déjà entendu prononcer le nom de Phil Murray ?

— Murray ? Oui. Je crois. Tu n'as pas combattu avec lui ?

— Si. Il était officier de liaison dans un régiment canadien que nous étions censés renforcer à Ypres en 1915. Un confrère, en l'occurrence. Il a un cabinet à Toronto. Qui marche très bien, à ce que je comprends.

— Et alors ?

— Nous sommes toujours en relation, vois-tu. Il m'a souvent dit qu'il aimerait bien prendre un associé anglais. Moi, si je me sentais d'attaque, ce qui n'est pas le cas. Ou quelqu'un que je pourrais lui recommander.

— Tu veux dire, *moi* ?

— J'ai le sentiment que Phil et toi feriez une bonne équipe.

— Tu suggères que je me déracine pour repartir de zéro au Canada ?

— Qu'as-tu tant à déraciner, Geoff ? »

Le regard plongé dans le feu, je finis par lui concéder cette remarque avec un sourire. « Pas grand-chose, en effet.

— En ce cas, l'offre ne mérite-t-elle pas réflexion ? »

J'en étais toujours à réfléchir à la proposition d'Imry quand je rentrai ce soir-là à Hyde Park Gardens Mews et trouvai, m'attendant sur le paillasson, une lettre d'Hermione Caswell.

Brown's Hotel,
Albemarle Street,
LONDON W1.
1er mars 1924

Cher Mr Staddon,

Contrairement à mon habitude, j'ai beaucoup
hésité avant de vous écrire, dans la mesure où
je soupçonne que l'oncle de Jacinta autant sans
doute que Consuela désapprouveraient. Mais
comme vous ne l'ignorez pas, je ne suis pas du
genre à me soucier de l'avis des autres !

Jacinta m'a demandé à plusieurs reprises pourquoi, de tous les gens qui avaient contribué à
sauver la vie de sa mère, vous vous êtes montré
depuis le plus discret. Franchement, je ne sais
que lui répondre. Si tout se déroule comme
prévu, elle ne va pas tarder à quitter le pays, pour
peut-être ne jamais revenir. Avez-vous vraiment
l'intention de la laisser partir sans lui donner l'occasion de vous remercier et de vous dire adieu ?
Est-ce là ce que Consuela a exigé de vous dans sa
lettre ? Si c'est le cas, j'ai probablement tort de
dire ce que je m'apprête à dire. Je le ferai néanmoins, étant donné que, à mon sens, un adieu
est le moins que Jacinta et vous méritiez l'un de
l'autre.

J'ai promis de l'emmener au zoo demain après-
midi. Je m'arrangerai pour que nous nous arrê-
tions pour prendre le thé vers quinze heures au
café qui se situe à côté des Mappin Terraces. Si
une personne de notre connaissance se trouvait là

par hasard au même moment, ce serait une heureuse coïncidence, vous ne croyez pas ?

Je vous prie d'agréer mes sincères salutations,

Hermione E. Caswell

Je m'endormis ce soir-là en me jurant que je n'irais
pas. À quoi bon ? Qu'y gagnerais-je sinon d'avoir
à repenser à tout ce que j'avais perdu et ne pourrais
jamais retrouver ? Jacinta était ma fille, mais je m'étais
interdit le droit de le lui dire. Sa vie avait commencé là
où le rôle que j'y avais joué avait pris fin. Le temps
m'avait appris une leçon impossible à désapprendre.
Il n'y avait aucun moyen de revenir en arrière, aucun
moyen de redresser les torts. Il n'y avait que la voie
que j'avais choisie sans m'en rendre compte.

Et c'est pourquoi, inévitablement, j'allai au rendez-
vous. L'après-midi était froid et lumineux, le soleil bas
et aveuglant au-dessus de Primrose Hill. J'achetai un
ballon rose à un vendeur de Regent's Park et traversai
le zoo au milieu des enfants qui gambadaient autour
de leur nurse, passant devant les éléphants et leurs gar-
diens, assailli par les cris des corbeaux et des gibbons.
Puis je vis à l'horloge de la tour de Decimus Burton
qu'il était un peu plus de trois heures.

Hermione et Jacinta étaient à une table près de l'entrée du café. Hermione dévorait un petit pain aux raisins, et Jacinta ne mangeait rien, alors qu'à toutes les
autres tables, les enfants se gavaient de gâteaux et de
biscuits devant des adultes qui préféraient s'abstenir.

« Mr Staddon ! s'exclama Jacinta en me voyant.
Quelle merveilleuse surprise ! » Elle avait l'air si

petite dans son manteau en tweed, si jeune avec son cache-nez et son béret. Son visage était rougi par le froid. Ses yeux pétillaient. Les yeux de Consuela.

« Bonjour, Jacinta, dis-je en lui offrant maladroitement le ballon.

— Oh, merci, dit-elle avant de froncer les sourcils. Comment saviez-vous que nous serions ici ?

— Je l'ignorais. Mais j'achète toujours un ballon quand je viens au zoo, au cas où je croiserais une jolie jeune fille à qui le donner. »

Jacinta jeta un coup d'œil à Hermione, puis me regarda en souriant. On aurait presque dit qu'elle allait rire, mais elle n'en fit rien.

« Puis-je me joindre à vous ? demandai-je.

— Mais bien sûr.

— J'ai une meilleure idée, intervint Hermione, un sourire malicieux aux lèvres. Jacinta aimerait voir les lions et les tigres. Mais je suis trop lasse pour faire encore ne serait-ce qu'un pas. Pourquoi ne pas l'emmener, Mr Staddon ?

— Eh bien… Ça te dirait, Jacinta ?

— Oh oui, s'il vous plaît. »

Des pères portaient leurs enfants sur leurs épaules. D'autres les tenaient simplement par la main. Mais Jacinta et moi marchions solennellement côte à côte, comme deux étrangers observant les bienséances, refusant de prendre des risques, s'interdisant toute hardiesse. Encore quelques mois, et nous nous serions engagés dans davantage d'intimité. Et au bout de deux ou trois ans, qui sait ce qui aurait été possible ? Mais nous ne disposions que de quelques minutes pour nous promener devant les cages où somnolaient les lions et où les tigres tournaient en rond.

« J'avais tellement envie de venir, dit Jacinta. J'ai supplié tante Hermione de m'amener. Mais comme je voudrais que toutes ces magnifiques créatures ne soient pas enfermées. Qu'elles soient libres.

— Comme ta mère ?

— Oui. C'est merveilleux, n'est-ce pas, Mr Staddon ? Demain, ma mère sera libre.

— Tu es impatiente de partir pour le Brésil ?

— Je ne sais pas. J'ai vu ici certains des animaux que je verrai là-bas. Des reptiles. Des serpents. Des araignées *énormes*. Je ne suis pas sûre d'aimer ces bestioles. Mais ça n'a pas beaucoup d'importance, parce que ma mère sera là aussi, alors je sais que je serai heureuse.

— Bien sûr que tu seras heureuse.

— Mr Staddon…

— Oui ?

— Pourquoi est-ce que mon père a tout laissé à mon cousin Spencer dans son testament ?

— Tout a été modifié depuis.

— Oui, je sais. Mais dans un premier temps il l'avait fait, pourquoi ? Et ma mère, alors ? Et moi ? Il ne voulait vraiment rien nous laisser ?

— Je… je ne sais pas.

— C'est ce que tout le monde me dit quand je pose la question. Personne ne semble savoir. Ou si les gens savent, ils ne veulent rien me dire.

— Je suis sûr que ce n'est pas le cas.

— Bien sûr que si. Tout le monde pense que je suis trop jeune pour comprendre.

— C'est peut-être vrai.

— Quand est-ce que je serai assez grande ?

— Ce sera à ta mère d'en juger.

— Et ce sera quand ?

— Je ne sais pas. Ce n'est pas à moi de le dire. Je ne suis pas... Un jour, tu comprendras.

— Vous le croyez vraiment ?

— J'en suis persuadé, dis-je en lui posant la main sur l'épaule et en la lui serrant légèrement. Un jour, tu comprendras tout. »

Elle leva vers moi un visage résigné qui ne souriait plus. Puis, après un silence qui me parut s'éterniser, elle reprit : « Vous devez avoir raison, Mr Staddon.

— Pourquoi ?

— Parce que c'est à vous que ma mère m'avait dit de m'adresser si j'avais besoin d'aide. Et cette aide, vous me l'avez bel et bien apportée, n'est-ce pas ? Vous avez contribué à la sauver. Vous avez tenu votre promesse.

— Peut-être. Mais je ne l'ai pas toujours fait.

— Je ne vous crois pas, dit-elle, le sourcil froncé.

— Merci. » Je détournai les yeux en toute hâte, évitant les larmes de justesse. Le soleil brillait toujours, faisant étinceler le ballon rose qui dansait entre nous au bout de sa ficelle. « Si seulement tu avais raison, Jacinta.

— Je vous écrirai quand je serai au Brésil.

— Et je te répondrai.

— Viendrez-vous me voir un jour ?

— Si tu me le demandes.

— Je le ferai, soyez-en sûr. Quand je serai grande.

— Alors, je viendrai.

— C'est une promesse ?

— Oui, Jacinta. C'est une promesse. »

Une demi-heure plus tard, Hermione et moi étions assis sur un banc près de la fosse aux ours. Jacinta était hors de portée de voix, près du parapet, absorbée dans la contemplation des gros ours au visage triste. Hermione, qui était revenue de Hereford le vendredi, m'exposait l'ambiance tendue et sans joie qui régnait à Fern Lodge.

« Marjorie ne sait plus tellement ce qu'elle raconte, j'en ai peur. Quant à Mortimer, il refuse de discuter de quoi que ce soit en dehors de ses affaires. Je crois qu'il cherche à fuir l'idée que Spencer ait pu jouer un rôle dans le meurtre de son oncle et de sa sœur.

— Je suppose qu'il trouve tout de même un certain réconfort dans le fait que la police n'a pas engagé de poursuites contre lui.

— Peut-être. Mais Mortimer n'est pas dupe, Mr Staddon, il est tout simplement sans voix. Il a vu – comme nous tous – l'air triomphant de Spencer quand celui-ci a été relâché. Le garçon n'avait qu'une chose en tête : comment faire valoir ses prétentions à l'héritage de Victor.

— Il doit être passablement déconfit à présent.

— J'imagine, oui. Mais soit il n'est pas à la maison soit il s'est réfugié dans sa chambre depuis son entretien avec Mr Quarton. Si bien que je n'ai guère eu l'occasion de juger de son état d'esprit. Pour tout vous dire, c'est surtout Mortimer qui me préoccupe. Il est trop fier pour laisser voir ses sentiments. Rendez-vous compte, Rosemary et Victor morts, Spencer jetant le discrédit sur la famille, et, pour couronner le tout, la découverte que Victor était peut-être impliqué dans le vol perpétré à la fabrique Peto. Sans parler d'affronter des étrangers à la famille, il est incapable de faire face à son propre beau-frère.

— Le Brésil est donc bien le meilleur endroit pour Consuela et Jacinta. Le plus loin possible de tout ce gâchis.

— Aucun doute là-dessus. Je leur souhaite à toutes deux le bonheur qu'elles méritent. Quant à ceux d'entre nous qui doivent rester...

— Que va-t-il advenir de nous, c'est ça ?

— En effet. Seriez-vous prêt à hasarder une prédiction, Mr Staddon ?

— Non. Je ne pense pas. »

Vint le moment pour elles de partir. On attendait leur retour pour cinq heures, et Hermione ne souhaitait pas éveiller les soupçons des Pombalho en arrivant en retard. Elle ferait jurer à Jacinta, m'avait-elle dit, de garder secrète notre rencontre. Je leur trouvai donc un taxi devant la grille principale peu après quatre heures et demie et les assistai pour monter à bord.

Hermione m'embrassa, et Jacinta, enhardie par l'exemple de sa tante, en fit autant. Ses lèvres effleurèrent ma joue, sa bouche me chuchota à l'oreille « Au revoir, Mr Staddon... et merci encore pour tout ce que vous avez fait pour ma mère. » Puis je donnai l'adresse au chauffeur, et, l'instant d'après, le taxi démarrait, Jacinta me disait adieu de la main, et je lui répondais en agitant la mienne. La distance brouilla bientôt son visage, avant de l'estomper complètement.

Le taxi continuait à rouler, et le lien qui nous attachait l'un à l'autre se déroula, se raidit, se tendit à l'extrême pour finalement se rompre. Je restai là, plus seul que je ne l'avais jamais été auparavant.

Je retraversai Regent's Park à pas lents et me retrouvai dans les rues silencieuses de Marylebone. L'après-midi touchait à sa fin, il faisait de plus en plus froid, et le ciel s'était chargé. Les nuages s'amoncelaient au nord, bas et lourds, étrangement teintés de mauve et de violet.

Au moment où je pénétrais dans Hyde Park Gardens Mews, un voisin avec lequel j'échangeais habituellement les civilités coutumières sortit sur le pas de sa porte. « Bonjour, me dit-il en grimaçant un sourire. Ils ne me disent rien qui vaille, commenta-t-il avec un mouvement de tête en direction de la couche de nuages.

— À moi non plus.

— Sans compter qu'il fait frisquet, pas vrai ?

— Eh oui, dis-je en levant les yeux vers le ciel. Il se pourrait bien qu'il neige cette nuit. »

Épilogue

« J'our, chef. J'vous emmène où ?

— Camden Road, Holloway.

— À quel bout ?

— Contentez-vous de longer la rue. Je vous dirai où me laisser.

— OK, chef. »

Et nous commençons notre périple, roulant prudemment dans la neige toute fraîche qui étincèle sous le soleil. Londres comme on a rarement l'occasion de la voir : pétrifiée, immaculée. La ville me donne presque l'impression de connaître déjà les épilogues et les prologues qui marqueront cette journée : la fin de l'emprisonnement de Consuela et de mes efforts pour corriger mes erreurs ; le début de sa liberté et de l'avenir qui me sera réservé, ici ou ailleurs. Aujourd'hui elle tournera le dos à son passé, et je ferai de même. Elle partira de son côté, et moi du mien.

« J'croyais bien qu'c'en était fini d'l'hiver, remarque le chauffeur au moment où nous tournons dans Edgware Road. Comme quoi on peut s'tromper, hein ?

— En effet.

— C'que j'en dis, moi, c'est que c'qui arrive c'est généralement ce qu'on avait pas prévu.

— C'est vrai. »

Il retombe dans le silence, abandonnant l'idée d'une conversation avec un passager aussi peu bavard. Je tiens à me concentrer sur chaque moment, chaque scène qui peupleront la prochaine demi-heure. Je veux fixer l'instant de cet adieu dans mon esprit de manière à le garder en mémoire pour toujours. Rien ne m'a obligé à venir, si ce n'est le besoin de mettre un point final, de dire adieu à tout ce que Consuela a été pour moi, aujourd'hui et il y a treize ans de cela. Je ne pouvais me contenter de laisser d'autres être témoins de la scène à ma place, ni de savoir, même avec la plus grande certitude, qu'elle s'était déroulée. Cette fois-ci, cette dernière fois, il fallait que j'y assiste en personne.

Marylebone Road. Les trams et les omnibus avancent lentement. Les chevaux des livreurs progressent d'un pas solennel dans les caniveaux gorgés de neige fondue, empanachés de la vapeur de leur souffle. Des commerçants chaussés de caoutchoucs balaient la neige devant leurs magasins. Une cohue de spécimens humains entre en pataugeant dans la station de métro de Baker Street, tandis qu'une autre en sort. Nous poursuivons notre route, le jour qui grandit s'appropriant peu à peu nos vies.

Albany Street. Vers le nord à présent, les rangées de maisons de Regent's Street sur notre gauche, leurs toits enneigés rose et or dans la lumière qui s'affirme. Tout autour de nous, à perte de vue et au-delà, la ville s'anime, indifférente à mon voyage. À quoi pense-t-elle, la femme dont je m'approche un peu plus à chaque seconde ? Que ressent-elle, alors qu'a commencé le compte à rebours qui va mettre un terme à son long supplice ? Bientôt, le portail s'ouvrira. Bientôt, elle quittera l'endroit où elle craignait que son corps reste à jamais. Quelles pensées seront les siennes au moment où elle franchira le portillon pour se retrouver dans la rue ?

Park Street. Nous avons obliqué vers le nord-est, et nous allons maintenant droit vers notre destination. Je me protège les yeux du soleil qui perce entre les bâtiments tout en méditant sur l'étrangeté du passage du temps. Tous les actes, toutes les paroles que contient le passé ont été emmagasinés en prévision de cette journée. Quand elle sera passée, eux aussi le seront, fondus et écoulés comme la neige, conservés à l'abri de la mémoire mais impossibles à voir, à entendre, à toucher.

Le pont du chemin de fer de Camden Town. Nous approchons. Je n'ai plus beaucoup de temps pour me préparer. Je jette un œil à ma montre. Si, suffisamment tout de même. Je me penche en avant et inspecte la rue devant nous. La prison sera bientôt en vue. Oui. La voilà. Je tape sur la vitre de séparation.

« Arrêtez-vous ici, s'il vous plaît.

— Pardon ? Ah, je vois. »

Nous stoppons. Je descends, me penche à la portière et règle la course. Le pourboire est généreux. Le chauffeur me fait un grand sourire. Mon mutisme est pardonné.

« Ça alors ! Un grand merci, chef. »

Je m'écarte, et il démarre. Je m'approche de la haie mouchetée de neige qui borde le trottoir et regarde le taxi descendre la pente, puis tourner à droite et disparaître. La prison, elle, ne disparaît pas. Elle attend, fermée sur elle-même, patiente. Nouveau coup d'œil à ma montre. Cinq minutes. Pas plus. Cinq, et tout sera fini. Je traverse une rue transversale et m'arrête pour allumer une cigarette. Je vois un taxi qui attend un peu plus loin. Windrush, sans doute. Tant que je m'abrite derrière cette haie de troènes clairsemée, il ne pourra pas m'apercevoir. Et quand bien même, à cette distance il ne me reconnaîtrait pas.

Je traverse une deuxième petite rue et m'arrête à nouveau. Trois minutes. Je m'appuie contre un muret entre les arbres aux branches nues qui surplombent le trottoir, et d'où s'égoutte la neige en train de fondre. Un policier vient d'apparaître, envoyé là, vraisemblablement, pour dissuader les éventuels curieux. Mais en dehors de moi, il n'y en a aucun, et il ne regarde pas dans ma direction. Il s'approche du taxi et se penche pour parler au passager. Deux minutes. Il recule d'un pas, et le passager descend. C'est Windrush. Je reconnais sa silhouette dégingandée. Il sort sa montre. Le policier en fait autant.

Une minute. J'écrase ma cigarette contre le muret et prends une profonde inspiration. La fin est imminente. Consuela va traverser le trottoir devant moi, monter dans le taxi, et elle sera emportée vers le Brown's Hotel et l'accueil chaleureux qui l'y attend. Je ne la reverrai plus. Cette vision secrète et solitaire sera mon dernier adieu. Ensuite ? Je l'ignore et je m'en moque. Je le saurai, quand commencera l'après, mais jusque-là…

Un clocher a commencé à égrener l'heure. Un. Deux. Trois. Je range ma montre et me redresse. Quatre. Cinq. Six. Je me retourne : Windrush et le policier ont les yeux fixés sur le portail de la prison. C'est tout juste si je n'entends pas les verrous que l'on tire, la porte que l'on entrouvre, le papier enveloppant ses affaires personnelles qui se froisse dans sa main. Sept. Huit. Neuf. Franchis la porte. Sors dans la lumière.

Silence. Temps suspendu dans l'air glacé. Pas un chant d'oiseau, pas une voix humaine. Puis le policier s'écarte sur le côté. Et Windrush lève la main. Il l'a vue. Elle est libre. Dans une seconde, je vais la voir à mon tour. Windrush fait un pas en avant. Et elle apparaît. Elle porte un long manteau sombre bordé de fourrure et un chapeau appareillé à bord étroit. Windrush tend la main. Elle la prend.

Mais que se passe-t-il ? Soudain, de l'entrée bordée d'arbres d'une allée privée, à peu près à mi-chemin entre moi et le groupe qui s'est formé près du taxi, un homme a surgi. Comme s'il était resté caché là, à attendre, comme moi, ce moment. Un homme mince portant un pardessus marron à moitié boutonné et coiffé d'un feutre gris. Il expédie sa cigarette d'une pichenette dans le caniveau. Je jette un coup d'œil devant lui. Windrush est en train d'indiquer du geste le taxi à Consuela, s'écartant pour la laisser passer. Le policier se tient à côté du véhicule, prêt à lui ouvrir la porte. Quand je regarde à nouveau dans la direction de l'inconnu, je le vois glisser sa main droite dans la poche de son pardessus et en retirer un objet. C'est alors que je le reconnais : Spencer Caswell.

Je cours vers lui, tout en rassemblant mon souffle pour pouvoir crier. C'est un pistolet. Je vois le canon pointé vers le sol, le doigt sur la détente, le pouce sur le chien. Je sais ce qu'il veut faire. C'est impossible, et pourtant…

« Attention ! » Windrush et Consuela se tournent vers moi, perplexes, indécis. Le visage de Consuela est pâle, son front plissé par l'étonnement. « Attention ! Il est armé ! »

Spencer me jette un coup d'œil par-dessus son épaule, puis reporte son attention sur Consuela. Il lève son arme. Le policier commence à courir dans sa direction. Windrush également. Ainsi qu'un second policier qui vient de la prison. Mais ils ne seront pas assez rapides. Il est trop loin d'eux. Consuela trop nettement dans sa ligne de tir.

« Non ! » Un hurlement, que j'ai du mal à percevoir comme le mien. Je me précipite sur lui. Le pistolet part, mais au hasard. Je vois Consuela un peu plus loin devant nous, indemne, tandis que nous tombons au sol. Il se débat sous moi. Il me regarde, l'air égaré, le visage tordu par une grimace. Il pleure. Pourquoi ? Parce que j'ai arrêté son geste ? Ou parce que lui-même n'a pas pu le retenir ?

« Espèce de salaud ! hurle-t-il.

— Spencer ! Par pitié… »

Un tonnerre, qui couvre mon cri. Une douleur, fulgurante. Aussitôt suivie d'une grande fatigue. En même temps, une sensation de lumière et de chaleur. Je tombe, bascule, comme en état d'apesanteur. La neige vient à ma rencontre. Mon épaule heurte le trottoir. Je roule sur le dos. Des cris, des pas précipités à ma droite. Mais ils semblent lointains, aussi lointains que le bleu pur et sans limites au-dessus de ma tête.

« Staddon ? » Le visage de Windrush, au-dessus de moi. Je lis de l'inquiétude dans son regard. « Tout va bien maintenant. La police lui a passé les menottes.

— Consuela ? » J'essaie d'articuler son nom, mais aucun son ne sort de ma bouche. Et puis, comme par miracle, je n'ai plus besoin de faire cet effort. Elle est accroupie à mes côtés, son visage tout près du mien.

« *Querido* Geoffrey. » Ce mot qu'elle n'a pas utilisé depuis treize ans, je viens de l'entendre encore une fois. Elle pleure. Pourquoi ? Et elle a du sang sur les mains. Quel sang ? « Tu m'as sauvé la vie, murmure-t-elle. Mon cher amour, tu m'as sauvée.

— Heureusement, je suis venu. » Toujours aucun son. Rien. Je ne peux plus parler. Et quand j'essaie de la toucher, je me rends compte que je ne peux pas bouger. « J'ai bien failli ne pas venir, tu sais. » Elle ne m'entend pas. Ne peut pas recevoir ce dernier secret.

« *Querido* Geoffrey. » Elle se penche pour m'embrasser. Je sens ses lèvres sur les miennes, puis sa joue pressée contre mon front.

« Pourquoi la lumière s'en va-t-elle ? » Personne n'entend. Personne ne répond. « Le soir ne va pas déjà tomber, si ? » Ce n'est pas seulement la lumière du jour qui s'évanouit. Mais aussi les visages, les larmes, les expressions affligées. Tout se dilue. Trop vite. Impossible que ce soit ce à quoi je pense. Il n'y a aucune douleur. Et pourtant… Le ciel tombe et se referme sur moi. Les visages ont disparu. Tous, sans exception.

REMERCIEMENTS

Je suis reconnaissant à Christopher Bennett de ses renseignements et de ses conseils relatifs à la profession d'architecte d'hier et d'aujourd'hui.

Le Livre de Poche s'engage pour
l'environnement en réduisant
l'empreinte carbone de ses livres.
Celle de cet exemplaire est de :

700 g éq. CO$_2$

PAPIER À BASE DE   Rendez-vous sur
FIBRES CERTIFIÉES   www.livredepoche-durable.fr

Composition réalisée par PCA

———————

Achevé d'imprimer en janvier 2018, en France sur Presse Offset par
Maury Imprimeur – 45330 Malesherbes
N° d'imprimeur : 223962
Dépôt légal 1re publication : janvier 2018
Édition 02 – janvier 2018
LIBRAIRIE GÉNÉRALE FRANÇAISE – 21, rue du Montparnasse – 75298 Paris Cedex 06

58/7697/2